KB164863

쓰기라는   오만한   세계

쓰기라는 오만한 세계

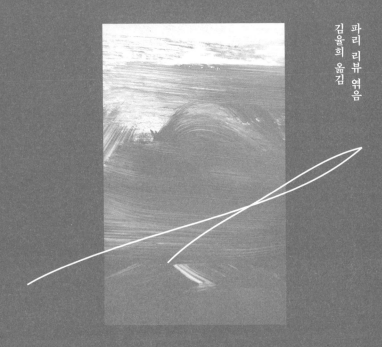

파리 리뷰 엮음
김율희 옮김

〈파리 리뷰〉인터뷰집:
세계적 작가들이 말하는
창작에 관한 모든 것

the PARIS 파리 리뷰 인터뷰
REVIEW_interviews

다른

일러두기

1. 인명, 지명을 비롯한 외래어 표기는 국립국어원의 외래어 표기법을 따랐으나 인명의 경우 일상적으로 널리 쓰이는 용례가 있으면 이를 참고하였습니다.
2. 본문의 각주는 모두 옮긴이가 내용의 이해를 돕기 위해 붙였습니다.
3. 본문에서 대괄호 [ ] 안의 내용은 이해를 돕기 위해 원서의 편집자가 더한 것입니다.

결코 완성될 수 없는
이 책을 내며

1989년, 미국의 저명한 문학잡지 『파리 리뷰The Paris Review』는 그간 작가들과의 인터뷰를 모아 이 책을 펴냈습니다. 모든 면에서 편집자인 조지 플림턴George Plimpton의 노고가 깃든 책입니다. 초판의 서문에서 플림턴은 이 책을 편집하는 과정을 두고, 여기 수록된 글들을 골라낸 『집필 중인 작가들』Writers at Work과 "재회하는 시간"이었다고 표현했습니다. 그는 목록을 걸러내는 어려움을 이렇게 떠올렸습니다. "온갖 제목이 붙은 파일이 늘어났습니다. 가끔은 인터뷰가 뻔해서 추릴 부분이 전혀 없으면 좋겠다는 생각까지 들었죠. 그런 경우는 없었습니다."

2018년, 이 책의 개정판을 펴낸 『파리 리뷰』의 직원들은 두 배로 어려움을 겪었습니다. 혼합된 원고(111호부터 224호까지)에 200여 개의 인터뷰를 추가해야 했습니다. 당연히 세심하게 편집한 플림턴의 기본적인 감성을 잃지 않아야 했죠. 물론 원래의 문제도 여전히 남아 있었으니, 원고 더미는 점점 늘어났습니다. 삭제할 인터뷰가 없었으니까요. 이제야 깨달은 사실이지만, 이 특이한 책의 본질은 결코 완성될 수 없다는 점입니다. 인쇄를 거치고 제본을 마치더라도, 독자가 책을 들고 가르침이나 조언을 찾고자 책갈피를 훑어보는 시점에 이르더라도, 이 책은 여전히 진행 중인 작품입니다. 왜 그럴까요? 매일 새로운 작가가 펜을(또는 연필이나 노트북이나 아직 발명되지 않은 어떤 기기를) 들고 글을 쓸 자기 나름의 길을 찾아내기 때문입니다.

이 책의 목적이 무엇인지 묻는 독자도 있을 겁니다. 지금까지 발간된 『파리 리뷰』를 책꽂이에 꽂는다면 그 길이만 약 3.6미터에 이를 것입니다(30여 년 전에 플림턴은 6미터는 될 거라고 단언했는데, 멋지게 꾸며낸 수치입니다). 그 3.6미터에는 작가 400여 명의 인터뷰가 담겨 있습니다. 그들은 픽션, 논픽션, 시, 번역, 회고록, 유머, 편집, 만화, 전기, 영화 시나리오, 연극 대본 등 예술에 관한 이야기를 나눴습니다. 작가들이 어디에서 제목을 떠올리는지, 어떻게 원고를 퇴고하고, 슬럼프에는 어떻게 대처하는지를 알아보고 싶은 독자가 있다면, 그 많은 인터뷰를 읽느라 어마어마한 노동을 각오해야 할 겁니다. 그래서 이 책은 이런저런 문제를 주제별로 정리해, 다양한 작가에게서 얻은 조언과 논평, 견해의 대표적인 부분을 종합했습니다.

이 책은 작가가 선호하는 도구(노먼 러시는 한 번에 세 종류의 타자기를 씁니다)부터 초기에 기울였던 노력(메리 매카시는 남편이 방에 가뒀다는군요), 작업 습관(윌리엄 깁슨, 마누엘 푸이그, 엘리자베스 스펜서는 낮잠이 필수랍니다)에 이르기까지 글쓰기 과정에 대한 여러 이야기를 들려줍니다. 기술적인 문제에 관해서도 알려주는데, "빈털터리 산문"과 싸우는 듯한 문체(프란신 뒤 플레시 그레이), "어떤 계획도" 없이 시작하기(무라카미 하루키), 밋밋한 섹스 장면(토니 모리슨), "갤리선 노예"인 등장인물(블라디미르 나보코프)에 대한 이야기를 들을 수 있습니다. 또 이 책은 다양한 형식을 알려줍니다. 예를 들어 단편소설은 서정시이며(프랭크 오코너), 하나의 섬이자(월터 모즐리), 진실의 폭발이자(윌리엄 트레버), 엉큼합니다(조이 윌리엄스). 또 이 책은 작가의 삶과 관련된 문제도 이야기합니다. 예를 들어 공동체(메이 사턴 "저는 작가들을 좋아하지 않습니다"), 경제적 안정(블레즈 상드라르 "일자리에 품위 있는 생활이란 게 다 뭐야!"), 정치(귄터 그라스 "문학이 일으킬 수 있는 변화는 미미합니다"), 페미니즘(헬렌 벤들러 "정신에 성별이 있다고는 생각하지 않습니다"), 그리고 민족성과 인종(다니 라페리에르 "피부색에 근거해 제 책을 읽는다면 그건 오독입니다") 등이 있습니다.

이 책이 매우 다양한 생각을 담은 탓에 이상적인 작가에 대한 개념을 잡기 어렵다고 느낄 수도 있습니다. 그런데 바로 그것이 핵심입니다. 작가들과의 인터뷰가 우리에게 알려주는 점이 있다면, 글을 쓰는 방법은 하나가 아니라는 것입니다. 주제에 접근하는 방법은 하나가 아니며, 작품을 만들고 상상하는 방법도 하나가 아니라는 사실입니다. 그런 방법이 있다면 이런 인터뷰를 할 필요가 없고, 이 책을 (아니 어떤 책이건) 낼 필요도 없으며, 『파리 리뷰』 자체도 필요 없었을 것입니다. "완벽한 시는 있을 수 없습니다. 일단 시를 쓰면 세상이 마무리해줄 것입니다." 로버트 그레이브스의 말입니다. 불완전한 것, 예상치 못한 것, 기묘한 것을 내놓는 것이 작가의 의무(이 문제에 관해서라면 이는 『파리 리뷰』의 의무이기도 합니다)입니다. "우리는 원하는 책을 결코 얻지 못하며, 지금 얻은 그 책에 만족해야 합니다." 제임스 볼드윈의 설명입니다. 이 책의 앞표지와 뒤표지 사이에 담긴 조언과 지혜는 무궁무진하며 부득이하게 미완성입니다. 어찌 그러지 않을 수 있을까요? 에드워드 올비가 우리에게 말하지 않던가요. "일을 끝마쳐야 하며, 새로운 것을 발견해야 합니다."

편집자, 니콜 러딕

다채로운 목소리가 주는
즐거움과 격려에 대하여

작가들은 어떻게 글을 쓸까요? 어떤 방식으로 글을 써나갈까요? 글이 막힐 때는 어떻게 극복할까요? 작가로서 자신의 삶에 대해 만족할까요? 어떻게 작가가 되었을까요? 독자로서 우리는 궁금한 것이 많습니다.

문학잡지 『파리 리뷰』 덕분에 이런 궁금증이 상당 부분 해소되었습니다. 기존의 작가 인터뷰는 작품에 대한 진지한 관심이 없는 상태에서 흥밋거리 위주로 진행되는 경향이 있었습니다. 반면 『파리 리뷰』는 작가들에게 적절하고 예리한 질문을 던져, 작가들로부터 깊이 있고 진솔한 이야기를 끌어냈습니다. 인터뷰 자체가 문학 작품에 버금가는 관심과 호평을 받았지요. 그리고 다른 출판사에서는 『작가란 무엇인가』(전 3권) 시리즈를 기획해 『파리 리뷰』에 실린 작가 인터뷰 중에서 우리나라 독자에게 사랑받는 소설가들의 인터뷰를 골라 소개해주었습니다. 덕분에 우리는 작품에 얽힌 이야기뿐 아니라, 작가의 생각과 삶에 대해 조금 더 알게 되었습니다.

개별 소설가의 온전한 인터뷰를 실었던 『작가란 무엇인가』 시리즈와 달리, 이 책은 수십 년에 걸쳐『파리 리뷰』에 축적된 수많은 인터뷰에서 정수라고 할 만한 부분들을 따로 뽑아낸 것입니다. 작가의 독서 습관이나 창작 방식, 작품 구상 과정, 편집자와의 관계 등에 대한 내용을 주제별로 선별해 묶었습니다. 소설가뿐 아니라 시인과 극작가, 저널리스트 등 비교적 다양한 작가의 이야기를 한데 모았다는 점에서도 의미가 있지요. 앞서 편집자 서문에서 언급되듯이, 얼마나 까다롭고 방대한 작업이었을지 짐작할 수 있습니다.

역자이자 독자로서 이 책을 읽으며, 즐거움과 격려를 얻었습니다.『작가란 무엇인가 3』을 번역할 때는 개별 작가의 개성과 작품 세계의 특징을 독자에게 전달하는 데 중점을 두었습니다. 이 책의 경우에는 300여 명에 이르는 작가들의 삶을 다방면에서 들여다보는 경험 자체가 즐거움을 주었습니다. 삶에서 반드시 하나의 정답이 있을 필요는 없다는 사실, 이 다양한 작가의 목소리처럼 내 삶도 다양한 삶 중 하나라는 당연한 사실에 새삼 격려를 받았습니다. 그래서 다른 독자들도 자기만의 방식으로 그런 경험을 하기를 바라며 이 책을 번역했습니다.

이 책의 가장 흥미로운 점은 한 가지 주제에 대한 작가들의 다양한 목소리를 들을 수 있다는 점입니다. 매일 정해진 일과에 따라 글을 쓰는 작가가 있는가 하면, 일정표는 필요 없다고 말하는 작가, 쓰고 싶은 마음이 들어야만 책상 앞으로 이끌려 간다고 고백하는 작가도 있습니다. 또 어릴 때부터 글을 쓰며 일찍부터 작가가 되기로 결심한 사람, 뒤늦게야 작가의 길에 들어섰거나 스스로 작가가 될 줄 몰랐다고 말하는 사람도 있습니다. 어떤 작가는 가상의 특정한 독자를 상상하며 글을 쓰고, 또 어떤 작가는 독자를 전혀 의식하지 않고 글을 씁니다. 다양한 사람으로 구성된 다채로운 이 세상처럼, 작가들도 자기만의 생각과 방식과 고집으로 글을 써나갑니다. 덕분에 우리는 개성 있는 작품을 풍요롭게 누릴 수 있지요.

이 책을 읽다 보면 대부분의 작가가 자기 자신을 의심하며 불안해하고 고뇌한다는 사실이 고스란히 드러납니다. 생각해보면 당연한 일입니다. 훌륭한 책 한 권을 써냈더라도 다음 책 역시 그만큼 훌륭하리란 걸 담보할 수 없는 것이 작가의 현실이자 숙명입니다. 줄리언 반스는 그 불안을 이렇게 고백합니다. "소설을 일곱 권이나 여덟 권, 아니 아홉 권 써낸 뒤에도 또 쓸 수 있을까?" 제임스 볼드윈도 "우리는 원하는 책을 결코 얻지 못하며, 지금 얻은 그 책으로 만족해야 합니다"라고 말합니다. 세계적인 작가들의 이 솔직한 고백은 독자들에게 오히려 희망과 격려가 됩니다. 예술뿐 아니라 어느 분야에서건 사람들은 완벽함을 꿈꿀 때가 많습니다. 완벽에 이르지 못하는 현실에 좌절합니다. 그러나 윌리엄 포크너의 말처럼 완벽함을 성취하기란 불가능합니다. "우리는 모두 우리가 꿈꾸는 완벽함에 부응할 수 없습니다. 그래서 저는 불가능한 일을 하려다 멋지게 실패한 경험을 바탕으로 작가들을 평가합니다."

이러한 불완전함을 멋진 실패로 받아들이며 꾸준히 글을 써나간 사람들이 결국 작가가 되는 게 아닐까요? 많은 예술이 그러하듯이 머릿속으로 아무리 기발한 상상, 훌륭한 생각을 하더라도 물리적으로 글을 써내지 않으면 그 생각은 형체를 입지 못합니다. "글을 쓰고 있을 때 제가 가장 훌륭한 생각을 한다고 말하지는 않겠습니다. 그러나 다르게 생각하게 됩니다." 하비에르 마리아스의 이 이야기를 들으니, 어쩌면 이 작가들은 처음부터 특별했다기보다는 글을 쓰고 다른 생각을 하면서, 그 다른 생각을 표현할 다른 방법을 찾아가면서 특별해졌을지 모른다는 생각이 듭니다. 이 방대한 인터뷰의 내용과 행간에 담긴 이야기에 대해 말하자면 끝이 없을 것입니다.

다양한 주제를 담았지만 목차에 상관없이 아무 페이지나 먼저 읽어도 되기에, 부담 없는 책입니다. 동시에 작가 300여 명의 목소리를 한자리에서 들을 수 있으니 매우 특별한 책이 아닐 수 없습니다. 그 다양한 목소리가 주는 즐거움을 독자가 이 책을 통해 누리기를 바랍니다. 300여 명의 목소리 중에서 마음을 파고드는 소리가 분명 있을 것입니다. 그 목소리에서 격려를 얻었다면, 내 몫의 불가능한 완벽함에 꾸준히 도전해보기를 권합니다. '가장 훌륭한' 사람이 되지는 못해도 이전과는 '다른' 사람이 될 것입니다.

옮긴이, 김율희

차례

5   결코 완성될 수 없는 이 책을 내며_ 니콜 러딕
9   다채로운 목소리가 주는 즐거움과 격려에 대하여_ 김율희

1부 작가란 어떤 사람인가

18   책을 즐겨 읽으셨습니까?
44   언제부터 글을 쓰셨습니까?
60   왜 글을 쓰십니까?
84   어떻게 글을 쓰십니까?
122 어떻게 글을 시작합니까?
158 최고의 독자는 누구입니까?
178 편집자를 어떻게 생각하십니까?
194 성공과 실패에 대해 어떻게 생각하십니까?
218 비평가를 어떻게 생각하십니까?
234 원고를 고쳐 쓰십니까?

2부 작가는 어떻게 쓰는가

254 늘 도입부부터 쓰십니까?

266 어떤 기법을 쓰고 있습니까?

290 플롯이 중요하다고 생각하십니까?

302 등장인물은 실제입니까, 가상입니까?

322 제목과 등장인물의 이름을 어디서 착안하십니까?

335 좋은 대화를 쓰는 비결은 무엇입니까?

346 섹스 장면 쓰는 것을 좋아하십니까?

360 '작가의 벽'을 경험한 적이 있습니까?

370 술이나 약물이 글에 영향을 미칩니까?

385 유머 장면은 어떻게 쓰십니까?

3부 작가는 무엇을 쓰는가

400 전기란 무엇입니까?

406 비평이란 무엇입니까?

413 시나리오 창작이란 무엇입니까?

428 비소설이란 무엇입니까?

436 소설이란 무엇입니까?

450 단편소설이란 무엇입니까?

460 연극이란 무엇입니까?

4부 작가의 삶은 어떠한가

470 　다른 작가들과 친하게 지내십니까?

492 　경제적 안정이 장점이라고 생각하십니까?

514 　정치적인 작품은 어떤 역할을 합니까?

538 　초보 작가들에게 해주고 싶은 말이 있습니까?

566 　여성 작가가 된다는 건 어떤 의미입니까?

578 　피부색이 작가의 활동에 영향을 미칩니까?

592 　미래에도 당신의 작품이 읽힐 거라고 생각하십니까?

604 　인터뷰에 참여한 작가들

1부
작가란 어떤 사람인가
THE WRITER: A PROFILE

책을
즐겨
읽으셨습니까?

Were You Always a Reader?

독서광은 아니었고, 사실 살면서 책을 끝까지 읽은 적이 거의 없습니다. 독서가 아니어도 하고 싶은 게 너무 많아요. 어릴 때는 동물 이야기를 읽었습니다. 윌리엄 J. 롱과 어니스트 시턴 톰프슨이 쓴 책들이죠. 작은 배를 타고 항해하는 이야기를 다룬 책을 줄곧 읽어왔어요. 대개는 쓸모없는 것들이지만 마음을 빼앗기죠. 독서 습관은 오랫동안 바뀌지 않았고 시력만 달라졌습니다. 실내에 있기를 좋아하지 않아서 틈만 나면 밖으로 나갔습니다. 책을 읽으려면 대개 실내에서 자리에 앉아야 하잖아요. 가만히 있질 못하는 성격이라 책을 펴느니 배를 타고 항해하는 게 좋았습니다. 문학적 호기심을 왕성하게 느껴본 적은 없고, 가끔은 정말이지 제가 문학인이 아닌 것처럼 느껴지기도 합니다. 밥벌이로 글을 쓸 때가 아니면요.

_____ 엘윈 브룩스 화이트

많은 기자에게 제가 주립 교도소에 복역했고, 가택침입 전력이 있는 관음증 환자라고 말했습니다.[▷] 하지만 물건을 훔치고 남의 사생활을 엿볼 때보다는 책을 읽을 때가 훨씬 많았다고도 말했어요. 그 내용은 기사로 실리지 않더군요. 와인 한 병을 들고 도서관에 숨어 들어가 책을 읽었다는 이야기보다는 어머니의 죽음, 방탕했던 청소년기, 징역 생활 같은 내용이 훨씬 자극적이기 때문이죠.

———————————————————— 제임스 엘로이

음, 소설 중에서는 제임스 조이스의 초기작과 P. G. 우드하우스, 에벌린 워, 앤서니 파월, 엘리자베스 테일러의 작품, 그리고 앵거스 윌슨의 초기작을 읽었습니다. 그리고 시는 … 아, 토머스 하디의 시는 훌륭하다고 생각합니다. 하지만 크게 감동하지 못한 시들도 있는데 A. E. 하우스먼, 필립 라킨, 존 베처먼, R. S.토머스의 초기작과 로버트 프로스트의 몇몇 시, 로버트 그레이브스의 몇몇 시, 윌리엄 버틀러 예이츠의 몇몇 시가 그렇더군요. 완전한 목록은 아닙니다. 사실 한때는 걱정했어요. 존경하는 동시대 시인들의 이름을 열 명 이상 댈 수 없었으니까요. 하지만 로버트 그레이브스에게 그 이야기를 했더니 터무니없는 생각이라고 하더군요. 그보다 많은 시인을 흠모하는 게 오히려 걱정할 일이라고요. 안목이 없다는 뜻이니까요. 좋은 지적입니다!

———————————————————— 킹즐리 에이미스

▣ 엘로이는 유년시절 어머니가 살해당한 후 정신적 트라우마를 겪었다. 학교를 자퇴하고 심한 알코올의존증과 약물남용에 시달리다 기물 파손 등으로 투옥된 적이 있다.

어머니는 셰익스피어를 알고 있었지만 우리를 키운 건 할머니였습니다. 제가 시를 암송하고 싶다고 말했더니(사실은 포샤 무어가 한 말이죠), 할머니가 말했습니다. "그래요, 아가씨. 뭘 보여줄 셈이죠?" 몹시 매력적인 인사말을 준비하고 있었어요. 그 인사말은 "자, 낭송의 대가 마거리트가 공연을 선보이겠습니다"였지요. 할머니는 "그래요, 아가씨. 뭘 보여줄 셈이죠?" 하고 말했습니다. 저는 "할머니, 저는 셰익스피어가 쓴 작품을 암송할 거예요" 하고 말했지요. 할머니가 물었습니다. "그래요, 아가씨, 셰익스피어라는 사람이 대체 누구입니까?" 저는 할머니에게 그 사람이 백인이라고 말해야 했어요. 어차피 들통 날 사실이었어요. 누군가는 폭로할 테니까요. 그래서 저는 할머니에게 말했지요. "할머니, 그 사람은 백인이지만 죽었어요." 어쩌면 이 특이성 때문에 할머니가 그를 용서해줄지도 모른다고 생각하면서, 저는 "수백 년 전에 죽은 사람이에요"라고 말했습니다. 할머니가 말했어요. "아니, 아가씨. 그건 안 돼요. 아니, 아가씨. 그건 안 돼요." 그래서 저는 제임스 웰던 존슨, 폴 로런스 던바, 카운티 컬런, 랭스턴 휴스의 시를 암송했답니다.

─ 마야 안젤루

존스홉킨스도서관에서 발견한 책들이 훌륭한 길잡이가 되었습니다. 학생일 때 아르바이트로 서고 정리를 했어요. 대개는 손수레에 책을 싣고 서고로 들어가면 일고여덟 시간 동안 나오지 않아도 되었죠. 그래서 책을 정리하면서 읽었습니다. 제가 만난 위대한 스승들(작가에게 일어날 수 있는 가장 멋진 일이죠)은 셰에라자드, 호메로스, 베르길리우스, 보카치오였습니다. 훌륭한 산스크리트 이야기꾼들도 있었지요. 문학이 얼마나 깊고도 넓은지, 끝없이 감동했습니다. … 촌구석에서 자란 아이(제 경우에는 늦지였지만)에게 딱 필요한 것이었죠.

— 존 바스

매일 밤 [국립도서관에 있는 사무실에] 가서 『브리태니커 백과사전』 Encyclopædia Britannica 구판 한 권을 꺼냈습니다. 신판보다 훨씬 위에 꽂혀 있었으니 11판 또는 12판이겠지요. 원래는 '구독용'으로 펴낸 책이었지만 그 무렵엔 참고도서에 지나지 않았습니다. 『브리태니커 백과사전』11판 또는 12판에는 토머스 매콜리, 새뮤얼 테일러 콜리지, 토머스 드퀸시 등이 쓴 긴 글이 있었습니다. 서가에서 아무 책이나 빼서(참고도서였기 때문에 허락을 받을 필요가 없었지요) 펼치면, 모르몬교에 대한 글이나 특정한 작가를 다룬 글처럼 흥미로운 내용을 만나게 됩니다. 사실상 논문이었고 일반 단행본 또는 얇은 책 한 권에 맞먹는 분량이어서 읽으려면 자리에 앉아야 했습니다. 독일어 백과사전, 즉 『브로크하우스 백과사전』Brockhaus Enzyklopädie이나 『마이어스 백과사전』 Meyers Enzyklopädie도 마찬가지였어요. 신간이 들어왔을 때 저는 『베이비 브로크하우스』The Baby Brockhaus일 거라 생각했지만 아니더군요. 다들 좁은 아파트에 사는 탓에 이제는 30권짜리 책을 들여놓을 공간이 없었겠지요. 백과사전은 큰 시련을 겪었어요.

종종 단종되었으니까요.

_____ 호르헤 루이스 보르헤스

아, 시어즈백화점에서 매년 카탈로그를 발행하면 그걸 읽곤 했습니다. 하지만 저는 사람이란 독자가 될 수도 작가가 될 수도 있음을 일찌감치 깨우쳤죠. 그래서 작가가 되기로 했습니다.

_____ 어스킨 콜드웰

상표나 요리법, 광고 등 뭐든 읽어댔습니다. 신문을 몹시 좋아했고요. 매일 뉴욕에서 발행되는 일간지와 일요판 신문을 모조리 읽었고, 몇몇 외국 잡지도 읽었죠. 사지 않을 때는 가판대에 서서 읽었습니다. 책은 일주일에 다섯 권쯤 읽었습니다. … 보통 길이의 소설은 두 시간이면 읽습니다. 스릴러를 즐겨 읽는데 언젠가는 하나 쓰고 싶습니다. 소설을 선호하지만 지난 몇 년은 기사, 잡지, 전기에 치중한 느낌입니다. 집필 중에 다른 책을 읽어도 신경 쓰이지는 않아요. 다른 작가의 문체가 갑자기 내 펜에서 흘러나오지는 않는다는 뜻입니다. 다만 딱 한 번, 헨리 제임스의 장황한 마법에 걸렸을 때는 내 문장이 끔찍할 만큼 길어지긴 하더군요.

_____ 트루먼 커포티

제가 정말 좋아하는 책들은 처음 펼친 순간부터 매우 친근한 느낌을 줍니다. 기억 속에 방이 새로 생겼다고나 할까요. 가본 적 없는 장소, 본 적도 들은 적도 없는 이야기지만 모든 게 알맞은 자리에 있어 왠지 익숙한 느낌이 듭니다.

—— 존 치버

에드거 앨런 포를 처음 읽었을 때 겨우 아홉 살이었습니다. 어머니가 싫어하셔서 몰래 책을 꺼내 와서 읽었죠. 어머니는 제가 너무 어리다고 생각했고, 그 생각이 옳았어요. 저는 그 책이 무서웠고, 이야기를 사실로 믿은 탓에 석 달을 앓았습니다. 프랑스인들이 말하듯이 '강철처럼 굳게' 믿었지요. 저에게는 상상의 세계가 매우 당연했어요. 눈곱만큼도 의심하지 않았습니다. 자연스러운 방식이었어요. 제가 그런 종류의 책을 친구들에게 주면, 친구들은 "아니, 싫어. 우린 카우보이 이야기를 읽는 게 더 좋아"라고 했죠. 당시에는 카우보이가 특히 인기였어요. 이해할 수가 없었죠. 저는 초자연적인 세계, 상상의 세계가 더 좋았습니다.

—— 훌리오 코르타사르

빅토르 위고처럼 가끔 부러울 만큼 제멋대로 구는 작가들이 존경스럽습니다. 지난여름에 『레미제라블』Les Miserables을 다시 읽었는데, 정말이지 그 책은 어쩌다 작가가 흥미를 느낀 소재가 있으면, 정치 문제든 종교 문제든 또는 그 비슷한 문제든 가리지 않고 90쪽씩 할애하곤 합니다. 독자는 '대체 언제 이야기를 시작할 작정이지?' 하고 생각하죠. 하지만 이야기가 매우 훌륭해서 독자는 그런 여담을 참아주고, 게다가 작가가 그 잡동사니에 대한 글조차 몹시 재미있게 써서 멈출 수가 없습니다.

오노레 드 발자크 같은 19세기의 위대한 소설가들은 한없이 매혹적입니다. 책을 내려놓을 수가 없어요. 지방신문 발행에 대해 시시콜콜 늘어놓을지언정 말입니다. 아, 물론 그 이야기도 흥미진진해요. 독자를 완전히 사로잡지요. 발자크의 작품을 읽으면 멈출 수가 없습니다. 위대한 러시아 작가들의 작품은 뭐든 읽다가 중단할 수 없습니다. 위대한 영국 작가들의 작품도 그렇죠. 윌리엄 새커리보다는 찰스 디킨스가 더 그렇지만, 새커리는 몇몇 사람이 아직 인정하지 못할 뿐 훨씬 섬세합니다. 앤서니 트롤럽은 눈을 뗄 수 없을 만큼 흥미로워요. 단단한 곡물 시리얼 같아서 독자는 그의 글을 오독오독 씹으며 단호하게 나아가야 하지만, 이야기가 매우 훌륭해서 그럴 가치가 있습니다. 이런 작가들은 다름 아닌 이야기꾼의 자질을 갖추고 있습니다. 블라디미르 나보코프는 소설가의 무기고에서 가장 중요한 요소라고 여기는 것을 러시아어로 '샤만스트보shamanstvo'라고 표현했습니다. 마법사의 자질이라는 뜻이지요. '샤먼shaman'은 모두에게 친숙한 단어입니다. 마법사의 자질, 사람들이 계속 읽어나가고 싶게 만드는 능력은 배울 수 있는 것이 아니며, 비평가들은 종종 그 특징을 '형편없는 문어체'라고 부르기도 하지만 뿌리칠 수가 없습니다. 디킨스에게는 그런 능력이 있었어요. 디킨스의 문체를 칭송하는 사람은 없지만, 누가 그의 마법을 뿌리칠 수 있을까요? 대학교수들, 그것도 그중 일부만 가능할 겁니다.

———— 로버트슨 데이비스

제 대답은 늘 헤밍웨이입니다. 문장을 어떻게 만드는지 가르쳐준 사람이죠. 열대여섯 살쯤에 문장 구성하는 법을 배우려고 헤밍웨이의 소설을 타자기로 따라 치곤 했어요. 타자기 쓰는 법도 그때 혼자 익혔지요. 몇 년 전 버클리 대학에서 강의할 때『무기여 잘 있거라』A Farewell to Arms를 다시 읽으면서 다시금 그 문장에 푹 빠졌습니다. 문장이 완벽하다는 뜻입니다. 그 단도직입적인 문장은 잔잔한 강, 화강암을 뒤덮은 맑은 물과도 같고, 싱크홀은 없어요. [헨리 제임스] 역시 완벽한 문장을 썼지만, 종잡을 수 없고 매우 복잡해요. 문장에 싱크홀이 있지요. 거기 빠져 죽을 수도 있습니다. 저는 그런 글은 써볼 엄두도 내지 못할 겁니다. 제임스의 글을 다시 용기 내어 읽을 수 있을지도 의문입니다. 그의 소설에 열광한 나머지, 그 무한한 가능성, 완벽하게 조화로운 그 문체에 오랫동안 옴짝달싹 못 했죠. 그래서 그 낱말들을 받아 적는 게 두려웠습니다.

———————————————————— 조앤 디디온

제가 살면서 저지른 가장 큰 만용으로 꼽는 일이, 고등학교 재학 시절 마지막 해에 에즈라 파운드의『캔토스』Cantos를 완독한 겁니다. 시구가 색다를 뿐 내용은 전혀 이해할 수 없었지만, 다른 아이들도 나만큼이나 깊은 인상을 받았습니다.

———————————————————— 앨런 홀링허스트

1926년에 제임스가 조이스가『율리시스』Ulysses라는 책을 썼는데 금

작가란 어떤 사람인가

서가 됐고, 그가 지독한 탄압에 시달렸다는 이야기를 들었습니다. 그의 책을 출판하고 싶어 하는 곳이 없었다더군요. 저는 안타까운 마음에 여기저기 찾아보았죠. 결국 밀반입된 사본을 하나 구했어요. 열여덟 소년에게는 눈부신 산문이었습니다. 저는 조이스가 산문계의 파가니니라고 생각했습니다.▣ 머릿속에 영문학을 통째로 넣고 다니는 마술사라고요. 조이스가 독자를 등장인물의 의식 속으로 끌어들이는 방식에 푹 빠졌습니다. 몰리 블룸의 긴 독백, 조이스가 블룸의 생각에서 홀쩍 빠져나와 거리에서 풍기는 냄새와 거리에서 벌어지는 사건을 보여주고 다시 의식의 흐름으로 돌아오는 방식에 매료되었어요. 대단했죠! 그와 사랑에 빠졌느냐고요? 아뇨, 그는 사랑스럽지는 않았습니다. 하지만 위대한 것을 성취했어요. 소년은 성취를 좋아하지요.

_____ 레온 에델

『율리시스』에 크게 감동하지는 못했습니다. 놀라운 책이라고는 생각하지만, 소설을 이렇게 써서는 '안 된다'라는 걸 보여주는 긴 설명이 그 책의 상당 부분을 차지하고 있지 않습니까? 제임스 조이스는 온갖 방법으로 소설을 이렇게 쓰면 안 된다고 보여주고, 그런 뒤에는 어떻게 써야 하는지를 보여주기 시작합니다.

_____ 올더스 헉슬리

▣ 19세기 초반에 활약한 이탈리아의 천재적인 바이올리니스트 니콜로 파가니니. 바이올린 한 대로 오케스트라 악기들의 소리를 흉내 내거나 현 한두 줄로 연주하는 등 놀랍고 기이한 기교 때문에 '악마의 바이올리니스트'라는 오명을 얻기도 했다.

어느 날 밤, 친구가 프란츠 카프카Franz Kafka의 단편소설집을 빌려줬습니다. 저는 묵고 있던 하숙집으로 돌아가 『변신』Die Verwandlung을 읽기 시작했죠. 첫 문장을 읽고는 침대로 쓰러질 뻔했습니다. 깜짝 놀랐죠. 첫 문장은 다음과 같습니다. "그날 아침 그레고르 잠자는 불편한 꿈에서 깨어나, 침대에 누운 자신의 몸이 거대한 곤충으로 변했다는 사실을 깨달았다." 그 문장을 읽었을 때, 이런 내용을 써도 된다는 사실을 몰랐구나, 진작 알았다면 오래전에 글을 쓰기 시작했을 텐데, 하는 생각이 들었어요. 그래서 저는 즉시 단편소설을 쓰기 시작했습니다.

_____가브리엘 가르시아 마르케스

왜 기자가 되고 싶다고 생각했는지 아십니까? 열한 살 무렵 읽은 에벌린 위의 『스쿠프』Scoop 때문입니다. 누구에게든 기자가 되고 싶은 마음을 불어넣을 작품이죠!

_____ 네이딘 고디머

저에게 에즈라 파운드의 『캔토스』는 광기와 아름다움, 암흑과 신비, 고통, 비탄과 향수를 담은 책입니다. 굉장히 아름답고 인상 깊은 내용 중에는 그가 죄수일 때 쓴 부분도 있습니다. 무엇보다 그는, 제가 하고 싶었던 방식이기도 한데, '노래'를 지어 이야기를 노랫말처럼 들려주었습니다. 평범한 사람들의 평범한 언어로 말입니다. 그러니까 제가 보기에 파운드는 시에서 종종 협잡꾼이나 뒷골목 사기꾼처럼 목소리를 낮게 깔고 단편적인 몇 가지 언어와 신화의 일부분, 문학의 어느 구절에다 사투리와 시시껄렁한 헛소리를 뒤섞어 말합니다. 파운드의 시에는 흘렀다 멈췄다 하는 '목소리들'의 흐름이 있습니다. 또 부모님의 집이나 제가 사는 마을처럼 메아리, 가두연설, 노래가 있어 저를 궁지에 몰아넣습니다. 파운드는 제가 그런 것을 노래하는 방법을 찾도록 도와주었습니다. 다른 면에서도 그랬지만 어조나 음성, 특징 면에서 저에게 굉장한 영향을 미쳤습니다.

──────── 윌리엄 고이언

제가 인식하는 한, 저는 제가 쓴 글을 포함해 읽은 것을 모두 곧바로 잊어버립니다.

──────── 헨리 그린

나이를 먹으니 여러 면에서 제가 운이 좋다는 생각이 들더군요. 평생 문학을 열정적으로 연구하고 즐기며 가능한 한 즐겁게 기여하려고 노력해왔다는 건 운 좋은 일입니다. 그 열정은 저에게 큰 기쁨을 주고, 같은 것을 사랑하는 친구들을 주고, 직장을 주고, 지루함에서 벗어나게 해주는 등 모든 것을 주었습니다. 가장 큰 선물은 독서를 향한 열정입니다. 돈이 많이 들지 않고, 마음을 위로하고, 기분전환이 되고, 즐거움을 주고, 세상에 대한 지식과 폭넓은 경험을 선사합니다. 정신의 등불이지요.

──────── 엘리자베스 하드윅

마크 트웨인, 귀스타브 플로베르, 스탕달, 요한 제바스티안 바흐, 이반 세르게예비치 투르게네프, 레프 톨스토이, 표도르 도스토옙스키, 안톤 체호프, 앤드루 마블, 존 던, 모파상, 러디어드 키플링, 헨리 데이비드 소로, 프레더릭 메리엇, 윌리엄 셰익스피어, 볼프강 아마데우스 모차르트, 케베도 이 비예가스, 알리기에리 단테, 베르길리우스, 틴토레토, 히에로니무스 보슈, 피터르 브뤼헐, 요아힘 파티니르, 프란시스코 고야, 조토 디본도네, 폴 세잔, 빈센트 반 고흐, 폴 고갱, 산후안 데라크루즈, 공고라 … 모두 기억해내려면 하루는 걸릴 겁니다. 그러다 보면 제가 제 삶과 작품에 영향을 미친 모든 사람을 기억해내는 게 아니라 제게 있지도 않은 학식을 제 것이라고 주장하는 것처럼 들릴 수도 있습니다. 이건 따분한 질문이 아닙니다. 아주 훌륭하되 진지한 질문이며, 대답하려면 양심을 살펴봐야 합니다. 저는 화가들의 이름을 중간에 끼워 넣거나 그들의 이름부터 말하는데, 글쓰기에 대해 작가로부터 배운 만큼 화가에게서도 배우기 때문입니다. 어떻게 그렇게 되느냐고요? 설명하려면 또 하루가 걸릴 텐데요. 우리가 작곡가들로부터 무엇을 배우는지, 화성학 연구로 우리가 무엇을 알게 되는지를 생각해보면 대비가 뚜렷해질 겁니다.

———————————————————————— 어니스트 헤밍웨이

『아마추어 젠틀맨』The Amateur Gentleman과 『브로드 하이웨이』The Broad Highway는 눈부신 작품이었습니다. 『블러드 선장』Captain Blood도 마찬가지였죠. 제프리 파놀의 책은 모두 읽은 것 같은데, 분명

스무 권쯤 될 겁니다. 라파엘 사바티니의 책도 다 읽었습니다. 지금은 그 책들의 가치를 잘 모르겠습니다. 하지만『블러드 선장』만큼 재미있게 읽은 소설은 없습니다. 영화도 그렇고요. 영화에서 블러드 선장 역을 맡은 에롤 플린을 기억하십니까? 몇년 전 잡지 인터뷰에서, 제가 성장하는 데 가장 중요한 역할을 한 책 열 권이 무엇이냐는 질문을 받았어요. 가장 먼저『블러드 선장』을 꼽았죠. 그다음이『자본론』Das Kapital이었습니다. 그다음이『아마추어 젠틀맨』입니다.

하지만 [E. M. 포스터로부터도] 많은 것을 배웠어요.『기나긴 여행』The Longest Journey의 마흔째 장쯤에서 다음 쪽으로 넘어가면 이런 내용이 나옵니다. "그날 오후 제럴드가 죽었다. 축구시합 중에 허물어졌다." 정말 놀랍기 짝이 없었죠. 제럴드는 책 초반부터 줄곧 아주 중요한 인물이었습니다. 그런데 여기에서 갑자기 불쑥 죽어버렸고, 다른 인물들은 달라지기 시작합니다. 덕분에 인물의 성격이 생각보다 더 가변적이고 더 극적이고 예상 밖이며 제가 정밀함이 부족하다는 걸 알게 되었지요. 소설을 쓸 때 작가가 다룰 수 있고 조각품처럼 돌아다닐 수 있는 인물을 구축해야 한다는 생각을 하게 되었습니다. 문득 등장인물들이 신사실주의자들의 그림과 더 밀접하게 관련된 것처럼 보였습니다. 예를 들어, 최근에 그런 그림을 보았는데, 그림으로 그린 침대에 비스듬히 기댄 소녀의 그림이었습니다. 소녀 옆 캔버스 위에는 텔레비전이, 직접 켤 수 있는 진짜 텔레비전이 있었지요. 말 그대로 실물인 텔레비전을 켜면 그 소녀와 그림이 모두 달라집니다. 네, 포스터는 소설에서 우리에게 그런 느낌을 선사합니다.

—— 노먼 메일러

여덟아홉 살 때, 학교에서 짧은 동화를 쓰면서 자부심을 느꼈습니다. 친구가 들어주기만 한다면 최근에 본 영화의 줄거리를 지루할 만큼 길게 요약해주곤 했어요. 그 영화들이 제 상상력을 자극했지요. 작가로서는 찰리 채플린으로부터 배웁니다. 리듬, 느닷없는 익살, 은근히 희극적인 상황으로 아름답게 거리를 두는 법, 슬픔을 간직한 웃음, 반전의 반전 같은 것이죠.

—— 버나드 맬러머드

열두 살쯤, 어느 날 오후에 어머니가 극장에 데려갔습니다. 우리는 할렘에 살았고 할렘에는 연중무휴 운영하는 극장이 두어 곳 있었는데, 많은 여자가 거기 들러 오후 공연 전부 또는 일부를 보곤 했습니다. 제가 기억하는 건 배를 붙잡고 있는 사람들과 무대가 흔들리던 광경입니다. 실제로 무대를 흔든 거죠. 또 배에 탄 식인종이 시한폭탄을 가지고 있었습니다. 모두 그 식인종을 찾고 있었어요. 긴장감이 넘쳤죠. 다른 공연은 마약 복용을 다룬 도덕극이었습니다. 분명 당시 뉴욕은 중국인들과 마약 때문에 굉장히 떠들썩했어요. 극에서 중국인들이 아름다운 금발에 푸른 눈동자의 아가씨들을 납치하고 있었는데, 관객들은 그 아가씨들이 도덕적으로 혼란에 빠졌다고 생각했습니다. 독한 술을 마시고 남자들과 어울려 다니는 불량소녀라고 생각했죠. 그 소녀들은 어쩔 수 없이 차이나타운의 어느 지하실로 가게 되고, 그곳에서 아편을 먹거나 대마초를 피운 탓에 회복할 수 없을 정도로 망가졌습니다. 이것이 제가 본 두 편의 명작이었습니다.

───── 아서 밀러

말하기 어려운데, 좋아하는 작가가 워낙 많아서요. 그냥 작가라기보다는 특별한 작가들이죠. 그들에게는 불가사의한 미지의 자질, 철학적이고 초자연적인 자질 같은 것(어떤 표현을 써야 할지 모르겠군요), 문학의 한계를 뛰어넘는 특별한 뭔가가 있습니다. 알다시피 사람들은 재미를 찾으려고, 시간을 보내려고, 아니면 뭔가를 배우려고 책을 읽습니다. 하지만 저는 시간을 보내려고 책을 읽은 적이 없고, 뭔가를 배우려고 읽은 적도 없어요. 자신에게서 벗어나 무아지경에 빠지려고 책을 읽습니다. 저를 저 자신에게서 벗어나게 해줄 수 있는 작가를 늘 찾고 있습니다.

───── 헨리 밀러

그 개떡 같은 마을에서는 달리 할 게 없었어요. 밖에 나가 돌아다니면 사람들은 지저분한 공을 던졌고 그 공에 엉덩이를 맞았죠. 하지만 독서는 사회적으로 용납된 분리 행위예요. 스위치를 탁 누르면 그 자리에 없는 겁니다. 헤로인보다 나아요. 더 효과적이고 더 값싸고 합법적이죠.

───── 메리 카

작가의 위대함은 주제 자체와는 관련이 없고 오로지 주제가 작가의 마음에 얼마나 큰 영향을 미치는가와 관계가 있습니다. 중요한 것은 문체의 농도입니다. 어니스트 헤밍웨이의 문체를 통해 우리는 쇠와 나무 같은 물질의 촉감을 느낍니다. 저는 헤밍웨이를 존경하지만 윌리엄 포크너의 특징을 더 좋아합니다. 『8월의 빛』 Light in August 은 놀라운 책이에요. 그 소설에 나오는 젊은 임산부는 잊을 수 없는 인물입니다. 그녀가 앨라배마에서 테네시까지 걸어가는 장면에는, 미국 남부의 광대함과 정수의 일면이, 그곳에 가본 적 없는 우리를 위해 담겨 있습니다.

———————————————————————————— 보리스 파스테르나크

어릴 때 제가 아는 오래된 집은 모두 대대손손 내려온 책으로 가득했습니다. 집안 사람들은 당연히 모두 박식했죠. 이건 읽어야 하고 저건 읽으면 안 된다고 말하는 사람은 없었어요. 읽을거리가 그곳에 있어서 우린 그냥 읽었습니다. 저는 이를테면 책을 잡식하며 자랐어요. 열세 살 때 셰익스피어의 소네트를 읽었는데 장담컨대 제가 읽은 그 어떤 글보다 지대한 영향을 미쳤습니다. 한동안은 순서대로 모조리 외우고 있었지요. 이제는 두세 개만 기억납니다. 셰익스피어의 소네트를 읽은 게 인생의 전환점이 되었고, 그 뒤로는 갑자기 단테의 책을 독파하게 됐어요. 귀스타브 도레가 삽화를 그린 크고 훌륭한 책이었는데, 연극으로는 보았지만 책으로 읽을 때는 전혀 재미있지 않았던 것 같습니다. 아, 그리고 온갖 종류의 시를 읽었습니다. 호메로스와 피에르 드

롱사르, 그리고 번역된 옛 프랑스 시인들의 시를 모두 읽었죠. 매우 훌륭한 도서관도 있었어요. 음, 세속에 사는 철학자들의 도서관이라고나 할까요. 아주 어렸을 때는 몽테뉴에게 엄청난 영향을 받았습니다. 그리고 열네 살 무렵의 어느 날, 아버지가 저를 책이 엄청 많이 꽂힌 곳으로 데려가서 "이걸 읽어보는 게 어떠냐? 네 결점을 고쳐줄 거다!"라고 말씀하셨죠. 우연히도 그건 토비아스 스몰렛[◨]이 주석을 단 볼테르의 철학 사전 전집이었어요.[◨◨] 저는 힘들게 읽어나갔습니다. 다섯 해 정도나 걸렸죠.

그리고 물론 18세기 소설가들을 모두 읽긴 했지만, 제인 오스틴은 이반 투르게네프와 마찬가지로 성숙해진 다음에야 저를 사로잡았습니다. 두 작가의 작품을 아주 어렸을 때 읽었지만 어른이 되어서야 제대로 받아들이게 되었습니다. 또 『폭풍의 언덕』 Wuthering Heights 은 혼자서 발견했습니다. 15년 동안 해마다 거르지 않고 그 책을 읽었을 겁니다. 그냥 그 책이 몹시 좋았어요. 헨리 제임스와 토머스 하디 덕분에 난생처음 현대 문학을 접했습니다. 할머니는 탐탁지 않게 여기셨어요. 찰스 디킨스는 그럴 만

[◨] 스코틀랜드 태생의 영국 소설가로, 대표작으로는 악한소설인 『험프리 클링커의 원정』The Expedition of Humphry Clinker이 있다.

[◨◨] 1764년에 볼테르는 18세기 프랑스의 사회적, 종교적 인습을 과격하게 비판한 에세이 73편을 알파벳 순서로 정리해 『휴대용 철학 사전』Dictionnaire philosophique portatif을 발간했다. 이후 재판 및 증쇄를 거치며 제목이 달라지고 분량이 네 권으로 늘어났다. 볼테르가 종교와 도덕 및 여러 주제에 대한 자신의 관점을 총망라한 일생의 역작으로, 출간 후 빠르게 매진될 정도로 대중의 사랑을 받았으나 프랑스와 스위스에서는 종교 권위자들로 인해 금서로 지정, 소각되었다. 국내에는 『불온한 철학 사전』(민음사, 2015)이라는 제목으로 번역, 출간되었다.

도 하다고 생각하셨지만 윌리엄 새커리는 좀 꺼리셨어요. 너무 시시하다고 생각하셨죠. 그래서 저는 집을 떠난 뒤에야 비로소 현대로 진입할 수 있었답니다!

———————————————— 캐서린 앤 포터

제가 받은 교육이라고는 코넬 대학에서 배운 화학과 나중에 시카고 대학에서 배운 인류학이 전부입니다. 제길, 저는 서른다섯이 되어서야 윌리엄 블레이크에 열광했고, 마흔이 되어서야 귀스타브 플로베르의 『보바리 부인』Madame Bovary을 읽었고, 마흔다섯이 넘어서야 루이페르디낭 셀린에 대해 들었어요. 뜻밖의 행운으로 『천사여, 고향을 보라』Look Homeward, Angel를 딱 맞는 시기에, 그러니까 열여덟 살에 읽었습니다.▣ 저는 책이 가득한 집에서 자랐습니다. 하지만 학점 때문에 책을 읽어야 했던 적은 없고, 책을 읽고 보고서를 써야 했던 적도 없으며, 세미나에서 제가 이해한 것을 증명해야 했던 적도 없습니다. 독서 토론은 절망적일 만큼 서투릅니다. 경험이 아예 없으니까요.

———————————————— 커트 보니것

(아홉 살 무렵에) 로버트 브라우닝의 시 「그들은 겐트에서 엑상프로 방스까지 어떻게 희소식을 전했는가」How They Brought the Good News

▣   미국 작가 토머스 울프의 첫 장편으로, 주인공 유진 건트가 태어나서부터 열아홉 살까지 좌절하고 성장하는 과정을 묘사한 자전적 소설이다.

from Ghent to Aix를 읽고 인간이 도달할 수 있는 거의 최고의 경지라고 생각했습니다. 등장인물이 그렇게나 빨리 말을 달렸다는 사실에 감동했는지, 아니면 그가 시를 썼다는 사실에 감동했는지는 몰랐습니다. 그 둘을 구분할 수 없었어요. 하지만 뭔가 아주 멋진 일이 벌어지고 있다는 건 알았죠. 그다음에는 『리시다스』Lycidas를 읽었습니다. 열세 살쯤 되자, 그런 작품들 덕분에 알게 됐지요. 중요한 건 시 속에서 일어나고 있는 일이 아니라 시자체라는 것을요. 저는 경계를 넘어섰던 겁니다.

———로버트 펜 워런

젊은 시절 어떤 작가들이 영향을 미쳤느냐고요? 체호프죠! 극작가인 저에게는? 체호프예요! 소설가인 저에게는? 체호프입니다! 물론 D. H. 로런스도 그 열정과 통찰력, 즉 성과 삶 전반에 대한 통찰력으로 저에게 영향을 미쳤습니다.

———테너시 윌리엄스

독자의 입장에 설 때마다 어떤 경쟁적인 분위기를 느낍니다. 어찌 그렇지 않겠습니까? 나이를 먹으면 더 온전히 이해하겠지만, 결국 우리는 사람들을 선택하는 방식대로 책을 선택하고 시를 선택합니다. 얼굴을 아는 모든 사람과 친구가 될 수는 없는데, 우리가 읽는 것과의 관계도 이와 다르지 않을 거라 생각합니다.

———해럴드 블룸

가끔 청소년기나 청년기에 읽은 책을 다시 읽으면, 놀랍게도 잊은 줄 알았지만 제 속에서 계속 활동하고 있던 저 자신의 일부분을 다시 발견하게 됩니다.

———————— 이탈로 칼비노

아버지는 저에게 존 키츠의 시를 읽어주셨는데, 천식과 싸우며 소파에 누워 있는 동안에는 키츠의 시를 더 많이 읽어주셨습니다. 일종의 지적인 유혹이었죠. 제가 소파에 누워 힘겹게 숨을 쉬는 동안, 아버지는 제 귓전에 키츠의 시를 쏟아부었습니다.

———————— 캐럴린 카이저

저는 흑인 목사님이 참 좋았습니다. 제가 좋아한 건 그 목소리에 실린 선율과 비유였는데, 믿기지 않을 정도로 풍부했어요. 아주 어렸을 때는 아칸소에 있는 교회를 다녔는데 그 목사님은 "하나님께서는 오른쪽 어깨너머로 해를 이고 손바닥에 달을 쥐고 나오셨습니다"와 같은 표현을 쓰곤 했어요. 그러니까 저는 그저 그런 말이 참 좋았고 흑인들이 좋았고 셰익스피어가 좋았고 에드거 앨런 포가 좋았고 매슈 아널드가 매우 좋았어요. 지금도 좋습니다. 실어증을 앓던 몇 년 동안 저는 책을 보며 머릿속으로 외웠고, 그 모든 사람이 어마어마한 영향을 미쳤어요. 가장 처음 읽은 책은 물론이고 가장 최근에 읽은 책까지도 말입니다.

———————— 마야 안젤루

아버지는 어떤 의미에서 좌절한 작가였고, 더 넓은 의미에서는 좌절한 남자였습니다. 아버지는 노동조합 조직 활동가이자 사회당 캘리포니아 사무총장이었고, 휘트먼 스타일로 항의 시를 써서 『반역자』라는 잡지를 자비 출판하기도 했습니다. 제가 태어난 후 어머니는 최후통첩을 보냈죠. 정치 활동은 그만두고 가족을 부양할 시간을 내라고 말입니다. 어머니는 원하는 것을 얻었어요. 아버지는 결국 외판원이 됐고, 그 뒤에는 외판원 교육을 맡았습니다. 아버지의 서재는 좀더 진정한 자아가 잔류한 곳이라서 계속 저를 끌어당겼어요. 소장품은 나누어 보관했습니다. 일부는 평범한 서가에 있었고, 일부는 유리문 뒤, 아버지가 늘 잠가두는 장소에 있었지요. 저는 잠겨 있는 곳에 흥미를 느꼈어요. 자물쇠 구멍을 쑤셔서 열고 거기 있는 책을 전부 읽었습니다.

_____ 노먼 러시

시는 좋아하는 작가가 진정으로 누군가에게 영향을 미쳤다고 말할 수 있는 유일한 분야입니다. 읽고, 또 읽고, 수없이 읽다 보면 시가 스스로 머릿속을 뚫고 들어오기 때문입니다.

_____ 미셸 우엘베크

사람들은 "어떤 작가가 당신에게 영감을 주었습니까?"라고 묻습니다. 하지만 이는 인생에서 더 이른 시기에 더 심오하게 일어나는 일입니다. 독서에 우선하는 중요한 요소들이 있어요. 저녁 식탁에서 "재미난 이야기 좀 아니?"라는 질문을 받는 집에서 자라는 거죠. 그러면 가족들은 공들여 만든 농담을 주고받지요. 바로 그게 제가 나고 자란 세계입니다.

— 마크 레이너

L. V. 베리와 멜빈 반 덴 바크가 1942년에 펴낸 『미국 속어 사전』 American Thesaurus of Slang 이라는, 아주 두껍고 훌륭한 책이 저의 경전입니다. 그냥 그 속에 푹 빠져들고 말아요. 그 책은 보물창고이고, 모든 시대를 담았지만 시대에 대한 책만은 아닙니다. 언어를 향한 문을 열어주기 때문입니다. 저는 A. J. 리블링도 이런 식으로 이용하곤 하는데, 그에게는 구어체를 확장하는 놀라운 능력이 있는 데다, 글의 바탕에 스윙 같은 리듬감이 내재되어 있기 때문입니다. 진정한 재즈 같은, 규칙적으로 되풀이되는 리듬이 있어요. 표현을 배우려고 제임스 조이스가 쓴 『피네건의 경야』 Finnegans Wake 를 이용해보았지만 한참이 지났는데도 다 읽지 못했습니다. 왜 그런지 이제는 읽을 수 없지만 레이먼드 챈들러도 그런 식으로 활용하곤 했죠. 쓰고 있는 글이 속어와 아무 관련이 없고 조국의 언어와 아무 관련이 없더라도, 심지어 외국어와 관련된 매우 공적인 글을 쓰고 있다 하더라도, 그런 식으로 문을 열어두면 엄청난 도움이 됩니다.

— 뤼크 상트

많이는 기억나지 않습니다. 『제인 에어』 Jane Eyre 는 읽었죠. 소녀 시

작가란 어떤 사람인가

절 모두들 읽는 책은 다 읽었어요. 브론테 자매의 책도 읽었습니다. 『비밀의 화원』The Secret Garden을 읽었고요. 부모님의 서재에 있는, 제 능력 밖의 책들을 읽으며 어른 흉내를 냈는데 책 읽는 것 자체가 마냥 즐거웠습니다. 어린아이들이 미래에 서류 가방을 들고 사무실에 출근해 봉급을 받는 광경을 상상하면서도 막상 '일하는' 자신의 모습은 그려보지 못하듯이 말이에요.

— 에이미 헴펠

크노프 출판사에서 오랫동안 어떤 책을 출간했는지 전혀 몰랐습니다. 들어보세요. 제가 얼마나 괴짜인지 상상하지도 못할 겁니다. 십 대 때 중고서점에서 일했습니다. 히피인 부모님 밑에서 자랐죠. 문화적으로 10년은 뒤처진 채 살았습니다. 어느 '시대'에건 말입니다. 동시대가 어떤 모습인지 눈곱만큼도 몰랐어요. 베닝턴 대학에 들어가고, 리처드 브로티건과 토머스 버거, 커트 보니것, 도널드 바셀미가 '동시대인'이 아닌 데다 사실은 불편하고 불쾌감을 주는 존재라서 다른 세력에 타도되었다는 사실을 발견했을 때, 저는 시간 여행자처럼 혼란에 빠졌습니다. 제가 살아온 세상을 의심하게 되었죠. 아무도 헨리 밀러와 로렌스 더럴을 읽지 않고, 비트족the Beats은 거북한 대상이었어요. 그 모든 것이 갑자기 사라졌을 때, 저는 동시대 문학을 이해하는 걸 그만두었습니다. 다른 것으로 대체하지도 않았습니다. 그냥 이해하는 걸 그만두었죠.

— 조너선 레섬

저를 작가로 만든 가장 중요한 한 가지 요소는 제가 책을 읽지 않는 가족 출신이라는 점입니다. 어머니는 가끔 형편없는 제2차 세계대전 소설을 읽곤 했습니다. 늘 그럴싸한 표지에 "그들이 죽이지 못한 세 사람" 같은 제목을 달고 있었고, 미얀마의 밀림지대 같은 곳이 배경이었죠. 어머니에게 내용이 어떠냐고 물으면 어머니는 "뭐, 재미없어"라고 말했어요. 누가 들으면 윌리엄 포크너나 제임스 조이스에 대해 말하는 줄 알았을 겁니다. 아버지는 일간지인 「데일리 미러」 말고는 아무것도 읽지 않았습니다.

———— 제프 다이어

아, 그럼요. 처음에는 만화책을 읽었어요. 워싱턴에서는 '웃긴 책'이라고 불렀어요. 그 뒤 열세 살이던 1964년에 버지니아의 사우스 보스턴에서 이모네 가족과 여름을 보냈습니다. 이모의 사위가 폐기물 처리장을 뒤져 폐기물을 찾는 일도 했었죠. 어느 날 그가 『누가 스텔라 포머로이를 죽였나?』Who Killed Stella Pomeroy?라는 책을 포함해 몇 권을 가져왔습니다. 그게 제가 읽은 최초의 진짜 책이었죠. 삽화도 뭐도 아무것도 없었습니다. 저는 그림의 도움 없이 책을 읽으며 머릿속으로 세상을 창조할 수 있다는 사실에 깜짝 놀랐어요. 그 뒤로는 만화책을 다시 찾지 않았습니다.

———— 에드워드 P. 존스

교육을 아주 잘 받은 사람이라고 해도, 성장 과정에서 자신이 예술의 독자나 해석가나 소비자 이상이 될 기량이 있다는, 즉 예술의 생산자가 될 수 있다는 느낌을 받지는 못합니다. 십 대 때 책을 열심히 읽으면서도 저는 글쓰기가 다른 사람들이 하는 일이라고 생각했습니다. 이와 마찬가지로, 네댓 살이었을 때는 기관사가 되고 싶었지만 그게 다른 사람들의 몫인 줄 알았어요. 저는 교사 가문 출신입니다. 부모님 두 분 다 교사였지요. 그래서 집에 책이 있었고 언어를 존중했지만 글을 쓰고 싶다는 생각은, 하다못해 그게 교과서일지라도, 해본 적이 없어요. 어머니가 쓴 편지가 일간지 「런던 이브닝 스탠더드」에 실린 적이 한 번 있었는데 그게 우리 가족이 생산해낸 문학의 최대치였습니다.

_____ 줄리언 반스

언제부터
글을
쓰셨습니까?

When Did You Begin Writing?

열 살이나 열한 살 무렵, 앨라배마 모바일 근처에 살았을 때입니다. 치과 치료 때문에 토요일마다 읍내에 가야 했는데, 그러다 「모바일 프레스 레지스터」가 조직한 선샤인 클럽Sunshine Club에 가입했지요. 그 신문에는 어린이들이 글이나 그림을 응모하는 면이 있었고, 매주 토요일 오후에는 니하이[1]와 코카콜라를 주는 파티를 열어주었지요. 단편소설 쓰기 대회의 상은 조랑말 아니면 개였는데, 어느 쪽인지는 잊어버렸지만 몹시도 받고 싶었어요. 나쁜 짓을 하는 몇몇 이웃의 행동을 오래전부터 눈치채고 있었기 때문에, 저는 「늙은 참견쟁이 씨」Old Mr. Busybody라는 일종의 실화소설을 써서 상을 받았죠. 첫 회가 어느 일요일에 '트루먼 스트렉퍼스 퍼슨스'라는 제 본명을 달고 신문에 실렸어요. 그러다 제가 동네 추문을 소설로 쓰고 있다는 걸 누군가 알아차려서 2회는 실리지 못했습니다. 당연히 저는 어떤 상도 받지 못했죠.

트루먼 커포티

---

[1]　향이 가미된 청량음료.

시작은 앙리 바르뷔스[1] 때문이었을 겁니다. 아니 그보다는 머리가 썩어 문드러지는 걸 막으려면 뭐라도 해야 했기 때문일지도 모릅니다. 로버트 힐리어와 저는 '위대한 소설Great Novel' 또는 좀더 간단히 'GN'이라고 부른 글을 쓰기 시작했습니다. 그때 최전방에 있던 우리는 24시간 근무하고 20시간 쉬었는데, 포탄을 막아주던 시멘트 저장고에서 소설을 썼던 게 기억납니다. 우리는 한 장葉씩 번갈아가며 썼어요. 얼마 전에 버지니아 대학에 그 원고를 보냈습니다. 살펴볼 엄두는 나지 않더군요.

— 존 더스패서스

유년기에 겪은 어떤 일이 특히 생생하게 떠오르는데, 1930년대 파리였어요. 아버지는 괴짜에다 극도로 보수적인 프랑스 사람으로, 20세기 대부분의 모습, 특히 느슨한 교육을 개탄했습니다. 그리고 아버지의 소망에 따라 저는 태어나서 9년 동안 방에 갇혀 아버지만큼이나 독재적인 여성 가정교사로부터 개인 교습을 받았습니다. 가정교사는 극심한 심기증[2] 환자로, 제가 다른 아이를 '보기만' 해도 어떤 치명적인 세균에 감염될 거라고 굳게 믿었어요. 저는 극도의 고립 상태로 살았습니다. 일주일에 한 번, 우리는 통신교육 학교로 찾아가 다음 주 과제를 받았습니다. 보통 프랑스어, 교리, 따분한 숙제, 라틴어 시, 나폴레옹이 승리

---

[1] 프랑스 소설가로, 제1차 세계대전을 겪고 급진적 반전주의자가 되었다. 참전 경험을 바탕으로 쓴 『포화』Le Feu로 프랑스 최고 권위 문학상인 공쿠르상을 받았다.
[2] 자신의 건강을 극도로 염려하고 병적으로 의심하는 상태.

한 전투의 날짜를 외우는 것이었어요. 하지만 여덟 살 때 놀라운 일이 벌어졌습니다. 새 선생님이 와서 우리에게 다음과 같은 숙제를 내준 겁니다. '무엇이든 좋으니 쓰고 싶은 이야기를 쓸 것.' 이 새로운 자유 덕에 저는 흥분과 고뇌에 사로잡혔습니다. 몹시 간결한 글부터 썼죠. 제가 쓴 경고성 이야기는 다음과 같습니다. "부모님은 어린 소녀에게 녹색 잔디밭 저 끝에 있는 호숫가로 혼자 걸어가지 말라고 했습니다. 그러나 소녀는 자유의 열쇠를 가지고 있는 녹색 눈의 개구리를 찾아가고 싶었습니다. 어느 날 소녀는 부모님의 말씀을 어기고 호수로 걸어갔고, 즉시 물에 빠져 죽고 말았습니다. 끝." 다음 날, 아버지는 매일 그러듯이 서재에 갔다가 그 작문을 자세히 읽고는 호통을 치셨죠. "한심하긴! 감히 이걸 이야기라고 써? 뭐 하나 제대로 완성할 줄 모르니, 대체 뭐가 되려고 그러느냐?" 그리고 아버지는 제 작은 책상에 놓인 그 종이를 낚아채 갈가리 찢었어요. 1939년 5월의 어느 저녁이었고, 열네 달 뒤 아버지는 레지스탕스 활동 중에 돌아가셨지요. 저는 평생 아버지를 사랑했고, 그런 아버지가 저에게 다시는 글을 쓰지 말라고 경고했습니다. 저는 30년이 넘도록 소설을 쓸 생각은 하지 않았습니다.

_____프란신 뒤 플레시 그레이

저는 시를 쓰고 있었습니다. 하지만 연극이 몹시 재미있는 경험이라는 걸 알게 되어 어느 날 집에 가서 희곡을 써보았죠. 한 등장인물이 다른 인물에게 "어이, 친구, 무슨 일이야"라고 말했습니다. 그리고 그는 "별일 아니야"라고 말했죠. 20분 동안 그대로 앉아 있었는데 등장인물 중 누구도 말을 하려 하지 않았어요. 그래서 저는 "뭐, 괜찮아" 하고 중얼거렸죠. "어쨌건 나는 시인이야. 극작가가 될 필요는 없어. 희곡을 쓰려고 죽도록 고생할 필요가 없지. 희곡은 다른 사람들에게 쓰라고 하자." 그 첫 경험 이후로 오랫동안 희곡을 쓸 생각을 하지 않았습니다.

— 어거스트 윌슨

저에게 다른 야망은 전혀 없었어요. 그러다 에드먼드 윌슨과 결혼했고, 결혼하고 일주일쯤 지났을 때 남편이 "당신은 소설에 재능이 있는 것 같아"라고 하더군요. 그러고는 저를 작은 방에 들여보냈어요. 엄밀히 말해서 문을 잠그진 않았지만 "여기에서 나오지 마!"라고 말했죠. 저는 그렇게 했어요. 자리에 앉았는데, 그냥 이야기가 찾아왔습니다. 정말이지, 제가 쓴 첫 단편이었습니다. 『그녀의 친구들』The Company She Keeps 맨 처음에 수록된 단편이죠. 로버트 펜 워런이 계간지『서던리뷰』에 그 글을 실었습니다. 무척 놀랍게도, 저는 소설을 쓰는 사람이 되어 있었습니다.

— 메리 매카시

극작가가 된다는 건 언제나 가장 즐거운 상상이었죠. 저는 늘 연극이야말로 작가가 터득하고자 시도할 수 있는 가장 흥미진진하면서도 까다로운 형식이라고 생각했습니다. 저는 글을 쓰기 시작했을 때 아이스킬로스부터 시작해 약 2500년 동안 내려온 극작의 주류에 속해 있다고 생각할 수밖에 없었습니다. 다른 예술과 달리 연극에서는 걸작이 드물어서 19세기까지만 살펴봐도 그 모든 걸작을 대강 망라할 수 있습니다.

_____ 아서 밀러

시릴 코널리가 저에게 영국 문학지 『호라이즌』에 실을 글을 써달라고 하더군요. 그래서 저는 「얼굴」A Face이라는 글을 썼죠. 어려움 없이 술술 써 내려간 몇 가지 글 중 하나예요. 시릴이 "그 글이 마음에 듭니다" 하고 말했어요. 그 말을 기억해요. 또, 그보다 훨씬 전에 「버펄로」The Buffalo를 썼습니다. 그 시는 유쾌하고 변덕스럽게 진행되어 많은 사람이 화를 냈을 거예요. 저는 생각했어요. '음, 형편없는 시라면 오빠가 나에게 말해줄 테고 장점이 있으면 알아주겠지.' 그리고 오빠는 꽤 열정적으로 "마음에 들어"라고 말했지요. 저는 더없이 행복했습니다.

_____ 메리앤 무어

아홉 살 아니면 열 살 때부터, 작가가 될지 화가가 될지 마음이 반반이었는데, 열예닐곱 살쯤에 그림은 돈이 너무 많이 든다는 걸 알았습니다. 연필 한 자루와 값싼 공책 하나만 있으면 작가가 될 수 있었기에 저는 작가가 되었습니다.

_____ 프랭크 오코너

일종의 열정, 그러니까 휘몰아치는 열망 외에 그 어떤 것도 없이 시작했어요. 그 마음이 어디에서 왔는지, 또 왜 왔는지 모릅니다. 아무것도 막지 못할 만큼 왜 그리 완강했는지도 모르겠어요. 하지만 저와 제 글 사이에는 제가 경험한 유대감 중에서도 가장 강력한 유대감이 있어요. 사람 또는 다른 일이 주었던 그 어떤 유대감이나 연대보다도 강력합니다.

———— 캐서린 앤 포터

어린 시절은 참 괴이했습니다. 외톨이였죠. 상상력을 빚어준 건 라디오였습니다. 라디오에서 흘러나오는 이야기는 사건과 장면의 전말을 자세히 구현합니다. 예닐곱 살 때, 혼자 샘 스페이드[●]처럼 센트럴파크를 거닐면서, 배우 겸 작가가 되어 샘을 그 장면 속에 배치하고 제가 하고 있는 행동을 소리 내어 묘사했습니다. 그렇게 내면의 귀를 발달시켰지요.

———— 로버트 스톤

제가 쓴 어느 문장이 기억납니다. 얼마나 형편없었는지 보여드리자면 이렇습니다. "무슈 보울은 마드무아젤의 왼쪽 옆구리에 섬세한 단검을 찔러 넣은 뒤 차분하고 신속하게 떠났다." 그때 제 태도가 진지하지 않았다고 생각하고 싶지만, 사실 진지했어요.

———— 유도라 웰티

[●] 미국 탐정소설 작가 대실 해밋의 장편소설 『몰타의 매』The Maltese Falcon를 비롯한 몇몇 단편에 등장하는 사립탐정이다.

문학을 업으로 삼게 될 줄은 몰랐습니다. 스물일고여덟이 되어서야 제가 글로 성공할 수 있을 거라고 확신하는 일이 일어났죠. 글은 매우 많이 썼지만 그 글을 제대로 활용할 수 있을지 자신이 없었어요. 어느 해 여름에 외국에 갔다가 뉴욕으로 돌아왔더니 아파트에 우편물이 쌓여 있더군요. 뜯지 않은 채로 들고 14번가에 있는 차일즈 레스토랑으로 가서 저녁 식사를 주문한 뒤 봉투를 열기 시작했어요. 어느 봉투에서 수표 두세 장이 흘러나왔는데 「뉴요커」에서 보낸 것이었죠. 아마 100달러가 좀 안 되는 액수였을 텐데 제 눈에는 엄청 큰돈처럼 보였습니다. '이제 됐어' 싶었던 그 느낌이 아직도 기억납니다. 마침내 프로가 된 겁니다. 좋은 느낌이었고, 저는 저녁 식사를 맛있게 먹었습니다.

_____ 엘윈 브룩스 화이트

벨에어 컨트리클럽에서 8번 홀에 있을 때였는데, 저는 "제발, 하느님, 오늘 밤에 이 소설을 시작하게 해주세요"라고 말했습니다. 그리고 정말 시작했지요. 묵고 있던 웨스트우드 호텔의 서랍장을 책상 삼아 그 앞에 서서 이렇게 썼습니다. "사업은 순조로웠다. 매년 똑같았다. 연무와 열기가 스멀스멀 세면대를 뒤덮었다. 사람들은 무기력과 불안에 굴복했다. 과거의 결심은 죽었다. 과거의 약속은 고려되지 않았다 그리고 내가 얻은 것은…" 타고난 재능이 저에게 있었습니다(누가 알았겠습니까? 그냥 자리에 앉아 썼을 뿐이에요). 짐승이 풀려난 겁니다. 순수한 의지와 자만심, 중요한 인물이 되고 싶다는 압도적인 열망이 저를 아예 새롭게 창조해낸 것만 같았습니다. 별안간 남은 평생 무엇을 하게 될지 알게 되었죠. 그 뒤로는 멈춘 적이 없습니다.

─────────── 제임스 엘로이

『옥스퍼드 영어사전』Oxford English Dictionary 작업 중이었는데 매우 지루했습니다. 그래서 시험 삼아 글을 써서 옥스퍼드 대학용 문학 지침서를 만들었는데, 옥스퍼드시와 옥스퍼드 대학을 거쳐간 모든 작가에 대한 해설집이었습니다. 출판사와 계약했지만 다행히 출간은 되지 않았습니다. 그 경험 이후로는 스물다섯 살 때 소설을 써보기 시작했는데, 걸핏하면 중단되곤 하던 지루한 과정이었고, 의심과 의기소침으로 점철된 시간이었습니다. 그러다 마침내 그 글은 첫 소설 『메트로랜드』Metroland가 되었는데, 출간 당시 저는 서른네 살이었습니다. 그러니 팔구 년이 걸린 셈이고 물론 오랜 시간 동안 쓰기를 보류한 적도 있습니다. 자신이 전혀 없었으니까요. 자신에 대한 확신도 없었고. 제가 소설가가 될 만한 사람인지도 알 수 없었죠.

─────────── 줄리언 반스

300쪽짜리 단락 하나로 [『재규어의 친구』L'amie du Jagua를] 썼다는 사실이 몹시 뿌듯했어요. 그 글이 지독히 멋지다고, 훌륭한 문학적 급진성의 표본이라고 생각했지요. [담당 편집자는] 저에게 그 글이 전혀 쓸모없으니 그만두라고 하는 대신, 그저 글이 좀 길고 지나치게 신경 쓴 느낌이 있으니 삭제할 만한 부분 몇 군데를 찾

작가란 어떤 사람인가

아 괄호로 묶어보라고 말했습니다. 그렇게 해보았는데 물론 잘 되지 않았죠. 그래서 그 책을 완전히 다시 썼어요. 분명 편집자도 그걸 바랐겠지요. 그 책은 재주가 좀 있다는 것을 보장해줄 정도의 가능성은 있었지만, 사실은 작가 본인에게만 재미있는 전형적인 첫 소설 중 하나였습니다.

_____ 에마뉘엘 카레르

[『안전을 향하여』Crossing to Safety가] 책이 될 거란 사실을 처음부터 알고 있었습니다. 그런 느낌이 옵니다. 낚싯줄에 물고기가 걸린 것 같은 느낌이에요. 낡은 장화인지 물고기인지 알 수 있지요.

_____ 월리스 스테그너

서툴기 짝이 없는 글을 적어둔 공책, 그러니까 아무 내용이나 마구 써댄 공책이 잔뜩 있어요. 그 초고들을 보면 이렇게 썼던 게 조금이라도 의미가 있을까, 하는 생각이 들곤 해요. 저는 민첩한 재능을 소유한 작가, 그러니까 글을 술술 써내는 작가들과는 정반대예요. 제가 쓰려는 '그것'이 뭐든, 쉽게 포착하지 못하죠. 보통은 잘못된 길로 들어서기 때문에 돌아 나와야 합니다.

_____ 앨리스 먼로

음, 할아버지께서는 시를 쓰셨습니다. 러시아 태생이셨어요. 공장에서 일하셨지만 뉴욕 로어 이스트사이드에 있는 이디시어* 전용 극장에서 무대 담당자로도 일하셨습니다. 할아버지는 위대한 러시아 소설가들의 작품을 모두 읽었고, 소리 내서 내용을 말하고 싶어 하셨어요. 거실에 있는 의자에 앉아서 묵직한 유럽식 억양으로 선언문을 읽곤 하셨지요. "그 흑인이 마침내 이 나라에서 자신이 겪은 일을 깨달았을 때 … 나는 여기 있지 않겠다." 또는 "신부가 숫처녀가 아니라면, 결혼 생활 중 어느 순간 싸움이 벌어질 것이고, 말이 오갈 것이다. … 그리고 그 말을 바로잡을 방법은 없을 것이다."

그러니까 저는 숫처녀가 무엇인지도 몰랐지만 그 단호한 어조, 선언적인 말투에 경외심을 느꼈습니다. 할아버지는 이디시어로 짧은 소설과 산문시를 쓰셨어요. 아버지가 그것을 영어로 번역했고, 브루클린의 유대교 청년회 잡지에 실렸죠. 죽어가는 아내, 밤새워 간호하는 남편, 반짝이는 양초가 등장하는 이야기가 기억납니다. 양초는 아내가 숨을 거둔 순간 결국 꺼지고 맙니다. 할아버지는 민스크의 '오 헨리'와도 같았어요.🔹🔹 그때 저는 예닐곱 살이었는데 할아버지의 이름과 작품을 인쇄된 종이에서 본다는 생각에 신이 났지요. 훗날 대학에서 저는 늘 글쓰기 수업을 들었습니다. 커피숍에서 열리는 공개 낭독회 때 자리에서 일어나 비트족이나 히피족이 쓴 긴 글을 낭독했고, 사람들로부터 좋은 반응을 얻었습니다. 대단한 사람이 된 기분이었어요. 그때 저는 소

🔹 중유럽 및 동유럽 출신 유대인이 사용하는 언어.

🔹🔹 오 헨리는 『마지막 잎새』The Last Leaf로 유명한 미국의 단편 작가이며, 헨리 밀러는 『북회귀선』Tropic of Cancer으로 베스트셀러 작가에 올랐는데, 두 작가 모두 온갖 직업을 전전하다가 40세가 넘어서야 작가로서 이름을 알렸다.

설 하나를 골라 멋대로 쪼개고는 그걸 시라고 불렀습니다. 어디쯤에서 쪼개야 하는지 몰랐어요. 격조니, 운율이니 하는 것은 전혀 몰랐습니다. 그저 언어를 잘 다루었고 갈채를 받을 거라는 생각에 본능적으로 강렬하게 반응했을 뿐입니다.

— 리처드 프라이스

열일고여덟 살 무렵 저는 상당한 괴짜였습니다. 어느 고물상에서 발견한 에이브러햄 링컨의 프록코트와 높은 실크 모자를 걸치고 마을을 돌아다니면서, 저를 비웃거나 괴짜 취급하는 사람들과 싸웠죠. 십 대였지만 인생의 낙오자였어요. 그래서 매우 우울했고 여자아이들에게 퇴짜를 맞았습니다. 덕분에 자유로웠으니 사실은 큰 행운이었다는 걸 나중에 깨달았어요. 온갖 샛길을 자유롭게 개발하고 탐구했으니까요. 그 문화가 용납해준 사람은 생각하지도 않을 행동이었죠. 흥미가 느껴지는 것들을 마음껏 탐구했습니다.

— 로버트 크럼

첫 소설을 쓰기 시작했을 때, 글을 쓰려면 학교를 중퇴해야겠다고 생각했습니다. 당시 학비는 연간 1만 4000달러였는데, 천문학적인 액수였지요. 저는 그냥 서점에서 일하며 소설을 쓰고 싶었어요. 그때 저 자신에게 그 점을 매우 논리적으로 설명했습니다. 새로 사귄 친구들과 어울리는 건 좋지만 수업에는 가기 싫다고 말입니다. 수업을 들으려면 학비를 내야 했기 때문에 학교를 그만두었습니다. 그렇게 저는 여자 친구의 기숙사 방에서 살게 된 섬뜩한 중퇴자 중 하나가 되었습니다. 여자 친구는 강의 교재의 속을 파내 거기에 밀폐용기를 숨기고 식당으로 가서 음식을 훔쳐 왔고, 저는 여자 친구의 방에 앉아 출간되지 않을 형편없는 첫 소설을 썼지요.

조너선 레섬

그때 저는 추상회화 중 하나인 컬러필드페인팅 작품을 만들고 있었어요. 우선 단일어 목록을 작성했는데 대부분 명사였고 새 이름이나 지명을 주로 책에서 오려낸 다음 연필로 그리거나 수채화 물감을 발라 콜라주 형식으로 구성했지요. 그다음에는 낡은 설계도, 지도, 도표를 거기에 조합했습니다. 제 마음을 끈 것은 단일어와 그 단어를 구성하는 문자였습니다. 저는 점차 수채화 얼룩, 사진, 단어로 이루어진 책을 만들게 됐지요. 얼마 뒤에는 도화지에 단어를 그리기도 하고 벽에 붙이기도 했어요. 벽으로 만든 책을 가진 것이나 다름없었죠. 그러다 어느 순간 세인트마크스 교회에서 운영하는 '시 프로젝트' 센터에 연락해 시 워크숍을 열기로 마음먹었습니다. 워크숍 책임자인 시인 테드 그린월드가 화가 마샤 하피프와 제가 나눠 쓰고 있던 작업실에 찾아왔어요. 벽 곳곳에 제가 하고 있던 작업을 보더니 말하더군요. "이걸 책으로 내보면 어떨까요?" 그래서 그렇게 했지요.

수전 하우

어떤 뼈대도 없이, 어떤 표본도 의식하지 않고서, 그저 저에게 동조하는 조지 스마일리라는 이상한 인물만으로 첫 책을 쓰고 있었지요. 저는 아주 확실한 등장인물 하나를 배낭에 담아두지 않고서는 책을 쓸 수가 없습니다. 과거와 추억, 골치 아픈 사생활, 탁월한 업무 능력을 갖춘 스마일리라는 인물이 생겼을 때, 저와 함께 일하고 함께 살아갈 수 있는 상대가 나타났다는 것을 알 수 있었습니다.

존 르 카레

1975년 새해 첫날에 어머니가 돌아가셨습니다. 그 뒤로 여섯 달 동안 필라델피아에 살았어요. 그해 6월에 워싱턴으로 돌아와서는 우리 가족의 친구인 두 할머니와 가끔 함께 지냈고, YMCA에 머물기도 했습니다. 필라델피아에서 살던 봄에 「추수」라는 단편을 써서 잡지 『에센스』에 보냈죠. 워싱턴으로 돌아온 뒤, 필라델피아에서 제 앞으로 발송된 우편물은 전혀 없었습니다. 두 할머니와 지내지 않을 때는 거의 노숙자였어요. 이런 생활이 1년 가까이 이어졌습니다. 7번가에 있는 가구점에서 잠시 일했지만, 거기에는 정해진 서식이 있었고, 상사는 제가 숫자를 제대로 기재하지 않았다면서 저를 해고했죠. 1979년 9월에 학술지 『사이언스』에서 일자리를 얻기 전까지 저에게 안정적인 것이라고는 전혀 없었습니다.

어느 날 드디어 필라델피아에서 저에게 전보를 보내서 제 소설이 다음 달에 『에센스』에 실릴 거라고 했습니다. 그러라고 말한 적도 없는데, 제 허락 없이 어떻게 그렇게 됐는지 모르겠습니다.

싫다고 말했을 거라는 뜻은 아닙니다! 그 글은 1975년 봄에 우편으로 보낸 단편이었어요. 전보는 1976년 9월에 도착했고요. 갑자기 저에게 직업과 방, 그리고 『에센스』에 실릴 소설 하나가 생긴 셈이었습니다. 한 달 내내 저는 동네 약국에 들렀습니다. 『에센스』의 표지를 장식한 어느 미인을 보고 76쪽을 펼쳤습니다. 첫 쪽 하단에 제 이름이 있었는데 약력은 전혀 없었지요.

———————————————— 에드워드 P. 존스

글을 쓰기 시작한 시점이 세 번 있었다고 말할 수 있을 것 같습니다. 제가 처음 쓴 두 책은 그 뒤에 나온 책과 매우 다릅니다. 그 두 권의 좋은 점은 부끄럽지 않다는 점입니다. 얼굴을 붉히지 않아도 됩니다. 다행히도 그 책들이 출간되는 것을 볼 수 있었지만, 드문 일입니다. 몇 가지 요소 덕분에 이 소설들은 여전히 출간 중입니다. 자전소설이 아니고, 허세가 없고, 들어본 적 없거나 새로운 것을 시도하지 않으며, 읽기 쉽고 재미있어요. 일종의 모조품이고 패러디지요. 아주 젊을 때 작가는 사실 습작을 쓰는 중이라고 할 수 있습니다.

———————————————— 하비에르 마리아스

글쓰기를 지나치게 두려워한 적은 없고, 제가 쓴 문장이니까 의미가 있다거나 좋은 문장이라고 생각한 적도 없습니다. 그러니까, 저는 잭 레그스 다이아몬드가 주인공으로 등장하는 『레그스』 Legs를 여덟 번 썼는데, 그 원고와 제 아들이 모두 여섯 살이 됐을 때, 아들보다 원고 더미의 더 키가 컸습니다. 둘이 함께 있는 사진이 하나 있어요. 어느 날 제가 고쳐 쓰고 있는 소설의 어떤 부분을 솔 벨로가 읽고 있었는데, 그가 전에 바꿔보라고 제안했던 부분이었습니다. 벨로는 저를 쳐다보면서 "와, 이거 출판해도 되겠어!"라고 말했습니다. 전에 제가 쓴 글에 대해 어떤 말이든 해준 사람이 없었기 때문에, 저는 밖으로 나가 샴페인 한 병을 사와서 아내, 친구들과 함께 파티를 열었지요. 그토록 먼 길을 걸어왔는데(어둠 속에서 12년 동안 글을 썼으니까요) 중요한 사람이 그런 말을 들려주며 저를 다른 수준의 작가로 이끌어주었습니다. 그 말은 그동안 제가 거친 수습 기간을 인정해주고 저를 장인의 위치로 올려주었습니다. 그래서 저는 계속 글을 썼습니다.

———— 윌리엄 케네디

작가가 되기 위해 했다고들 하는 여러 일 중에서도 아주 놀라운 일을 해낸 이가 있는데, 제가 아주 좋아하는 로버트 브라우닝입니다. 브라우닝은 열네 살 때 짐작컨대 어느 날 갑자기 작가가 되기로 결심했어요. 사실 그의 아버지가 온 집 안을 책으로 가득 채워두긴 했지요. 브라우닝은 "작가가 되려면 내가 해야 할 일은 단 하나다"라고 말하고는 새뮤얼 존슨의 『사전』Dictionary을 외우기 시작했습니다. 두 권을 처음부터 끝까지 말입니다. 그는 영국 작가 중에서 셰익스피어 다음으로 방대한 어휘를 소유하고 있습니다. 이 정도는 되어야 '각오'라고 말할 수 있지요.

———— 셀비 푸트

왜
글을
쓰십니까?

Why Do You Write?

소설을 써야겠다는 생각이 들었다면, '이번에는 본때를 보여주고 말겠어'라는 마음이 어느 정도 있는 겁니다. 그런 마음이 없다면, 창의력이라는 이름으로 행해지는 많은 활동이 사라질 겁니다. 자기중심적이고 오만하다고 생각해도 좋습니다. 책을 쓰는 행위 자체가 곧 오만이니까요.

_____ 킹즐리 에이미스

저를 짜증 나게 하고 놓아주지 않을 테니까요. 그게 글쓰기가 주는 고통입니다. '이 책을 써라, 그렇지 않으면 죽을 것이다.' 그 고통을 겪어내야 합니다. 재능은 중요하지 않아요. 재능이 있지만 무너진 사람을 많이 압니다. 재능을 뛰어넘는 온갖 평범한 단어들이 있습니다. 훈련, 애정, 행운. 하지만 가장 중요한 건 인내입니다.

_____ 제임스 볼드윈

저속하다 싶은 자신감과 지속적인 공포가 조합된 결과지요. 아시겠지만 헤밍웨이는 매일 쓴 단어 수를 반드시 기록했다고 하지 않습니까? 헤밍웨이에 대해 자세히 알게 되니, 그 가여운 친구가 왜 제정신을 잃고 결국 자살하고 말았는지 이해가 되더군요. 평범한 작가들은 능력이 뛰어나건 보통이건 자신감이 충만해서 빈 종이를 두려워하지 않습니다.

제 소설에 대해 말해보지요. 친구인 존 호크스가 한 말인데, 제 소설은 그저 침묵을 없애려고 무無에 대항해 이야기를 늘어놓은 것처럼 보인다는 겁니다. 무슨 말인지 압니다. 셰에라자드가 느낀 두려움이 그거죠. 문학적으로나 은유적인 측면에서 이야기를 들려주는 것과 생계를, 목숨 그 자체를 동일시할 때 느껴지는 두려움이에요. 그 비유가 뼛속까지 이해됩니다. 늘 이 이야기가 끝나면 아마도 온 세상이 끝날 거라는 느낌이 들어요. 제가 세상에 대한 이야기를 들려주지 않더라도 세상이 정말 존재할까 싶은 거죠. 음, 인생에서 이 시기쯤 되니 빈 종이가 채워질 거라는 걸 알 정도의 자신감은 생기더군요. 이 긴 작업이 끝나면 다음에는 무엇이 빈 종이를 채울까? 그 정도로 앞서 생각할 수 있었던 적은 없습니다. 당면한 작업이 제 손을 떠나 인쇄기를 통과할 때까지는 그럴 수가 없어요. 그 뒤에야 다음에 무엇을 할지 생각하기 시작하지요. 다음에 등장할 이야기만큼이나 저도 궁금합니다. 어쩌면 더 궁금해하는 쪽은 저일 겁니다.

———————————————————— 존 바스

역시 몇 년 전 일인데, 한번은 프란츠 클라인*이 (다른 친구로부터 적의는 없었고 그저 강렬하게) 질문 세례를 받다가 마침내 이렇게 대답했습니다. "글쎄. 자, 내가 만일 '자네'가 아는 것을 그린다면 자네는 마냥 지루할 걸세. 내가 자네에게 한 말을 또 할 때처럼 말이지. 내가 만일 '내'가 아는 것을 그린다면, 지루함은 내 몫일 테고. 그러니 나는 내가 모르는 것을 그린다네." 음, 맞는 말이라고 생각합니다. 저는 제가 모르는 것을 씁니다. '소통'은 시간을 많이 들여 정의해야 하는 단어입니다. 예를 들어, 과연 저는 맹인이 앞을 보게 할 수 있을까요? 그게 제 머릿속에 늘 있었던 질문입니다. 경험하지 않고서는 다른 사람에게 이야기할 수 없다는 말이 사실이라면, 독서는 다른 사람과 '함께' 읽는 행위입니다. 사람들이 제 시를 절절히 공감하며 읽을 때, 그들은 저와 '함께' 읽고 있는 겁니다. 그러니 '소통'이란 정보를 가르치듯이 전달하는 과정이 아니라 다른 사람과 서로 주고받는 느낌입니다.

_____로버트 크릴리

어릴 적 가끔 동화를 썼지만 작가가 되고 싶지는 않았어요. 배우가 되고 싶었죠. 그때는 그게 같은 욕망이란 걸 몰랐습니다. 둘은 공상의 세계에 살아요. 공연자고요. 유일한 차이는 작가는 그 모든 역할을 혼자 맡는다는 것 정도입니다. 몇 년 전에 (배우인) 친구가 우리 부부와 다른 작가 둘과 함께 여기에서 저녁을 먹고 있었어요. 이 방에 있는 사람 중 앞일을 계획할 수 없는 사람은 그

⬛ 역동적인 표현으로 유명한 미국의 추상표현주의 화가.

친구뿐이라는 생각이 퍼뜩 들더군요. 그 친구는 누군가 역할을 맡아달라고 요청하기를 기다려야 했는데, 그건 참 이상한 삶의 방식입니다.

조앤 디디온

헨리 제임스가 어느 젊은 여인을 멋진 본보기로 내세우며 전하려는 뜻에 동감합니다. 그 젊은 여인은 군대 막사 옆을 돌아다니고 창문 너머로 병사들의 대화를 한두 마디씩 들으며 근심 없는 삶을 꾸려갑니다. 헨리 제임스는 그녀가 소설가라면 그 경험을 토대로 집으로 돌아가 군 생활에 대해 아주 정확한 소설을 쓰고 있을 거라고 말했습니다. 저도 늘 같은 생각이었습니다. 작가는 다른 사람이 될 줄 알아야 합니다. 작가는 자신의 것이 아닌 경험을 제공할 수 있어야 하고, 본 적 없는 시대와 장소를 실제처럼 제시해야 합니다. 그것이 예술을 옳다고 말할 수 있는 이유 중 하나가 아닌가요? 고통을 나누어 준다는 점 말입니다. 글쓰기 교사들은 학생들에게 언제나 자기가 아는 것을 쓰라고 말합니다. 물론 그렇게 해야 하지만, 달리 생각해보면 글로 쓸 때까지 자신이 무엇을 아는지 어찌 알 수 있다는 말입니까? 글을 쓰면 알게 됩니다. 프란츠 카프카가 무엇을 알았습니까? 보험업? 그런 조언이 어리석은 이유는 전쟁에 대해 쓰려면 참전해야 한다는 생각이 담겨 있기 때문입니다. 뭐, 그렇게 하는 사람들도 있고, 하지 않는 사람들도 있지요. 저는 살면서 경험한 것이 몹시 적어요. 솔직히 말해, 가능하다면 경험을 피하려고 합니다. 대부분의 경험은 좋지 않으니까요.

에드거 로런스 닥터로

제가 일류인지, 이류인지, 아니면 삼류인지는 중요한 게 아닙니다. 물은 가만히 두어도 낮은 곳으로 흐르니 저에게 주어진 힘으로 최선을 다하는 것이 매우 중요합니다. 능력 밖에 있는 것을 얻으려 기를 써보았자 아무 소용이 없고, 마찬가지로 제가 가진 자질을 나태한 태도로 대하는 것은 완전히 부당한 처사입니다. 아시다시피, 예술가가 되는 데는 처음부터 흥미가 없었습니다. 그 예술가를 이용해 행복한 사람이 되고자 할 뿐인데, 저에게는 그게 훨씬 어려운 일이지요. 예술은 쉽습니다. 삶이 어렵죠.

로런스 더럴

작가가 책임질 대상은 오직 그의 작품뿐입니다. 좋은 작가라면 자신의 작품을 무자비하게 대하겠지요. 그런 작가에게는 꿈이 있습니다. 꿈이 작가를 몹시 괴롭혀서 그 꿈을 없애야 할 정도입니다. 그때까지는 평화를 누릴 수 없습니다. 모든 것이 물거품이 되고 맙니다. 명예, 긍지, 품위, 안정, 행복 모두 책을 쓰는 데 들어갑니다. 어머니를 없애야 한다 해도 작가는 망설이지 않을 겁니다. 영국 시인 존 키츠의 「그리스 항아리에 부치는 노래」Ode on a Grecian Urn는 수많은 어머니를 희생할 가치가 있습니다.

윌리엄 포크너

장 자크 루소는 연설이 우리의 정체성을 보호해주지 못할 때 글쓰기가 필요하다고 주장했습니다. 글로 표현된 말은 실제 경험보다는 약한 차선일지 모르지만, 그래도 꽤 강력합니다. 의미와 내적 질서를 찾게 해주는 유일한 길이지요. 폴 발레리의 다음과 같은 명언이 늘 머릿속에 맴돕니다. "나는 횡설수설이라는 대양의 위협적인 해변에 언어의 작은 기념비를 세울 생각이었다."

프란신 뒤 플레시 그레이

작품이 까다롭지 않으면 저는 지루해서 죽을 겁니다. 저자의 개입과 짧은 논평이 자주 등장했던 『인식』The Recognitions을 쓴 뒤(연금술 같은 것을 다룬 책이죠) 저는 너무 쉽게 썼다는 걸 깨달았는데, 또다시 그렇게 하고 싶지는 않더군요. 다른 것을 쓰고 싶었습니다. 쓰기 어려운 내용을 쓰고, 다른 문제들을 만들어내면서 억지로라도 자신을 단련하고 싶었습니다.

윌리엄 개디스

글을 쓰지 않는다는 걸 상상할 수 없어요. 저에게 글쓰기란 그저 생활 방식입니다. 나이가 들수록 글쓰기는 더더욱 생활 방식이 되어갑니다. 처음에는 다른 것을 배제하는 유일한 생활 방식이었어요. 이제는 그 외에도 결혼 생활과 자녀들을 비롯해 책임질 일들이 생겼지요. 하지만 여전히 글쓰기는 그야말로 여타의 방식을 모두 앞서는 생활 방식이자, 세상을 관찰하고 사람들 사이에서 살아나가는 방식이며, 특히 그 모든 것을 기록하고 구체화하는 방식, 삶에 의미를 부여하고 제 안에 담긴 것을 표현하는 방식입니다. 글을 쓰지 않고 산다는 건 상상할 수도 없고 그렇게 하고 싶지도 않습니다. 글 쓰는 사람으로 살지 않는다는 건, 저에게 생각조차 할 수 없는 일입니다.

윌리엄 고이언

글 쓰는 사람은 누구나 작가가 그저 믿고 있는 것을 쓰는 게 아님을 압니다. 작가는 자신이 무엇을 믿는지, 또는 무엇을 믿을 수 있는지 알아내려고 글을 씁니다.

애덤 필립스

제가 생각하는 예술의 목적은 살아 있는 것을 개별적인 형태로, 제 경우에는 인쇄물로, 물론 바라건대 그 나름의 영원한 생명력을 가진 존재로 창조하는 것입니다. 놀랍게도 글은 그것을 읽는 사람 속에서 살아갑니다. 또 그 글이 진실하다면, 500년이 지나도 대대손손 살아남습니다. 아기를 낳는 것과 다르지 않아요. 다만 이 경우에는 인쇄될 뿐이죠. 정말 좋은 글이라면 그 삶을 멈추게 할 수 없습니다. 사실대로 말하자면, 아이의 작고 연약한 목을 두 손으로 조를 수 있을지언정 한번 인쇄된 글은 목을 조를 수가 없습니다.

헨리 그린

소설, 역사, 전기는 '어마어마하게' 중요한데, 현재의 삶과 과거의 삶을 생생하게 보여주기 때문에 그 자체로도 중요하지만, 전반적인 철학사상과 종교사상, 사회사상을 표현하는 수단이기도 하므로 중요합니다. 정말이지, 도스토옙스키는 키르케고르보다 여섯 배는 더 심오한데, '소설'을 쓰기 때문입니다. 키르케고르의 글에는 (새뮤얼 콜리지처럼) 추상적인 인간이 반복해서 등장하지만, 진정으로 심오한 소설적 인간에 비하면 '아무것도' 아닙니다. 소설적 인간 덕분에 저 거대한 사상이 구체적인 형태를 갖추고 끝없이 생동합니다. 소설은 절대적인 것과 상대적인 것을 화해시킵니다. 말하자면 특별한 것 속에서 일반적인 것을 표현합니다. 이것은 흥미로운 특징입니다. 삶에서나 예술에서나.

———— 올더스 헉슬리

문학에 푹 빠져 지낸 것을 늘 후회했습니다. 수도사가 되었다면 더 좋았을 겁니다. 그러나 말했다시피, 유명해지고 싶은 마음과 속세의 인연을 끊고 싶은 소망 사이에서 갈팡질팡했지요. 근본적인 문제는 만일 신이 존재한다면, 문학은 무슨 의미가 있느냐는 것입니다. 또 만일 신이 존재하지 '않는다면', 문학은 무슨 의미가 있을까요? 어느 쪽이건, 제가 지금까지 유일하게 제대로 해낸 것, 즉 저의 글은 아무것도 아닌 것이 됩니다.

———— 에우제네 이오네스코

작가는 매개체입니다. 제가 지금 쓰고 있는 이야기가 제가 존재하기 전부터 존재했다는 느낌이 들어요. 저는 그저 그것을 발견한 게으름뱅이일 뿐이며 다소 서투르게 그 이야기를 써내면서 인물들을 공정하게 다루려고 합니다. 제 생각에 소설 쓰기란 이야기 속 인물들을 공정하게 다루는 것, '그들의' 이야기를 공정하게 다루는 것입니다. '제' 이야기가 아닙니다. 제 이야기를 다룬다면 완전히 기괴한 작업이 됩니다. 저는 그저 매개체니까요. 작가로서 저는 말하기보다는 듣기를 더 많이 합니다. W. H. 오든은 글쓰기의 제1막이 '주목noticing'이라고 여겼습니다. 어떤 광경이 있다는 뜻이죠.

우리가 할 일은 구성하는 것이 아니라 '목격witness'하는 것입니다. 오, 물론 작가들은 말투와 목소리, 장면 전환 및 이야기의 여러 부분에 걸쳐진 온갖 흔들다리를 '구성'합니다. 그런 것을 창조해야 하는 건 맞습니다. 저는 아직도 촌스러워서 소설에서 '일어나는' 일이 그 소설의 특색이라고, 그리고 우리가 '보는' 광경이 소설에서 일어나는 것이라고 주장합니다. 그런 의미에서 작가는 통신원에 불과합니다. 윌리엄 포크너가 "자기 자신과 갈등을 일으키는 인간의 마음"에 대해 쓰기만 하면 글을 잘 쓸 수 있다는 식의 말을 하지 않았나요? 음, 작가가 하는 일은 그게 전부라고 생각합니다. 작가는 창조하기보다는 발견하고, 꾸며낸 이야기를 들려주기보다는 그저 보고 드러낼 뿐입니다. 적어도 저는 그렇습니다.

— 존 어빙

제 생각에 저는 매우 부주의한 사람이라서, 등장인물부터 구상하고 그 인물을 둘러싼 반대 증거와 잡다한 사항은 무시합니다. 영국 시인 스티븐 스펜더가 윌리엄 버틀러 예이츠에 대해서 놀라운 이야기를 들려주었지요. 예이츠는 아무것도 의식하지 않고 며칠씩 지냈는데, 그러다 한 달에 한 번 정도 창밖을 보다 갑자기 백조나 어떤 것에 주목하고는 굉장한 충격을 받고, 그것을 소재로 놀라운 시를 썼다는 겁니다. 제가 일하는 방식보다 더 지독한 방식이죠. 제 경우에는 하루하루 몽상과 자기도취에 빠져 살다가 갑자기 그 상태에서 벗어나면서 눈부신 섬광과 함께 그 인물이나 대상, 상황의 비범함이 눈에 보입니다.

──────── 크리스토퍼 이셔우드

저는 목요일 오후마다(일간지 「올버니 타임스유니온」에서 근무했는데 목요일이 비번이었죠. 그때는 뮤즈가 내려오기를 기다렸지만 결국 그날은 뮤즈도 비번이었어요) 그 개자식을 때려눕혀야 한다고 말하곤 했습니다. 그 개자식이 누구인지도 몰랐지만, 누군가를 때려눕혀야 한다는 건 맞는 말입니다. 제 문제투성이 상상력을 때려눕혀서 무슨 말을 할지, 어떻게 말해야 할지를 알아내고 미지의 세계로 전진해야 합니다. 제가 늘 알고 있던 것은 첫째, 저는 작가가 되고 싶고 둘째, 무슨 일이건 끈질기게 하면 머잖아 성취하리라는 사실이었습니다. 단지 끈기의 문제입니다. 재능도 어느 정도 필요하고요. 재능이 없으면 어떤 일도 할 수 없지만, 마찬가지로 끈기가 없으면 어떤 것도 할 수 없습니다. 이 이야기를 소설가 솔 벨로와 나눈 적이 있어요. 글쓰기와 출판 등등에 대해 일반적인 이야기를 나누고 있었는데, 벨로가 어느 정도의 재능이 반드시 필요하다고 말하더군요. 온갖 부류의 사람이 재능 없이 이 분야에 뛰어들어 매우 열심히 노력하지만 아무것도 얻지 못한다고요. 어떤 종류건 재능은 있어야 하고, 그러나 그 뒤로는 성격이 중요하다고 말입니다. 저는 "성격이라니, 무슨 뜻입니까?"라고 물었어요. 벨로는 저에게 웃음을 짓고는 아무 말도 하지 않았어요. 그래서 그 뒤로 평생, 그날 밤 벨로가 한 말이 무슨 뜻인지 알아내야 했습니다. 저는 성격이란 끈기를 뜻한다고 결론을 내렸습니다. 포기하지 않겠다고만 한다면 게임은 끝나지 않는다고 말입니다. 아시다시피, 저는 살아오며 했던 모든 일에서 큰 성공을 거두었는데, 그러다 어느 때에 이르러 작가가 되기로 했습니다. 저는 훌륭한 학생이었습니다. 훌륭한 군인이었습니다. 어느 날은 골프 코스에서 홀인원을 기록했습니다. 제 소설의 주인공 빌리 펠런처럼 볼링에서 299점을 기록했지요. 신문 기자로도 매우 유능했습니다. 언론 분야에서 제가 하고 싶은 일은 뭐든 잘되는 것 같았습니다. 모든 게 순조로웠어요. 그래서 제가 왜 기자로는 그토록 성공했는데 소설가이자 단편 작가로는 무명에 그치는지 이해하지 못했습니다. 그때는 그저 상황이 저를 역행하고 있었습니다. 그저 배워야 할 때였지요. 저의 상상력에서, 저의 삶에서 무엇을 끄집어내야 할지를 파악하는 건 아주 난해한 기술입니다. 아주 난해한 일이에요.

———————————————————— 윌리엄 케네디

젊은 시인, 아니 그 문제에서는 나이 든 시인도 마찬가지지만, 글을 쓰고 있을 때도 그렇고 2주가 지난 뒤에도 개인적으로 자기 자신을 즐겁게 하는 시를 써야 한다고 생각합니다. 2주쯤 지나 평소 즐겨 읽는 잡지에 그 시를 보내서 시가 다른 사람도 즐겁게 하는지 알아봐야 해요. 하지만 그렇지 않다고 해서 낙담할 필요는 없습니다. 그러니까, 17세기에는 교육받은 남자는 누구나 시를 짓고 류트를 연주할 수 있었습니다. 윔블던 대회에 나가지 못한다는 이유로 누구도 테니스를 치지 않는다고 생각해보세요! 그 무엇보다도 시 쓰기는 즐거움이 되어야 합니다. 단연코, 시를 읽는 것도 마찬가지지요.

———————————————— 필립 라킨

소설을 새로 시작할 때마다, 다른 소설을 쓰지 않아도 될 정도의 소설이기를 바랍니다. 매번 맨땅에서 시작해야 합니다. 전에 쓴 것들은 중요하지 않아요. 프레스코 벽화처럼 덧바르면 되는 게 아니니까요. 인생을 아예 새로 시작하기로 결심한 사람처럼, 저는 지금까지 성취한 게 전혀 없다고 스스로 말해왔습니다. 지금 제가 쓰는 그 소설이 저의 걸작이 될 거라고 늘 믿었기 때문입니다.

———————————————— 프랑수아 모리아크

시는 그 속성상 신비한 무언가를 붙잡으려 하는데, 그 신비는 죽음이나 사랑이나 배반이나 아름다움처럼 아무리 똑바로 응시해도

작가란 어떤 사람인가

결코 풀리지 않습니다. 우리는 계속 곁눈질을 합니다. 해군에서 야간 조종사 훈련을 받았을 때 깨달았는데, 매우 기묘한 일이지만 눈의 간상체가 밤에는 곁눈으로 사물을 인식하기 때문에 똑바로 앞을 바라볼 수 없습니다. 예술을 바라본다는 점에서 생각하면 나쁜 은유는 아닙니다. 우리는 신비를 똑바로 볼 수는 없지만 우리가 보려고 했던 것들을 곁눈으로 볼 수 있습니다.

— 윌리엄 메러디스

하버드 대학의 소설학회에서 정말 혼쭐이 났습니다. 두 사람과 다양한 형태의 소설을 분석하며 이야기를 나눈 다음, 한 소설가에게 일어나서 소설가의 책임에 대해 이야기해달라고 했을 때였습니다. 앤서니 웨스트와 함께 무대에 있었는데 점점 웃음이 발작처럼 터져 나오기 시작했습니다. 전에는 사람들 앞에 서본 적이 없었지요. 키득키득 웃음이 나는데 멈출 수가 없더군요. 마지막에 말했습니다. "좋습니다. 혹시라도 여기에 제 학생들이 있다면, 글쓰기가 재미있다는 걸 기억하게 해주고 싶군요." 그게 글을 쓰는 이유입니다. 즐겁기 때문이지요. 글을 읽는 이유도 즐겁기 때문입니다. 글을 읽지 않는 까닭은 진지한 도덕적 책임감 때문이고, 글을 쓰지 않는 까닭은 진지한 도덕적 책임감 때문입니다. 그림을 그리거나 아이들과 놀 때와 정확히 같은 이유로 글을 쓰는 겁니다. 창의적인 행위지요.

— 프랭크 오코너

소설 쓰기는 권력으로 가는 길이 아닙니다. 제 소설이 제가 사는 사회에 심각한 변화를 불러올 거라고 생각하지는 않습니다. 소수의 사람들, 그러니까 소설을 쓸 때 당연히 다른 소설가들의 소설에 영향을 받게 될 작가들 외에는 말입니다. 그런 일이 평범한 독자에게 일어날 리도 없으며, 기대하지도 않습니다. 소설은 독자에게 읽을거리를 제공합니다. 작가들은 잘해봤자 독자들의 독서 '방식'을 바꿀 뿐입니다. 제가 보기에 현실적인 기대는 그 뿐입니다. 또 제가 보기에는 그 정도면 충분해요. 소설을 읽는 것은 심오하고 특별한 즐거움으로, 섹스와 비슷한 수준의 도덕적, 정치적 타당성을 요구하는 매혹적이고 신비한 인간 행위입니다.

— 필립 로스

글쓰기는 미식축구처럼 몸이 맞닿는 스포츠입니다. 아이들이 왜 축구를 할까요? 어느 경기에서건 다칠 수도 있지 않습니까? 그러나 아이들은 토요일이 다가와 고교 축구팀이나 대학 축구팀에서 뛰며 몸을 마구 부딪치기를 손꼽아 기다립니다. 글쓰기도 그와 같아요. 다칠 수도 있지만 즐겁습니다.

— 어윈 쇼

"소설은 모든 문장에서 스스로 정당성을 입증해야 한다." 맞습니다. 지금 소설 하나를 구상 중입니다. 조지프 콘래드의 명언을 따르면서 말입니다.[•] 산문인 소설은 무엇보다도 이야기를 들려주는 전통적 기능을 수행해야 합니다. 우리에게는 이야기가 꼭 필요합니다. 이야기가 없으면 우리가 누구인지 알아낼 수 없어요. 우리는 늘 우리가 누구이냐에 대한 이야기를 스스로에게 들려줍니다. 그게 바로 역사이고, 한 국가나 개인의 이념입니다. 소설의 목적은 우리가 스스로에게 끝없이 던져야 하는 질문에 답하도록 도와주는 것이에요. 그 질문이란 '우리는 자신을 누구라고 생각하며, 자신이 무슨 일을 하고 있다고 생각하는가?'입니다.

———— 로버트 스톤

제가 쓴 책들이 설교나 이념 전쟁에서 활용하는 지령이 아니라 형태와 질감이 다양한 물체라고, 존재하는 모든 것의 신비로움을 담고 있는 물건이라고 생각합니다. 어릴 적 예술에 대해 처음 했던 생각은 예술가는 전에 존재하지 않은 것을 세상에 가져오는데, 다른 것을 파괴하지 않고도 그럴 수 있다는 점이었습니다. 질량보존의 법칙에 대한 일종의 반박이죠. 이 점이 아직도 제게는 예술의 가장 중요한 마법, 그 기쁨의 핵심으로 여겨집니다.

———— 존 업다이크

◨ 조지프 콘래드는 소설 『나시서스호의 흑인』The Nigger of the Narcissus 서문에서 "초라하게라도 예술의 위치에 이르고 싶은 작품은 모든 문장에서 스스로 정당성을 입증해야 한다"라고 말한다.

작가는 상상력이 집중되고 마음을 뒤흔들고 타자기에 시동을 거는 소재라면 무엇에든 관심을 가져야 합니다. 저는 정치 소재를 다뤄야 한다는 의무감을 느끼지 않습니다. 출판업에 종사하기 때문에 사회에 진심으로 책임감을 느낍니다. 작가는 악질적이지 않고 선량해야 할 의무, 거짓되지 않고 진실해야 할 의무, 따분하지 않고 활기차야 할 의무, 실수투성이가 아니라 정확해야 할 의무가 있습니다. 작가는 사람들을 낮추지 않고 높여야 합니다. 작가들은 단지 삶을 비추고 해석하는 데서 그치지 않고, 삶에 영향을 미치고 삶을 빚어냅니다.

———————————————————————— 엘윈 브룩스 화이트

외부의 환경과 내면에서 싹트기 시작한 어떤 목적 사이에는 흥미로운 관계가 있는데, 그 관계를 이용할 수 있겠다는 느낌이 갑자기, 그러나 확실하게 찾아와야 한다고 봅니다. 작가는 외부 환경을 새롭게 바라보아야 하며 그렇게 하지 않으면 창작을 시작할 수 없습니다. 자연에서 두 사물 사이의 유사성에 주목하면 그런 새로움을 발견할 수 있지만, 그것으로는 부족하다고 생각합니다. 예를 들어, 어떤 나뭇잎의 움직임이 새의 날갯짓과 비슷하다고 인지할 수는 있겠지만, 그렇다고 작가의 연필이 날카롭다는 사실이 입증되는 건 아니지요. 그 유사성 속에 어떤 관념이 내포되었다는 느낌을 줄 수 있어야 해요. 그 점에서 신기하게도 작가는 굉장한 확신을 보여줍니다. 저는 예술가와 작가가 자신의 창의성에 스스로 경탄하는 모습이 늘 싫었습니다.

작가란 어떤 사람인가

그러나 묘하게도 능수능란한 예술가들에게는 공통점이 있더군요. 창조력을 자극하는 대상을 처음 인식할 때 확신을 느낀다는 점입니다. 그 확신이 제대로만 강타해준다면 어떤 대상 속에 시가 있다는 느낌은 대개 맞아떨어집니다. 물론 내용은 엉망이 될 수 있지만, 그렇다고 최초의 느낌이 가짜라는 뜻은 아닙니다.

리처드 윌버

제가 글을 쓰는 이유는 서가에서 즐겁게 읽을 만한 새 책을 발견하거나 마음을 빼앗아갈 새로운 연극을 보기 위해서인 것 같습니다. 그런 까닭에 새 작업에 들어가면 처음 몇 달은 아주 즐거워요. 제본을 마친 책이나 제작을 마친 연극이 미리 눈앞에 떠오르면서, 저에게 기쁨을 줄 다른 작가의 작품인 것처럼 그것을 읽거나 볼 것이라는 환상에 빠집니다.

손턴 와일더

새 책을 쓸 때면 어려운 결정이 줄줄이 이어집니다. 우선, 누가 그 책을 쓸 것인가? 저는 매번 새로운 저자를 창조해야 합니다. 화자가 아닙니다. '저자'입니다. 수력학과 알고리즘을 활용해 스스로 존재를 창조할 수 있는 기계를 제작해야 해요. 그 기계, 즉 저자는 농기계가 작동하는 것처럼 저를 짓이겨야 합니다. 저를 산 채로 잡아먹어야 해요. 저는 뱀의 배 속에 들어간 덩어리가 됩니다. 세상 그 무엇보다도 이 작업을 좋아하지만, 저 자신과 벌이는 일종의 치열한 전쟁이죠.

——— 마크 레이너

제 경우를 생각해보면, 글쓰기를 어떤 전문 기술로 여기지는 않습니다. 하고 싶어서 하는 색다른 일이라고 생각해요. 초콜릿을 먹는 이유는 먹고 싶다는 느낌이 들기 때문입니다. 초콜릿을 먹으려고 기술을 개발하지는 않지요. 기술을 개발한다고 초콜릿을 더 잘 먹게 되지도 않고요. 또 저는 글쓰기를 특정한 계획표에 따라 습관적으로 연습해서 얻는 기술이라고 생각하고 '싶지' 않습니다. 그렇게 해야만 한다면, 차라리 글을 쓰지 않겠다는 생각이 들 겁니다. 사실, 글쓰기가 전문 기술이라는 생각은 역겹게 느껴집니다.

저는 신앙이 없지만, 신앙심 깊은 사람에게 명상이나 기도, 천지만물에 대한 경배를 전문 기술로 생각하라고, 실행 방법을 집대성할 수 있는 기술로 여기라고 한다면, 역겹다고 느끼지 않을까요? 짐작컨대 저는 글쓰기가 매우 개인적이고 내밀하고 구차하고 보잘것없어 논의하기 어렵다는 견해와 글쓰기가 매우 신성하고 방대해 논의하기 어렵다는 견해의 중간에 있는 것 같습니다. 또 저는 글쓰기를 똑같은 방식으로 반복하는 일이라고 생각하고 싶지 않습니다. 과연 글쓰기의 한 사례가 다른 사례와 조금이라도 공통점이 있다고 말할 수 있을까요?

——— 월리스 숀

열아홉 살 때의 저와 같은 독자를 위해 글을 쓰고 싶다는 마음이, 적어도 어느 정도는 있습니다. 그 사람에게, 당신은 아직 젊으니 인생이 수수께끼처럼 보이기 시작할 거라고, 문학이 놀랍고 유쾌한 방법으로 그 수수께끼를 이야기해줄 수 있다고 말하고 싶습니다. 열아홉 살 때 저는 윌리엄 포크너의 소설 『압살롬, 압살롬!』Absalom, Absalom!을 아주 천천히, 끈기 있게 한 쪽씩 읽기 시작했습니다. 가벼운 난독증이 있었거든요. 저는 아칸소주 리틀록에 있는 '미주리 퍼시픽 철도'에서 일하고 있었습니다. 학창 시절 성적은 좋지 않았지만, 그때 책을 읽기 시작했습니다. 독서가 제 삶을 전부 바꿨다고 말할 생각은 없지만, 전에 없던 뭔가를 제 삶에 끌어들인 것만은 확실했지요. 바로 가능성입니다.

———————— 리처드 포드

한순간에 깨달음을 얻은 건 아니지만, 어릴 때 경험한 몇몇 놀라운 깨달음은 기억납니다. 열 살 때는 특정한 책에 푹 빠지곤 했습니다. 어슐러 K. 르 귄의 어스시Earthsea 3부작, 수전 쿠퍼의 환상소설, 아이작 아시모프의 작품 등이 그랬죠. 그리고 제가 경험한 것을 독자들에게 전하고 싶어 안달이 났지요. 그 갈망에 떠밀려 가끔 글을 써보기도 했지만, 다섯 쪽 이상 쓰지는 못했어요. 몇 년 뒤에는 책 표지에 박힌 제 이름을 떠올리는 생생한 상상에 빠지곤 했습니다(출판사는 주로 페이버앤드페이버였습니다). 그러면 갈비뼈 안쪽에서 '휙' 하고 공기가 지나가는 느낌이 들었습니다.

───────────────────────────── 데이비드 미첼

사랑, 존경, 돈, 명성, 명예, 구원을 얻고자 글을 씁니다. 저를 거부한
다고 느끼는 세상에 포함되기 위해 글을 써요. 하지만 기대에 굴
복한 대가로 포함되고 싶지는 않습니다. 제 느낌과 감정을 가능
한 한 적게 훼손하되 다른 사람들에게는 약간 변화를 일으켜서,
그들의 관심과 느낌을 사로잡아 인정을 받고 싶습니다. 그런 마
음을 어릴 때는 인식하지 못한 것 같습니다. 어릴 때부터 글을
써왔는데, 그저 그게 제가 할 일이었고, 시 속에서 좋은 일이 일
어나면 제 기분도 좋았기 때문입니다. 시는 다른 것들과 마찬가
지로 경험입니다. 그리고 지금 저에게 가장 힘이 되어주는 것은
존경도, 명예도, 돈도 그 무엇도 아닌(제 바람이지만) 온전히 존
중받는 훌륭한 작품을 한 편 창조해내는 것입니다.

───────────────────────── 아치 랜돌프 애먼스

글쓰기의 진정한 재미는, 적어도 저에게는 묻혀 있던 내용을 발굴
해내는 경험에 있습니다. 우리의 어휘, 문법, 종이에 쓴 추상적
인 상징, 표현 능력의 한계 등은 놀라울 만큼 유연하게 조합할
수 있는 도구입니다. 처음에 글을 쓰면 어색하고 시시하고 인위
적이고 두루뭉술합니다. 그러나 노력을 기울이면 그 글을 조금
유연하게, 조금 명료하게 만들 수 있습니다. 그러면 그 글은 문
을 활짝 열고 우리가 처음 쓴 그 어설픈 글 너머에 숨어 있던 내

용을 드러내줍니다. 쉼표를 덧붙이거나 단어 하나를 더하거나 뺄 때마다 그 글이 반응하며 변하는 모습을 보면 몹시도 흥미진진해서, 우리는 완전히 형편없는 글을 읽으면 시간이 아주 느리게 흐른다는 사실을 잊어버립니다.

데버러 아이젠버그

로버트 피츠제럴드가 프린스턴 대학에서 낭독을 마친 뒤 그를 뉴어크 공항으로 다시 데려다준 적이 있습니다(그가 『일리아스』Ilias를 반쯤 읽었을 때였는데 어리석게도). 저는 이렇게 말했습니다. "정말 끔찍하게도 긴 시예요. 안 그래요, 로버트?" 그가 대답했죠. "그래, 밥. 하지만 나는 아침마다 호메로스를 벗 삼아 일어난다네. 그건 특권이지." 이제는 그게 어떤 느낌인지 정확히 압니다. 그건 대단한 특권이고, 미루기 싫은 특권이죠.

로버트 페이글스

모든 책의 핵심에는 풀리지 않는 신비가 있습니다. 이유는 많지요. 한 가지 이유는 그 신비가 책을 움직이는 엔진을 제공해준다는 겁니다. 지식, 대부분 정보에 대한 탐색을 제공해줍니다. 또한 저는 아주 오래된 질문, 즉 '우주의 비밀은 무엇인가?'라는 질문이 여전히 던질 만한 질문이라고 마음속으로 믿습니다. 질문만이 아니라 해답도 있다고 믿습니다. 그러니 책을 쓰는 건 언제나 그 답을 찾으려는 시도입니다.

러셀 뱅크스

어떤 작품을 써야겠다고 계획을 세운 적은 없습니다. 이 시대의 초
상이 될 작품을 남기고 싶지도 않고, 장르에 혁신을 일으키고 싶
지도 않습니다. 저는 '독창적'인 작가가 되는 데도 관심이 없습
니다. 독창적인 작가가 되려고 애쓰는 것은 매우 위험합니다. 문
학계를 뒤집을 거야, 라고 말하더라도 대부분 터무니없는 결과
에 이릅니다. 아마 제가 글을 쓰는 이유는 그것이 똑같은 것이
존재할 수 없는 사고방식이기 때문일 겁니다. 아주 역동적인 사
고방식이지요. 어떤 내용을 글로 적어야 할 때면 생각이 더욱 명
료해집니다. 글을 쓰고 있을 때 제가 가장 훌륭한 생각을 한다고
말하지는 않겠습니다. 그러나 다르게 생각하게 됩니다.

─────────────────────────── 하비에르 마리아스

저는 늘 글쓰기를 섹스에 비교합니다. 하기 직전에는 그게 어떨지
막연하게 짐작만 합니다. 위협적일 것이다, 매혹적일 것이다, 등
등 많은 추측을 하지요. 하고 난 직후에는 그것 없이 어떻게 평
생을 살았을까, 하는 생각이 듭니다. 곧장 중독되지요. 제가 하
고 싶은 것이 바로 이것임을 알게 됩니다.

─────────────────────────── 데이비드 그로스먼

글쓰기에 대해서는 언제나 자신만만했는데, 이 자신감이 완전히 말
도 안 되는 것이라는 두려움도 섞여 있었지요. 어떤 면에서는 그
자신감이 그저 우매함에서 비롯되었다는 생각도 듭니다. 저는
주류에서 멀리 떨어진 채 살았기 때문에 여자가 남자만큼 쉽게

작가가 되지 못한다는 사실을 알지 못했고, 하층 계급 역시 마찬가지라는 사실도 몰랐습니다. 책 읽는 사람들을 만난 적이 거의 없는 마을에서 자신이 글을 제법 잘 쓸 수 있다는 걸 안다면, 틀림없이 그게 정말 희귀한 재능이라고 생각하게 된답니다.

_____ 앨리스 먼로

어떻게
글을
쓰십니까?

How Do You Write?

어느 도시에 살건 매번 호텔에 방을 하나 잡아요. 호텔 방을 몇 달씩 빌려 아침 6시에 집을 나서 6시 반부터는 일을 시작하려고 애씁니다. 글을 쓸 때 침대에 엎드리기 때문에 팔꿈치가 침대에 파묻혀 굳은살이 생기지요. 호텔 직원에게 침대보를 갈지 말도록 부탁하는데, 거기에서 잠을 자지 않기 때문입니다. 낮 12시 30분이나 1시 30분까지 호텔에 있다가 집으로 돌아와 휴식을 취합니다. 저녁 5시쯤에는 작업한 내용을 살펴봅니다. 저녁 식사는 규칙적으로 하는데, 적절하고 조용하고 유쾌한 식사예요. 이튿날 아침에는 다시 일을 하러 갑니다. 가끔 호텔 방 바닥에 이런 메모가 놓여 있어요. "안젤루 씨. 침대보를 갈게 해주세요. 쾨쾨한 냄새가 나는 것 같습니다." 하지만 방에 들어와 휴지통을 비우는 정도만 허락합니다. 벽에 걸린 것도 모두 떼어달라고 당부해요. 거기 있는 건 전혀 필요하지 않아요. 방에 들어가면 제가 믿는 모든 것이 멈추는 기분이 듭니다. 무엇도 저를 붙잡지 못해요. 젖 짜는 여자 그림도, 꽃도, 그 어떤 것도. 저는 그저 '느낌'에 집중하고 싶을 뿐이고, 그 뒤로 글을 쓰기 시작하면 이런 생각을 떠올립니다. 그러니까 우선은 성경의 「시편」이나 폴 로런스 던바, 제임스 웰던 존슨이 쓴 시 등등을 다시 읽습니다. 그런 다음 언어가 얼마나 아름다운지, 얼마나 유연한지, 얼마나 유용한지를 떠올립니다. 언어를 끌어당기면 언어가 "알았어"라고 말하지요. 저는 그 모습을 떠올린 다음 글을 쓰기 시작합니다.

— 마야 안젤루

1년 내내 자신을 다그치며 매일 다양한 형태로 시를 써보았습니다. 종이에 매일 글을 써냈는데(의미에 신경 쓴 건 아니고 그저 형식을 숙달하고 싶었지요) 월트 휘트먼이 쓴 자유시에서부터 전원시와 발라드처럼 아주 복잡한 시에 이르기까지 다양하게 썼습니다. 아주 좋은 훈련이었어요. 저를 찾아온 사람들에게 저는 늘 그게 가장 먼저 할 일인 것 같다고 말해왔습니다. 그리고 모든 모음 작용과 모든 자음 작용과 모음 소리의 변화를 연구하라고도 말했지요. 예를 들어 쿠에르나바카▪에서 소설가 맬컴 라우리에게 무운시 10행을 쓰는 연습을 시켰는데, 행마다 중간 휴지를 넣어 발걸음을 한 번씩 바꾸게 했습니다. 그러니까 앞으로 가다가 방향을 반대로 바꾸는 거지요. 맬컴은 아직도 쿠에르나바카에 있는 그 셋집에서 시를 써서 저에게 보내는데, 돈을 부탁하며 술집에서 자필로 써서 보내거나 편지 형식으로도 보냅니다. 유감스럽게도 그의 서간집에는 실리지 않았더군요. 매우 훌륭하고,

▪ 멕시코 중남부 모렐로스주의 주도.

재미있는 시인데 말입니다. 그가 모음 소리에 주의한 예를 하나를 들자면, 아직도 머리에서 떠나지 않는 행이 하나 있습니다. "비행기인가 비행선인가, 아니면 그저 항공기라고 할까Airplane or aeroplane, or just plain plane." 이보다 잘할 순 없지요.

————————————————————콘래드 에이킨

타자기 앞으로 이끌려 갈 때가 있습니다. 개와 비슷해요. 개가 똥을 누기 전에 빙빙 도는 모습과도 같지요. 땅이나 풀밭 주위를 한참 빙빙 돌다가 쪼그려 앉을 때 말입니다. 비슷해요. 비유하자면 글 쓸 준비를 하려고 타자기 주위를 빙빙 돌다가 마침내 자리에 앉는 겁니다. 저는 타자기 앞에 앉을 때가 되어야 타자기 앞에 앉는 것 같습니다. 마침내 앉기만 하면 제 적대자들 전부와 지지자들 절반을 소름 끼치게 할 만한 속도로 희곡을 써 내려갈 수 있고 힘도 전혀 들지 않는다는 뜻은 아닙니다. 정말 힘든 작업이며, 모든 일이 제 몫입니다. 그런데도 제가 아는 어떤 극작가들은 등장인물들이 아주 잘 만들어져서 '인물'이 일을 도맡는다는 말로 자신을 기만하고 싶어 하더군요. '인물'이 극의 구조를 결정한다면서 말입니다. 마치 무의식이 철저하게 일을 끝마쳤으니 이제 의식을 통해 그 희곡을 내보내기만 하면 된다는 말처럼 들립니다. 하지만 작가는 일을 끝마쳐야 하며 새로운 것을 발견해야 합니다. 이것이 글쓰기가 주는 즐거움 중 일부입니다. 글쓰기는 임신과도 같아서, 한 걸음 더 나아가 생각해보면 임산부 중에 아이를 잉태한 순간을 구체적으로 떠올릴 수 있는 사람은 거의 없습니다. 그러나 자신이 임신했다는 사실을 발견하게 되지요. 희곡을 구상하는 것도 그런 식의 발견이라고 할 수 있습니다.

_____ 에드워드 올비

전화기를 그다지 좋아하지 않아서 피치 못할 상황이 아니면 통화를 오래 하지 않습니다. 어떤 사람들은 아예 전화기를 손에서 내려 놓지 않더군요! 걸려온 전화를 받았다가 한참이나 붙들리고 말 았던 남자의 이야기가 기억납니다. 상대방인 여자는 끊임없이 말을 했습니다. 마침내 남자는 절박한 심정으로 말했죠. "저 진 짜 끊어야 합니다. 전화벨 소리가 들려서요!"

_____ 위스턴 휴 오든

모두 잠자리에 든 뒤에 일을 시작합니다. 젊을 때부터 그랬습니다. 아이들이 잠들 때까지 기다린 거죠. 나중에는 낮에 다양한 직장 에서 일을 했습니다. 글은 늘 밤에 써야 했지요. 하지만 지금 이 방식이 굳어진 이유는 밤에 혼자 있을 수 있기 때문입니다.

_____ 제임스 볼드윈

손으로 글을 씁니다. 아직도 만년필로 글을 쓰는 작가는 볼티모어 의 이웃 주민인 앤 타일러와 저뿐일 겁니다. 앤이 말하길, 근육 을 움직이며 종이 위에 원고를 써 내려가면 상상력이 제 궤도를 찾는다는군요. 저도 그런 느낌이, 아주 비슷한 느낌이 들어요. 종이에 쓴 문장은 대화할 때처럼 한참 진행되다가 멈추곤 합니다. 펜의 흐름을 추적하면 그 사실을 알 수 있습니다. 각 문자가 다음 문자와 물리적으로 약간 떨어져야 하는 타자기로 초고를 입력한다고 생각하면 몸이 얼어붙는 것 같습니다. 훌륭한 원고는 한 글자와 다른 글자를 이어주고 한 문장과 다른 문장을 이어줍니다. 음, 좋은 플롯은 그렇게 만들어지는 게 아닐까요? 하나가 곡선을 그리며 날아가 다른 것에 연결되면서.

— 존 바스

타자기를 쓰지 않습니다. 너무 무겁고 고장이 잦아요. 공책을 이용하고, 침대에서 씁니다. 제가 쓴 글 95퍼센트를 침대에서 썼습니다.

— 폴 볼스

예전에는 온갖 계획표를 세웠어요. 오래전 메인에 살 때, 짝숫날에는 책을 쓰고 홀숫날에는 바깥일을 하기로 했지요. 겨울이 오면 낮에는 삽으로 눈을 치우고 잠깐 눈을 붙였다가 밤새 글을 썼습니다. 초기에는 단편소설을 쓰려고 여행을 떠나기도 했어요. 보스턴에서 아마도 클리블랜드까지 버스를 타고 갔는데 가끔은 밤에 출발했죠. 그런 식으로 단편 하나를 쓰는 데 일주일쯤 걸렸습니다. 그러다가 얼마 동안은 보스턴에서 뉴욕을 오가는 밤 배를 탔죠. '폴리버선', '뉴베드포드선', '케이프코드선' 모두 밤에 뉴욕으로 향했습니다. 물결의 리듬이 문장 구조에 조금 도움을 주었을 겁니다. 적어도 저는 그렇게 생각했습니다.

— 어스킨 콜드웰

저는 완전히 수평적인 작가입니다. 담배와 커피를 가까이 둔 채 침대에 눕거나 소파에서 몸을 뻗고 있지 않으면 생각을 할 수가 없습니다. 뻐금거리고 홀짝거려야 해요. 오후가 지나가면서 커피에서 민트차, 셰리주, 마티니로 바뀝니다. 아니, 타자기는 쓰지 않아요. 처음부터 그랬죠. 초고는 손(연필)으로 씁니다. 그런 다음 교정본도 역시 손으로 써요. 기본적으로 저는 스스로 문장가로 여기는데, 문장가는 쉼표의 위치, 쌍반점의 비중에 치열하게 집착하기도 합니다. 이런 종류의 집착과 거기 들이는 시간 때문에 참을 수 없을 만큼 짜증이 납니다. 세 번째 초고는 황지, 그러니까 아주 특별하고 독특한 종류의 누런 종이에 타자기로 입력합니다. 아니, 이걸 하려고 침대에서 나오지는 않습니다. 무릎에 타자기를 올려 균형을 잡아요. 물론, 타자는 무리 없이 잘됩니다. 1분에 100타는 칠 수 있으니까요. 음, 황지에 초고 입력을 끝내면 잠시, 그러니까 일주일이나 한 달, 때로는 그보다 오래 원고를 치워둡니다. 다시 꺼내면 가능한 한 냉정하게 원고를 읽은 다음, 친구 한두 명에게 소리 내어 읽어주고, 고칠 부분을 고르고, 출간 여부를 정합니다. 지금까지 단편소설 몇 편과 장편 하나, 또 다른 장편 절반을 버렸어요. 하지만 모든 게 순조롭게 흘러가면, 백지에 최종본을 타자기로 입력하는데, 그럼 끝입니다.

———————————— 트루먼 커포티

작가는 제아무리 장엄한 풍경이더라도, 그 앞에 자리 잡고 앉아서는 안 됩니다. 성 히에로니무스처럼 작가는 자기만의 독방에서

작가란 어떤 사람인가

일해야 합니다. 등을 돌리고 말입니다. 글은 영혼의 풍경입니다. "세계는 나의 표상이다."▣ 인간은 자신의 허구 속에서 살아갑니다. 이는 정복자가 늘 세상의 얼굴을 자신의 이미지로 바꾸고 싶어 하는 이유입니다. 오늘 저는 거울마저도 가립니다.

———————————————————————— 블레즈 상드라르

분명 작가는 대부분 일을 미루는 버릇이 있지만, 일부 작가는 정말 글쓰기를 좋아합니다. 소설가 케이 보일은 종이 냄새를 참 좋아 한다고 말했습니다. 앤서니 트롤럽은 일주일에 마흔아홉 쪽, 그러니까 하루에 일곱 쪽씩 원고를 써내도록 자신을 단련했고, 그 분량을 정확히 지키는 데 얼마나 철저했던지, 소설 한 편을 완성한 날 하루의 반이 지나갔더라도 다음 쪽에 새 책 제목과 "제1 장"이라는 문구를 쓰고 곧바로 일을 시작해 그날의 할당량인 일곱 쪽을 완성하고야 말았습니다.

———————————————————————— 맬컴 카울리

예를 들어 앨런 긴즈버그는 어디에서나 시를 쓸 수 있습니다. 기차, 비행기, 그 어느 공공장소에서도 말입니다. 전혀 눈치를 보지 않아요. 사실 주변에 있는 사람들로부터 자극을 받는 것 같습니다.

▣ 19세기 독일 철학자 아르투르 쇼펜하우어의 대표작 『의지와 표상으로서의 세계』
Die Welt als Wille und Vorstellung에서 명제로 삼은 문장이다. 이 책에서 쇼펜하우어는 세
계는 표상, 즉 자신이 보는 현상으로서의 세계일 뿐이며 그 표상의 세계 너머에 의
지의 세계가 있다고 역설한다.

제 경우에는 고요함이 보장되어야 합니다. 대개 음악을 틀어두는데 제가 좋아하는 윙윙 거리는 소리가 긴장을 풀어주니까요. 전에 읽은 내용이 기억나는데, 하트 크레인은 가끔 레코드 소리에 맞춰 글을 썼다고 합니다. 레코드 소리가 주는 자극을 좋아했고 저절로 마음이 열리며 도움이 되었다고 하더군요. 어쨌든 예술가가 창조력을 최대한 끌어올리며 세상 '속에' 존재하도록 그를 보호해줄 환경이 반드시 필요합니다.

———————————————— 로버트 크릴리

책을 마무리할 때쯤 해야 할 또 다른 일은 그 원고가 있는 방에서 잠을 자는 겁니다. 그게 제가 글을 마무리하려고 새크라멘토에 있는 집으로 돌아가는 이유 하나입니다. 왜 그런지 원고 곁에서 잠들면 책이 저를 떠나지 않는 것 같아요. 새크라멘토에서는 제가 얼굴을 보이건 말건 아무도 신경 쓰지 않습니다. 그냥 아침에 일어나 타자기를 두드리면 되지요.

———————————————— 조앤 디디온

독일이 덴마크를 점령한 동안, 지루하고 따분해 미칠 것 같다는 생각이 들더군요. 즐거움을 느끼고 싶고 기분전환을 하고 싶은 마음이 간절한데 돈까지 바닥나서, 코펜하겐에 있는 담당 출판사에 가서 말했죠. "이봐요, 소설을 쓸 테니 미리 돈을 주고, 내 말을 받아 적을 수 있는 속기사를 보내주시겠어요?" 그러겠다고 하더군요. 속기사가 찾아와 저는 소설 내용을 불러주기 시작했

습니다. 시작할 때는 그 책이 무엇에 대한 이야기가 될지 전혀
몰랐어요. 매일 즉흥적으로 조금씩 내용을 덧붙였지요. 가여운
속기사는 굉장히 혼란스러워했습니다. 어느 날 "그러고 나서 아
무개 씨가 방으로 들어왔다"라는 말로 시작하면 속기사가 외치
곤 했지요. "오, 맙소사, 아무개 씨는 그럴 수가 없어요." 아무개
씨는 17장에서 어제 죽었으니까요.

이자크 디네센

예술가에게 필요한 최적의 환경이 평화든 고독이든 쾌락이든, 너무
큰 대가를 치르지 않고 얻을 수 있어야 합니다. 잘못된 환경은
예술가의 혈압을 높일 뿐입니다. 짜증이나 역정을 내는 데 더 많
은 시간을 쓸 테니까요. 제 경험상, 일할 때 필요한 도구는 종이,
담배, 음식, 그리고 위스키 약간입니다.

윌리엄 포크너

저는 일기를 대단히 신봉합니다. 스트레칭바를 잡고 하는 운동이 발
레리나에게 좋다는 말과 같습니다. 소설가가 자신의 진짜 소질을
발견하는 건, 훗날 읽어보면 매우 당황스러울지언정 개인적인 일
기를 통해서일 때가 많습니다. 실제 일어난 일을 들려주고, 자기
마음에 들도록 왜곡하고, 등장인물을 묘사하고, 다른 인간들을
관찰하고, 가설을 세우고, 뭔가를 꾸며내고, 그 밖에도 별별 일을
다 하지요. 저는 그런 방식으로 결국 소설가가 된 것 같습니다.

존 파울즈

작업대 없이는 글을 쓰지 않습니다. 평생 탁자에서 글을 쓴 적이 없습니다. 그리고 온갖 사물을 활용해요. 구두 밑창에 대고 글을 쓰기도 합니다.

_____ 로버트 프로스트

저는 일정표를 반대합니다. 기대감으로 마음이 들썩일 때 글을 쓰세요. 그렇지 않으면 신경 쓰지 마세요. 마감일을 어기고, 만료일을 넘긴 채 거리를 배회하고, 영화를 보러 가고, 음식을 마구 먹어대고, 간통을 저지르고, 불경스러운 말을 내뱉고, 거리의 부랑아를 축복하고, 공무원을 협박하고, 이런 일을 모두 한 다음 당신이 보고 들은 것들에 마음이 들썩인다면, 그때 글을 쓰러 가세요.

_____ 릭 무디

콜롬비아의 신문사 「엘에스펙타도르」에서 일할 때, 일주일에 적어도 단편 세 편을 썼고, 매일 편집자의 말 두세 개를 썼으며, 영화 평론도 썼습니다. 모두가 집에 돌아간 밤에는 회사에 남아 소설을 쓰곤 했습니다. 신문을 인쇄하는 라이노타이프 식자기의 소리가 빗소리처럼 들려서 좋아했지요. 그 소리가 멈추면 고요 속에 남겨졌고 일을 할 수 없었어요. 지금은 결과물의 분량이 상대적으로 적습니다. 평일에 아침 9시부터 오후 2~3시까지 일해서 써낼 수 있는 분량은 많아도 네댓 줄짜리 짧은 단락 하나 정도인데, 대개 다음 날이면 찢어버립니다.

_____ 가브리엘 가르시아 마르케스

작가란 어떤 사람인가

매우 긴장한 채로 일을 하는 바람에 가끔은 자리에서 일어나 집안 곳곳을 돌아다녀야 합니다. 위장에 아주 나쁜 습관이죠. 어쨌거나 글을 잘 쓰려면 몰입해야 하는데, 그러다 종이 위에서 벌어지는 상황에 골몰하게 됩니다. 위궤양이 심해지고, 알약을 많이 삼켜야 하지요. 일이 제대로 되고 있으면 대개 몸이 아픕니다.

────────── 윌리엄 개스

일상적인 행위를 절대 해선 안 된다고 생각하는 작가를 이해할 수 없습니다. 꼭 필요하다고 생각하기 때문입니다. 일상과 꾸준히 접촉해야 해요. 고독한 글쓰기도 매우 섬뜩합니다. 하루 동안 자취를 감추고 연락을 두절하는 건, 가끔 광기에 가깝게 보입니다. 세탁소에 옷을 맡기거나 진딧물이 끓는 식물에 약을 뿌리는 것 같은 일상적인 행동은 매우 온당하고 훌륭한 일입니다. 이를테면 그런 행동은 우리를 되살리고 세상을 되살립니다.

────────── 네이딘 고디머

글을 쓸 준비를 하느라 꼬박 며칠을 보내는 작가가 많습니다. 그런 작가들은 완벽히 고요한 상태에서 슬리퍼를 신고 파이프 담배 같은 것을 입에 물고 난롯가에 머물기를 좋아하는데, 그렇게 한 다음에야 준비를 마치죠. 저는 이곳에서 5분 동안 글을 쓰고, 저기에서는 10분 동안, 다른 때는 15분 동안 글을 쓸 수 있다는 걸 믿지 않습니다. 그러나 그 기술을 익히는 건 훈련의 문제일 뿐입니다. 그런 식으로 해야 하는 상황이라면 할 수 있을 겁니다. 즉 현실적인 작가가 되는 거죠.

—— 루이스 오친클로스

저는 혼자 있어야 합니다. 버스가 좋습니다. 아니면 개를 산책시
켜도 좋아요. 양치질은 놀라운 효과를 보여줍니다. 『캐치-22』
Catch-22를 쓸 때 특히 그랬지요. 잠자리에 들기 직전 매우 피곤할
때 세수를 하고 이를 닦으면 대개 머리가 무척 맑아집니다. 그러
면 이튿날 쓸 문장이나 나중에 시도해볼 아이디어가 떠오르지
요. 실제로 글을 쓰는 동안 훌륭한 아이디어가 떠오르지는 않습
니다. 좋은 아이디어라고 생각되는 것을 써 내려가면서 알맞은
말을 찾아내고 문단을 구성하는 것은 괴로운 일입니다. 고된 과
정입니다. 언어 활용 면에서 제가 재능을 타고난 작가라고 생각
하지는 않습니다. 자신을 믿지 않아요. 결과적으로, 저는 단어를
고르고 속도를 조절하면서 매일 온갖 방법으로 문장을 써보고
그다음에는 문단을, 그리고 마침내는 한 쪽을 씁니다. 종이 위에
쓰고 싶은 내용을 입으로 중얼거리는데, 그때 제 목소리가 너무
크지 않기를 바랄 뿐입니다. 가끔은 글을 쓰고 있을 때뿐 아니라
저녁으로 무엇을 먹을지 생각할 때도 입술이 움직이는 것 같습
니다.

—— 조지프 헬러

장편소설이나 단편소설을 쓰는 동안에는 매일 아침 가능하면 동이
트자마자 글을 씁니다. 방해하는 사람이 없고, 공기가 시원하거

나 차갑고, 글을 쓰는 동안 따뜻해집니다. 그동안 쓴 내용을 읽어보는데, 언제나 다음에 일어날 일을 아는 상태에서 글을 멈추기 때문에 거기에서부터 이야기를 진행합니다. 기운이 다할 때까지 글을 쓰고, 다음번에 무슨 일이 일어날지 아는 상태에서 글을 멈추며, 다음 날 다시 시작할 때까지 견디려고 애씁니다. 말하자면, 아침 6시에 일을 시작해서 정오까지 지속하거나 그전에 끝냅니다. 일을 멈추면 사랑하는 사람과 사랑을 나누었을 때처럼 다 비워낸 것 같으면서도 결코 공허하지 않고 충만한 기분이 듭니다. 이튿날 다시 이 일을 할 때까지는 그 어떤 것도 저를 해칠 수 없고, 그 어떤 일도 일어날 수 없으며, 그 무엇도 의미가 없습니다. 이튿날까지 기다리는 게 힘들 뿐입니다.

어니스트 헤밍웨이

아침에 일을 합니다. 비서 맞은편에 있는 안락의자에 편히 앉습니다. 다행히도 비서는 똑똑하지만 문학에 대해서는 아무것도 모르며, 제가 쓰는 글이 좋은지 쓸모없는지 판단하지 못합니다. 저는 지금 이 인터뷰를 할 때처럼 천천히 말하고, 비서는 제 말을 받아 적습니다. 저는 꿈을 꾸고 있는 것처럼 제 안에서 인물과 상징을 이끌어냅니다. 전날 밤 꾸었던 꿈 중에서 기억나는 내용을 반드시 활용해요. 꿈은 가장 심오한 현실이며 우리가 창작하는 내용은 진실입니다. 창작은 본질상 거짓말이 될 수 없기 때문입니다. 저는 뭔가를 증명하고자 하는 작가들에게는 마음이 끌리지 않는데, 증명할 대상은 없으며 상상할 대상만 존재하기 때문입니다. 그래서 저는 내면에서 언어와 심상을 이끌어냅니다. 그러다 보면 뭔가를 증명하게 될지도 모르지요. 비서에게 책의 내용을 불러주는 부분에 대해 이야기하자면, 저는 25년 동안 손으로 글을 썼습니다. 그러나 이제는 불가능합니다. 손이 떨리고 신경이 너무 예민해지기 때문입니다. 너무 예민해져서 등장인물들을 즉시 죽여버립니다. 다른 사람에게 내용을 불러주면, 등장인물들이 살아남아 성장할 기회를 줄 수 있습니다.

———————————————————— 에우제네 이오네스코

대부분의 사람들보다 일찍, 즉 아침 7시에서 8시 사이에 일어나지만, 그저 해가 남은 오후에 외출하기를 좋아하기 때문입니다. 그렇게 일어난 뒤에 한 시간 반 동안 빈둥거리다 보면 일을 시작할 용기가 납니다. 담배 반 갑을 피우고 커피 예닐곱 잔을 마시며 전날 쓴 부분을 읽어봅니다. 마침내 더는 핑계를 댈 수가 없습니다. 타자기로 갑니다. 네 시간에서 여섯 시간 정도 두드립니다. 그런 다음 일을 멈추고 외출합니다. 아니면 집에 머물며 책을 읽습니다.

———————————————————— 제임스 존스

한때는 양초에 불을 붙이고 그 빛에 의지해 글을 쓰다가 밤이 되어 일을 마칠 때 촛불을 끄는 의식을 지켰습니다. 시작하기 전에 무릎을 꿇고 기도도 했지요. 게오르크 프리드리히 헨델을 다룬 프랑스 영화에서 본 장면이었습니다. 그러나 지금은 그냥 글을 쓰

기가 싫습니다. 그리고 미신이요? 보름달에 의심이 생기기 시작했습니다. 또 저 같은 물고기자리는 숫자 '7'을 고수해야 한다고 들었지만 숫자 '9'에 집착하게 됩니다. 그러니까 하루에 터치다운을 아홉 번 하려고 애쓰고, 욕실에서 머리를 슬리퍼에 대고 물구나무를 설 때 균형을 잡는 동안 발끝으로 마루를 아홉 번 칩니다. 여담이지만 이 동작은 운동선수가 부리는 묘기 수준이에요. 요가보다 힘들죠. 그러니까 그 동작을 마친 뒤의 제 모습을 '균형 잃은unbalanced'[*] 상태라고 묘사한다고 상상해보세요. 솔직히 제 정신이 오락가락한다는 느낌이 듭니다. 그러니 다른 '의식'이라고 한다면, 제가 가족을 도울 수 있도록 정신과 체력을 유지하게 해달라고 예수에게 기도하는 것입니다. 반신불수의 어머니, 아내, 그리고 사방에서 나타나는 고양이들을 위해서 말입니다. 아시겠습니까?

_____ 잭 케루악

가능한 한 단순하게 삽니다. 종일 일하고, 요리하고, 먹고, 씻고, 통화하고, 글을 난도질하고, 마시고, 저녁이면 텔레비전을 봅니다. 밖에는 거의 나가지 않습니다. 모든 사람은 시간의 흐름을 외면하려고 하는 것 같습니다. 그러기 위해 어떤 사람들은 여행을 많이 하는데, 한 해는 캘리포니아에서 다음 해는 일본에서 지내더군요. 아니면 제가 쓰는 방법도 있습니다. 매일, 매년을 정확히

[*] 이 단어에는 정신적으로 문제가 있다는 뜻도 있다.

똑같이 보내는 겁니다. 아마 역시 효과는 없겠지만 말입니다.

――――――――――― 필립 라킨

창밖으로 흥미로운 풍경이 전혀 보이지 않는 작고 지저분한 방을 선호합니다. 주석 지붕이 내다보이는 창문 옆에서 『그들은 제비처럼 왔다』They Came Like Swallows의 마지막 두 부분을 썼습니다. 완벽했지요. 지붕을 보는 게 몹시도 따분해서 곧장 타자기로 다시 이끌려 갔으니까요.

――――――――――― 윌리엄 맥스웰

대개 아침 식사를 끝내고 바로 일하러 갑니다. 곧장 타자기 앞에 앉아요. 글을 쓸 수 없다는 생각이 들면, 멈춥니다.

――――――――――― 헨리 밀러

[공책을] 가지고 다니려 했지만 그 빌어먹을 것을 어디에 두었는지 도무지 기억할 수가 없었어요. 내일은 공책을 들고 가겠다고 늘 말만 했지요.

――――――――――― 도로시 파커

레이먼드 챈들러와 이 문제로 이야기를 나눈 적이 있는데, 그는 종이에 뭔가를 쓰려고 하면 심한 거부감이 든다고 시인했습니다. 그는 이런 계획을 펼치더군요. 녹음기를 가져와서는 의식의 흐름에 따라 그야말로 허튼소리를 지껄였습니다. 그런 다음 비서에게 그 내용을 받아 적게 해서 그것을 기초로 대략적인 초고를 작성했습니다. 아주 고된 작업이었다는군요. 그는 저에게도 똑같이 해보라고 강하게 권유했어요. 사실은 아주 신이 나서 몇 달 동안이나 그에게 도움이 된 그 녹음기에 대한 정보를 저에게 마구 퍼부어댔죠.

시드니 조지프 페럴먼

작가들에게 작업 습관에 대해 묻지 않습니다. 정말 관심이 없어요. 조이스 캐럴 오츠가 어딘가에서 말한 내용인데, 작가들이 언제 일을 시작하고 언제 끝내며 점심을 먹는 데 시간이 얼마나 걸리는지를 서로에게 묻는다면, 실제로는 "과연 저 사람이 나만큼 미쳤을까?"를 알아내기 위해서라는군요. 대답은 뻔합니다.

필립 로스

처음에는 아이들이 집에 바글거렸어요. 남편은 변호사였고 집에서 고객을 맞았기 때문에 일을 할 수 없었죠. 카페에 가는 건 여행과 비슷합니다. 익숙한 환경과 신경 쓰이는 것들로부터 벗어나니까요. 글쓰기는 어려워요. 허공으로 뛰어드는 것과도 같지요. 우리는 어떻게 해서라도 글쓰기를 회피하려고 합니다. 잃어버린 종잇조각을 찾고, 차를 우리고, 뭐라도 하면서 말이에요. 카페에서는 곧바로 일에 뛰어들면 돼요. 그곳에서는 저를 방해하는 사람이 없고 대화 소리도 들리지 않습니다. 시골에서도 같은 환경을 누렸는데 어느 날 제가 일하던 카페에 주크박스를 설치

하더군요. 그건 생각을 방해해요. 그래서 저는 마당 건너편 외양간을 정돈하고 매일 아침 거기로 가서 일을 합니다.

———————————— 나탈리 사로트

가끔 편지를 쓰며 하루를 시작합니다. 타자기에 기름칠을 하기 위해서죠. 음악. 레코드를 트는데 대개 18세기 음악이에요. 베토벤 같은 낭만주의자들은 도움이 되지 않더군요. 듣는 것은 좋지만 일할 때 옆에 틀어두기엔 좋지 않아요. 반면 모차르트, 바흐, 알비노니 … 그리고 하이든은 참 좋아요. 하이든에게서 어마어마하게 힘찬 기쁨을 느낍니다. 저를 흥분시키죠.

———————————— 메이 사턴

시작은 늘 똑같을 겁니다. 기하학 문제와 거의 비슷해요. 어떤 남자와 어떤 여자가 어떤 환경에 놓여 있습니다. 어떤 일이 일어나야 그들이 한계에 도전할까요? 그게 문제입니다. 때로는 아주 단순한 사건이면 됩니다. 그들의 삶을 바꿀 수 있는 사건이면 무엇이든 괜찮습니다. 그런 다음에는 한 장 두 장 소설을 써나갑니다. 소설을 쓰는 동안에는 누구도 만나지 않고 누구와도 말하지 않고 전화도 받지 않습니다. 그저 수도사처럼 지내지요. 온종일 저는 등장인물 중 하나가 됩니다. 그가 느끼는 대로 느낍니다. 닷새나 엿새가 지나면 견딜 수 없을 지경이 돼요. 제가 쓴 소설들이 그토록 짧은 이유 중 하나가 바로 이겁니다. 열하루가 지나면 일을 할 수가 없어요. 불가능한데 해야만 하죠. 물리적인 문제예요. 너무 피곤합니다. 끔찍한 일이에요. 이런 까닭에 소설을 시작하기 전에, 대개는 소설을 시작하기 며칠 전에 앞으로 열하루 동안 약속이 전혀 없는지를 확인합니다. 그런 다음 의사를 만나지요. 의사는 혈압을 재고 모든 상태를 점검합니다(어리석게 들리겠지만 사실이에요). 그런 다음 괜찮다고 말하지요. 열하루 동안 건강할지 확실히 알아둬야 하니까요. 의사는 그래도 괜찮지만 너무 자주 그러면 건강에 좋지 않다고 생각해요. 가끔은 "자, 이번 소설을 끝내면 두 달 동안 쉬세요"라고 말하죠. 예를 들어 어제는 그러더군요. "괜찮습니다. 그런데 여름 휴가를 가기 전에 소설을 몇 편이나 완성할 생각입니까?" 저는 두 편이라고 대답했죠. 의사는 "괜찮습니다"라고 말했습니다.

——— 조르주 심농

시인 월터 드 라 메어는 집중하려 하는데 집중력이 새어나간다면, 담배를 피우거나 프리드리히 실러의 경우처럼 서랍에 보관된 썩은 사과의 냄새를 맡으면 누출을 막을 수 있다고 말했습니다.

——— 스티븐 스펜더

연필 자루가 둥글어야 합니다. 육각형 연필은 긴 하루를 보낸 뒤에 손가락에 상처를 내요. 알다시피 저는 매일 여섯 시간 정도 연필을 쥡니다. 이상하게 보일지 모르지만 사실입니다. 저는 정말이지 까다로운 손을 가진 까다로운 동물입니다.

——— 존 스타인벡

한두 시간 정도 책을 읽곤 합니다. 머리를 비우기 위해서죠. 늘 마지 못해 일을 시작하고 마지못해 중단합니다. 글쓰기의 가장 흥미 로운 특징은 시간을 삭제한다는 겁니다. 3시간이 3분 같죠. 또 뜻밖의 일이 벌어져요. 다음에 무슨 일이 일어날지 알 수가 없습 니다. 머릿속에서 들리던 표현이 종이 위에 나타나면 달라집니 다. 펜을 들고 탐색하기 시작하면 새로운 의미를 발견합니다. 때 로는 제가 문장을 이리저리 뒤틀다 벌어진 일에 웃음을 터뜨립 니다. 대체로 이상한 작업이지요. 결코 끝에 이를 수가 없습니 다. 그래서 계속 글을 쓰나봅니다. 다음에 쓰게 될 문장이 무엇 인지 보려고 말입니다.

고어 비달

계획하지 않습니다. 다들 마찬가지예요. 러시아에서는 모든 게 즉 흥적입니다. 금요일 밤에 자기가 어디에 있을지 누구도 알 수 없 습니다. 예를 하나 들어보지요. 미국에 갔을 때 소중한 벗이었던 로버트 로웰의 무덤에 꼭 찾아가고 싶었습니다. 오후 늦게 보스 턴에서 차를 몰고 출발했어요. 그날은 저녁 약속이 있었습니다. 숲에서 무덤을 발견했을 무렵에는 이미 캄캄했어요. 저는 보스 턴의 젊은 시인과 함께 있었는데, 그 시인에게 말했죠. "부탁인 데, 정말 미안하지만, 실례지만, 무례인 건 알지만, 혼자 있고 싶 어서 그러니 차로 돌아가 계시오. 30분 정도 혼자 있고 싶소." 그 런 다음 시를 쓰기 시작했습니다. 나중에 그 젊은 시인에게 전화 기를 찾아서 우리가 오늘 저녁 식사에 불참한다고 전해달라고 했지요. 그들은 모두 로웰의 친구들이었고 저에게 역정을 냈어요. 하지만 어찌 그 만남이 선사한 분위기를 깨뜨리고 저녁 식사에 참석할 수 있었겠습니까?

안드레이 보즈네센스키

제 기억은 제 손안에 있는 게 분명해요. 연필을 쥐어야만 상황을 기억할 수 있고, 글로 표현할 수 있고 다룰 수가 있습니다. 중요한 내용을 써야 할 때도 마찬가지입니다. 손이 대신 집중해주는 것 같습니다. 왜 그런지는 모르겠어요.

레베카 웨스트

미루기는 작가에게 자연스러운 일입니다. 작가는 파도를 타는 사람과도 같습니다. 때가 오기를, 올라타기 좋은 완벽한 파도가 오기를 기다립니다. 미루기는 작가의 본능입니다. 몸을 실을 파도(감정의 파도일까요? 힘의 파도? 용기의 파도?)가 밀려오기를 기다리지요. 저는 가끔 술을 마시는 것 외에는 준비 운동을 하지 않습니다. 글로 써내기 전에 잠시 머릿속으로 내용을 뭉근하게 끓이는 편이죠. 방을 돌아다니며 벽에 걸린 그림과 바닥에 깔린 양탄자를 똑바로 놓습니다. 마치 세상 모든 것이 정돈되고 한 치의 오차도 없이 똑바로 놓일 때까지는, 당연히 누구도 제가 종이에 단어 하나 적을 수 있을 기라 생각하지 않는다는 듯이 말입니다.

엘윈 브룩스 화이트

작가들이 하는 말 중에 허튼소리로 들리는 것이 두 개 있습니다. 하나는 매일 완벽한 계획표를 따라야 한다는 겁니다. 글이 잘 써지지 않는데 왜 계속 붙잡고 있습니까? 그렇게 부지런히 쓴들 도움이 되지 않을 텐데요. 또 이런 말도 하더군요. "이게 내가 해야 하는 일이기에 글을 쓴다." 글쎄요, 저는 그렇게 생각한 적도 없고 다른 작가들도 대부분 마찬가지일 겁니다. 상투적인 말에 불과합니다. 대부분의 사람들이 자신이 해야 하는 일이라서 글을 쓴다고는 생각하지 않습니다. 아마 경제적인 측면에서는 그래야겠지만, 정신적인 측면에서는 과연? 모를 일입니다. 자신의 명성과 교수직과 국제펜클럽PEN International[1] 회원 자격을 유지할 수만 있다면 더없이 만족스럽게 펜을 내려놓고 다시는 글을 쓰지 않을 작가가 많을 겁니다.

— 에드먼드 화이트

저는 딜런 토머스가 말해준 그의 방식대로 시를 써나갑니다. 서재나 볕이 드는 의자를 찾아가 새 종이에 쓰기만 하면 되는 문제라고 하더군요. 저는 그 새 종이에, 지금 쓰고자 하는 시가 저에게 이미 알려준 구절을 씁니다. 그런 다음 자리에 앉아 그 종이를 응시합니다. 제게 이미 주어진 시구를 썼다는 사실이 자극제가 되어, 하루가 다 지나기 전에 몇 행이라도 더 쓸 수 있기를 바라면서 말이지요. 하루에, 그러니까 여섯 시간 동안 종이를 응시하

[1] 1921년 영국 런던에서 창립된 국제 문학인 단체.

고도 두 줄 이상 쓰지 못할 때가 많습니다. 저에게 창작이란 적어도 겉으로는, 긴장증과 거의 구별이 안 됩니다.

_____ 리처드 윌버

많은 작가가 매일 아침 책상에 앉아 글쓰기를 시작하게 해주는 연상장치를 마련해둔다고 말해주더군요. 어니스트 헤밍웨이는 연필 20개를 깎아둔다고 말한 적이 있습니다. 윌라 캐더는 성경한 단락을 읽는다고 합니다(신앙심 때문이 아니라고 그녀는 재빨리 덧붙였는데, 훌륭한 산문을 접하기 위해서랍니다. 또 그녀는 이런 습관을 들인 것을 후회했는데, 『킹 제임스 성경The King James Version』을 구성하는 산문의 리듬은 그녀가 찾던 것이 아니었기 때문입니다). 저에게는 긴 산책이 늘 도약대가 되어주었습니다. 술을 많이 마시지만, 글쓰기와는 무관하다고 생각합니다.

_____ 손턴 와일더

키웨스트에서 저는 늘 동트기 직전에 일어납니다. 부엌에서 오롯이 홀로 커피를 마시며 작업할 내용을 곰곰이 생각하기를 좋아하지요. 보통 한 번에 두세 작품을 쓰는데, 이때 그날 쓸 작품을 정합니다.

저는 작업실로 갑니다. 거기에는 대개 와인이 있어요. 전날 쓴 내용을 주의 깊게 살핍니다. 아시겠지만, 와인 한두 잔을 마시고 나면 절제력을 잃곤 합니다. 술을 마시면서 글을 쓰기 때문에 절제하지 못하는 경향이 있는데, 그래서 다음 날 많은 부분을 수정하지요. 그렇게 자리에 앉아서 글을 쓰기 시작합니다.

제 작품은 '감정으로는' 자전적입니다. 제 삶에서 일어난 실제 사건과는 전혀 관련이 없지만, 제 삶에 나타난 감정의 흐름을 반영합니다. 글쓰기 외에 다른 도피처가 없기 때문에 매일 일을 하려 애씁니다. 연인과의 이별이나 사랑하는 사람의 죽음, 또는 삶이 주는 다른 혼란을 겪으며 불행한 시기를 보내고 있을 때는 글쓰기 외에 다른 도피처가 없습니다. 그러나 거의 병적인 우울증이 나타나면, 일하는 중에도 무기력해집니다. 프랭크 멀로가 죽고 나서 저는 즉시 무기력에 빠져 글을 쓸 수가 없었고, 결국 각성제 주사를 맞은 뒤에야 그 상태에서 벗어났습니다. 그러고 나서는 악마처럼 일할 수 있었지요. 글을 쓰지 않고 살 수 있겠습니까? 저는 그럴 수 없습니다.

———————————————————— 테너시 윌리엄스

타자기를 씁니다. 아내가 재작년 크리스마스 때 워드프로세서를 선물했는데 아직도 사무실 책상에서 비난하듯이 저를 노려보고 있습니다. 언젠가는 억지로나마 사용법을 배워야겠지요. 그러나 그때가 되기까지는 타자기를 씁니다. 스스로 정한 할당량이 있습니다. 하루에 10쪽씩, 행간은 2인데 그러면 1800단어쯤 됩니다. 세 시간 안에 마칠 수 있으면 그날 일은 끝입니다. 도시락을 챙겨 집으로 돌아가지요. 어쨌거나 그 정도면 된다고 생각합니다. 그 분량을 채우는 데 열두 시간이 걸린다면, 안됐지만 그 시간 동안 일을 해야지요. '여섯 시간 동안 일할 거야'라고 생각한들 소용없습니다. 윈도쇼핑이나 하면서 책상에 앉아 쉽사리 시간을 낭비해버릴 수도 있으니까요. 윈도쇼핑은 제가 좋아하는 기분전환거리 중 하나입니다. 그래서 저는 아주 체계적으로 진행하려 애쓰며 계획표를 따르도록 스스로 다그칩니다. 앞에 늘 시계를 놓아둡니다. 때로 일이 잘 안 되면 30분 안에 한 쪽을 쓰도록 스스로 다그칩니다. 그러면 할 수 있더군요. 자신을 다그쳐서 쓴 글은 대개 영감을 느끼며 쓴 글만큼이나 훌륭합니다. 주로 글을 쓰도록 스스로 다그치는 게 문제죠.

———— 톰 울프

예를 하나 들지요. 제가 국가금융위원회에서 지긋지긋하기 짝이 없는 일을 한 적이 있는데(어떻게 그 자리를 얻어냈는지 모를 일입니다) 직인이 찍혀 소각할 준비를 마친 낡은 지폐 다발을 세는 일이었습니다. 지폐 다발마다 3000페소씩 묶여 있어야 했는데, 그 액수가 맞는지를 확인했습니다. 거의 매번 액수가 넘거나 모자라는 다발이 하나씩 나왔습니다. 늘 다섯 장이 문제였지요. 그래서 저는 계수를 포기하고 그 긴 시간을 머릿속으로 일련의 소네트를 쓰는 데 활용했습니다. 운율이 있으니 머릿속에 시구를 담아둘 수 있었지만 종이와 연필이 없어서 일이 훨씬 어려웠습니다.

———— 옥타비오 파스

우리 부부 중에서 글이 막히지 않는 사람, 몸이 안 좋다고 말하며 소파에 누워 있지 않는 사람이 언제나 글을 씁니다. 우리 중 한 명이 더 열정을 느끼는 몇 가지가 반드시 있었습니다. 공저자로 표기됐지만 우리 중 한 명만이 기사 전체를 쓴 때가 있었고 어쩌면 책도 몇 권 있을 겁니다. 우리 중 한 사람이 "내가 할게"라고 말한 겁니다. 아니면 "당신이 해. 난 못 견디겠어"라고요. 또는 시작은 제가 했는데 아주 형편없어서 남편이 맡았더니 더 나아진 경우도 있습니다. 그러니까, 어느 시점에 제가 원고를 난도질하기 시작했다는 뜻입니다. 우리는 그 문제로 앙숙처럼 싸우곤 했습니다.

———————————————————————————— 제인 스턴

최근에 어느 작가와 이야기를 나눴는데, 자신이 책상 앞으로 자리를 옮길 때마다 하는 행동을 말하더군요. 어떤 표현을 썼는지는 정확히 기억나지 않지만, 컴퓨터 키보드를 두드리기 전에 책상에 있는 뭔가를 반드시 만진다고 했어요. 우리는 글을 쓰기 시작하려는 시점에 거치는 사소한 의식에 대해 이야기를 나누기 시작했습니다. 처음에는 저에게 의식이 없다고 생각했지만 곧 제가 언제나 아직 캄캄할 때(반드시 캄캄해야 해요) 일어나 커피를 한 잔 내린 다음, 커피를 마시며 동이 트는 광경을 지켜본다는 사실이 떠올랐지요. 그 작가는 "음, 그게 바로 의식이죠"라고 말했습니다. 생각해보니 이 의식은 저로서는 성스럽다고 표현할 수밖에 없는 어떤 공간으로 들어가는 준비 과정이더군요. 모든 작가는 뭔가를 만나게 될 공간, 자신이 어떤 통로로 쓰일 공간,

또는 이 신비로운 과정을 경험하게 해줄 공간에 다가갈 방법을 강구합니다. 저에게는 빛이 그런 전환의 신호입니다. 그 공간은 빛 '속'에 있는 게 아니라 '빛이 닿기도 전'에 이미 그곳에 있습니다. 어떤 의미에서 그 공간이 저를 움직입니다.

———————————————————————— 토니 모리슨

아주 느리고 고통스러운 과정이죠. 처음 몇 걸음을 내디딜 때 몹시도 비틀거린다는 것, 텅 빈 종이 속에서 걸핏하면 발이 빠져 익사하고 만다는 것을 저는 아주 잘 알고 있어요. 머릿속에서는 아무 일도 일어나지 않아요. 가끔 머리가 아주 열심히 일을 해서, 제 손이 한 걸음 뒤처져 따라가는 모습을 놀라워하며 지켜볼 때가 있기는 합니다. 그러나 글이 꾸준히 쏟아져 나온 적은 없습니다. 손으로 쓴 글씨가 종이 세 장을 가득 채우기만 해도 보람 있는 날입니다. 사실은 엄청나게 멋진 날이죠. 때로는 한 글자도 나오지 않거나 그동안 쓴 것이 쓰레기통으로 들어가기도 해요. 글을 쓰다가 종이를 찢어버리고 사납게 던져버립니다. 저는 종이를 많이 쌓아두지 않습니다. 종이 위에 이틀 이상 남아 있으려면 그 글은 매우 혹독한 시험을 통과해야 합니다.

———————————————————————— 애솔 푸가드

아침에 일을 합니다. 남편이 출근하며 밖으로 나간 순간 종이와 타자기, 쓰고 있던 원고를 꺼내지요. 2시 정도까지 일을 끝마치고 식사를 하고, 가능하면 낮잠을 잔 다음, 밖에 나가 식료품을 사

거나 사람들을 만납니다.

—— 엘리자베스 스펜서

규칙적인 일과가 최고라고 생각합니다. 그게 아니면 일을 할 수가 없어요. 매일 똑같은 일과여야 합니다. 저는 잠에서 깨는 데 시간이 오래 걸려서, 아침에는 편지를 쓰고 번역 원고를 수정합니다. 큰 부담을 주지 않는 일들이지요. 정오에는 해변으로 나가 20분 동안 수영을 합니다. 돌아와서 식사를 하고 낮잠을 잡니다. 낮잠이 없으면 창작을 할 수 없어요. 4시부터 8시까지는 제대로 일을 합니다. 그 뒤에 저녁을 먹으면 끝입니다. 식사를 한 뒤에는 일을 할 수가 없어요. 쉬면서 비디오로 뭐든 봅니다. 주말이 되어 이 일과가 중단되는 게 싫습니다. 그러면 다시 일을 하러 가기가 매우 어렵기 때문이지요.

—— 마누엘 푸이그

당연히 B.C.와 A.D.가 있지요. 다시 말해 출산 전Before Child과 출산 후After Delivery 말입니다. 지난 18년은 그전 9년과 매우 달랐습니다. 분명히 더 좋았다고 덧붙이고 싶습니다. 시에서 전위와 불연속성 같은 사소한 실험을 해보고 줄거리를 압축한 것은 어쩔 수 없는 선택이었습니다. 강의, 가족, 그리고 에너지를 빼앗는 다른 일들이 시간을 달라고 아우성이었기 때문에 기회만 보이면 시간을 움켜쥐었습니다. 저에게 혁신은 필요의 산물입니다.

—— 찰스 라이트

작가는 혼자만의 시간을 확보할 방법을 부단히 강구하고, 그 뒤에는 그 고독을 허비할 방법을 끝없이 찾아냅니다. 창밖을 내다보거나 사전을 아무 데나 펼쳐 내용을 읽기도 하지요.

_____돈 드릴로

할당량을 지키지 않고는 못 배깁니다. 나중에 분량이 모자르겠구나, 싶으면 추가로 몇 장을 미리 더 완성하려 애씁니다. 이건 정말 강박이고, 끔찍합니다. 하지만 일을 너무 쌓아두려 하지는 않아요. 어쩌다 할당량을 못 지킬 수도 있다는 생각 때문입니다. 나이가 드니 그렇게 되는 것 같습니다. 이런 문제에 강박적으로 대처하게 되지요.

_____앨리스 먼로

매일 여덟 시간, 일주일에 대여섯 날을 타자기를 향해 몸을 수그리고 있었더니 등이 심하게 아프기 시작했고, 더는 그런 식으로 일할 수가 없어서 줄이 그어진 공책에 글을 쓰기 시작했습니다. 그러자 신기한 일이 일어났습니다. 영국에서 지내던 중이었는데, 영국에서 쓰는 공책은 더 길쭉하고 행간이 좁더군요. 한 쪽에 더 많은 내용을 집어넣을 수 있어서 그 점이 마음에 들었습니다. 쓱 보기만 해도 언어의 리듬이 눈에 들어왔습니다. 행간이 넓고 더 작은 공책에서는 리듬이 느껴지지 않습니다. 계속 종이를 넘겨야 하지요. 그래서 저는 줄 공책에 글을 씁니다.

_____닐 사이먼

수확이 없는 아침이면 죄책감을 느끼곤 했습니다. 키부츠에서 지낼 때 특히 그랬는데, 다른 사람들은 모두 밭을 갈거나 소젖을 짜거나 나무를 심는 등 일을 하고 있었어요. 지금은 제 일을 가게 주인처럼 생각합니다. 아침에 문을 열고 자리에 앉아 손님을 기다리는 게 제 일이지요. 손님이 좀 오면 복 받은 아침이고 그렇지 않다면 음, 그래도 일을 계속합니다. 덕분에 죄책감은 사라졌고 저는 가게 주인의 일상을 꾸준히 지켜나가려고 애씁니다.

— 아모스 오즈

이 일은 진행 속도가 아주 느립니다. 책 한 권을 쓰면 끝날 때쯤에는 녹초가 돼요. 눈에 문제가 생겼습니다. 시력을 잃어가는 것 같아요. 손가락이 너무 뻐근해서 끈으로 감싸둡니다. 몸 곳곳에서 막대한 노동의 징후가 나타납니다. 그러다 그저 아무것도 없는 상태가 이어집니다. 아예 멍해지는 거죠. 지난 아홉 달 동안 정말이지 저는 멍한 상태로 지냈습니다.

— 비디아다르 수라지프라사드 나이폴

저에게는 집 바깥에 일할 장소가 있다는 게 중요합니다. 그래서 늘 사무실을 마련합니다. 출근부에 도장을 찍듯이 일을 하러 나섭니다. 하루가 끝날 무렵에는 통근 열차에서 막 내린 사람처럼 집으로 돌아옵니다.

— 리처드 프라이스

작가란 어떤 사람인가

한창 소설을 쓸 때는 새벽 4시에 일어나 대여섯 시간 동안 일합니다. 오후에는 10킬로미터를 달리거나 1500미터를 헤엄치고(또는 두 가지를 다 하고) 책을 약간 읽고 음악을 듣습니다. 밤 9시에는 잠자리에 듭니다. 이 일과를 매일 변함없이 지킵니다. 반복 자체가 중요합니다. 최면의 한 형태지요. 더 깊은 마음 상태에 도달하도록 스스로 최면을 겁니다. 그러나 그런 반복적인 일과를 아주 오랫동안, 여섯 달에서 일 년에 이르기까지 유지하려면 정신력과 체력이 많이 필요합니다. 그런 의미에서, 장편소설을 쓰는 것은 생존 훈련과 비슷해요. 예술적 감수성만큼이나 체력이 필수입니다.

―――― 무라카미 하루키

책을 쓸 때는 아침 7시에 일어납니다. 요즘 사람들이 그러듯이 이메일을 확인하고 인터넷으로 목욕재계를 하지요. 커피 한 잔을 마십니다. 일주일에 세 번 필라테스를 하러 가서 10시나 11시에는 돌아옵니다. 그 뒤에는 자리에 앉아 글을 쓰려고 하지요. 아예 진척이 없으면 잔디 깎기 정도는 합니다. 그러나 대개는 그냥 자리에 앉아 열심히 노력하기만 하면 글이 시작됩니다. 점심을 먹으며 잠깐 쉬다가 돌아와서 좀더 글을 써요. 그런 다음에는 대개 낮잠을 잡니다. 제 일과에서 낮잠은 필수 요소입니다. 잠든 상태에 사삽지만 꿈을 꾸지는 않고 정신은 깨어 있지요.

―――― 윌리엄 깁슨

아무 작업도 하지 않는 동안에는, 공책을 하나 들고 하루에 몇 시간쯤 제 삶이나 아내, 선거 등 떠오르는 내용을 마구 적으면서 자기검열을 하지 않으려 애씁니다. 자기검열은 분명 진짜 문제입니다. '본래의 성질을 바꾸지도 않고 가장하지도 않고' 써야 하는데 말입니다. 부끄럽거나 재미없게 느껴지면 어쩌나, 가치 없는 글을 쓰면 어쩌나 두려워하지 않아도 됩니다. 우리가 생각하는 것은 모두 글로 쓸 가치가 있습니다. 반드시 고수할 가치가 없는 생각일지언정, 글로 쓸 가치는 있습니다. 그리고 기본적으로 대부분의 문학이 하고자 하는 일이 바로 그것입니다. 생각의 흐름을 재현하는 것이지요.

———————————————— 에마뉘엘 카레르

한 번에 세 가지 종류의 타자기를 쓰는데, 두 개는 로열 타자기이고 하나는 캐리지가 넓은 언더우드 제품으로, 모두 1955년산입니다. 핵심적인 이야기를 로열 타자기 하나에 쓰고 그동안 다른 로열 타자기로 앞부분을 고쳐 쓰며, 언더우드 타자기로는 새로 연계된 내용을 입력합니다. 그런 식으로 주된 흐름에서 너무 멀리 벗어나지 않고도 서로 다른 단계의 소설 속에서 살아가지요. 제가 쓰는 방법이 고릿적 컴퓨터처럼 터무니없다는 걸 모르지 않습니다. 일단 25쪽 정도 쓰면, 핵심적인 이야기를 쓰는 로열 타자기로 아내 엘사가 읽을 초고를 다시 칩니다. 카본지를 주로 쓰던 시절에 '복사지'라고 불렸던 누런 종이를 그때 사용합니다. 저의 오래된, 사랑스러운 '스핑크스 색슨 마닐라지 33B'를 말입니다

작가란 어떤 사람인가

다(이제는 구할 수가 없어요. 누구든 아직도 갖고 있다면 고마울 텐데요). 아내는 논의하고 싶은 부분에 모두 표시를 해주고, 그 뒤에는 초고를 타이피스트에게 보냅니다. 우리는 마지막 수정을 함께합니다.

── 노먼 러시

제 괴벽 중 하나지만, 정해진 일과가 있다고 인정하기가 정말 싫습니다. "아침에 언제 일어나십니까?"라든지 "아침식사로 무엇을 드십니까?"와 같은 질문을 받으면 정말 당황스러워요.

── 로버트 핀스키

『로제 유의어 사전』의 재미있는 점은 독자의 생각을 열어준다는 겁니다. 동의어를 찾으며 상호 참조를 하는 과정에서 사전을 앞뒤로 넘기다가, 생각해본 적 없는 단어들의 미묘한 차이를 발견하게 되는데, 그러면 또 다른 단어들을 탐색하게 되기 때문입니다. 『로제 유의어 사전』의 문제는 판형이 아주 다양하다는 점입니다. 제 생각에 단어 수와 상호 참조 수의 균형이 가장 좋은 판형은 1943년 판입니다. 까다롭게 들릴지는 몰라도, 아시다시피 일정 기간 이상 같은 도구로 일하면 그 도구가 중요해집니다.

── 스티븐 손드하임

아침마다 언덕을 내려가 오두막(낡은 제당소를 개조해 지난 8년 동안 작업실로 써온 곳)으로 가서 전원을 켜고 바보가 될 때까지, 적어도 바보가 된 듯한 기분이 들 때까지 일을 합니다. 사실 바보가 된 듯한 느낌은 좀 이르게 찾아오지만, 아주 확실한 건 보통 네 댓 시간쯤 지나면 정말로 바보가 되어버린다는 겁니다.

———————————————————— 러셀 뱅크스

전에는 밤에만 글을 썼습니다. 워크맨을 틀어두고 밤새도록 썼지요. 첫 책을 쓸 때 그렇게 했습니다. 두 번째 책도 상당 부분은 그렇게 썼지요. 이제는 낮에 마무리해야 할 일이 너무 많습니다.

———————————————————— 에이미 헴펠

하루에 한 쪽, 때로는 두 쪽 이상 쓴 적이 거의 없다는 점에서 저는 시간을 낭비하는 셈인데, 이는 진행 속도가 별로 빠르지 않다는 뜻입니다. 한 쪽을 가능한 한 가장 좋은 방식으로 완성하고 필요한 만큼 몇 번이고 고쳐 쓴 다음에야 다음 쪽으로 넘어갑니다.

———————————————————— 하비에르 마리아스

그 과정에서 누가 저를 본다면, 우선은 아주 기분이 나쁜 남자가 보일 겁니다. 매우 짜증스러워요. 이 부분에 대해서는 사실 좋은 말을 할 수가 없습니다. 저에게는 끔찍한 시간입니다. 종종 이런 생각이 듭니다. '절대 완성하지 못할 거야. 이 책에 집어넣을 내용이 너무 많아. 처음부터 끝까지 추진력이 있는 책, 단일한 이야기가 있고 처음부터 끝까지 단일한 주제가 이끌어가는 일관성 있는 책을 써내지 못할 거야. 그냥 내용이 너무 많아.'

집에 돌아오면 아내 이나는 몇 시간 동안 내 얼굴도 보려 하지 않는데, 제가 신경이 온통 곤두선 상태이기 때문이에요. 저는 밤에 일어나서 그 두 단락을 씁니다. 됐어, 이제 됐어, 라는 생각이 들지만, 아침에 일어나 그 부분을 보면 아니, 이게 아니야, 라는 말이 나옵니다. 하지만 물론 마침내 이야기의 주제를 확보하면, 책을 쓰면서 주제에서 벗어나게 되더라도(한참 벗어나지요), 그 때마다 좀더 수월하게 주제로 돌아올 수 있습니다. 그 일탈 속에서도 좀더 수월하게 주제를 붙잡을 수 있어요. 그래서 이야기는 늘 그 일관성을, 그 줄거리를 잃지 않습니다. 제 바람이지만 말입니다.

로버트 카로

제 두뇌의 논리적인 부분이 저에게 자료 조사를 끝낼 때까지는 물리적으로 어떤 글도 쓸 수 없다고 말합니다. 그러나 두뇌의 창조적인 부분을 막을 수는 없어요. 그래서 10년이 넘도록, 제가 자료조사를 계속 회피하는 동안 제 두뇌의 창조적인 부분이 열심히 일했고, 분명 그런 까닭에 2001년 12월 마지막 날 자리에 앉아 글을 쓰기 시작해 3월에 초고를 완성할 수 있었습니다. 글을 쓰지 않는 사람들은 글쓰기가 그저 물리적인 행위라고 생각하지만, 그전에 먼저 글에 대한 생각을 단계별로 모두 거치게 됩니다.

에드워드 P. 존스

시작하기까지 시간이 오래 걸립니다. 소설과 관련된 착상이 떠오르면, 작업을 시작하지 않을 수 있는 온갖 핑계를 찾아냅니다. 적은 분량의 단편으로 구성된 책을 쓰는 중이라면, 각 단편을 쓸 때마다 시작할 시간이 필요합니다. 기사를 쓸 때도 시작이 더딥니다. 신문 기사를 쓸 때조차, 매번 같은 어려움을 겪습니다. 하지만 일단 시작하면 그다음부터는 꽤 빠르게 진행할 수 있습니다. 다시 말해, 글은 빨리 쓰지만 공백기가 엄청납니다. 어느 위대한 중국 화가의 이야기와 조금 비슷하지요. 황제가 화가에게 게를 그려달라고 하자, 화가는 "10년이라는 시간과 큰 집, 하인 스무 명이 필요합니다"라고 대답했습니다. 10년이 지났고 황제가 이제 게를 그려달라고 하자, 그는 "2년이 더 필요합니다"라고 말했습니다. 그 뒤에는 몇 주를 더 달라고 했지요. 그리고 마침내 화가는 펜을 들고는 재빠른 몸짓 한 번으로 순식간에 게를 그려냈습니다.

──────────── 이탈로 칼비노

절박한 마음으로 소설에 다가가는 게 중요합니다. 너무 오래 붙들고 있거나 너무 긴 공백을 두고 글을 쓰면 작품의 통일성을 잃기 쉽습니다. 이것이 『율리시스』의 문제 중 하나입니다. 결말이 시작과 달라요. 중간쯤에서 기법이 바뀝니다. 제임스 조이스는 그 소설을 너무 오래 붙들고 있었어요.

──────────── 앤서니 버지스

아니, 글을 쓰려고 일부러 자리에 앉거나 일어서지는 않습니다. 전혀 급하지 않은데 화장실에 가려고 하는 것과 비슷해요. 머릿속을 돌아다니는 어떤 내용이 이미 있지 않는 이상, 타자기 앞으로 절대 가지 않습니다. 세상에는 수많은 시가 존재하는데, 시를 하나 더 내놓으라고 세상을 압박하는 건 제가 보기에 결코 똑똑한 행동이 아닙니다. 글로 써낼 시가 없다면, 그냥 그대로 있어야 합니다.

———————————————————— 아치 랜돌프 애먼스

늘 손으로 글을 씁니다. 사실 타자기를 쓸 줄 모르고 컴퓨터도 없어요. 집에 컴퓨터가 한 대 있지만 제가 아니라 아내가 쓰는 것이라서, 괜히 건드렸다가 고장이 날까 봐 두려워요. 사실입니다! 컴퓨터도 그렇고 심지어 자동차도 마찬가지인데 그런 기계와 마주치면, 저는 아주 먼 두메산골에서 온 사람처럼 굴어요. 의심스럽게 기계를 바라보고 혹시 불꽃이 튈까 봐 두려워 만지지 않습니다.

———————————————————— 카밀로 호세 셀라

어떻게
글을
시작합니까?

Where Does Your Process Begin?

갈등과 긴장을 일으키는 특정 상황에 놓인 한 사람(많아도 두 사람)에서 시작합니다. '숨 돌릴 틈'을 얼마나 줄지, 또는 분량이 얼마나 될지는 이야기에 관련된 필수 인원에 따라 결정됩니다.

하인리히 뵐

책에 따라 시작하는 방식도 다릅니다. 때로는 제가 한 등장인물에 대한 열렬한 관심에서 이야기를 시작하는 작가라면 좋겠다는 생각이 듭니다. 다른 작가들에게서 들은 말이지만, 그런 작가들은 인물에게 자유를 주고 그 인물이 무엇을 하고 싶어 하는지 지켜보기만 한다는군요. 저는 그런 부류의 작가가 아닙니다. 어떤 형태나 모양, 어쩌면 어떤 이미지로 시작할 때가 훨씬 많습니다. 예를 들어 『떠도는 오페라』The Floating Opera의 중심 이미지가 된 떠도는 순회공연선은 어릴 때 본 적 있는 실제 순회공연선 사진이었습니다. 그 사진의 제목은 '애덤스 선장의 독창적이고 독보적인 순회 오페라'였지요.

자연이 우리에게 서투른 방식으로 그런 이미지를 건네줄 때 명예롭게 대처하고 싶다면 그 이미지로 소설을 쓰면 됩니다. 가장 고상한 처리법은 아닐 수도 있지요. 한 가지 예를 들자면 알렉상드르 솔제니친은 굉장히 도덕적인 목적으로 소설이라는 매체를 선택합니다. 그는 소설이라는 수단을 통해 말 그대로 세상을 바꿔보려고 합니다. 저는 그 취지가 훌륭하다고 생각하며 존경하지만, 많은 경우 위대한 작가들은 소비에트 정부를 약화시키려는 목적에 비하면 그다지 고상하지 않은 목적 때문에 소설을 선택합니다. 헨리 제임스는 모래시계 형태의 책을 쓰고 싶어 했습니다. 귀스타브 플로베르는 '무'에 대한 소설을 쓰고 싶어 했고요. 제가 깨달은 것이 있는데 뮤즈가 노래를 부르느냐, 마느냐 결정할 때 작가의 도덕적 목적을 고양하는 것은 그 결정의 근거가 되지 못합니다. 그것과 무관하게 뮤즈는 노래를 부르기도 하고 부르지 않기도 합니다.

— 존 바스

실제로 어떻게 시작했는지 모를 때가 많습니다. 최근에 기이한 경험을 했는데, 덕분에 전에 미처 몰랐던 작업 과정을 어렴풋이 알아차릴 수 있게 되었습니다. 저는 미국인 친구이자 잡지 『하퍼스』에서 일하는 엘리자베스 로런스와 함께 증기선을 타고 맨해튼을 돌아다니고 있었습니다. 반대쪽 갑판에 홀로 앉은 어떤 여자가 눈에 띄더군요. 서른 살쯤 된 여자였는데 허름한 치마를 입고 있었어요. 그녀는 그 순간을 만끽하고 있었습니다. 즐거운 표정이었는데 이마에는 주름이 아주 많았습니다. 저는 친구에게 저 여자에 대해 글을 쓸 수 있을 것 같다고, 저 여자는 어떤 사람 같으냐고 말했습니다. 엘리자베스는 아마 휴가를 얻은 교사일 거라고 말하며, 저에게 왜 그녀에 대해 글을 쓰고 싶으냐고 물었지요. 저는 사실 모르겠다고 말했습니다. 섬세하고 똑똑하지만 궁지에 몰린 인물이라고 상상했지요. 힘든 삶을 살아가지만 그 와중에 뭔가를 성취하기도 하는 인물이라고 말입니다. 그런 경우 저는 대개 메모를 합니다. 그러나 그때는 메모를 하지 않았고 그 일화를 전부 잊어버렸습니다. 그러다가 3주쯤 지나 샌프란시스코에서 어느 날 새벽 4시에 잠에서 깼는데(숙면을 취하지 못한다기보다는 짧게 자는 편입니다) 정신이 들었을 때 머릿속에 이야기가 하나 있었습니다. 저는 즉시 그 이야기의 개요를 적었습니다. 영국에 사는 어느 아가씨에 대한 이야기로, 순전히 영국적인 이야기였습니다.

이튿날 약속이 취소돼서 하루가 통째로 수중에 들어왔습니다. 저는 새벽에 썼던 메모를 찾아 이야기를, 다시 말해 주요 장면들과 몇몇 연결부를 썼습니다. 며칠 뒤, 비행기에서(글쓰기에 이상적인 곳이죠) 이야기를 제대로 써나가기 시작했고 군더더기를 쳐내며 생각했습니다. 이 주름은 다 어디에서 온 거지? 이야기 속에 주름이 나타난 게 그때를 포함해 총 세 번이었어요. 영국인인 주인공이 맨해튼의 증기선에 있던 그 여자라는 사실을 저는 퍼뜩 깨달았습니다. 왜 그런지 그녀는 제 잠재의식 속으로 사라졌다가 온전한 크기의 이야기로 다시 나타난 것입니다. 아마 전에도 그런 일이 있었겠지요. 제가 어떤 사람을 눈여겨보는 이유는 어떤 상황에 대한 제 감정의 일부분을 구체적으로 보여주기 때문입니다. 동기는 그 맨해튼 아가씨였습니다. 그리고 그 아가씨는 대위법™을 제시해주었습니다. 이마의 주름은 처음에는 허술한 인상만 남겼습니다. 한 가지 특징에 불과했지만 최종적인 글에서는 너무나 중요한 요소였습니다.

───────────────────────── 조이스 캐리

첫 문장이 아주 어려운 까닭은 거기에서 막혀버리기 때문입니다. 그 문장에서 다른 모든 것이 흘러나올 텐데 말이에요. 그리고 처음 '두' 문장을 쓰고 나면 선택권은 모두 사라집니다. 그런 특징이 어느 정도 원동력이 되어준다고 생각해요. 저는 책을 쓰기 시작하면 그 책이 완벽하기를, 다채롭게 변화하기를, '온 세상이 되기를' 원합니다. 열 쪽을 쓰고 났을 때는 제가 이미 그 글을 파괴하고 제한하고 축소하고 망쳐버린 뒤입니다. 매우 맥 빠지는 일이죠. 그 시점에서는 그 책이 아주 싫어요. 잠시 후에는 타협을 하게 됩니다. '음, 이상적이지는 않지만, 내가 만들고 싶었던 완벽한 대상은 아니지만, 계속 진행해서 어쨌거나 완성을 한다면, 다음에는 바로잡을 수 있겠지. 어쩌면 다른 기회를 잡을 수 있을 거야'라고 말입니다.

───────────────────────── 조앤 디디온

📖 주어진 선율에 독립적인 다른 선율을 하나 이상 결합하는 작곡 기법이다. 문학에서는 대조적인 어구나 주제를 결합해 작품에 통일성을 부여하는 수사법을 이른다.

예전에는 제 잠재의식을 뒤져야 한다는 것을 알고 있었고, 여러 가지 명사가 그 역할을 해주었습니다. 저는 일찍부터 그 사실을 깨달았지요. 우리 머릿속에는 세 가지가 들어 있습니다. 첫째, 태어난 날부터 지금 이 순간까지 우리가 경험한 모든 것. 순간순간, 시시각각, 하루하루가 모두 들어 있어요. 둘째로는 비참한 사건이건 즐거운 사건이건 상관없이, 그 일이 일어난 순간 우리가 보인 반응도 들어 있습니다. 머릿속에 있는 이 두 가지가 우리에게 소재를 제공합니다. 세 번째로는 실제 경험과는 별개인 우리의 예술적 경험, 그러니까 다른 작가와 화가, 시인, 영화감독, 작곡가로부터 배운 것들이 들어 있습니다. 이 모든 것이 멋진 뿌리덮개처럼 우리 머릿속에 있으니 우리는 그것을 끄집어내야 합니다.

_____ 레이 브래드버리

글쎄요, 뭐든지 그런 역할을 할 수 있지요. 어떤 목소리일 수도 있고, 어떤 이미지일 수도 있어요. 개인적인 절망에 깊이 빠진 순간일 수도 있습니다. 예를 들어, 『래그타임』Ragtime을 쓸 때 저는 간절히도 뭔가를 쓰고 싶었는데, 뉴로셸에 있는 집 서재 벽을 바라보고 있었기 때문에 그 벽에 대해 쓰기 시작했습니다. 작가들은 가끔 그런 날을 보냅니다. 그러다가 저는 벽과 붙은 집에 대해 썼습니다. 그 집은 아시다시피 1906년에 지어졌고, 그래서 저는 그 시대와 당시의 브로드뷰애비뉴가 어떤 모습이었을지 생각했어요. 산자락에서는 노면전차들이 도로를 따라 달렸어요. 사람들은 여름에 시원해지려고 흰옷을 입었지요. 테디 루즈벨트가 대통령이었습니다. 한 이미지가 다른 이미지로 이어졌으니, 그 책은 바로 그런 식으로 시작되었습니다. 절망을 지나 그 몇 가지 이미지로 뻗어나갔지요.

_____ 에드거 로런스 닥터로

언젠가는 온 힘을 실어 주먹 한 방을 날릴 거라는 예감이 들 때가 있습니다. 그러나 그 한 방이 온전히 무르익도록 끈기 있게 기다려야 합니다. 그것이 제자리에 착상하기도 전, 흐물흐물한 초기 단계에 붙잡아 조산아가 되도록 망쳐서는 안 됩니다. 제가 그토록 오랫동안 외무부 직원으로 해외를 돌아다닌 이유가 바로 이것입니다.[■] 기계를 계속 돌릴 겸 다른 종류의 글을 쓰며 끈기 있게 기다리다가, 문득 '이게 그거야. 지금이 바로 그때야'라는 느낌이 오면, 쾅! 한 방 날리는 거죠. 쾅! 적어도 제 바람은 그렇습니다.

_____ 로런스 더럴

아마도 모든 이야기꾼이 이야기를 시작하는 방식대로 시작하는 것 같습니다. 생각해보세요. 전기는 이야기이고, 전기 작가에게는 들려줄 이야기가 있습니다. 머릿속에는 고전적인 첫머리가 들어 있지요. "옛날, 옛날, 아주 오랜 옛날…" 『소로』Thoreau의 첫

[■] 로런스 더럴은 영국 대사관의 공보 담당관으로 아테네와 카이로, 알렉산드리아, 베오그라드 등 세계 여러 도시에서 근무했다.

문장에는 소로의 나르시시즘이라는 제 주제의식이 표현되어 있지요. 저는 이런 식으로 시작했습니다. "매사추세츠 콩코드에서 꽃피운 창의적인 영혼 중에, 호손은 사람들을 사랑했지만 그들과 멀어졌다고 느꼈고, 에머슨은 사람보다는 관념을 훨씬 더 사랑했으며, 소로는 자기 자신을 사랑했다." 냉혹한 첫머리지만, 독자들은 곧바로 계속 읽고 싶다고 생각할 겁니다.

레온 에델

[『소리와 분노』The Sound and the Fury는] 마음속 그림에서 시작되었습니다. 당시에는 그게 상징적이라는 사실을 깨닫지 못했어요. 그 그림은 배나무에 앉은 어린 소녀의 진흙투성이 속바지였는데, 소녀는 배나무에서 할머니의 장례식이 진행되는 곳의 창문을 바라보며 저 아래 땅에 있는 오빠들에게 무슨 일이 벌어지고 있는지를 알려주었지요. 그 아이들이 누구이고 무엇을 하고 있으며, 어쩌다 소녀의 속바지가 진흙투성이가 되었는지 설명할 때쯤, 저는 이 모든 것을 단편에 집어넣을 수 없으니 제대로 된 소설을 써야 한다고 깨달았습니다. 그러고 나서는 흙투성이 속바지에 담긴 상징성과 그 이미지가 고아 소녀, 유일한 집이되 사랑과 애정과 이해를 결코 받아본 적 없는 곳으로부터 탈출하려고 배수관을 타고 내려오는 소녀의 이미지로 바뀌었다는 것을 깨달았지요.

저는 이미 그 백치 아이의 눈을 통해 이야기를 시작했습니다. 무슨 일이 벌어지는지만 알 수 있고 그 이유는 모르는 인물이 이야기를 들려줄 때 효과가 더 좋을 거라고 생각했기 때문입니다. 그런데 제가 보니 저는 그때 이야기를 제대로 들려준 게 아니었습니다. 그래서 그 이야기, 똑같은 이야기를 다른 남자 형제의 눈을 통해 해보았습니다. 여전히 어긋난 느낌이었습니다. 세 번째로 셋째 오빠의 눈을 통해 이야기를 풀었습니다. 여전히 맞지 않았습니다. 저는 흩어진 조각을 모으고 저 자신을 대변인으로 삼아 빈틈을 메워 보았습니다. 그래도 완전하지 않았지요. 그러다 그 책이 출간되고 15년이 지나, 저는 다른 책의 부록에 마지막 노력을 기울여 그 이야기를 들려주며 제 마음에서 내려놓았습니다. 그렇게 드디어 거기에서 벗어나 평화를 얻을 수 있었습니다. 제가 가장 깊이 다정함을 느끼는 대상은 책입니다. 저는 책을 가만히 내버려두지 못했고, 제대로 이야기를 들려주지도 못했습니다. 그러나 열심히 노력했고 다시 노력하고 싶습니다. 다시 실패할지라도 말입니다.

———————— 윌리엄 포크너

처음에는 젊음이 주는 격렬한 자신감, 뭐든 할 수 있다는 생각으로 시작했던 것 같습니다. 셰익스피어의 『뜻대로 하세요』As You Like It 에 나오듯이 "모두가 용감하니 젊은이는 산을 오르고 바보는 길을 인도합니다." 『인식』은 짧은 작품으로 시작했는데 방향은 불분명했지만 파우스트 이야기에 기반을 둔 것이었습니다. 그러다 위조죄라는 발상에 흥미가 생겼을 때, 위조죄라는 개념 자체가(강박이라고까지 할 수는 없겠지만) 제가 생각하고 바라보는 모

작가란 어떤 사람인가

든 것의 중심을 차지했지요. 그래서 그 책은 위조범이라는 중심 인물에서 화폐 위조와 변조, 화폐 가치 하락 및 그와 관련된 모든 소재를 향해 사방으로 확장되었지요. 결점투성이인 그 책을 지금 보면, 과잉이 가장 큰 문제였다는 생각이 듭니다. 클라이브 벨이 기억납니다. 그는 『예술』Art이라는 책을 1913년에 출간한 뒤 35년이 지나 그 작고 정교한 책의 결점을 나열하면서 그 책이 너무 자신만만하고 공격적이었으며 심지어 너무 낙관적이었음을 깨달았다고(저는 그런 비난은 받은 적이 없습니다!), 그러나 그래도 "그 책을 쓴 모험심 강한 젊은이가 약간 부럽다"라고 말했지요.

— 윌리엄 개디스

첫 문단이 굉장히 어렵습니다. 저는 첫 문단을 쓰는 데 몇 달이 걸리는데, 일단 첫 문단이 생기면 나머지는 아주 쉽게 나옵니다. 첫 문단에서 저는 책에서 다룰 문제 대부분을 해결합니다. 주제와 문체, 분위기가 정해지지요. 적어도 제 경우에, 첫 문단은 책의 나머지 부분이 어떻게 될 것인지 보여주는 일종의 표본입니다. 그런 까닭에 장편소설을 쓰는 것보다 단편소설 선집을 쓰는 것이 훨씬 어렵습니다. 단편을 하나 쓸 때마다 모든 과정을 다시 시작해야 하니까요.

— 가브리엘 가르시아 마르케스

추운 날 갑판에 나와 있었는데, 갑자기 저에게서 나오는 숨결이 보였습니다. 그리고 제가 아는 가장 단순한 사실이 제 혈통과 출신이라는 생각이 들었습니다. 그래서 저는 그날 밤 거기 서서 가족들을 소리쳐 불렀습니다. 그냥 그랬어요. 저에게서 나오는 숨결을 보고 생각했지요. "그 숨결 속에, 그 외침 속에, '그들의' 존재가 있구나. 그들의 현실이 있구나. 그리고 나는 그 숨결에 형태를 부여하고 그것에 대해 써야 하는구나." 그렇게 나온 책이 바로『숨결의 집』The House of Breath 입니다.

제 눈에 모든 것이 보였습니다. 네댓 시간 동안 글을 쓰면 어떤 일이 벌어질지 알 수 있었지요. 멋지지 않습니까? 하지만 저는 이야기가 거기 있다는 것을 알고 있었습니다. 제가 쓴 많은 소설이 그런 식으로 진행됩니다. 제자들에게 이런 이야기를 하는 것은 위험한 일인데, 그렇게 되면 그 젊은이들은 이렇게 말할 겁니다. "뭐야, 정말로 글을 쓰고 싶으면 그냥 추운 날 밤에 아무 배나 오기를 기다리다가 숨을 내쉬기만 하면 된다는 거잖아. 그럼 원하는 걸 얻는 거지."

— 윌리엄 고이언

제2차 세계대전 중 소방부대에 있을 때 어느 하인으로부터 소설『사랑』Loving 에 대한 착상을 얻었습니다. 그는 저와 함께 사병으로 복무하고 있었는데, 자신을 감독하던 나이 많은 집사에게 노인들이 세상에서 가장 좋아하는 것이 무엇인지 물어본 적이 있다고 말해주었습니다. 대답은 이랬답니다. "여름날 아침에 창문을 열어두고 침대에 누워, 교회 종이 울리는 소리를 들으며 지랄맞은 손가락으로 버터 바른 토스트를 먹는 거지." 그 이야기를

듣는 순간. 그 소설이 제게 번뜩 나타났지요.

헨리 그린

___

웨스트사이드에 있는 방 네 개짜리 아파트의 침대에 누워 있을 때 갑자기 [『캐치-22』의 첫 문장이] 떠올랐습니다. "그것은 첫눈에 반한 사랑이었다. 그가 목사를 처음 보았을 때, 누군가 그와 미친 듯이 사랑에 빠졌다." 주인공인 '요사리안'이라는 이름은 없었습니다. 목사는 반드시 군목(군대에 예속된 목사)일 필요는 없었습니다. '교도소' 담당 목사일 수도 있었지요. 그러나 첫 문장을 이용할 수 있게 되자 곧바로 머릿속에서 그 소설이 뚜렷하게 전개되기 시작했습니다. 대부분의 세부사항 즉 분위기, 형태, 여러 등장인물, 끝내 활용하지 못한 몇몇 사항까지도 말입니다. 이 모든 일이 한 시간 반 안에 일어났습니다. 저는 몹시 흥분한 나머지 상투적인 문구에 나오는 그대로 행동했습니다. 침대에서 뛰어나와 방 안을 서성거렸던 것입니다. 그날 아침 저는 직장이었던 광고대행사에 출근해서 자필로 1장을 써냈습니다. 그 주가 다 지나기 전에 내용을 타자기로 쳐서 출판 에이전트인 캔디다 도나디오에게 보냈습니다. 1년 뒤, 수많은 계획을 세운 끝에 저는 2장을 시작했습니다.

상상력이 어떻게 진행되는지 저는 잘 모릅니다. 그러나 상상력의 자비로움에는 아주 익숙합니다. 아이디어들이 공중에 떠다니다가 저를 선택해 안착한다는 느낌이 듭니다. 아이디어들이 저를 찾아옵니다. 마음대로 만들어내는 게 아닙니다. 일종의 통제된 몽상, 방향이 정해진 공상에 빠져 있으면 아이디어들이 저를 찾아옵니다. (제가 오랫동안 해온) 광고 문구를 쓰는 훈련과도 상관이 있을지 모르겠는데, 광고 문구는 제약이 따르는 탓에 상상력을 굉장히 자극합니다. T. S. 엘리엇은 어느 수필에서 글쓰기 훈련을 찬미하며, 정해진 틀 안에서 어쩔 수 없이 글을 써야 한다면 극도의 상상력을 짜내게 되어 가장 풍부한 아이디어를 얻게 된다고 주장합니다. 그러나 완전한 자유가 주어지면 작품이 제멋대로 널브러질 가능성이 크지요.

———— 조지프 헬러

글을 써야겠다는 첫 충동은 뿌리 깊은 감정에서 나오는 것 같습니다. 분노일 수도 있고, 일종의 흥분일 수도 있어요. 주변 현실에서 그런 감정을 촉발하는 대상을 인식하고 나면, 그 감정이 제 머릿속에 여러 심상을 띄워 하나의 이야기로 저를 이끌어주는 것 같습니다. 예를 들어, 『벽』The Wall을 써야겠다는 충동을 느낀 것은 「타임」의 모스크바 통신원으로 일하던 시절, 동유럽에서 몇몇 수용소를 보았을 때였습니다. 처음에 우리 일행은 에스토니아에 갔는데 그곳에서 독일군이 떠나기 전에 모든 사람을 죽이라고 명령했던 수용소를 보았습니다. 그들은 수감자들을 총살하기 전에 사람들에게 각자 자신을 태울 장작더미를 쌓게 하는 등 잔혹하고 끔찍한 방식으로 학살을 자행했습니다. 나중에는 폴란드로 갔는데, 바르샤바 게토 자체는 완전히 파괴됐지만 똑같은 일이 벌어진 곳, 독일군이 모두를 학살하라고 명령했던 수용소 두 곳을 보았습니다. 두 곳 모두 대화를 나눌 생존자가 몇 명씩 있었습니다.

홀로코스트가 서양에 아직 많이 알려지지 않은 때였습니다. 수용소에 대한 어렴풋한 소문은 있었지만 수용소의 실제 모습은 몰랐습니다. 그 시신들을 보고 생존한 사람들의 이야기를 듣자 제 속에 공포와 두려움이라는 감정이 싹터, 저는 글을 쓰고 싶어졌습니다. 처음에는 아우슈비츠 같은 수용소에 대해 써야겠다고 생각했고, 조사를 많이 했지요. 그런데 나중에는 게토 생활이 한동안은 실생활과 그나마 비슷했을 거라는 생각이 들어서, 소설로 쓰기에 더 낫겠다는 생각이 들었지요. 그러나 그 작품을 시작하게 한 그 수용소들을 보며 제가 느낀 것은 비탄과 두려움, 분노라는 감정이었습니다.

───── 존 허시

창의성이 신경증의 징후라는 사실을 저는 절대 믿지 않습니다. 오히려, 예술가로 성공한 신경증 환자는 굉장히 불리한 조건을 극복해야 했습니다. 신경증 때문이 아니라 신경증이 있음에도 창작을 하기 때문이지요.

───── 올더스 헉슬리

E. P. 더튼 줄판사에서 제 담당 편집자였던 고故 헨리 로빈스는 이것을 저의 '관장 이론'이라고 불렀습니다. 집필을 가능한 한 오래 미루며 글쓰기를 시작하지 '않도록' 꾹 참고 이야기를 비축하기

때문입니다. 역사소설에서는 장점입니다. 예를 들어『곰 풀어주기』Setting Free the Bears와『사이더 하우스』The Cider House Rules가 그렇습니다. 그 책들은 시작하기 전에 알아두어야 할 내용이 많았습니다. 수많은 정보를 수집하고 수많은 메모를 남기고 응시하고 목격하고 관찰하고 연구하는 등 온갖 일을 하다가 마침내 글을 쓸 준비를 마쳤을 때, 저는 앞으로 일어날 모든 일을 미리 알고 있었습니다. 나쁠 것이 없지요. 저는 핵심적인 사건들이 끝난 뒤 이야기가 어떤 느낌을 줄지 알고 싶습니다. 모든 것이 어떻게 진행될지 알아야 이야기꾼의 목소리, 적어도 제 목소리에 설득력이 생깁니다. 정말이지, 꾸준히 해나가야 하는 작업입니다.

— 존 어빙

머릿속에 있는 시는 늘 완벽합니다. 그 시를 언어로 바꾸려 할 때 저항이 시작됩니다. 언어 자체가 자아의 순수한 흐름에 대한 일종의 저항이지요. 해결책은 스스로 자신의 언어가 되는 것입니다. 저는 운율을 떠올리기 전에는 시를 쓸 수가 없습니다. 그 운율은 소재에서만 나오는 것이 아니라 저의 내면세계에서도 나오는 것이며, 그 두 가지가 연결된 순간 활력이 비약적으로 솟구칩니다. 저는 그 운율에 올라탈 수 있으며 운율은 저를 낯선 어딘가로 데려갈 것입니다. 다음 날 아침 빈 종이를 보면 어떻게 그 모든 일이 일어났을까, 하는 생각이 들지요. 낮에는 저의 수다와 천박함과 방어적인 태도와 싸워 승리를 거두어야 합니다.

— 스탠리 쿠니츠

시 「언저리에서」On the Edge가 어디에서 나왔는지 아주 분명히 기억
납니다. 에드거 앨런 포에 대한 강의였는데, 프랑스어로 진행됐
어요. 알아듣지 못했죠. 맨 앞줄에 앉아 있었는데, 강의가 프랑
스어로 진행될 줄은 몰랐습니다. 강사는 안면이 있는 아르헨티
나 사람으로, 아주 친절한 청년이었습니다. 사람이 거의 없었기
때문에(아마 열 명쯤) 그가 프랑스어로 강의를 시작하고 나선 자
리를 뜰 수 없었는데 만약 그랬다면 매우 무례한 행동이었을 겁
니다. 그래서 저는 학교 수업처럼 50분 내내 자리에 앉아 있었
습니다. 사소한 것들에 집중할 수밖에 없었는데, 예를 들어 강
사는 포의 이름을 프랑스식으로 "에드-가-포오ed-ga-po"라고 발
음하더군요. 고등학교 시절 문학 선생님이 묵직한 중서부식 말
투로 발음했던 '에드거 앨런 포'보다 훨씬 우아하게 들렸습니다.
'에드-가-포오.' 음악처럼 듣기 좋았지요. 프랑스인들은 포를
우리보다 훨씬 진지하게 대합니다. 저는 최종적으로는 포와 같
은 시인이 되고 싶다고 늘 생각해왔기 때문에 그냥 자신을 포라
고 상상했지요.

그 시도 글을 쓰지 않을 때 나왔습니다. 석 달 동안 극심한 정체
기를 겪는 중이었는데, 어쩌면 그저 제가 쓰고 있는 시가 마음에
들지 않았는지도 모르겠습니다. 그래서 저는 포가 되었습니다.
아마도 그 시는 글을 쓰지 않는 상태에 대한, 우리가 온 힘을 다
하지 않을 때 얻게 되는 힘에 대한 내용인 것 같습니다. 그럴 때
우리는 거의 신에 가까워진다는 내용이지요. 그것이 그 시가 주
는 통찰력인데, 신은 온 힘을 다하지 않기 때문입니다. 우리는

신을 보지 못하고 신의 존재에 관한 이런저런 소문과 신의 막대한 힘에 관한 단서만을 얻으며, 신이 우리에게 크나큰 관심이 있다는 이야기를 듣기만 할 뿐 눈으로 보지는 못합니다. 그래서 저는 "좋아, 신이 하듯이 해보자. 침묵을 지키고 아무것도 드러내지 말자"라고 말했지요. 그 생각은 분명 어떤 사람들과의 만남, 전력을 다하지 않는 것 같은데 순간적으로 힘을 발휘해 특히 저 같은 떠버리들을 앞지르는 사람들과의 만남에서 비롯되었을 겁니다.

———————————————— 필립 러바인

어떤 풍경 한 자락이나 제가 느꼈던 감정이죠. 시를 쓸 때 겪는 가장 큰 문제는 제 진짜 감정을 되살려내는 것인데 그러려면 굉장히 많은 작전이 필요합니다. 개인적으로 겪은 중요한 사건보다 그 사건으로 들어가는 손잡이가 더욱 강렬하게 느껴질지도 모릅니다. 그 손잡이는 작가가 마음대로 활용할 수 있는 소재로 이어지는 문을 열어줄 것입니다. 많은 시가 전통적인 측면에서는 아주 훌륭해 보이지만 깊은 감동을 주지는 않는데, 자기만의 명도가 없기 때문입니다. 제가 그 가치를 과장하고 있는 것일지도 모르지만 저에게는 소중합니다. 저는 시골의 작은 가게에 대해 쓰면서 어떤 사소한 모습, 제가 알아차린 사소한 특징 같은 것을 묘사하다가, 저의 경험을 실존주의적으로 해석하며 시를 끝냅니다. 그러나 시를 시작하게 하는 것은 그 작은 가게입니다. 왜 그것이 저에게 큰 의미를 주는지는 몰랐겠지만 말입니다.

이미지나 시의 시작과 끝에 대한 느낌이 제가 가진 전부일 때도 있습니다. 그러면 저는 그 시작과 끝 사이를 돌아다녀야 합니다. 그래야 한다는 것은 알지만 구체적인 내용은 모릅니다. 놀라운 일이죠. 그러다 보면 시가 탄생하리라는 느낌이 듭니다. 지독히도 힘든 과정인데, 제 진짜 감정은 형태가 없고 시로 써낼 수 있는 것이 아니기 때문입니다. 또 제가 쓰려고 준비하는 시는 제가 큰 관심을 기울이는 대상이나 하고 싶은 수많은 말과는 아무 상관이 없습니다. 그러다가 문득 위대한 순간이 찾아옵니다. 기술적 장치와 내용 구성 방식, 시를 만들어낼 수 있는 요소가 갖추어졌으니 제가 정말 말하고 싶은 것을 표현할 수 있다는 확신이 충분히 듭니다. 제게 할 말이 있다는 것을 모르는 상태여도 괜찮습니다.

로버트 로웰

글이 언제 시작되는지 모릅니다. 더 적합하게 느껴지는 이미지를 이야기하자면, 나무집을 세운다는 생각으로 시작했는데 결국 나무로 마천루를 지으며 끝난다고 할 수 있겠군요. 『벌거벗은 자와 죽은 자』The Naked and the Dead에서, 저는 긴 수색 작업을 다루는 짧은 소설을 쓰고 싶었습니다. 전쟁이 이어지는 동안 저는 이 수색대에 대해 줄곧 생각했지요. 해외로 나가기 전부터 그 생각을 했습니다. 아마 제가 읽었던 전쟁을 다룬 책들 때문에 흥미가 생겼을 겁니다. 존 허시의 『계곡 속으로』Into the Valley, 해리 브라운의 『태양 속의 산책』A Walk in the Sun 그리고 이제는 기억나지 않는 다른 책 두어 권이 있습니다. 이 책들로부터 긴 수색 작업을 소설로 써보자는 착상을 얻었습니다.

저는 등장인물들을 창조하기 시작했습니다. 해외 파병 기간 동안 저의 일부는 이 긴 수색 작업에 공을 들이고 있었습니다. 급기야 저는 정찰팀에 자원했고 거기 들어가게 되었습니다. 어차피 정찰팀은 오랫동안 수색 작업을 하기 마련이니까요. 예술은 삶을 끊임없이 비방하더군요. 어쨌거나, 『벌거벗은 자와 죽은 자』를 쓰기 시작했을 무렵 저는 수색이 계속되기 전에 독자가 등장인물들을 만날 기회를 갖도록 예비로 한두 장을 써두는 게 좋겠다고 생각했습니다. 그러나 그 뒤로 여섯 달 동안 첫 500쪽을 쓰면서 시간을 보내야 했고, 처음에는 수색 작업이 시작되기까지 시간이 너무 오래 걸려 괴로워했던 게 기억납니다.

_노먼 메일러

무엇을 다루고 어떻게 진행되어야 하는지 상당히 깔끔한 계획을 가지고 소설을 쓰기 시작합니다. 대개 몇 년, 아니면 몇 달 동안 그 소설에 대해 생각하고 메모를 해왔기 때문이지요. 대개는 결말을 생각해두는데 보통은 마지막 문단이 거의 그대로 머릿속에 있습니다. 이야기의 첫 부분부터 쓰기 시작해 항로를 바짝 따라갑니다. 그것이 고래들이 다니는 경로가 아니라 항로라면 말이지요. 만약 제가 망망대해에 들어섰다는 사실이 밝혀지면, 저의 이야기 본능이 나침반이 되고 주제가 아스트롤라베[■]가 되어 도와줍니다. 어디가 됐건, 말했듯이 목적지는 이미 정해졌습니다.

제가 길을 잃더라도 오랜 일탈은 아니며, 세상이나 바다를 알기 좋은 기회지요. 본래의 발상은 변하더라도 아주 약간일 뿐, 전반적으로는 그대로입니다.

_____ 버나드 맬러머드

하버드에 있을 때 로버트 피츠제럴드를 알게 되었고, 그에게 제가 쓴 시를 보여주곤 했습니다. 그보다 제가 더 나이가 많았지만(저는 대학원생이었고 그는 2학년 학부생이었죠) 그럼에도 저는 그를 굉장히 존경했습니다. 그는 저보다 더 좋은 교육을 받았고 고집스러웠으며 일류가 아니면 뭐든 경멸했습니다. 어느 날 그는 제 시를 읽은 다음 저를 바라보았는데, 말썽을 부린 아이를 바라보는 듯한 표정이었습니다. 그는 "산문을 쓰는 게 어때요?"라고 말했고 저는 그가 저를 뭐라도 쓸 수 있는 사람이라고 생각해주었다는 사실이 마냥 기뻐서 그대로 방향을 바꿔 산문을 썼습니다. 마치 그가 저에게 산문을 써도 좋다고 허락해준 것처럼 말이지요. 산문 중에서 소설을 골랐는데 이야기를 무척 좋아하지만 관념을 제대로 이해하지는 못하기 때문입니다.

_____ 윌리엄 맥스웰

시를 써나가는 동안에는 시인이 책상 앞에 있건 없건, 머릿속에는 끝없는 소용돌이가 있지 않습니까? 만일 온갖 표류물이 닥치는

■ 고대와 중세에 그리스 등지에서 사용한 천체 관측기구.

대로 빨려 들어갈 만큼 그 소용돌이가 강하다면, 그 당시 아무리 단어를 신중하게 고르더라도 소용이 없습니다. 그럴 때 저는 일을 딱 멈추고 종이로부터 달아나 부엌으로 들어가서는 재료를 뒤섞고 고기를 양념에 재웁니다. 단어들이 제 등 뒤에서 자기들끼리 분류하도록 기회를 주기 위해서지요. 그러나 회피할 방도는 없고, 있다 해도 술 석 잔 정도일 겁니다. '평범한' 날, 그러니까 화덕에 아무것도 올려두지 않은 날에는 제가 아예 시인이 아니라고 말해도 무방할 것입니다. 저녁 파티에 참석한 의사와 비슷합니다. 안주인이 바닥으로 쓰러지거나 작은 호출기가 울릴 때까지는 그냥 평범한 손님일 뿐이지요. 게다가 그런 신호는 아주 가끔을 제외하고는 대부분 거짓 경보입니다. 언어는 진정으로 우리의 매개체입니다. 우리는 말을 하거나 편지를 쓸 수 있고 관찰을 통해서 우리가 좋아하는 '문장의 소리'를 찾아낼 수 있습니다. 그 소리가 반드시 저의 소리일 필요는 없습니다. 그것으로는 시가 되지는 않을 것이며, 시에 알맞지도 않을 겁니다. 그러나 그것은 저에게 찌릿한 통증을 선사하며(아마도 시인을 '시민'과 구별해주는 특징이겠지요) 신중해야 한다고, 주시해야 할 상황이라고 저에게 알려줍니다.

———————————————— 제임스 메릴

사람마다 자기만의 방식이 있습니다. 어쨌든 대부분의 글은 타자기나 책상에서 벗어났을 때 완성되니까요. 저는 이렇게 말하곤 했습니다. 그 일은 조용하고 고요한 순간에, 산책하거나 면도를 하

작가란 어떤 사람인가

거나 운동경기 같은 것을 할 때, 심지어는 그다지 관심 없는 사람과 이야기를 하는 사이에 일어난다고 말입니다. 우리가 일하는 동안, 우리의 두뇌도 머리 저편에서 이 문제에 골몰하는 중입니다. 그러니 타자기 앞에 있다면 옮기기만 하면 됩니다.

예술가란 무엇일까요? 더듬이가 달린 사람이며 공중에, 우주에 존재하는 흐름에 접속할 줄 아는 사람입니다. 예술가는 말하자면 낚아채는 재능이 있을 뿐입니다. 그 누가 독창적일 수 있을까요? 우리가 하는 모든 것, 우리가 생각하는 모든 것은 이미 존재하며 우리는 그저 공중에 있는 것을 이용하는 중개자일 뿐입니다. 가끔 어떤 개념이나 위대한 과학적 발견이 세계 여러 곳에서 동시에 나타나는 이유가 무엇입니까? 시나 위대한 소설, 또는 여타 예술 작품을 구성하게 될 요소에도 마찬가지 원리가 적용됩니다. 그 요소는 이미 공중에 존재하며 그저 목소리를 부여받지 못했을 뿐입니다. 그것을 드러내줄 특정한 사람, 특정한 통역자가 필요한 것입니다.

— 헨리 밀러

"흰색 위에 검은색을 입혀라." 기 드 모파상의 조언이었습니다. 그게 제가 늘 하는 일입니다. 저는 글이 어떻게 보이건 개의치 않고 이야기의 개요가 될 만한 것이면 어떤 쓸데없는 내용이라도 쓰는데, 그다음에야 글을 볼 여유가 생깁니다. 글을 쓸 때, 이야기의 밑그림을 그릴 때는 "기분 좋은 8월 저녁, 엘리자베스 제인 모리어티가 길을 따라 내려오고 있었다"와 같은 멋진 문장을 쓸 생각을 결코 하지 않습니다. 그저 일어난 일만 대강 쓰는데, 그러고 나면 구조가 어떤지를 볼 수 있어요. 저에게 가장 중요한 것은 이야기의 구도예요. 구도를 보면 이야기의 잘못된 틈과 그 빈틈을 메우기 위해 사용할 이런저런 방식을 알아낼 수 있습니다. 저는 늘 기법이 아니라 이야기의 구도에 유의합니다.

_____ 프랭크 오코너

시마다 다릅니다. 보통 첫 문장은 선물이라고 할 수 있는데, 신이 준 것인지, 영감이라고 불리는 그 신비로운 능력에서 나온 것인지 모르겠습니다. 『태양의 돌』Sun Stone을 예로 들어보지요. 처음 30행은 누군가 조용히 저에게 불러준 것처럼 썼습니다. 11음절짜리 시구가 줄줄이 나타날 때 그 유려함에 저는 깜짝 놀랐습니다. 그 시구는 저 멀리에서 왔고 가까이에서도 왔으며 제 가슴에서도 나왔습니다. 갑자기 그 기류가 흐름을 멈추더군요. 저는 제가 쓴 내용을 읽었습니다. 전혀 고칠 필요가 없었지요. 하지만 그것은 시작일 뿐이었고, 그 문장들이 어디로 가고 있는지 저는 조금도 알 수가 없었습니다.

며칠 뒤 저는 다시 시작해보았습니다. 이번에는 소극적으로 쓰지 않고, 시의 흐름을 조절하고 인도하려 해보았지요. 30~40행을 더 썼습니다. 그리고 멈추었습니다. 며칠 뒤 다시 그 시를 보았고, 조금씩, 그 모든 시구가 어디를 향하고 있는지 발견하게 되었습니다. 그 시는 제 삶에 대한 일종의 회고로, 제 경험과 격정, 저의 실패, 저의 집착이 그 시를 통해 부활했습니다. 저는 제

가 청춘의 마지막을 보내고 있다는 사실과 시가 끝인 동시에 새
로운 시작임을 깨달았습니다.

———— 옥타비오 파스

저에게 주어진 희곡이 제 머릿속에서 어떻게 발전했는지 정확히 기
억하지 못합니다. 아마도 저는 극심한 흥분과 좌절에 휩싸여 글
을 쓰는 모양입니다. 앞에 놓인 종이 위에 보이는 것을 따라가며
한 문장씩 씁니다. 그렇다고 전반적으로 어떤 일이 일어날지 전
혀 모른다는 뜻은 아닙니다. 시작할 때 갖고 있던 이미지가 지금
당장 어떤 사건이 일어날지 알려주기도 하지만 전반적으로 어
떻게 진행될지도 알려줍니다. 덕분에 끝까지 글을 써나가지요.
저는 어떤 일이 일어날지 짐작할 수 있습니다. 그 생각이 딱 맞
아떨어질 때도 있지만 많은 경우 실제로 일어난 일을 보면 제 생
각이 틀렸더군요. 때로는 글을 써나가다가 등장인물이 들어올
거라는 사실을 모른 상태에서 어느새 "C가 들어온다"라고 쓰기
도 합니다. 그냥 그 시점에서 그가 들어와야 했던 것뿐이죠.

———— 해럴드 핀터

사실 제가 지금껏 써온 이야기는 모두 사람들의 실제 경험에 매우
견고하게 바탕을 두고 있습니다. 많은 경우 타인의 경험이지만,
이야기를 듣거나 어떤 광경을 목격한 까닭에, 어쩌면 단어 하나
만 들었는데도 제 경험이 되기도 합니다. 중요한 요소는 아니며
작은, 아주 작은 씨앗 정도입니다. 그러다가 뿌리를 뻗고 자라나

지요. 유기체입니다. 그 소설은 오랫동안 제 머릿속에 있다가 멕시코에서 일어난 사소한 사건 하나를 계기로 모습을 드러냈습니다. 머릿속에서 이렇게 저렇게 빚어지고 있었는데, 결국 어느 날 밤 저는 몹시 절박한 심정이 되었습니다. 사람들은 늘 친목을 도모하기를 좋아하고 저도 마찬가지입니다. 하지만 늘 친구들에게 둘러싸여 산다면 어떨까요. … 그러니까, 친구들이 저에게 카드놀이를 하러 오라고 고집을 부렸습니다. 그러나 저는 그 이야기를 쓸 때가 왔음을 알았기 때문에 아주 단호했고, 그 이야기를 써야만 했습니다.

어느 날 저녁에 어느 창가를 지나다가 본 광경이 있습니다. 친구인 메리가 저에게 자기 집으로 와서 함께 있어 달라고, 어떤 남자가 찾아오기로 했는데 그 남자가 두렵다고 해서 그 집에 갔을 때였지요. 꽃이 핀 박태기나무를 지나 마당을 통과하다가 창문을 흘깃 보았는데, 창가에 그녀가 무릎에 책을 펼쳐둔 채 앉아 있었고 옆에는 몸집이 크고 뚱뚱한 남자가 있었어요. 그때 메리와 저는 둘 다 미국 여성으로 이 혁명적인 상황 속에서 살고 있었고, 친구였습니다. 메리는 원주민학교에서 교사 생활을 하고 있었고 저는 멕시코시티에 있는 여자 실업학교에서 무용을 가르치고 있었습니다. 그리고 우리는 매우 낯선 어려움을 겪고 있었습니다. 저는 메리보다 좀더 회의적이었고 그래서 수많은 혁명 지도자들을 이미 회의적인 시선으로 보기 시작한 뒤였습니다. 오, 사상은 괜찮았지만 많은 남자가 그 사상을 악용하고 있었지요.

작가란 어떤 사람인가

그리고 그날 저녁, 창가에 앉아 있는 그녀를 보았을 때 저는 메리의 얼굴에서, 그녀의 자세에서 무언가, 그 상황 전체가 의미하는 뭔가를 보았고, 제 머릿속에서는 소란이 일었습니다. 그 순간까지 저는 그녀를 제대로 이해하지 못했던 것입니다. 그녀는 자신의 본성을 직면하지 못하고 모든 것을 두려워하기 때문에 자신을 돌보지 못했습니다. 왜 제 눈에 그 사실이 포착되었는지 모릅니다. 저는 직관을 믿지 않습니다. 갑자기 통찰력이 번쩍 찾아온다면, 그저 평소보다 두뇌가 더 빠르게 작동했기 때문입니다. 그저 우리는 오랫동안 그것을 알고자 준비를 해왔고, 그래서 알맞은 때가 되면 그 사실을 늘 알고 있었던 것 같은 생각이 드는 것입니다.

———— 캐서린 앤 포터

설명하기 어렵습니다. 첫머리에 대한 어떤 아이디어가 떠올라요. 첫 문장을 쓰고 마지막까지 계속 써나갑니다. 많은 부분을 고치고 노력을 기울여 초고를 몇 개 쓰기도 하지만, 완성된 작품을 의심하지는 않습니다. 그러니까 제가 처음 쓰는 단어들은 장차 책의 첫 단어들이 되겠지만 이야기가 어떻게 전개되거나 끝날지는 알지 못합니다. 처음 떠오른 아이디어는 흐릿하지만 그것이 동력이라는 사실을 저는 압니다. 바꾸고 싶은 부분이 있다면 나중에 얼마든지 바꾸면 됩니다.

———— 알랭 로브그리예

제가 쓴 시는 대부분 애정시예요. 대개는 뮤즈, 그러니까 저 대신 세
상에 관심을 집중하는 어떤 여성이 있어야만 시를 쓸 수 있습니
다. 그녀는 연인일 수도, 아닐 수도 있지요. 예를 들어 이런 경우
도 있죠. 언젠가 사람들이 많은 방에서 점심 때 딱 한 번 본 사람
이 그녀였던 적이 있어요. 덕분에 저는 시집 한 권 분량의 시를
써냈습니다. 그 시들 중 많은 작품은 발표하지 않았어요. 비밀은
이겁니다. 시의 원천을 건드리는 어떤 일이 일어나서 그 원천에
불을 붙여요. 연작 소네트인 「사랑의 이혼」A Divorce of Lovers처럼,
때로는 긴 연애의 결과로 그런 일이 일어나기도 하지요. 하지만
늘 그런 건 아닙니다. 그러면 제 시의 청자는 누구일까요? 제 생
각에는 연인입니다. 그러나 대개 '연인'들은 시에 그다지 관심이
없지요.

_____ 메이 사턴

보고, 듣고, 기억하면서 이야기가 시작됩니다. 많은 경우 친구들이
나 제가 만난 사람들이 그 대상입니다. 때로는 강렬하고 보편적
인 정서나 신념을 이야기하고 싶어서 거기에 맞는 등장인물이
나 상황을 발명하기도 해요. 예를 들어, 단편 「80야드 경주」The
Eighty-Yard Run의 주인공은 전직 미식축구 선수로 35세의 나이에
완전히 낙오자가 되어버린 하찮은 인물입니다. 이 이야기는 제
주변의 수많은 남자와 그들이 젊은 시절에 경험한 최고의 순간
들을 지켜본 끝에 나온 겁니다. 저는 그런 순간을 표현하면서 전
도유망한 수많은 젊은이를 그토록 일찍부터 낙오자로 만든 미

묘한 실망감과 무력감을 보여주고 싶었습니다.

미국인들은 젊은 시절에 전성기를 맞이하는데, 적어도 제가 보기에 미국인들이 보여주는 가장 멋진 모습과 전성기의 특징을 무엇보다도 잘 드러낼 수 있는 광경이 킥오프와 동시에 경기장을 질주하는 선수들의 모습이었습니다. 유쾌함과 품위, 무모함, 기분 좋은 맹렬함, 재빠른 기술이 어우러지는 순간으로, 세상 어디에서도 재현할 수 없는, 활기와 흥겨움으로 가득한 특별한 분위기 속에서 그 모든 일이 일어납니다. 이는 저에게도 독자에게도 건설적인 상징이었고, 저는 그 광경을 떠올렸을 때 느꼈던 과거의 기쁨과 현재의 후회라는 감정을 중심으로 제 이야기를 쌓아올렸습니다.

어윈 쇼

영감에 대한 가설이 둘 있습니다. 하나는 윌리엄 블레이크의 경우처럼 사실상 시를 받아 적기만 하면 된다는 것입니다. 시인은 환각 상태에 있고, 환청을 듣거나 제임스 메릴의 시처럼 다른 세계의 존재와 교신합니다. 메릴은 종종 시인 W. H. 오든을 비롯한 다른 시인들이 점괘판을 통해 불러주는 시를 받아쓸 때가 있다고 하더군요.

다른 가설은 폴 발레리의 것으로, 그는 이것을 '주어진 행'이라고 부르는데 한 행이 주어지면 시인은 그것을 실마리로 삼아 따라가며 시 전체를 이끌어낸다고 합니다. 제 경험으로는 운율이나 다른 요소가 머릿속에 떠오르는데, 그럴 때면 그것을 붙잡아야 한다는, 시를 써야 하고 창조해야 한다는 생각이 듭니다.

일례로 기차에서 창밖을 보던 중 공업지대의 풍경과 공장, 광석 찌꺼기 더미가 눈에 들어왔는데, 머릿속에 '육체와 장미의 언어'라는 구절이 떠오르더군요. 이 구절의 속뜻은 공업지대의 풍경은 사람들이 자연에서 만들어낸, 일종의 언어라는 것이었고 "육체와 장미의 언어"는 산업과 자연을 대조하는 표현이었습니다. 그 시의 문제점은 이 연관성을 보여주려면 그 순간 제 머릿속에 정말로 떠올랐던 생각을 기억할 수 있도록 그 순간으로 돌아가 그 생각을 되살려야 한다는 점이었지요. 시를 하나 구상하면 그 시를 쓰는 데 여섯 달이 걸릴 수도 있습니다. 그러나 제가 정말 하려는 일은 처음 그 순간 떠올랐던 생각을 기억해내는 것입니다.

스티븐 스펜더

희곡에 대한 발상이 떠오르는 과정은 언제나 정확히 묘사할 수 없는 부분입니다. 희곡이 그저 모습을 드러내는 것 같습니다. 유령처럼 점점 선명해지고, 선명해지고, 선명해집니다.『유리 동물원』The Glass Menagerie 다음으로 쓴『욕망이라는 이름의 전차』A Streetcar Named Desire처럼, 처음에는 아주 흐릿합니다. 그저 젊음의 끝자락에 있는 한 여인의 모습만 보였지요. 그녀는 창가 의자에 홀로 앉아 있었고 달빛이 그녀의 절망적인 얼굴을 비추었습니다. 그 창가는 그녀가 결혼할 남자와 나란히 서 있곤 했던 장소였습니다.

아마 저는 누이를 생각하고 있었을 겁니다. 그녀는 인터네셔널 슈컴퍼니에서 일하는 어느 청년과 열렬한 사랑에 빠져 있었기 때문입니다. 굉장히 잘생긴 청년이었고 누이는 그를 깊이 사랑했습니다. 전화벨이 울릴 때마다 누이는 거의 기절할 지경이었습니다. 데이트를 신청하는 전화라고 생각했으니까요. 두 사람은 매일 밤 만났는데, 그러다 어느 날 그가 더는 전화를 하지 않았습니다. 누이는 그때 처음으로 신경쇠약에 걸렸습니다. 『욕망이라는 이름의 전차』는 거기에서부터 발전했습니다. 당시에 저는 그 작품을 '달빛 속 블랑슈의 의자'라고 불렀는데, 매우 형편없는 제목입니다. 그러나 『욕망이라는 이름의 전차』는 알다시피, 창가에 앉은 어느 여자의 이미지로 시작해 저를 찾아왔습니다.

테너시 윌리엄스

친구들과 만나면 어떤 이야기를 합니까? 그날, 그 주에 인상 깊었던 일들에 대해 이야기하겠지요. 저도 같은 식으로 글을 씁니다. 집에서, 학교에서, 직장에서, 거리에서 벌어진 일들이 이야기의 토대입니다. 어떤 경험은 아주 깊은 인상을 남기기 때문에, 저는 사교 모임에서 그 이야기를 하는 대신 소설로 써냅니다.

나기브 마푸즈

그저 먼지 따위만 뒤집어쓰며 빈둥거리는 하찮은 글이 몇 편 있습니다. 그 글들은 자석에 달라붙는 쇳가루처럼, 토막 난 다른 이야기에 달라붙습니다. 저는 글로 쓸 소재를 찾는 것이 참 싫습니다.

————————— 루이즈 어드리크

사람들 앞에서 처음으로 시를 낭독하는 건 정말 멋진(심지어 신성한) 일인데, 창작의 순간에 뭔가를 제 속에 받아들이면서 느낀 감정을 공유할 수 있기 때문입니다. 시를 쓸 때면 눈을 감아야 할 것 같은 기분이 듭니다. 실제로 그렇게 한다는 뜻이 아니라 판단을 보류하기로 결심한다는 뜻입니다. 시는 그럴 때 탄생해요. 글쓰기는 곧 행위입니다. 꿰뚫고 지나가는 뭔가가 있어야 합니다.

————————— 아일린 마일스

어쩌면 작가는 한 등장인물이 슈퍼마켓에 가서 초콜릿 케이크 상자를 집는 모습을 지켜보는 것이 흥미진진하다고 느낄 수도 있습니다. 그러면서 생각하지요. '저기에 관심을 쏟을 수는 없어, 정말이지 저런 장면을 쓰느라 종이를 소모하고 싶지는 않아.' 하지만 거기에서 벗어날 수 없습니다. 자신의 어리석음에 직면하는 건, 생각만으로도 섬뜩합니다.

————————— 데버러 아이젠버그

시인은 대개 처음 한두 문장을 쓰고 나서야 형태와 운율을 떠올립니다. 그 첫 단어들이 운율을 불러내지요. 그 단어들은 소리굽쇠와 비슷해서, 제대로만 되면 첫 동작이나 처음 취한 조치만으로 시 전체의 음조를 정하고 유지할 수 있습니다. 솔직히 말해서 대개 저는 그저 제 귀를 따라갑니다.

셰이머스 히니

작가가 자신이 무엇을 쓰고 있는지 안다면, 그 글은 진부해지거나 정
신분석학 따위에 빠져들 위험이 아주 큽니다. 그러나 그것을 알
지 못해서 앞이 안 보인다는 듯이 더듬거리며 길을 찾아간다면,
뒤돌아보았을 때 자신이 길을 직접 만들었음을 알게 될 겁니다.

막스 프리슈

사랑이야말로 작가로서 제가 활용해온 유일한 힘이라고 믿고 싶습
니다. 분노가 사랑에 영향을 미쳤을지언정, 분노에 빠져 글을 쓴
적은 결코 없습니다.

애솔 푸가드

재미있게도, 『영향에 대한 불안』The Anxiety of Influence[]이 출간되었을
때, 마침 여자들은 다른 여성 작가들을 발견하면서 "이야, 우리
에게 영향력이 있다니! 이런 적이 없었는데!"라고 말하던 중이
었지요. 남자들은 모두 영향을 받았다는 '불안' 때문에 걱정하고
있는데, 여자들은 '야호!' 하고 외치고 있었습니다.

어슐러 K. 르 귄

📖 1973년에 출간된 헤럴드 블룸의 저서로, 선배 시인들로부터 받는 영향에 대한 불
안을 넘어서려는 후배 시인들의 심리적 투쟁을 다루었다.

핵심이 담긴 원고가 가장 어렵고 가장 흥미진진하며, 가장 까다롭지요. 그러나 텅 빈 종이를 마주해야 하는 첫 부분이 가장 견디기 고통스럽습니다. 그때가 자리를 털고 일어나 작가가 되지 않겠다며 등을 돌릴 기회입니다. 이런 생각이 드는 겁니다. '그만두겠어. 평범한 시민으로 진짜 인생을 살 거야. 학부모회에 들어가고 아이들을 사랑해줄 거야. 그리고 전원주택을 살 거야.'

———————————————————————— 해럴드 브로드키

분명히 말하는데 저는 새 책을 쓰기 시작해야겠다는 결심을 얼마든지 미룰 수 있습니다. 가장 마지막에 쓴 책이 주는 생각과 이미지가 편안하게 느껴지기 때문입니다. 그러다가 그 마지막 책으로는 세상과 저의 관계를 표현하거나 정돈하기에 부족하다는 사실을 알게 되면, 그때야 비로소 다시 글을 씁니다.

———————————————————————— 이브 본푸아

이런 이야기를 할 때면 작가들이 다소 신비롭게 느껴질 수도 있습니다. 저는 사실 '영감'과 '창조력' 같은 말들을 약간 미심쩍게 여기는데, 물론 그 단어들을 넣지 않으면 제 작품에 대해 30초 이상 이야기하지 못합니다. 때로는 사물 사이의 불분명한 유사성을 볼 수 있거나 우연히 발견할 수 있다면 그게 곧 창조력이라는 생각이 듭니다. 예를 들어 참신한 은유를 좀더 복잡하게 구성하는 거죠. 히로시마에 있던 어느 날 밤, 특정한 모양의 구름 뒤에 숨은 달이 문득 유리잔 속에서 녹고 있는 진통제처럼 보인다

는 생각이 떠올랐습니다. 그 직유를 생각해내려 애쓰지 않았는데도 그냥 그렇게 떠올랐어요. 말하자면 매우 다른 그 두 사물의 유사성이 저를 덮친 것입니다. 문학 창작 과정도 이와 비슷할 수 있습니다. 작가의 현실 세계와 허구 세계가 대비되다가 그 대비가 글로 변합니다. 그러나 다른 때에 문학 창작은 특정한 의식 상태나 영감과 아무 상관없이, 그저 꾸준하고 성실하게 해내야 하는 일일 수도 있습니다. 어떤 세계를 만들고 그 세계를 사람들로 채우면서 말입니다. 그 세계를 완성하려면 연대표와 두통이 필요합니다.

_____ 데이비드 미첼

제 문제는 처음에 시를 제 의지대로 밀어붙인다는 점이었습니다. 지나치게 통제했지요. 그러나 곧 은유와 운율이 자비를 베풀어 저를 토끼 굴의 다른 방향으로 보냈고, 덕분에 제 의지와 제 의도는 뿔뿔이 흩어졌습니다. 그렇게 의도에서 한참 벗어났을 때에야 비로소 저는 저를 한참 초월하는 존재를 아주 어렴풋이 감지할 수 있었습니다.

_____ 케이 라이언

소설을 쓰는 방법이라고 흔히들 생각하는 내용이 제가 보기에는 작가의 벽을 정확히 묘사하는 것 같습니다. 평범하게 보면, 작가는 이 단계에서 아주 절박한 마음으로 등장인물 목록과 주제 목록, 플롯의 뼈대를 작성해두고 세월을 보내면서, 표면상으로는 그 세 요소가 맞물리도록 애를 쓰고 있지요. 사실 그렇게 해서 되는 일은 아닙니다. 실제로는 블라디미르 나보코프가 '떨림'이라고 묘사한 일이 일어납니다. 떨림 또는 불빛이라고 표현할 수 있는데, 작가가 자신의 역할을 인식하는 순간입니다. 이 단계에서 작가는 '내가 소설로 쓸 수 있는 뭔가가 여기 있구나' 하고 생각합니다. 그런 깨달음이 없다면 작가가 무엇을 해야 하는지, 저는 알 수가 없습니다. 불빛이나 떨림이 있다는 말은 이 이야기가 내 운명이고 다음 책이 될 거라는 말보다는 매혹적으로 느껴지지 않을 수도 있습니다. 그래서 남몰래 질겁하거나 경외심에 사로잡히거나 관심을 끊어버릴지도 모르지만, 이 깨달음은 그런 상태마저 초월합니다. 저는 그저 쓸 다른 소설이 있다는 점에 안심할 뿐입니다.

———————————————————— 마틴 에이미스

"고양이가 매트에 앉았다"라는 문장으로는 이야기가 시작되지 않지만 "고양이가 개의 매트에 앉았다"라는 문장이라면 확실합니다.

———————————————————— 존 르 카레

작가는 새로운 책을 쓰기 시작할 때마다 늘 같은 어려움을 겪는 것 같습니다. 그 어려움이란 경험에 익숙해질 방법이 없다는 겁니다. 새로운 책은 제각기 완전히 다른 영역이어서 작가는 그 책의 형태와 느낌을 찾으려 애써야 하고 그 어려움은 시작할 때마다

작가란 어떤 사람인가

똑같이 반복됩니다. 진전이 보이지 않아요. 저에게 기술적 경험
은 축적되지 않습니다.

_____ 나탈리 사로트

최고의
독자는
누구입니까?

What's Your Ideal Audience?

저 자신, 그리고 제 독자들이죠. 독자를 위해 글을 쓰지 않는다고 말한다면 거짓말쟁이나 위선자, 바보일 겁니다(그리고 이 중 어느 것도 제게 해당하지 않아요). 정말입니다. 다만 귀 기울이는 독자, 그러기 위해 진심으로 노력하는 독자, 제가 겉으로 말하는 내용의 참뜻을 찾는 독자를 위해 글을 씁니다. 그러니 저는 자신을 위해, 그리고 마땅한 값을 치를 독자를 위해 글을 쓰는 셈입니다. 서아프리카의 가나에서는 '깊은 대화'라는 표현을 씁니다. 예를 들어, 이런 속담이 있습니다. "도둑이 어려워하는 것은 추장의 나팔을 훔치는 방법이 아니라 그 나팔을 불 장소다." 자, 표면적으로는 이해가 되지요. 그러나 곰곰이 생각해보면, 더 깊은 뜻이 담겨 있습니다. 서아프리카에서는 그것을 '깊은 대화'라고 부릅니다. 저는 제가 '깊은 대화'를 쓴다고 생각하고 싶습니다. 독자가 제 책을 읽으면 "이런, 이거 멋지잖아"라고 말할 수 있을 겁니다. "이거 아름답구나, 아주 멋져, 어쩌면 이게 전부가 아닐지도 몰라! 다시 읽어보는 게 좋겠어"라고 말입니다.

마야 안젤루

저는 그저 글을 쓰고 누군가 그것을 읽기를 바랄 뿐입니다. 어떤 사람이 저에게 "누구를 위해 글을 씁니까?"라고 물으면 저는 "제 책을 읽습니까?"라고 되묻습니다. 그렇다고 하면 "마음에 드십니까?"라고 묻지요. 상대가 그렇지 않다고 말하면 저는 "당신을 위해서 쓰지는 않습니다"라고 합니다.

———————— 위스턴 휴 오든

어젯밤 침대에서 스탕달이 쓴 논문집을 읽었습니다. 그중 하나에서 큰 즐거움과 감동을 받았습니다. 스탕달은 루이 14세 시대의 작가들은 그들을 진지하게 여기는 사람이 없었으니 무척 운이 좋았다고 말하더군요. 이름 없는 존재라는 사실이 그들에게는 매우 유익했다고 말입니다. 극작가 피에르 코르네유가 죽었을 때 궁중에서 누군가가 그게 중요한 사실이니 말을 꺼내야겠다고 생각하기까지 며칠이나 걸렸다고 합니다. 스탕달에 따르면 만약 19세기였다면, 코르네유를 추모하는 대중 연설이 몇 차례는 있었을 것이고, 온갖 신문에서 그의 장례식을 보도했을 것이라는군요. 너무 진지하게 여겨지지 않는 것은 큰 이점이 됩니다. 어떤 작가들은 과도할 만큼 자기 자신을 진지하게 여깁니다. 그들은 '교양 있는 대중'이라는 개념을 수용합니다. 예술가의 가치를 지나치게 높게 평가하는 경우가 있어요. 일부 작가들과 음악가들은 그 점을 잘 압니다. 작곡가 이고르 스트라빈스키는 작가가 정확히 구두장이처럼 거래해야 한다고 말합니다. 모차르트와 하이든은 의뢰를 받았습니다. 주문을 받아 곡을 썼지요. 19

작가란 어떤 사람인가

세기에, 예술가는 거만한 태도로 영감을 기다렸습니다. 문화계의 유명인사라는 높은 지위로 자기 자신을 추켜세운 사람은 많은 곤란을 겪게 됩니다.

_____ 솔 벨로

제 '가상의 독자'는 '무지'할 수는 있지만 가끔 비관주의로 기울기도 하는 연약한 낙관주의를 지지합니다. 저는 여전히 언어가 이런 독자와의 소통 수단이 될 거라고 생각합니다. 논문이나 평론의 주제를 구성하는 복잡한 사상도 '무지한' 독자에게 쉽게 전달될 수 있습니다. 그러니 제 '가상의 독자'를 생각하면, 타협점을 찾으려고 어려운 것을 쉽게 만들거나 애초부터 쉬운 것을 쓸데없이 어렵게 만들지 않고도 소통할 수 있습니다.

_____ 하인리히 뵐

아마도 사적인 친구 몇 명일 겁니다. 저 자신은 해당이 안 되는데 제가 쓴 글을 절대 다시 읽지 않기 때문이에요. 제가 한 일이 부끄럽게 느껴질까 봐 몹시 두렵습니다.

_____ 호르헤 루이스 보르헤스

제 소설의 이상적인 독자는 타락한 가톨릭 신자와 실패한 음악가, 근시나 색맹, 편측성 난청이 있는 사람 중에서 제가 읽은 책들을 읽은 이들입니다. 또 저와 비슷한 연배여야 합니다.

_____ 앤서니 버지스

다양한 부류의 유쾌하고 지적인 사람들이 책을 읽고 그 책에 대해
사려 깊은 편지를 보내줍니다. 그 사람들이 누구인지는 모르지
만, 놀라운 사람들이며 광고와 저널리즘, 괴팍한 학계가 주입하
는 편견으로부터 꽤 독립적으로 살아가는 것 같습니다. 독립적
인 사람들을 즐겁게 해온 책들을 생각해보세요. 제임스 에이지
의 『이제 유명인들을 칭송하자』Let Us Now Praise Famous Men, 맬컴
라우리의 『화산 밑에서』Under the Volcano, 솔 벨로의 『비의 왕 헨더
슨』Henderson the Rain King이 있지요. 솔 벨로가 쓴 『훔볼트의 선물』
Humboldt's Gift 같은 눈부신 책은 혼란과 당혹감을 일으켰지만, 무
수히 많은 사람이 밖으로 나가 양장본을 구입했습니다. 제가 일
하는 방에는 숲이 보이는 창문이 있는데, 저는 그 성실하고 사랑
스럽고 신비로운 독자들이 그 숲속에 있다고 생각하기를 좋아
합니다.

———————————————————— 존 치버

늘 내면에 집중합니다. 대중을 의식하고 대중을 위해 공연하게 된
순간, 구경거리가 되고 말아요. 볼 장 다 본 겁니다.

———————————————————— 장 콕토

사람들에게 읽히려고 책을 냅니다. 제가 출판에 관심을 갖는 부분
은 그게 전부예요. 그래서 독자의 관심을 사로잡고 호기심을 자
극하고 판면을 가능한 한 밀도 있게 구성하고 되도록 책장이 술
술 넘어가도록, 제가 아는 모든 전략을 동원합니다. 그러나 일단

독자의 관심을 얻으면, 어느 쪽이든 제가 선택한 방향으로 이야기를 끌어당기는 건 내 권리입니다. 독자가 소비자처럼 입맛대로 즐겨야 한다고 생각하지는 않는데, 독자는 소비자가 아니기 때문이지요. 독자의 비위를 맞추는 문학은 타락한 문학입니다. 제 목표는 일반적인 기대를 배반하고 새로운 기대를 불러일으키는 것입니다.

— 엘레나 페란테

제 독자는 아주 외롭고 고립된 사람이라고 생각합니다. 중서부 어느 마을의 여인이 보낸 편지 하나가 기억나는데, 그녀는 제 책 한 권을 읽고 자신이 그 책을 발견했다고, 그 책을 읽었거나 알고 있던 사람은 아무도 없을 거라고 생각했답니다. 그러던 어느 날 그녀는 지역 도서관에서 제 다른 책 한두 권에 붙은 대출 카드를 보았습니다. 대출자들의 이름이 가득했다는군요. 늘 대출되는 책이었던 겁니다. 그녀는 그 사실에 약간 화가 나서 한참 동안 동네 여기저기를 걸어 다녔는데, 사람들 얼굴을 볼 때마다 저 사람이 제 책을 읽고 있는 건 아닌지 생각했다는군요. 저는 바로 그런 사람을 위해 글을 씁니다.

— J. P. 돈리비

정말 짜증나는 선 저에게 편지를 보내서 지금 기말시험 때문에 당신의 책을 읽는 중인데 그게 무슨 뜻인지 알려줄 수 있겠느냐고 말하는 사람들입니다. 정말이지 충격적인 일입니다. 전혀 모르는 사람에게 제 책의 의미를 설명해야 한다니! 제가 제 책이 어떤 의미인지 알았다면, 굳이 그 책을 쓰지 않았을 겁니다.

――――――― 마거릿 드래블

제 일만으로도 너무 바빠서 대중을 신경 쓸 겨를이 없습니다. 누가 제 책을 읽고 있는지 궁금해할 시간이 없어요. 제 작품이나 다른 사람의 작품에 대한 아무개 씨의 견해에 전혀 개의치 않습니다. 제 작품 자체가 충족 기준인데, 플로베르가 쓴 『성 안투안의 유혹』La Tentation de Saint Antoine이나 『구약성서』가 저에게 주는 것과 같은 느낌을 주면 그 기준은 충족됩니다. 그런 작품을 읽으면 기분이 좋아집니다. 새를 바라볼 때도 기분이 좋아지지요. 다시 태어난다면 독수리가 되고 싶습니다. 무엇도 독수리를 미워하거나 부러워하거나 원하거나 필요로 하지 않습니다. 독수리는 신경 쓸 일이 없고 위험에 빠지지도 않으며 뭐든 먹을 수 있습니다.

――――――― 윌리엄 포크너

글을 쓸 때는 독자를 생각하지 않습니다. 완성한 뒤에야 '자, 됐다. 사람들이 좋아해주면 좋겠는데'라고 생각하지요.

――――――― 윌리엄 개디스

대개는 특정인을 위해 글을 쓰는 것 같습니다. 글을 쓰고 있을 때면 늘 구체적인 사람들을 의식하면서, '이 친구는 이걸 좋아할 거야. 저 친구는 이 문단이나 장을 좋아할 거야'라고 생각합니다. 결국 모든 책은 친구들을 위해 쓰는 것입니다. 『백 년 동안의 고독』Cien Años de Soledad을 쓰고 나서 생긴 문제는 수백만 명의 사람 중에서 제가 누구를 위해서 글을 쓰고 있는지 더는 알 수 없게 되었다는 점이었습니다. 그 생각 때문에 심란해서 글을 쓰지 못합니다. 수백만 개의 눈이 저를 바라보고 있는데, 그 눈들이 무슨 생각을 하고 있는지 도무지 알지 못하는 것과도 같습니다.

가브리엘 가르시아 마르케스

저는 그 독자에 대해 생각합니다. 그 독자를 신경 씁니다. '청중'이 아닙니다. '독자층'도 아닙니다. 그저 그 독자입니다. 방에 혼자 있는 그 독자, 저는 그 독자에게 시간을 내달라고 하는 중입니다. 제 책이 그 독자의 시간을 가져갈 가치가 있기를 바라고, 그런 까닭에 제가 쓴 글 중에서 이 기준을 충족하지 않는 책은 출간하지 않고 준비가 될 때까지는 내보내지 않습니다. 제가 사랑하는 소설은 제가 살아갈 이유가 되는 소설들입니다.

제프리 유제니디스

독자에 대해 많이 생각하지 않습니다. 책을 읽는 방법은 다양합니다. 이론적으로 말입니다. 글을 쓰는 문제에 관한 한, 독자는 실제로 존재하지 않습니다. 작가가 할 일은 그 나름의 요구 사항이 있는 자립적인 존재를 작품 속에 어떻게든 창조하는 것입니다. 좋은 작가라면 그 요구가 무엇인지 발견하고 만족시켜주며,

그 뒤에는 독자들이 원하는 대로 할 수 있는 존재를 창조합니다. 거트루드 스타인은 "나는 나 자신과 낯선 이들을 위해 글을 쓴다"라고 말했습니다. 그러다가 결국에는 오직 자신만을 위해 쓴다고 말했지요. 제 생각에 스타인은 한 단계 더 나아가야 했습니다. 작가는 그 누구를 '위해서' 글을 쓰는 게 아닙니다. 그것은 저에게 청구서를 보내는 사람들이 하는 일입니다. 저에게 청구서를 보낼 수 있도록 뭔가를 팔고 싶어 하는 사람들이 하는 일입니다. 저에게 청구서를 보낼 수 있도록 뭔가를 팔려고 이런저런 이야기를 하고 싶어 하는 사람들이 하는 일입니다. 저는 예술을 발달시키는 중입니다. 예술을 말입니다. 그것이 제가 하고자 하는 일입니다.

———————— 윌리엄 개스

극장에는 어길 수 없는 생물학적 법칙이 몇 가지 있습니다. 연극을 체스 판으로 만들어서는 안 됩니다. 연극이 성공하려면 일반 대중 외에 어떤 것도 기반으로 삼아서는 안 됩니다. 대중은 많을수록 좋습니다. 그것이 극장의 법칙입니다. 그리스에서 연극을 보려고 동시에 1만 4000명이 한 공간에 모였습니다. 1만 4000명이! 그리고 그 사람들이 모두 『뉴욕 리뷰 오브 북스』의 독자라고 말할 수는 없습니다! 셰익스피어조차 당대에는 학계로부터 몰매를 맞았습니다. 아주 비슷한 이유 때문일 거라고 생각합니다. 셰익스피어는 남자들의 기질 중 신파, 외설적 희극, 폭력, 음란한 말, 유혈에 반응하는 부분을 자극했기 때문입니다. 유혈이 낭자하고 살인이 벌어졌습니다. 게다가 그런 잔인한 행동은 어설픈 동기에서 비롯되었지요.

———— 아서 밀러

소설을 쓰는 것은 조금 외로운 일이었습니다. 소설을 읽는 사람을 실제로 발견하기란 아주 드뭅니다. 한 정거장 떨어진 그린파크에서 내릴 생각으로 피커딜리 광장에서 지하철에 올라탄 어느 소설가의 이야기를 들은 적이 있습니다. 지하철을 탔을 때 그는 옆에 앉은 여자가 그가 쓴 소설을 실제로 읽고 있다는 사실을 알게 되었습니다. 그는 200쪽만 더 읽으면 익살스러운 장면이 나온다는 사실도 알고 있었지요. 그래서 웃음소리가 들릴지도 모른다는 가냘픈 희망 속에서 종점인 코크포스터스까지 앉아 갔는데, 기대했던 일은 결코 일어나지 않았답니다.

———— 존 모티머

글을 쓰고 있을 때는 당혹감을 느끼지 않기 위해서, 독자를 의식하지 않습니다. 제임스 조이스는 분명 『율리시스』의 마지막 50쪽을 쓰면서 가장 의기양양하고 멋진 시간을 보냈을 겁니다. 눈부시게 아름다운 몰리 블룸에 대해 쓰면서 말입니다. 틀림없이 그는 단번에 그 부분을 쓰면서 이렇게 생각했을 겁니다. '온 세상 여자들에게 내가 모르는 게 없다는 걸 보여주겠어!'

———— 에드나 오브라이언

소설가와 독자 사이에는 일종의 계약 관계가 있다고 생각합니다. 결점이 많거나 잘못 해석되었거나 불완전한 계약이라고 해도 말입니다. 그 계약은 본질적으로 서사 구조와 관련이 있을 수도 있고 아닐 수도 있습니다. 그러나 서사 구조에는 독자가 다음 문장을 읽도록 이끌어주는(또는 이끌어주지 못하는) 요소가 있습니다. 심지어 '반소설antinovel'◨에서도 '반소설주의자'가 서사성을 공격하는 순간 계약상의 문제가 발생할 수 있습니다. 그 문제란 작가가 돈키호테처럼 뭔가에 몰두해 집 밖을 떠돌고 있으며(풍차를 공격하면 좋겠지만) 독자가 그런 작가와 동행한다는 뜻입니다. 그렇지 않다면 독자가 왜 굳이 책을 읽으려 애를 쓰겠습니까? 반소설주의자는 개신교도와도 같습니다. 그의 항의는 타당할지 모르지만, 가톨릭교회가 없다면 그가 어떻게 존재한단 말입니까? 저는 줄거리를 무시하는 소설을 반대하지 않습니다. 제가 반대하는 것은 작가와 독자 사이의 소설적 계약을 해치는 저자의 탈선입니다. 저는 그 계약이 상호 주관적인 계약으로서, 작가가 상징과 내용을 독자에게 제시해주겠다는 항목이 포함되었다고 생각합니다, 작가가 외설물을 이용하거나 지저분한 정치적 공격을 한다면, 예를 들어 소설 속에서 닉슨 대통령이 타임스퀘어에서 에설 로젠버그를 강간하는 장면◨◨을 묘사하거나 케네디 대통령 암살을 모의하는 존슨 대통령을 묘사하면서 독자

◨   전통적 소설의 개념을 부정하고 새로운 수법에 따른 소설 양식을 추구하는 소설로 특정한 줄거리가 없어 독자의 적극적인 태도가 필요하다.
◨◨ 소설가 로버트 쿠퍼의 대표작『공개 화형』Public Beyning의 한 장면이다.

를 모욕한다면 그 작가는 계약을 위반하는 것입니다. 외설물을 선택하는 것은 까다롭고 불안정한 방법입니다. 수정헌법 제1조, 즉 표현의 자유까지 꺼내들 필요는 없습니다. 아마도 외설물 또한 표현의 자유에 해당할 테니까요. 외설물도 그 나름의 쓸모가 있을 겁니다. 제가 하고 싶은 말은 외설물과 문학이 서로 다른 신체기관을 자극한다는 것입니다. 문학 텍스트가 송신자로부터 수신자에게 특정한 기호로 전달되는 신호 체계라는 점에 우리 모두 동의한다면, 외설물은 다른 체계의 신호이자 다른 기호인 셈입니다.

_____워커 퍼시

제 어깨에 앉은 식료품상이 과연 참고문헌을 모조리 뒤적이는지 어떤지는 모르지만, 그를 제외하면 상당 부분은 저 자신을 위해 글을 씁니다. 매일 저녁 하루를 마감할 때 제가 쓴 내용을 스스로 이해할 수 있으면, 그날 하루를 완전히 허비한 것은 아니라는 생각이 듭니다.

_____시드니 조지프 페럴먼

가끔 '로스 반대론자'인 독자를 머릿속에 떠올립니다. '그 사람이 이걸 얼마나 싫어할까!' 하고 생각하지요. 그렇게 생각하면 그 순간 필요한 격려를 얻을 수 있습니다.

_____필립 로스

독자가 적은 상황도 장점이 있습니다. 어떻게 생각하면, 작가에게 많은 독자를 신경 쓰지 않는 것이 지상에서 누릴 가장 중요한 보상이라는 사실을 가르쳐주기 때문입니다. 제 시를 읽어주는 사람, 즉 제대로 읽어주는 사람이 셋만 되어도 충분하다고 생각합니다. 화가 앙리 미쇼를 잠깐 만난 적이 있는데 그때 나누었던 대화가 떠오르는군요. 미쇼가 이집트를 떠나 아테네에 잠시 머무를 때였을 겁니다. 그의 배가 피레우스에 있는 동안 아크로폴리스나 한번 보려고 해변으로 나왔답니다. 그는 그 순간에 대해 저에게 이렇게 말했습니다. "알다시피, 독자가 단 한 명뿐인 사람은 작가가 아닙니다. 독자가 둘이어도 마찬가지입니다. 그러나 '세 명의 독자'가 있다면(그는 '세 명'이라는 말을 마치 300만 명이라도 된다는 듯이 발음했지요) 그 사람은 진정 작가가 맞습니다."

이오르고스 세페리아데스

언젠가는 그들을 위해 쓸 멋진 희곡 하나가 머릿속에 있습니다. 커튼이 올라가고 텅 빈 무대에는 관객을 겨눈 기관총만 하나 있습니다. 관객들이 종이봉지와 순서표를 부스럭거리고 숨을 씨근덕거리며 기침을 하고 자기 자리를 찾아 앉는 동안 잠시 시간을 준 뒤, 배우가 들어옵니다. 그는 연미복을 입은 키 큰 남자입니다. 그는 각광이 비추는 무대 앞쪽으로 다가가 허리를 살짝 숙여 인사하고 객석을 향해 매력적인 웃음을 지으며 관객들이 웅얼거리고 부스럭거리고 기침하고 귓속말을 하고 자리에 앉도록 시간을 조금 더 줍니다. 그런 다음 무대 뒤쪽으로 걸어가 기관총으로 목표를 조준한 다음 관객들을 향해 쏘는 겁니다.

_____ 어윈 쇼

언제나 먼저 제 개들에게 내용을 들려줍니다. 에인절이 가만히 앉아 귀를 기울이면 저는 에인절이 모든 부분을 세세하게 이해한다는 느낌을 받습니다. 그러나 찰리는 참견을 하려고 기회를 엿본다는 느낌이 늘 들지요. 오래전, 털이 붉은 세터가 『생쥐와 인간』 Of Mice and Men 원고를 물어뜯었는데 그때 저는 이 개가 분명 훌륭한 문학평론가였을 거라고 말했습니다.

_____ 존 스타인벡

글을 쓸 때는 친구들을 위해서도, 저 자신을 위해서도 쓰지 않습니다. 글을 위해서, 그 자체의 기쁨을 위해서 씁니다. 글을 쓰다 멈춰서 누군가가 뭐라고 생각할까, 낯선 사람이 이 글을 읽는다면 내 기분이 어떨까, 하고 생각한다면 무기력해지고 말 겁니다. 친구들이 어떻게 생각하는지, 몹시도 마음이 쓰여요. 하지만 그건 친구들이 완성된 작품을 읽은 뒤, 제가 정말 마음을 푹 놓고 쉴 수 있을 때만 해당하는 이야기입니다. 글을 쓰는 동안에는 머릿속에 있는 존재와 그 존재가 불러주는 내용만을 생각하며 쭉쭉 나아가야 합니다.

나중에 교정쇄를 읽으며 정말 충격을 받을 수도 있는데 그것은 정말이지 내면의 문제입니다. 제 첫 책을 받았을 때, 아마도 『델타 웨딩』Delta Wedding이었던 것 같은데, 난 이걸 쓰지 않았어, 라는 생각이 들었어요. 대화로 구성된 부분이었는데, 전에 한 번도 본 적이 없는 글 같았지요. 담당 편집자인 존 우드번에게 편지를 써서, 식자 과정에서 그 부분에 어떤 문제가 생긴 것 같다고 말했습니다. 그는 친절한 태도를 보였고 놀라지도 않았는데, 아마 모든 작가가 겪는 일이기 때문이겠지요. 그는 저에게 전화를 걸어서 원고의 해당 부분을, 교정쇄에 나온 단어 하나하나를 읽어주었습니다. 교정쇄가 준 충격은 사라졌지만, 그래도 책을 낼 때마다 작가에서 독자로 제 위치가 변해 갑자기 냉정한 대중의 눈으로 제가 쓴 글을 볼 때면, 기묘한 순간을 경험합니다. 마치 햇볕에 피부가 그을린 것처럼, 살갗이 노출된 끔찍한 느낌이 들지요.

───────────────────────── 유도라 웰티

아마 스페인 시인인 것 같은데(칼데론 데 라 바르카였을 겁니다), 그는 평생 한쪽 팔만 쓸 수 있는 수영선수처럼 살았다고, 다른 팔로는 물결 위로 자신이 쓴 시를 쳐들고 있어야 했기 때문이라고 말했습니다. 정말 소중한 것이었기 때문이지요. 이상한 일이지만 우리는 예전보다 시로부터 훨씬 멀어진 세상에 살고 있습니다. 대다수 사람은 시에 관심이 없거나 시에 대해 아무것도 모릅니다. 교양 있고 세련된 사람들은 대부분 그림에 대해 좀 알기 때문에 미술관에 갑니다. 음악에 대해 좀 알기 때문에 음악회에 갑니다. 그러나 시인들을 제외하면 시에 관심이 있거나 시를 조금이

라도 아는 사람은 없습니다. 시인들은 다른 사람이 시를 읽을 거라고 기대하지 않고, 그런 까닭에 많은 시인이 각자의 시를 통해 서로 소통할 방법을 고안해왔는데, 독자들은 대개 그런 시를 어렵게 생각합니다. 물론, 산문은 더 쉽습니다.

—— 존 홀 휠록

셰익스피어가 특화된 관객만을 생각했다면 어떻게 되었을까요? 셰익스피어는 모든 계층의 마음을 사로잡고자 했고, 그러기 위해 가장 세련된 지식인들(몽테뉴의 저서를 읽은 사람들)을 위해 일부 작품을 쓰고 섹스와 피에만 환호하는 사람들을 위해 훨씬 많은 작품을 썼습니다. 저는 적당히 다양한 매력을 풍기는 플롯을 구상하는 것이 좋습니다. 그러나 T. S. 엘리엇의 『황무지』The Waste Land를 보면 지식이 아주 풍부한데, 아마 가장 대중적인 요소와 기초적인 수사학의 매력으로, 처음에는 이해하지 못했지만 결국에는 그 내용을 이해하게 된 사람들의 마음을 사로잡았을 것입니다. 그 시는 엘리엇이 박식가로서 경험한 여행의 종점이었지만 다른 사람들에게는 학식을 쌓는 출발점이 되어주었습니다. 제 생각에 모든 작가는 청중을 창조하고 싶어 합니다. 그러나 그 청중은 작가 자신의 모습 속에 있으며, 가장 기본적인 청중은 바로 거울입니다.

—— 앤서니 버지스

소설은 저마다 누군가를 위해 쓴 글로, 특히 누군가를 설득하기 위해 썼다고 말할 수 있습니다. 소설은 거의 유혹이나 다름없습니다. 유혹이 아니라면 적어도 누군가에게 어떤 것을 설명하려는 시도입니다.

———— 마누엘 푸이그

제게 최고의 독자는 제 소설 하나를 다 읽은 다음, 아마도 뉴욕의 어느 고층 아파트에서 그 책을 창밖으로 던졌다가 땅에 닿을 무렵 엘리베이터를 타고 내려가 되찾아오는 사람일 거라고, 저는 입버릇처럼 말해왔습니다. 분명 사람들로부터 더더욱 인정받고 싶은 꿈이 있었지만, 저에게는 제가 원하는 청중이 늘 있었고, 그것은 바로 시를 읽는 청중이었습니다. 제 바람은 저의 친구들과 그들의 친구들이 제 시에 열광해주는 것, 제가 아는 사람들이 진지한 독자가 되는 것입니다.

———— 해리 매슈스

대부분의 작가가 글을 쓰는 이유는 그 누구도 상대할 필요가 없는 직업을 선택한 내향적인 사람이기 때문입니다. 반대로 저는 무대에 올라 관객을 사로잡고 재미있게 해줄 수 있다면 어떤 일이라도 거리낌 없이 할 수 있는데, 그 탓에 어떤 지역에서 오해를 받고 심지어 매도당한 적이 있습니다. 마치 문학은 일종의 성직이고 저는 사람들을 배꼽 잡고 웃게 만들었으니 변절자가 되었다는 듯이 말입니다. 그러나 제가 생각하기로 문학은 살아 있으며, 청중의 마음을 사로잡아야 하는 활기차고 생동감 넘치는 예

술 형식입니다. 문학은 청중에게 영합하지 않고, 가장 고귀하면
서도 가장 비천하게 청중의 마음을 사로잡습니다.

———————————————————— T. 코러게선 보일

음, 저는 시를 읽을 때 독자의 머릿속에 떠오르는 것이 시인의 머릿
속에 있던 것이라고 생각하지는 않습니다. 대개 시인의 머릿속
에는 든 것이 거의 없기 때문이지요.

———————————————————— 마크 스트랜드

극작가로서, 작가는 배우뿐 아니라 관객도 고문합니다. 사람들에게
시련을 주지요. 그러나 대부분 관객은 어떤 경험을 하고 싶다는
간절한 마음으로 극장에 오기 때문에, 자기가 겪는 시련에 열려
있습니다. 가끔 저에게 이런 말을 하는 사람들을 만납니다. "에
이즈 때문에 애인을 잃었는데 「미국의 천사들」은 저에게 더없
이 가혹했어요." "어머니가 자살했는데 「총명한 동성애자들」은
참기 어려웠습니다"라고요. 한편으로는 '잘됐습니다, 이 연극이
다루는 내용이 바로 그겁니다. 이 극을 쓴 이유가 바로 그거예
요'라는 생각이 듭니다. 저는 연민을 느끼게 하고 고통을 공유하
게 함으로써 가르치고 치유하는 연극의 힘을 믿습니다.

———————————————————— 토니 쿠슈너

저는 모든 감각이 가장 예리해지고 예민해지는 야생에서 매를 감지
하는 어떤 동물처럼 독자가 강화된 경계 상태를 유지하도록 애

쏩니다. 그런 상태일 때 독자는 제가 하려는 일을 가장 멋지게
(가장 취약하게라고 말하려고 했는데 다시 생각하니 제 파시스트적이
고 공격적인 성격에서 나온 말 같군요) 받아들일 수 있기 때문입니
다. 그것은 제가 독자로서나 영화를 볼 때나 음악을 들을 때 원
하는 것입니다. 제가 보기에 그런 상태를 유지하는 가장 좋은 방
법은 독자가 현재 무엇을 직면하고 있는지 절대 알아채지 못하
게 하는 것입니다.

마크 레이너

아마도 저는 저를 진지하게 여기지 않는 사람들의 마음을 얻으려고
애쓰며 글을 쓰기 시작했던 것 같습니다(오래전에 그랬다는 얘깁
니다). 나중에, 제가 자신을 진지하게 여기기 시작하면서부터는
그런 바람이 더는 동기가 되지 않았습니다.

에이미 헴펠

흥미롭게도 다른 작가들과 사인회를 열 때, 각 테이블에 줄지어 선
사람들을 보면 제한된 부류의 사람들이 거기 모였다는 것을 알
수 있습니다. 줄리언 반스의 테이블에 줄지어 선 사람들은 다소
편안하고 전문적인 사람들로 가득한 것처럼 보였습니다. 제 테
이블에는 늘, 아시겠지만 과격하고 지저분한 사람들, 제가 그들
에게 전해준 특별한 메시지라도 간직한 듯이 저를 강렬하게 응
시하는 사람들로 가득합니다. 마치 그들이 제 책을 읽었다는 사
실을 제가 반드시 알아줘야 한다는 듯이, 독자와 작가라는 이 한

쌍 또는 그 공생관계는 매우 강렬한 것이니 어떻게든 저에게 그 점을 알려주겠다는 듯이 말입니다.

마틴 에이미스

시가 할 일은 가능한 한 보편성을 갖추는 것입니다. 그러려면 우리는 우리의 경험을 수정하고 단순화하고 넓혀야 합니다. 그래서 우리의 언어가 전체적으로 알기 쉽고 새롭게 느껴지는 속성을 갖추게 해주어야 합니다. 시에 모호한 부분이 있다면 그것은 언어가 개념을 건드리는 수준으로 축소되어서는 안 된다는 사실을 증명하기 위해서임을 독자에게 알려주어야 합니다. 언어가 개념 수준에서 머무른다면 결국 이념, 즉 죽음을 낳게 된다는 사실을 독자가 이해하게 해주어야 합니다. 개념을 바탕으로 시를 이해하는 것이 문제가 아닙니다. 그런 식으로 시를 이해하는 것은 시를 그 기반에서 뜯어내는 행위인데, 시의 기반은 사상이 아니라 경험입니다.

이브 본푸아

편집자를
어떻게
생각하십니까?

What's Your Opinion of Editors?

'편집자'라는 말은 아마 교정자를 뜻하겠지요. 제가 아는 편집자 중에 무한한 재치와 다정함을 겸비한 명석한 이들이 있는데, 그들은 마치 명예가 걸린 문제라는 듯이 쌍반점을 두고 저와 논의를 합니다. 사실 예술이 걸린 문제일 때가 많습니다. 그러나 거만한 친척 아저씨 같은 망나니도 몇 명 만났는데, 그들의 제안에 저는 결국 천둥 같은 목소리로 "다시 살립시다!"라고 받아치게 되더군요.

_____ 블라디미르 나보코프

[『뉴요커』의 해럴드 로스는] 타고난 괴짜였는데, 그가 훌륭한 사람인지는 모르겠어요. 그는 완전히 무식했어요. 벤츨리 씨의 어느 원고 반대편 여백에 그는 "안드로마케? 그 남자가 누굽니까?"라고 썼어요.▯ 벤츨리 씨는 답장을 보냈죠. "이 일에서 손 떼요!"

_____ 도로시 파커

▯ 안드로마케는 그리스 신화에 등장하는 트로이 왕자 헥토르의 아내로, 트로이 전쟁으로 아버지와 오빠들, 남편, 아들을 모두 잃는다.

시를 잊을 수 있도록 저에게 용기를 준 사람은 루이스 운더마이어라는 친구였습니다. 저는 그를 몹시 존경해서 시 몇 편을 보냈지요. 그는 저에게 편지를 써서 젊은이는 모두 시를 쓸 권리가 있으나, 일찍 포기할수록 더 좋은 사람이 될 거라고 말했습니다. 그래서 저는 그의 조언을 받아들였습니다.

———————————————————— 어스킨 콜드웰

[『뉴요커』의 해럴드 로스는] 원고에 대해 터무니없는 의문을 제기했어요. 많은 작가가 글에서 언급한 이야기지만, 그는 어느 단편에 질문을 36개나 던졌지요. 작가로서는 늘 말도 안 되는 일이고 작풍에 대한 모독이었지만 로스는 전혀 개의치 않았습니다. 그는 자기 패를 다 보여주며 작가를 뒤흔들기를 좋아했어요. 가끔은 훌륭했습니다. 제 단편인 「거대한 라디오」The Enormous Radio에서 그는 두 군데를 고쳤습니다. 파티가 끝나고 욕실 바닥에서 다이아몬드가 발견됩니다. 남자가 "팔아버려, 몇 달러는 될 거야"라고 말합니다. 로스는 '달러dollar'를 '벅buck'으로 바꿨는데, 그야말로 완벽했지요. 훌륭했어요. 그런 다음 제가 "라디오가 잔잔히 흘러나왔다"라고 썼는데 로스는 연필로 '잔잔히'를 한 번 더 썼습니다. "라디오가 잔잔히, 잔잔히 흘러나왔다"라고요. 그의 의견이 전적으로 옳았어요. 그러나 그 외에도 "이야기가 24시간 동안 지속되는데 아무도 뭘 먹지 않네요. 식사에 대한 언급이 전혀 없어요"와 같은 29가지 다른 제안을 했지요. 그런 제안에 대한 전형적인 예시가 돌을 던지는 풍습을 다룬 셜리 잭슨의 「제

비뽑기」The Lottery였습니다. 로스는 그 이야기를 싫어했어요. 심술을 부리기 시작했지요. 버몬트에 그런 종류의 돌이 있는 마을은 없다고 하더군요. 이러쿵저러쿵 잔소리를 끝없이 늘어놓았어요. 놀라운 일은 아니었습니다. 로스는 제 간담을 서늘하게 하곤 했습니다. 점심을 먹으러 갔는데 로스가 달걀 컵을 들고 오기 전까지는 그가 오는 줄 몰랐습니다. 저는 의자에 등을 기댔습니다. 정말 겁이 났지요. 그는 몸을 긁어대고 코를 쑤셔대는 사람이었고, 바지와 셔츠 사이로 팬티 조각이 보일 만큼 속옷을 당겨 입을 수 있는 부류의 사람이었습니다. 그는 저를 향해 의자에 앉은 채로 폴짝거리며 다가오곤 했습니다. 저에게 많은 것을 가르쳐 준, 창조적이면서도 파괴적인 관계였습니다. 그가 그립네요.

———— 존 치버

요즘에는 똑똑하고 젊은 출판인이나 편집자가 책에 대한 아이디어를 떠올린 다음 그 책을 쓸 누군가를 찾는 식으로, 창작이 훨씬 통제된 방식으로 진행됩니다. 적어도 논픽션 작품에서는, 창작 과정의 일부가 작가에서 편집자로 이동했습니다. 편집자가 대중의 요구에 부합해야겠다는 생각에 짓눌리기 시작한다면, 저에게는 나쁜 편집자입니다. 편집자는 무엇이 자신의 취향을 충족하는지 알아야 합니다. 그럴 때 기준이 생기지요. 대중의 취향을 점치려는 생각은 출판에 굉장히 치명적이었습니다. 『진정한 고백』True Confessions이 성공의 정점에 있을 때, 매달 소설 담당 편집자가 새로 뽑혔습니다. 사무실에서 일하던 타이피스트 중 한

명으로, 가급적 가장 어린 직원을 뽑곤 했어요. 왜냐하면 그 직원이 어떤 작품이 좋은가에 대한 자신의 솔직한 느낌에 충실하면 그게 곧 대중이 원하는 것으로 여겨졌기 때문입니다. 한 달쯤지나면 그 편집자는 너무 수준이 높아졌고 출판사에서는 그 소설 담당 편집자를 해고하고 다른 타이피스트를 그 자리에 고용했습니다. 극단적인 냉소주의라고 할 만한 상황이었지만, 편집자가 대중이 좋아할 만한 것을 추측할 때보다는 당연히 더 나은결과를 낳았습니다.

———————————————— 맬컴 카울리

[에즈라 파운드는] 도움이 될 만한 책들을 가끔 보내오곤 했습니다. 저는 알렉산더 델 마가 쓴 『돈의 역사』The History of Money를 읽고 그 책에 대해 생각해보았습니다. 그는 큰 도움을 주는 사람이었습니다. 그가 저를 진지하게 여겨준다는 건 몹시 기분 좋은 일이었지요. [윌리엄 칼로스] 윌리엄스는 언제나 훨씬 더 정확했습니다. 때로 그가 하는 행동 때문에 … '낙담'하지는 않지만, 자신감이 줄어들곤 했지요. 그에게 아주 단호한 편지를 썼던 기억이납니다. 제가 쓰려는 어떤 글에 대한 설명이었는데, '이런 식'으로 진행하면 되고 어쩌고 하면서 늘어놓은 편지였지요. 그는 제가 보낸 편지를 돌려보냈는데 몇몇 부분의 여백에 "좋은 표현입니다"라고 기록해두었더군요. "문체가 깔끔합니다." 하지만 제가 하고 싶었던 말을 그가 받아들이느냐 마느냐보다 그런 비평이 저에게 더 유익하다는 걸 알 정도의 판단력은 있었습니다. 그

작가란 어떤 사람인가

는 가끔 그런 행동을 했고 큰 도움이 되었지요. 반면 파운드는 이렇게 말하곤 했습니다. "연세를 좀 알려주시겠습니까? 40년 동안 어떤 일을 하셨다고 해서요. 스물세 살이십니까, 예순세 살이십니까?"

—— 로버트 크릴리

당연히 에즈라 파운드가 편집자였는데, 그는 『오디세이』Odyssey에 애착이 있었어요. 그는 W. H. D. 라우스를 도와준 적이 있었습니다. 라우스는 산문 형식으로 글을 쓰려 애쓰는 중이었고 둘 사이에 서신이 오갔습니다. 라우스가 쓴 글에 결국 파운드가 진심으로 불만을 느끼고 실망했다고 저는 늘 생각했습니다. 유럽에 가기 전에 저는 세인트엘리자베스 정신병원으로 파운드를 만나러 갔습니다. 당시 제가 느끼고 있던 심정을 그에게 말했어요. 모든 구절을 번역하려고 해봤자 아무 의미가 없다, 나는 내가 할 수 있는 것을 하겠다, 중요한 부분만 옮기겠다고 말했지요. 그는 "오, 안 돼요, 그렇게 하면 안 됩니다"라고 말했어요. "그가 말하고 싶어 하는 것을 모두 그대로 옮겨줘요"라고. 그래서 저는 다시 생각해야 했고 결국 호메로스가 말하고 싶어 하는 것을 모두 그대로 옮겼습니다. 그해 가을 이탈리아에서 번역을 마쳤을 때 첫 책의 초고를 파운드에게 보냈어요. 답장으로 엽서가, 멋진 엽시가 왔는데, 내용은 약강격을 너무 많이 쓰면 소재가 무엇이든 글이 잘못될 거라는 내용이었습니다. 그 뒤로 저는 단조로운 억양을 다시 써도 될지 매우 신중해졌습니다. 운문의 생기를 잃지 말라는 것, 그게 핵심이었지요.

_____로버트 피츠제럴드

거트루드 스타인이 제 작품에 미친 자신의 영향에 대해 꽤 자세히
그리고 상당히 부정확하게 이야기했더군요. 그녀가 『태양은 다
시 떠오른다』The Sun Also Rises라는 제 소설에서 대화 쓰는 법을 배
운 뒤였으니 그런 이야기를 하는 게 반드시 필요했겠지요. 저는
거트루드를 매우 좋아했고 그녀가 대화 쓰는 법을 배운 건 아주
멋진 일이었습니다. 산 사람이건 죽은 사람이건, 가능한 한 모든
사람으로부터 배우는 것은 익숙한 일이기에, 그 점이 거트루드
에게 그토록 격렬하게 영향을 미칠 줄은 몰랐습니다. 그녀는 이
미 다른 방법으로 글을 아주 잘 썼으니까요. 에즈라 파운드는 자
신이 아주 잘 아는 주제에 대해서는 지극히 명석했습니다. 이런
이야기가 지루하진 않습니까? 35년 묵은 지저분한 옷을 꺼내
빠는 듯이 이렇게 문학과 관련된 일로 험담을 하는 건 역겨운 일
입니다. 말하는 사람이 온전히 진실을 말하려 애썼다면 달랐겠
지요. 그러면 웬만큼 가치가 있었을 겁니다. 지금은 단어의 추상
적인 관계에 대해 거트루드에게서 많은 것을 배울 수 있었다는
사실에 감사를 표하며, 제가 그녀를 얼마나 좋아하는지 이야기
하고, 위대한 시인이자 충실한 벗인 에즈라에 대한 우정을 재차
다짐하면서, 맥스 퍼킨스를 많이 좋아하기 때문에 그가 죽었다
는 사실을 결코 받아들일 수 없었다고 말하는 편이 더 단순하고
좋을 것 같습니다. 맥스는 당시 출판할 수 없던 특정 단어들을

삭제하는 것 외에는 제가 쓴 어떤 것도 바꾸라고 한 적이 없습니다. 그 자리에는 공백이 남았고 그 단어들을 아는 사람은 누구나 그 단어가 거기 있다는 사실을 알 겁니다. 저에게 그는 편집자가 아니었습니다. 현명한 친구였고 훌륭한 동지였지요. 저는 그가 모자를 쓰는 방식과 기묘하게 입술을 움직이던 모습을 참 좋아했습니다.

— 어니스트 헤밍웨이

미국 출판계의 잘못 하나는 교열 담당자라는 역할을 발명한 것입니다. 문법을 잘 알고 모순을 찾아낼 수 있는 전문가, 문서 기술자였지요. 많은 교열 담당자는 자신이 하는 일에 아주 능숙했지만, 그런 역할을 만들어낸 탓에 편집자는 원고에 대한 기본적인 흥미를 잃어버렸습니다. 유명한 예외가 일부 있지만 대부분 편집자들은 이제 친근한 편집자보다는 업무를 총괄하는 판매업자가 되어버렸습니다. 그리고 제 생각에 그런 출판사들은 그들이 맡은 각 작가의 실력을 최대한 발전시키는 데는 관심이 없고, 편집자를 통해 원고를 입수하는 데만 신경 씁니다. 사는 동안 출판계가 변했습니다. 저는 앨프리드 크노프 경의 시대부터 글을 써왔는데, 그의 동시대인들로는 앨프리드 하코트, 호레이스 리브라이트, 찰스 스크리브너 경이 있고 모두 근본적으로 출판인이었습니다. 크노프의 경우, 그는 저자라는 직업에 반해 눈이 멀어버렸습니다. 그는 책보다는 저자들과의 관계에 더 많은 신경을 썼습니다. 그의 관심은 저자들의 온전한 성공이었습니다. 그는 많은 저자들을 잃었고 걸핏하면 화를 내서 많은 작가가 다른 회사로 옮겼지요. 그러나 크노프는 늘 장인으로서 저자 개인의 성장에 관심을 기울였습니다. 이제는, 역시 훌륭한 몇몇 예외가 있기는 하지만, 회사 대표들은 주로 사업가가 되려는 경향을 보입니다. 큰 손실이라고 저는 생각합니다.

———— 존 허시

보통 때는 제가 쓴 글을 누구에게도 보여주지 않습니다. 왜 그래야 합니까? 기억하시겠지만 앨프리드 테니슨이 아직 발표하지 않은 시를 벤저민 조엣에게 읽어주었습니다. 낭독을 마치자 조엣이 말했죠. "저라면 발표하지 않을 거요." 테니슨은 대답했지요. "그 얘기를 하자면, 선생, 점심 때 마신 그 셰리주는 그야말로 형편없었습니다." 이런 일밖에 일어나지 않을 텐데요.

———— 필립 라킨

제1차 십자군에 대한 대서사시를 줄 공책에 볼품없는 글씨로 써서 로버트 프로스트를 찾아갔습니다. 그가 한 쪽을 읽고는 "압축할 줄을 전혀 모르는군"이라고 하더군요. 프로스트는 윌리엄 콜린스가 쓴 아주 짧은 시 「용사들은 어찌 잠드는가」How Sleep the Brave를 읽어주고는 "이건 훌륭한 시는 아니지만, 지나치게 길지는 않아"라고 말했지요. 프로스트는 그 점에 매우 호의적이었습니다. 아시겠지만 프로스트는 시를 파고드는 목소리를 중요하게 여깁니다. 그가 아주 특별한 예시를 들어주었는데, 존 키츠의 시 「히페리온」Hyperion의 도입부였죠. 나이아드에 대한 구절이었는데 그녀가 차가운 손가락으로 자신의 차가운 입술을 누르고 있어서 목소리가 전혀 나올 것 같지 않은 장면이었습니다. 프로스트가 말했어요. "이때부터 키츠는 재미있어진다네." 저에게는 계시였습니다. 제가 감동한 것은 「히페리온」이 존 밀턴의 시처럼 장엄하다는 사실이었습니다. 그 뒤로 제가 어떻게 했는지는 모르겠지만 그때 저는 움찔하면서 제 글이 장황하고 지루하다는 사실을 깨달았지요.

로버트 로웰

이탈리아 라팔로에 있을 때 [윌리엄 버틀러 예이츠가] 어떤 시집을 내겠다는 걸 힘겹게 말린 적이 있습니다. 저는 그에게 그 시가 시시하다고 말했지요. 예이츠는 그냥 그대로 시집을 냈고 다만 서문에 제가 그걸 시시하다고 말했다는 내용을 집어넣었습니다.

에즈라 파운드

『뉴요커』에서 만난 편집자들은 특별하고도 소소하게 저를 묵묵히 도와주었습니다. 그들이 저에게 가르쳐준 한 가지는 이야기의 마지막 문단을 삭제하는 게 중요하다는 것이었고, 저는 모든 작가에게 비법으로 전해주고 있습니다. 이야기의 주제를 알려주는 마지막 문단은 거의 언제나 삭제하는 편이 낫습니다.

어윈 쇼

[『뉴요커』의 해럴드 로스는] 작가를 성장시키는 사람은 아니었습니다. 학식이 없는 사람이었지요. 뭐, 마크 트웨인의 『미시시피 강에서의 생활』Life on the Mississippi과 다른 책 몇 권, 그러니까 의학을 다룬 책들은 읽었다고 저에게 말하더군요. 또 욕실에 『브리태니커 백과사전』을 두었다고 했습니다. 제 생각에 그는 죽을 때가 되어야 H 항목에 다다를 갈 것 같았습니다. 그래도 작가들에게 미친 영향은 대단했어요. 그를 처음 만나면 그가 『뉴요커』의 편집자라는 사실을 믿지 못하다가 나중에는 그가 아닌 다른 사람이 그 자리에 있다는 걸 상상할 수 없게 됩니다. 그는 명료성에 가장 큰 관심을 기울였습니다. 한번은 누군가 『뉴요커』에는 똑똑한 열네 살짜리를 당혹시킬 만한 문장이 없고 그 아이의 품행에 어떤 식으로든 나쁜 영향을 미칠 문장도 전혀 없다고 말했어요. 로스는 그 말을 좋아하지 않았지만 그럼에도 그는 순화주의자이며 완벽주의자였고, 그 점은 우리 모두에게 엄청난 영향을 미쳤습니다. 우리는 글을 대충 쓸 수 없게 되었지요. 제가 처음 그를 만났을 때, 저에게 영어를 아느냐고 묻더군요. 저는 그가 프랑스어나 다른 외국어를 뜻한다고 생각했지요. 그러나 그는 "영어를 할 줄 아십니까?"라고 되풀이해 물었습니다. 제가 그렇다고 말하자 그는 "빌어먹을, 영어를 제대로 아는 사람이 아무도 없어요."라고 대답했지요. 앤디 화이트가 로스의 부고에서 언급했듯이, 그는 영어 문장이 마치 적군이라도 되는 듯이, 그를 내동댕이칠지도 모른다는 듯이 접근했습니다. 쉼표 하나를 두고 한 시간이나 법석을 떨곤 했지요. 그는 저를 불러 제 글

작가란 어떤 사람인가

에 있는 쌍점, 이른바 '서버 콜론'에 대해 장시간 토론을 벌이곤
했습니다. 시적 파격에 대해 말하자면 그는 빌어먹을 어떤 파격
이든 상황을 그르친다고 말하곤 했지요. 사실 로스는 너무 주의
깊게 읽은 나머지 이야기의 의미를 파악하지 못할 때가 많았습
니다. 저는 "제 이야기를 재미 삼아 읽었으면 좋겠어요"라고 말
한 적이 있지요. 그는 그럴 시간이 없다고 대답하더군요.

제임스 서버

[윌리엄 숀의] 사무실에서 쉼표 이야기를 나누며 시간을 많이 보냈
습니다. 그는 문법학자들과 출판 고문들로부터 받은 자료를 가
져와 1만 7000개의 단어를 짚어가며 한 번에 쉼표 하나씩, 굉장
히 끈기 있게 모조리 설명해주었습니다. 그는 이런 항목 하나하
나를 저자와 이야기했어요. 긴 회의였지요. 한번은 제가 이렇게
말했습니다. "숀, 당신은 이 회사 전체를 운영하고 있고 이번 주
말에는 잡지가 나옵니다. 당신은 그 잡지의 편집자인데 여기 앉
아서 저와 함께 쉼표와 쌍반점에 대해 이야기를 나누고 있군요.
이게 어떻게 가능합니까?" 그가 말했죠. "시간이 걸리는 일에는
시간을 들여야 해요." 멋진 말입니다. 글쓰기에도 적용되지요.
시간이 걸리는 일에는 시간을 들여야 합니다.

존 맥피

책을 쓰기 전이나 후에, 제가 만난 그 누구와도 책에 대해 논의하지
못합니다. 그 정도로 주파수가 완벽하게 맞는 사람이 없어요. 또

『뉴요커』의 편집자 중에 도움이 되는 사람은 거의 찾지 못했습니다.

— 레베카 웨스트

출판업자인 찰스 스크리브너로부터 한두 번 퇴짜를 맞았는데, 그는 자신이 만든 출판사에서 가치 없거나 지루해 보이는 어떤 책도 내지 않으려고 노력했기 때문입니다. 대단히 용기 있는 사람이 었습니다. 그는 위험을 무릅쓰곤 했지만 몇 가지에는 강경했습니다. 스콧 피츠제럴드의 첫 책 『낙원의 이쪽』This Side of Paradise이 나왔을 때, 스크리브너는 그 책을 읽은 뒤 자신의 출판사에서는 그 책을 내지 않으려 했습니다. 그 책을 출간해야 한다는 우리의 단호한 결정과 다른 몇몇 편집자의 결정 덕분에 스크리브너는 겨우 생각을 바꿨고 다만 피츠제럴드가 몇몇 부분을 삭제하고 다시 써야 한다는 조건을 달았습니다. 그러고 나서도 스크리브너는 마뜩찮게 여겼지요.

『태양은 다시 떠오른다』에 얽힌 사연은 더 놀랍습니다. 사무실에서 회의할 때 스크리브너는 이 책을 맡고 싶지 않다고 말했습니다. 한참 침묵이 흘렀습니다. 편집자 맥스 퍼킨스는 오랫동안 침묵을 지킬 수 있는 사람이었고, 거북함을 해소하기 위해서라도 입을 열어야겠다고 생각하지는 않았지요. 맥스는 서 있었습니다. 책상에 앉아 있던 스크리브너는 맥스를 올려다보면서 말했어요. "맥스, 한마디도 하지 않는군. 나는 그 책을 거절할 생각이야. 하고 싶은 말 없나?" 결국 맥스가 말했죠. "네, 이렇게 말하고 싶습니다. 우리가 그런 재능을 거절할 거라면, 출판업에서 손 떼는 편이 낫겠습니다. 리처드 하딩 데이비스와 토머스 넬슨 페이지, 조지 케이블, 헨리 반 다이크와 다른 훌륭한 작가들의 책을 계속 출간할 수는 없을 겁니다. 우리가 어엿한 출판사가 되려면, 당대의 재능 있는 작가들을 따라 움직여야 합니다. 그들이 빗나가더라도 … 그러니까, 그들이 우리의 취향에 거슬리더라도 말입니다." 마침내 스크리브너가 물었죠. "맥스, 헤밍웨이가 그 비속어를 바꾸려 할까? 삭제할 거라 생각하나?" 맥스는 말했습니다. "네, 일부는 삭제할 겁니다, 분명히." "어떤 단어를 삭제할 것 같은가?" 하고 스크리브너가 말했습니다. 그 말에 맥스는 자기 사무실로 서둘러 들어가 종이 한 장을 가지고 돌아와서 그 단어를 적었지요. 스크리브너는 그를 바라보며(아주 짓궂은 장난기가 있었어요) 말했습니다. "맥스, 자네가 이 단어들을 차마 입밖으로 말할 수 없어서 종이에 적어야 했다는 걸 헤밍웨이가 알면, 자네와 의절할 걸세!"

— 존 홀 휠록

초고를 쓸 때 저는 [담당 편집자인 존 스털링과] 일을 진행하며, 1년 동안 매일 전화로 제가 쓴 내용을 모조리 읽어주었습니다. 그렇게 해야만 했던 것 같습니다. "참 잘했어요!"라는 말을 듣기 위해서 말입니다. 그가 그런 식으로 저에게 맞장구친 까닭은 저를 마지막까지 끌고 가서 그가 작업할 원고를 손에 넣기 위해서였습니다. 그로서는 바보나 어린아이와 대화하는 기분이었을 겁니다. 어르고 달래며 이렇게 말하는 거죠. "오, 좋아요. 와, 글을 정말 잘 쓰시는군요. 아주 좋아요. 지금 우리가 몇 쪽을 보고 있죠? 앞으로 몇 쪽이나 남았을까요? 마감은요? 3월?"

———— 리처드 프라이스

한번은 컬럼비아 영화사에서 일했던 어느 작가와 이야기를 나누고 있었는데 그가 저에게 그 영화사의 주요 인사 중 하나인 새뮤얼 브리스킨이 막 읽었다는 원고를 보여주더군요. 그 원고를 살펴보았습니다. 쪽마다, 맨 아래에 딱 한마디가 적혀 있었습니다. '개선 요망.'

———— 빌리 와일더

작가가 편집자에게 바라는 게 하나 있다면, 그 편집자가 자신의 작품을 이해한다는 느낌을 받는 겁니다. 돈으로 대신할 수 없어요.

———— 마거릿 애트우드

시릴 코널리가 『약속된 적들』Enemies of Promise이라는 책에 쓴 명언이 있습니다. "걸작을 쓰는 것이 작가의 역할이다. 가독성을 높이기 위해 고칠 수는 있겠지만, 걸작을 쓸 수 없다면 적어도 쓰레기를 쓰지 않는 것이 작가의 일이다. 더욱이 출판인의 경우에는, 출판할 걸작을 찾지 못한다면 적어도 쓰레기를 출판하지 않는 것이 그의 책무다."

———— 로버트 지루

좋은 편집자를 만나면 상황이 달라집니다. 성직자나 정신과 의사와도 같지요. 잘못된 편집자를 만날 바에는 차라리 혼자 일하는 편이 낫습니다. 그러나 찾아다닐 가치가 있는 매우 드물고 중요한 편집자들이 있는데, 그런 편집자를 만나면 그렇다는 사실을 반드시 알게 됩니다.

_____ 토니 모리슨

그때 처음으로 제 글이 편집되는 경험을 했습니다. 피터 매티슨이 저에게 문체에 대해 조언하는 긴 편지를 보냈지요. 전문적인 조언 중 한 가지만 기억나는데, '젠장shit'이라는 단어와 '옻나무 sumac'라는 단어를 한 문단에 쓰지 말라는 것이었습니다. 그래서 그 뒤로는 그렇게 한 적이 없습니다.

_____ 메리 리 세틀

성공과 실패에 대해
어떻게
생각하십니까?

What about Success ... and Failure?

천재들은 외딴 다락방에 있어야 한다는 말은 허튼소리입니다. 사람이 너무 유명해지면 실패한다는 견해도, 로버트 프로스트를 보면 알 수 있듯이 터무니없어요. 예외는 있습니다. 토머스 채터턴, 제라드 맨리 홉킨스, 아르튀르 랭보 등 다양한 예를 떠올릴 수 있지요. 그러나 대체로 천재들은 후대의 평가를 평가받는 만큼 동시대인으로부터도 평가를 받습니다. 그러니 젊은 작가와 이야기를 나누게 된다면 저는 칭찬도 비난도 지극히 무심한 태도로 대하는 훈련을 하라고 권할 겁니다. 칭찬은 작가를 허영으로 이끌고, 비난은 자기 연민으로 이끄는데, 둘 다 작가에게는 좋지 않기 때문입니다.

———— 존 베리먼

제 시대에는 아주 젊을 때 책을 내는 경우가 드물었어요. 물론, 신동이었던 레몽 라디게 같은 사례가 드물게 있긴 했지요. 장 폴 사르트르는 책을 내지 않다가 35세쯤『구토』La Nauseé와『벽』Le Mur을 펴냈습니다. 그럭저럭 출간할 만했던 첫 책이 퇴짜를 맞았을 때는 기운이 좀 빠지더군요. 『초대받은 여자』L'Invitée의 초판이 거절당했을 때는 매우 불쾌했지요. 그러다가 여유를 좀 가져야 겠다는 생각이 들었습니다. 늦게 시작한 작가들의 전례를 많이 알고 있었습니다. 또 사람들은 늘 스탕달을 사례로 드는데, 그는 마흔이 될 때까지 글쓰기를 시작하지도 않았지요.

— 시몬 드 보부아르

친구인 도로시 데이가 시위에 참여했다가 6번 대로와 8번가의 교차 지점에 있는 여자 교도소에 갇힌 적이 있습니다. 이 교도소에서는 일주일에 한 번, 토요일마다 죄수들이 샤워를 하러 거리를 행진했답니다. 한 무리가 안내를 받으며 들어가고 있을 때, 매춘부인 어떤 여자가 큰 소리로 외쳤습니다. "수많은 이가 사랑 없이 살아가지만, 물이 없으면 누구도 살아갈 수 없다…." 최근에 『뉴요커』에 실린 제 시의 한 구절이었죠. 그 이야기를 듣고, 제가 시를 써온 게 부질없는 일이 아님을 알게 됐습니다!

— 위스턴 휴 오든

요즘에는 작가가 베스트셀러를 썼다면 그것은 중요한 원칙을 배반했거나 영혼을 팔았기 때문이라고들 생각하던데, 동의하고 싶지 않습니다. 교양 있는 전문가들이 그렇게 믿는다는 것을 알고 있습니다. 저는 교양 있는 전문가들의 의견을 그다지 신뢰하지는 않지만, 제 양심을 늘 점검해왔습니다. 제가 저도 모르게 잘못을 저질렀는지 파악하려 노력했어요. 그러나 아직 그런 잘못을 발견한 적은 없습니다. 총 8000부밖에 팔리지 않아 이름 없이 묻혀야 했던 『허조그』Herzog 같은 책이 큰 호응을 얻은 까닭은, 많은 사람으로부터 무의식적 공감을 이끌어내기 때문입니다. 그동안 받은 편지들 덕분에 저는 그 책이 보통 사람들이 겪는 어려움을 묘사했다는 것을 알게 되었습니다. 『허조그』는 유대교 지도자, 이혼을 겪은 이, 혼자 중얼거리는 사람, 대학 졸업생, 문고본을 읽는 독자, 독학자, 좀더 살고 싶다는 희망을 여전히 품고 있는 사람 등 많은 이의 마음을 끌어당깁니다.

_____ 솔 벨로

한때는 작가를 찾아보기가 아주 어려웠습니다. 이제는 아주 많지요. 옛날의 그 작가들은 미래를 염려하고 있었고 일부는 윌리엄 포크너처럼 미래까지 살아남기도 했습니다. 그러나 그래서 어떻게 되었나요? 살아남은 작가가 기억에서 잊힌 작가보다 더 훌륭한 작가는 아닙니다. 허먼 멜빌은 완전히 잊혔다가 1920년대에 재발견되었습니다. 그래서 멜빌이 조금이라도 달라졌나요? 중요한 인물이 되어 업적을 남긴답시고 자기 위상을 높이려 하며 "내가 이 세대를 대변하는 목소리다"라고 말한들, 누가 신경이나 쓸까요? 작가로서 중요한 인물이 되어야 한다는 생각은 저 역시도 해보았지만, 작가로 살아가는 데는 어려움이 많습니다. 저와 일하는 출판사는 분명 제가 중요한 작가라고 생각하겠지만, 그 부분에 대해 출판사를 설득할 수 없을 때도 많습니다.

_____ 월터 모즐리

아, 들어보세요, 아무도 믿지 않을 테니 해서는 안 될 이야기를 해보겠습니다. 성공은 저에게 즐거운 일이 아닙니다. 제가 쓴 글로 먹고살 수 있어서 기쁘고, 그러니 성공의 통속적이고 위험한 측면은 참고 견뎌야지요. 그러나 저는 무명 시절일 때 한 인간으로서 행복했습니다. 훨씬 행복했지요. 이제는 라틴아메리카나 스페인에 가면 10미터마다 사람들이 아는 체를 해오고 사인과 포옹을 요청합니다. 젊은 독자일 경우가 많기 때문에 정말 감동적이지요. 제가 하는 일을 그들이 좋아해줘서 기쁘지만, 사생활 차원에서는 지독히도 괴롭습니다. 유럽에서는 해변에 갈 수가 없어요. 5분마다 사진을 찍어대니까요. 제 용모는 변장으로 가릴 수가 없습니다. 키가 작다면 면도를 하고 선글라스를 낄 수 있겠지만, 제 큰 키와 긴 팔다리 때문에 사람들은 멀리서도 저를 발견합니다.

반대로 매우 아름다운 순간도 있기는 합니다. 한 달 전 어느 날 저녁 바르셀로나의 고딕 지구를 거닐고 있었는데, 아주 예쁜 미국인 아가씨가 멋지게 기타를 연주하며 노래를 부르고 있더군요. 바닥에 앉아서 밥벌이로 노래를 부르고 있었습니다. 아주 순수하고 맑은 목소리로 조앤 바에즈와 비슷한 분위기로 노래했지요. 바르셀로나 젊은이들이 모여 듣고 있었어요. 저는 그녀의 노래를 들으려고 걸음을 멈추었지만, 그늘진 곳에 머물렀습니다. 어느 순간, 그 젊은이들 중에서 아주 젊고 잘생긴 스무 살가량의 청년 하나가 저에게 다가왔습니다. 손에 케이크를 들고 있었어요. 그가 "훌리오, 한 조각 드세요"라고 말하더군요. 그래서 저는 케이크를 한 조각을 들고 먹었고 "여기 와서 케이크를 나눠 주다니 정말 고맙소"라고 말했습니다. 그 청년은 "뭘요, 저에게 주신 것에 비하면 정말 작은 거랍니다"라고 말했습니다. 저는 "그런 말은 말아요. 그런 말 말아요"라고 말했고 그 청년과 포옹을 나눴어요. 그런 다음 그 청년은 저쪽으로 갔지요. 음, 그런 일들, 그런 경험이야말로 작가로서 제가 한 일에 대한 최고의 보상입니다. 젊은이가 다가와 말을 걸며 케이크 한 조각을 주는 건, 멋진 일이지요. 힘들게 글을 쓸 가치가 있어요.

———— 훌리오 코르타사르

문제는 대중이 대개 예술가의 깔끔한 초상화를 원한다는 겁니다. 모순이 모두 제거되고 삶이 허락하는 것보다 더 엄청난 초상화를 말입니다. 초상화와 모델의 차이 때문에 우울할 수 있습니다. 시인이 좁은 집단에만 한정된 명성을 떨친다면 이미지가 왜곡되지 않을 가능성이 큽니다. 집단이 커질수록 왜곡될 위험도 커집니다.

———— 체스와프 미워시

어떤 방식으로든 보상받고 싶은 마음이 언제나 있지요. 여든 살이 된 기쁨과 짜증을 묘사하는 작품을 쓴 적이 있는데, 다만 굉장히 짜증 나는 요소 하나는 뺐습니다. 그건 바로 국가적 차원의 연구 대상이 되는 겁니다. 제가 국가적 차원의 연구 대상이 될 줄은 몰랐습니다. 하지만 노망난 노인네라는 운명에서 벗어날 수는 없더군요. 위대한 동시대 작가들보다 오래 살았을 뿐인데, 해당 분야가 온통 저의 것이 됩니다. 혹시 그런 분야가 없다면 그 분야의 한 귀퉁이에 마구간이라도 얻게 됩니다. 그러다가 수많은 학자가 그 분야에 진출해 학위논문과 학술논문, 전기 등 온갖 글을 써댑니다. 그렇게 하나씩 써낼 때마다 그들은 부족함을 채우며 보강하고 싶어 합니다. 믿을 만한 소식통인 마구간의 늙은 말로부터 직접 이야기를 듣고 싶어 하지요. 그래서 그들은 저를 찾아와 말합니다. 자, 당신은 믿을 만한 늙은 말이니 기억을 좀 나눠주시겠습니까? 행간 여백을 5로 설정한 종이에 쓴 이 간단한 질문지에 답을 좀 해주시겠습니까? 아니면 당신이 회고하는 내용을 테이프에 녹음해도 되겠습니까? 이런 일을 해봤자 풍족한 대가를 얻지도 못합니다. 그들 중 단 한 사람도 늙은 말의 사료 통에 귀리를 채워주거나 구유에 건초를 좀 넣어주어야겠다는 생각은 하지 않습니다. 그들은 말이 시간만 있다면 스스로 먹이를 찾을 수 있다고 생각하는 모양입니다. 그 말이 편히 밥벌이를 하도록 종마로 삼겠다고 나서는 사람은 절대 없습니다.

———————————— 맬컴 카울리

운이 엄청난 역할을 합니다. 사업에서도 운은 매우 큰 부분을 차지하지만, 문학은 사업과 다릅니다. 운이 좋아서 또는 우연히 좋은 시 한 편을 쓰면 덕분에 사람들이 작품을 원하게 됩니다. 그 뒤에도 좋은 작품을 써낼 수 있는지 없는지는 중요한 문제가 아닙니다. 중요한 건 바로 그때 강한 인상을 남겼다는 점입니다. 소설도 마찬가지입니다. 저는 『서바이벌 게임』Deliverance 을 썼습니다. 영화사에서 판권을 구입해 갔습니다. 연속물로 만들어졌고, 10여 개 언어로 출간되었습니다. 그것은 제가 쓸 수 있는 최고의 소설이지만, 어마어마한 행운도 작용했습니다. 저는 알맞은 때에 알맞은 책을 썼던 겁니다. 사람들은 점잖은 남자들이 목숨을 걸고 싸우고 죽이고 탈출하는 그 잔혹한 이야기에 사로잡혔지요. 제 다음 소설은 실패할 수도 있습니다.

———————————————— 제임스 디키

[인기는] 작가의 사생활을 침범합니다. 친구들과 보낼 시간, 일할 수 있는 시간을 빼앗습니다. 현실로부터 작가를 고립시키기 쉽습니다. 글을 계속 쓰고 싶은 유명한 작가는 인기에 빠지지 않도록 자신을 끊임없이 지켜야 합니다. 진심이 아닌 것처럼 들릴 테니 정말이지 이렇게 말하고 싶지는 않지만, 제 책들이 제가 죽은 뒤에 출간되었다면 정말 좋았을 겁니다. 인기를 얻고 유명한 작가가 되어 온갖 골치 아픈 일을 겪지 않아도 되었을 테니 말입니다. 제 경우에, 인기의 유일한 장점은 정치적으로 활용할 수 있었다는 점입니다. 다른 때에는 상당히 불편합니다.

———————————————— 가브리엘 가르시아 마르케스

[연극 「다가오는 날들」The Days to Come은] 지독한 실패작이었어요. 그러니까 10분간 막이 올라가지 않았고, 재앙이 시작되었습니다. 그냥 처절하게 실패했어요. 윌리엄 랜돌프 허스트 씨가 1막 중간

에 일어나 열 명의 일행과 함께 나가버려서 약간의 소란이 일었습니다. 저는 뒤쪽 통로에서 토했어요. 정말 그랬죠. 집에 가서 옷을 갈아입어야 했습니다. 술에 취한 상태였지요.

———————————————————— 릴리언 헬먼

성공을 싫어하고 경멸하지만, 성공 없이 살 수는 없습니다. 마약중독자와 비슷합니다. 두어 달 동안 아무도 저에 대해 이야기하지 않으면 금단증상이 나타나지요. 인기에 중독되는 건 시체에 중독되는 것과 같기 때문에 어리석은 일입니다. 제 연극을 보러 오는 사람들, 제 인기를 만들어내는 사람들은 결국 죽을 테니까요.

———————————————————— 에우제네 이오네스코

언론이 집요하게 강요하는 자기 홍보에 공공연히 반대하는 것은 여전히 저의 큰 관심사입니다. 자기 홍보에 대한 그런 부담은 어떤 예술이건 그 예술의 실질적인 작업을 위축시키고 마는데, 이제는 보편적인 현상이 되었습니다. 언론은 영웅인 작가를 지목하지 않고서는 문학 작품에 대해 논의하지 못합니다. 그러나 모든 문학 작품은 전통과 여러 기술 및 집단 지성이 낳은 열매지요. 모든 예술 작품의 배후에 단 하나의 주역만 있다고 주장한다면, 그것은 이 집단 지성을 부당하게 폄하하는 행위입니다. 물론 개인도 반드시 필요해요. 그러나 저는 특정한 개인에 대해 말하는 게 아닙니다. 가공된 이미지에 대해 말하는 것입니다.

———————————————————— 엘레나 페란테

이른바 문학가라는 존재는 중요하지 않다는 게 제 신념입니다. 정말 중요하지 않습니다. 재미있는 이들이 있는가 하면 따분한 사람들도 있어요. 중요한 것은 오직 작품입니다. 작가 그 자체인 과장하는 장치를 과장하는 것, 작가 자체를 떠받드는 것은 글이라는 예술에도 유익하지 않고 작가에게도 유익하지 않으며, 어쨌든 유익한 점이 없습니다. 어니스트 헤밍웨이는 뉴욕에 와서 나이트클럽에 가는 것을 무척 좋아했습니다. 이유가 뭘까요? 얼굴을 알리기 위해서? 하지만 설마, 그는 이미 더 좋은 방법으로 얼굴을 알리지 않았습니까? 헤밍웨이를 욕하는 게 아닙니다. 그는 여전히 그 세기의 위대한 산문 문장가입니다. 그러나 그의 그런 습관은 유명 인사를 추종하는 전형적인 분위기를 보여주지요! 그러니 젊은 작가가 자신의 검에 맹세해야 할 한 가지가 있다면, 작품에 무슨 짓을 해도 좋으니 자기 자신을 과장하지 말아야 한다는 것입니다.

───────────────── 아치볼드 매클리시

술, 마리화나, 과도한 섹스, 사생활에서의 과도한 실패, 과도한 소모전, 너무 좋은 평가, 너무 나쁜 평가, 좌절. 삶 전반의 거의 모든 것이 훌륭한 재능을 무디게 만듭니다. 그러나 아마도 최악은 비겁함일 것입니다. 우리는 나이가 들어갈수록 자신의 비겁함을 더욱 잘 알게 되고 한때 민족감을 수었던, 과감해지고 싶은 욕망은 신중함과 의무에 짓눌립니다. 그리고 마침내 우리는 무심한 상태에 이릅니다. 위대한 작가가 되는 것이 더는 중요하게 여겨

지지 않을 때쯤, 우리는 바닥으로 충분히 내려왔으니 이제 회복
세를 타고 글을 쓰기 시작할 때가 되었음을 깨닫습니다.

_____ 노먼 메일러

작가가 살아 있는 동안 거의 대부분의 작품이 죽음을 맞이합니다.
우리는 『고백록』Les Confessions이 아니면 장 자크 루소의 작품을
읽지 않고 『사후의 회고록』Memoires d'outre-tombe이 아니면 프랑수
아 르네 드 샤토브리앙의 책을 읽지 않습니다. 그런 책들만이 우
리의 관심을 사로잡습니다. 저는 과거에도 그랬고 지금까지도
앙드레 지드를 몹시 존경합니다. 그러나 그의 작품 중에서 살아
남을 가능성이 조금이라도 있는 것은 그의 일기와 어린 시절 이
야기인 『한 알이 밀알이 죽지 않으면』Si Le Grain Ne Meurt뿐임이 이
미 분명해졌습니다. 문학에서 가장 드문 일이자 유일하게 성공
이라고 말할 수 있는 사례는 저자가 세상을 떠났는데 작품이 남
을 때입니다. 우리는 셰익스피어가 누구였는지, 호메로스가 누
구였는지 모릅니다. 사람들은 어떤 것도 확증할 수 없는 상황에
서도 장 밥티스트 라신의 삶에 대해 지칠 만큼 글을 써댔습니다.
그는 자신의 창작품이 퍼뜨리는 찬란한 빛에 가려 사라집니다.
정말 드문 경우지요.

_____ 프랑수아 모리아크

작품을 쓸 때마다 버틸 수 있는 이유는 오로지 신의 은총과 아마도
정신력 덕분일 겁니다. 여러 훌륭한 작가가 한두 작품을 쓴 다음

목숨을 끊어요. 예를 들어 실비아 플라스가 그랬지요. 그녀는 버지니아 울프보다 훨씬 젊은 나이에 자살했지만, 그 끔찍한 위기를 견뎌냈다면 아마 더 좋은 책을 썼을 겁니다. 개인적인 견해지만 울프는 재능의 불꽃이 소멸하거나 줄어들고 있다고 두려워했던 것 같습니다. 그녀의 유작 『막간』Between the Acts에서는 다른 작품과 달리 비상하는 천재성이 보이지 않았으니까요. 작가 또는 예술가가 더는 못 하겠다는 느낌을 받게 되면, 지옥으로 떨어집니다. 그러니 그만두더라도 돌아올 수 있다는 점을 명심해야 해요.

아일랜드에서 어린 시절을 보낼 때, 봄은 갑자기 모습을 드러내며 아름답고 맑은 물을 콸콸 흘려보내다가 마찬가지로 갑자기 물을 말려버리곤 했어요. 수맥 찾는 사람들이 지팡이를 들고 나타났고, 그러면 때로는 다른 봄이 발견되었지요. 우리는 자기 자신의 수맥을 찾는 사람이 되어야 합니다. 작가들에게는 특히 어려운 일입니다. 작가들은 늘 불안에 시달리는 데다 통화를 하거나 사람들을 만나거나 맡은 일을 하느라, 그리고 집중력을 빼앗는 세상의 온갖 요소로 늘 바쁘기 때문입니다.

재능을 파괴할 수 있는 다른 요소는 지나친 슬픔입니다. 윌리엄 버틀러 예이츠는 지나친 슬픔은 마음을 돌로 만들 수 있다고 말했습니다. 저는 '에밀리 브론테가 50세까지 살았다면 어떤 책을 썼을까?' 하는 생각을 자주 합니다. 그녀의 삶은 (샬럿 브론테의 삶도 마찬가지였지만) 무거운 형벌과도 같았고 성 경험을 아예 하지 못했습니다. 그녀는 서른 살에 『폭풍의 언덕』Wuthering Heights

을 썼습니다. 끝없는 고통이 나중에 그녀의 재능을 죽였을 겁니다. 반드시 행복해야 한다는 말이 아니라(무리한 부탁일 테니까요), 삶이 너무 고통스러워지면 경이로움이나 기쁨 같은 감각이 사라지고, 창작에 반드시 필요한 관대함도 더불어 사라진다는 뜻입니다.

— 에드나 오브라이언

거절 편지를 너무 심각하게 받아들이지 마세요. 출판사에서도 그런 편지를 꼭 보내야 한다고 생각하지는 않을 겁니다. 거절 편지만 모아도 아주 재미있는 문집을 만들 수 있을 겁니다. 대개는 출판사에 원고를 보낼 때, 이 원고를 받는 쪽에 누군가가 있고 그 사람이 틀림없이 관심이 있다는 걸 기억하기만 하면 됩니다. 이게 무슨 뜻인지 예를 하나 들어 설명해보겠습니다. 어떤 잡지에서 제 단편 하나를 수락했습니다. 그래서 늘 그러듯이 원고 전체를 다시 써서 보냈지요. 그런데 다른 사람이 그 원고를 받고 아주 친절한 편지를 보냈는데, 내용인즉 지금은 그 원고를 활용할 수 없지만 제가 앞으로 쓸 다른 원고를 보여준다면 매우 관심 있게 보겠다는 것이었습니다.

— 프랭크 오코너

글을 쓰기 '위해서는' '반드시' 야망을 자제해야 합니다. 그렇지 않으면 다른 것이 목표가 되고 맙니다. 언어의 힘을 능가하는 다른 힘 말입니다. 제가 보기에 작가가 받을 자격이 있는 힘은 오직 언어의 힘뿐입니다.

—— 신시아 오지크

작가에게 실패란 피할 수 없는 경험입니다. 어떤 작가든 마찬가지입니다. 작가가 어떤 사람인지, 얼마나 대단한지, 또는 어떤 글을 써왔는지는 상관없습니다. 조만간 그는 주저앉을 테고, 그를 칭송하던 모든 사람이 그를 쓸모없는 사람으로 취급할 겁니다. 그는 형편없는 글을 쓸 수밖에 없습니다. 셰익스피어는 형편없는 희곡을 몇 편 썼습니다. 톨스토이는 말년에 아주 끔찍한 글을 써댔습니다. 실패를 겪지 않은 위대한 작가의 이름을 한 명만 말해보세요.

성공을 거둔 작가가(책 하나로 떼돈을 번 작가라 할지라도) 그 책 하나를 위해 15년을 기다렸다는 사실, 다른 책을 내놓기까지 또 15년이 걸릴지도 모른다는 사실, 과연 그런 책이 다시 나올지 알 수 없다는 사실은 모두 잊어버립니다. 저는 지금 상업적 실패 또는 비평적 실패만 말하는 게 아닙니다. 지속적으로 일어나 작가를 평생 괴롭히는 실패가 있습니다. 반밖에 쓰지 못한 아이디어, 잘못된 첫 부분, 갑자기 막혀서 버려야만 하는 초고, 작가의 손 밑에서 굳어버려 되살아나기를 거부하는 결정적인 문단이 그것입니다.

그뿐 아니라 출산 뒤에도 오랫동안 작가를 괴롭히는 책들이 있는데(호평을 받은 책도 마찬가지예요), 더욱 잘 쓸 수 있는 부분이 눈에 보이기 때문입니다. 그리고 다른 작가들보다 미국 작가들이 실패의 두려움에 더욱 시달리는데, 미국에서 그런 전례를 흔히 찾아볼 수 있기 때문입니다. 복귀작을 완성하지 못한 채 최고의 책인 『밤은 부드러워』Tender Is the Night를 조롱거리로 남기고 할리우드에서 죽어갔던 스콧 피츠제럴드의 유령, 그의 유령이 미국의 모든 타자기를 뒤덮고 있습니다. 작가의 소양 중에서 절대적으로 필요한 요소, 거의 재능만큼이나 필수적인 요소는 세상이 준 형벌이건 스스로 가한 형벌이건, 그 형벌을 꿋꿋이 견디는 능력입니다.

자기 자신에 대한 믿음이 없다면, 그 형벌을 극복하고 받아들이고 밀어제치며 나아갈 힘과 야망이 없다면, 그는 결국 책 한두 권을 낸 평범한 사람이 되어 타자기를 두드리는 대신 술독에 빠지고 말 겁니다. 누구에게나 실패가 성공보다 더 지속적으로 찾아옵니다. 비가 많이 오는 곳에서 사는 것과 같지요. 가끔 화창한 날도 있지만 대개 밖에는 비가 내리니 우산을 가지고 다니는 편이 낫습니다. 아무튼 실패는 자기 연민을 낳기 쉬운데 제 경험상 자기 연민은 대단한 생산성으로 이어질 수 있습니다.

———— 어윈 쇼

어떤 작가가 한번 대성공을 거두면 부유해지고 유명해집니다. 부자들은 더 유명해지고 유명인들은 더 부유해지지요. 온 마을이 그에 대해 이야기합니다. 택시 운전사들은 그를 다룬 기사를 읽고 2주 동안 그를 기억합니다. 그는 새 옷과 루이뷔통 가방(그러니까 마음에 드는 가방)을 들고는 잡지 『보그』에 실릴 사진을 찍습

작가란 어떤 사람인가

니다. 그 작품이 새 희곡이라면, 다들 작가에게 신세를 지고 있으므로 극장주와 연출가와 배우 모두 그를 축하해줍니다. 마법 지팡이는 어찌 된 일인지 심지어 무대 문지기도 건드려줍니다. 성공에 한껏 의지하고 싶은 마음은 무시하기 매우 어려우며 어쩌면 불가능합니다. 그 마음은 부적절한 불안과 부적절한 안도감 또는 실망으로 이어집니다. 이 문제에서 영국 작가들은 더 침착합니다. 영국인이 침착하다는 걸 아시겠지만요.

톰 스토파드

일전에 어린 소년 두 명이 거리에서 저에게 다가오더니 "아줌마가 『메리 포핀스』Mary Poppins를 쓴 사람이죠, 맞죠?"라고 말하더군요. 저는 그렇다고 하면서 어떻게 알았느냐고 물었습니다. 아이들은 "저희가 교회 성가대에서 노래하는데, 목사님이 말씀해주셨어요"라고 대답했습니다. 그 아이들은 성가대복을 벗던지고 저를 붙잡으려 서둘러 따라온 게 분명했지요. 제가 말했습니다. "메리가 마음에 드니?" 그러자 둘 다 힘차게 고개를 끄덕이더군요. 저는 "어떤 점이 마음에 드니?"라고 물었습니다. 두 아이 중 하나가 말했어요. "음, 아주 평범하다는 거요. 그리고 또…." 그 아이는 "그리고 또"라고 말하고 나서 적절한 표현을 찾으려고 주위를 둘러보았지만 찾아내지 못했죠. 그래서 저는 "너 말하지 않아도 돼"라고 했습니다. "그리고 또"라는 표현이 모든 것을 말해주니까요. 다른 소년이 말했죠. "맞아요, 그리고 저는 어른이 되면 메리와 결혼할 거예요." 그러자 다른 소년이 한쪽 주먹을 불끈 쥐며 매우 공격적인 표정을 짓는 모습이 보였습니다. 저는 말썽이 생길지도 모르겠다는 생각이 들어서 말했죠. "음, 메리가 어떻게 생각하는지부터 알아야 하지 않을까? 그동안, 마침 우리 집이 바로 저기 있구나. … 들어와서 레모네이드 한 잔 마시렴." 아이들은 그렇게 했습니다.

———————————————— 패멀라 린든 트래버스

예술가가 업적을 남기거나 빠른 성공을 거두기 위해 직접 발 벗고 나서지는 않는다는 환상, 그 환상을 실질적으로 뒷받침하는 것은 여성이라는 집단의 근면성입니다. 예술가는 그냥 마리화나에 찌든 아름다운 소년이거나 지성인일 뿐입니다. 다들 생각하죠. '아내는 없어?' 저는 그 환상을 전복시키는 것이 좋습니다. 삶의 실제 현장과 실패에 대해서, 그리고 관행에 대해서도 작품을 통해 그대로 보여주는 게 좋아요. 우리는 문필계가 상을 분배하는 그들의 방식을 소설 속 장면으로 보여줘야 합니다. 당신이 읽고 있는 책의 평판에 영향을 미치는 그 문화기관의 실체를 폭로해야 합니다. 지저분한 사실은 그 기관이 어떻게 짝짓기를 하고 번식하는지에 대해서는 입을 다물어야 한다는 점이죠.

———————————————— 아일린 마일스

모르겠습니다. 나이가 들어갈수록 더 오래 살고 싶어지고 기회는 적어진다는 건 압니다. 한 예술 형태에 얽매이고 싶지는 않아요. 한 가지 예술 형태를 근거로 자신의 정체성을 확립하면 괴물

작가란 어떤 사람인가

을 만들어낸 프랑켄슈타인처럼 됩니다. 저도 제가 더 편하게 살 수 있으면 좋겠어요. 예술에 책임감을 느끼지는 않았으면 좋겠습니다. 무엇보다도, 아무도 쓰지 않을 테니 제가 반드시 특정한 소설을 써야겠다는 생각을 하지 않으면 좋겠습니다. 좀더 자유롭고 싶어요. 저는 자유를 좋아합니다. 남는 시간에 이상한 소설을 쓰는 식민지 시대 장교처럼 살았다면 훨씬 행복했을 거라는 생각이 듭니다. 그랬다면 글을 써서 먹고사는 일종의 전업 작가로 사는 지금보다 더 행복했을 것입니다.

———— 앤서니 버지스

예를 들어, 단테의 날개가 드리운 거대한 그림자 속에서 우리는 중요한 존재가 아니며 그 날개를 잊어서도 안 됩니다. 따라서 우리는 늘 우리의 무지와 욕구와 야망이 주는 힘으로 글을 써야 하고, 거짓 행복감이나 성공의 기미에 의지해 글을 써서는 안 됩니다. 시에는 성공이란 없으며, 그저 구덩이 밖을 향해 한 번 더 기어오르며 조금씩 전진할 뿐입니다.

———— 찰스 라이트

천만에요. 저는 문학 모임에 나가지 않습니다. 문학인들의 칵테일 파티에 참석한 적이 없어요. 그 책[D]은 내적 경험과 관련이 있습니다. 일반인은 접근할 수 없는, 칭송받는 예술 작품을 둘러싼

[D] 사로트가 1963년에 펴낸 『황금 열매』Les Fruits d'or를 뜻한다.

일종의 테러리즘을 다루지요. 그 책을 보면 작품에 대한 규정된 의견이 장막처럼 우리와 작품을 분리해버립니다. 우리는 그 작품을 흠모하거나 싫어합니다. 그 작품에 가까이 다가가기란 불가능한 일입니다. 무엇보다도 파리 같은 환경에서는 칵테일파티에 참석하지도 않고 언론에 보도되지 않더라도 작품을 과찬하는 전반적인 분위기가 일종의 테러리즘으로 군림하기 때문입니다. 그리고 우리는 반대 의견을 갖거나 그 작품에 접근할 권리가 없습니다. 그러다가 작품이 망가지고 그 순간 우리는 더 이상 그게 훌륭하다고 말할 권리를 갖지 못하게 됩니다. 제가 보여주고 싶었던 것이 바로 그겁니다. 예술 작품의 이런 삶 말입니다. 그런데 이 예술 작품이란 무엇일까요? 저는 작품에 다가가야 하지만 불가능합니다. 사실 우리가 작품에서 발견한 것, 우리가 책에서 찾는 것은 모두 그 작품이나 책의 문학적 가치와는 아무 상관이 없습니다.

———————————————————— 나탈리 사로트

50년 동안 문필업에 종사하니 좋은 점이 있는데, 한 손이 다른 손을 씻어주는 경향이 있다는 점입니다. 사람들은 책 하나를 알게 되면 다른 책을 떠올립니다. 명성은 어느 정도는 누적됩니다. 오랜 시간에 걸쳐 얻은 명성, 그것이 가장 좋은 명성일 겁니다. 제가 명성을 갈망한다면, 그런 종류의 명성을 갈망할 겁니다.

———————————————————— 월리스 스테그너

처음에는 삶이 둘로 나뉩니다. 하나는 뉴욕에서의 문학적인 삶인데, 제가 쓴 글을 읽은『뉴요커』사람들이 곁에 있습니다. 다른 삶은 오랜 친구들과 함께하는 삶입니다. 예전에 저는 지금보다 더 팔팔했습니다. 오랜 친구들과 테니스를 치러 가거나 카누를 타러 가곤 했지요. 하지만 얼마 뒤부터 그 친구들은 저를 믿지 않았습니다. 직장에서도 사람들은 저를 믿지 않았습니다. 그들은 저에게 "지금 이 얘기 쓰려고 그러지? 이 얘기 쓸 거지?"라고 말합니다. 저는 그 이야기를 쓸 생각이 없습니다. 그러나 누구도 저를 믿지 않습니다. 그들은 저를 보며 '저 사람이 나를 비웃고 있나?' 하고 생각합니다. 그러면 갑자기, 오랫동안 편하게 지낸 그 사람들보다는 낯선 사람들, 다른 작가들이 더 편하게 느껴지는 겁니다. 작가이면서 한 인간으로 살아가는 이중생활이 4~5년 지속되었을 겁니다. 그러다가『첫사랑』First Love이 나오기 전인 1957년, 정말이지 신물이 났습니다. 두 가지 삶 사이에서 저는 작가보다는 한 인간이 되는 게 더 낫겠다고 진심으로 생각했지요. 1959년부터 저는 서서히 은둔 생활에 들어가기 시작했습니다.

———————————— 해럴드 브로드키

시인이 되면 자신이 시인이라는 사실을 잊어야 한다고 생각합니다. 진정한 시인은 자신이 시인이라는 사실로 주목받지 않습니다. 시인이 시인인 이유는 시를 쓰기 때문이지, 자신이 시인이라고 광고하기 때문이 아닙니다.

———————————— 예후다 아미하이

아주 쉬울 거라고 생각하진 않았지만, 제가 어떤 일을 해낼 거라는 사실은 알고 있었죠. 오늘날 흑인이 존재하는 진짜 이유는 너희는 하지 못할 거라고, 살아남지 못할 거라고 말하는 더 거대한 집단에 저항했기 때문입니다. 우리는 혹시나 생존하더라도 결코 번성할 수 없을 거라는 말을 듣습니다. 혹시 번성하더라도 열정이나 연민이나 유머 감각이나 자기만의 취미를 가지고 번성할 수는 없을 거라는 말도 듣습니다. 격언과 비슷한 노랫말이 있어요. "그 누구 때문에도 돌아서지 마라, 돌아서지 마. 그 누구 때문에도 돌아서지 마라." 맞아요, 저는 늘 그렇게 믿었습니다. 그걸 알았기 때문에, 제가 그 누구 때문에도 돌아서지 않을 것임을 알았기 때문에, 만약 제가 책을 쓰지 않았다면 음, 우리가 앉아 있는 이 극장이라도 세웠을 겁니다. 그래요. 왜 안 되겠어요? 인간이 한 일인 걸요.

저는 테렌티우스의 말에 동의합니다. 테렌티우스는 "나는 인간이다. 인간적인 것 가운데 나와 관계없는 것은 없다"라고 말했습니다. 저는 인간입니다. 인간적인 것 가운에 저와 관계없는 것은 없습니다. 백과사전에서 테렌티우스를 찾아보면 그의 이름 옆에, 어느 로마 원로에게 팔렸다가 그 원로에 의해 자유의 몸이 되었다고 이탈리아어로 적혀 있습니다. 그는 로마에서 가장 인기 있는 극작가가 되었어요. 그의 작품 중 여섯 편과 자유 증서가 기원전 154년부터 우리에게 전해졌지요. 백인으로 태어나지 않았고 자유인으로 태어나지도 않았으며 시민권을 받을 어떤 기회도 없었던 이 사람이 "나는 인간이다, 인간적인 것 가운데

나와 관계없는 것은 없다"라고 말했습니다. 그래요, 저는 그 말을 믿습니다. 열두세 살쯤 그 말을 받아들이고 마음 깊이 간직했습니다. 그 말을 마음에 새긴다면, 혹시 책을 쓰지는 못하더라도 훌륭한 곡을 만들거나 진정한 친구가 되는 것과 관련된 어떤 일을 하게 될 거라고 저는 믿었습니다. 그래요, 뭔가 멋진 일을 하게 될 거라고 믿었지요. 옆집에 사는 이웃, 예의 바른 친구와 함께할 수도 있을 테고 애인과 함께할 수도 있겠지만, 그 일을 할 수 있다면 그 자체로 멋질 거라고 믿었지요. 그래서 저에게 제가 얼마나 성공했는지를 말해주는 세상에 대해서는 그다지 관심을 갖지 않았습니다. 저에게는 필요 없었으니까요.

———— 마야 안젤루

글쓰기는 매우 어렵습니다. 힘든 일이고 때로는 고통스러우며, 실패에 대한 두려움과 능력의 한계에 이르렀을지도 모른다는 아주 불쾌한 기분 때문에 겁이 나기도 합니다. 저는 제가 지금껏 해낸 일보다 탁월한 다른 일이 있다는 걸 알 수 있을 만큼 영리하지만, 거기 도달하는 법을 모르며, 제가 사용하기로 결정한 매체를 통해 그 일을 이루는 법도 모릅니다. 너무 자학적인 생각일 수도 있지만 그런 종류의 근심은 되도록 피하고 싶습니다.

———— 토니 쿠슈너

잘될 거라는 어렴풋한 느낌이 있었지만, 『뉴욕 리뷰 오브 북스』의 네 쪽을 채울 준비는 되지 않은 상태였어요. 한 친구가 저에게 전화를 걸어 "얘, 뉴욕 시민 절반이 너를 미워한다면 어떤 기분일까?"라고 말했던 게 기억납니다. 저는 '대가를 치르게 해주마. … 후회하게 될 거야'라고 마음속으로 생각했지요. 저는 준비되어 있지 않았어요. 제가 그 글을 쓸 자격이 있다고 믿지 않았고 갑자기 성공을 거둔 작가들, 특히 젊은 작가들이 어떻게 되었는지 보았기 때문에 정말 겁이 났지요. 제가 더 젊었다면 상황이 훨씬 나빴겠지만, 그때도 충분히 나쁜 상황이었죠. 그냥 이런 생각이 들었습니다. '나다움을 잃고 말았어. 이 일은 나를 더 행복하게 해주지 못할 거야.' 우울해서 결국 병원을 찾아갔더니 항우울제를 처방해주더군요. 저는 약이 싫습니다. 약을 먹기가 싫어요. 아시겠지만 매우 치욕스러워요. 아마도 극도로 심란할 때를 제외하고 저는 실제로 글쓰기를 멈추지 않았습니다. 사실 저는 그렇게 불안정한 사람이 아니에요. 제 생각은 그렇습니다. 그저 자신을 인식하는 측면에서 변화에 대처할 준비가 안 되었을 뿐이었지요. 저를 인식하는 다른 사람들의 존재를 감지한 것뿐이었어요.

———————————————————— 에이미 클램피트

물리적 형태를 갖춘 책을 직접 보고 좋게 평가해준 기사를 좀 읽었더니 안심이 되더군요. 그러다가 (이게 제 기질인데, 많은 작가가 저와 비슷할 겁니다) '내 안에 있는 책이 하나뿐이라면?' 하는 생각이 들었지요. 이러니 두 번째 소설이 늘 더 어렵습니다. 제 경우에는 그나마 더 빠르게 진행됐지만 말입니다. 아직도 이런 생

작가란 어떤 사람인가

각을 합니다. '소설을 일곱 권이나 여덟 권, 아니 아홉 권 써낸 뒤
에도 또 쓸 수 있을까?' 그러나 고도의 불안을 느끼는 게 소설가
의 정상적인 상태라고 굳게 믿습니다.

─── 줄리언 반스

오늘날 후손을 생각한다는 건 우스운 일입니다. 지속적인 것이 없
으니까요. 책은 영화나 레코드판보다 오래가는 것처럼 보이지
만 책도 아주 오래 지속되지는 않습니다. 그 어느 때보다 지금
우리는 살아 있는 사람들의 자비에 의존하고 있습니다. 작가들
과 영화 제작자들이 죽었을 때, 운이 좋으면 사흘 내지는 닷새
동안 신문 지면과 텔레비전 방송으로 그 죽음을 보도합니다. 야
단법석이 벌어지지만 그러고 나서 10년은 지나야 기념 행사가
열려요. 작가가 이 자리에서 인터뷰를 하면서 자기 작품을 옹호
하지 않는 순간, 문자 그대로 그 작가는 존재하지 않습니다. 불
이익을 받습니다.

─── 하비에르 마리아스

비평가를
어떻게
생각하십니까?

How Do You Feel about Critics?

이른바 '건설적인' 비평은 도움이 되더군요. "왜 그 인물은 이렇게 저렇게 처신하지 않았나요?"라고 묻는 사람을 만날 때가 있습니다. 그러면 '맙소사, 내가 왜 그랬지?' 하는 생각이 들지요. 그 사람은 또 "그 인물이 다음에는 이러저러하게 하면 어떨까요?"라고 말합니다. 그러면 '그래, 그래 볼까?'라는 생각이 듭니다.

———————— 마거릿 드래블

어느 친구는 평론가들이 문학이라는 코뿔소에 붙은 쇠찌르레기라고 합니다. 호의적인 뜻에서죠. 쇠찌르레기는 코뿔소에게 귀중한 도움을 주고, 코뿔소는 그 새에 거의 신경 쓰지 않습니다. 평론가는 작가에게 어떤 도움도 주지 않지만 지나친 주목을 받습니다. 저는 장 콕토가 평론가에 대해 한 말을 좋아합니다. "첫 작품이 받은 첫 비평을 아주 주의 깊게 들어라. 평론가들이 당신의 작품에서 좋아하지 않는 점을 주목하라. 아마 작품에서 그것만이 독창적이고 가치 있는 부분일 것이다."

———————— 존 어빙

[에즈라 파운드는] 놀라운 비평가인데, 작가를 자신의 복제품으로 바
꾸려 하지 않았기 때문이지요. 그는 작가가 하려는 일이 무엇인
지 알고자 했습니다.

_____ T. S. 엘리엇

꾸준히 살아남는 비평가가 진정한 비평가입니다. 윌리엄 포크너와
존 오하라를 보세요. 오하라의 책이 포크너의 책보다 많이 팔렸
고, 그들이 활동하던 시절에 오하라는 포크너를 피해 다녔습니
다. 오하라가 세상을 떠나고 10년 뒤, 그의 책은 절판됐어요. 모
두 포크너의 책을 읽지만, 오하라의 책은 아무도 읽지 않습니다.
어떤 면에서 그리고 어떤 때에 시어도어 드라이저는 그 누구보
다도 형편없는 작가로 손꼽힙니다. 예를 들어 『미국의 비극』An
American Tragedy은 "그는 그녀가 대단히 지적으로 재미있다는 걸
발견했다"와 같은 끔찍한 문장이 끝없이 나오는 책입니다. 그러
나 그 책을 다 읽을 무렵이면 독자의 앞가슴이 흠뻑 젖었을 것
입니다. 그는 글은 잘 쓰지 못했지만 훌륭한 작가입니다. 그러나
달리 말해 그가 실제로 하는 일, 그러니까 인물을 분석하고 세계
가 존재하는 방식에 대해 정직하게 진술한다는 면에서 그는 아
주 훌륭합니다. 물론, 어떤 작가들은 탁월함과 훌륭한 문장 때문
에 오래 살아남습니다. 스콧 피츠제럴드가 좋은 예지요. 그는 훌
륭한 문장가입니다. 그러나 문제의 핵심을 파고들지는 못했습
니다. 비평가들이 관심을 두는 지점이 바로 그 부분입니다. 비평
가가 순조로운 문장 진행에만 관심을 둔다면, 상징 구조가 얼마

나 교묘한지, 또는 기법이 얼마나 새로운지에만 관심을 갖는다면, 그 비평가는 평범한 책을 중요한 책이라고 과장할 겁니다. 제 의견은 다르지만, 분명 우리 시대 최고의 작가 중 한 명인 새뮤얼 베케트는 비평가들의 사랑을 받았습니다. 그러나 존 파울즈를 제외하면, 그가 하는 말이 모두 틀렸다고 지적하는 비평가는 제가 알기로 없습니다. 희비극에 탁월한 피츠제럴드는 강력하게 그 점을 지적하며 자신의 의견이 옳다고 생각하지만, 그가 하는 말은 신빙성이 없습니다. 매일 밤 베케트는 평생 곁을 지킨 아내가 있는 집으로 돌아갑니다. 아내와 침대에 누워 아내에게 팔을 두르고 말합니다. "오늘도 아무 의미가 없어…" 비평가들은 말의 내용이 아니라 말하는 방식이 중요하다고 할 수도 있고, 실제로도 그렇게 말합니다. 그러나 제 생각에 베케트는 결국 곤경에 처할 겁니다. 위대한 작가들은 정확히 진실을 말하기 때문입니다. 그리고 진실을 제대로 파악하지요.

———— 존 가드너

수많은 평론가가 「누가 버지니아 울프를 두려워하랴」Who's Afraid of Virginia Woolf?에 대해서 그 연극이 이성애자인 척하는 동성애자를 다루는 이야기라고 추측을 남발했던 건 사실입니다. 연극이 상연될 무렵 그 논평이 처음 등장했지요. 저는 그 연극에 푹 빠져 있었습니다. 연극과 관련해 저를 심란하게 한 요소는 두 가지였습니다. 첫째, 누구도 그 추측이 사실인지 굳이 '저'에게 묻지 않았습니다. 둘째, 비평가들과 칼럼니스트들은 연극 대본을 주장의 증거로 결코 쓰려 하지 않았습니다. 진실은 단순합니다. 「누가 버지니아 울프를 두려워하랴」는 두 이성애자 부부에 대한 이야기였습니다. 제가 동성애자에 대한 연극을 쓰고 싶었다면 그렇게 했을 겁니다. 여담이지만, 『뉴스위크』의 영화 평론가가 자신은 그 연극이 동성애자에 대한 이야기임을 잘 알고 있다고 말했을 때 저는 그에게 그런 추측을 지면에 싣기 전에 사전 정보를 잘 파악하는 게 좋을 거라는 내용으로 편지를 보냈습니다. 그는 답장을 보냈는데 요약하자면 두 가지 이야기였습니다. 첫째, 저자의 의도에 대해서 저자보다는 비평가가 훨씬 제대로 판단한다는 것은 모두가 아는 사실이다. 둘째, 그 연극을 네 명의 동성애자에 대한 내용이라고 봐야만 내가 연극을 참고 받아들일 수 있다. 다시 말해 그 연극이 이성애자의 삶을 타당하게 검토했다고 받아들일 수는 없다는 거였죠. 글쎄요, 유타 헤이건부터 엘리자베스 테일러에 이르기까지, 그 연극의 등장인물인 '마사'를 연기한 그 많은 여배우가 만일 자신이 남자를 연기했다는 걸 알게 되면 틀림없이 깜짝 놀랄 겁니다.

─────────────────────── 에드워드 올비

출간 전이라면, 그리고 신뢰하는 사람들이 내린 판단이라면, 그래요, 당연히 비평이 도움이 되지요. 그러나 출간된 뒤에 제가 읽고 싶거나 듣고 싶은 건 칭찬뿐입니다. 칭찬에 미치지 못하는 이야기는 따분할 뿐입니다. 만약 평론가들의 까다로운 트집과 생색에 도움을 받은 적이 있다고 솔직하게 말할 수 있는 작가를

한 명이라도 데려온다면 50달러를 드리죠. 전문 평론가들 중에 관심을 기울일 만한 사람이 없다는 말이 아닙니다. 그러나 좋은 평론가 중 정기적으로 평론하는 사람은 얼마 안 됩니다. 무엇보다 비평에 부딪혀봐야 강인해진다고 생각합니다. 저는 쭉 그랬고 지금도 욕을 먹을 만큼 먹고 있는데, 그중에는 지극히 개인적인 내용도 있었지만 더는 당황하지 않습니다. 터무니없이 인신공격적인 내용을 눈 하나 깜짝 않고 읽을 수 있어요. 이 문제에 제가 신신당부하고 싶은 이야기가 있습니다. 평론가에게 반박하며 자신의 품위를 떨어뜨리지 마세요, 절대로. 반박하고 싶은 내용을 머릿속으로 편집자에게 쓰되, 종이에는 쓰지 마세요.

_____ 트루먼 커포티

제 작품에 대한 비평을 많이 읽지 않습니다. 누군가 저에게 와서 "제임스, 『애틀랜틱』에 기막힌 평론이 실렸던데 꼭 읽어봐. 자네 책에 열광하던데"라고 말한다면, 그 평론을 읽겠습니다. 그가 "그거 참 끔찍한 평론이야. 자네를 적그리스도처럼 취급하던걸"이라고 말한다면, 그 평론을 읽지 않습니다. 얼굴도 모르는 사람에 대한 분노로 가득한 채 돌아다니고 싶지 않으니까요. 그러면 의욕이 싹 사라져버립니다. 쓸데없는 증오로 기운이 다 빠져버려요. 저는 다른 일을 해야 하니 의욕이 필요합니다. 제가 아는 작가 중에 적대적인 비평을 듣고 완전히 망가진 이들이 있는데, 제 생각에 그건 말도 안 되는 일입니다. 우리는 자신에게 그런 일이 일어나게 해서는 안 됩니다. 그렇게 되도록 내버려둔다면 그때는 '자기' 잘못입니다. 제가 갈 방향은 정해졌어요. 저는 앞으로 할 일을 알고 있습니다.

제임스 디키

도너휴라는 친구가 있었는데 그는 트리니티 대학의 제 연구실로 찾아와서 타자기에 꽂힌 종이를 힐끔거리곤 했습니다. 저는 그에게 묻곤 했지요. "어떻게 생각하나, 도너휴?" 그러면 그가 말했습니다. "엉터리야!" 그가 간식을 가지러 찾아올 때마다 며칠이고 이런 일이 반복되었지요. 그러다가(그는 고전주의자였습니다) 어느 날 밤 저는 플라톤의 말을 타자기로 입력하다가 일부러 거기에 그대로 두었는데 마침 그가 불쑥 들어왔습니다. 제가 말했습니다. "좋아, 저기 타자기에 글이 있네. 그것에 대한 자네 생각을 좀 들어보세." "저것도 엉터리야." "이봐, 이 글은 지독하리만치 열심히 쓴 거라네." 그는 말했죠. "상관없어. 절대 성공 못할 테니." 저는 그에게 다시 읽어보라고 했지만, 그는 여전히 엉터리라고 말했습니다. 그제서야 저는 그에게 그것이 플라톤의 말이라는 사실을 밝혔습니다. 그때부터 그는 더 이상 제 타자기를 쳐다보지 않았습니다. 그는 마침내 인정했습니다. "빌어먹을, 열심히도 썼네. 성공할지도 모르겠는데."

J. P. 돈리비

가끔 사람들이 저에 대한 이야기가 실린 기사를 보내주면, 얼마 후 저는 교수들이 곰곰이 생각해볼 수 있도록 그 기사들을 버지니

작가란 어떤 사람인가

아 대학으로 보냅니다. 이따금 평론을 읽지만 제 작품을 다룬 글은 대체로 피해왔는데, 그냥 그것 때문에 법석을 떨 시간이 없었기 때문입니다. 제 작품에 대한 비평이라는 것 때문에 잠을 설친 적은 없는 것 같습니다. 어떤 면에서는 아주 운이 좋았지요. 어떤 글이 어떤 곳에서 트집이 잡힌다면, 다른 곳에 있는 다른 사람은 그 글을 좋아할지도 모릅니다.『위대한 날들』The Great Days은 미국에서는 무시당했지만 영국과 독일에서는 꽤 잘나갔습니다. 국제 시장이 없었다면 아마 저는 밥벌이를 하지 못했을 겁니다.

존 더스패서스

[평론은] 작가에게 나쁜 영향을 미친다고 생각합니다. 좋은 평론도 작가에게 부끄러움을 느끼게 해요. 사실 제 생각에 건강을 유지하는 가장 좋은 방법은 일찍 일어나서 거울에 비친 자신의 못난 얼굴을 바라보며 면도를 하고, 그다음에는 스스로 지금 나무를 베고 있다고 생각하는 겁니다. 사실 작가가 하는 일이란 게 바로 그런 겁니다. 무슨 말인지 아시겠습니까?

로런스 더럴

평론에 영향을 받은 적이 전혀 없습니다. 평론을 읽지 않는다는 간단한 이유 때문이지요. 득성인이나 청중을 위해 글을 쓰지는 않습니다. 그저 최선을 다해 쓰고 그것으로 됐다고 생각합니다. 제가 비평가들에게 관심이 없는 이유는 그들은 지나간 일에 관심이 있는 반면 저는 일어날 일에 관심이 있기 때문입니다.

———————————————————— 올더스 헉슬리

서른일곱 살 때였어요. 아기와 교정쇄를 옆에 두고 책상에 앉아서 (지금 쓰고 있는 것과 같은 똑같은 책상인데 제가 여덟 살 때 오빠가 물려준 거랍니다) 오른손으로는 원고를 교정하고 왼손으로는 아기 그네를 밀었지요. 「타임」에서 처음 발간한 소설들을 특종기사로 다루던 시기였는데, 거기 실린 평론에서 제 나이를 한 살 많게 잘못 기재한 것을 보고는 기분이 상했습니다. 그렇게 나이가 많다는 게 싫었어요. 나이가 많다는 생각을 하면서 시작하는 게 싫었죠. 평생 제가 나이가 많다는 게 아쉬웠습니다.

———————————————————— 신시아 오지크

마음에 드는 기사는 꼼꼼히 읽습니다. 그런 기사에서 뭔가를 배운 적은 없지만 그 상상력과 창조력이 놀라워요. 저에게 있지도 않은 의도를 발견하더군요.

———————————————————— 프랑수아즈 사강

나쁜 논평은 굴욕감이나 모욕감을 주지만 별로 도움이 되지는 않습니다. 선망하는 어조로 쓴 글이건 못 먹는 감 찔러나 보자는 태도건 무시하는 느낌을 풍기는 글이건 마찬가지입니다. 첫 장편 『어둠 속에 눕다』Lie Down in Darkness가 나왔을 때, 고향 신문에서는 그 책을 비평할 지역 문인을 섭외했고, 아마도 수력학에 대한 글을 썼던 그 사람은 제가 퇴폐적인 작가라는 결론을 내렸습니다. 그는 "스타이런은 퇴폐적인 작가다. '해변에서 철썩거리는 파도' 같은 표현을 썼어야 하는 부분에 '해변을 빨아들이는 바다' 같은 타락한 문구를 쓰기 때문이다"라고 썼습니다. 아마도 그의 수력학적 배경 때문이겠지요. 유감스럽게도 대개 저는 평론가들을 대단하게 생각하지 않지만 그중 일부가 지금까지 저에게 호의적인 태도를 보였다는 사실은 인정합니다. 보세요, 작가가 귀 기울여야 하는 대상, 관심을 기울여야 하는 대상은 하나뿐입니다. 빌어먹을 비평가 중에는 없습니다. 그 대상은 바로 독자입니다. 그렇다고 타협하거나 변절하자는 말은 아닙니다. 작가는 독자 입장에서 자신의 작품을 비평해야 합니다. 매일 저는 그동안 쓴 단편이나 글을 하나 골라 꼼꼼히 읽습니다. 독자로서 그 글이 재미있으면 제가 제대로 가고 있다는 뜻이지요.

윌리엄 스타이런

『슬랩스틱』Slapstick은 아주 형편없는 책일지 모릅니다. 그런 평가를 얼마든지 받아들일 의향이 있습니다. 다들 책을 엉망으로 쓰는데, 저라고 그러지 말란 법이 있습니까? 평론의 특이한 점은 이제 사람들이 저라는 작가가 한 번도 좋은 책을 쓴 적이 없다고 인정하기 바란다는 점입니다. 실제로 일요판 『타임』의 평론가는 과거에 저를 칭찬했던 비평가늘에게 이제 자신들이 틀렸다는 사실을 대중 앞에서 인정하라고 요구했습니다. 갑자기, 비평가들은 저를 벌레처럼 짓뭉개려고 했습니다. 제가 갑자기 돈을 벌었기 때문은 아니었습니다. 그들은 내심 불만이었던 겁니다. 제가 야만적이고, 위대한 문학을 체계적으로 공부하지 않은 채 창작을 했으며, 푼돈이나 벌려고 저속한 잡지에 신나게 글을 써 댔으니 교양인이라고 할 수 없는 데다, 학문적인 대가를 치르지 않았다는 게 그들의 생각이었으니까요. 저는 돈 때문에 예술을 타락시켰으니 그것만으로도 이미 수치스러운 존재였습니다. 그런데다 앞서 말한 바와 같이 떼돈을 벌었으니 안 그래도 흉악한 죄가 더 무거워진 겁니다. 저에게도 그렇지만 모든 관계자에게도 나쁜 상황이죠. 제 책은 계속 나오고 있으니 다들 제 꼴을 계속 봐야 하고 제 책도 계속 봐야 하니까요.

———— 커트 보니것

중요한 것은 호의적인 비평가든 적대적인 비평가든, 결코 제 머릿속으로 들어와 다음 작품의 창작에 관여할 수는 없다는 점입니다.

———————————————— 손턴 와일더

언제나 평론을 무척 주의 깊게 읽습니다. 정말로 조언을 얻을 수 있어요. 지브스와 우스터 시리즈◨ 중 최근작인 『지브스와 묶인 끈』Jeeves and the Tie That Binds의 경우, 누구였는지 잊어버렸지만 어떤 비평가가 그 책이 위험할 정도로 자기 표절에 가깝다고 말했

◨ 유머소설의 대가인 우드하우스의 대표 연작물로 철없는 영국 귀족 우스터와 그의 유능한 개인 집사 지브스의 이야기를 담았다.

　　　작가란 어떤 사람인가

습니다. 무슨 뜻인지 압니다. 제가 지브스와 버티를 과장해서 표현했으니까요. 지브스는 늘 어떤 시나 구절 따위를 읊고 다닙니다. 다음 편에서는 그 점을 고칠 겁니다. 비평에는 분명 배울 점이 있습니다. 사실 저는 제 작품의 썩 훌륭한 비평가이기도 합니다. 계획만큼 좋은 글이 나오지 않으면 알 수 있습니다.

펠럼 그렌빌 우드하우스

대개 비평가보다는 작가에게 도움을 많이 받았습니다. 작가는 비평 실력은 부족하지만 텅 빈 종이에 대해서는 잘 아니까요.

막스 프리슈

공개적으로 망신을 당할 때마다 당연히 아주 고통스럽습니다. 거리에 있는 모든 사람이 저를 언급한 기사를 읽었고 그 내용을 믿고 있으며 '아, 그래, 제가 기사에서 본 그 불쌍한 사기꾼이 지나가는군' 하고 생각하는 것만 같기 때문입니다. 그러나 대개는 제 책 『열기』The Fever가 사람들의 대화에 오르내리지 않을 거라는 사실, 미국 전역으로 뻗어나가다 해외로 진출해 사람들에게 영향을 미치지는 못하리란 사실을 깨닫고는 엄청난 충격에 빠졌지요. 저는 다른 나라에 있는 그 멋진 사람들에게, 우리의 관점으로는 우리가 매우 친절하고 매우 사랑스러우며 매우 매력적이고 매우 섬세하겠지만, 약하고 힘없는 사람들의 관점으로는 아주 무자비하고 사악한 적이 될 수 있다는 사실을 설명하려 애쓰고 있었습니다. 제가 아는 것이야말로 제가 하고 싶은 말을 전달하기에 가장 적절한 이야기임을 알게 되었습니다. 부정적인 비평 때문에 그런 이야기가 사회 전체로 퍼지지 못하고 괴짜 연극 팬들의 귀에만 들릴 거라는 사실도 깨달았지요.

———————————————————— 윌리스 혼

세상에, 당연히 실수를 저지르기도 하지요. 가끔은 완전히 죽을 쑤기도 하는데 그러면 사람들은 "시기상조였어"라고 말합니다. 독자가 준비되지 않았다고 말입니다. 헛소리예요. 좋은 건 좋은 겁니다. 나쁜 건 나쁜 거고요.

———————————————————— 빌리 와일더

젊고 궁핍한데 세상에 자신의 존재를 알리고 싶다면, 2년이라는 시간은 기다리기에는 무척 깁니다. 정말 고통스러웠지요. 그러다가 『신비한 안마사』The Mystic Masseur가 마침내 출간되었습니다. 제가 일하던 신문사에서는 그 책을 무시했고, 어느 교수는 그 책이 식민지 섬에서 생산된 하찮은 입가심거리라고 표현했습니다. 입가심거리라니! 노고를 인정한다는 뜻은 아니었죠. 당시 평론가들이 진정한 책이라고 생각했던 책들을 보면 흥미로울 겁니다. 이제 와서 "알았어요. 당신이 쓴 책들은 40여 년이나 살아남았고 아직도 출간 중이지 않습니까"라고 말한들 아무 소용없습니다. 상처를 입었으니까요. 그렇게 무시받았으니 상처가 됐죠. 불평한 적은 없습니다. 그냥 계속 앞으로 나아가야 했습니다.

———————————————————— 비디아다르 수라지프라사드 나이폴

평론가는 늘 큰 그림과 그 그림을 구성하는 세부요소가 충돌한다는 잘못된 생각에 빠집니다. 사실 그렇지 않는데 말입니다. 그들은 그런 식으로 창작 과정에 혼란을 초래합니다. 이는 명백한 착오일 때도 있습니다. 그러나 대개는 평론가들이 책을 제대로 읽지 않고 작가가 실제로 말하고 있는 것을 깊이 생각하지 않았다는 징후입니다.

— 새뮤얼 R. 딜레이니

한 사람이 응접실에서 책을 읽은 다음 자기 생각을 신문에 썼다는 이유로 그 책이 칭송받거나 외면당하는 건 터무니없는 현상입니다. 어떤 면에서 이보다 더 우스운 일은 없습니다. 책이란 일 대일 관계이기도 하지만 수많은 사람과 맺는 관계이기도 하니까요. 그리고 그 사람들은 저마다 책을 통해 다양한 경험을 합니다. 제가 평론에 그다지 신경 쓰지 않는 이유 한 가지는 결국 책은 각자 나름의 방식으로 그리고 그 자체의 장점으로 살아남아야 하기 때문입니다.

— 지넷 윈터슨

비평의 주된 관심은 비평 자체인 것 같습니다. 비평은 작가들이 실제로 쓰는 글과는 그다지 관련이 없습니다. 저널리즘 비평에는 작가들이 소비재를 생산하고 있으니 자신들이 그것을 깨끗이 치워버리고 싶다는 식의 태도가 너무 자주 드러납니다. 죽은 작가들을 위해 준비해두곤 하는 경외감을 살아 있는 작가에게 표현해야 한다고 생각하지는 않습니다. 그러나 존경받는 작품을 쓸 만한 유명한 작가들이 장편소설 하나를 쓰는 데 10년이 걸린다 하더라도, 그리고 그것이 세상에서 가장 훌륭한 소설이 아니라 하더라도, 그 작품을 멸시하는 것은 온당한 반응이 아닙니다. 실패한 작품이라도 세대가 바뀌면 실패작이 아닐 수 있습니다. 작가의 인생 행로는 그런 식으로 진행되는 것일지도 모릅니다.

─────────────────────────── 메릴린 로빈슨

정말 좋은 평론은 어떤 이미지를 마술처럼 불러냅니다. 어떻게 보면 사진보다 흐릿하고 또 어떻게 보면 사진보다 훨씬 선명하지요. 50년 뒤에 그 평론을 읽는다면 아마 이렇게 생각하게 될 겁니다. '음, 내가 예전에 이 평론에서 그런 모습을 봤는지는 잘 모르겠지만 누군가는 그 모습을 보았구나. 이 평론은 정말 내 눈앞에 어떤 이미지를 마술처럼 불러내는걸.' 대담하고 열정적이고 개성적이며 결점은 있지만 매우 인간적인 평론, 끈기 있게 쓴 평론은 어떤 식으로든 오래 살아남을 겁니다. 그 평론은 하나의 진실이 될 것이고, 진실이 전혀 없는 것보다는 하나의 진실이라도 있는 편이 더 낫습니다.

─────────────────────────────── 존 사이먼

몇몇 평론가가 힐난조로 글을 쓴다는 것을 잘 알고 있고, 어느 정도는 공감합니다. 그런 비평가들은 제가 지나치게 작품을 많이 쓴다고 오해하는데, 제 최신작을 비평하려면 그전에 제가 출간한

대부분의 책을 읽어야 한다고 믿는 탓입니다(적어도 제 생각에는 그들이 약간 짜증스럽게 반응하는 이유가 이것 때문일 겁니다). 그러나 각각의 책은 그 자체로 하나의 세계이고 홀로 서야 하며, 어떤 책이 작가의 첫 책인지, 열 번째 책인지, 열다섯 번째 책인지를 중요하게 여겨서는 안 됩니다.

조이스 캐럴 오츠

간혹 부아가 치밀었지요. 제 책을 읽지도 않은 것 같은 평론가가 그게 자신이 생각하는 책이 아니라고 불평할 때면 특히나 짜증이 났습니다. 마치 제가 할 일은 창작이 아니라 전에 쓴 책을 복제하는 것이라는 듯이, 제 전작과 다르다고 불평하는 평론가들도 있었으니까요. 그러나 심하게 짜증이 나지는 않았어요. 저는 부정적인 평론은 외면하는 경향이 있습니다. 긍정적인 평론은 물론 책 판매에 도움이 되고 기분이 좋지만(심기를 건드리는 글보다는 낫지요), 어떤 책이든 처음 출간되면 그 당시에 각광받는 형태에 끼워 맞춰진다는 사실을 다년간의 경험으로 알게 되었습니다. 그 시점에서 인기를 누리는 형태가 무엇이건, 문학적인 면에서나 사회적인 면에서 책은 어쩔 수 없이 당대의 형태와 매체의 입맛에 맞게 끼워 맞춰집니다. 따라서 책이 제 나름의 방식으로 평가받기까지 적어도 5년이 걸립니다. 물론 그 책이 그동안 계속 출산되고 유포되고 읽힌다면 말입니다.

러셀 뱅크스

원고를
고쳐
쓰십니까?

Do You Revise?

처음에는 [고쳐쓰기를] 했습니다. 그러다가 사람이 특정한 나이에 이르면 자신의 진짜 목소리를 발견한다는 사실을 알게 되었지요. 요즘에는 쓴 글을 2주 정도 지나 검토하려고 하는데, 물론 실수가 잦고 피해야 할 반복도 많으며 자주 써서는 안 되는데 즐겨 쓰는 특정 기법도 보입니다. 그러나 요즘 제가 쓰는 글은 늘 일정한 수준에 이르며 그보다 훨씬 더 잘 쓸 수도 없고, 그보다 훨씬 못 쓸 수도 없다는 생각이 듭니다. 결국에는 그 글을 내보내고는 싹 잊어버리고, 현재 하고 있는 다른 작업을 생각하지요.

호르헤 루이스 보르헤스

고쳐쓰기를 정말 좋아합니다. 글이 형체를 대강 갖추고서도 저로부터 떨어져 나오면, 제 지적 능력을 사용할 수 있지요. 질문을 던질 수 있어요. '이게 사실인가? 내가 정말 말하려던 것인가? 너무 힘을 많이 줬나? 너무 초조하게 설명을 많이 했나? 균형이 맞나?' 그리고 그 멋진 은어로 질문을 던지지요. '글이 날아다니는가?' 저에게 그 질문은 제가 찾는 가벼움과 연관성, 그 모

든 섬세함, 그리고 쿼크의 종류 중 하나인 매혹이 있느냐는 뜻입
니다.■ 그러고 나면 그 질문으로 알아낸 모든 것, 초고에서는 도
움이 된다고 의식하지 못했던 모든 것이 저를 위해 작용합니다.
이건 정교한 기술이고, 멋지기도 하지요. 앉은 자리에서 몇 시간
동안이라도 할 수 있습니다.

———————————————— 메리 리 세틀

가끔은 글을 버렸다가 나중에 되살립니다. 아침이면 쓰레기통에서
둥글게 뭉친 꾸깃꾸깃한 노란색 종이를 찾아내서 대체 제가 뭘
그리 열심히 썼는지 보려고 펼칩니다. 또 가끔은 아주 사소한 부
분만 바꾸면 되는데, 전날에는 못 보고 지나갔던 부분이지요.

———————————————— 콘래드 에이킨

전에는 고쳐쓰기에 어마어마한 노력을 들였지만, 불필요한 작업을
피하고 싶은 마음이 간절해서 나중에 삭제하거나 어쩔 수 없이
큰 노력을 기울여야 할 부분은 쓰지 않으려고 훈련을 해왔습니
다. 사실, 바로 어젯밤에 한 친구가 제 초기 시 중 한 편인「책
이 책상에 있네」의 원고 사본을 갖고 있는데, 고쳐 쓴 부분이 아
주 많다고 말해주더군요. 제 기억에, 그 시를 쓰면서 어마어마
하게 고생했습니다. 일주일 정도 고심했는데도 진심으로 만족

■　물리학에서 원자핵을 이루는 기본 단위인 쿼크에는 여섯 가지가 있다. 각각 위up,
아래down, 매혹charm, 기묘한strange, 꼭대기top, 바닥bottom이다.

스럽지가 않았어요. 친구가 그 시에 대해 말했을 때, 저는 지난 30여 년 동안 제 작법이 얼마나 많이 바뀌었는지를 깨달았습니다. 그러나 지금도 일단 완성은 했으나 만족스럽지 않은 시들이 있는데, 대개 아주 사소한 부분만 교정합니다. 저는 원래의 발상이나 어조를 가능한 한 그대로 유지하며 편집으로 그것을 변조하지 않아야 한다는 견해를 좋아합니다. 제가 최근에 읽은 막스 자코브의 글이 있는데, 앙드레 살몽이 자코브의 저서 『타르튀프의 옹호』La Defense de Tartufe에 주석을 달며 인용한 내용입니다. 자코브는 파리 곳곳을 오래 산책하며 공책에 장편소설이나 단편소설을 쓰던 경험을 이야기합니다. 번역하면 이렇습니다. "이런 식으로 내가 발견한 아이디어들은 매우 신성해 보였고 나는 쉼표 하나도 바꾸지 않았다. 사색에서 곧장 나온 산문은 생각의 형태를 간직하고 있으니 건드려서는 안 된다고 생각한다."

———— 존 애슈베리

많이 고쳐 씁니다. 아주 고통스러워요. 아시겠지만 정확히 제가 바라는 모습은 아닐지라도, 더는 할 수 있는 일이 없을 때 글을 끝냅니다. 그러고 나면 대부분 깔끔하게 다듬기만 하면 됩니다. "설명하지 말고 보여주라." 그것이 제가 모든 젊은 작가에게 가르쳐주고자 하는 것입니다. 내용을 쳐내라! 자주색 석양을 설명하지 말고, 그것이 자주색임을 눈으로 보게 해달라.

우리는 우리가 아는 것이 별로 없다는 사실을 알게 됩니다. 세상에서 가장 어려운 것이 단순함이기 때문에 일이 훨씬 더 어려워집니다. 가장 두려운 것이기도 하지요. 자신의 모든 가면을 벗겨내야 하기 때문에 더욱 어려운 일이 됩니다. 그 가면 중 일부는 자신에게 있는 줄도 몰랐던 모습일 겁니다. 아주 깔끔하게 문장을 써야 합니다. 그것이 목표입니다.

─────────────────────────── 제임스 볼드윈

제가 쓴 이야기를 잠시 집 어딘가에 묵혀두었다가 다시 살펴보는 것보다 더 즐거운 일은 그다지 없습니다. 시도 마찬가지입니다. 글로 쓰자마자 서둘러 내보내지는 않으며, 때로는 이런저런 변화를 주고 이런저런 요소를 넣었다 뺐다 하면서 집 어딘가에 묵혀둡니다. 첫 원고를 쓰기까지 그렇게 오랜 시간이 걸리지 않으며 대개는 한자리에서 다 쓰기도 하지만, 이야기를 다양한 형태로 만들어보는 데는 시간이 좀 걸립니다. 그동안 저는 이야기 하나당 원고를 20~30편 정도 써왔습니다. 10편이나 12편 이하일 때는 없습니다. 위대한 작가들의 초기 원고를 보는 건 유익한 동시에 용기를 줍니다. 고쳐쓰기를 좋아했던 어느 작가의 이름을 떠올리자니, 톨스토이의 것이었던 교정쇄를 사진으로 본 기억이 납니다. 그러니까 톨스토이가 고쳐쓰기를 좋아했는지 아닌지는 알 수 없지만, 그는 정말 교정을 많이 했습니다. 교정쇄를 마감하는 순간까지도 반드시 철저하게 고쳤지요. 그는 『전쟁과 평화』War and Peace 원고를 완성한 뒤 여덟 번 고쳐 쓰고도 여전히 교정쇄에 손을 댔습니다. 이런 사실은 저처럼 초고를 형편없이

쓰는 모든 작가에게 용기를 줄 것입니다.

—————— 레이먼드 카버

자주 고쳐 씁니다. 어떤 장들은 예닐곱 번씩 고치지요. 때로는 처음 한 번으로 그치기도 합니다. 대개는 그렇지 않지요. 조지 무어는 소설 전체를 다시 썼습니다. 저는 대개 작품이 더 나아지지 않고 나빠질 때까지 계속 씁니다. 바로 그 시점이 글쓰기를 멈추고 출간해야 할 때이지요.

—————— 존 더스패서스

제가 쓴 작품 때문에 지독한 구역질에 시달립니다. 말 그대로 신체적인 구역질 말입니다. 어리석게 들리겠지만, 사실 저는 엄청난 속도로 글을 쓰고, 그리고 … 라디오 다이얼을 만지작거리며 무수한 송신 신호를 건너뛰는 것처럼 내적 저항을 거스릅니다. 타자기로 친 원고에 글이 담길 무렵, 그 원고를 보면 정말 신체적으로 구역질이 납니다. 교정쇄가 돌아오면 아스피린을 먹고 나서야 몸을 추스르고 원고를 제대로 읽을 수 있습니다. 가끔 교정이나 편집을 요청받을 때면 반드시 다른 사람에게 대신해달라고 부탁합니다. 이유는 모르겠습니다. 그저 그렇게 하려고 하면 구역질이 납니다. 아마도 언젠가 정말 제 마음에 드는 원고가 나오면, 아스피린을 먹지 않아도 되겠지요.

—————— 로런스 더럴

랜덤하우스 출판사의 제 담당 편집자인 조 폭스는 이렇게 말하곤 했지요. "스탠리, 적을수록 더 좋아요." 그는 내용을 잘라내고 싶어 했어요. 그에게는 '좋은' 부분을 알아보는 놀라운 눈이 있었지요. 그리고 그가 잘라내고 싶어 하는 부분이 바로 그 좋은 부분이었죠. 저는 넘치는 분량을 지켜내려고 그를 더 좋은 레스토랑으로 데려가 필사적으로 싸워야 했는데, 저는 적을수록 더 좋다는 말을 믿지 않기 때문입니다. 저는 '많을수록' 좋다고 믿습니다. 적은 건 적은 것이고, 뚱뚱한 건 뚱뚱한 것이며, 마른 건 마른 것이고, 충분한 건 충분한 것이라고 믿습니다. 스콧 피츠제럴드와 토머스 울프 사이에 오간 유명한 서신이 있는데, 그 서신에서 피츠제럴드는 울프가 쓴 어느 소설 때문에 그를 비난합니다. 피츠제럴드는 그에게 귀스타브 플로베르가 '정확한 단어'를 중요하게 생각했다고, 세상엔 두 종류의 작가가 있는데 내용을 덧붙이는 작가와 줄이는 작가라고 말했습니다. 피츠제럴드만큼 훌륭한 작가는 아니었을지 몰라도 편지는 분명 더 잘 썼던 울프는 "플로베르는 플로베르이고 나는 나이며, 플로베르가 여럿일 필요는 없다"고 답했지요. 윌리엄 셰익스피어는 내용을 덧붙이는 작가였고 허먼 멜빌도 마찬가지였습니다. 또 누가 내용을 덧붙이는 작가였는지는 기억나지 않지만, 저는 내용을 줄이는 작가보다는 차라리 덧붙이는 작가가 되고 싶습니다.

―――――― 스탠리 엘킨

좋은 작가에게 꼭 필요한 선물은 붙박이에다 충격 방지 처리가 된

헛소리 탐지기입니다. 그것은 작가의 레이더라고 할 수 있는데,
위대한 작가들은 모두 그것을 가지고 있었습니다.

_____ 어니스트 헤밍웨이

우리는 모두 우리가 꿈꾸는 완벽함에 부응할 수 없습니다. 그래서
저는 불가능한 일을 하려다 멋지게 실패한 경험을 바탕으로 작
가들을 평가합니다. 제 생각에는 만약 제가 제 모든 작품을 다시
쓸 수 있다면 분명 더 잘 쓸 수 있을 거라고 확신합니다. 이 확신
이 예술가에게는 가장 유익한 조건입니다. 이것 때문에 예술가
는 계속 일을 하며 다시 시도하는 겁니다. 예술가는 매번, 이번
에는 성공할 거라고, 훌륭히 해낼 거라고 믿습니다. 물론 그렇지
않겠지만, 그런 까닭에 이 확신이 유익하다는 겁니다. 예술가가
일단 성공해버린다면, 자신이 품은 이미지와 그 꿈에 부응할 작
품을 드디어 써내고야 만다면, 이제 그가 할 일이라고는 자신의
목을 베고 완벽함이라는 그 산봉우리의 저편으로 뛰어내려 자
살하는 것뿐일 테니까요.

_____ 윌리엄 포크너

저는 업적의 발전이나 퇴보보다는 업적 자체에 관심이 더 많습니
다. 또 작가보다는 작품에 더 관심이 많지요. 비평가들은 작가
가 글을 계속 써나가면서 얼마나 퇴보했는지 또는 발전했는지
를 아버지처럼 보여주고 싶어 하지만 제가 보기에는 적절하지
않습니다. 저는 저의 생산적인 측면에만 관심이 있습니다. 구스

타프 말러가 뭐라고 말했던가요? "내가 완성한 교향곡 아홉 편을 따라가며 내 발전을 추적하는 사람은 누구든 나를 충분히 이해할 것이다"라고 했지요. 저에게는 이상하게 보입니다. 그런 말을 하는 제 모습을 상상할 수가 없어요. 지나치게 격식을 차린 느낌이에요. 다른 작가들은 자신에게서 연구할 내용을 더 많이 찾아내더군요. 저는 자부심이 있지만 그런 특수한 측면에서 저 자신에게 관심을 두지는 않아요. 물론 제가 쓴 작품을 읽는 것을 좋아하고 자주 읽습니다. 좋지 않다고 생각되는 부분은 천천히 다시 검토해봅니다.

_____ E. M. 포스터

저는 사소한 부분을 만지작거리는 것보다는 그냥 앉은 자리에서 전부 다시 쓰는 편입니다. 『싱글맨』A Single Mans과 『강가의 만남』A Meeting by the River의 경우, 둘 다 전체 원고를 세 차례 썼습니다. 한 원고에 대해 메모를 한 뒤에 자리에 앉아 처음부터 다시 씁니다. 부분 부분 잘라내고 때우는 것보다 훨씬 나은 방법이더군요. 원고에 대해 완전히 다시 생각하게 됩니다.

_____ 크리스토퍼 이셔우드

언어를 축소해 원고를 줄여나갑니다. 웨스턴유니온을 통해 전보를 보낼 때처럼 단어 수를 세지요. 제 산문이 야간 발송 전보와 비슷해지면 어쩌나 걱정될 때가 많습니다. 모든 단어는 이유가 있어 그 자리에 있고, 그렇지 않다면 그 단어를 삭제합니다. 교정쇄가 나오면 (대개는 전체적으로) 고쳐 쓰는데, 교정을 마친 인쇄지가 나온 뒤에 하기도 합니다. 출판사에서는 불만을 표시하지만 저는 교정본이 새로 나올 때마다 제 책뿐 아니라 출판사의 책도 개선된다고 주장하지요. 그렇더라도 영어로 쓴 제 산문이 충분히 명료한지 확신할 수가 없습니다. 또 저는 마음대로, 흘러나오는 대로 영어를 쓸 때가 거의 없습니다. 늘 떨림을 느낍니다. 생각해보면 나침반도 마찬가지지요.

———— 저지 코진스키

오래전부터, 새로 쓴 시들을 책상 서랍에 넣어두고 사과처럼 익어가도록(어쩌면 반대일 수도 있지만) 가만히 놔두는 습관을 들였습니다. 다른 사람들도 똑같이 하겠지요. 일찍이 서글픈 경험을 통해 풋사과를 출판해서는 안 된다는 사실을 깨우쳤어요. "대체 누가 '이런 것'을 쓴 거야?" 대신 저는 몇 주 또는 몇 달 뒤에 그 원고를 꺼내 말합니다. 어디 보자, 어쩌면 … 그러고는 처음부터 다시 시작하지요. 또는 장작불에 통째로 던져 넣고 그 씨앗이, 아니 그게 뭐였든지 간에, 다시 싹을 틔워주기를 바랍니다. 과연 그럴 수 있을지는 의문입니다. 그때쯤 그 원고는 저에게 넌덜머리가 났을 테니까요.

———— 아치볼드 매클리시

첫 원고는 소설이나 이야기가 무엇을 다루게 될지 알아내기 위해 쓰는 것입니다. 그 사실을 아는 상태로 원고를 고치면 생각을 확장하고 개선하며 개혁할 수 있습니다. 일례로 D. H. 로런스는 『무지개』The Rainbow의 원고를 예닐곱 번 썼습니다. 책의 초고는 그야말로 불안정합니다. 이때는 원고가 더 나아질 때까지 그 불완전함을 용납할 수 있는 능력, 즉 근성이 필요하지요. 고쳐쓰기는 글을 쓸 때 누리는 진정한 기쁨 중 하나입니다. "오늘 관찰한 사람들과 사건을 내일 기억해보면 언제나 더 아름답고 진실하게 펼쳐진다." 헨리 소로의 말입니다.

——————————————————————— 버나드 맬러머드

고쳐쓰기를 할 때, 펜과 잉크로 수정하고 삭제하고 덧붙입니다. 나중에는 원고가 발자크의 글처럼 훌륭해 보이지요. 그런 다음에는 타자기로 다시 입력하고 그 과정에서 좀더 수정합니다. 제가 직접 모든 내용을 다시 입력하는 편이 좋은데, 원하는 곳을 모두 수정했다고 생각될 때조차 자판을 두드리는 기계적인 행동만으로도 생각이 예리해지기 때문입니다. 또 완성된 원고를 입력하는 동안에도 어느새 글을 고치게 되지요. 어떤 면에서 기계는 자극제가 되어줍니다. 협조적인 역할을 하죠.

——————————————————————— 헨리 밀러

제 글에서 '암호 같은 말', 그러니까 누군가의 말대로 "푸르지 않은 게 아닌 잔디밭the not ungreen grass" 같은 표현은 용납되지 않습니다. 한번은 어머니에게 "어떻게 제가 이런 걸 출판하게 놔뒀어요?"라고 말했지요. 어머니는 "내 조언을 구하지 않았잖니"라고

대답하시더군요.

── 메리앤 무어

형용사, 부사, 그리고 그저 어떤 효과를 내려고 그 자리에 있는 모든 단어를 고칩니다. 그저 문장을 위해 그 자리에 있는 모든 문장을 고치지요. 자, 아름다운 문장이 하나 있습니다. 삭제합니다. 제가 쓴 소설에서 그런 부분을 발견할 때마다 삭제할 겁니다. 글을 쓰는 동안 이름을 바꿔버린 경우도 있습니다. 1장에서는 헬렌이었던 여자가 2장에서는 샬럿이 되기도 하니까요. 그러니 글을 고쳐 쓰면서 이런 부분을 바로잡습니다. 그런 다음 삭제하고, 삭제하고, 삭제합니다.

── 조르주 심농

가끔은 즉석에서 시 한 편을 써냅니다. 대개는 많은 부분을 고치지요. 100번 이상 고쳐 씁니다. 버지니아 울프가 그녀의 일기 어딘가에서 유익한 말을 했는데, 지나치게 많은 부분을 고쳐 쓴다면 상상력이 부족하다는 징후라는 것입니다. "내 탓이로소이다." 그러나 시를 한쪽으로 치워두면, 다시 살펴볼 때 시가 스스로를 고쳐 쓰게 되는데, 우리가 간직하고 있던 원래의 의도가 표현의 부족함을 비난하기 때문입니다.

── 스티븐 스펜더

단어를 고치거나 바꾸지만 장면을 고쳐 쓰거나 심각하게 바꾸지는 않습니다. 누군가 등 뒤에서 들여다보는 느낌이 들기 때문입니다. 어쨌거나 할 수 있는 것을 모두 했다고, 그 당시에는 최선을 다했다고 드디어 확신이 생긴 그 순간을 반드시 믿어야 합니다. 마침내 인쇄가 되면, 출산이 끝난 겁니다. 다시 볼 필요는 없습니다. 책의 결점에 대해 걱정하기에는 너무 늦었습니다. 이 책이 저에게 가르쳐준 것이 있다면 무엇이든 다음 책을 쓸 때 적용해야지요.

— 유도라 웰티

무척 많은 부분을 고칩니다. 제대로 되었을 때는 종이 울리기 시작하고 불빛이 번쩍이기 때문에 알 수 있습니다. 작가가 '반드시 갖춰야 할 소양'이 무엇인지 확실히 모릅니다. 사람마다 매우 다른 것 같습니다. 어떤 작가들은 초감각적 직관을 갖추고 있습니다. 존 오하라처럼 귀가 좋은 작가들도 있습니다. 어떤 작가들은 유머 감각을 갖추고 있습니다. 스스로 그렇게 여기는 사람이 많을지언정 실제로는 그다지 많지는 않지만요. 어떤 작가들은 에드먼드 윌슨처럼 막대한 지적 능력을 갖추고 있습니다. 어떤 작가들은 비상합니다. 자신이 가진 것을 꽤 정확하게 평가하는 능력은 유익한 소양이라고 생각합니다. 제가 아는 작가들 중에 그런 소양을 갖춘 훌륭한 작가들이 있고, 그런 소양이 없는 훌륭한 작가들도 있습니다. 제가 아는 작가들 중 어떤 이들은 자신의 펜에서 나온 것이라면 어떤 것이든 천재적인 작품이며 거의 흠잡을 데가 없다고 굳게 믿습니다.

— 엘윈 브룩스 화이트

내용을 삭제하는 건 정말 힘든 일입니다. 저는 900쪽을 160쪽으로 줄입니다. 즐겁게 삭제하기도 합니다. 삭제할 부분을 삭제하지 않을 때가 있긴 하지만 자기 학대에 가까운 기쁨을 느끼며 그 작업을 합니다. 글은 덧칠할 수 있는 그림과는 다릅니다. 독자가 바라볼 캔버스에 그리기만 하면 되는 것이 아닙니다. 그보다는 조각과 같아서 작품을 드러내려면 덩어리를 제거하고 덜어내야 합니다. 작가가 제거한 그 내용들도 어떻게든 남습니다. 처음부터 200쪽이었던 책과 원래 800쪽이었는데 결국 200쪽이 된 책은 다릅니다. 600쪽이 그 속에 있으니까요. 눈에 보이지 않을 뿐입니다.

― 엘리 위젤

위대한 소네트 시인 중 누군가가 말했습니다. "14행 중 한 행이 천장에서 내려옵니다. 다른 행들은 그 행에 맞춰 배치해야 합니다." 자, 마찬가지로 모든 소설에는 처음 썼을 때 그 자체로 거의 마지막이 되는 구절이 있습니다. 그러나 즉흥적으로 나온 그 구절들을 이어주는 접합부와 접착부야말로 많이 고쳐야 할 부분입니다.

― 손턴 와일더

매일 밤 제가 역사상 가장 놀라운 구절을 썼다고 생각하며 잠자리에 들지만, 어찌 된 일인지 이튿날이 되면 순전히 허튼소리였음을 깨닫게 됩니다. 때로는 여섯 달이 지나서야 그게 잘못되었다는 사실을 깨닫기도 하지요. 끝없이 닥쳐오는 위험입니다. 켄 키지의 말에 동감하는데, 그는 지진계 역할을 하는 데 진절머리가 나서 글쓰기를 그만두었다고 말한 적이 있습니다. 지진계란 먼 거리에서 발생한 지진의 진동을 측정하는 기계입니다. 그는 피뢰침이 되고 싶다고 말했습니다. 피뢰침에는 모든 일이 한 번에 재빨리 그리고 단호하게 일어나지요. 저는 잘 모르지만 어쩌면 화가들에게도 적용되는 말일 것입니다. 화가에게도 끔찍한 자각이 찾아오는 순간이 있을 테니까요.

———————————— 톰 울프

글을 고쳐 쓰는 건 가슴 아픈 일입니다. 그냥 싫습니다. 워커 퍼시는 정반대였습니다. 그는 이야기가 결국 어떻게 될지 안다면 책을 쓰는 데 관심을 갖지 않을 거라고 말했지요. 물론 일종의 농담이었지만, 진심이 어느 정도 섞여 있습니다. 모두에게 책은 탐색이며, 제 바람이지만 새로운 발견이기 때문입니다.

———————————— 셸비 푸트

메이너드 맥은 그의 권위 있는 자서전에서, 알렉산더 포프가 대다수의 글 쓰는 시인들처럼 "독자나 비평가가 보기에 가장 즉흥적이고 우아하며 자연스러운 시구들은 대개 욕설과 땀을 필수적으로 동반한 가운데 밤 깊도록 힘겹게 고쳐 쓴 것"이라는 사실을 잘 알고 있었다고 말해줍니다. 포프는 고쳐 쓰는 과정을 "그동안 했던 모든 일을 평가하는 가장 위대한 증거"라고 부른 적이 있습니다. 습관을 들이면 고쳐쓰기 자체가 창의적인 행위가 됩니다. "작가는 냉정함과 판단력을 익히고 자신의 안목을 어느 정도 믿게 된다." 저는 온 마음으로 그 말을 믿습니다.

————— 캐럴린 카이저

극작가는 이야기를 들려줄 종이가 99장밖에 없는 작가입니다. 게다가 대략 두 시간 안에 이야기를 모두 들려주어야 합니다. 이야기가 너무 길어지면, 창작 의도를 손상하지 않으면서 내용을 줄이는 방법을 익혀야 합니다. 사람들은 그저 등장인물에게 말할 대사만 주는 것을 극작이라고 생각하지요. 아닙니다. 극장은 군중속에서 온갖 교훈을 얻는 장소입니다. 500명의 사람이 어느 소설의 초고를 동시에 읽고 그 순간의 느낌에 따라 고치는 모습을 소설가가 지켜본다면 어떨지 상상해보세요.

————— 존 궤어

고쳐 쓸 때야말로 진정한 작업이 시작되지요. 초고가 주는 즐거움은 그 글이 어엿한 작품과 꽤 비슷하다고 작가를 속이는 데 있습니다. 그 후에 나오는 원고들이 주는 즐거움은 부분적으로는 초고에 속지 않았다는 사실을 깨닫는 데서 비롯되지요. 또 꽤 중요한 것들을 고칠 수 있고, 뒤늦게라도 고칠 수 있으며, 늘 개선될수 있다는 사실을 깨닫는 데서 즐거움이 생기기도 합니다. 이건출간 후에도 마찬기지입니다. 저는 일정량의 신체 노동에 대한믿음이 있어요. 소설 쓰기는 제아무리 거리가 멀어 보이더라도, 전통적인 노동의 한 형태로 여겨져야 합니다.

————— 줄리언 반스

제 작품의 85퍼센트에서 95퍼센트는 고치고 다시 쓴 것입니다. 아마 처음에는 난독증과의 싸움에 대처하는 전략으로 시작되었을 것입니다. 이제는 습관이 되었지만, 그 습관을 익혀둬서 다행이었습니다.

———————————————— 새뮤얼 R. 딜레이니

고쳐쓰기가 굉장히 과소평가된다고 생각합니다. 더 고상한 창의력을 발휘하거나 표현할 기회로 여겨지는 경우는 거의 없어요. 윌리엄 버틀러 예이츠의 말인 것 같은데, 문학 작품을 고쳐 쓰는 것은 삶에서 인간이 진정으로 자기 자신을 증명할 수 있는 유일한 때입니다.

———————————————————— 윌리엄 깁슨

컴퓨터로 문서를 작성할 때도, 처음부터 몇 걸음 물러서는 게 유익하다는 사실을 늘 믿었습니다. 종이 인쇄도 필요합니다. 모니터만 바라보며 일한다면 어느 정도밖에 얻지 못합니다. 종이의 해상도가 훨씬 높기 때문이에요. 실제로 우리의 눈은 종이 위에 있는 내용을 더 효율적으로 인식합니다. 며칠 동안 모니터에 뭔가를 끼적거리며 뭔가를 이루고 있다고 생각할 수는 있겠지만, 제대로 되지는 않을 것입니다. 그러다가 종이에 출력해서 침대로 가져가면, 무엇이 잘못되었는지 즉시 분명해집니다. 그러면 저는 삭제하고, 삭제하고, 삭제합니다.

——————————————————— 니컬슨 베이커

글을 썼는데 마음에 들지 않으면 우선은 던져버립니다. 그리고 다시 쓰려고 애쓰거나 똑같은 부분이 있는 다른 글을 씁니다. 그러나 이미 쓴 글로 돌아가 다시 쓰려고 하는 경우로 말하자면, 정말이지 그렇게는 하지 않습니다. 저에게 필요한 문장이 무엇인지 알고서, 괜찮다고 여겨질 때까지 머릿속으로 문장을 쭉 뽑아봅니다. 제가 하는 고쳐쓰기의 대부분은 종이에 단어를 쓰기 전에 일어납니다.

— 메릴린 로빈슨

『로 라이프』Low Life의 10주년 기념판 출간을 준비하고 있을 때, 기술적인 측면에서 저에게 정말 중요한 일이 일어났습니다. 조너선 갈라시가 저에게 후기를 새로 써달라고 했어요. 저는 볼품없는 엉터리 후기를 썼고 그 글이 책의 마지막을 장식했습니다. 바버라 엡스타인은 그 글이 마음에 든다고 말했지만『더 뉴욕 리뷰』에 실리려면 3분의 2 정도를 줄여야 했습니다. 그것은 결국 제가 쓴 굉장히 좋은 글 중 하나로 꼽혔는데, 순전히 분량을 줄인 덕분입니다. 저에게는 불을 발견한 것과도 같았습니다. 그래서 이제는 책을 쓰든 그저 DVD에 들어갈 해설을 쓰든, 손을 봐야 한다는 측면에서는 똑같이 축소 대상이 됩니다.

— 뤼크 상트

대부분 문장이 종이 위에 나타나기 전에 머릿속으로 고칩니다. 정해진 방식은 없습니다. 공식도 없습니다. 한 번에 한 문장씩 써나간다면, 그리고 지금 막 쓴 문장에 주목하며 '다음' 문장을 쓰기 위한 단서로 여기며 그 문장을 바라본다면, 이야기가 될지도 모를 문장을 따라 조금씩 나아갈 수 있습니다.

——————————— 에이미 헴펠

고쳐쓰기는 남자와 소년을 구별하는 특징입니다. 언젠가는 고쳐 쓰는 법을 익혀야 하지요.

——————————— 월리스 스테그너

내용을 전혀 출력하지 않고 그저 모니터에 나타난 단어들을 끝없이 손보며 허공에 소설을 조각합니다. 가능한 한 마지막 순간까지 그 책을 변화무쌍한 액체 상태로 유지하기를 좋아합니다. 문서상 흔적을 전혀 남기지 않는데, 작업한 글을 백업할 때는 매일 같은 디스크에 덮어써서 수정한 흔적을 없애버립니다. 그런 의미에서 지금 생각하니 저는 작가보다는 화가가 될 훈련을 한 셈입니다. 초기 스케치는 유화물감과 광택제로 켜켜이 마무리된 그림 밑에 묻혀 있지요.

——————————— 조너선 레섬

2부

작가는 어떻게 쓰는가
TECHNICAL MATTERS

늘
도입부부터
쓰십니까?

Do You Always Begin at the Beginning?

연애와 비슷합니다. 첫 부분이 가장 멋지지요.

———————————————— 메이비스 갤런트

이야기의 결말을 모른다면 글을 시작하지 않을 거예요. 늘 마지막
　　문장들, 마지막 문단, 마지막 쪽을 먼저 쓰고, 그런 다음 처음으
　　로 돌아가서 그 결말을 향해 나아갑니다. 제가 어디로 가고 있는
　　지 압니다. 목표가 무엇인지 알아요. 또 거기 도달하는 게 신의
　　은혜라는 사실도 알지요.

———————————————— 캐서린 앤 포터

작가가 각본을 쓰기로 처음 결심하기 전부터, 등장인물들의 삶은
　　지속되고 있었습니다. 그리고 작가가 인물들을 모두 죽이지 않
　　는 한 그들의 삶은 작가가 연극의 마지막 커튼을 내린 뒤에도 계
　　속될 것입니다. 연극은 작가가 줄거리에 넣어야 한다고 생각하
　　는 모든 재료를 넣은 막간극이라고 할 수 있습니다. 어디에서 끝
　　맺을 것인가? 등장인물들은 어디에서 잠시 숨을 돌리고 싶어 하

는가? 어디에서 멈추고 싶어 하는가? 제가 생각하기에는 악곡의 구조와 비슷합니다.

─────────────────────────── 에드워드 올비

도입부를 씁니다. 자리에 앉아서 생각합니다. '이 작품은 어디에서부터 시작하면 좋을까? 어떻게 해야 말이 될까?' 겉만 번지르르해서는 안 됩니다. 제가 한 약속을 지켜야 해요. 그 약속이 손전등처럼 작품을 처음부터 끝까지 비추어야 합니다. 이렇게 저는 첫 부분을 씁니다. 그런 다음 메모를 다시 보고 전체 구조를 궁리하기 시작해요. 도입부가 있으면 세 배는 더 쉽습니다.

─────────────────────────── 존 맥피

저는 결말 직전에 플롯에서 중요한 결정을 내린 다음, 여운을 남기는 종결부를 쓰는 경향이 있습니다. 그게 소설을 삶으로 돌려 보내는 방법이라고 생각합니다. 그 소설의 형태와 범위를 초월하는 이야기가 분명히 있다고 알려주는 방법이지요. 오랜 친구인 소설가 로런스 노픽은 이렇게 말하곤 했습니다. "묘사는 놀랍게도 잘하면서 플롯은 왜 이렇게 형편없나?" 저는 분위기를 조성하는 것, 관계와 감정을 분석하는 것을 좋아하지만 플롯에 대해서는 약간 당혹감을 느낍니다.

─────────────────────────── 앨런 홀링허스트

눈에 띄지 않고 묻혀 있던 익살이 제임스 스카일러와 제가 함께 쓴

소설 마지막 문장에서 모습을 드러냅니다. 그 문장은 다음과 같습니다. "따라서 아파트 주민들은 사촌들에게 잘 자라는 인사를 한 뒤에 주차장으로 향했고, 그동안 사촌들은 일부만 개축한 쇼핑몰을 향해 상쾌한 푄foehn을 가르며 걸음을 옮겼다." '푄'은 바이에른 지방에서 부는, 안개를 동반한 훈풍입니다. 저는 그 단어를 아는 사람이 많지 않을 거라고 생각했습니다. 사람들이 귀찮더라도 그 단어가 무슨 뜻인지 찾아보려 사전을 펼쳐야 한다고 생각하니 즐거웠지요. 책 하나를 골랐는데 다른 책을 펴게 되는 겁니다.

———— 존 애슈베리

소설 하나를 끝마쳤다면, 그것은 "기차가 멈추니 여기에서 내리셔야 합니다"라는 뜻입니다. 우리는 원하는 책을 결코 얻지 못하며, 지금 얻은 그 책으로 만족해야 합니다. 늘 느끼지만 책이 끝나면 제가 보지 못한 것이 나타나는데, 그 새로운 사실을 알아차릴 무렵이면 대개 너무 늦어 어떤 조치도 취할 수가 없습니다.

———— 제임스 볼드윈

결말이 늘 골칫덩어리입니다. 등장인물들은 주체할 수 없는 상태가 되고, 따라서 다음에 일어날 일에 맞장구쳐주지 않습니다.

———— E. M. 포스터

소설을 시작할 때 늘 첫 쪽과 마지막 쪽부터 쓰는데, 이 두 쪽은 여러 초고와 많은 변화를 거치는 동안 거의 손상되지 않고 살아남는 것 같습니다.

—— 저지 코진스키

순전히 본능에 따릅니다. 흐름이 딱 알맞다고 느껴질 때, 줄거리가 마무리를 요청할 때 막을 내립니다. 저는 마지막 대사를, 그 대사를 제대로 쓰는 것을 무척 좋아합니다.

—— 해럴드 핀터

일단 책이 완성되면 정말로 그 책에 신경 쓰지 않습니다. 책에 뒤따르는 돈이나 명성은 책에 대한 제 감정에 전혀 영향을 미치지 않습니다. 마지막 단어를 쓰고 나면 저에게 그 책은 정말로 죽음을 맞이한 것입니다. 저는 잠시 애도하다가 살아 있는 새 책을 향해 나아갑니다. 서가에 줄지어 선 책들은 저에게 방부처리가 잘된 시체와도 같습니다. 그 책들은 살아 있지도 않고 제 것도 아닙니다. 그 책들을 잊었기 때문에, 진심으로 잊었기 때문에 전혀 슬프지 않습니다.

—— 존 스타인벡

마지막 대사는 대개 앞선 두세 막이 주는 압박감에서 비롯됩니다. 그리고 저에게는 어쨌거나 딱 알맞은 대사처럼 보이면서 그 대사가 독특하면서도 당연하게 연극의 DNA를 구성하고 있다는 느낌이 듭니다. 기억을 더듬어 제가 좋아하는 마지막 대사 중 일부를 인용해보면 "그 개자식이 내 시계를 훔쳤어"(찰스 맥아더의 「특종기사」The Front Page), 그리고 "그대들은 저쪽, 우리는 이쪽입니다"(윌리엄 셰익스피어의 「사랑의 헛수고」Love's Labour's Lost)가 있습니다.

—— 톰 스토파드

제목은 정말 중요합니다. 저는 제목을 달 소설이 떠오르기도 전에 제목을 준비해둡니다. 마찬가지로 첫 챕터가 눈앞에 나타나기도 전에 머릿속에는 이미 마지막 챕터가 있습니다. 대개는 앞서 일어났을 일의 여파를 짐작하면서, 사태를 수습하는 느낌으로, 에필로그를 쓰는 기분으로, 결말부터 쓰기 시작합니다. 저는 플롯을 참 좋아합니다. 그런데 결말을 먼저 알지 못한다면 어떻게 소설의 플롯을 짤 수 있을까요? 한 인물이 어떤 '최후'를 맞을지 모른다면 그 인물을 소개할 방법을 어떻게 알 수 있을까요? 소설을 거꾸로 쓴다고 말해도 좋습니다. 어느 지점에서 시작할지 결정하기 전에, 저는 소설의 마지막에서 밝혀질 내용을 미리 알아야만 합니다.

—— 존 어빙

지금까지 읽은 건 그냥 책에 불과하다는 독자의 착각, 그 착각이 깨지도록 결말을 설계합니다. 『전환』The Conversions에서는 책의 결말에 가까워질 무렵 회지기 세 수수께끼 중 마지막 것을 이해하지 못하는 장면이 나옵니다. 탐색 전체가 실패로 돌아갑니다. 다음에는 무슨 일이 벌어질까요? 독자가 종이를 넘기면 독일어로 쓴 아홉 쪽짜리 이야기가 독자를 맞이합니다. 이 부분 때문에 사람들은 몹시 화를 냈지요. 『틀루스』Tlooth의 결말에는 갑자기 나타난 불꽃을 묘사하는 장면이 있습니다. 분명 어떤 결론도 내리지 않았지만 이것이 이 책의 결론입니다. "색색의 불꽃이 검은 밤하늘을 배경으로 짙고 선명한 미로를 그린다." 이렇게 해서 독자가 스스로 머리를 짜내게 하지 않는다면… 그동안 벌어진 모든 사건을 매듭짓는 결론을 내는 게 당연하다고, 그래서 독자가 사건에 대한 생각을 멈추게 해줘야 한다고들 생각할 겁니다. 저는 되도록 결론을 내리지 않습니다. 단지 독자들을 화나게 하려고 그러는 것이 아니라 그 책을 있는 그대로 받아들여야 한다는 사실을 독자에게 깨우쳐주기 위해서입니다. 책은 그 나름대로 하나의 존재이고 존재는 자신이 살아가는 과정에 반드시 관심을 갖지요. 결국 삶이 그런 식으로 진행되지 않습니까? 진짜 마지막에 이를 때까지는 결론도 없고 출구도 없습니다.

─────────────── 해리 매슈스

반드시 도입부를 완전히 마무리해둬야 합니다. 처음 몇 쪽은 확실히 자리 잡혀야 해요. 도약판을 디디고 뛰어오를 때처럼, 그 이상 고쳐 쓰지는 않습니다. 열심히 쓰고, 그러고 나면 끝입니다.

─────────────── 나탈리 사로트

작가가 이야기가 어디에서 시작되는지 말한다면, 거짓말일 겁니다. 그것을 알 리 없기 때문입니다. 작가는 "나는 인간 조건을 다루는 장엄한 대하소설을 쓸 거야"라고 말하면서 작품을 시작하지 않습니다. 이야기가 발전하며 그런 형태를 갖추게 될 뿐입니다.

존 그레고리 던

오락물의 공식에 따라 움직입니다. 이야기가 시작되면 해결책이 필요합니다. 저는 결말까지 어떻게 진행될지 모르다가 마지막에 이르러서야 해결책을 찾아내는 방식을 좋아합니다. 그런 식으로 작업을 많이 했어요. 어떻게 끝날지는 몰랐지만, 만화에 푹 빠져 있었기에 늘 직관적으로 해결했지요.

로버트 크럼

『과부의 아이들』Widow's Children 을 쓸 때 얼마나 오래 걸릴지 알고 있었습니다. 늘 이상한 방식으로 그걸 알게 돼요. 아마도, 음, 이건 제가 믿는 일종의 미신인데, 소설에 대한 착상이 떠오르면 결말이 어떻게 될지도 알게 되기 때문인 것 같습니다.

폴라 폭스

아무 계획 없이 글을 쓰기 시작합니다. 이야기가 나오기를 기다릴 뿐이죠. 어떤 종류의 이야기가 될지, 어떤 일이 일어날지 정해두지 않습니다. 그저 기다립니다.

무라카미 하루키

소설은 '언제' 끝나야 할까요? 저는 분명 거창한 소설을 좋아합니다. 지금까지 제가 써온 소설을 보면 알 수 있습니다. 등장인물들이 호흡할 공기를 불어넣을 때까지는 시간이 좀 걸립니다. 저는 긴 대화도 좋아하는데, 많은 경우 인물들이 서로를 어떻게 이해하느냐에 따라 플롯이 미묘하게 달라지기 때문입니다. 미친 듯이 글을 쓰던 시기에는 소설들을 두 가지 판형으로, 그러니까 보통판과 특대판으로 동시에 출간하겠다는 환상을 품었지요. 그러나 지금은 모든 것을 더 짧게 유지하려 애쓰고 있습니다. 장면도 더 짧게, 플롯도 더 짧게, 전반적으로 간결하게. 그러나 간결한 소설은 제 가장 깊은 본능을 거스릅니다. 표도르 도스토옙스키는 죽을 때까지도 『카라마조프가의 형제들』Bratya Karamazovy을 한 권 더 쓰려고 했습니다. 그가 그러지 못했다는 사실 때문에 저는 가슴에 칼이 꽂힌 것만 같습니다.

———————————————————————————— 노먼 러시

저에게 시는 다른 사람들과의 만남처럼 시작됩니다. 시의 도입부에서 저는 친해지고 싶은 마음, 더 나아가 환대하고 싶다는 마음도 밝히고 싶습니다. 제목과 처음 몇 행은 제가 독자에게 어서 들어오라는 뜻으로 깔아둔 일종의 현관 매트입니다.

———————————————————————————— 빌리 콜린스

마지막에 이야기를 요약하는 걸 싫어합니다. 이야기에는 사실 결론이 없다는 걸 알기 때문이지요. 그저 멈추기에 알맞은 순간만 있

을 뿐입니다. 한동안 저는 타자기 자판이 움직임을 멈추었다는 것을 알고 그 정도면 충분하다고 결론짓곤 했습니다. 대개 이야기를 쓸 때, 지적으로 더 뛰어난 결말을 궁리해낼 수도 있었지만 그 유혹을 뿌리치려 애씁니다. 보통은 더 심미적이고 만족스러운 조치를 취할 틈이 생기기 전에 이야기를 마무리합니다. 그러나 마지막 문장만 빼고 나머지가 다 있더라도 이야기 전체를 내던집니다. 자주 있는 일이죠.

———— 앤 비티

제가 그 시점을 알게 되는 이유는 그때가 되면 더 할 말이 없어지기 때문입니다. 모든 책은 얼마든 이어질 수 있습니다.『돈키호테』 Don Quixote는 돈키호테가 죽기 때문에 끝납니다. 그가 더 많은 모험을 하지 못하게 할 방법은 그것뿐이었습니다. 알다시피 호르헤 루이스 보르헤스는 최종 원고라는 개념의 존재를 믿지 않는다고 했습니다. 그는 최종 원고라는 것은 오직 작가의 탈진 때문에 생긴다고 생각했지요.『내일 그대 얼굴』Your Face Tomorrow도 아마 제가 탈진하면 그때가 그 연작을 끝낼 시점이겠지요. '이만하면 됐다. 이 인물들과의 만남은 이 정도로 충분하다'라고 생각할 때가 올 것입니다. 그들을 살아 있는 사람으로 생각한다는 뜻은 아닙니다. 문학의 등장인물들과 함께 어떤 분위기에 깊이 잠기다 보면, 종종 그 인물들에게 굉장한 생동감을 느끼게 됩니다. 그래도 어느 순간 현실로 돌아올 준비가 끝납니다.

———— 하비에르 마리아스

어떤 사람들은 제 몇몇 소설에 결말이 없다는 이야기를 했습니다. 저는 결말이 있다고 늘 생각합니다. 소리 없는 결말일지 몰라도, 결말은 있습니다. 아시겠지만 가끔은 아침에 일어났을 때 좋은 아이디어가 떠오르는데, 아주 강렬한 아이디어라서 곧장 글쓰기에 돌입하지만 결말이 어찌 될지는 알지 못합니다. 그 결과 (활기와 영감에 가득 차 너무 빠르게 쓴 탓에) 당연히 특정한 결말도, 절정도 없는 밋밋한 이야기로 끝나고 맙니다.

이런 까닭에 저는 글을 쓰기 전에 절정의 순간을 구상해둘 수 있도록 이야기와 함께 살아가기를 좋아합니다. 제 강의를 듣는 학생들 앞에서는 워싱턴에서 볼티모어까지 가는 자동차를 예시로 듭니다. 언제나 목적지는 볼티모어지만, 때로는 알지 못했던 마을의 이정표를 우연히 마주쳐 길을 돌아가게 될지도 모릅니다. 바로 그것이 소설을 쓰는 동안 일어나는 일입니다. 제가 정말 구상하지 않았던 인물들이 불쑥 나타나고 사건이 불쑥 나타나지만, 중요한 것은 언제나 볼티모어로 가는 길로 돌아오리란 사실입니다. 그것이 작가가 독자와 했던 약속이니까요. 작가가 전에 알지 못했던 그 작은 마을에 집을 짓는다면, 그건 계약을 벗어나는 행위입니다.

_____ 에드워드 P. 존스

결말을 싫어합니다. 그냥 싫습니다. 확실히 도입부가 가장 재미있고, 중간 부분은 착잡하며, 결말은 재앙입니다. 해결해야 한다는, 잘 끝맺어야 한다는 유혹은 끔찍한 덫처럼 보입니다. 그저

그 순간에 좀더 충실하면 안 되나요? 가장 진정성 있는 결말이
란 또 다른 시작을 향해 이미 전개되기 시작한 결말입니다. 그게
바로 비범함이죠.

— 샘 셰퍼드

음, 제 책들은 해피엔딩이 아니지 않나요? 늘 물가에서 애매모호하
게 끝나지요. 그런 결말이 울적하다고 생각하지는 않지만, 인간
적인 관점에서 작위적이라고 생각하지도 않습니다. 세상에는
이런저런 일들이 끊임없이 재발합니다. 제대로 해결되지 않은
거예요. 일시적으로 해결된 것뿐입니다. 우리는 해결책을 유포
하는 사회에 살고 있습니다. 불어난 체중에 대한 해결책도 있고,
얇은 머리카락에 대한 해결책, 식욕 감퇴에 대한 해결책, 실연에
대한 해결책도 있습니다. 우리는 늘 해결책을 찾고 있지만, 우리
에게 실제로 맡겨진 것은 제대로 이해하지 못한 채 평생 지속될
삶이라는 과정입니다. 우리는 열린 태도를 유지하며 계속 앞으
로 나아가야 합니다. 내가 누구이며 어떻게 달라지고 있는지를
계속 알아내야 하며, 그렇게 해야만 삶이 견딜 만해집니다.

— 지넷 윈터슨

어떤
기법을
쓰고 있습니까?

How Would You Describe Your Technique?

잘 쓴 시란 정신의 활동을 종이에 포착한 것으로, 독자가 시를 읽을 때 그 활동에 빠져들게 하지요. 독자는 그 활동을 따라 하면서 그 활동이 지속되는 동안 보조를 맞추어 움직입니다. 그러나 생각이 흘러가고 활동하는 동안 달라지는 것은 작가 자신입니다. 따라서 시의 마지막 부분에 이를 때쯤이면 작가는 처음과는 다른 사람이 되고, 스스로 그 변화를 느낍니다.

— 앤 카슨

문체는 작가의 존재를 표현하는 도구이며, 물론 시간이 흐르며 달라지지만 본질적인 부분은 그대로 남습니다. 오래전에 쓴 글을 다시 보면 그 속에서, 즉 문장을 구성하는 방식이나 어휘 등 여러 면에서 여전히 제 모습이 보입니다. 우리는 문체를 발전시키는 게 아닙니다. 자기 자신을 발전시킬 뿐입니다.

— 엘레나 포니아토프스카

저는 겸연쩍은 기분이 들어 카본지를 절대 쓰지 않았습니다. 저와 비슷한 시기에 타자기로 바꾸었던 톰 엘리엇과 함께, 타자기가 우리가 하는 일에 미치는 영향에 대해 이야기를 나눴던 기억이 납니다. 우리는 타자기 때문에 산문의 문체가 약간 달라진다는 점에서 생각이 일치했습니다. 또 어떤 문장들을 주기적으로 더 많이 쓰게 되고, 문체가 더 짧고 뚝뚝 끊어지는 경향이 나타나니 그 점에 주의해야 한다고 생각했지요. 아시겠지만 그 빌어먹을 자판에 손가락을 얹어야 한다는 생각에 사로잡혀서 멀리 내다보지 못했기 때문입니다. 그러나 일시적 현상이었습니다. 우리 둘 다 손으로 글을 썼을 때처럼, 얼마든지 문체를 공중으로 휘날릴 수 있다는 사실을 금세 깨달았지요.

———— 콘래드 에이킨

글쎄요, 기법을 발전시키려 의도적으로 애쓴 적은 없습니다. 의도적으로 노력한 점이 있다면 이야기를 들었으면 좋겠다고 생각되는 사람들의 이야기에 귀를 기울이려 한 것입니다.

———— 넬슨 올그런

글을 쓰기 시작했을 때, 저는 작가가 모든 정황을 분명히 밝혀야 한다고 생각했습니다. 예를 들어 그냥 '달'이라고 쓰는 것을 결코 용납하지 않았지요. 달을 묘사할 형용사나 형용어구를 찾아내야 했습니다(물론 단순하게 말해서 그렇다는 겁니다. 그냥 '달'이라고 쓴 적이 아주 많기 때문에 잘 알지요. 제 의도를 전달하기 위한 일종의 상징일 뿐입니다.) 그러니까 저는 모든 것을 분명히 밝혀야 한다고 생각했고, 흔한 표현은 절대 쓰면 안 된다고 생각했습니다. "아무개가 들어와서 앉았다"라는 식으로는 쓰지 않으려 했는데, 너무 단순하고 쉬운 문장이었기 때문입니다. 그런 상황을 표현할 근사한 방법을 찾아야 한다고 생각했지요. 이제는 그런 것이 대체로 독자를 짜증 나게 한다는 사실을 압니다. 그러나 문제의 핵심은 젊은 작가는 자신이 말하고자 하는 내용을 어리석거나 너무 뻔하거나 진부하게 여긴다는 사실입니다. 그래서 바로크 장식이나 17세기 작가들에게서 빌려온 표현으로 그런 약점을 숨기려 하지요. 아니면 반대 입장을 선택해 현대적인 방향으로 나아가기로 결정합니다. 즉 현대성을 유지하려 기를 쓰느라 늘 새로운 단어를 궁리해내고 비행기나 철도, 전신, 전화 같은 단어들을 슬쩍 끼워 넣습니다. 그러나 시간이 흐르면 좋건 나쁘건 자신의 생각을 꾸밈없이 표현해야 한다고 느끼게 되지요. 저에게 어떤 생각이 있다면 그 생각이나 느낌, 분위기를 독자의 마음속에 전달해야 하기 때문입니다. 마찬가지로, 토머스 브라운이나 에즈라 파운드처럼 되려고 한다면 자신의 생각을 제대로 전달할 수 없습니다.

그러니까 제 생각에 작가들은 늘 너무 복잡한 상태로 출발하는 것 같습니다. 동시에 여러 가지 게임을 한다는 얘깁니다. 작가들은 특정한 분위기를 전달하고 싶어 하는 동시에 현대적인 작가가 되려고 하며, 현대적인 작가가 아니라면 보수적이고 고전적인 입장을 취합니다. 어휘와 관련해서, 젊은 작가들, 적어도 아르헨티나의 젊은 작가들이 가장 먼저 착수하는 일은 자신에게 사전이 하나 있으며 자신이 모든 동의어를 안다고 보여주려 하는 겁니다. 예를 들어 어느 문장에 '빨간색'이라는 단어를 썼다면 그 다음에는 '주홍색'이라고 쓰고, 정도의 차이는 있지만 같은 색을 나타내는 다른 단어를 씁니다. '자주색' 같은 단어 말입니다.

저는 제 글에서 희한한 단어를 하나 발견할 때마다, 다시 말해 스페인 고전문학에서 사용했을 만한 단어나 부에노스아이레스 빈민가에서 사용되는 단어, 즉 다른 단어들과 동떨어진 단어를 발견할 때마다, 그 단어를 지우고 평범한 단어를 씁니다. 제가 기억하기로 로버트 루이스 스티븐슨은 잘 쓴 글에는 튀는 단어가 없어야 한다고 말했습니다. 상스러운 단어나 예상 밖의 단어나 고어를 쓰는 것은 그 규칙에 어긋납니다. 그리고 훨씬 더 중요한 사실인데, 그 단어 때문에 독자의 주의가 산만해집니다. 형이상학이건 철학이건 그 무엇에 대한 글이건, 독자가 막힘 없이 읽어나갈 수 있어야 합니다.

———————————————————————— 호르헤 루이스 보르헤스

1인칭 시점으로 글을 쓰는 것이 가장 쉬워 보인다고, 젊은 기자들은 추측하지요. 사실은 가장 어려울지도 모릅니다. 수많은 위험이 도사립니다. 장황한 수다, 형식이나 균형의 부재, 심지어는 분별력의 부재까지. 반면 글이라는 말을 제대로 잘 몬다면, 부세팔루스Bucephalus에 올라탄 듯한 기분을 느낄 수도 있습니다. 제 몸을 스치는 바람이 생생하게 느껴지지요.

———————————————————————— 호텐스 캘리셔

["통제력"이라는 말은] 소재에 대해 문체나 감정 면에서 우위를 유지
한다는 뜻입니다. 이 무슨 점잔 떠는 소리냐고 할지도 모르겠지
만, 저는 문장의 리듬이 잘못되면 이야기가 엉망진창이 될 수 있
다고 생각합니다. 이야기가 마무리를 향해 가고 있을 때라면 더
욱 그렇지요. 문단을 잘못 나누거나 구두점을 잘못 찍어도 그런
일이 벌어질 수 있습니다. 헨리 제임스는 쌍반점의 거장입니다.
헤밍웨이는 문단을 나누는 실력이 으뜸입니다. 청각적인 면에
서 말하자면 버지니아 울프는 나쁜 문장을 쓴 적 없습니다. 이
렇게 잔소리를 늘어놓고 있지만 제가 제대로 실천한다는 뜻은
아닙니다. 그저 노력할 따름이지요.

＿＿＿＿＿＿＿＿＿＿ 트루먼 커포티

가르치려는 태도는 안 됩니다. 저에게 관념이란 저 드높은 플라톤
의 영역에 있는 게 아닙니다. 그래서 저는 글을 쓸 때 관념을 원
래의 근원인 우리의 경험 속으로 돌려보내려고 합니다. 우리는
산책을 하고 슈퍼마켓에 가지요. 관념의 기반은 바로 그곳입니
다. 따라서 제 목적은 관념을 삶의 현장으로 다시 불러와 소설가
가 할 수 있는 일을 하는 것입니다. 그러면 우리는 육체를 입은
관념이 극적으로 표현되는 모습을 볼 수 있으며, 지적인 차원만
이 아니라 감정적인 차원에서도 그 관념을 경험할 수 있습니다.

＿＿＿＿＿＿＿＿＿＿＿＿＿＿ 찰스 존슨

▪ 알렉산드로스 대왕의 애마.

아시겠지만 누구도 문체를 의도적으로 발전시킬 수는 없습니다. 예를 들어 서머싯 몸이 글쓰기를 배우려 노력할 때 문체를 기초부터 다지려고 매일 조너선 스위프트의 글을 한 쪽씩 엄숙하게 필사했다는 내용을 읽고 놀란 적이 있습니다. 제가 결코 할 수 없는 일이라서 인상 깊었지요. 아니, '의도적으로'라는 표현은 틀렸다고 생각합니다. 그러니까 "의도적으로 꿈을 꾸십니까?"라는 말과 비슷해요. 그런 것들이 진행되는 과정을 우리는 잘 모릅니다. 제 생각에는 글쓰기가 우리를 성장시키고 우리가 글쓰기를 성장시키다가, 결국 우리가 여기저기에서 훔쳐온 모든 것이 뒤섞이며 아예 새로운 개성을 뽐내는 혼합체가 생겨납니다. 그러고 나면 우리는 그동안 쌓인 엄청난 빚을 아주 적은 이자만 붙여 갚을 수 있지요. 그것이야말로 작가가 하는 일 중 유일하게 명예로운 것입니다. 적어도 저처럼 도둑이기도 한 작가의 경우에는 말입니다.

_____로런스 더럴

문학에서 '반복'이란 어떤 이야기든 그 속에 수많은 이야기를 담고 있다고 주장하는 한 방법이라고 할 수 있습니다. 물론 이야기를 들려주는 방법은 수없이 다양합니다. 제가 아는 형식은 몇 가지뿐이지만 저는 제 소설을 통해 다채로운 방법이 있음을 알려주려 애씁니다. 다시 말해 저는 셰에라자드의 제자입니다. 이야기의 내용을 들려주는 게 아니라 그 이야기가 어떻게 전해졌는지를 알려주는 사람이지요. 여기에는 중요한 차이가 있습니다. 아랍 문학의 오랜 전통이 우리에게 그 중요성을 가르쳐줍니다. 모든 고전적인 글은 지금까지 전해진 이야기에 이전의 근거나 출처가 있다고 말해줍니다. 내용이 매번 달라지기는 하지만, 전달하고 번역해주는 이들이 늘 있었지요. 아랍 문학에서 '소설'을 뜻하는 단어 '리와야riwaya'에는 '형태'라는 뜻도 있습니다. 이렇게 보면 순수한 반복이란 없습니다. 같은 이야기를 다양한 형태로 쓰는 것은, 모든 이야기가 다른 이야기로 이어질 가능성이 있으며 새로운 이야기의 발단이 될 수 있음을 알려주는 행위입니다.

_____ 일리어스 쿠리

[헨리 제임스는] 타자기에 곧바로 글을 쓰기 시작했습니다. 매체가 곧 메시지가 된 사례인데, 타자기에 곧바로 글을 쓰게 되면서 그의 문장은 더 길어졌고 삽입 기호도 많아졌습니다. 그렇게 쓴 내용을 고칠 때는 한술 더 떠 미사여구까지 덧붙이는 경향을 보였습니다. 손으로 원고를 쓰던 시절에는 훨씬 간결하고 명쾌했는데, 이제는 화려한 문구에 탐닉했고 문체가 정교하고 장식적으로 변했습니다. 웅장한 문체지만 모두 좋아하는 것은 아니지요.

_____ 레온 에델

완벽한 형태가 일종의 신처럼 모든 작가의 위를 맴돌고 있으며 작가가 거기 매달리거나 굽실거려야 한다는 견해를 저는 몹시 싫어합니다. 작가가 어떤 형태를 선택하건 작가에게는 그것이 곧 '완벽한' 형태입니다. 보편적으로 '완벽한 형태'가 있고 그걸 획

득할 수 있다는 망상에 사로잡힌 사람들은 그것을 불완전하게 여기겠지만 말입니다. 모두가 추구해야 할 완벽한 형태가 있다는 믿음은 제가 보기에 현대 예술이 부활한 이후로 점점 약화되었습니다. 물론 저는 내용을 담기에 어울리는 형식을 찾아내려고 노력합니다. 그러나 통상 이상적으로 여겨지는 형태에 내용을 억지로 밀어 넣는 것은 잘못이라는 E. M. 포스터의 생각에 전적으로 동의합니다. 어떤 의미에서 소설은 새로운 과학 이론과 비슷합니다. 과거를 존중하고 과거에 있던 높은 기준에 다양한 방법으로 경의를 표해야 하지만, 동시에 과거에 불복하고 의문을 제기해 신기원을 열어야 합니다. 과거의 문화적 기준으로는 『트리스트럼 샌디』Tristram Shandy나 『율리시스』 같은 작품을 용납하거나 예견하지 못했을 것입니다.

―――――― 존 파울즈

『더러운 시간』The Evil Hour을 쓰고 난 뒤 5년 동안 아무것도 쓰지 못했습니다. 제가 늘 하고 싶었던 것이 무엇인지는 알았지만 뭔가 부족했는데, 그게 뭔지 확실히 몰랐다가 어느 날 꼭 맞는 어조를 발견하게 되었지요. 결국에는 그 어조로 『백 년 동안의 고독』을 썼습니다. 예전에 할머니가 이야기를 들려주시던 방식에 근거한 어조였어요. 할머니가 들려주는 이야기는 초자연적이고 환상적인 느낌이 들었지만 이야기를 들려주시는 방식은 흠 잡을 데 없이 자연스러웠습니다. 마침내 제가 써야 할 어조를 발견한 뒤 저는 18개월 동안 자리에 앉아 매일 글을 썼습니다.

가장 중요한 건 할머니의 얼굴에 드러난 표정이었습니다. 할머니는 표정 하나 바꾸지 않고 이야기를 들려주셨는데 듣는 우리는 모두 깜짝 놀랐지요. 예전에 『백 년 동안의 고독』을 쓰려고 한 적이 있는데 그때는 이야기를 믿지 않은 채로 그 이야기를 들려주려고 했습니다. 그러나 제가 할 일은 스스로 그 이야기를 믿고 할머니가 이야기를 들려주실 때와 똑같은 표정으로 글을 쓰는 것임을 깨달았지요. 무표정한 얼굴로 말입니다.

가브리엘 가르시아 마르케스

언어에 대해 생각하는 사람, 그 원리를 찾아내고자 하는 사람, 수많은 작가를 그들의 작품 앞으로 끌어내 그들의 글이 얼마나 형편없는지 보여주는 사람은 형편없는 글을 쓸 수가 없습니다. 1957년에 저는 『모든 것과의 이별』Goodbye to All That을 문장 하나도 놓치지 않고 완전히 새로 썼지만 아무도 눈치채지 못했습니다. 누군가는 "어쨌든 이건 참 좋은 책이야. 이렇게 쭉 살아남았잖아"라고 말했습니다. 하지만 사실 그 책은 쭉 살아남은 게 아닙니다. 완전히 새로운 책이지요. 문체를 분석하는 어느 컴퓨터로 조사하면 제 역사소설들은 모두 같은 작가의 손으로 쓴 것이라는 결론이 나오지 않을 겁니다. 어휘와 문법, 언어 수준이 완전히 다르기 때문입니다.

로버트 그레이브스

우리는 조심스럽고 친숙하고 피곤하고 진부한 모든 것과 싸워야 합니다. 저는 제 훌륭한 동료 작가 윌리엄 개스의 표현대로라면 빈털터리 산문pissless prose과 싸움을 벌입니다. 빈털터리 산문에는 신체도 영혼도 없기 때문에 좋은 말에서 볼 수 있는 근육과 운동 능력, 힘찬 걸음걸이 같은 것도 없습니다. 물론 이는 수필뿐 아니라 소설, 보고서, 친구에게 보내는 편지, 서평, 미술 비평 분야의 번듯한 기고문에도 똑같이 적용됩니다. 요컨대 저는 신념이 욕망과 뒤얽힌 언어를 찾습니다. 우리가 에로틱하고 정확하게 탈환할 수 있는 신념, 우리 욕망의 대상인 기억이나 환상을 소중하게 여겨주는 신념 말입니다. 저는 '관능적'이라는 단어를 아주 좋아하는데, 청교도 신조를 근간으로 세워진 이 사회에서는 너무 듣기 어려운 말이지요. 우리 시대의 가장 흥미로운 페미니스트 철학자인 쥘리아 크리스테바의 명언인 "가정생활이 주는 관능미"라는 말을 다시 떠올려 봅니다. 이 표현을 제가 가장 찬탄하는 산문에, 제가 어루만지며 보살피고 오랜 시간을 보내는 산문에도 적용하고 싶습니다. 산문의 어법은 익숙하고 사소한 일상이 주는 깊은 친밀감을 먹고 자라되 작가의 애정과 충성에 영향을 받아 거듭 새로워집니다.

_____ 프란신 뒤 플레시 그레이

[작가의] 문체는 작가 자신이며 우리는 매일 변하는, 그리고 바라건대 매일 발전하는 우리 자신입니다. 우리는 달팽이처럼 우리의 흔적을 뒤에 남깁니다.

_____ 헨리 그린

제가 열광하는 것 중 하나는 시인이 쓴 산문입니다. 순식간에 번득이는 섬광, 일반적인 산문과 달리 군더더기 없는 문장, 민첩성, 능수능란함, 자신감을 참 좋아하고, 항목별로 차근차근 설명해줄 때 느껴지는 안도감도 좋습니다. 자, 여기 아름답고 적절하며 영감 어린 문장, 제가 외워둔 산문 한 자락이 있습니다. 보리스 파스테르나크의 글입니다. 내용은 이렇습니다. "4월의 시작, 돌아온 겨울로 하얗고 무감각해졌던 모스크바는 놀라움에 빠졌다. 7일, 다시 해빙되기 시작했으며 14일, 먀야코프스키가 권총으로 목숨을 끊은 날은 아직 모두가 봄의 새로움에 익숙해지지는 않은 때였다." 저는 "4월의 시작, 7일, 14일"과 같은 어구가 자아내는 운율과 마야코프스키의 자살이라는 주제를 이 아름다운 도입부로 예우하는 방식이 참 좋습니다.

———————————————————— 엘리자베스 하드윅

제 문체는 손가락에서 흘러나옵니다. 눈과 귀는 동의하거나 수정합니다.

———————————————————— 버나드 맬러머드

제가 쓰고 있는 기법에 대해 스스로 질문한 적이 거의 없습니다. 일단 글을 쓰기 시작하면, 중간에 멈춰서 제가 이야기에 너무 직접적으로 관여하고 있는 건 아닐까, 등장인물들에 대해 지나치게 많이 알고 있는 건 아닐까, 다시 생각해야 하는 건 아닐까, 하는 생각은 하지 않습니다. 저는 완전히 단순하게, 자연스럽게 글을

씁니다. 제가 할 수 있는 일이나 할 수 없는 일에 선입견을 갖지도 않습니다. 제가 저런 질문들을 지금 자신에게 한다면, 그것은 누군가 저에게 묻기 때문입니다. 주위의 모두가 저에게 묻기 때문입니다.

저보다 젊은 소설가들은 기법에 굉장히 집착하는 것 같습니다. 좋은 소설은 외부에서 요구하는 특정한 규칙을 따라야 한다고 생각하는 모양입니다. 그러나 사실 그런 집착은 창작 과정을 방해하고 당혹감을 줍니다. 위대한 소설가는 자기 자신 외에는 그 누구도 의지하지 않습니다. 마르셀 프루스트는 앞선 작가 중 누구와도 닮지 않았고 어떤 계승자도 남기지 않았으며 그럴 수도 없습니다. 위대한 소설가는 자신의 틀을 깹니다. 그 깨진 조각은 당사자만 사용할 수 있지요. 오노레 드 발자크는 '발자크식' 소설을 창조했습니다. 그 문체는 오직 발자크에게만 적합합니다.

프랑수아 모리아크

저는 쭉 문장가로 불렸지만 그러다가 실제로 제 머리를 쥐어뜯을 지경이 되었습니다. 저는 그냥 문체를 믿지 않습니다. 문체는 자기 자신이에요. 오, 원한다면 문체를 계발할 수는 있을 겁니다. 그러나 계발된 문체일 뿐이죠. 그저 인위적이고 강요된 문체에 불과하며 그것으로 누구도 속일 수는 없을 겁니다. 계발된 문체는 가면과 비슷합니다. 그것이 가면임을 모두 알고 있으며, 조만간 진짜 모습을 보여줘야 합니다. 아니면 '진짜 모습을 도저히 보여줄 수 없어 자신을 숨길 가면을 만들어낸 사람'이라는 실체라도 보여주게 돼요. 문체는 곧 그 사람입니다. 제가 아는 한 아리스토텔레스가 먼저 그렇게 말했고 그 뒤로 모두가 똑같은 말을 했는데, 반박할 여지가 없는 진실이기 때문입니다. 작가는 문체를 창조하지 않습니다. 글을 쓰면서 스스로를 발전시키지요. 저의 문체는 제 존재의 소산입니다.

캐서린 앤 포터

방법에 대해서는 모릅니다. 방법보다는 내용이 훨씬 중요합니다.

에즈라 파운드

많은 시간, 어순을 걱정하며 아름다운 구절을 지어내려 애썼습니다. 저는 여전히 수려한 문체의 가치를 믿습니다. 스콧 피츠제럴드의 경우처럼, 멋진 표현을 창조할 수 있는 감수성을 중요하게 생각합니다. 그러나 이제는 반짝거리며 깊은 인상을 남기는 표현, 그러니까 그림처럼 생동하는 문장과 남부 여러 주에서 쓰는 어린애 같은 말투 등등으로 가득한 남부식 표현을 쓰는 데는 관심이 없습니다. 그저 사람들에게 점점 더 관심이 많아집니다. 이야기에도 그렇고요.

윌리엄 스타이런

저는 문체를 다룬 책에 익숙하지 않습니다. 윌리임 스트렁크 주니어의 책을 되살리는 데 참여한 건 우연이었습니다. 그냥 당시 하던 일이 없어서 받아들인 것뿐입니다. 그 일은 제 인생의 1년을 잡아먹었는데, 저는 문법에 대해 아는 게 거의 없었습니다. [문체를] 배울 수 있다고는 생각하지 않습니다. 문체는 작가가 아는 것에서 나온다기보다는 그의 사람됨에서 나옵니다. 그러나 몇 가지 요령을 알면 도움이 되겠지요. 『문체의 요소』The Elements of Style 제5장에서 저는 21가지 요령을 이야기했습니다. 새롭거나 독창적인 요령은 아니지만 누구나 읽을 수 있도록 했습니다.▣

———————————————————————— 엘윈 브룩스 화이트

저는 몇몇 잡다한 요령밖에 모릅니다. 그래서 구두점처럼 사소한 요소가 아주 큰 변화를 일으킵니다. 늘 줄표 기호를 엄청나게 의지했어요. 문법적으로 틀린 아슬아슬한 경우에도 제가 줄표 기호를 쓴다는 사실을 알고 있습니다. 하지만 덕분에 저는 초고를 완성합니다. 그래서 수많은 줄표 기호를 그 자리에 둡니다.

저는 개요를 짜서 글을 쓰지 않기 때문에, 이야기를 쓸 때면 시냇물을 건널 때처럼 처음에는 이 돌을 밟고 그다음에는 저 돌을, 그다음에는 또 다른 돌을 밟습니다. 이야기의 맥락상, 인물의 머릿속에 든 굉장히 지루한 생각이 영리한 생각보다 효과적일 수

▣ 코넬 대학의 영문학과 교수 윌리엄 스트렁크 주니어는 1918년에 글쓰기 규칙을 정리한 『문체의 요소』The Elements of Style를 집필해 1919년에 대학 교재용으로 개인 출판했다. 1935년에 다른 제목으로 개정되었다가 스트렁크 교수에게서 글쓰기를 배운 화이트가 맥밀런 출판사의 제의를 받아 1959년에 내용을 추가하고 다듬어 원래 제목으로 개정판을 냈다. 글쓰기의 기본을 다룬 책으로 비평가들과 작가들의 호평을 받았으며 국내에는 『영어 글쓰기의 기본』(인간희극, 2007)이라는 제목으로 출간되었다.

도 있고, 영리하게 배치한 구조가 아무렇게나 짠 구조보다 더 불리하게 작용할 수도 있습니다.

—— 앤 비티

대개 어떤 장소에 있는 사람들을 통해 소설을 생각해냅니다. 특정 장소에 있는 특정한 사람들을 통해서 말입니다. '누가'와 '어디에서'가 있으면 '언제'와 '무엇을'과 '어떻게'가 금세 따라옵니다. '왜'는 관념과 관련이 있습니다. 제가 보기에 미국 남부 지방 사람들이 관념에 강한데, 다른 지역 작가들과는 그 방식이 다릅니다. 어리석은 일반화를 하지 않도록 주의해야겠지만, 남부 지방 작가들(전반적인 남부 지방 사람들)은 어떤 관념이건 추상적으로 인식하지 않는다는 느낌이 듭니다. 우리는 아주 신중한 태도로 관념에 다가갑니다. 관념은 강력해서 한번 형성되면 저를 집어삼킬지도 모릅니다. 가능한 한 오래, 미숙하고 발랄한 상태로 두는 게 낫지요. 그러나 남부 사람들은 장소의 특색을 파악하고 개성을 느끼고 분위기를 경험하면서 글을 쓰는 것 같습니다. 삶이 그렇지 않나요? 우리는 삶이 무엇인지 반쯤은 모른 채 살아갑니다. 사는 내내 짐작은 하지만 삶의 온전한 의미에 대해서는 자주 오해하며 살아갑니다.

—— 엘리자베스 스펜서

아주 강한 감정을 느끼지만 설명하는 걸 좋아하지는 않습니다. 신체 언어나 침묵 같은 다른 방법으로 그 감정을 보여줄 수도 있고, 그게 훨씬 강렬할 수도 있습니다. 또 어쩌면, 언어를 불신하기 때문일지도 모릅니다. 언어가 정확히 해석되지 않을까 두려워서 말입니다. 거짓말을 조금도 섞지 않고 감정을 설명하는 것, 감정을 더 높은 차원으로 끌어올리거나 외면하는 것은 아주 어렵습니다. 그래서 저는 스스로 저의 감정을 설명할 수 있다고는 믿지 않습니다. 그러나 예술 작품으로 보여주는 건 좋아합니다.

———— 막스 프리슈

사실 문체는 저에게 아주 중요합니다. 제가 아는 한, 제아무리 정교하거나 단순하더라도 훌륭한 문체를 갖추지 않은 훌륭한 예술은 없습니다. 중요한 작가들은 모두 훌륭한 문장가입니다. 윌리엄 포크너마저도 그 나름의 방식으로 훌륭합니다. "문체만 있고 본질은 없다"라는 표현처럼 문체라는 용어가 경멸적인 의미로 쓰이게 된 것은 무척 애석한 일입니다. 사실은 그 반대입니다. 항상 그렇지는 않겠지만 대개 글의 주된 문체가 진정한 본질을 암시합니다. 어니스트 헤밍웨이에서부터 윌리엄 버틀러 예이츠와 에즈라 파운드, 하트 크레인에 이르기까지 중요한 현대 작가 중에서 훌륭한 문장가가 아니었던 사람을 떠올리기란 어렵습니다. 그리고 물론, 이는 20세기에만 국한되지 않습니다. 저는 의미 있는 문체를 갖고 싶습니다. 제 시를 읽은 사람들이, 벽에 걸린 그림을 볼 때처럼 "이게 찰스 라이트야"라고 말할 수 있으면 정말 좋겠습니다.

———— 찰스 라이트

작가는 어떻게 쓰는가

문체에 상관없이, 좋은 예술에는 견고함과 단호함, 현실감, 명쾌함, 객관성, 공정함, 진실이라는 특징이 있습니다. 자유분방하고 청렴결백한 상상력이 낳은 작품이지요. 반면 나쁜 예술은 속박된 환상이 낳은 나약하고 방종한 작품입니다. 그 저울의 한쪽 끝에는 외설물이, 다른 쪽 끝에는 위대한 예술이 있습니다.

— 아이리스 머독

SF소설은 대개 인간을 대체하는 기기를 활용합니다. '엔터프라이즈' 컴퓨터는 실체 없이 떠다니는 단조로운 목소리죠. '할HAL'은 전형적인 '엔터프라이즈' 컴퓨터지만 클리셰cliché 파괴의 달인인 스탠리 큐브릭 감독의 손을 거치며 다듬어졌습니다. 우리는 '할'이 독창적인 기기라고 말하지만 사실 '할'은 기존 방식과 새로운 방식, 친숙한 것과 파격적인 것이라는 양극으로부터 동력을 공급받는 전동기가 아닐까요? 새뮤얼 골드윈은 "새로운 클리셰를 만들자"라고 했어요. 어머니처럼 다정하던 '할'이 어떻게 인간의 목숨을 위협할 수 있단 말입니까? 불가능한 일이지만 그렇게 되었습니다. 그래서 독창적이라는 것입니다. 어떤 요소가 평면적이고 진부하다면 이렇게 해결해보세요. 말이 안 되는 정반대 요소를 찾아내서 말이 되게 혼합하는 겁니다.

— 데이비드 미첼

천천히 글을 쓰면 어떤 말을 골라 표현할지 생각할 시간이 더 많아집니다. 저는 타자기를 쓰지 않고 모든 내용을 정자체로 직접 씁니다. 어떻게 표현할지 시간을 들여 생각합니다. 평생 많은 글을 썼습니다. 편지 왕래를 많이 했고 불규칙하게나마 일기를 오래 써왔지요. 어릴 때부터 두 사람과 긴 편지를 주고받았습니다. 직접 만나 대화하는 것보다 종이로 소통하는 편이 더 쉽습니다.

— 로버트 크럼

자연스러운 어조, 자연스러운 목소리를 강조하는 의견이 늘 지긋지 긋했습니다. 우스운 생각입니다. 모든 어조, 모든 목소리는 부자 연스러운데, 그렇게 부자연스러운 게 사실 자연스러운 겁니다. 그러니 이렇다저렇다 할 필요가 없습니다. 잘 맞거나 잘 안 맞 겠지요. '자연스러운' 목소리를 써야 한다는 횡포를 견딜 필요는 없다고 생각합니다. 이 말을 가슴에서 꺼낼 수 있게 해줘서 고맙 습니다.

— 케이 라이언

원래는 일종의 관점입니다. 또 의식이기도 하지요. 작가의 목소리 가 어떻게 만들어지는지는 모릅니다. 수많은 요소가 있어요. 목 소리 없이 글을 쓰는 사람들도 있어요. 아주 유창할지언정 음감 이 없지요. 다른 것들처럼, 그러니까 의사나 수의사나 음악가가 되는 것처럼 이 또한 재능입니다. 사물 사이의 연결성을 포착하 는 건 일종의 시적 정신입니다. 그런 연결 능력이 작가들이 하는 일과 관련된 공공연한 비밀 중 하나지요.

— 폴라 폭스

세부 요소를 굉장히 좋아합니다. 톨스토이는 전체적인 묘사를 좋아했지요. 제가 하는 묘사는 아주 작은 부분에 집중됩니다. 작은 것들의 세부 요소를 묘사하며 초점을 점점 더 가까이 들이대다 보면, 톨스토이와 반대 상황이 벌어집니다. 비현실성이 강화되는 거죠. 제가 하고 싶은 일이 바로 그겁니다.

— 무라카미 하루키

저는 은어를 쓸 생각이 없습니다. 신문이건 친구들의 대화에서건 사방에 은어가 널려 있습니다. 그러면 작가로서 아주 나태해질 수 있습니다. 나태하게 단어를 쓰게 될 수도 있습니다. 그런 일이 벌어지기를 바라지 않습니다. 언어는 소중합니다. 저는 언어를 소중한 방식으로 쓰고 싶습니다.

— 비디아다르 수라지프라사드 나이폴

소설은 곧 배열입니다. 하나씩 나열하는 거지요. 누가 저에게 거짓말을 할 때, 그들은 뭔가를 숨기기도 하고, 내용을 빠뜨리기도 하고, 사건의 순서를 바꾸기도 합니다. 그게 바로 소설입니다.

— 아일린 마일스

저는 독자들이 책을 내려놓지 않도록 자연스러운 어조(흔히 말하듯 친근한 대화체)와 극도의 긴장감 사이에서 균형을 잡으려 애쓰고 있습니다. 문장에는 전류가 흘러야 합니다. 무술에서 그러듯이 팽팽한 긴장감과 유연성, 빠름과 느림이 모두 필요하며, 저는 많은 경우 그렇게 해왔습니다. 작가는 문장을 가능한 한 단순화하는 동시에 그 문장에 점점 더 복잡한 주제를 실어야 합니다. 저는 헤밍웨이의 말을 좋아합니다. "모든 사람과 마찬가지로 거창한 단어를 웬만큼 알지만 그걸 쓰지 않으려 애씁니다."

에마뉘엘 카레르

저는 조바심이 나서 단어들을 빠르게 병렬합니다. 펑크록과 그리 다르지 않습니다. 비명을 지르면서 음조를 살짝 바꾸지요. 대학원에서 계속 제 문체를 연구하고 있더군요.

미셸 우엘베크

저는 수, 박자, 분량을 유지하는 데는 아예 관심이 없었습니다. 지금도 그렇지만 저에게 가장 중요한 건 리듬이었으나 '규칙적인' 리듬은 아니었고, 긴 문장에 대한 제 관심은 아주 긴 문장에 대한 관심으로 확장되고 있었습니다. 1969년 즈음, 확장시wide poem라는 용어가 쓰인다는 사실을 알게 되었는데, 산문과 구별이 잘 되지 않는 시를 뜻하는 말이었습니다. 1974년 무렵에는 산문을 점점 더 많이 쓰고 있었는데, 1990년대에 접어들 때까지도 여전히 행사시occasional poem를 쓰고 있긴 했지요. 『파리 리뷰』에 실린 제 작품이라고는 1990년에 쓴 아주 형편없는 시뿐입니다. 그러나 (지금도 마찬가지인데) 저는 시인의 머리로 산문을 씁니다. 저는 역사학자가 아닙니다. 가끔 소설을 쓰기는 하지만 소설가는 아닙니다. 발뺌이나 자랑처럼 들릴지 모르겠지만 저는 제가 쓰는 글의 상당 부분, 제 책의 대부분이 일종의 시라고 생각합니다.

뤼크 상트

문장 수준에서 이야기를 써나간다는 말을 저는 늘 완벽하게 이해할 수 있었습니다. 앨런 거게너스가 잘 표현해주었지요. 그는 스탠리 엘킨을 비롯해 몇몇 사람과 패널로 참석해 소설을 주제로 토론 중이었는데, 소설 이론에 대한 온갖 이야기가 오간 뒤 이렇게 말했습니다. "여전히 문장 수준에서 성의를 다하는 작가들이 있습니다." 굉장히 매력적이면서도 의욕을 북돋는 말입니다. 저는 글을 쓰거나 읽을 때 그 말을 떠올립니다. 독자가 '전혀' 들어보지 못한 이야기를 쓸 수는 없더라도, 이야기를 하는 방식에서 경쟁력을 가질 수는 있습니다. 저는 지금껏 거의 12년 동안 글을 써왔는데 그 생각에는 변함이 없습니다. 저를 비롯해 수많은 작가가 문장 수준에서 이야기를 조립합니다. 빠르게 지나가는 줄거리를 따라잡으면서 글을 쓰지는 않습니다.

에이미 헴펠

소설에서 중요한 것은 저자의 목소리입니다. 벽돌공이건 어원 연구가건 그 누구건, 소설에서 그 인물의 목소리를 충실하게 흉내 내는 데 공을 들이지 않았던 이유가 아마도 이것일 겁니다. 저는 목소리에 특유의 음색과 울림을 주는 요소에 관심이 많은데 그런 요소는 처음부터 늘 그 자리에 있습니다. 아무나 흉내 낼 수

없는 작가만의 특징과 관계가 있지요. 이것을 패러디할 수 있는
특징이라고 착각하는 경우가 많습니다.

———————————————— 마틴 에이미스

그런 것을 제 문체라고 생각하지도 않고, 그 편이 더 좋습니다. 그러
나 제 시가 조금 다른 느낌을 주는 이유를 하나 발견했는데, 바
로 제가 목소리의 음역을 바꾼다는 점입니다. 시보다는 작곡에
서 더 자주 나타나는 현상인데, 제가 표본으로 삼는 것은 뮤지컬
입니다. 그러나 이런 음역 변화가 일부 독자에게 혼란을 주는 모
양입니다. 앞부분만 보고 이게 좋은 시인지, 아름다운 시인지, 슬
픈 시인지, 분노에 찬 시인지 판단하는 것을 더 편하게 생각하는
독자, 스트로가노프◨를 반밖에 안 먹었는데 갑자기 누가 식탁보
를 홱 잡아당기는 것을 좋아하지 않는 독자에게는 말입니다.

———————————————— 오거스트 클라인잘러

책상에 앉아 시간과 노력을 쏟을 때도 그렇지만 여행기를 쓸 때도
글쓰기가 어렵다는 생각이 듭니다. 소재가 무엇이건 저는 현장
을 찾아가 주변을 둘러보고 상황을 '눈여겨'봐야 하는 성격인데,
피곤하기도 하고 사실은 두렵기도 해요. 제가 쓴 어느 책에 대한
평론에, 제가 눈썰미가 좋다는 내용이 있었습니다. 아내는 그 부

◨ 19세기의 러시아 백작이자 미식가로 유명한 폴 스트로가노프의 이름을 딴 요리
로 시큼한 소스에 양파, 버섯, 고기를 썰어 넣어 뜨겁게 먹는 음식이다.

분을 읽고 미친 듯이 웃어댔습니다. 제가 쓴 글에 대해 이렇게 말한 적도 있습니다. "당신이 어떻게 글을 쓰는지 모르겠어. 눈치라고는 요만큼도 없는데 그렇다고 뭘 꾸며내지도 못하잖아." 물론 그 말은 문학 비평이 아니라 부부 사이의 농담에 불과하지만, 사실이기도 합니다. 저는 상황을 눈치 챌 필요가 없는 편이 좋습니다. 그리고 눈치 채지 않는 것도 좋은데, 눈치 챈 것을 말로 표현할 필요가 없어서 더 좋습니다.

_____ 제프 다이어

플롯이
중요하다고
생각하십니까?

How Important Is Plot?

저는 플롯으로 글을 쓰지 않습니다. 직관, 이해, 꿈, 개념으로 글을 씁니다. 인물과 사건은 동시에 떠오릅니다. 플롯에는 내러티브와 함께 온갖 터무니없는 소리가 포함됩니다. 도덕적 신념을 희생해 독자의 관심을 사로잡으려는 계산된 시도예요. 물론 사람들은 지루해지는 걸 바라지 않습니다. 긴장감을 유지할 요소가 필요하죠. 하지만 좋은 내러티브는 콩팥처럼 가장 기본적인 조직입니다.

— 존 치버

저는 플롯을 많이 짜지 않는데, 핑계 삼아 가끔 이렇게 생각해요. '플롯을 원하면 드라마 「댈러스」를 보면 되지.' 저에게 중요한 건 분위기입니다. 아니, 그러니까 어조 말이에요. 언어가 자아내는 어조. 고쳐 쓰는 중이건 고쳐쓰기가 끝난 뒤건 도입부의 어조를 제대로 찾아야만 비로소 소설이나 수필을 쓸 수 있습니다. 영영 찾지 못할 것처럼 보일 때도 있지만 일단 찾으면 대개는 일을 진행할 수 있어요. 당면한 과제에 접근할 방법을 결정할 때 중요한 것은 문체예요. 가장 중요한 것은 언어와 리듬, 그리고 소재와의 관계를 설정하는 것입니다. 다시 말해 정확히 어떤 인물이 말할지가 아니라 어떤 생각, 어떤 감각으로 말할지를 설정해두어야 합니다.

——— 엘리자베스 하드윅

저는 늘 플롯을 짜고 책을 완성하는 방법은 어떤 사건이 일어날 때까지, 그러니까 이야기가 자신의 플롯을 찾아낼 때까지 그저 이야기를 길게, 더 길게 늘이는 것뿐이라고 생각했습니다. 개요를 쓴 다음에 거기에 사건을 끼워 맞출 수는 없기 때문이죠. 그렇게 하면 작업이 너무 더딥니다.

——— 넬슨 올그런

제 경우, 견고한 플롯이나 결론에 대한 아이디어가 거의 없기 때문에 작품이 끊임없이 변합니다. 그러나 길이를 결정하는 문제에는 분명하고도 거의 수학적 개념에 가까운 견해가 있습니다. 문학 작품의 길고 짧음은 그림에 필요한 액자의 크기와 비슷하다고 생각합니다.

——— 하인리히 뵐

영국의 일요판 신문을 읽을 때마다, 영국의 교양 수준이 높아 모두가 아주 영리하고 허울이 좋지만, 문학 덕분에 그런 것은 아니라는 사실을 알게 됩니다. 영국인들은 자존심에 신경 씁니다. 책을 요약하고 플롯을 이야기합니다. 하, 빌어먹을 플롯! 그건 영악한 학생에게나 필요한 거죠. 중요한 건 창의적인 '진실', 그리고 완벽하고 신중하게 그 진실을 표현하는 겁니다. 어쨌거나 우리는 발레 무용수에 대해서, 그가 공중으로 뛰어올랐고, 그런 다음 빙글 돌았으며, 그다음에는 이렇게 저렇게 했다고 말하지 않으니까요. 그저 그의 춤에 넋을 잃을 뿐입니다.

에드나 오브라이언

땅에 말뚝을 몇 개 박는 것과 비슷합니다. 공사가 아직 진척되지 않아서, 저는 50미터쯤 앞으로 가서 길이 뻗어나갈 방향을 대강 표시하려고 말뚝을 하나 박습니다. 이는 방향을 잡는 데 도움이 되지요. 그러나 정확히 말하자면 계획한 곳에서는 한참 떨어진 지점입니다.

로런스 더럴

제 생각에 소설가는 글을 쓰기 시작할 때, 앞으로 무슨 일이 벌어질지, 무엇이 중요한 사건이 될지를 반드시 정해두어야 합니다. 진행 과정에서 사건을 바꿀 수도 있고 아마 실제로 그렇게 될 것이며 어쩌면 그렇게 변경하는 편이 더 나을 수도 있습니다. 그렇지 않으면 소설이 답답하고 딱딱해질 테니까요. 그러나 산과 같이 단단한 덩어리가 앞에 있다는 느낌, 이야기가 이렇게든 진행되려면 그 산을 돌아가거나 넘거나 뚫고 가야 한다는 느낌이 가장 중요합니다. 이는 제가 쓰려고 했던 소설에서 필수적인 요소였습니다. 물론 모든 단계에서 그런 것은 아닙니다. 그러나 등장인물이 다가갈 어떤 것, 중요한 대상이 있어야 합니다. 『인도로 가는 길』A Passage to India을 쓰기 시작했을 때 저는 마라바 동굴에서 중요한 일이 벌어질 것이며, 그 사건이 소설의 중심부가 될 거라는 사실을 알고 있었습니다. 그러나 그게 어떤 일일지는 몰랐지요. 동굴은 텅 비어 있습니다. 모든 것에 집중할 수 있는 장소지요. 달걀처럼 그곳에서 어떤 사건이 태어날 예정이었습니다.

_____ E. M. 포스터

창작 수업을 할 때, 저는 사람들에게 무엇보다도 플롯 짜는 법을 가르칩니다. 사람들에게 원리, 즉 소설이 '생각하는' 방식이 곧 플롯이라는 점을 설명합니다. 그리고 학생들에게 플롯이 어떻게 작동하는지 알려주기 위해, 수많은 플롯을 제시하고 또 제시합니다. 한 시간짜리 수업이라면 실현 가능성 있는 플롯을 40개 정도 제시하는데, '현실성'이라는 실질적인 법칙에 충실한 플롯으로 각각 특이성과 보편성을 균형 있게 갖추고 있습니다. 그러나 그중에 제가 정말로 쓰고 싶은 이야기는 하나도 없습니다. 그러다 어느 순간, 웬일인지 저를 '사로잡는' 플롯이 떠오릅니다. 저의 불안을 표현하는 이야기가 떠오릅니다. 예를 들어 캘리포니아 주립대학 치코캠퍼스에서 창의적인 글쓰기를 가르치고 있을 때 제가 제시한 수많은 플롯 중 하나가 제 소설인 『부활』The Resurrection이었습니다.

저로서는 완전히 이해할 수 없는 이유로, 한 플롯이 다른 플롯들을 제치고 위로 떠오릅니다. 모든 플롯은 재미있고, 모든 플롯에는 재미있는 등장인물들이 있으며, 모두 제가 이야기할 수 있는 내용을 담고 있습니다. 그러나 그중 하나가 악몽처럼 저를 사로잡습니다. 그러고 나면 선택의 여지 없이 그것을 써야 합니다. 잊히지 않습니다. 괴상야릇하지요. 혹시 그 플롯이 어머니와 지나치게 관련된 내용이라는 등의 이유로 정말 쓰고 싶지 않은 것이라면, 다른 플롯을 시도할 수 있습니다. 그러나 타자기가 쉭쉭거리며 저에게 야유를 보내며 불꽃을 튀기고, 종이는 자꾸 구겨지고, 램프 불은 꺼지고, 그 어떤 글도 써지지 않아서 결국 저는 신께서 해야 한다고 말씀하신 그 일을 하게 됩니다. 그리고 일단 시작하면 벗어날 수 없습니다.

—— 존 가드너

플롯이나 사전 계획에 관해서라면, 소설 쓰기에서는 하지 않습니다. 하루에 한 번, 한 쪽씩 써 내려갈 때마다 플롯이 떠오르기를 기다려 머릿속에 담습니다. 담는다는 말은 플롯이 제 머릿속에서 '일정한 면적'을 차지한다는 뜻, 오랫동안 머릿속에 있다는 뜻입니다. 창작이 기진맥진한 까닭이 바로 이것입니다. 책의 결말을 향해 가는 동안 작가의 머리는 그야말로 터질 지경입니다. 그러나 계획을 짜서 글을 써보려 한들, 그 계획에서 벗어나기만 할 뿐입니다. 제가 쓰는 방법대로 하면 내용을 생생하게 만들 가능성이 생깁니다.

—— 헨리 그린

정말이지 현대 소설은 전반적으로 지루합니다. 누군가 저에게 어느 가족의 아이들이 지하실 콘크리트 바닥에 엄마를 묻었는데 그 시신에서 냄새가 풍기기 시작했다는 내용의 멋진 소설을 읽어보라고 하더군요. 그러나 그 이야기의 핵심은 그것 하나입니다. 엄마의 시신에서 냄새가 풍긴다는 것. 일어난 일은 그것뿐입니다. 그것으로는 충분하지 않습니다.

—— 레베카 웨스트

제가 쓴 플롯은 늘 미숙합니다. 지금까지 제가 무엇을 성취했건 플롯을 다루는 기교가 결정적인 요인이 되지는 않았습니다. 대개 저에게는 플롯이 없습니다. 그러다 등장인물들이 어떤 행동을 하는데 그 행동에서 가끔은 내러티브에 충실한 플롯의 조각들이 나옵니다.

—— 노먼 메일러

언제나 범죄소설을 즐겨 읽었습니다. 제 생각에는 오늘날 완성된 가장 훌륭한 글 중 상당수가 범죄소설입니다. 범죄소설에 반드시 필요한 요소인 플롯과 시련은 감상주의나 의식의 흐름 같은 끔찍한 덫에서 소설을 구해줍니다. 소설에는 시련이 반드시 필요합니다. 그리고 플롯도! 삶은 늘 플롯 속에서 일어납니다. 삶은 단연 플롯으로 구성됩니다!

—— 존 모티머

장담컨대, 현대 소설의 어떤 책략도, 플롯이 없다는 특징조차도, 독자에게 진정한 만족을 주지 못할 것입니다. 그 케케묵은 플롯 중 하나를 소설 중간에 몰래 끼워두지 않는 한은 말입니다. 저는 삶을 정확히 구현한다는 이유로 플롯을 칭송하지는 않지만 독자들로 하여금 계속 책을 읽게 하는 방법으로서 플롯을 높이 평가합니다. 창작 수업을 할 때, 저는 학생들에게 등장인물들이 당장 뭔가를 원하게 만들라고 하곤 했습니다. 고작 물 한 잔이더라도 말입니다. 현대 생활의 무의미함에 무기력해진 등장인물도 가끔 물은 마셔야 하니까요. 학생 중 한 명은 왼쪽 아래 어금니 사이에 치실이 낀 채로 하루를 지낸 수녀 이야기를 썼습니다. 훌륭하다고 생각했죠. 그 소설은 치실보다 훨씬 중요한 문제를 다뤘지만 독자는 그 치실이 대체 언제쯤 빠질 것인가, 하는 걱정에 계속 책을 읽었습니다. 그 소설을 읽으면서 손으로 입속을 더듬어보지 않은 사람은 없을 겁니다.

_____ 커트 보니것

제가 가장 큰 약점으로 여기는 게 뭔지 알려드리죠. 저는 제가 플롯을 아주 잘 쓴다고 생각하지 않습니다. 그러니까 이야기의 짜임새 말이에요. 제 동명 소설을 원작으로 한 영화 「우정 어린 설득」Friendly Persuasion이 제작되는 아홉 달 동안 저는 할리우드에 머물렀습니다. 감독인 윌리엄 와일러가 저에게 했던 말이 기억나요. "재서민(실제로는 '웨스트 씨'라고 했을 거예요), 이 이야기에는 인물이 과연 그렇게 할까, 아니면 하지 않을까? 하고 궁금증

을 유발하는 요소가 하나 더 필요해요." 저는 그런 요소를 충분
히 넣지 않는 경향이 있는데, 독자들은 그런 것을 원하는 모양입
니다.

— 재서민 웨스트

젊은 극작가가 해서는 안 되는 일이 무엇일까요? 관객을 지루하게
만드는 겁니다! 그러니까, 하다못해 무대에서 닥치는 대로 인물
들을 죽이거나 의미 없이 총을 쏘면 적어도 독자의 관심을 사로
잡아 졸음에 빠지지 않게 할 수 있습니다. 어떤 방법으로든 계속
일을 벌여야 합니다.

— 테너시 윌리엄스

늘 그런 것은 아니지만, 성적 흥분은 일종의 마약입니다. 또 제가 실
제로 다룰 수 있는 몇 가지 플롯 중 하나더군요. 어느 남녀가 대
화를 나누는 모습을 상상하면, 그리고 그 뒤에 그 두 사람이 옷
을 벗기 시작할 거라는 사실을 알고 있으면, 저는 흥겹게 빠져듭
니다. 둘 다 자극적인 장면이며 다음 단락을 쓰라며 저를 유인
합니다. 다음에 무슨 일이 생길지 알면 정말 즐겁습니다. 남녀가
대화를 잠깐 나누다가 약간 기묘한 섹스를 나누는 식의 기초적
인 연애 플롯, 그것이 제가 다룰 수 있는 플롯입니다. 다른 플롯
들은 더 어렵습니다.

— 니컬슨 베이커

많은 작가가 나이를 더 먹을 때까지는 온전한 이야기를 들려주지
 못합니다. 대개 아직 충분한 시간이 흐르지 않았고 삶을 단편적
 으로 경험하기 때문이지요. 인과 관계와 플롯은 아직 정체를 드
 러내지 않았습니다. 좋은 이야기를 만드는 것은 다름 아닌 시간
 입니다. 많은 재료가 오랫동안 익어가다가 어느 날 마침내 이야
 기가 되어 식탁으로 나갑니다. 더없이 기쁜 순간이지요. 이는 등
 장인물들이 계속 나타나는 이유이기도 합니다.

— 배리 해나

제가 타고난 소설가라고는 생각하지 않습니다. 정말 그렇지 않습니
 다. 예를 들어 저는 플롯을 짤 때 몹시 애를 먹습니다. 어떤 사람
 들은 이야기꾼이라는 놀라운 재능을 타고납니다. 제가 결코 가
 져본 적 없는 재능이지요. 일례로 어느 글에서, 로버트 루이스
 스티븐슨은 소설의 모든 플롯은 잠재의식(그는 이것을 자신을 위
 해 일하는 '브라우니'라고 부르더군요)을 통해 꿈속에서 얻은 것으
 로, 자신은 꿈에서 얻은 소재로 열심히 글을 쓸 뿐이라고 말했
 습니다. 저는 브라우니 같은 것을 가져본 적이 없습니다. 상황을
 연출하는 것이 언제나 무척 어렵게 느껴졌습니다.

올더스 헉슬리

제가 흥미 위주의 소설을 악긴 무시하고 있나고 생각하는 사람들
 도 있겠지만, 그건 일부분만 사실입니다. 예를 들어 저는 애거
 사 크리스티를 정말 좋아합니다. 크리스티는 처음에 추리소설

장르의 규칙을 따르다가 이따금씩 특유의 장기를 선보입니다. 제 경우에는 정반대 지점에서 시작하는 것 같습니다. 처음에는 규칙을 따르지 않고 플롯을 구성하지도 않지만, 그러다가 이따금씩 '아니, 줄거리가 좀 있어야겠어'라는 생각이 듭니다. 그러면 제가 하고 싶은 것을 억제합니다. 그러나 줄거리에 맞지 않는다는 이유만으로 아름다운 파편을 포기할 일은 결코 없을 겁니다.

——————————————미셸 우엘베크

제가 소설을 쓰도록 저 자신을 독려하는 주된 방법은 거짓말을 하듯이 써보는 겁니다. 그 소설이 현실인 셈 치고, 장난 삼아 거짓말로 상대를 속이려고 해보는 거지요. 중요한 문제는 저에게 이야기에 대한 감각이 거의 없다는 점입니다. 이 점이 작가로서, 독자로서, 영화 관객으로서 저에게 영향을 미칩니다. 저는 플롯이 어떻게 진행되는지 기억하지 못합니다. 그런 탓에 영화관에서 나온 뒤 30분이 지나면 영화가 어떻게 끝났는지 말할 수가 없습니다.

——————————————뤼크 상트

아주 최근에 저는 그다지 효율성이 없던 노력, 즉 구조에 전념하던 버릇을 포기했습니다. 플롯에도 전념하지 않기로 했습니다. 사실, 제가 가장 중요하게 여기는 작가들은 십중팔구 주제를 벗어나기 일쑤이며, 완벽한 외골격 덕분에 칭찬받을 수 있는 플롯에

는 대개 무관심합니다. 그러나 저는 매번 플롯을 제대로 제시해
야 한다고 생각했지요.

조너선 레섬

등장인물은
실제입니까,
가상입니까?

Are Your Characters Real-life or Imaginary?

가끔 서너 명을 합쳐서 등장인물 하나를 만듭니다. 한 사람이 지닌 특징이 글로 다룰 만큼 강렬하지 않기 때문이지요. 그러나 본질적으로, 사실을 이렇게 저렇게 바꾸더라도 현실에 충실한 작품을 씁니다. 제가 작품에 등장시킨 많은 사람이 지금도 살아 있고 나와 얼굴을 보면서 삽니다. 『여자의 마음』The Heart of a Woman에서 저는 아프리카인인 전남편에 대해 썼습니다. 글을 쓰기 전에 탄자니아의 옛 수도인 다르에스라람에 있는 그에게 전화를 걸어 우리가 함께 지냈던 시간에 대해 좀 쓰고 싶다고 말했죠. 그가 그러더군요. "그걸 묻기 전에 이 점을 알아두면 좋겠소. 당신이 거짓말할 사람이 아니라는 걸 아니까 당신 제안에 동의할 거요. 하지만 진실을 해석하는 문제에 대해서는 분명 당신과 다투게 될 거요."

———— 마야 안젤루

소설에 등장시킬 정도로 현실 속의 인물을 잘 알지 못합니다. 글을 쓰기 시작했는데 갑자기 그 인물이 무슨 치약을 쓰는지 기억이 안 납니다. 실내 장식에 대해 그들이 어떻게 생각하는지도 모르고, 결국 완전히 막막해집니다. 아니, 주연들의 모습은 떠오릅니다. 조연의 경우에는 사진을 찍어둬야 할 겁니다.

————————————————— 그레이엄 그린

저는 등장인물들에게 어떤 영향도 미치지 않습니다. 그저 관찰자로서 기록할 뿐이죠. 늘 등장인물들이 스스로 이야기를 들려줍니다. 사실 저는 그들의 일부 언행, 그러니까 불경스러운 말이나 악덕한 행동을 비난하기도 하고 거기에 창피함을 느낄 때도 있습니다.

————————————————— 어스킨 콜드웰

등장인물들이 작가로부터 달아나더라는 이야기, 그러니까 마약을 하고 성전환 수술을 하고 주도권을 가져가 버린다는 식의 이야기는 작가가 자신의 기법을 전혀 모르거나 숙달하지 못한 바보라는 뜻입니다. 황당한 얘기죠. 물론 존경스러울 만큼 상상력을 발휘하면 기억이 복잡하고 풍부해져서, 생명체가 빛과 어둠에 반응해 불시에 방향을 바꾸는 것처럼 상상력도 자유롭게 활개칩니다. 그러나 작가가 자신의 바보 같은 발명품을 따라잡지 못해 무기력하게 뛰어다닌다는 건 한심한 생각입니다.

————————————————— 존 치버

머리가 아주 둔한 사람들에 대해 쓰기가 어렵더군요. 제 소설의 등장인물이 똑똑할 뿐 아니라 자기 자신에 대해서도 잘 아는 사람인 경우가 많다는 사실을 알고 있습니다. 제가 정말 동경하는 것 하나는 자기가 어떤 사람인지 잘 알지 못하는 사람들을 이해하며 품위 있게 글을 쓰는 능력입니다. 대부분 사람들은 주위에서 인정하는 것보다 더 똑똑하지만, 다른 사람들이 받아들일 만한 방식으로 자신을 표현하지 않는 것 같습니다. 어떤 사람들을 보면 그들의 머릿속에 무엇이 들었는지 알 수가 없어요. 바로 그게 문제입니다.

그리고 남자들. 남자들에 대해 쓰는 것도 어려워요. 예전에는 남자들이 어떤지 제가 잘 안다는 확신이 없어서 어렵다고 느꼈습니다. 지금도 남자들의 옷과 사무실을 묘사할 때는 어색한 기분이 듭니다. 열심히 조사해서 남자들의 진짜 옷차림이나 말하는 방식, 업무 패턴을 알아내야 합니다.

마거릿 드래블

전체주의적 관점을 갖지 않는 게 중요합니다. 미국 문학은 마치 한 가지 형태만 있다는 듯이 지나치게 전체주의적 경향을 띱니다. 우리는 늘 똑같은 식으로 행동해 서로 구별되지 않는 한 덩어리의 인간이 아닙니다.

토니 모리슨

그레이엄 그린은 어떻게 활용될지 모르는 단어를 1만 개쯤 먼저 쓰고 나서야 어떤 일화나 등장인물이 떠오른다고 말했습니다. 그 뒤 단어를 1만 3000개를 쓰면 이야기가 모습을 드러낸다는군요. 그동안 쓴 내용을 결코 파기해서는 안 된다는 사실을 그는 경험으로 알게 되었는데, 결국 계획에 딱 들어맞기 때문이랍니다.

— 킹즐리 에이미스

어떤 책에서건 제가 좋아하는 사람들, 제가 생각하는 저, 그리고 저를 짜증나게 하는 사람들 이외에는 누구도 등장인물로 쓴 적이 없습니다. 그러니 저는 수많은 작가, 그러니까 사실 소설가라고 할 수는 없고 그저 이 세 가지 범주로 최선을 다해 글을 써야 하는 수많은 작가 중 하나인 셈입니다. 이런 작가들에게는 삶의 다양성을 관찰해 냉정하게 묘사할 능력이 없습니다. 그런 일을 해낸 작가가 일부 있긴 합니다. 톨스토이가 그런 경우가 아닐까요?

쓸 만한 요령을 이야기하자면, 눈을 반쯤 감고 그런 사람을 떠올리면서 그의 확실한 특징을 빠짐 없이 묘사하는 겁니다. 어떤 사람의 특징을 3분의 2만 알아도 글을 시작할 수 있습니다. 목표는 똑같이 그려내는 것이 아니며 그럴 수도 없는데, 사람은 다른 장소가 아니라 자신의 삶이라는 특정한 환경에 있을 때만 그 사람이기 때문입니다. 그러니 필립이 지노와 갈등을 겪을 때[●] 필립의 모델인 덴트 교수에게 상의하거나 헬렌[●●]이 사생아를 어떻게 대해야 하는지를 등장인물 한 명 반의 모델이 되어준 디킨

[●] 필립과 지노는 포스터의 첫 장편소설 『천사들도 발 딛기 두려워하는 곳』Where Angels Fear to Tread의 등장인물이다.
[●●] 포스터의 대표작 중 하나인 『하워즈 엔드』Howards End의 주요 등장인물이다.

슨스 양에게 물어보았다면, 이야기의 분위기와 소설 자체를 망치고 말았을 겁니다. 모든 일이 순조롭게 진행된다면 원재료는 곧 사라지고 다른 어디에도 없는, 소설 속의 인물이 나타납니다.

E. M. 포스터

제가 쓴 모든 소설에 등장하는 인물들은 콜라주입니다. 제가 알았거나 들은 적이 있거나 본 적이 있는 다양한 인물을 모아서 만든 콜라주예요. 저는 지난 세기와 이번 세기 초반의 라틴아메리카 독재자들에 대해 수집할 수 있는 모든 자료를 찾아 읽었습니다. 또한 독재정권 아래서 살았던 수많은 사람과 이야기를 나눴습니다. 그 기간이 적어도 10년은 됩니다. 그리고 등장인물을 어떤 모습으로 그릴지 생각이 명료해졌을 때, 그동안 읽고 들은 것을 모두 잊으려고 노력했습니다. 현실에서 벌어진 상황을 조금도 이용하지 않고 새로 만들어낼 수 있도록 말입니다. 어느 순간, 제가 어느 시기건 독재정권 아래서 살아본 적이 없음을 깨달았고 그래서 스페인에서 이 책을 쓴다면 공고한 독재정권 치하에서 살 때의 분위기를 알 수 있겠다는 생각이 들었습니다. 그러나 독재자 프란시스코 프랑코 치하의 스페인과 카리브해 독재정권 치하의 분위기가 매우 다르다는 사실을 알게 되었죠. 그래서 그 책은 1년쯤 제자리걸음이었습니다. 뭔가가 빠졌는데 그게 뭔지 알 수 없었어요. 그러다 갑자기, 고향인 키리브해로 돌아가는 게 최선이라는 결론을 내렸습니다. 그래서 우리는 모두 콜롬비아의 바랑키야로 돌아갔습니다. 기자들은 제가 한 말을 농담

으로 여기더군요. 구아버 냄새가 어떤지 기억나지 않아서 돌아
간다고 말했으니까요. 사실 그건 책을 완성하는 데 정말 필요한
것이었습니다. 저는 카리브해 지역 곳곳을 여행했습니다. 이 섬
저 섬 돌아다니며, 제 소설에서 빠진 요소들을 발견했습니다.

━━━━━━━━━━━━━━━ 가브리엘 가르시아 마르케스

등장인물들이 작가가 예상하는 모습대로 나타나야 한다고 생각하지
않습니다. 그들은 작가가 제시하는 길을 늘 따라가지는 않습니다.
적어도 제가 제시하는 길은 따라가지 않더군요. 어떤 사람에 대해
글을 써보고 싶어도 열 쪽쯤 가면 멈추고 말 겁니다. 글은 한 사
람에게서 시작되는 게 아닙니다. 많은 사람의 여러 부분으로 시
작되지요. 사람 사이의 갈등과 거절을 다루는 것이 희곡입니다.

━━━━━━━━━━━━━━━ 릴리언 헬먼

만일 제가 그런 일[실존 인물을 허구의 인물로 바꾸는 과정]이 어떻게
일어나는지 설명한다면, 그 글은 명예훼손 전문 변호사용 지침
서가 될 겁니다.

━━━━━━━━━━━━━━━ 어니스트 헤밍웨이

제가 등장인물들을 완성할 무렵, 그들은 다른 누구도 아닌 자기 자
신입니다. 제가 그들을 발판으로 삼는다고 말하는 편이 더 나
을 겁니다. 우습게도 저는 여러 평론가와 비평가로부터 거의 모
든 등장인물을 통해 저 자신을 묘사한다고, 그러니까 자전적으

로 그려낸다고 비난을 받아왔습니다. 프리윗이 저라고들 하더군요. 워든도 저라고 하고요.◗ 데이브 허쉬◗◗도 저라고 했지요. 저는 그 모든 사람이 될 수 없습니다. 실제로 어떤 사람들은, 당연히 프리윗을 영웅으로 미화한 탓이지만, 제가 저를 모델로 프리윗을 그려냈다는 사실을 도저히 믿을 수 없다고 말합니다. 제가 그러지 않았다고 말했는데도 말입니다. 그 문제에 대해서 말하자면 아마 더 젊고 낭만적이었던 시절에 저는 프리윗이 되고 싶고 워든이 되고 싶었을 겁니다. 반면 데이브 허쉬는 분명 되고 싶지 않았을 겁니다. 그러나 전반적으로 제 등장인물들은 제가 한때 알고 지냈던 사람들로부터 떠올렸을 것입니다. 가끔은 그저 어떤 사건이 떠올라 그 사건에 어울릴 인물을 상상해낼 때도 있습니다. 예를 들어 영창에서 팻소 저드슨에게 살해된 남자인 블루스 베르는 제가 아예 모르는 사람이었습니다.

제임스 존스

등장인물에게 일단 말이나 행동을 하게 해보면 작가는 인물이 특정한 방식으로 행동한다는 사실을 알게 됩니다. 왜 그럴까 생각하다가 다음 쪽으로 넘어가지요. 제 방법은 이렇습니다. 저는 경품용 소에 두른 리본처럼 등장인물들을 덧붙여 플롯을 구성하는 데는 관심이 없습니다. 핵심은 등장인물입니다. 등장인물이 새로

◗ 프리윗과 워든은 제임스 존스의 대표작 『지상에서 영원으로』From Here to Eternity에 등장하는 두 이등병이다.
◗◗ 제임스 존스의 소설 『달려오는 사람들』Some Came Running의 등장인물이다.

운 행동, 즉 제가 몰랐거나 기대하지 않은 행동을 하면 이야기가 활기를 띠지요. 이야기의 결말을 처음부터 안다면 아마 완성하지 못할 겁니다. 저는 레그스 다이아몬드가 결국 죽을 것임을 알았고, 그래서 쓰고 있던 부분에서 그를 죽였습니다.[1]

— 윌리엄 케네디

저는 등장인물의 모델로 삼은 사람을 그의 실생활과 거의 관련이 없는 상황으로 보내봅니다. 그러면 그 모델은 순식간에 사라집니다. 그가 처한 개별적 현실은 사라지고 없습니다. 예를 들어 저와 약간 안면이 있는 프로 축구 선수를 데려다가 영화배우로 만드는 겁니다. 이런 식으로 바꾸면 그와 특별히 관련된 모든 것은 금세 사라지고, 재미있게도 그의 성격에서 뽑아낼 수 있는 특징만 남습니다. 그러나 이런 과정은 시작 단계에서는 재미있지만 등장인물이 일단 모델과 분리된 뒤 그 인물을 키워줄 더 창의적인 행위만큼 재미있지는 않습니다. 그 재미가 시작되는 순간은 등장인물이 원래의 모델만큼이나 복잡해지게 될 때입니다. 그런 뒤에야 그는 일개 배역에서 벗어납니다. 그들은 생생한 인물이 되는데, 저는 이 둘을 구별하기를 좋아합니다. 배역이라는 것은 한눈에 파악할 수 있는 사람, 어떤 사람인지 명확히 알 수 있는 사람이지만, 생생한 인물은 성격이 계속 변합니다. 소설가

[1] 케네디는 소설 『레그스 다이아몬드』Legs Diamond에서 갱단의 일원인 잭 레그스 다이아몬드의 삶을 변호사 마커스 고먼의 시점으로 묘사한다.

E. M. 포스터의 작품에 나오는 인물처럼 말이지요. 제 소설 『사슴 공원』The Deer Park에서 룰루 메이어스는 일개 배역이라기보다는 생생한 인물입니다. 그녀를 자세히 살펴보면 장면마다 모습이 다르다는 걸 알게 될 것입니다. 아주 조금씩 달라지지요. 처음에 우연히 그렇게 되었는지 제가 일부러 그렇게 했는지는 모르겠지만, 어느 순간 저는 변덕스러운 모습이 그녀에게 어울리는 것 같으니 바로잡으려 하지 말자고 의식적으로 결정했습니다.

———————— 노먼 메일러

제 등장인물들은 달아나지만 멀리 가지는 않습니다. 그들의 변장술은 놀라운 수준입니다.

———————— 버나드 맬러머드

거의 실존 인물에서 시작하지만, 곧 원래 인물과 조금도 닮지 않도록 변화를 줍니다. 대개는 부수적인 등장인물들만 현실에서 데려옵니다.

———————— 프랑수아 모리아크

플롯에 대해 쓴 E. M. 포스터의 글을 읽고 있었는데, 그가 말하길 멋진 등장인물들을 창조해두고 그들에게 어떤 일도 시키지 않는 건 끔찍한 일이라고 하더군요. 등장인물들은 플롯에 참여하는 걸 귀찮아하지 않을 거라고 말입니다!

———————— 존 모티머

등장인물들이 손아귀에서 빠져나가 진부하고 하찮은 변덕을 부리는 상황을 처음 제시한 사람은 [E. M. 포스터가] 아니었습니다. 그냥 깃펜만큼이나 오래된 현상이죠. 물론 포스터의 등장인물들이 인도나 그가 이끄는 다른 곳으로 이동하지 않으려고 버둥거릴 때는 측은한 마음이 들지요. 제 등장인물들은 갤리선 노예[●]라고 할 수 있겠군요.

———————————————————— 블라디미르 나보코프

여성은 감정과 감정의 원인인 혼란에 더 능숙하게 대처합니다. 그러나 안나 카레니나야말로 가장 그럴듯한 여주인공이라고 말해야 할 것입니다. 그녀가 기차역으로 가서 철로를 내려다보며 브론스키의 거절을 생각하는 마지막 장면은 절망을 묘사한다는 점에서는 형편없습니다. 여성은 대체로 깊이를 가늠하는 데 능숙합니다. 남성 예술가는 커다란 바위 조각상을 만들지만 여성 예술가는 그와는 달리 완벽한 보석을 창조할 수 있습니다. 재능이나 지능의 한계 때문이 아니라 그저 세상을 바라보는 방식이 다르기 때문입니다.

———————————————————— 에드나 오브라이언

열심히 노력해봤지만 제가 아는 사람들과 제 소설에 등장하는 인물들의 유사점을 발견하지는 못했어요. 인물을 묘사할 때 정밀함

[●] 돛과 노를 이용해 움직이는 중세 유럽의 군용선으로 노예를 데려와 노꾼으로 썼다.

을 추구하지는 않아요. 가상의 인물들에게 일종의 진실성을 부여하려 노력합니다. 제가 아는 사람들을 소설에 집어넣으면 아마 저는 지루해서 죽을 거예요. 제가 보기에 눈속임에는 두 종류가 있습니다. 사람들이 서로의 눈앞에서 내세우는 '겉모습'과 작가가 현실의 표면에 입힌 '겉모습'이죠.

— 프랑수아즈 사강

아주 자연스럽게 됩니다. 저는 등장인물들을 창조해 그 인물 나름의 내적 풍경 속으로 들여보냅니다. 물론 그들이 나누게 될 이야기와 직면해야 할 상황이야말로 제가 가장 걱정하는 부분입니다.

— 로버트 스톤

글쎄요, 제가 보기에 [등장인물을 창조할] 유일한 방법은 관찰입니다. 다른 길은 없다고 봐요. 그리고 작가의 관찰은 기차에서 누군가를 만나 대화를 좀 나누다가 헤어지는 모습과는 아주 다릅니다. 사실은 작가가 눈여겨본 사람들을 합산하는 과정과도 같습니다. 소설가들의 '내면'에는 그들로 하여금 상황을 눈여겨보며 늘 축적하게 만드는 뭔가가 있다고 생각합니다. 소설가는 '선홍색'을 눈여겨봅니다. 소설가는 쓸모없는 정보를 모으는 사람입니다. 좋은 정보를 모아서 좋은 용도로 쓰는 선량하고 믿음직하고 현명한 시민들과는 반대지요. 소설가는 사소하고 하찮은 세부 요소를 기억하는데, 그런 세부 요소 중 일부는 거의 끔찍할 정도지만 실상을 보여주기에는 아주 효과적입니다. 이건 상황을 끝없이 기억하는 한 방법이기도 합니다. 마치 사진을 찍은 듯이, 아주 오랜 세월이 지난 뒤에도 어떤 얼굴이 떠오릅니다. '내가 아주 잘 아는 사람인데'라는 생각이 잠시 스칠 정도로 말이에요. 제게 비범한 통찰력이 있다고 주장할 수도 있겠지만, 사실은 매우 부지런한 상상력일 뿐입니다. 제 속에 있는 중압감을 알고 싶은 욕구 때문에 이것저것 캐물으며 저를 조금씩 물어뜯고 갉아먹는다고나 할까요. 물론 이 모든 일이 일어나는 동안, 저는 여기저기에 선을 그리고 색칠하며 실제 인물로부터 점점 더 멀어져가는 존재를 창조해냅니다. 진실이 모습을 드러내면 창조된 그 인물은 아예 다른 사람입니다. 자기만의 권리를 가진 사람이지요.

———— 윌리엄 트레버

[지브스를] 일부러 이용한 건 딱 한 번입니다. 그의 첫 등장은 「사촌동생 거시 구하기」Extricating Young Gussie라는 단편에서 "그레그슨 부인이 오셨습니다"라고 말할 때였습니다. 대사는 고작 한 줄 더 있었어요. "아주 좋습니다. 어느 옷으로 하시겠습니까?" 언젠가 두 청년, 즉 버티 우스터와 그의 친구 코키가 주인공인 단편 「코키의 예술 활동」The Artistic Career of Corky을 쓰고 있었는데 두 사람은 말썽을 많이 일으켰지만 곤란한 상황을 벗어날 정도의 머리는 없었어요. 그때 이런 생각이 들었습니다. 둘 중 한 명에게 박식한 하인이 있다면? 저는 그 하인에 대한 단편을 하나 썼고, 그다음에는 다른 단편을, 그다음에는 단편 몇 개를 더 쓰다가 장

편소설까지 쓰게 되었습니다. 등장인물은 그런 식으로 성장합니다. 지금까지 지브스를 주인공으로 장편소설은 아홉 편, 단편소설은 서른 편쯤 쓴 것 같군요.

— 펠럼 그렌빌 우드하우스

등장인물은 모두 제가 알았던 사람들의 혼합체입니다. 사람과 대화를 하는 동안 등장인물이 저에게 다가와요. 아마 마르셀 프루스트와 마들렌 사이에도 이런 사연이 있었을 겁니다. 다른 상황에서 이 말을, 이 말투를 들은 적이 있다는 느낌이 듭니다. 그러면 무례하게 보일 위험이 있더라도, 제가 전에 만난 사람이 누구였는지 알아낼 때까지 그 말에 집착하며 거꾸로 추적해나가야 합니다. 방콕 대사관의 이등서기관을 보았는데 옥스퍼드 대학의 화학과 조교가 떠오를지도 모릅니다. 그러면 저는 두 사람에게 어떤 공통점이 있는지 질문해봅니다. 그런 혼합체로 소설의 등장인물들을 창조할 수 있지요.

— 앵거스 윌슨

저는 등장인물들을 통제합니다. 아주 세심하게 상상해내지요. 등장인물들에 대해서 알아야 할 것은 모두 안다고 생각합니다. 예를 들어 가르마 타는 방식이랄지, 제가 쓰지 않은 특징까지 모두 말입니다. 그들은 유령과 비슷합니다. 자기 사신에 대해서만 생각하고 그밖에 어떤 것에도 관심이 없습니다. 그러니 그들이 작가 대신 책을 쓰게 내버려 두면 안 돼요. 그런 일이 일어난 책을 읽은 적이 있습니다. 소설가가 어느 등장인물에게 완전히 압도되었지요. 저는 이렇게 말해주고 싶습니다. "그러면 안 됩니다. 그 사람들은 책을 쓸 수 있었다면 그렇게 했겠지만 쓰지 못합니다. 쓸 수 있는 사람은 바로 당신입니다. 그러니 '입 닥쳐. 나한테 상관하지 마. 제가 지금 이야기를 쓰고 있으니까'라고 말해야 합니다."

— 토니 모리슨

'그'는 더는 제가 아닙니다. 다른 사람, 그러니까 저를 연기하는 등장인물이자 저보다 뛰어난 배우지요. 저는 그냥 쓰기만 할 뿐입니다. 다른 누군가가 제 역할로 연기하는 중입니다. 저는 그에 대한 글을 써도 괜찮을 만큼 그 사람을 잘 기억하고 있습니다. 대가 없는 숭고함의 적절한 예시죠. 예술은 늘 현실을 본뜨는 것 같습니다. 진실은 상상에만 존재하는 것이거나 상상으로 그려낸 것입니다. 우리에게는 재구성, 재현, 표현만 남습니다. 제가 쓴 자서전은 결국 타인이 쓴 전기가 됩니다.

— 찰스 라이트

실존 인물을 소설에 넣는다는 생각은 질색인데, 도덕적으로 의문의 여지가 있다고 생각할 뿐 아니라 지독하게 지루할 거라고 생각하기 때문입니다. 저는 아는 누군가의 사진을 찍어내고 싶지 않습니다. 존재하지 않지만 동시에 존재할 것만 같은 사람을 창조하고 싶습니다. 제 생각에 등장인물의 특징은 서서히 조합됩니다. 첫인상은 아주 희미할지도 모릅니다. 그가 선량한 시민이거

나 종교적인 사람이라는 사실만 어렴풋이 알지요. 어쩌면 금욕
주의자이거나 쾌락주의자일 수도 있습니다. 저는 그가 일으킬
문제나 다른 등장인물들과의 관계에 대해 조금은 알고 있어야
합니다. 그러나 소설에서 중요한 세부요소들, 즉 그의 외모와 특
징, 기벽, 그의 다른 성격, 존재 방식 같은 세부 요소는 운이 좋다
면 나중에, 그것도 직관적으로 떠오를 겁니다. 한 사람을 지켜보
면 볼수록, 일종의 일관성이 발달하기 때문입니다.

아이리스 머독

특정 등장인물들이 자기가 더 돋보이게 해달라고 요구한다는 것을
깨닫게 될 때, 작가가 어길 수 없는 어떤 법칙으로 이야기가 통
제된다는 사실이 보이기 시작할 때, 그때가 이 일의 가장 흥미
로운 부분입니다. 작가가 등장인물들을 원하는 대로 만들 수 없
고, 등장인물들에게 어떤 자율성이 있다는 사실이 분명해지지
요. 제가 창조한 삶에서 제가 존중해야 할 삶을 발견할 때, 그때
가 가장 흥미진진합니다.

마리오 바르가스 요사

어느 날, 어린 시절에 10분 동안 일어난 일을 머릿속으로 되새기며
조용히 시간을 보내고 있었습니다. 방에는 사람들이 여섯 명 있
었는데 그중 아직 살이 있는 사람은 저뿐입니다. '누가 어디에
앉아 있었지? 누가 무슨 말을 했지?' 그러다가 저는 생각했지요.
'그 사람들이 가능한 한 오래, 내 가슴속에서, 내 머릿속이나 내

글 속에서 살아가게 해주리라. 내가 죽으면 누군가 나를 똑같은
방식으로 살아가게 해줄 테니, 공정한 거래가 되겠지.'

— 아모스 오즈

소설가에게는 등장인물이 단 하나뿐이며 그건 바로 자기 자신이라
고 늘 생각해왔습니다. 제 경우에는 저겠지요. 물론 경찰이나 성
직자, 매춘 담당 변호사가 되어본 적은 없지만 이런 주인공들은
어떤 의미에서 나의 대변인입니다. 저는 그들의 직업에 대해 배
우는 게 즐겁고, 그런 까닭에 논픽션을 쓰는 것을 굉장히 좋아합
니다. 저는 소설가가 사건을 보도하고 여기저기 돌아다니고 별
별 사람을 만나며 '현장에' 있는 사람이라고 믿습니다.

— 존 그레고리 던

작가가 쓰는 모든 글은 자전적입니다. SF소설이나 오크 행성에 대
해 쓰더라도요. 어떤 의미에서 그것은 저의 모습이며 저의 정체
입니다. 저는 제가 표본인 것처럼, 인간의 표본인 것처럼 저 자
신에 대해 글을 쓰며, 따라서 인간에 대해 글을 쓰는 셈입니다.
제가 정말로 아는 단 한 사람, 마땅히 잘 알고 가끔은 터무니없
을 만큼 잘 아는 단 한 사람은 저 자신입니다. 그리고 우리 모두
는 이 한 사람 속에 수많은 인격을 갖고 있습니다.

— 폴라 폭스

소설을 쓰기 전에 저는 각 등장인물에 대해, 심지어 조연에 대해서

도 신상명세서를 작성합니다. 일대기와 이력서, 문화와 취향의 특이 사항, 출신 배경, 외모, 걸음걸이, 목소리까지 모두 기록합니다. 이런 신상명세서는 굉장히 폭넓어질 수 있고 때로는 도저히 감당할 수 없을 정도가 되기도 합니다. 중요한 장면을 써야 할 때는 그 명세서를 끝없이 확장하지 않도록 훈련했습니다. 그렇게 했는데도, 지금 쓰고 있는 책 때문에 신상명세서를 쓰느라 저는 거의 미칠 지경입니다.

— 노먼 러시

사실 작가가 자신의 이야기를 들려줄 수는 없습니다. 그 이야기의 요소를 활용할 수는 있지요. 그러나 100쪽 뒤에 등장인물이 하고 있을 행동을 통제할 수 있다고는 생각하지 마세요. 작가가 할 수 있는 일이라고는 예를 들어 그 등장인물에게 자신의 문학적 취향을 부여하는 것입니다. 이보다 더 쉬운 것은 없습니다. 그냥 등장인물이 책을 펼치게 하면 됩니다.

— 미셸 우엘베크

제 소설이 현실주의적이지 않다는 사실을 다시 언급해야 할 것 같습니다. 제 소설은 현실을 선별적으로 베껴 쓴 게 아닙니다. 제 상상력으로 수준 높게 정돈한 문서입니다. 제 소설에 현실과 비슷한 점이 있다면 친숙한 분위기를 창조하기 위한 것입니다. 그런 분위기는 편안한 느낌을 주기 때문에 유용하며, 덕분에 저는 까다롭고 전혀 예상하지 못했던 내용을 끌어들일 수 있습니다.

등장인물들은 작품으로 들어가는 주출입구입니다. 사람의 형상을 한 데다 주변 환경보다 더 밝게 빛나기 때문입니다. 그러나 그들은 실제가 아닙니다. 그들은 어떤 것도 느끼거나 생각하거나 바라지 않습니다.

_____ 데니스 쿠퍼

등장인물을 발전시킬 때마다 일종의 감정적 갈등이 일어납니다. 제가 흥미를 느끼는 등장인물들이 제 생각 속에서 의문을 제기하는 것처럼 보여요. 어떤 인물을 그의 삶이라는 전체적인 환경을 최대한 고려해 생각하기 시작한 순간, 그는 즉시 수수께끼가 됩니다.

_____ 메릴린 로빈슨

등장인물이 먼저입니다. 저는 소설을 좋은 소설과 나쁜 소설로 나눕니다. 좋은 책은 어떤 상황에서 이런저런 행동을 한 어떤 사람을 다룬 책이라고 설명할 수 있습니다. 나쁜 책은 어떤 사람이 이런저런 행동을 한 '상황'을 다룹니다. 달리 말해, 플롯은 등장인물로부터 자라나야 합니다. 플롯을 만들어낼 필요는 없습니다. 어떤 인물이 있어서 그 사람을 어떤 상황 속에 두면 플롯이 생기기 시작합니다. 『건기에 싹튼 사랑』Dry Season에 등장하는 할리 드루 같은 사람을 데려다 미시시피의 어느 마을에 넣어두면, 사건이 벌어지기 시작할 겁니다. 제가 보기에는 당연한 현상입니다.

_____ 셸비 푸트

단편 「비둘기를 키우는 소녀」The Girl Who Raised Pigeons에는 아버지가 어린 딸을 유모차에 태워 처음으로 밖에 데리고 나가는 장면이 있습니다. 그는 마음속으로 생각합니다. '거리에는 아무도 없고, 이 아이는 말을 못 해.' 그는 그대로 떠나버릴 수도 있습니다. 그가 떠나버리는 장면을 그렸다면 흑인 남자들이 하는 행동을 한 번 더 비판하는 효과를 낼 수 있었을 겁니다. 저는 그렇게 해야만 한다면, 그러니까 이야기에 필요하다면 그때는 어쩔 수 없다고 생각했지요. 그래서 그가 그런 부류의 인간이 아님이 밝혀졌을 때 다소 마음이 놓였습니다.

———— 에드워드 P. 존스

저는 네덜란드의 화가 피터르 브뤼헐이 그랬듯이 '등장인물들'로 풍경을 채우기를 좋아합니다. 가끔 그 인물들은 괴기스럽거나 몸집이 지나치게 크지만 그렇지 않을 때도 있습니다. 아무튼 그러기 위해서 시인은 붓을 몇 번 놀려, 여기에 선을 하나 긋고 저기에 색을 입히기만 하면 됩니다. 소설가는 견인차로 무거운 기계를 끌어다 놓고 공병을 동원해 토목 공사에 전념해야 합니다. 가엾다는 생각이 듭니다.

———— 오거스트 클라인잘러

제목과 등장인물의
이름을 어디서
착안하십니까?

Where Do You Get Titles and Character Names?

지금은 이름이 바뀌었지만 뉴욕 10번가, 그리니치 애비뉴와 웨이벌리 플레이스 사이에 수시로 간판을 바꿔대는 술집이 하나 있었습니다. 그 술집 아래층 카운터에 커다란 거울이 있었고 사람들이 거기에 낙서를 휘갈기곤 했지요. 우리 중 누구도 아직 별다른 일을 시작하지 않은 오래전, 그러니까 1953년⋯ 어쩌면 1954년의 어느 날 밤 그곳에서 맥주를 한잔 마시고 있었습니다. 그러다 그 거울에 아마도 비누로 휘갈겨둔 "누가 버지니아 울프를 두려워하랴?"라는 글귀를 보았습니다. 희곡을 쓰기 시작했을 때 그 글귀가 다시 머릿속에서 불쑥 튀어나왔어요. 그리고 물론 '누가 버지니아 울프를 두려워하랴'라는 글귀의 뜻은 크고 '못된' 늑대를 누가 두려워하겠느냐, 거짓된 환상마저 품지 않고 살아가는 삶을 누가 두려워하겠느냐는 뜻입니다. 그 글귀를 보니 마치 평범한 대학생이 된 듯한, 지적인 농담을 들은 듯한 느낌이 들었지요.

_____ 에드워드 올비

두 가지 방법이 있습니다. 하나는 할아버지나 증조할아버지 같은
선조들의 이름을 쓰는 겁니다. 그 이름들에 일종의 불멸성을 부
여하기 위해 그러는 것은 아니지만 한 가지 방법입니다. 다른 방
법은 왠지 깊은 인상을 주었던 이름을 쓰는 겁니다. 예를 들어
제가 쓴 어느 소설에서 가끔 등장하는 어느 인물의 이름은 '야몰
린스키'인데 그 이름이 저에게 깊은 인상을 남겼기 때문입니다.
이상한 단어 아닌가요? 또 어떤 인물은 '레드 샤라크'라고 지었
는데, 샤라크가 독일어로 '주홍색'이라는 뜻이고 그는 살인자였
기 때문이지요. 두 배로 붉지 않습니까? 레드 샤라크. '붉은 주홍
색'이라는 뜻이니까요.

_____ 호르헤 루이스 보르헤스

『초대받은 여자』She Came to Stay에서 그자비에르라는 이름을 선택한
이유는 그 이름을 쓰는 사람을 딱 한 명밖에 만나지 못했기 때문
입니다. 이름을 찾을 때는 전화번호부를 이용하거나 예전 제자
들의 이름을 떠올려 봅니다.

_____ 시몬 드 보부아르

[『라스베이거스의 공포와 혐오』Fear and Loathing in Las Vegas는] 좋은 문구
입니다. 어젯밤, 1969년에 받은 어느 편지에서 그 표현을 보았
습니다. 그전에는 본 적도, 들은 적도 없었지요. 사람들은 제가
그 문구를 키르케고르나 스탕달에게서 훔쳤다고 비난합니다.
그냥 알맞은 문구처럼 보였을 뿐이에요. 일단 그런 제목을 붙

여버리면, 그런 표현을 신문에서 보게 되어도 바꿀 도리가 없습니다.

헌터 S. 톰슨

인물의 이름을 모르면 시작할 수가 없습니다. 그게 바로 지금 제가 겪고 있는 문제예요. 머릿속으로, 어떤 소설을 계획하고 있습니다. 이미 이름 대여섯 개는 있어야 하는데, 아직 아무 이름도 없습니다. 인물을 모두 슈미츠라고 부르면서 일단 글을 시작하면 분명 도움이 되긴 할 겁니다(그것도 나쁘지는 않지요). 하지만 이름은 많이 생각할수록 좋습니다. 의미심장한 이름을 붙이거나 인물의 개성을 드러낼 이름을 찾으려고 하는 것은 서투른 판단입니다. 사람의 이름은 저에게 정말 신성불가침한 영역입니다. 저는 이름을 찾지 못하는 바람에 많은 것을 그르칩니다. 때로는 피아노로 즉흥연주를 하듯이, 타자기에 즉흥적으로 입력합니다. 이렇게 생각해봅니다. '그래, 디(D)로 시작하자, 그다음에는 이(E)를 넣고, 그런 다음 엔(N), 이런 식으로 하자.' 그러다 보면 그 인물은 덴저Denger 또는 그와 비슷한 이름이 됩니다.

하인리히 뵐

처음부터 끝까지 멈추지 않고 생각이 흘러가는 대로 쓴 시집 『천사 외르트비스』L'Ange Heurtebise에서 '천사 외르트비스'라는 이름은 언젠가 중간에서 멈춰버린 엘리베이터 회사명에서 따온 것입니다. 또 노르망디 지방 어느 약국의 크고 고풍스러운 유리병에 적힌 명칭을 보고 등장인물들의 이름을 짓기도 했습니다.

———— 장 콕토

화살표로 '현 위치'라고 표시해주는 쇼핑몰 안에 있는 것과 비슷합니다. 시의 도입부는 독자에게 적어도 그런 정보는 주어야 합니다. 그 점에서 낭만적 서정시는 매우 뛰어난데 시인이 늘 자신이 있는 장소를 알려주며 시를 시작하기 때문입니다. 아시겠지만 "저는 뒷마당, 보리수나무 그늘에 앉아 있습니다"라거나 "저는 언덕에 앉아 있습니다"라거나 "저는 들판에 누워 있습니다"라거나 "저는 틴턴 수도원에서 위쪽으로 3마일 떨어진 지점에 있습니다"라고 말해줍니다. 위치를 알려주는 거죠.

———— 빌리 콜린스

때로는 현실의 인물들을 활용하고 때로는 그들의 진짜 이름도 씁니다. 그렇게 할 때는 반드시 제가 좋아하는 사람들에게 축하를 전한다는 의미입니다. 『10월의 빛』October Light에서처럼 한두 번, 다른 사람들이 만들어낸 가공의 인물을 빌려오기도 했습니다. 인물이 구축되면 당연히 문제는 이름을 짓는 것뿐입니다. 제가 보기에는 모든 등장인물, 그리고 모든 사람은 자각하건 자각하지 못하건, 세상을 바라보는 아주 복잡하고 철학적인 방법을 구현합니다. 이름은 그런 인물의 성격에 강한 단서가 되어줄 수 있습니다. 이름은 마법입니다. 어떤 아이에게 존이라는 이름을 지어주면, 루돌프라는 이름을 갖게 된 아이와 다른 아이로 자랄 겁니다. 저는 모든 소설에서 실존 인물을 활용했는데 『그렌델』Grendel 만은 예외였습니다. 그 시절에는 우리가 쓰는 것과 같은 종류의 이름이 없었기 때문에 불가능했죠. 그러나 『그렌델』에서도 저는 농담과 언어유희를 통해 제가 이야기하고 있는 사람의 정체에 대한 단서를 제공했습니다. 예를 들어, 한 남자의 이름이 '붉은 말'이라는 뜻인 '레드 호스Red Horse'인데, 표현상으로는 붉은 말이라고 하지만 실제로는 '밤색 말Sorrel'이므로, 그 인물의 모델은 사실 조르주 소렐이었습니다.

존 가드너

오스트레일리아에서 열린 어느 작가 축제에 참석해서 마이클 온다치, 빅토리아 글렌디닝, 로버트 매크럼, 그리고 위디트 헤르츠베르흐라는 네덜란드 작가와 함께 해변에 앉아 있었습니다. 우리는 반쯤 장난삼아, 곧 완성될 제 소설의 제목을 짓는 놀이를 하고 있었습니다. 온다치가 '등심, 육즙 물씬한 이야기'가 어떻겠느냐고 말했습니다. 그런 수준이었지요. 그러다가 헤르츠베르흐가 프로이트가 꿈을 가리켜 말한 '낮의 잔재Tagesreste'라는 표현을 이야기했습니다. 위디트가 머리에 떠오르는 대로 번역해 '낮의 유물remains of the day'이라고 말해주었습니다.▣ 분위기상 알맞다고 느껴졌지요.

가스오 이시구로

▣ 국내에는 『남아 있는 나날』(민음사, 2010)로 출간되었다.

이야기나 원고를 완성한 '다음에' 예상 표제 목록을 만듭니다. 가끔은 100개나 될 때도 있습니다. 그런 다음에는 지워나가기 시작하는데, 모두 지워버릴 때도 있습니다.

———————————— 어니스트 헤밍웨이

저에게나 독자에게나 늘 제목이 가장 중요합니다. 저는 제목을 집요하게 따라가다가 많은 이야기와 기사를 썼습니다. 가끔은 가제를 붙여두고, 가끔은 해당 주제에 알맞은 제목을 발견하기도 합니다. 최신작 『죽은 소년을 위한 아바나』La Habana Para un Infante Difunto를 봅시다. 시작 당시에는 제목이 달랐습니다. '8월의 고백'이었는데, 고백적인 내용을 암시하면서도 성 아우구스티누스의 『고백록』Confessions을 떠올리게 하는 영리한 제목이었지요. 8월에 그 책을 쓰기 시작했으니, 그 사실도 포함된 제목이었습니다. 그러던 어느 날, 성 아우구스티누스가 밀라노 정원에서 계시와도 같은 목소리를 들었을 때처럼, '죽은 소년을 위한 아바나'라는 제목이 그냥 들렸습니다. 새 제목을 염두에 두고, 저는 책 전체를 다시 썼습니다.

———————————— 기예르모 카브레라 인판테

저는 몹시 어리석게도 보르도 인근에 있는 우리 동네에서 아주 잘 알려진 이름들을 사용했습니다. 지금까지는 그 방법이 초래한 아주 당혹스러운 상황을 잘 피해왔습니다.

———————————— 프랑수아 모리아크

가끔 어떤 제목이 떠오르는데 그 자체로는 멋지게 들리지 않지만 알고 보면 극의 의미에 완벽하게 어울리는 유일한 제목인 경우가 있습니다.「세우지 말아야 할 집」A House Not Meant to Stand은 아름다운 제목은 아닙니다. 그러나 연극에서 언급되는 그 집은 끔찍하게 파손된 상태로, 실제로 사방에서 빗물이 샙니다. 그 집, 그러니까 그 제목은 우리 시대와 사회에 대한 은유입니다. 그리고 물론 평론가들은 그런 것을 좋아하지 않으며 솔직하게 인정하지도 못합니다. 누가 자기 입에 풀칠을 해주는지는 알겠지만 말입니다. 어떤 제목은 제가 희곡을 쓰는 동안 대사에서, 또는 배경 그 자체에서 나옵니다. 어떤 제목은 제가 읽은 시에서 나옵니다. 제목이 필요할 때 저는 대개 하트 크레인의 시를 다시 읽습니다. 여행할 때는 크레인의 시집을 한 권 가져갑니다. 어떤 시구가 제 눈길을 사로잡고 제가 지금 쓰고 있는 글에 알맞게 보입니다. 이런 방식에 어떤 체계는 없습니다. 가끔은 희곡 대사 한 줄이 제목이 되어줍니다. 보통 저는 딱 어울린다 싶은 제목을 찾을 때까지 수없이 제목을 바꿉니다. 키웨스트에 '바다의 별, 마리아'라는 가톨릭 성당이 있습니다. 희곡에 붙이면 아름다운 제목이 될 것입니다.

테너시 윌리엄스

오직 신정 위대한 삭가만이, 앙드레 말로가 그랬듯이 책에『희망』Man's Hope 같은 제목을 붙일 수 있습니다. 그보다 서투른 작가는 제목을 설명하려고 무수한 종이를 허비해야겠지만 말로는 그렇게 할 필요가 없습니다. 말로이기 때문입니다. 당신이 위대한 작가가 아니라면 다른 방법을 찾아야 합니다. 『지치지 않고 흑인과 사랑을 나누는 법』How to Make Love to a Negro without Getting Tired 같은 제목이 바로 그것입니다. 저는 제목을 설명할 필요가 없습니다. 그 첫 제목은 신들이 준 선물이었습니다.

———————————————————————— 다니 라페리에르

저는 늘 이름 짓기가 인위적이라고 생각했습니다. 이제는 그렇지 않아요. 어떤 여자에 대한 소설을 쓰고 그녀를 '올랜도 부인'이라고 불렀는데, 그 인물의 토대가 된 여자가 플로리다에 살았기 때문입니다.◨ 최근에는 '두 명의 데이비스와 양탄자'라는 제목의 이야기를 썼는데, 이웃 중에 데이비스라는 사람이 있고 그와 제가 어떤 러그를 서로 차지하겠다며 실랑이를 벌이던 중이었기 때문입니다. 책 제목을 '두 명의 해리스와 양탄자'라고 붙였던들 그 누구도 차이를 느끼지 못했겠지만, 저는 그 이름을 썼다는 사실이 무척 마음에 들었습니다.

———————————————————————— 리디아 데이비스

『허영의 불꽃』The Bonfire of the Vanities이라는 제목은 오랫동안 제 머릿속에 있었습니다. 아메리칸 익스프레스 버스를 타고 피렌체를 관광한 적이 있어요. 시뇨리아 광장에 도착했는데 그곳에는 첼

◨　　올랜도는 미국 플로리다주의 중부에 위치한 도시다.

리니가 조각한 멋진 메르쿠리우스 신 동상이 있습니다. 가이드이기도 했던 운전사가 그곳에서 일어난 '허영의 화형식'에 대한 이야기를 들려주었습니다. 15세기 말, 피렌체 시민들이 사치와 향락이 지배하던 바로크 시대를 막 지나온 뒤였는데 갑자기 금욕적인 수도사 사보나롤라가 나타나서 "여러분의 악한 길을 버리시오, 벗어던지시오, 여러분의 허영을 버리시오"라고 말했습니다. 그래서 불꽃을 피웠지요. 사람들은 대부분의 물건을 자발적으로 불꽃 속에 던져 넣었습니다. 일부 물건은 남겨두었지만 대부분을 태웠습니다. 비종교적인 그림들, 보카치오가 쓴 책들, 가발과 가짜 속눈썹과 온갖 금은 제품을 불 속에 던졌습니다. 처음에 시민들은 열광했습니다. 우리가 지금 건강식에 열광하는 것과 비슷한 분위기였다는군요. 그들은 그 금욕주의에 열광했어요. 그런데 이런 화형식을 두 번 더 치르고 나자 시민들은 그 모든 과정에 몹시도 진절머리가 났고, 게다가 교황이 도시의 실질적 통치자였던 사보나롤라를 질투하게 되면서 사보나롤라는 세 번째 화형식의 제물이 되었습니다. 어쨌거나, 허영의 불꽃이라는 개념이 제 머릿속에 박혀 호기심을 불러일으켰고, 저는 언젠가 그런 제목으로 책을 써야겠다고 생각했지요.

톰 울프

능장인물이 자기 이름을 선언해야 합니다. 저는 이름 목록을 만듭니다. 직접 이름을 짓기도 해요. 한번은 '게빈더'라는 이름을 지었습니다. '게빈더'라는 이름을 가진 사람은 없을 거라고 생각했지요. 그런데 미국에 사는 누군가가 저에게 편지를 보내서 "우리 가족에 대해 어떻게 아셨습니까?"라고 하더군요. 이름 짓기는 재미있는 일입니다. 수많은 정취가 딸려오기 때문에 이름은 아주 중요합니다. 다른 등장인물들이 한 인물을 부르는 방식 또한 중요합니다.

———————————— 아이리스 머독

『시녀 이야기』The Handmaid's Tale는 처음 쓰기 시작했을 때 제목이 '오프레드Offred'였습니다. 110쪽쯤 썼을 때 제목을 바꿨지요. 저 자신에게 용기를 주려고 작업 일지를 썼기 때문에 알 수 있어요. 짧은 메모가 아니라 종이에 빽빽하게 쓰는 일지입니다. 전에도 그리고 지금도 저는 성경을 읽는데, 호텔 방에 자주 머문 결과이자 오랜 습관 때문입니다. 그래서 '시녀 이야기'라는 최종 제목은 사실 「창세기」 30장에 나오는 것입니다. 또 그중 한 단어는 어린 시절 제가 이상하게 여겼던 단어이기도 합니다. '시녀'라니. '하인'도 마찬가지였지요. 아주 이상한 단어예요.

———————————— 마거릿 애트우드

캘리포니아에 사는 멋진 친구가 있는데, 아일랜드의 소설가인 브라이언 무어입니다. 어느 날 저녁에 함께 식사를 하던 중, 브라이언이 몬트리올에서 신문 기자로 일하던 시절에 대해 이야기했습니다. 그 지역에 사는 어느 괴짜의 이름이 '셰이크 핸즈 매카시'였다고 말하더군요.❞ 저는 "잠깐, 그 이름을 쓸 건가?"라고 말했지요. 그는 "아니, 그 사람 얘기 좀 들어봐" 하더군요. 저는 "아니야, 그 사람에 대해서는 아무것도 알고 싶지 않아. 그냥 그 이름만 쓰고 싶네"라고 말했습니다. 그래서 그 이름이 『고백』True Confessions에 등장했지요. 그 이름을 들었을 때는 그걸 정말로 쓰게 될 줄 몰랐습니다. 그러나 등장인물에게 착 달라붙는 이름이었지요.

— 존 그레고리 던

농담이 아니라, 제목은 정말 중요합니다. 제가 쓴 책은 모두 처음에는 제목이 무슨 의미인지 전혀 알 수 없습니다. 독자는 내용을 읽다 보면 알 수 있을 거라는 희망으로 시작하지만, 그 희망도 사그라집니다. 『틀루스』의 경우, 저는 그 제목이 좀 기발한 효과를 낸다고 생각했어요. 독자가 그 이상한 제목을 까맣게 잊었을 즈음, 어떤 등장인물이 베트남의 늪지에 한쪽 다리를 빠뜨렸다가 그 다리를 빼는데 늪이 "틀루스!"라고 소리 내는 겁니다. 독자는 문득 기억이 떠올라 맨 위쪽을 보겠지요. 거기에는 그 제목이, 종이 위에 둥실 떠 있습니다.

— 해리 매슈스

제 작품에 제 이름을 쓰는 것은 언제나 모험처럼 느껴졌어요. 그 이름의 밑바닥에는 수많은 감정이, 수많은 욕구와 무모함이 있습

▣ 세이크 핸즈Shake-Hands는 영어로 악수라는 뜻이다.

니다. 『첼시 걸스』Chelsea Girls에는 아일린 마일스가 등장하는 단편이 있는데 그 이야기에서 그녀는 강간을 당합니다. 3인칭 관점으로 아일린 마일스에 대해 이야기하는 건 아주 쉽더군요. 그녀는 케이프코드에 있는 배 안에 앉아 있고, 발로 모래 위에 자신의 이름을 씁니다. 그런 다음 그 이름을 지우는데, 위태로움 precarity(정말 우아한 단어입니다)을 보여주는 장면 같지요. 하지만 그 이름과 그 주인이 위태로운 상태라는 건 사실입니다.

———————————————————— 아일린 마일스

저는 이름을 아주 중요하게 여기는데, 대부분의 이름이 부자연스럽게 느껴집니다. 어떤 이름들은 너무 문학적이고 어떤 이름들은 너무 흔해서 어떻게 보면 이름을 아예 짓지 않은 것이나 다름없어요. 가끔은 제 성을 쓰기도 합니다. 스페인 사람들은 공식적으로는 성이 두 개지만 비공식적으로는 부수적인 성이 열여섯 개 있습니다. 할머니의 성이 세 번째 성이 되고, 외할머니의 성이 네 번째 성이 되는 식이죠. 저는 등장인물들에게 그런 성을 붙이는데, 대개는 가장 비열한 인물들에게 씁니다.

———————————————————— 하비에르 마리아스

좋은 대화를
쓰는 비결은
무엇입니까?

What's the Secret to Good Dialogue?

저를 이끄는 것은 등장인물입니다. 다시 말해, 저기에 어떤 등장인물이 보이는데, 그 사람이 제가 알던 한 사람 또는 때로는 두 사람이 뒤섞인 모습이라는 걸 깨닫지만, 그것으로 끝입니다. 그 후 그 등장인물은 독립적으로 움직입니다. 그가 말을 합니다. 대화를 쓰고 있으면서도 저는 어떤 말이 나올지 알지 못합니다. 정말이지 그들에게 달렸습니다. 저는 그저 그들이 하는 말을 타자기로 입력할 뿐입니다. 때로는 웃음을 터뜨리거나 종이를 내던지며 "이런, 이런 바보 같은 말을 하다니. 집어치워!"라고 말합니다. 그러고는 다른 종이를 끼우고 그들이 나누는 대화를 처음부터 다시 씁니다.

———————————————— 훌리오 코르타사르

종일 일을 하다가, 문득 제 말을 다른 사람에게 받아 써달라고 해보자는 생각이 들었습니다. 저는 대화를 끊임없이 생각하고 있는데 제 손가락이 생각의 속도를 따라가지 못하더군요. 들어보니 빌리 와일더도 그렇게 했다고 합니다. 그는 그가 하는 말을 동료가 타자기로 입력하는 동안 승마용 채찍을 들고 걸어 다녔답니다. 조지프 콘래드도 그랬습니다. 헨리 제임스도 그렇게 했지요. 제 작가 친구들 중에는 그게 속임수라고 생각하는 이들이 있어 줄곧 증거를 남겨두고 있습니다. 또 작가가 등장인물들만큼 유창하게 말할 수 있다는 건 믿기 어려운 얘기겠지만, 말할 주제가 있고 등장인물들과 마음이 통한다면 할 수 있습니다. 그런 다음 나중에 고칩니다. 서술문을 새로 쓰면서 그 문장을 완벽하게 만든답시고 자리에 앉아 시간만 질질 끄는 것보다는 훨씬 낫습니다.

———————————————— 매슈 와이너

대화는 아주 강력한 무기입니다. 그렇지 않습니까? 그러니까 예전부터 소설가는 사람들이 말하는 방식으로, 즉 직설적으로 말하거나 미사여구를 많이 쓰는 등 다양한 말투로 인물의 특징을 즉시 드러내야 했습니다. 그러나 저는 서술문보다는 대화문을 훨씬 빨리 쓸 수 있습니다. 서술문을 쓰는 건 늘 약간 괴롭더군요. 대화문이 더 재미있어요. 다만 저는 사람들이 실제로 이렇게 말한다고 독자들이 깜빡 속아 넘어가도록 늘 새로운 문구를 시도해봅니다. 사실 그런 대화는 현실에서 오가는 대화보다 훨씬 논리정연합니다. 항상 성공한다는 뜻은 아니지만, 의심스러울 때는 직접 그 문구를 예닐곱 번 따라 말하며 그 부분을 말하는 배우가 되어봅니다. 또 '내 말뜻은'이나 '말하자면', '알다시피' 같은 문구가 중요합니다. 왜냐하면 어떤 등장인물들은 자신의 의

도를 처음부터 말로 정확히 표현하기 어려워하는데 제 생각에
는 이런 문구가 그 특징을 나타내주기 때문입니다.

———————————————— 킹즐리 에이미스

대화문은 대부분 '너무' 쉽습니다. 저에게는 그렇습니다. 의심스러
울 정도로 쉬워서, 주의를 기울여야 할 정도입니다. 대화문 쓰기
가 너무 쉬운 까닭에 어쩌면 저는 '정확한 표현'이라는 까다로운
문제를 피해버릴 수도 있습니다. 사람들에 대해서나 인간의 행
동에 대해서 제가 글로 제시하고 싶은 중요한 쟁점과 미묘한 핵
심이 있는데, 좋은 대화문을 쓰기만 하면, 또는 대화문을 피상적
으로 쓰거나 적당히만 쓰면 이런 문제를 쉽게 피할 수 있습니다.
그 인물들을 더 잘 알게 되면서 대화문 쓰기가 점점 더 쉬워지기
도 합니다. 그러나 제가 지금 고심 중인 등장인물과 사건의 미묘
한 여파들을 설명하려면 좋은 대화만 써서는 부족합니다. 어쨌
거나 '사실적인' 대화로는 부족합니다. 초현실적인 대화문을 쓴
다 해도 마치 꿈속에서 일어난 장면처럼 느껴질 겁니다. 진짜 대
화가 되지는 않을 겁니다.

———————————————— 제임스 존스

『그 나라 속으로』Coming into the Country에는 유콘강 상류를 묘사하는
데 온전히 할애한 부분이 있었는데, 아내 욜랜더가 "나머지 내
용과 어울리지 않아요. 뭔가 잘못됐어요"라고 말하더군요. 피곤
한 데다 책이 거의 마무리 단계였기 때문에 짜증이 났지요. 그러

나 그녀의 말이 옳았습니다. 저는 다른 사람들의 언어와 제가 인용한 그들의 말이 저를 대신해 글을 쓰게 하고 있던 것입니다. 저는 공책에서 골라낸 대화 더미 속에서 숨만 쉬고 있을 뿐이었고, 이는 글을 쓰는 것보다 더 쉬운 일이었지요. 그래서 저는 다시 원고를 보며 전처럼 인용문에 많이 의존하지 않고 그 부분 전체를 다시 썼습니다.

— 존 맥피

대화는 저에게 아주 중요한 요소인데, 소설에 나오는 대화를 늘 좋아했기 때문입니다. 많은 사람이 대화를 중심으로 빠르게 소설을 읽어나갑니다. 사실, 저는 너무 가볍다는 느낌을 주지 않는 범위 내에서 소설 속 산문을 압축하고 싶습니다. 마누엘 푸이그 같은 사람들은 거의 소설 전체를 대화문으로 썼지만, 독자들은 이야기가 일어나는 장소가 어디인지 알아야 하기 때문에 그런 방식은 때로 감당하기 어렵습니다.

어쨌거나 대화를 쓰는 것이 아마 제가 가장 잘하는 일일 텐데, 저는 제 소설이 그 사실을 뒷받침할 미적 특질을 갖추도록 늘 공을 들입니다. 물론 헤밍웨이는 정말 대화를 잘 쓰는 작가였고 그 점이 우리가 그의 작품을 읽는 한 가지 이유입니다. 대화는 사람들에 대한 사실을 드러내는 아주 유용한 도구이며, 소설은 사람들에 대한 이야기이자 그들이 서로에게 하는 행농에 대한 이야기지요. 소설이 존재하는 이유가 바로 그겁니다. 소설은 단순히 해체주의자들을 위해 존재하는 문서가 아닙니다. 언젠가, 이 점이 다시 명확해질 겁니다.

—— 토머스 맥구언

제가 그 소설의 챕터를 지금도 예전에도 그다지 좋아하지 않는 이유는 이것입니다. 챕터가 끊기자 독자는 그 챕터를 여기에서 끊겠다고 의도적으로 결정한 저자가 있음을 알게 됩니다. 제가 누군가의 머릿속에 들어갔고 그 인물은 계속 생각만 할 뿐이라는 환상이 깨지지요. 같은 방식으로 대화 역시 인위적입니다. 빈번하게 이어지는 인용부호도 마찬가지입니다. 이야기의 서술자가 말을 하는 건 또 다른 문제입니다. 서술자가 문간에 나타나 "여기에서 뭐해요?"라고 말했던 게 기억납니다. 독자는 문장 자체는 따로 기억하겠지만, 대화 전체는 기억하지 못할 것입니다. 적어도 저는 대화 전체를 기억하지 못합니다.

—— 리디아 데이비스

혹시 당신이 거리에서 어떤 여자를 만났을 때 그녀의 눈동자 색과 머리 색, 그녀가 입은 옷의 종류를 즉시 파악하는 사람이라면, 저와 전혀 비슷하지 않은 부류입니다. 저는 사람들의 감정만 파악합니다. 특히 사람들의 억양, 그들이 쓰는 표현의 종류를 눈여겨봅니다. 제가 머릿속에서 늘 들으려 하는 것이 바로 그것입니다. 사람들이 말하는 방식 말입니다. 근본적으로 사람들은 완전히 다른 언어로 말을 하기 때문이지요. 저는 청각이 지독히도 예민해서 목소리를 기가 막히게 잘 구분합니다. 예를 들어, 제가

작가는 어떻게 쓰는가

아주 좋아하는 어떤 사람을 떠올리면, 그 사람의 모습이 기억나는 것이 아니라 목소리를 똑같이 흉내 낼 수 있습니다. 저는 흉내를 아주 잘 냅니다. 아마 제 속에 기본적으로 배우 기질이 있는 모양입니다. 이야기와 마음이 통하지 않으면, 또 그 이야기 속의 모든 사람이 어떤 방식으로 말하는지 알지 못하면, 저는 그이야기를 완성된 것으로 여길 수 없습니다. 같은 맥락에서 저는 그 사람들이 어떻게 생겼는지 독자에게 조금도 말해줄 수가 없습니다. 만일 제가 알맞은 구절을 썼고 독자의 머릿속에서 그 구절이 들린다면, 독자는 그 사람을 보고 있는 것입니다.

_____ 프랭크 오코너

대화 쓰기는 자연스럽게 진행됩니다. 저는 플롯을 중심으로 쓰는 작가가 아닙니다. 내용이 복잡한 플롯을 생각해내는 건 매우 어려운 일입니다. 플롯의 형태로 복잡한 대화를 쓰는 것이 훨씬 더 재미있지요. 화자는 대화를 이어가면서 자신의 극적인 상황을 만들어가며, 자신이 좋은 사람인지 아니면 나쁜 사람인지 아직 모릅니다. 자연스러운 현상이에요. 그러니 대화는 제가 좋은 플롯을 쓰지 못해서 맞닥뜨리는 모든 결점을 없애줍니다. 대화는 제가 쓸 수 있고 생각해낼 수 있는 것, 좋아하는 것 중 하나입니다. 저에게 대화문은 시의 한 형태입니다. 저는 시를 써서 작가로 먹고살지는 못합니다. 대화문은 세가 나가살 수 있는 범위 내에서 시와 가장 가깝습니다.

_____ 빅터 소든 프리쳇

비결은 친근함이죠. 인상 깊은 표현 방식을 보여주는 것도 그렇고요. 우리는 일단 어떤 표현이나 문장을 들으면 거의 잊지 않습니다. 우물 속으로 두레박을 내려보내면 늘 가득 차서 돌아오는 것과 비슷해요. 자기가 기억했다는 걸 모르지만, 기억하고 있습니다. 현재 상황에 알맞은 단어를 찾으려고 귀를 기울이면 그 단어가 들립니다. 그리고 이야기를 쓰고 있을 때는 외부에서 들려오는 모든 대화가 그 이야기에 들어맞는 것만 같습니다. 시내버스에서 우연히 들은 말은 제가 지금 쓰고 있는 쪽에서 등장인물이 할 만한 바로 그 말입니다. 어디를 가든 제가 쓸 이야기의 일부분을 만납니다. 아마 주파수가 거기에 맞춰져 있어서, 적합한 대화가 자석에 달라붙듯이 찾아오는 거겠지요. 귀를 자석으로 생각할 수 있다면 말입니다. 누군가 하는 말이 제 귀에 들렸습니다. "뭐, 염소를 먹어본 적이 없다고?"(이 부분은 삭제해야 했어요) 다른 사람이 대답하더군요. "염소라니! 이번 모임 때 염소를 내놓겠단 말은 하지 마. 내가 먹을 게 염소라는 말은 듣지 못했어. 난…" 이런 식으로 대화가 지속되다가 요리법이 화제에 오르고 결국에는, 제 기억이 정확한지는 모르겠지만 "식초는 쓸모가 아주 많아"라는 말로 끝나더군요. 음, 저는 이런 대화 내용을 듣고 그냥 웃다가 한참 생각해본 뒤 소설에 집어넣습니다. 그리고 나면 '이건 그냥 나오는 대로 지껄인 것뿐이잖아. 빼버리자!' 하는 생각이 듭니다. 그러면 그 부분을 뺍니다.

───────────────────── 유도라 웰티

늘 가능한 한 일찍 대화를 등장시킵니다. 노려야 할 건 속도라고 늘 생각해요. 초반에 배치된 산문 덩어리보다 독자에게 더 큰 걸림돌은 없습니다.

— 펠럼 그렌빌 우드하우스

때로는 등장인물들의 대화를 들으면 그들이 어떤 사람인지에 대한 생각이 조금 선명해집니다. 최종 원고에 그 정보가 반드시 있어야 하는 건 아니에요. 두어 번, 대화 때문에 단편소설을 그 자리에서 중단한 적이 있습니다. 「불타는 집」The Burning House이 그런 경우였어요. 등장인물인 남편이 마지막에 마음 깊이 묻어뒀던 생각을 표현했을 때 저는 '이런, 지금 막 이야기가 잘못돼버렸어'라고 생각했지요. 한참 좌절한 채 자리에 앉아 타자기에 꽂힌 종이만 바보처럼 응시하다가, 저는 그에게 마지막 대사를 주었고 정확히 바로 그 순간 이야기를 끝내야 했어요. 그 남자로부터 한마디도 더 듣고 싶지 않은 나머지 공정함을 버리고 그에게 말을 끝마칠 기회를 주지 않았습니다.

— 앤 비티

저는 제가 가장 고민하는 문제를 반영하는 등장인물에 대한 이야기만 쓸 수 있습니다. 저는 등장인물이 해설의 수단이라고 생각합니다. 그들의 목소리에는 숨겨신 난서가 가득하고 저는 그 복소리를 듣는 게 좋습니다. 그런 까닭에 대화를 굉장히 많이 씁니다. 때로 등장인물들이 말하지 '않는' 내용은 그들이 '말하는' 내용보다 더 많은 것을 표현하지요.

—— 마누엘 푸이그

대화를 쓰고 있는데 등장인물이 어떤 말을 하려고 한다는 굉장히 강한 충동이 느껴질 때, 저는 거의 언제나 그 충동에 따르며 그 뒤에 어떤 일이 일어나는지 지켜봅니다. 처음 희곡을 쓰기 시작할 때는 그 사람들이 누구인지 모르기 때문에 그저 귀를 기울여야 합니다. 그들은 저를 통해 노래를 부르고 있으며, 제가 그들의 멜로디를 들을 수 있다면 글로 쓸 이야깃거리가 생긴 겁니다.

—— 토니 쿠슈너

글쓰기는 아주 기묘한 활동이며 희곡을 쓰는 것은 제가 듣고 싶은 목소리를 창조하는 일입니다. 저는 누군가 말해야 한다고 생각하는 방식, 제가 즐겁다고 느끼는 방식으로 말하는 사람들을 창조하고 있습니다. 그러니 저는 악기를 발명하는 셈이며 오케스트라는 제가 발명한 악기들로 구성되어 제가 좋아하는 곡을 연주하고 있습니다. 희곡을 쓴다는 건 바로 이런 겁니다. 대사를 쓰고 저는 이렇게 말합니다. "음, 안 돼. 이건 아닌 것 같아."

—— 윌리스 숀

대화는 중간시설■입니다. 영국의 범죄소설가 데이비드 피스가 작년에 한 말을 들었습니다. 데이비드는 2인칭 소설 전문가인데 청중 한 사람이 그의 마음을 끄는 2인칭 시점의 특징에 대해 물었지요. 데이비드의 무심한 대답은 다음과 같았습니다. "글쎄요, 그건 1인칭 시점과 3인칭 시점 중간에 있지요." 대화가 이끄는 소설은 더 전통적인 수단으로 1인칭과 3인칭을 이어줍니다. 3인칭은 작가와 분리된 상태죠. 저처럼 1인칭 관점에 의존하는 문제가 있는 작가들에게는 '나'가 대개 허용되는 것보다 범위가 더 확장되니 융통성 있는 방식입니다. 대화는 폭로의 도구가 될 수 있습니다. 단어 선택만으로 등장인물들에 대한 많은 정보를 슬쩍 집어넣을 수 있지요. 갓 태어난 제 아들의 사진을 보자마자 나이 많고 약간 인종차별적인 친척이 "하지만 일본 사람처럼 생기지도 않았잖아!"라고 외쳤습니다.ᴰᴰ 저는 화가 나기보다는 내심 고맙더군요. 한 사람의 단어 선택이 얼마나 많은 것을 폭로할 수 있는지를 깨우쳐주었으니까요. '언젠가는 저 대사를 써야지'라는 생각도 했습니다.

데이비드 미첼

ᴰ 약물중독자나 정신병 환자, 가석방된 범죄자 등이 일상생활로 돌아가기 전에 거치는 주거 시설.
ᴰᴰ 미첼은 일본 히로시마에서 영어 교사로 일하던 시절 같은 학교 교사인 일본인 게이코 요시다를 만나 결혼했다.

섹스 장면
쓰는 것을
좋아하십니까?

Is It Fun to Write about Sex?

"섹스"라는 말이 그저 성행위를 뜻한다면, 그러니까 "땅이 흔들렸
다" 같은 묘사를 뜻한다면 글쎄요, 전 그런 장면은 많이 쓰지 않
는 것 같아요. 순식간에 희극이나 허세나 과도한 은유가 되어버
릴 수 있으니까요. "그녀의 가슴은 사과 같았다"와 같은 표현 말
이에요. 그러나 '섹스'는 누구의 신체 어느 부분이 어디에 있느
냐, 하는 문제가 아니에요. 그건 두 사람의 관계, 방 안의 가구나
나무에 매달린 잎사귀, 전후에 나눈 말, 감정이죠. 사랑의 행위,
욕망의 행위, 증오의 행위, 무관심의 행위, 폭력의 행위, 절망의
행위, 조작의 행위, 희망의 행위예요. 그런 것들이 섹스의 일부
가 되어야 합니다.

———— 마거릿 애트우드

대부분의 작품을 친구나 들어줄 의향이 있는 사람들에게 읽어주었
는데, 외설적인 상넌은 아수 명랑하게 읽어주곤 했지요. 그런 장
면이 제가 쓴 글 중 가장 좋은 부분을 많이 담고 있다고 생각합
니다. 하지만 지금은 도저히 다시 읽을 수가 없습니다. '오, 맙소

사'라는 생각이 들거든요.

얼래스데어 그레이

한 여자가 소설을 쓰기로 결심하고 순조롭게 진행하다가 애정 장면에 이르렀습니다. 그래서 그 여자는 제 친구에게 말했습니다. "가까운 옥스퍼드 대학에 윌리엄 포크너가 있으니 그에게 이 글을 보내서 물어보면 어떨까?" 그래서 그녀는 자기 소설을 포크너에게 보냈고 시간이 지나도 소식이 없자 전화를 걸었답니다. 그가 그곳에 있으니까요. 그녀는 "포크너 씨, 제가 보낸 애정 장면 보셨나요?"라고 말했습니다. 그는 보았다고 대답했죠. 그녀는 "그럼 어떻게 생각하시나요?"라고 물었죠. 그는 "음, 부인, 저라면 그렇게 하지는 않을 겁니다. 하지만 부인은 계속 써나가십시오"라고 말했습니다. 어때요, 친절한 사람 아닙니까?

유도라 웰티

사회적 체면 때문에 노골적인 섹스 장면은 피합니다. 제가 흔히 쓰는 비유는 아는 사람에게 그런 내용을 듣는다고 생각해보라는 겁니다. 결국 소설가는 독자 입장에서는 그냥 아는 사람에 불과하지 않습니까? 그 아는 사람으로부터 30분 넘게, 그러니까 소설 한 챕터와 맞먹는 시간 동안 그가 무슨 일을 했는지 자세히 듣는다면 민망하지 않을까요? 저라면 민망할 겁니다.

킹즐리 에이미스

제 작품에서 성적인 부분을 자세히 묘사하기 싫은 이유는 아마 제가 육체적 사랑을 몹시 소중하게 여기는 탓에 낯선 사람들이 끼어드는 걸 원하지 않기 때문일 겁니다. 결국 성행위를 묘사할 때 우리는 자신의 경험을 묘사하는 셈이니까요. 저는 사생활을 지키고 싶습니다. 다른 작가들은 자기가 하고 싶은 대로 하면 된다고 생각합니다. 제가 가르친 어느 미국인 여학생처럼, 부끄러워하지 않고 열 쪽에 걸쳐 구강성교를 묘사할 수 있다면, 아주 운이 좋은 경우지요.

그러나 금기를 고분고분 받아들이기보다 교묘한 계략으로 피해가면 더 큰 예술적 쾌락을 누릴 수 있습니다. 엔더비 시리즈의 첫 작품을 쓸 때, 당시 "Fuck off!"라는 말이 용납되지 않았기 때문에 저는 주인공에게 "For cough!"라는 대사를 줘야 했습니다. 두 번째 책을 쓸 때는 분위기가 바뀌어 자유롭게 "Fuck off!"라는 말을 할 수 있었지요. 그러나 그때도 저는 만족스럽지가 않았습니다. 너무 쉬웠으니까요. 다른 인물들이 "Fuck off"라고 대답하는 동안에도 주인공은 여전히 "For cough"라고 말했습니다. 원래는 절충안이었죠. 그러나 모든 예술이 기술적 어려움을 딛고 성장하듯이 문학은 금기를 딛고 성장합니다.

앤서니 버지스

[헤밍웨이는] 언제나 욕설을 걱정했습니다. 저는 특별히 신경 쓰지 않았어요. 섹스는 별표로 표시할 수 있습니다. 저는 늘 그게 어

떤 방법보다 좋다고 생각했습니다.

— 존 더스패서스

제 인생 중 1년 동안 에로틱한 소설, 흔한 말로 포르노소설을 써보았습니다. 사실상 소설이 완성된 어느 날, 저는 그 최종본과 모든 초고를 들고 정원으로 가서 전부 태워버렸지요. 그 소설은 의심할 여지없이 저에게 큰돈을 벌어다 주었겠지만, 저는 그대로가 더 뿌듯했습니다. 그 원고들을 불태운 건 점잔을 부리기 위해서가 아니라 불경스럽다는 느낌 때문이었습니다. 나쁜 취향에서 비롯된 실수 같은 느낌이었죠. 그 소설은 비밀을 깨뜨리고 숨겨진 부분을 드러냈습니다. 이런 이유로 저는 그토록 많은 미국 소설에서 보이는 불필요할 정도의 노골적인 성 묘사가 싫습니다. 결국에는 진정한 성애를 유치하고 파괴적인 것으로 만듭니다.

『맨티사』Mantissa는 부분적으로 그런 풍조를 조롱하기 위해 쓴 책이며 토마스 하디와 알랭 푸르니에, D. H. 로런스, 헨리 밀러 같은 불쌍한 소설가와 수많은 작가가 이 포악하고 에로틱한 악령을 등에 지고 다니며 고생한다는 사실을 조롱하기 위해서이기도 했지요. 이 악령과 돈이라는 악령, 즉 '돈을 많이 벌면 분명 위대한 작가가 될 것'이라는 어리석은 착각은 남성 작가에게 가장 위험한 두 가지 요소입니다.

— 존 파울즈

저는 만족스럽고 풍요로운 성생활을 누려왔는데, 그 부분을 왜 빼야 하는지 모르겠습니다.

—— 헨리 밀러

작가라면 역사적인 인물을 연구할 때와 똑같은 방식으로 섹스를 연구해야 한다고 생각합니다. 쓰는 것 자체는 어려운 일이 아닙니다. 섹스의 외설적인 요소를 사실적으로 쓰는 것이 어렵지요. 흥미를 잃게 만들기 때문입니다. 작가가 해야 할 일은 주변 요소, 성관계의 정서적 요소를 찾아내는 것입니다. 성기 접촉과 같은 내용은 새삼 쓸 가치가 없습니다. 아무 길모퉁이를 찾아가 잡지 하나만 펴도 55번씩은 나오는 내용이니까요. 그게 핵심이 아니라는 말입니다. 반대로, 레그스 다이아몬드의 여자 친구인 키키 로버츠 같은 인물을 발견해서 그녀를 바라보며 그 경이로운 아름다움을 깨닫는 것, 그녀가 분명 레그스와 섹스를 나눌 훌륭한 상대임을 깨닫게 하는 것이 핵심입니다. 그는 그녀를 위해 수없이 목숨을 걸었고 그녀는 끊임없이 보답했습니다. 그녀는 그와 함께 지명수배자가 되었습니다. 그 여인을 본다면, 그녀의 어떤 점이 레그스를 그런 식으로 행동하게 이끌었는지 상상할 수 있을 겁니다.

—— 윌리엄 케네디

1970년대에 잡지 『에스콰이어』에서 저에게 소설에 새롭게 나타난 성적 자유에 대한 글을 기고해달라고 하더군요. 실제로 당시 미국 소설가들은 갑자기 다음과 같은 걸 막 깨달은 참이었습니다.

'맙소사, 내가 하고 싶은 말을 다 할 수 있어! 제시 헬름스도 나를 막지 못해! 어떤 성행위를 묘사해도 괜찮아. 개인적인 기벽을 산문으로 마음껏 써도 괜찮아. 출판사를 설득해 그 책을 출간해서 전국의 서점으로 보낼 수 있다면, 누구도 나를 철장에 집어넣진 않을 거야.'

저는 그 기고문에서 진지한 소설가가 정말 필요로 하고 사용할 수 있는 성적 자유가 어느 만큼이냐는 의문을 진지하게 살펴보려 애썼습니다. 더 명확히 말하자면 저는 동시대 작가들을 관찰하기보다 선배 작가들을 돌아보려 했습니다. 『안나 카레니나』Anna Karenina를 예로 들며 기본적으로 톨스토이가 안나의 사적인 성생활에 대해 그 책에서 다룬 것 이상으로 우리에게 알려줄 필요는 없다고 말했습니다. 그건 섹스를 다룬 책이 아니니까요. 그 책이 다루는 내용은 다른 것입니다. 우리의 가장 훌륭한 부분이 운명과 결탁해 우리의 삶을 끝장내고 가까운 사람들에게 상처를 입힐 수도 있다는 것이죠.

저는 그 기고문에서 플로베르가 우리에게 보바리 부인의 불륜 관계가 실제로 어땠는지 더 많이 이야기해주었다면 이득을 보았을 거라고 말했습니다. 그 소설의 전반적인 주제는 성애에 대한 보바리 부인의 낭만적인 망상, 낭만적으로 해로운 망상이기 때문입니다. 그 글에 "마담 보바리는 침대에서 무엇을 하는가?"라는 제목을 단 것은 『에스콰이어』였습니다. 아마 저는 "자유를 위한 효용"처럼 정말 지루한 제목을 붙였던 것 같은데, 몇 년 전 그 글이 『휴게실』A Common Room이라는 수필집에 수록돼 다시 나타났을 때 저는 용감하게 그 제목을 복구했지요.

──── 레이놀즈 프라이스

[『뉴요커』의 편집자 해럴드 로스는] 섹스가 우발적인 사고라고 생각했습니다. 제가 말했지요. "당신이 그걸 증명할 수 있으면 그 글에 테두리를 쳐서 「뉴욕 타임스」 1면에 주요 기사로 실을 수 있을 거야." 저는 로스가 사적으로 고상한 척하는 인간이었다고 말하려는 게 아닙니다. 그러나 연극이나 인쇄된 글을 볼 때는 분명 그랬습니다. 예를 들어, 로스는 밀봉한 봉투에 쪽지를 넣어 우리에게 보낸 적이 있습니다. "욕설이 포함된 쪽지를 나에게 보낼 때는 반드시 밀봉할 것. 이 사무실에 여자 직원들이 있음"이라는 지시에 따른 행동이었지요. 저는 "그래, 로스, 그런데 그 단어에 대해서는 그 직원들이 자네보다 훨씬 많이 안다네"라고 말했지요. 주변에 여자가 있으면 그는 몹시도 신경을 썼습니다. 한번은 아내와 제가 그의 사무실에 있었는데 로스가 우리는 잘 모르지만 그는 잘 아는 어느 남녀에 대해 이야기하고 있었습니다. 로스는 우리에게 말했습니다. "아무래도 그 두 사람은 같이 '잠'을 자는 사이인 것 같아요." 제 아내가 대답했지요. "어머, 로스 씨, 무슨 말이든 편하게 얘기해도 돼요." 하지만 그의 행동은 진심이었습니다. 그가 저에게 이런 말을 한 적이 있습니다. 여자들은 착한 여자와 나쁜 여자로 나뉘는데 착한 여자들은 그런 말을 들어서는 안 된다고 말입니다.

──── 제임스 서버

프란츠 카프카에게 딱 맞는 이야기라고 생각했어요. 그는 섹스에 대해 쓰지 못했고 섹스가 삶에서 중요한 위치를 차지한다고 생각하지도 않았으니까요. D. H. 로런스는 글에서 멕시코인들의 제사와 성폭력을 묘사하는데, 제가 보기엔 말도 안 되는 내용이 굉장히 많아요. 그 두 가지의 관련성이라고는 멕시코인들이 남양군도 주민들과 마찬가지로 단백질 섭취가 부족했다는 점뿐입니다. 우습지만 이건 멋진 소재입니다. 더 많은 사람이 왜 그 소재로 글을 쓰지 않는지 모르겠습니다. 네 발 달린 짐승들이 유입됐을 때 삶 전체가 어떻게 바뀌었는지에 대해서 말이에요. 그전까지는 사슴이 몇 마리 안 돼서 그들은 사슴을 왕에게 바칠 신성한 동물로 포장하며 멸종을 막았습니다. 대부분의 독자가 아는 내용인 섹스보다는 그런 이야기를 쓰는 게 훨씬 흥미롭습니다.

―――――― 레베카 웨스트

제 소중한 친구와의 우정이 싹트던 무렵(그는 시인이었어요), 그가 저에게 아주 도전적인 태도로 "말해두지만 저는 동화책이라면 질색입니다"라고 하더군요. 저는 "그냥 저를 위해서 이 책을 읽어줄 순 없을까요?"라고 말했지요. 그는 언짢은 듯이 "오, 좋아요, 나에게 보내 봐요"라고 했습니다. 그에게 책을 보냈고 답장을 받았는데 내용은 다음과 같았습니다. "왜 진작 말해주지 않았습니까? 섹스에서 가장 중요한 멋진 활기를 발산하는 메리 포핀스에게 푹 빠졌습니다."

―――――― 패멀라 린든 트래버스

오, 저는 노먼 메일러에 대한 글을 많이 썼어요. 『뉴욕 리뷰 오브 북스』에서 『고대의 저녁』Ancient Evenings을 자세히 비평하며 쓴 문장이 있는데, 노먼은 좋아하지 않았지만 저는 아직도 자랑스럽게 생각합니다. 그 문장은 "미국문학조합 구독자들은 이 소설에서 돈이 아깝지 않을 만큼 다양한 속임수와 사기를 경험하게 될 것이다"였습니다. 저는 그 소설 속에서 동성애자들과 이성애자들이 저지르는 사기 건수를 세어보았습니다. 그 총합이 퍽 인상 깊었는데, 제 기억이 틀린 게 아니라면 주인공도 그런 사기에 가담한 적이 있고, 사자를 속이는 데 성공한 사람은 신처럼 대접받던 왕이었습니다. 그러나 사실 그 책에서 노먼은 이런 면에서 굉장한 독창성을 선보였습니다.

— 해럴드 블룸

섹스는 쓰기 어려운 소재인데, 글로 쓰면 충분히 섹시하지 않기 때문입니다. 섹스에 대해 쓰는 유일한 방법은 간단하게 쓰는 겁니다. 독자가 자신의 성적 취향을 본문에 투영하게 하는 거죠.

— 토니 모리슨

일례로 제 제자들을 포함한 지인들 중에 성 혁명에 참여한 이들이 있는데 그들은 자신들이 소설에 쓸 진정으로 참신한 소재를 도입했다고 생각합니다. 그들은 5/가시 자세로 새로운 세상을 발견하면서 르네상스 시대의 인간이 된 기분을 느꼈다는군요. 그러나 그런 내용은 『천일야화』One Thousand and One Nights에도 실려 있으며 페트로니우스가 쓴 『사티리콘』Satyricon에서도 찾아볼 수 있습니다. 새로운 내용이 전혀 아닙니다.

월리스 스테그너

섹스는 복잡하고 미묘하고 보편적이며 불가사의하고 각양각색인 행위입니다. 섹스는 어디에나 존재해요. 제가 보기에 토머스 하디는 D. H. 로런스보다 훨씬 더 에로틱한 작가입니다. 존 카우퍼 포위스는 섹스에 정말로 관심이 있고 로런스만큼이나 예리하게 다루지만, 훨씬 제대로 이해하고 잘 그려냅니다. 그는 섹스의 수없이 다채로운 면을 볼 줄 압니다. 존경하고 존중하는 태도로 다뤄요. 섹스가 매우 기묘하며 재미있고 불가사의하다는 것을 그는 알고 있습니다.

아이리스 머독

독서가 즐거우려면 문체가 중요하며 삶이 즐거우려면 섹스가 중요하다는 생각에는 변함이 없습니다. 둘은 서로 다른 종류의 욕구를 채워줍니다. 책을 읽거나 쓰면서 직접적이고 에로틱한 즐거움을 느끼는 건 부끄러운 일이 아니지만, 반드시 그런 즐거움을 느껴야 한다고 생각하지도 않습니다.

새뮤얼 R. 딜레이니

🔹 『사티리콘』은 고대 로마의 정치가 겸 소설가 페트로니우스가 썼다고 알려진 소설로 세 청년이 로마 제국을 돌아다니며 겪은 이야기를 담고 있다. 악한소설의 원형으로 여겨진다.

다른 장면들 사이에 에로틱한 장면을 끼워 넣어 묘사할 때, (인생에서도 그렇듯이) 제가 신경 쓰는 부분은 에로틱하지 않은 장면입니다. 몇 번 시도해보았지만 안타깝게도 섹스에는 수많은 금기가 따라붙어, 이야기하기가 매우 어렵습니다. 반드시 알맞은 어조와 적당한 거리를 찾아내야 합니다. 글을 망가뜨리곤 하는 가식, 조롱, 감상주의 같은 특징은 에로틱한 글에서는 결코 용납되지 않습니다.

클로드 시몽

소설에서 섹스를 다루는 게 왜 문제가 될까요? 제 생각에 비결은 세상 거의 모든 일과 마찬가지로 솔직하고 겸허한 태도로 균형을 유지하는 것입니다. 남녀가 사랑을 느끼거나 서로에게 빠져들었고 그들이 따르는 윤리 규범이 허용한다면, 그들은 육체적으로 그 사랑을 표현합니다. 물론 숨을 헐떡이고 벽을 치는 등 과격해질 수는 있지만, 그 행위가 끝나면 그걸로 끝이며 다른 장면으로 이동하면 됩니다.

마크 헬프린

제 소설에 섹스 장면이 특히 많은지는 잘 모르겠군요. 그게 놀라운 일이라고 생각하지도 않습니다. 사람들이 놀란 이유는 제가 성 관계에서의 실패를 묘사했기 때문입니다. 저는 성적 능력을 미화하지 않고 글을 썼습니다. 무엇보다도 기본적인 사실을 묘사했지요. 만족할 수 없는 성적 욕구로 가득한 사람을 묘사했습니다. 사람들은 그런 이야기를 듣고 싶어 하지 않습니다. 섹스는 긍정적인 것이어야 하고 좌절된 성욕을 보는 건 불쾌하다고 생각하지요. 그러나 그것은 사실이기도 합니다.

— 미셸 우엘베크

포르노물이라면, 물론 많이 보았지요. 사실, 저는 포르노의 세례를 받은 첫 세대일 겁니다. 이전 세대까지는 동네 극장으로 자전거를 타고 가서 상상할 수 있는 모든 것을 보기란 불가능한 일이었습니다. 영화 두 편이 동시상영되는 세 시간 동안 대개 5~6분은 족히 그런 장면이 있었습니다. 때로는 영화가 한 바퀴 돌아 제가 좋아하는 부분이 다시 나올 때까지 지루해 미칠 듯한 심정으로 기다리곤 했지요. 그렇게 저는 이 거짓말 같은 시각적 즐거움을 만끽하며 자랐습니다. 1970년대의 모든 포르노물은 쓰레기 매립지에 묻힌 전화번호부처럼 제 머릿속에 묵직하고 축축한 지층을 형성하고 있습니다. 시간이 지났으니 조금 변했겠지만 제가 할 일은 그 지층을 향해 구멍을 뚫고 내려가는 것뿐입니다.

— 니컬슨 베이커

저는 포르노가 아주 풍요로운 매체라고 생각하며, 작가로서 아주 면밀하게 연구했고 많은 것을 배웠습니다. 포르노는 독자의 관심을 신속하고 간단명료하게 사로잡고 집중시킵니다. 걱정스럽고 친근하며 비밀스러운 분위기를 자아내서, 등장인물들의 주변 상황을 흐릿하게 만들고 인물의 감정과 심리적 깊이와 취향을 강조하기 때문에 매우 유용한 방법입니다. 그러나 저는 또한 포르노의 효과를 파괴하고 상쇄하는 데도 늘 관심이 많으며, 제 책에서 다루는 섹스는 단순히 격렬하지만은 않습니다. 저는 핵심 개념을 제거해 포르노의 상투적 요소인 대상화에 의문을 제기합니다. 그 핵심 개념이란 사람들이 섹스를 할 때는 극도로 이완된 상태이고 자신감으로 충만하다는 것, 그런 상태에서는 근심걱정과 개성이 흐려지니 언급할 필요가 없다는 생각을 말합니다. 이때 저는 격렬함을 일종의 미끼로 씁니다.

———————————————————————— 데니스 쿠퍼

작가의 벽을
경험한 적이
있습니까?

Do You Ever Get Writer's Block?

그럴 뻔했던 적은 있지요. 『뉴요커』를 떠난 뒤에 한동안 그랬어요. 이야기 쓰는 법을 잘 아니까 그걸로 밥벌이를 할 수 있을 줄 알았는데 알고 보니 제가 쓰려고 했던 이야기는 모두 어떤 면에서는 과도하게 정곡을 찌르는 글이더군요. 제가 쓴 단편을 받아주는 곳이 없었습니다. 양손이 묶인 기분이 들기 시작했어요. 하지만 저에게는 글을 쓰고 싶어질 정도로 흥미를 끄는 소재가 있다면 그것으로 괜찮다는 믿음이 있었던 것 같습니다. 그 소재가 사라지지 않을 테니 그냥 계속 쓰기만 하면 된다는 믿음 말입니다. 한번은 존 업다이크가 택시 안에서 평론가들에 대해 말하다가 그들 생각에 업다이크가 써야 하는 글이 있는데 쓰지 않는다면서 그를 비방했다고 하더군요. 자신이 할 일은 그저 눈에 언뜻 들어온 것을 계속 쓰는 것뿐이라고 그가 말했습니다. 소재가 다가오는 방식을 아주 멋지게 묘사하는 말 같았어요. 눈에 언뜻 들어오는 것, 제가 가진 건 그뿐입니다. 작가의 벽은 그저 자신감을 잃은 상태가 아니에요. 분명 재능을 잃은 상태입니다.

윌리엄 맥스웰

요즘에는 걸림돌 아니면 벽이 제2의 본성이 되었습니다. 국제 정세와 관련이 있어요. 저는 지구에서 핵무기가 가장 집중되어 있는 나라에 살고 있습니다. 이제는 새로운 핵무기가 더 많이 추가될 예정입니다. 이런 상황에서 작가는 숨이 멎을 수도 있고, 삶의 즐거움을 잃은 채 글을 쓰는 게 맞는지 잠시 고민할 수도 있습니다. 얼마간은 음악, 그러니까 고전 음악이 작가의 벽을 극복하는 데 도움을 주었어요. 예를 들어 베토벤의 「숨결」에서 저는 서유럽 특유의 분위기와 라인강을 느낍니다. 글을 쓸 때 끈질기게 반복되는 문제가 있는데 어떤 글이 어떻게 나올지 알 수 없다는 사실입니다. 짧은 평론을 쓸 때조차 늘 처음부터 다시 시작해야 합니다. 숙달된 기술 같은 게 없어요. 사실은 유익합니다. 타성에 젖지 않게 해주니까요.

———————————————————— 하인리히 뵐

뭐든 써보면 됩니다. 오행시를 쓰고 연애편지를 씁니다. 글 쓰는 습관이 다시 생기게, 그 욕망이 되살아나게 뭔가를 씁니다.

———————————————————— 어스킨 콜드웰

지난 30년 동안 소설을 써왔으니 실력이 좀 늘었다고 봐야겠지요. 하지만 아직도, 결코 빠져나오지 못할 것 같은 막다른 길에 이를 때가 있습니다. 등장인물이 방에 들어가지 못하는데 저는 어째야 할지 모릅니다. 아직도! 30년이 지났는데도요.

———————————————————— 오르한 파묵

사람들이 성공은 가혹한 시험이라고 말하더군요. 다행히도 저는 그 시험을 치르지 않아도 되었습니다. 그러나 전국적으로 성공을 거두고 떼돈이 들어오면 많은 작가가 망가지고 맙니다. 소설 『레인트리 카운티』Raintree County를 쓴 로스 로크리지와 배에서 일어난 일을 다룬 소설 『미스터 로버츠』Mister Roberts를 쓴 토머스 헤겐은 둘 다 자살했습니다. 익숙한 이야기지만 『위대한 개츠비』The Great Gatsby에 대한 길버트 셀데스의 열광적인 평론이 스콧 피츠제럴드를 망가뜨렸다고들 하지요. 문제는 그렇게 성공을 거두고 나면 모든 작품이 중요해진다는 겁니다. 단어 하나하나가 이 놀라운 칭송에 걸맞은 수준이어야 하는 겁니다. 불쌍한 작가는 무대공포증에 걸립니다.

———————— 맬컴 카울리

제가 따르는 규칙이 셋 있습니다. 첫째, 작품을 끝마쳐라. 그게 안 되면 입 닥치고 술이나 마셔라. 그리고 모든 게 실패하면 미친 듯이 달려라!

———————— 레이 브래드버리

그러다 물론 [카슨 매컬러스는] 글을 쓰지 못하는 상태에 끔찍하게 빠져들고 말았습니다. 그 벽은 살인적이었고 치명상이었습니다. 카슨은 그저 쓸 내용이 전혀 없었다고 말하더군요. 그리고 사실은 글을 전혀 써본 적이 없는 것만 같은 기분이었답니다. 죽음 같은 주문에 걸리면 작가들에게 이런 일이 일어납니다. 우리는 언젠가 죽습니다. 그러면 무덤에 들어간 기분이 듭니다. 그것이 죽음입니다. 우리 모두가 죽음을 두려워하며, 수많은 사람이 알코올의존자가 되거나 자살하거나 미쳐버리는 이유가 바로 그것입니다. 아니면 쓸모없는 바람둥이가 되지요. 살아남는다는 것은 놀라운 일입니다. 어떤 경우에는 살아남는다는 게 불안해지거나 따분해지기도 하겠지만 말입니다. 최근에 솔 벨로를 다룬 글을 읽었는데 그 글에서 그의 장점이 알코올의존자가 되지도 않고 미치지도 않은 채로 살아남은 것이라고 하더군요. 그의 진정한 용기는 그저 견뎌냈다는 점이라고 말입니다. 이것이 우리 미국인들이 작가를 바라보는 방식입니다.

———————————— 윌리엄 고이언

재미있는 사실은 특정한 순간에 이르면 글쓰기를 멈출 수 없다는 것입니다. 저는 늘 한번 멈추면 또 멈추게 될 거라고 걱정했습니다. 유일한 출구는 앞으로 나아가는 것, 저만의 방식을 찾아내 그 방식대로 글을 쓰며 탈출하는 것입니다.

———————————— 존 맥피

지금도 그렇지만 예전에도 종이 위에 적힌 단어들을 보면서 생각하곤 했지요. '이건 너무 고지식해. 이건 너무 바보 같아. 누가 이런 걸 읽고 싶겠어? 어떻게 문장을 또 써내지?' 물론 모든 작가는 이 점에 취약합니다. 작품을 통해 풍부한 경험을 누리며 살아가는 작가가 되면 분명 그 특정한 악마에게 받는 고통이 줄어들겠지요. 그리고 책이 하나씩 완성될 때마다 작품이 더욱 깊어지고 작가가 할 수 있는 가장 멋진 일로 향하는 길이 열릴 것입니다.

———— 비비언 고닉

글이 막혔는데 그 상태에서 벗어나게 해줄 자원이 전혀 없다면, 그냥 차를 타고 전국일주를 해보면 어떨까요? 저는 지난겨울에 그런 식으로 1만 킬로미터 정도를 돌아다녔는데 정말 멋졌습니다. 돈이 많이 들지도 않습니다. 좋은 모텔을 비롯한 좋은 숙소들은 겨울철에는 25달러만 있으면 묵을 수 있고, 좋은 식당이 없어 음식도 비싸지 않습니다. 위장약 한 묶음과 위스키 한 병만 챙겨 가면 됩니다.

———— 짐 해리슨

맞아요, 글이 막힙니다. 문제는 제가 작가로서 생명이 다했느냐는 것입니다. A, B, C라도 쓸 수 있을까요? 아예 작동이 멈출 경우를 대비해, 임시로 해야 할 일이 있습니다. 모호한 부분을 명확하게 밝혀내는 겁니다. 명확한 관념을 더 명확히 밝히거나 쪼개야 합니다. 자라나는 야만성과 싸울 언어 형식을 찾아내야 합니다. 이는 '질서의 법칙'과 '분열된 원자' 사이의 싸움이에요. 한편 정신병원에는 원자는 결코 분열된 적이 없다고 주장하는 어떤 남자가 있었답니다.

서사시는 역사가 담긴 시입니다. 근대 정신은 변칙적인 요소를 포함하지요. 과거의 서사시들은 적어도 작가와 청중 사이에, 아니면 수많은 청중 사이에 모든 해답 또는 많은 해답이 있다고 여겼을 때 성공을 거두었습니다. 그 결과 경험론의 시대에는 무분별한 시도가 만연했습니다. 그 이야기 아세요? "뭘 그리고 있니, 조니?" "신이요." "하지만 신이 어떻게 생겼는지 아무도 모르는데." "제가 끝까지 그리면 알게 될 거예요!" 이제는 이런 자신감을 얻기 어렵습니다.

— 에즈라 파운드

출간을 목표로 글을 쓰는 순간 사진을 찍을 때와 똑같이 몸이 굳는 것은 흔한 현상입니다. 이것을 극복하는 가장 간단한 방법은 저처럼 다른 사람에게 글을 써보는 겁니다. 한 사람을 정해 편지처럼 글을 써보세요. 정체불명의 거대한 청중을 상대로 연설해야 한다는 모호한 두려움이 사라집니다. 또한 해방감이 느껴지고 남의 시선이 신경 쓰이지 않는다는 사실을 알게 될 겁니다.

— 존 스타인벡

음, 미국 작가들이 느끼는 특유의 두려움은 노화 과정에 대한 두려움 못지않습니다. 작가는 거울을 들여다보며 머리카락과 치아가 아직 그대로 있는지 살펴봅니다. "오, 맙소사, 내 글이 어떻게 됐는지 모르겠어. 오늘은 글을 쓰지 못할 것 같아"라고 말하지요. 윌리엄 포크너를 딱 한 번 만났는데 그가 저에게 소설 세 권을 더 쓸 만큼만 오래 살고 싶다고 하더군요. 그때 그의 나이가 쉰셋이었는데 저는 그가 이미 쓸 만큼 썼다고 생각해요. 한편 헤밍웨이는 예순이 넘어서까지 살아 있을 것 같지 않다고 말하지요. 하지만 살아 있지 않기를 바라는 것 같지는 않습니다. 5~6년 전에 코스텔로의 술집에서 존 오하라와 함께 헤밍웨이를 만났는데, 우리는 함께 둘러앉아 우리가 얼마나 '늙어가고' 있는지 이야기를 나눴지요. 미국 작가들의 머릿속에서는 그 생각이 떠나지 않습니다. 제가 아는 남자들처럼 나이 때문에 울 수 있는 여자는 제가 아는 사람들 중에는 없습니다.

나이듦을 이렇게 두려워하는 동시에, 작가로서의 창의력과 재능이 50대에 끝날 거라는 이상한 생각도 하더군요. 물론 종종 그러기도 하지요. 칼 반 벡튼은 글쓰기를 중단했습니다. 왕성하게 활동하던 조지프 허거스하이머는 갑자기 더는 글을 쓸 수 없게 되었습니다. 여기 유럽에서는 그런 경우가 없었어요. 예를 들어 토머스 하디는 뒤늦게 시작해 꾸준히 글을 썼습니다. 물론 존 키츠에게는 글을 써야 할 중요한 이유가 있었지요. "내 펜이 충만한 내 머리에서 떨어지는 이삭을 다 줍기 전에/ 내가 죽을지도 모른다는 두려움을 느낄 때." 고전 문학의 위대한 구절입니다. 그러나 미국의 작가는 이런 걱정을 하기보다는 자신의 머리가 더는 충만해지지 않고 텅 빌까 봐 두려워합니다. 저는 타자기 앞에 앉은 남자를 그린 적이 있는데, 구겨진 종이들이 바닥에 널려 있고 그는 낙담해서 바닥을 응시하고 있습니다. 그의 아내는 이렇게 말하고 있습니다. "무슨 일이에요? 당신의 펜이 충만한

존 키츠의 시 「두려움을 느낄 때」When I Have Fears의 첫 두 행이다.

머리에서 떨어지는 이삭을 다 주워버린 거예요?"

—— 제임스 서버

저는 분명 고통에 시달리는 예술가보다는 가구 제작자에 더 가까워요. 글을 쉽게 쓴다는 뜻은 아닙니다. 가구 제작에 대해서는 모르지만, 종종 글이 막힙니다. 그러면 졸음이 와서 자리에 누워야 합니다. 아니면 집에서 나옵니다. 걷다 보면 해결 방법이 떠오르기도 하지요. 대개는 논리나 관점이 문제더군요.

—— 재닛 맬컴

좌절감이 느껴지면 뭔가를 먹으러 갑니다. 다이어트 콜라를 하나 더 따서 헛간으로 간 다음 머리를 식힙니다. 그러면 머리의 일부가 딸깍, 하고 분명해지며 아이디어가 생깁니다. 저는 악기를 연주하는 방법을 다룬 기사를 읽습니다. 금요일에는 악기를 연습하고, 연습하고, 연습하다가 밖으로 나가 걸어 다닙니다. 그러고 나서 토요일에 자리에 앉으면 상태가 나아집니다. 악기 연습 때문만이 아니라 걸어 다닌 덕분이기도 하지요. 저는 걷기의 힘을 굳게 믿습니다.

—— 제인 스마일리

아무것도 쓰지 못하는 시기를 겪었지만, '벽을 만났다'고 느낀 적은 없습니다. 작가의 벽이라는 개념은 상투적이고 태만한 생각인 것 같습니다. 정확히 화장실에 있을 때처럼, 배 속에 뭔가가 있는데 꽉 막혀 나오지 못한다고 알려줍니다. 그래서 저는 안간힘을 쓰지만 그러면 더더욱 막혀버립니다. 반면 저는 그냥 할 말이 전혀 없는 시기도 겪었는데 그때는 삶이 좀 지루해집니다. 왜냐하면, 뭐랄까, 시간은 늘 남아도는데 글을 쓰지 않으니 하루하루가 무척 길어요. 비록 나이가 들면 어쨌든 하루하루가 아주 빨리 지나가기는 하지만 말입니다. 글을 쓴다는 생각만 해도 '두려운' 시기를 겪기도 했습니다. '작가의 두려움'이라고나 할까요. 수필로 쓸 만한 주제지요. 회피하지 않고 쓸 수만 있다면 말입니다. 제가 확신하는 또 다른 사실은 다른 작품 쓰는 걸 단념하기 훨씬 전에 이미 쓸 만한 소설이 동날 거라는 점입니다. 이 말인즉 우리가 지금 원점으로 돌아왔으며 제가 처음에는 부인했던 특징을 지금은 인정하고 있다는 뜻이 되겠군요. 혹시 인터뷰를 처음부터 다시 해야 할까요?

———— 제프 다이어

[글이 막힐 때 혹시 맴도는 생각이 있나요?] '젠장. 빌어먹을. 그만. 젠장. 이 멍청한 것. 네가 글을 쓸 수 있다고 누가 그러던?' 그런 생각이 맴돌아요.

———— 메리 카

술이나 약물이
글에 영향을
미칩니까?

Do You Write under the Influence?

오래전 대마초와 메스칼린*으로 시험해보았습니다. 사실 황홀한 기분은 들었지만, 아무 쓸모가 없었습니다. 알코올이 그렇듯이 의식으로부터 벗어날 '출구'이자 편법이며 순간적인 대용품은 되지만 결국 의식을 파괴합니다. 운이 좋으면 누군가는 「쿠빌라이 칸」Kubla Khan**의 한 토막을 볼 수도 있겠지요. 그러나 아무 의미 없습니다. 관찰하고 기억하는 지성을 끊임없이 파괴할 뿐입니다.

— 콘래드 에이킨

글쓰기는 매우 초조한 일입니다. 소설을 쓰기 시작하면(가장 힘든 때지요) 저는 늘 안절부절못합니다. 스스로 다짐한 탓에 치과에 가는 것과 비슷합니다. 제가 경험으로 더욱 잘 알게 된 사실 중 하

* 멕시코와 미국 남서부 지역에서 자라는 페요테 선인장에서 추출한 환각물질.
** 19세기 영국의 낭만파 시인 새뮤얼 테일러 콜리지의 대표작으로, 콜리지가 원나라 1대 황제인 쿠빌라이 칸의 여름 별궁을 묘사한 작품을 읽고 아편에 취한 상태에서 꿈을 꾼 뒤 쓴 시다.

나는 바로 이것입니다. 결국, 글은 다음 주에 써야 한다는 겁니다. 오늘은 아닙니다. 그러나 다음 주말까지 자리에 앉지 않으면, 의욕이 꺾이겠지요. 참, 다음 주 수요일은 안 됩니다. 『파리 리뷰』의 누군가가 저를 인터뷰하러 올 테니 목요일이 낫습니다. 저는 그러다가 벌벌 떨며 타자기 앞에 앉습니다. 바로 이때야말로 스카치위스키 한 잔이 어색함을 줄여주는 예술적인 도구로 아주 유용하게 쓰일 수 있습니다. 처음 시작하기 위해서 반드시 필요한 약간의 자신감을 인위적으로 불어넣은 셈이지요. 그런 뒤에도, 소설이 진행되며 긴장감이 조금 사라지기는 하지만 매일 자리에 앉아 있는 것은 여전히 좀 긴장되는 일입니다. 그러다 멀더라도 결말이 보이면, 부담감이 있기는 있지만 줄어듭니다. 그러니 상당히 느긋한 속도로 적당히 마시는 술이 저에게는 소중합니다. 적어도 제 생각에는 그렇습니다. 술이 없었다면 글을 더 잘 쓸 수 있었을지도 모르지요. 하지만 술이 없었으면 훨씬 못 썼을지 모른다는 것 또한 사실입니다.

———————————— 킹즐리 에이미스

[환각제를 복용해도] 별다른 일이 일어나지 않았지만, 새들이 저와 대화를 나누려고 한다는 뚜렷한 인상을 받았습니다.

———————————— 위스턴 휴 오든

사실 비결은 없습니다. 그저 병마개를 따고 3분만 기다리면 2000년이나 그 이상 묵은 스코틀랜드 장인의 숨씨가 나머지를 해결해줍니다.

_____ 제임스 그레이엄 밸러드

환각제는 일종의 환시 상태를 일으키지만 모르핀과 그 파생물들은 내적 과정과 생각, 감정 같은 인지 기능을 감퇴시킵니다. 순전히 진통제일 뿐이지요. 창작을 할 때는 전적으로 사용을 금해야 하며, 거기에는 술과 모르핀, 바르비투르산염, 신경안정제 등 모든 범위의 진정제가 포함됩니다. 환시와 헤로인에 대해 말하자면, 중독 초기에 환각을 경험하는 때가 있었는데, 예를 들어 빠른 속도로 공간 이동을 하는 느낌이 들었습니다. 그러나 중독이 고착되면 환영이 보이지 않습니다. 전혀 보이지 않고 꿈도 거의 꾸지 않습니다.

_____ 윌리엄 버로스

진정제를 조금 쓰는 건 아주 유용할 겁니다. 극도의 허기도 도움이 될 수 있습니다. 1945년에 프랑스 루아르에서 영화 「미녀와 야수」Beauty and the Beast를 촬영할 때 저는 몹시 아팠습니다. 모든 게 제대로 돌아가지 않았습니다. 거의 매일 전기가 끊겼습니다. 촬영하는 순간 비행기가 지나갔습니다. 주인공인 장 마레의 말이 말썽을 부렸고, 장 마레는 대역을 거부하고 뼈가 부러질지도 모르는데 2층 창문에서 직접 말 등으로 뛰어내리겠다고 고집을 부렸습니다. 게다가 루아르에서는 햇빛이 매 순간 달라집니다. 이 모든 것이 이 영화의 미덕에 기여했습니다. 그리고 「시인의

피」The Blood of a Poet를 촬영할 때는 만 레이▣의 부인이 역할을 하나 맡았습니다. 연기 경험이 전무했지요. 그녀는 탈진과 두려움으로 온몸이 굳었고, 카메라 앞을 지나갈 때면 넋이 나가서 나중에 아무것도 기억하지 못했습니다. 그러나 감정을 터뜨릴 때는 아주 멋진 모습을 보였습니다. 외부적으로 압박을 받은 덕분에 연기를 하게 되었던 것입니다.

—— 장 콕토

제가 효과를 볼 수 없는 게 딱 하나 있는데 그게 대마초라는 걸 알게 되었습니다. 환각제도 효과가 있었습니다. 제정신과 정신 이상의 유일한 차이는 제정신이 정신 이상을 가둘 힘이 있다는 점입니다. 정상적으로 일을 하거나 못 하거나, 둘 중 하나입니다. 업무상 정신 이상인 경우라면? 미치는 대가로 돈을 받는다면, 미친 듯이 날뛰고 그것에 대해 글을 쓰는 대가로 돈을 받는다면 … 그건 제정신이죠.

—— 헌터 S. 톰슨

하트 크레인을 비롯한 많은 작가가 알코올의존자가 된 이유 하나는 어린 시절부터 술에 취한 상태가 창작 과정의 일부라는 것을, 환상을 향한 문을 열어준다는 것을 알았기 때문입니다. 창작의 방법치고는 끔찍한데, 그렇게 술을 마신 사람 네 명 중 세 명이 알

▣　파리에서 주로 활동한 미국의 초현실주의 사진가이자 화가.

코올의존자가 되기 때문입니다. 그러나 처음에는 정말로 문을 열어줍니다. 크레인은 심지어 술에 취해서 초고를 쓰곤 했습니다. 그는 제 앞에 나타나서 그 원고를 읽어주며 "지금까지 발표한 시 중 최고가 아닌가?"라고 말하곤 했어요. 사실 그렇지는 않았습니다. 그러나 그 뒤로 그는 끈기 있게, 몇 주에 걸쳐 말짱한 정신으로 원고를 손보았고 결국 훌륭한 결과가 나오곤 했지요. 지금까지 발표한 시 중 최고는 아니었지만 그래도 비범한 시였습니다.

———— 맬컴 카울리

저의 진정한 첫 마약은 아마 텔레비전일 겁니다. 나중에 대마초가 그랬듯이 텔레비전이 제 머릿속에 도파민수용체를 발사했다는 것을 저는 거의 의심하지 않습니다.

———— 크리스 웨어

아주 진한 커피와 아주 연한 차를 마십니다. 풍경도 격렬한 각성제가 될 수 있어요. 제 생각에 윌리엄 워즈워스도 그렇게 생각하고 있었을 겁니다. 저는 풍경을 참 좋아합니다. 그러나 워즈워스와는 좀 다른데, 풍경을 너무 많이 생각하는 건 좋지 않다고 봐요. 그리고 저는 공포에 아주 민감해서 신문을 읽는 것만으로도 충분합니다. 텔레비전에서 실제로 뉴스를 보면 며칠 동안 끔찍한 기분을 느낍니다.

———— 마거릿 드래블

헤밍웨이가 쓴 글 중에 아주 인상 깊었던 부분이 있는데, 글쓰기가 복싱과 비슷하다는 내용이었습니다. 그는 자신의 건강과 행복에 신경을 썼습니다. 포크너는 술고래로 유명했지만 인터뷰를 할 때마다 술에 취한 상태로는 문장 하나도 쓰지 못한다고 말했지요. 헤밍웨이도 똑같은 말을 했습니다. 무례한 독자들은 저에게 몇몇 작품을 마약에 취한 상태에서 쓴 게 아니냐고 묻습니다. 그러나 그런 질문은 그들이 문학이나 마약에 대해 아무것도 모른다는 사실을 드러낼 뿐입니다. 좋은 작가가 되려면 글을 쓰는 매 순간 정신이 온전히 맑아야 하며 건강도 좋아야 합니다. 저는 글을 쓰는 행위가 희생이고 경제적 상황이나 정서적 상태가 나빠질수록 더 좋은 글이 나온다는, 글쓰기에 대한 낭만적인 개념에 강력히 반대합니다. 정서적으로도 신체적으로도 아주 건강한 상태에 있어야 한다고 생각합니다.

———————————————————— 가브리엘 가르시아 마르케스

제가 아는 건, 메스칼린에 흠뻑 취해 어느 아파트에 있을 때면 그 아파트와 제가 이스트 5번가에 있는 것이 아니라 모든 시공 사이에 있는 것처럼 느껴졌다는 점입니다. 환각제를 복용한 상태에서 눈을 감으면 우주 공간에 있는, 커다란 몸이 비늘로 덮인 용들이 보이는데 그 용들은 물결치듯 천천히 몸을 움직이며 자기 꼬리를 먹고 있습니다. 때로는 제 피부와 방 전체가 비늘 때문에 반짝거리는 것처럼 보이기도 합니다. 모든 물건이 뱀으로 만들어진 것처럼요. 마치 삶이라는 환영 전체가 파충류의 꿈으로 만

들어졌다는 듯이 말입니다.

앨런 긴즈버그

1954년쯤 저는 멕시코의 환각 버섯을 찾으러 두 번 여행을 갔습니다. 그 뒤로는 간 적이 없습니다. 환각제를 복용한 적도 없지요. 우선은 위험하기 때문이고, 두 번째로는 환각제의 재료인 맥각이 인류의 적이기 때문입니다. 맥각은 호밀에서 자라는 작고 검은 곰팡이입니다. 중세에도 자랐는데 호밀빵을 먹은 사람들, 특히 독일인들이 병적인 환영을 보았습니다. 이제는 맥각이 유전자에 영향을 미쳐 다음 세대에 교란을 일으킬지도 모른다고 합니다. 이것이 집단 히스테리의 형태인 나치즘이라는 현상을 설명해줄지도 모른다는 생각이 듭니다. 독일인들은 밀을 즐겨 먹는 영국인들과는 달리 호밀을 즐겨 먹었습니다. 환각제라고 하니 밍크 농장을 벗어나 숲속에서 번식한 탓에 위험하고 파괴적인 존재가 된 밍크들이 떠오르는군요. 환각제는 약물 공장에서 벗어나 대학 실험실에서 만들어지고 있습니다.

로버트 그레이브스

이 문제를 일반화할 수는 없다고 생각합니다. 환각제인 LSD에 대한 반응이 아주 다양한 방식으로 나타난다는 사실을 우리는 경험으로 알 수 있습니다. 어떤 사람들은 그림을 그리거나 시를 쓸 미적 영감을 직접적으로 얻을 수 있습니다. 어떤 사람들은 그러지 못합니다. 대부분의 사람들에게 이것은 몹시 중대한 경험이며, 창작 과정에 간접적으로 도움이 될 수도 있겠지요. 그러나 작가가 자리에 앉아 "웅장한 시를 쓰고 싶으니 LSD를 복용하겠어"라고 말해도 된다고 생각하지는 않습니다. 어떤 짓을 해서 원하는 결과를 확실히 얻게 되는 건 아닙니다. 정말 아무 결과나 나올 수도 있습니다.

———————————————— 올더스 헉슬리

[헤밍웨이와 포크너가] 나이가 들면서 더 나아졌다면 좋았을 겁니다. 저는 정말 더 나아졌습니다. 우리는 전문 운동선수가 아닙니다. 나이를 먹어갈수록 더 나아질 거라고 생각하는 게 마땅합니다. 적어도 노망이 들 때까지는 말입니다. 물론 일찌감치 최고의 책을 쓴 몇몇 작가는 글쓰기에 흥미를 잃어버립니다. 또는 집중력을 잃죠. 아마 다른 일을 하고 싶기 때문이겠죠. 그러나 헤밍웨이와 피츠제럴드는 정말로 글을 쓰기 위해 살았습니다. 그들의 몸과 머리가 그들을 배신했을 따름이지요. 저는 술을 잘 마시지 못하는데, 운이 좋다고 생각합니다. 저녁식사 때 적포도주 반병을 마시면 저는 제가 누구와 함께 저녁식사를 했는지 잊어버립니다. 저나 다른 사람이 말한 내용을 모두 잊어버리는 건 두말할 필요도 없지요. 반병 넘게 마시면 즉시 잠들어버립니다. 그러나 소설가들이 하는 일을 생각해보세요. 소설을 쓰려면 기억력이, 왕성하고 독창적인 기억력이 필요합니다. 제가 함께 저녁을 먹은 사람이 누구인지 잊어버릴 정도라면, 쓰고 있는 소설은 또 얼마나 잊어버리겠습니까? 공교롭게도 음주는 특히 소설가

들에게 위험합니다. 우리에게는 기억력이 필수입니다. 도덕적인 관점에서는 작가들의 음주에 그렇게 반대하지 않습니다. 그러나 폭음은 글을 쓸 때나 운전할 때는 분명 도움이 되지 않습니다. D. H. 로런스가 이렇게 말했지요. "소설은 인간이 발견한 미묘하고도 밀접한 관계subtle interrelatedness의 가장 수준 높은 표본이다." 동감입니다! 그리고 음주가 "미묘하고도 밀접한 관계"에 어떤 영향을 미칠지 잠시만 생각해보세요. "미묘한"은 잊어버리세요. "밀접한 관계"란 소설을 작동시키는 요소입니다. 그것이 없으면 이야기는 추진력을 잃습니다. 맥락이 없고 장황해집니다. 술을 마시면 말이 장황해지지요. 취중에 쓴 책도 마찬가지입니다.

존 어빙

제 부모님의 세계에서 술은 늘 힘든 하루 끝에 자신에게 주는 보상이었습니다. 이 문제에 관해서라면 편히 보낸 하루 끝에라도 마찬가지였지요. 그리고 저는 그 오래된 가족 전통을 지켜보는 게 좋습니다. 그러나 영감을 얻기 위해 술을 마신 적은 없습니다. 오히려 정반대지요. 칠판에 젖은 스펀지를 없는 것과 비슷합니다. 저는 시의 초고를 다 써갈 때쯤이면 종종 잔디 한 줌이나 앨리스 도를리스가 만든 퍼지▣를 약간 가져옵니다. 지금까지 쓴 글을 엑스레이와 같은 눈으로 봐야 할 때인데 잔디가 도움이 됩

▣   설탕과 우유, 버터로 만든 부드러운 사탕.

니다. 부드러운 감촉이 순조로운 진행을 도와줍니다.

───────── 제임스 메릴

켄 키지와 부딪힌 적이 있습니다. 우리 집에서 두어 거리만 지나면 그가 사는 곳이었습니다. 언제라도 터질 일이긴 했지요. 그리고 저는 페요테니 마약이니 하는 것에 대해 다 안다고 생각했습니다. 실험에 신경 쓰지 않았죠. 키지는 보훈병원에서 잡역부로 일했는데 환각제 연구의 첫 실험에 참여했습니다. 그는 자발적으로 나섰고 지금은 심리학자인 그의 친구 빅 러벌도 마찬가지였습니다. 그들은 실험을 이유로 온갖 약물을 무분별하게 복용했습니다. 그중 일부는 효과가 있었고 일부는 그렇지 않았습니다. 'IT-290'이라고 불린 특이한 물질이 확실히 기억납니다. 너무 불가사의해서 이름도 없었지요. 'IT-290'이 무엇이었건, 숲속을 걷다가 갑자기 거대한 기관차를, 금색 테두리가 있는 녹색 기관차를 만난 기억이 납니다. 아주 구체적인 환영이어서 특히 잘 기억하고 있습니다.

───────── 로버트 스톤

앨런 긴즈버그가 LSD와 조금 비슷하지만 새로운 것이라고 말하며 약물을 하나 준 적이 있습니다. 흰색 약물이었고 저는 그 뒤에 심하게 앓았습니다. 그건 정말 이상했어요. 첼시 호텔에 머물 때 그 약물을 복용했습니다. 앨런은 저에게 그 약물을 주고 가버렸지요. 그날 거의 대부분을 의식을 잃은 상태로 보냈어요. 그러나 나중에는 일어나서 읍사무소에 낭독을 하러 가야 했지요. 저는 약간 몽롱한 상태였습니다. 사람들은 제가 술에 취한 줄 알 거야, 라고 생각했어요. 이상한 기분에 사로잡혀 있었어요. 난생처음 저는 제가 쓴 시구를 잊어버렸고 제가 왜 거기 있는지도 알지 못했습니다. 그러나 관객을 보았을 때 그리고 (아마도) 로버트 로웰이 저를 소개했을 때, 반사신경이 다시 작동하기 시작했습니다. 그저 시 읽는 기계 같았어요. 약 기운 때문에 시의 리듬을 타기가 아주 어려웠습니다. 저는 첫 시를 본능적으로 읽었습니다. 두 번째 시는 어려웠지만 곧 시가 저를 차지하고 약 기운이 사라지면서 점점 나아졌지요. 그리고 저는 약물을 잊었습니다. 어느 의사가 저에게 그건 매우 잘된 일이라고 말하더군요. 저는 낭독이 끝난 뒤에도 몽롱했습니다. 약물을 더 복용하고 싶은 마음은 없었습니다. 마약은 시에 도움이 되지 않습니다. 마리화나에 취해 글을 쓰면 그 글이 아주 훌륭하다고 생각하겠지만 사실이 아닙니다. 진짜 느낌이 없기 때문입니다. 그 글이 아주 좋다고 생각하지만 나중에 읽어보면 엉터리입니다.

안드레이 보즈네센스키

마약에 취한 상태에서는 저에게서 독창적인 글이 조금이라도 나오는 것 같지 않습니다. 위험한 현상 하나는 코카인이 독창적인 사람이 된 것 같은 착각을 준다는 겁니다. 우리는 이 화학물질이 신체에 영감을 일으켜 글을 쓰게 해준다는 생각으로 악순환에 빠지고 맙니다. 그러다가 약 기운이 떨어지고 다음 날 자신이 쓴 글을 보면 우울해집니다. 눈앞에 보이는 것은 어제의 흥분이 재잘거리는 헛소리로 탈바꿈한 광경이며 그 시점에서 당혹감이 밀려들기 시작합니다. 왜냐하면 이제는 정말 마감이 코앞이라서 일에 착수해야 하는데 신체적으로나 정신적으로 너무 고갈되었기 때문입니다. 따라서 자기 자신에게 시동을 걸려면 아마도 소량의 해장술이 효과적이리라는 사실을 깨닫게 됩니다. 그래서 저는 밖으로 나가 다시 마약을 사들입니다. 그리고 예술에 합당한 진땀을 흘린다고 착각하며 또 하루가 지나갑니다. 다시 말해 눈부신 단락을 한두 개 쥐어짤 수는 있을지 몰라도, 수확 체감의 법칙[●]을 따르게 됩니다. 결국 코카인이 작품을 압도할 겁니다. 저는 한 문장을 쓰기 위해 코카인 1회분을 복용해야 하는 지경에 이르렀습니다. 결국에는 글을 쓰기 위해 코카인을 복용하는 게 아니라, 코카인을 복용하기 위해 글을 쓰게 됩니다.

———————————————— 리처드 프라이스

LSD를 복용하니 다마스쿠스로 가는 길[●●]이 고스란히 재현됐습니다. 저는 말에서 굴러떨어졌습니다. 토요일에 LSD를 복용하고 그다음 월요일에 출근하던 길이 기억납니다. 세상이 마분지로 만든 현실처럼 보였습니다. 더는 진짜처럼 보이지가 않았지요.

[●] 노동자의 수가 늘수록 1인당 수확량을 줄어든다는 경제 법칙.
[●●] 『신약성서』에 따르면 유대인들을 박해하던 사울은 다마스쿠스로 가는 중에 갑자기 만난 밝은 빛 때문에 바닥에 엎드린 채 그 빛 속에서 들려오는 예수의 목소리를 들었고, 그 후 회심하여 이방인의 사도가 되었다. 삶이 극적으로 전환된 순간을 뜻하는 표현으로 사용된다.

완전히 가짜 같았고 노래 〈종이 달〉[1] 에 나오는 것 같은 세상이 었습니다. 동료들이 저에게 "크럼, 무슨 일이야? 무슨 일이 생긴 거야?" 하고 물었는데, 제가 모든 것을 마치 처음 본다는 듯이 멍하게 바라보고 있었기 때문입니다. 나중에는 제 예술 작품의 방향 전체가 달라졌습니다. LSD를 복용해본 다른 사람들은 무슨 일이 벌어지고 있는지 곧바로 이해했지만, 제 동료들처럼 경험이 없는 사람들은 이해하지 못했지요.

———————————— 로버트 크럼

저는 시인이 되지 못하더라도 제정신을 유지하기로 결심했습니다. 정말 큰 결심이었지요. 시인은 제 유일한 정체성이었으니까요. 동성애자이기도 했지만 … 그런 결심을 하자마자 저는 더 좋은 시를 쓰게 되었어요. 제 머리가 새로운 방식으로 개조되는 것 같았죠. 글을 쓸 새로운 상태를 발견한 것입니다. 더 좋은 점도 있었고 더 나쁜 점도 있었지요. 모든 것이 다른 종류의 글을 쓸 동기가 되어주었습니다.

———————————— 아일린 마일스

아, 토머스 핀천의 말마따나 "그 유용한 물질" 말이군요. 1980년대 중반에서 후반까지 그런 종류의 잡초를 아주 잘 썼는데 기분이

◘ 1933년에 발표된 노래로, 연인과 떨어져 있을 때는 아무것도 현실로 느껴지지 않는다는 내용을 담고 있다.

좋을 뿐 아니라 창작 면에서도 유용했지요. 다음 날 읽어보면 제가 전날 밤 약에 취해 썼던 내용 중 많은 부분이 엉터리 같았지만 평소 상태로는 범접할 수 없던 뭔가의 싹이 보였고, 정신이 멀쩡한 동안에 제대로 다듬을 수 있었습니다. 『그러나 아름다운』But Beautiful을 쓸 때 대마초는 필수불가결한 요소라서 제가 거기 쓴 돈에 대해 세금 감면을 요청하지 못했던 게 부끄러울 정도입니다. 그러나 독한 대마초가 시장을 완전히 장악하게 된 21세기가 되자 저는 서서히 대마초 사용을 중단했습니다. 제가 찾던 것들을 전혀 주지 않고, 찾지 않았던 것을 많이 주고 있었으니까요. 편집증과 뇌손상 말입니다.

———————————————— 제프 다이어

편집 도구로 대마초를 오래 사용해왔고 다른 사람에게도 추천했지요. 눈을 새로 갈아 끼우는 것과 비슷합니다. 무엇보다도 나무만이 아니라 숲 전체를 보게 해줍니다. 아니면 때로는 그 반대죠. 저는 대개 글을 쓸 때가 아니라 편집할 때 대마초를 이용했습니다. 그러나 『또 다른 파리』The Other Paris의 상당 부분은 약에 취한 채로 썼지요. 아마 어쩌다가 특히 강렬한 종류의 대마를 손에 넣었기 때문일 겁니다. 일정 기간 계획적으로 복용하면서 글의 어느 지점에서 발이 묶여버린 저를 도와주는 수단으로 대마초를 이용한 건 그때가 처음일 겁니다. 물론 인도 대마는 맥락을 놓치고 단어를 고르느라 뭉그적거리게 만들기도 합니다.

———————————————— 뤼크 상트

유머 장면은
어떻게
쓰십니까?

How Do You Write Humor?

저는 대개 어색한 상황에서 연출되는 유머에 흥미를 느낍니다. 정말 어색한 순간, 그러니까 충돌 사고, 응급 상황, 현실 감각 상실, 후유증, 혼란을 경험할 때 사람들 사이에서 일어나는 즉흥극 같은 것 말입니다. 본질적으로 웃기지 않는데 그런 어색함을 표현하면 나쁜 농담이 될 겁니다. 물론 작가가 이야기 속에 유머를 삽입하는 것이 유난히 인위적인 행동은 아닙니다. 유머는 그저 사람들이 나누는 대화와 삶의 특징일 뿐이죠. 이야기를 쓸 때만이 아니라 현실에서도 사람들은 늘 재미있습니다. 아니면 결국에는 반드시 재미있어집니다. 그걸 모르는 척하는 건 부정직한 행동입니다.

———— 로리 무어

범죄소설에서 유머를 쓰기가 매우 어려워서 고민입니다. 그 이유는 모르겠는데, 그렇더군요. 벤저민 블랙▣은 존 밴빌처럼 애매하고

▣ 존 밴빌의 필명이다.

삐딱한 유머를 즐겨 쓰지는 못합니다. 범죄소설에서 유머를 시도하면 잘난 척하는 분위기가 연출되더군요. 저는 스릴러물을 고르면 대부분 세 쪽만 읽다가 벽에 던져버리고 마는데, 잘난 체하는 말투가 신경에 거슬리기 때문입니다. 범죄소설의 모든 주인공은 모르는 게 없습니다. 놀라지도 당황하지도 않습니다. 제가 쿼크[▸]를 좋아하는 이유는 그가 보통 사람들처럼 약간 어리숙하기 때문입니다. 그는 상황의 핵심을 놓치고 단서를 잘못 판단하며 사람들을 오해합니다. 그는 필립 말로[▸▸]가 되기에는 지나치게 둔합니다. 그러나 저에게는 그의 그런 모습이 소중합니다. 그의 인간적인 약점과 그가 가끔 보여주는 신기할 정도로 집요한 자존심 같은 것 말입니다.

_____ 존 밴빌

우리는 웃을 수만 있다면, 조심성 없이 계속 책을 읽어나가기 마련입니다. 이로써 작가는 독자에게 뭔가를 들이밀 기회를 얻게 됩니다.

_____ 헨리 그린

코미디언 잭 레너드를 기억하세요? 〈조니 카슨 쇼〉에 나왔던, 몸집이 크고 뚱뚱한 남자 말입니다. 그는 말을 아주 빨리 했어요. 늘

▸ 밴빌은 1950년대 더블린에서 활동하는 병리학자 '쿼크'를 주인공으로 내세운 범죄소설 시리즈를 발표했다.
▸▸ 미국의 대표적인 추리소설 작가 레이먼드 챈들러가 쓴 탐정 시리즈의 주인공.

"당신에게친구가필요하더라도한명도못찾을거란말을해주고싶었을뿐이에요조니" 같은 식으로 말하곤 했죠. 하지만 그의 말을 주의 깊게 들으면 곧 그가 했던 많은 말이 사실은 재미있지 않다는 걸 알게 됩니다. 그러나 말투가 굉장히 멋졌어요. 글을 쓰면 말투를 놓치게 됩니다. 사람들, 특히 코미디언들은 늘 모든 게 타이밍에 달려 있다고 하지요. 그러나 유머를 글로 쓰면 독자마다 타이밍이 다릅니다. 작가가 독자를 위해 타이밍을 짜 맞추어야 하는데, 어려운 일이죠.

———————————————— 캘빈 트릴린

유머는 사실 정의하기 몹시 어려운 말입니다. 아주 어려워요. 또 굉장히 모호합니다. 이거구나 싶은데 아닙니다. 획득할 수가 없어요. 형편없는 형태의 전문적인 유머가 있는데, 바로 유머 작가의 유머입니다. 끔찍할 수도 있어요. 인위적인 유머라서 들으면 맥이 풀립니다. 우리는 늘 유머러스할 수는 없어요. 하지만 전문 유머 작가는 그래야 합니다. 서글픈 현상이죠.

———————————————— 하인리히 뵐

우리는 [동물들이] 놀고 싶어 하고, 아쉬움을 느끼고, 울고, 고통스러워한다는 것을 압니다. 동물들이 우리와 함께 놀 때 즐거워한다는 증거는 있지만 희극적 감정이 있다는 증거는 없습니다. 희극적 감정은 전형적인 인간의 경험으로, 그것을 구성하는 건 …아니, 정확히 말할 수가 없군요. 우리가 죽을 운명이라는 사실을 아는 유일한 동물이라는 사실과 연관이 있지 않나 싶습니다. 다른 동물들은 모릅니다. 그 자리에서, 죽는 바로 그 순간에야 그 사실을 알게 되지요. "모든 인간은 죽는다"와 같은 진술을 할 수도 없지요. 우리는 그렇게 할 수 있고, 아마 종교와 제의 같은 것이 존재하는 이유도 바로 그것일 겁니다. 제가 보기에 희극은 죽음이 주는 공포에 대한 인간의 본질적인 반응입니다. 이 이상을 요구해도 저로서는 더 해줄 말이 없습니다. 그러나 아마도 저는 이제 말뿐인 비밀을 창조해서 모든 사람이 제가 희극 이론을 다룬 책을 썼다고 믿게 만들 겁니다. 제가 죽은 뒤 사람들이 제 비밀스러운 책을 찾아내려고 많은 시간을 보내도록 말입니다.

———————————— 움베르토 에코

저는 희극을 높이 평가합니다. 비극만큼이나 희극 역시 인간의 문제를 탐색해 고스란히 드러냅니다. 저는 '복스 휴마나vox humana'와 '보익스 셀레스테voix céleste'를 자주 끄집어내지는 않았지만[▪] 제가 꽤 많은 사람을 웃겼으며 그게 그다지 쉬운 일이 아니라는 것을 알고 있습니다. 제가 굉장히 중요하게 여기는 희극의 특징은 비극에 비해 꾸며내기가 한없이 어렵다는 점입니다. 우울한 마음으로 "이건 정말 슬픈 상황이니까 모두 이 상황을 진지하게 생각해야 합니다. 그리고 저는 지금 진지하게 생각하고 있으니

[▪] '복스 휴마나'는 파이프오르간에서 사람 목소리 같은 소리를 내는 음전이고 '보익스 셀레스테'는 '하늘의 목소리'를 뜻하는 음전으로, 두 음전 모두 약간의 불협화음을 낸다.

제가 결론을 써야 합니다"라고 말하는 것은 무척 쉽습니다. 반면 삶이 재미있다고 생각하면서 다른 사람의 곤경을 잘 알지도 못한 채 재미있는 측면이 있다는 이유만으로 잔인하게 조롱하기란 꽤 힘든 일입니다.

————————————————로버트슨 데이비스

'대수롭지 않다'가 중요한 단어입니다. 저에게 대수로운 일이란 다친 뼈가 치료되지 않거나 세균이 페니실린에 협조하지 않는 겁니다. 대수로운 일은 고통스럽습니다. 희극에 대수로운 일은 있을 수 없습니다. 톰과 제리는 서로 쫓아다닙니다. 톰은 엠파이어 스테이트빌딩에서 떨어져 접시처럼 산산조각 납니다. 다음 장면에서 톰의 몸은 원래대로 회복됩니다. 사실 저는 톰과 제리를 보며 웃지는 않지만, 단순하게 보면 그 만화는 모든 희극의 표본입니다. 나쁜 일은 일어나지 않을 겁니다. 희극은 안전합니다.

————————————————스탠리 엘킨

프랑스의 소설가 조르주 뒤아멜은 "유머는 절망이 베푸는 호의다"라고 말하곤 했지요. 따라서 유머는 매우 중요합니다. 이와 동시에, 저는 이제는 웃지 못하게 된 사람들을 이해할 수 있습니다. 세상에서, 즉 중동과 아프리카와 남아메리카를 포함한 온 세상에서 대학살이 벌어지는데 어떻게 웃을 수 있겠습니까? 웃음에 도움이 되는 것은 끔찍할 정도로 적습니다.

————————————————에우제네 이오네스코

작가는 대개 사람들을 웃게 하려고 유머를 이용합니다. 제 경우에는 사람들이 실제로 웃는지 모르겠더군요. 문제는, 유머 때문에 사람들이 제가 지금 진지하지 않다고 생각한다는 점입니다. 제가 감수해야 할 위험이지요.

필립 라킨

예전에는 유머에 '알레르기'가 있었는데 아주 순진하게도 진지한 문학은 결코 웃지 않는다고 생각했기 때문입니다. 소설에서 진지한 사회적, 정치적, 문화적 문제를 이야기하려면 유머가 큰 위험 요소가 될 수도 있다고 생각했지요. 유머 때문에 제 이야기가 피상적으로 보이고 독자들에게 제 책이 가벼운 오락거리에 불과하다는 인상을 줄 것 같았습니다. 그런 이유로 저는 유머를 버렸는데, 아마 늘 유머를 아주 적대시했던, 적어도 자신의 글에서는 그랬던 장 폴 사르트르의 영향을 받은 탓일 겁니다. 그러나 어느 날, 문학에 삶의 특정한 경험을 끌어들이는 데 유머가 아주 귀중한 수단이 될 수 있다는 사실을 깨달았습니다. 그때부터 저는 중요한 보물인 유머, 삶의 기본적인 구성 요소이며 따라서 문학의 기본 요소인 유머에 큰 관심을 기울이게 되었습니다.

마리오 바르가스 요사

유머 감각에는 보편성이 있습니다. 유머 작가들이 웃음을 유도할 때 개인의 취향을 생각하지는 않을 겁니다. 제 경우에는 유머가 불쑥 튀어나오는데, 보통은 어느 등장인물을 변호하는 과정에서 떠오르고, 때로는 저에게 격려가 필요하기 때문에 생각나기도 합니다. 어떤 일이 재미있어지기 시작하면 제 상상력이 영양을 섭취하고 달리는 것을 느낄 수 있습니다. 저는 유머 덕분에 소설에 거리 두기라는 특성이 생긴다는 사실이 무척 마음에 듭니다. 독자에게 이야기의 인위성을 일깨워주기 때문이지요. 희극은 비극보다 일관되게 쓰기 어렵지만, 저는 그것을 슬픔이라는 포도주에 곁들이기를 좋아합니다.

———————————————————— 버나드 맬러머드

저는 유머 작가로 분류되고 싶지 않습니다. 죄책감이 느껴져요. 멋지고 인용할 가치가 있는 여성 유머 작가의 글을 읽어본 적이 없고, 저도 그런 작가는 아니었습니다. 그렇게는 할 수 없었어요. 사람들이 저를 '똑똑한 미인'이라고 불렀는데 역겹고 불쾌합니다. 재치 있는 말과 재치 사이에는 엄청난 거리가 있어요. 재치에는 진실이 담겨 있습니다. 재치 있는 말은 그저 입으로 하는 준비 운동이에요. 괜찮은 말이 나올 때는 별로 신경 쓰이지 않았지만 재담이라고 할 만한 것은 아주 오랫동안 제 몫이 아니었습니다. 그래서 장황하고 따분한 이야기가 되어버렸죠.

———————————————————— 도로시 파커

이렇게 말하면 놀라시겠지만(그리고 오스카 와일드나 길버트 키스 체스터턴 같은 역설의 대가와 저를 혼동하지 말아주시길) 저는 제가 쓴 웃긴 글을 진지하게 여깁니다. 지난 35년간 거의 매시간 기운

빠진 사람들이 저에게 다가왔어요. 그들의 이마에는 그 시시한 일을 그만두고 지금 쓰고 싶어 못 견딜 지경인 소설을 시작하라고 다그치는 표정이 록키 포드산 멜론의 상표처럼 붙어 있었죠. 저는 세속적인 목적으로 글을 쓰지 않습니다. 크기의 중요성을 믿지 않아요. 저에게 벽화가는 세밀화 화가만큼이나 타당한 존재입니다. 이 나라에서, 그러니까 규모가 전부이고 소설가 토머스 울프가 유머 작가이자 칼럼니스트인 로버트 벤츨리보다 더 중요한 이 넓은 나라에서, 저는 제 수틀에 자수를 놓는 것으로 만족합니다. 저는 제가 수놓은 형태가 그 나름의 탁월함을 뽐낼 수 있다고 생각하며, 제가 이미 놓은 자수를 능가하고 싶습니다.

———————— 시드니 조지프 페럴먼

유머를 다룰 때는 덫을 조심해야 합니다. 아마 작가는 처음 쓴 내용을 보고 아주 기분이 좋아서 이 정도면 괜찮아, 아주 재미있어, 라고 생각할 겁니다. 계속 고쳐야 하는 이유 하나는 작가가 스스로 그 글을 아주 재미있게 여긴다는 인상을 최소한으로 줄이기 위해서입니다. 수위를 낮춰야 합니다. 사실 『뉴요커』 문체 같은 게 있다면 아마 이것이겠지요. 수위를 낮추는 것 말입니다.

———————— 제임스 서버

'유머'와 '유머 작가'는 작가를 분류할 때 쓰기에는 곤란한 단어입니다. 일전에 『후스후 세계인명사전』Who's Who in the World을 보다가 프랭크 설리번의 생일을 발견하고 그가 '유머 작가'로 표현되었

다는 사실을 알고는 깜짝 놀랐습니다. 그 인물에 대한 요약으로
는 굉장히 부적절해 보였습니다. 재미있는 글을 쓰는 것은 이치
에 맞는 활동입니다. 그러나 문학에서 오래 지속될 유머는 뉴스
내용을 비판하는 광대의 작위적인 유머가 아니라 거의 감지할
수 없을 정도로 글에 슬쩍 끼워 넣는 재료일 것입니다. 제인 오
스틴이 생각나는데, 몹시 유머러스한 여성입니다. 헨리 데이비
드 소로도 떠오르는데, 그는 분노와 함께 유머도 조금은 겸비한
남자입니다.

———————————————— 엘윈 브룩스 화이트

[이야기를 재미있게 만들어주는 것은] 대부분 등장인물이라고 생각합
니다. 유머 작가라면 무엇이 재미있고 무엇이 재미없는지를 본
능적으로 압니다. 삶을 삐딱하게 바라보는 능력이 있어서 재미
있는 이야기가 떠오르는 사람이 아닌 다음에야, 그저 자리에 가
만히 앉아 의도적으로 재미있는 이야기를 쓸 수는 없을 겁니다.
삶을 태평하게 바라보면 유머러스한 관점이 생깁니다. 타고나
야 가능한 일이겠지만 말입니다.

———————————————— 펠럼 그렌빌 우드하우스

저는 재미있는 사람이 되고 싶은데 그러지 못할까 봐 두렵습니다.
전통적인 남부 문화에서 자란 사람이라면 연장자와 또래들을
즐겁게 해주는 게 중요하다고 믿습니다. 전통적인 유대 문화, 중
국 문화, 그리고 아일랜드와 이탈리아 등 어느 문화건 분명 그럴

겁니다. 아마도 프로이센 귀족계급을 빼고는, 주변 사람들을 즐겁게 해주는 행위를 바람직하게 여기지 않는 문화를 떠올릴 수가 없습니다. 저는 사람들을 지루하게 할까 봐 몹시 겁이 납니다. 계속 글을 쓰고 있으니 매일 누군가를 지루하게 하는 건 분명하겠지만 말입니다. 그렇지 않나요?

레이놀즈 프라이스

에벌린 워는 공포스러운 상황에서 웃음을 유발하는 솜씨가 뛰어납니다. 『한 줌의 먼지』A Handful of Dust를 생각해보세요. 하지만 플래너리 오코너 같은 작가는 「착한 시골 사람들」Good Country People이나 「선한 사람은 찾기 어렵다」A Good Man Is Hard to Find 같은 단편에서 독자를 소리 내어 웃게 할 뿐 아니라 겁이 나서 움츠리게도 할 수 있습니다. 그리고 생각에 빠지게도 하지요. 유머와 감정을 결부하는 것, 그것은 상당한 재주입니다. 저도 그렇게 할 수 있었으면 좋겠습니다. 계속 독자의 허를 찌르면서, 즉 독자가 '이건 희극의 세계인가, 비극의 세계인가? 아니면 두 가지가 혼란스럽게 섞여 있나?'라고 생각하다가 단순한 풍자를 넘는, 더 놀랍고 만족스러운 감정을 느끼게 하고 싶습니다. 그게 예술이 아니라면 무엇이 예술인지 모르겠군요.

T. 코러게선 보일

관객을 앞에 두기 전까지는 어느 부분에서 웃음이 터질지 알 수 없습니다. 제 작품에서 폭소를 유발한 장면은 대부분 저로서는 그렇게 큰 웃음이 터질 줄 몰랐던 부분이었습니다. 마이크 니콜스는 저에게 큰 웃음에 방해가 되니 사소한 웃음은 모두 빼라고 말하곤 했지요. 때로 사소한 웃음을 유발하는 장면은 웃음을 유도할 생각이 아예 없던 부분이기도 합니다. 연극을, 플롯을, 등장인물을, 이야기를 발전시키려고 쓴 장면이지요. 무의식적으로 쓴 내용입니다. 이 표현은 좀 이상하군요. 제가 그 부분을 빼면 다른 부분에서 웃음이 터집니다.

———————————————————— 닐 사이먼

저에게 유머 감각은 부분적으로 제가 남부 사람이기 때문에 나타난 결과입니다. 제가 자랄 때 저와 제 친구들의 삶에는 부조리한 유머가 유행했습니다. 우리는 서로의 말투와 다른 사람들의 말투를 흉내 내기도 했지요. 성대모사를 했습니다. 우리는 쓸데없는 짓을 마음껏 하고 다녔고 그 정도도 심해졌습니다. 게다가 우리는 부조리한 인종차별주의 사회에 살고 있었습니다. 그런데 우리처럼 건방지고 무식한 시골 아이들이 그 사회의 특권층이라는 겁니다. 이처럼 우스꽝스러운 일이 또 뭐가 있을까요! 아마 저는 북부로 와서도 저와 친구들의 그 우스꽝스러운 감각을 잃지 않은 모양입니다.

———————————————————— 리처드 포드

한번은 조지 플림턴이 필립 로스에게 혹시 그의 작품이 레니 브루스의 스탠드업 코미디로부터 영향을 받은 건 아니냐고 물었답니다. 로스는 자리에 앉은 채로 즐거움을 주는 '프란츠 카프카'라는 희극 배우와 그가 '변신'이라고 이름 붙인 재미있는 공연에서 더 큰 영향을 받았다고 대답했습니다. 9 · 11 테러 사건이 벌어지고 얼마 안 되었을 때, 한 친구가 이제는 뉴욕의 모든 아파트 건물이 '전쟁 전 가격'이라고 광고해도 거짓말이 아닐 거라고 말했습니다. 상황을 그런 측면으로 보도록 훈련을 받았거나 조율된 사람은 무슨 일이 일어나도 꾸준히 유머를 발견할 수 있습니다.

———————————————— 에이미 헴펠

3부
작가는 무엇을 쓰는가
DIFFERENT FORMS

전기란
무엇입니까?

What Is Biography?

자서전을 쓴다는 것은 독자를 위해 그 인물을 다른 시대에 되살리려 애쓰는 것입니다. 어떻게 보면 저는 제가 무엇을 하는지 잘 모릅니다. 다른 시대에 살았던 완전히 다른 사람, 그러나 완전히 동떨어지지는 않은 사람과 어떤 공통점이 있는지 알고 싶다는 마음도 관련이 있을 겁니다. 어떤 의미에서 그 사람은 살아 있으며 독자는 전혀 알지 못하는 사람과 관계를 맺습니다. 그 삶을 살아본 적은 없지만 그 삶에 대해 알며 그 삶을 경험합니다. 제가 보기에는 멋진 일입니다.

———— 마이클 홀로이드

소설가와 전기 작가의 차이라고 한다면, 전기 작가는 능숙한 방법으로 조사 내용을 기술해야 한다는 점입니다. 전기를 쓸 때는 증거를 설명하고 검토해야 합니다. 전기 작가는 화가처럼 차근차근 붓을 놀리며 이야기를 들려주고, 때로는 그냥 모르겠다고, 공백을 채울 수가 없다고 말해야 합니다. 세상에는 결코 알 수 없는 것이 아주 많습니다. 반면 전지적全知的 인간인 소설가는 모든 것을 다 알 수 있습니다. 음, 전지적이라, 전기에서는 불가능한 일입니다.

―― 레온 에델

리듬이 중요하다, 분위기가 중요하다, 공간의 느낌이 중요하다, 이 모든 것은 우리가 소설을 두고 하는 이야기지만 역사소설과 전기를 통해 합당한 목표를 달성하려면, 소설과 마찬가지로 생각해야 합니다. 소설처럼 리듬, 분위기, 공간 등 장치에 신경을 많이 써야 합니다.

―― 로버트 카로

제 생각에 불확실성이야말로 전기의 가장 핵심적인 특징입니다. 모두 아는 사실이지만 증인들은 사건을 서로 다르게 기억하며, 당시에 쓴 일기나 수첩의 내용은 회고록은 물론이고 같은 내용을 묘사하는 나중의 문서와 다를 것입니다. 전기에는 모순된 증거를 짜 맞추거나 있을 법한 진실을 알아내는 등 법의학적 요소가 늘 포함됩니다. 작가는 시인 퍼시 셸리를 목표로 벌어진 북웨일즈 총격 사건의 비밀을 풀 수 없지만, 지역 주민들이 품은 적대감에 대한 증거를 모두 모을 수는 있습니다. 그러면 그것으로 셸리에 대해 어느 정도 알게 됩니다. 또 작가는 의문을 제기해도 됩니다. 이 경우 셸리의 친구들은 그 일에 대한 셸리의 설명을 의심하며 그가 착각했거나 어쩌면 피해망상일지도 모른다고 생각할 수 있습니다. 이 또한 우리에게 암시하는 바가 있지요. 따라서 의심을 품는 것이 아마도 이야기의 중요한 부분일 것입니다. 탐정소설은 전기 작가가 쓸 수 있는 수많은 형태 중 하나일 뿐입니다.

———— 리처드 홈스

저는 비밀이라는 개념에 관심이 아주 많습니다. 어느 이야기에서 이디스 휘턴은 여성의 삶이란 방으로 가득한 거대한 집과 비슷한데 그중 비밀의 방에는 결코 들어가지 못한다고 하더군요. 저는 이 봉쇄 구역, 출입이 제한된 비밀스러운 장소에 마음이 끌립니다. 동시에 저는 호기심과 탐구심이 매우 강합니다. 어쩌면 저는 기질적으로 전기에 매력을 느꼈는지도 모릅니다. 저는 그 비밀스러운 장소에 침투해 그야말로 가차 없이 모든 것을 밝혀내고 싶습니다. 역설적인 행동입니다. 그런 일을 저에게는 하고 싶지 않지만, 다른 사람들에게는 반드시 하고 싶기 때문입니다. 그리고 그런 사람들에게 저를 이끄는 것은 그들의 비밀스러운 자아입니다.

———— 허마이온 리

전기를 쓰려면 주인공에 대해 가능한 한 많이 알아내려 애써야 합니다. 저는 역사심리학을 적용하지는 않습니다. 세상에는 단 하나의 진실이 있는 것이 아니라 객관적 사실이 엄청나게 많이 있습니다. 사실을 많이 알아낼수록, 사실을 더 많이 수집할수록, 진실이 무엇이건 거기에 더 가까워집니다. 전기의 기반은 사실이어야 합니다.

_____ 로버트 카로

제가 느끼는 전기 집필의 경이로운 특징은 동시에 두 곳에서 살아
간다는 점입니다. 제가 실제 주소지에서 다른 곳으로 옮기면 세
상이 점점 흑백으로 변합니다. 또 전기 작가가 비난할 대상은 자
기 자신뿐입니다. 작가는 결국 자신의 주인공을 죽일 수밖에 없
어요. 전기 작가가 맡은 일은 역사적인 가치가 있습니다. 또한 이
오락거리에는 현실 도피의 요소가 있고 그 점에 굉장히 마음이
끌립니다. 직업상의 이유로 자신으로부터 해방될 수 있으니까
요. 책이 나오면 평론 옆에 실리는 것은 작가가 아니라 주인공의
사진입니다.

_____ 스테이시 시프

저는 이야기를 들려주는 것을 무척 좋아합니다. 저는 역사를 서서
히 전개되는 이야기로 이해해야 한다고 진심으로 믿습니다. 역
사를 그런 관점으로 보는 것, 즉 사건의 내부에서 바라보는 것
이 지적으로 더 정직한 자세지요. 그 순간은 지나갔고 등장인물
들은 죽었지만 작가는 그들을 되살리고 그들의 변화무쌍한 삶
을 재현할 수 있습니다. 일정한 속도감 덕분에 단조롭게 느껴지
지 않는 단편소설처럼 말입니다. 삶은 그렇게 단조로운 모습으
로 우리에게 다가오지 않습니다. 그렇다면 왜 역사를 그런 식으
로 생각해야 한단 말입니까? 물론 어떤 이들은 산꼭대기에서 역

사를 바라보고 단조롭게 쓰는 것을 더 좋아하는데, 그것도 괜찮습니다. 그저 저는 그렇게 하고 싶지 않을 뿐입니다.

_____ 데이비드 매컬로

비평이란
무엇입니까?

What Is Criticism?

예술작품의 세계에서 비평, 분석, 감상은 대상에 대한 자연스러운 반응입니다. 영광이자 고귀한 노력이기도 하지요. 비평이 없으면 예술작품은 작품을 경험하는 사람들과 아무 상관이 없다는 듯이 고립된 상태로 등장할 것입니다. 이 별똥별들이 어떤 논평도 이끌지 않고 아무 흔적도 남기지 않아 우울하고 상상도 못할 세상이 될 것입니다. 그러나 어쨌든 중요한 것은 비평가의 생각, 즉 비평가가 자기 나름의 견해와 가치를 확립하는 것입니다. 그러려면 목소리에 권위가 있어야 하며, 그 권위는 예술작품에서 나올 수도 있고 평론가가 쓴 글에서 나올 수도 있습니다. 저는 평론을 읽을 때 그저 짧은 평론일지라도 처음에는 논의 대상인 작품보다 평론가에게 더 관심을 갖습니다. 이력 소개란 옆에 붙은 평론가의 이름을 진지하게 생각해보면 저에게 이 평론이 의미나 가치가 있을지 알 수 있습니다. 문제는 견해의 옳고 그름이 아니라 평론가의 사질입니다.

— 엘리자베스 하드윅

저는 호의적인 비평만 씁니다. 자신의 소설이 우선인 소설가는 독자가 되어도 자기중심성에서 벗어나지 못해 부정적인 평론을 쓰지 못합니다. 또 부정적인 비평을 몹시도 쓰고 싶어 하는 전문 평론가는 이미 차고 넘치지요. 평론할 책이 생겼는데 그 책이 마음에 들지 않으면, 저는 책을 돌려보냅니다. 제가 좋아하는 책만 평론합니다. 이런 이유로 제가 쓴 평론은 극소수이며, 그 글은 정말이지 찬미가이거나 아니면 작가의 모든 작품에 대한 길고도 회고적인 평론입니다. 예를 들어 존 치버, 커트 보니것, 귄터 그라스 같은 작가들의 작품 말입니다. 때로는 제인 앤 필립스와 크레이그 노바 같은 '더 젊은' 작가들을 독자에게 소개하기도 합니다.

부정적인 평론을 쓰지 않는 또 다른 이유가 있습니다. 어른이 되면 재미있지 않은 책을 끝까지 읽지 않습니다. 어린아이가 아니고 부모님의 집에서 살지도 않는다면 접시에 담긴 음식을 끝까지 먹지 않아도 됩니다. 학교를 졸업한 보람 중 하나는 싫어하는 책을 끝까지 읽지 않아도 된다는 겁니다. 아시겠지만 만일 제가 비평가였다면 아주 무섭게 심술을 부렸을 겁니다. 불쌍한 평론가들이 무섭게 심술을 부리는 까닭은 재미있지 않은 그 많은 책을 '끝까지' 읽어야 하기 때문입니다. 비평이란 얼마나 어리석은 일인가요! 이 얼마나 부자연스러운 행동입니까! 분명 어른들이 할 일은 아닙니다.

───────────────────────────────── 존 어빙

저는 [비평을 하는 것이] 지극히 고무적인 일임을 알게 되었습니다. 한 달에 아주 만만찮은 책 두 권을 비평하는데(이 책들이 제가 좋아하는 이야기를 아주 노련하게 들려준다는 사실을 말해두고 싶군요), 한 달의 처음 절반은 로마의 군대 조직에 대해 쓴 책을 비평하고 나머지 반은 크리스티나 로제티의 삶을 다룬 책을 비평해야 합니다. 그리고 저는 이런 상황이 유익하다고 진심으로 생각합니다. 저에게 안 좋은 영향을 미치기는커녕 아주 '교육적'이며 정말 제 머리가 잘 돌아가게 해줍니다. 사실, 전에 말했듯이 그런 일을 맡지 않았으면 분명 저는 지금쯤 자포자기에 빠졌을 겁니다. 그러나 물론 문학 평론을 하다 보면 사기를 꺾는 부류가 틀림없이 있습니다. 그래서 저는 한 칼럼에서 소설 다섯 편을 평론하는 식으로 분량을 정해서 글을 써왔지요. 반응이 어떨지 아실 겁니다. 친구들은 "이 끔찍한 책이 훌륭하다고 말하다니 제정신인가?"라고 합니다. 그러나 이 책이 완전히 형편없다는 말을 매주 되풀이할 수는 없는 노릇입니다.

앤서니 파월

아무도 귀 기울이지 않겠지만, 또는 몇 명만 귀 기울이겠지만 저는 비평이 문학의 한 장르이고 그게 아니라면 아무것도 아니라고 입버릇처럼 말합니다. 비평이 문학의 한 장르가 아니라면 살아남을 희망이 없습니다. 원한다면 비주류 장르라고 생각해도 되지만 저는 사람들이 왜 그런 말을 하는지 모르겠더군요. 시 또는 그보다는 시 창작이 비평보다 우위에 있다는 생각은 언뜻 봐도

터무니없는 생각입니다.

— 해럴드 블룸

보통 저는 평범한 시에 대해서는 해줄 말이 없다고 생각합니다. 마치 오페라단의 신인 발굴 담당자가 자신의 귀에 들리는 목소리에 대해서 "아니, 목소리에 설득력이 없어요. 고음을 지속할 능력이 전혀 없어요. 타고난 리듬감이 없어요. 뚜렷한 개성이 없어요. 해석력이 없어요. … 그냥 이것도 없고 저것도 없고, 다 없어요"라는 말밖에 해줄 게 없는 것과 마찬가지입니다. 만일 제가 신인 발굴 담당자라면 해석력과 설득력, 음악적 이해력은 물론이고 독특한 음색을 갖춘 목소리를 찾고 싶어 할 겁니다. 그런 목소리를 찾고 나면 할 이야기가 많지요. 자질이 없다면, 없는 것을 설명해야 하기 때문에 설명하기가 아주 어렵습니다. 자질이 있으면, 평론가는 그 자질이 효율적으로 쓰인다는 사실을 기쁘게 알려줍니다.

— 헬렌 벤들러

저는 우리가 비잔틴 시대와 알렉산드리아 시대에 살고 있다는 생각에 비통스럽고 격렬하게 빠져 있습니다. 그 시대에는 논객과 논평이 원전보다 훨씬 높은 지위를 차지했습니다. 샤를 오귀스탱 생트뵈브*는 비통한 말을 남기며 세상을 떠났습니다. "그 누구

▣ 프랑스 낭만주의 시대의 대표적인 비평가 겸 작가로 문예비평과 평론을 하나의 분야로 확립했다.

도 비평가를 위한 동상은 세워주지 않을 것이다." 오, 맙소사, 그의 생각은 완전히 틀렸습니다. 오늘날에는 비평 이론에 대한 이야기를 들을 수 있고 해체 비평, 기호학 비평, 포스트구조주의 비평, 포스트모더니즘 비평 등 비평이 지배한다는 이야기도 듣습니다. 아주 특이한 분위기예요. 이는 의심할 수 없는 천재인 자크 데리다가 모든 텍스트는 '변명'이라고 했던 말로 요약됩니다. 이는 지금껏 나온 말장난 중에서도 굉장히 만만찮게 잘못되었고 해체적이며 훌륭할 정도로 평범한 말장난입니다. 무슨 뜻일까요? 시의 위상이 어떻건, 시는 해체적 해설자를 기다린다는 뜻입니다. 시는 그저 훈련의 기회라는 뜻입니다. 이는 제가 보기에 말로 표현할 수 없을 만큼 터무니없습니다. 발터 베냐민은 책은 알맞은 독자가 우연히 나타날 때까지 읽히지 않은 채 천 년이라도 기다릴 수 있다고 말했습니다. 책은 서두르지 않습니다. 창작품은 서두르지 않습니다. 우리를 이해하며 언제까지나 우리에게 특혜를 줍니다. 우리의 영리함이 당혹스러운 비통과 분노로 저를 채울 기회라는 생각, 오늘날의 학생들이 간접적으로 거치고 거친 비평의 비평을 읽으며, 진정한 문학 작품은 덜 읽는다는 생각은 완전한 죽음입니다. 평범하고 순진한 사람의 죽음이자 논리적 우선순위의 죽음입니다.

조지 스타이너

요즘 널리 퍼진 생각 때문에 오싹한 기분이 드는데, 비평 행위가 문학적 충동과 대립한다는 생각, 마땅히 대립해야 한다는 생각입니다. 물론, 비평은 덫이 될 수도 있고 창작 충동을 파괴할 수도 있지만, 그것은 술이나 돈, 체면도 마찬가지입니다. 비평은 완전히 자연스러운 인간 활동이며, 이유는 모르겠으나 제아무리 지루하고 기법에 치중한 비평이라도 충만한 창의력과 결합할 수 있습니다. 엘리자베스 여왕 시대의 비평은 모두 또는 거의 모두 기법에 치중했습니다. 주방에서 케이크를 만드는 방법을 이러쿵저러쿵 알려주듯이, 행을 짜 맞추는 방법인 운율 같은 것을 비평했지요. 예술에 깊은 관심이 있는 사람들은 '방법'에 관심을 보입니다. 지금 저는 그것만이 가치 있는 비평의 종류라고 말하는 게 아닙니다. 사물의 본질에 대한 더 깊은 통찰력을 주는 비평이라면 어떤 종류든 좋은 비평입니다. 마르스크주의적 분석, 프로이드식 연구, 문학적 또는 사회적 전통과의 관련성을 다룬 비평이나 역사를 주제로 한 비평 등 무엇이건 말입니다. 그러나 우리는 '유일하게 올바른' 비평, '완전한' 비평이란 없음을 기억해야 합니다. 우리는 그저 다양한 관점으로, 할 수 있다면 다양한 통찰력을 제공할 뿐입니다. 그리고 특정한 역사적 순간에는 특정한 통찰력이 다른 통찰력보다 더 필요할지도 모릅니다.

_____ 로버트 펜 워런

시나리오
창작이란
무엇입니까?

What Is Screenwriting?

훌륭한 각본 같은 것은 없습니다. 읽으라고 쓴 것이 아니기 때문입니다. 그저 훌륭한 영화만 있을 뿐입니다.

— 존 그레고리 던

초고가 가장 창의적이며, 진정한 글에 가장 가깝습니다. 저와 이야기 둘뿐이니까요. 영화사에서 초고를 가져간 순간 재미는 끝납니다. 모두를 만족시키는 것이 중요해지기 때문입니다. 레이먼드 챈들러는 이렇게 말했습니다. 할리우드가 작가에게 위험한 이유는 자기가 갖고 있는 모든 것을 초고에 넣고 그 뒤에는 전혀 힘을 쓰지 못하므로 이후 무슨 일이 벌어지건 상관하지 않도록 마음을 단단히 먹는 법을 익히게 되기 때문이라고요. 그런 일이 되풀이되다 보면 작가에게서 열의가 빠져나갑니다.

— 리처드 프라이스

사진은 연극과 비슷합니다. 구조와 정신이 같습니다. 좋은 사진작가는 일종의 시인이되, 장인처럼 구조를 계획하고 3막에서 무엇이 잘못되었는지 말할 수 있는 시인이지요. 노련한 시나리오 작가가 쓰는 글은 훌륭하지 않을지언정 기술적으로는 정확할 겁니다. 3막에 문제가 생기면 그는 1막에 있는 문제의 씨앗을 틀림없이 잘 찾아냅니다.

빌리 와일더

오래 버티지 못했어요. 일주일에 1000달러를 받기로 하고 [할리우드로] 갔는데, 월요일에 일하고 수요일에 해고됐습니다. 저를 해고한 남자가 화요일에는 다른 도시에 있었거든요.

넬슨 올그런

예전의 할리우드에서는 비서에게 이야기를 받아쓰게 하지 않으면 작가가 될 수 없었는데, 저는 누구에게 이야기를 불러주는 걸 할수가 없었어요. 그래서 밤이면 사람 눈에 띄지 않는 곳에서 글을 쓰려고 집에 가야 했습니다. 은밀하게 글을 썼지요.

어스킨 콜드웰

저는 돈을 벌려고 할리우드에 갔습니다. 아주 간단한 이유죠. 사람들은 친절했고 음식은 맛있었지만 그곳에서 행복한 적은 없었습니다. 아마 그저 돈 좀 만져보려고 갔기 때문이겠죠. 할리우드를 중심으로 활동하면서 영화 세작비를 조달해야 한다는 압도적인 어려움 속에서도 훌륭하고 독창적인 영화를 꾸준히 제작하는 10여 명의 감독을 진심으로 깊이 존경합니다. 그러나 할리우드를 생각하면 기본적으로 떠오르는 인상이 '자살'이에요. 제가 침대에서 나와 샤워실로 들어갈 수 있으면 괜찮은 상태라는 뜻이었죠. 방값이 밀려서, 전화기를 들고선 생각해낼 수 있는 한 최대한 상세하게 아침 식사를 주문한 다음, 진짜 목을 매기 전에 샤워실로 가려고 애쓰곤 했어요. 이건 할리우드에 대한 감상은 아니예요. 그저 거기 있을 때 저에게 자살 콤플렉스가 있었던 것 같습니다. 일례로 저는 고속도로를 좋아하지 않습니다. 수영장 물도 너무 뜨거워요. ⋯ 85도는 되는 것 같습니다. 또 마지막으로 거기 갔던 지난 1월에는 상점에서 개들이 쓸 야물커[1]까지 팔고 있더군요. 맙소사! 저녁 식사를 하러 갔는데 식당 저쪽에서 어떤 여자가 균형을 잃고 넘어졌습니다. 그녀의 남편이 고함을 지르더군요. "내가 목발 가져오라고 말할 때는 듣지도 않더니만!" 더없이 완벽한 대사였습니다!

존 치버

MGM(메트로 골드윈 메이어Metro-Goldwyn-Mayer)과 계약을 마치고 집으로 돌아가려던 참이었습니다. 함께 일했던 감독이 말했죠. "여기에서 또 작업할 생각이 있으면 알려주세요. 새 계약을 맺자고 영화사 측에 전해드리지요." 저는 고맙다고 말하고 집으로 돌아왔습니다. 여섯 달쯤 지나서 그 감독에게 전화해 또 일을 하고 싶다고 말했습니다. 얼마 지나지 않아서 할리우드 대리인으

---

[1] 유대인 남자들이 머리에 쓰는 작고 둥근 모자.

로부터 첫 주급이 동봉된 편지를 받았지요. 깜짝 놀랐는데, 먼저 공식적으로 통지를 받거나 영화사로 오라는 연락을 받고 나서 계약서를 쓸 거라고 생각했기 때문입니다. 저는 계약서가 지연되어 다음 주에 우편으로 도착하겠거니, 생각했지요. 그러나 일주일 뒤에 저는 대리인으로부터 두 번째 주급이 동봉된 편지를 또 하나 받았습니다. 그런 상황이 1932년 11월에 시작되어 1933년 5월까지 이어졌습니다. 그러다 영화사에서 보낸 전보를 받았습니다. 내용은 다음과 같았어요. '윌리엄 포크너. 미주리주 옥스퍼드. 어디 계십니까? MCM 영화사.' 저는 답장을 썼지요. 'MGM 영화사. 캘리포니아주 컬버시티. 윌리엄 포크너.' 젊은 여자 교환원이 말했습니다. "내용은요, 포크너 씨?" 제가 말했죠. "바로 그겁니다." 교환원이 말했습니다. "규정집에 따르면 내용 없이 전보를 보내드릴 수가 없어요. 무슨 말이라도 하셔야 합니다." 그래서 우리는 교환원이 갖고 있던 예시 목록을 보고 하나를 골랐는데 그게 뭐였는지는 잊어버렸습니다. 케케묵은 기념일용 메시지였을 겁니다. 저는 그 전신을 보냈습니다. 그 뒤로는 영화사에서 저에게 장거리 전화를 걸어서 첫 비행기를 타고 뉴올리언스로 가서 브라우닝 감독을 찾으라고 하더군요. 옥스퍼드에서 기차를 타면 여덟 시간 뒤에는 뉴올리언스에 도착할 수 있었지요. 그러나 저는 영화사가 시키는 대로 멤피스 공항으로 갔는데 거기에서는 뉴올리언스로 가는 비행기가 간혹 있었습니다. 사흘 뒤에 비행기가 떴지요.

저는 오후 6시경 브라우닝 감독이 묵는 호텔로 가서 그를 찾았습니다. 파티가 한창이었어요. 그는 저에게 오늘 밤은 푹 자고 내일 아침 일찍 준비를 마쳐두라고 하더군요. 저는 줄거리를 알고 싶다고 했어요. 그가 말했습니다. "아, 그렇군. ○○호실로 가세요. 거기에 대본 작가가 있는데, 그가 줄거리를 알려줄 겁니다." 저는 그가 알려준 방으로 갔습니다. 대본 작가가 방에 혼자 앉아 있었습니다. 저는 제 소개를 하고 줄거리에 대해 물었어요. 그가 말했죠. "대사를 다 써주시면 줄거리를 알려드리죠." 저는 다시 브라우닝 감독의 방으로 가서 무슨 일이 있었는지 말했습니다. 그가 말했죠. "돌아가서 이렇게 저렇게 말하세요. 신경 쓰지 마세요. 내일 아침 일찍 시작하도록 푹 주무세요."

그래서 다음 날 아침에 그 대본 작가를 제외한 우리 모두는 아주 날렵한 보트를 타고 160킬로미터쯤 떨어진 그랜드섬으로 갔습니다. 그곳이 촬영 장소였는데 우리가 도착했을 때는 마침 점심시간이었고 어두워지기 전에 다시 뉴올리언스까지 160킬로미터를 달려올 시간은 충분했습니다.

이런 일과가 3주 동안 계속되었지요. 저는 가끔 줄거리가 좀 걱정되었지만 브라우닝 감독은 늘 "걱정은 그만하세요. 내일 아침 일찍 출발할 수 있도록 푹 주무십시오"라고 말했습니다.

어느 날 저녁, 돌아와서 방에 채 들어가기도 전에 전화벨이 울렸습니다. 브라우닝 감독이었어요. 그는 저에게 당장 방으로 와달라고 했습니다. 저는 그렇게 했습니다. 그는 전보를 들고 있었습니다. 내용은 다음과 같았어요. '포크너를 해고함. MGM 영화사.' 브라우닝 감독은 "걱정마세요. 당장 아무개에게 전화를 걸어서 당신을 급료 지불 명단에 다시 넣고 사과문도 보내라고 하 겠습니다"라고 말했습니다. 그때 문 두드리는 소리가 들렸습니 다. 다른 전보를 들고 온 호텔 급사였습니다. 이번 전신의 내용 은 이랬습니다. '브라우닝을 해고함. MGM 영화사.' 그래서 저 는 집으로 돌아갔습니다. 아마 브라우닝 감독도 어딘가로 갔을 겁니다. 대본 작가는 손에 주급 수표를 들고 여전히 어딘가에 있 는 호텔 방에 앉아 있을 것 같아요. 그들은 영화를 완성하지 못 했습니다. 그러나 아주 작은 마을은 하나 만들었지요. 물속에 말 뚝을 박아 긴 단상을 만들고 그 위에 헛간을 지었는데 부두와 비 슷했어요. 개당 40~50달러만 내면 영화사에서 헛간을 수십 개 라도 살 수 있었을 겁니다. 대신 그들은 직접 헛간을, 가짜 헛간 을 지었지요. 그러니까, 단상에 벽을 하나만 세웠기 때문에 문 을 열면 바로 바다로 빠지는 구조였습니다. 첫날 그들이 그 단상 을 만들고 있을 때, 케이준Cajun▣ 어부가 텅 빈 통나무로 만든 좁 고 다루기 까다로운 배를 저으며 다가왔습니다. 그는 땡볕 아래 서 종일 그 배에 앉아, 이 이상한 가짜 단상을 만드는 이상한 백 인들을 지켜보았어요. 다음 날에는 통나무배에 온 가족을 태우 고 다시 왔는데, 아기에게 젖을 물린 아내와 다른 자녀들과 장모 까지 모두 땡볕 아래서 이 어리석고 이해할 수 없는 행동을 지켜 보았지요. 2~3년 뒤에 뉴올리언스에 갔다가, 많은 백인이 우르

▣ '아카디안'이라고도 한다. 1620년대에 프랑스에서 캐나다 아카디아로 이주한 가 톨릭교도들은 1755년에 그곳을 점령한 영국인들에 의해 미국 남부 루이지애나로 강제 이주되었고, 이들을 케이준이라고 부른다.

르 몰려와서 짓고는 버리고 간 그 가짜 단상을 보려고 케이준들이 수 킬로미터 밖에서도 찾아온다는 이야기를 들었습니다.

———————————— 윌리엄 포크너

영화 산업에서 작가들이 매몰되는 이유는 그저 인간이 흔히 부리는 탐욕의 결과입니다. 문학은 아무 상관이 없습니다. 그저 탐욕 때문이지요. 제 탐욕 때문인데 왜 워너브라더스를 비난해야 합니까? 윌리엄 포크너는 늘 할리우드에 자신을 순교자처럼 소개했습니다. 글쎄요, 헛소리입니다. 가족의 낭비벽이 심해졌고 조카들과 하인, 친척 아주머니와 아저씨, 알코올의존자인 아내 등 17명의 가족을 부양하고 있었기 때문에 그는 계속 그 일을 할 수밖에 없었습니다. 그래서 가여운 윌리엄이 로스앤젤레스에 가고 싶어 하건 말건, 가족들은 그 물주에게 줄줄이 달라붙어 돈을 더 벌어오라며 그를 밖으로 떠밀었습니다.

———————————— 짐 해리슨

처음 할리우드에 갔을 때 작가들이 매춘에 대해 나누는 이야기를 들었어요. 그러나 매춘부가 되고 싶은 게 아니라면 매춘에 마음이 끌리지는 않는 법입니다.

———————————— 릴리언 헬먼

영화, 영화, 영화. 당연히 영화는 우리의 적입니다. 소설을 대체하고 있기 때문에, 영화는 우리의 적입니다. 소설가들은 영화 대본을 쓰지 말아야 합니다. 물론 소설에 재능이 없다는 사실을 깨달은 게 아니라면 말입니다. 저는 여전히 소중한 친구인 어빈 커슈너에게 많은 것을 배웠지만 대본을 쓰는 게 무척 싫었습니다. 저는 영화인들을 좋아하며 그중에 굉장히 영리한 몇몇 사람이 소설을 쓰지 않아서 다행이라고 생각합니다. 소설을 쓰는 사람들은 정말이지 이미 충분합니다. 어쨌거나 제가 커슈너를 위해『곰 풀어주기』Setting Free the Bears의 영화 대본을 쓰면서 배운 중요한 사실이 있는데, 시나리오 쓰기는 진짜 글쓰기가 아니라는 점입니다. 시나리오에는 언어가 없고 작가는 이야기의 속도나 어조를 통제하지 못합니다. 그러면 대체 그밖에 무엇을 통제하란 말일까요? 토니 리처드슨이 저에게 시나리오 작가는 '존재'하지 않는다고 말했는데, 저와 생각이 같은 감독이 적어도 한 사람은 있는 셈입니다. 첫 소설을 출간한 직후인 아주 젊은 나이에 영화를 쓰려고 시도해본 것, 그것은 제가 했던 가장 가치 있는 일일 수도 있습니다. 그 일을 하고 싶다는 생각을 두 번 다시 하지 않게 되었으니까요.

— 존 어빙

영화를 쓸 때는 타이밍을 정확히 맞춰야 합니다. 타이밍이 전부이기 때문이죠. 문학과는 다릅니다. 제가 좋아하는 책인 로베르트 무질의 『특성 없는 남자』The Man Without Qualities 는 타이밍이라는 면에서는 훌륭하지 않습니다. 아주 사소하고 세부적인 요소와 여담에 흥미 있는 독자가 아니라면 그 소설을 읽을 이유가 없어요. 반면 영화는 한 시간 반에서 두 시간 동안 상영되므로 그 틀에 맞춰 이야기를 들려줄 수 있어야 합니다. 순간순간 잘 굴러가야 해요. 엄밀하게 말해 그것이 영화 제작의 기술입니다. 어떤 요소가 잘 굴러갈지 그렇지 않을지 알아보는 눈을 갖는 것 말입니다.

— 미하엘 하네케

시나리오 작업을 하다 보니, 대부분의 소설가가 자신의 책에 넣는 수많은 연상 기호가 다시 떠오르더군요. 그런 솜씨가 가장 형편없던 작가는 아마 윌리엄 포크너일 겁니다. 그의 헛소리 탐지기는 툭하면 '0'으로 곤두박질치곤 했지요. 우리가 포크너의 작품을 읽는 방법은 비슷합니다. 질척거리는 늪지대를 열심히 헤쳐나가면 드디어 놀라운 광맥을 만나는데, 그다음에는 다시 그 늪지대를 헤치며 돌아가야 합니다. 그렇지 않습니까? 포크너가 1929년부터 1935년까지 미국 문학에서 가장 위대한 광맥을 창조해냈다는 점에는 모두가 동의합니다. 그러나 이 점을 어떻게 생각하느냐에 따라 그의 작품에 침묵 시간이 많다는 것을 인정할 수도 있고 하지 않을 수도 있습니다. 시나리오를 몇 번 쓰고 나면 작가는 이야기를 예열하는 장면, 즉 연필을 깎고 위스키 잔을 채우는 것처럼 사소한 장면을 선뜻 끼워 넣지 못합니다. 작가는 침묵이 흐르는 시간을 더욱 의식하게 됩니다. 이 점에서 극작가들은 스스로에게 더 모질게 굽니다. 20쪽이라는 평범한 분량은 소설에선 거의 해를 입히지 않지만 침묵이 10분간 지속되면 그 연극은 틀림없이 뉴헤이븐의 소극장을 벗어나지 못할 겁니다. 영화도 비슷합니다. 영화에서 지루한 장면이 10분만 지속돼도 사람들은 나란히 앉아서 기다리지 못하고 일어나 버립니다. 오, 역사적 순간을 목도할 만큼 준비가 되었다면, 「간디」 Gandhi 같은 영화를 보고 있었다면 그 정도는 참아줄 거라고 생각하겠지만, 대개는 그렇지 않습니다. 어쨌거나 저는 장면을 쓸 때마다 유혈 장면을 선호합니다. 영화관에서 훈련받지 않았다면 그렇지는 않았겠지요. 그러나 근본적으로는, 직접 장을 봐야 한다는 사실이 제 글에 영향을 미쳤느냐는 질문이 더 적절할 겁니다. 평론가들에 따르면 저는 제 생애 중 10년을 할리우드에서 보냈다지만 솔직히 말해 로스앤젤레스에서 묵은 날은 30일이 채 안 됩니다. 모두 합쳐서 말입니다. 저는 줄곧 영화에 관심이 있었고, 그래서 시나리오를 읽기 좋아합니다. 시나리오는 작은 책입니다. 훌륭한 신작 영화가 나온다는 소식이 들리는데 그 시나리오를 입수할 수 있다면, 저는 영화 자체를 보기보다는 그 대본을 읽을 겁니다. 저는 머릿속에서 영화를 찍어보는 것을 좋아합니다. 같은 이유로 희곡을 읽는 것도 참 좋아합니다.

_____토머스 맥구언

할리우드의 돈은 돈이 아니에요. 얼어붙은 눈이라서 손에 쥐면 녹아 없어져버리죠. 할리우드에 대해서는 말을 할 수가 없어요. 그곳에서 지낸 시절은 저에게 공포였고 다시 떠올리는 것도 공포입니다. 제가 어떻게 거기에서 버텼는지 모르겠어요. 그곳에서 달아난 뒤로 저는 그 지명조차 입에 올릴 수가 없었습니다. '거기'라고 말했지요. '거기'가 저에게 어떤 의미인지 궁금하다고요? 어느 날 베벌리힐스 거리를 걷고 있다가 블록 하나와 맞먹을 정도로 길쭉한 캐딜락을 보았어요. 창문으로, 몸매가 아름다운 아가씨가 팔을 내밀고 있었죠. 그 팔 끝에는 손목 부위에 주름 장식이 달린 하얀 스웨이드 장갑을 낀 손이 있었어요. 그리고 그 손에는 한입 베어 먹은 베이글이 들려 있더군요.

———————————————— 도로시 파커

그곳에서 1931년부터 1942년까지 드문드문 일을 했습니다. 그리고 트리스탄다쿠냐 제도에서 보낸 시간이 더 유익했다고 진심으로 말할 수 있습니다. 할리우드라는 이름을 언급하기만 해도제 몸은 뎅기열에 걸린 것 같은 반응을 보입니다. 어릴 때 거기서 살았는데, 그때 그곳은 흉물스럽고 살 만한 곳이 아니었어요. 거의 예외 없이 야후들이 득실거렸는데 이제는 텔레비전의 최고 성채가 되었다니 뭐라 할 말이 없군요. 그 장소를 묘사하기 위해 제가 떠올릴 수 있는 가장 가까운 비유는 사르가소해[■]와 놀랍도록 닮았다는 말뿐입니다. 썩은 녹청으로 뒤덮인 문학이라는 거대한 선체는 어마어마하게 부풀어 오른 해조류에 휘감겨 결국 가라앉고 말았습니다. 베벌리힐스의 저녁 뷔페에서 어

[■] 북대서양 중앙에 있는 바다로 해초로 뒤덮여 있다. 그 해초가 배의 스크루를 감아 항해를 방해하기 때문에 다시 빠져나가기 어렵다는 뜻으로 '죽음의 바다'라고도 부른다.

린 시절 동경의 대상이었던 극작가나 소설가를 마주치는 건 정말 놀라운 경험이었지요. 아니면 반짝 성공을 거두었다가 이제는 솔 워첼을 위해 「시스코 키드」Cisco Kid 같은 각본을 써내는, 한물간 여성 작가를 마주친 적도 있습니다. 어느 날, MGM의 야외 세트장에서 어느 창백하고 유령 같은 남자가 덜컹거리는 분장실에서 뛰어나와서는 마치 우리가 전에 아라비아 반도의 룹알할리 사막에서 만나기라도 했던 것처럼 반갑게 저를 껴안았어요. 그는 12년 전에 제가 잡지 『저지』에서 일할 때 알고 지냈던 남자로, 금주법 시대에나 통할 농담으로 가득한 시시한 칼럼을 몇 편 썼던 친구였지요. 그에게 지금 무엇을 하고 있느냐고 묻자, 그는 지난 2년 동안 「에드윈 드루드의 비밀」Edwin Drood이라는 영화의 대본을 쓰고 있다고 대답하더군요. 그는 아직 결말을 궁리해내지 못했다고 꽤 솔직하게 고백했는데 물론 그다지 놀라운 일은 아니었습니다. 찰스 디킨스도 완성하지 못했다는 점을 고려하면 말입니다.▫

시드니 조지프 페럴먼

1940년에 저는 할리우드에서 아주 근사한 때를 보냈습니다. 제가 참여한 작업에서 거의 시작과 동시에 해고되었는데 영화사에서는 저에게 봉급을 계속 지급해야 했기 때문입니다. 계약 조건 때문이었죠. 여섯 달 동안 그들은 저에게 주당 250달러를 지급해

▫ 찰스 디킨스의 미완성 유작인 동명 소설이 이 영화의 원작이다.

야 했어요. 이때는 1943년이었고 250달러는 현재의 1000달러와 맞먹을 겁니다. 제가 맡은 일이 있건 없건 그들은 임금을 줘야 했지요.

처음에 영화사에서는 저에게 라나 터너가 출연할 〈결혼은 사적인 일〉Marriage Is a Private Affair을 맡겼습니다. 그들은 제가 쓴 대사에 큰 만족감을 보였고 제 생각에도 괜찮았어요. 하지만 저에게 "터너 양의 대사에 다음절 단어가 너무 많아요!"라고 말하더군요. 그래서 저는 "글쎄요, 어떤 단어에는 음절이 하나 이상 들어 있을 수밖에 없어요!"라고 말했습니다. 저를 무척 좋아했던 팬드로 버먼이 (우연히도 당시에 라나 터너와 사귀고 있었지요) 저에게 말했습니다. "테너시, 2음절 정도라면 라나가 어찌 해볼 수 있어. 하지만 유감스럽게도 자네가 3음절짜리 단어를 집어넣는다면 그녀의 어휘력을 혹사시키는 거라네!"

그 뒤로 영화사는 저에게 마거릿 오브라이언이라는 인기 아역 배우를 위해 시나리오를 써달라고 했습니다. 저는 "차라리 제가 직접 촬영하고 말지!"라고 말했습니다. 그쯤에는 일을 하건 말건 250달러를 받게 된다는 걸 알고 있었으니까요.

그래서 저는 샌타모니카에서 지내며 돈이 다 떨어질 때까지 신나게 즐겼지요.

───────────────────────── 테너시 윌리엄스

소설 창작과 시나리오 창작을 비교해달라는 말씀인 것 같은데, 저는 차이가 전혀 없다고 봅니다. 매체로서, 영화는 시각과 청각으로

아주 강렬하게 인식된다는 점에서 분명 더 우월합니다. 그러나 제작자나 감독이 아니라면 최종적인 결과물에 통제권을 행사할 수 없습니다. 소설에서는 가능하지요. 편집자나 출판사가 작가를 설득하려고 할 수는 있지만 작가는 언제든 "그 부분을 바꾸고 싶지 않습니다"라고 말할 수 있어요. 그러니 산문을 쓸 때는 통제권을 행사할 수 있으니 그 나름대로 좋고, 다른 한편으로 제가 원하는 대로 할 수만 있다면 영화가 더 훌륭한 매체입니다.

———— 테리 서던

비소설이란
무엇입니까?

What Is Nonfiction?

단편소설이건 장편소설이건 사람들의 생각을 바꾸려고 글을 쓴 적은 없습니다. 단 한 번도 없어요. 사람들의 생각을 바꿔야 할 때는 수필이나 사설을 씁니다. 저는 상징적인 의미에서 펜도 두 가지로 다르게 씁니다. 하나는 이야기를 들려줄 때 쓰는 펜이고 다른 하나는 정부가 할 일을 말할 때 쓰는 펜이죠. 그건 그렇고, 이 펜은 둘 다 약 3주에 한 번씩 바꿔야 하는 아주 평범한 볼펜입니다.

———— 아모스 오즈

저는 스스로 미국 남북전쟁을 다룬 세 권짜리 역사책을 쓰는 소설가라고 생각합니다. 그 책을 소설이라고 생각하는 건 아니지만 그 책이 분명 소설가에 '의해' 쓰인다고 생각해요. 역사가가 쓴 소설은 소설이 아닙니다. 제 책은 어느 쪽도 아닙니다. 그러니까, 사학자들은 제 책에 주석이 없다면서 화를 내는데 소설 독자들은 역사를 공부하려는 게 아니에요. 누가 전문적인 역사가이고 누가 그렇지 않은지는 중요하지 않습니다. 헤로도토스, 투키

디데스, 타키투스는 전문적인 역사가가 아니었습니다. 문학인이었죠. 그들은 역사를 문학의 한 분야로 여겼습니다. 많은 세월이 지난 오늘날, 저 역시 그렇게 생각합니다.

_____ 셸비 푸트

그건 정확히 말로 표현할 수 없을 만큼 제 글에 어마어마한 영향을 미쳤습니다. 어릴 때, 아버지는 신문 기자였고 두 형들도 신문 기자였으며, 어머니는 신문 기사에 대한 관심이 굉장해서, 식사 때마다 신문 기사와 관련된 이야기가 오갔지요. 신문 기자 가족 안에 있으면 지면으로 내보내기 알맞은 정보뿐 아니라 내보내기 부적절한 온갖 정보까지도 알게 되고, 따라서 인간의 본성과 사회의 본질에 대한 통찰력을 얻게 됩니다. 제 생각에 이는 다른 방법으로는 얻기가 매우 어렵습니다. 저는 20년을 신문 편집자로 지냈습니다. 그 시간 동안 기록된 정보도 다뤘지만, 기록된 정보를 뒷받침해줄 수 있으나 엄청난 손해를 끼치고 때로는 상처까지 남길 내용이어서 도저히 지면에 싣지 못한 정보도 다뤄야 했습니다. 편집자는 사람들이 어떤 존재인지, 어떻게 사는지, 밤에 무슨 일을 하는지, 그리고 레이스 커튼 뒤에서 무슨 일이 벌어지는지를 알게 됩니다. 신문으로 보도하는 세상은 제가 아는 세상의 절반에도 미치지 못합니다.

_____ 로버트슨 데이비스

작가는 현실을 그리려다가 자칫 현실을 왜곡해서 바라보기도 합니다. 현실을 소설로 바꾸는 과정에서, 흔히들 말하듯이 상아탑에 갇혀 결국 현실과의 접점을 잃는 거죠. 저널리즘은 그것을 막아주는 아주 훌륭한 파수병입니다. 제가 계속 신문 기사를 쓰려고 노력해온 이유가 바로 이것입니다. 현실, 특히 정치적 저널리즘과 정치 문제를 계속 접하게 해주기 때문이지요.

———가브리엘 가르시아 마르케스

수필은 일상성과 논리성의 혼합체로, 저에게는 둘 다 이점이 있습니다. 흔히 단편소설이 그렇듯이 시작, 중간, 끝이 필요하지 않습니다. 수필은 방황할 수도 있고 이리저리 거닐 수도 있습니다. 또 랠프 월도 에머슨과 찰스 램과 윌리엄 해즐릿처럼 제가 좋아하는 19세기 수필가들은 모두 교리에 얽매이지 않으면서도 매우 도덕적이었습니다. 도덕이라는 게 뭔지 명확하지는 않지만 말입니다. 분명 그들은 과격한 태도를 취하지 않으려 애쓰는, 소신이 아주 확고한 사람들입니다. 수필이 과격한 형식을 취하는 경우는 거의 없는데, 제가 보기에 어느 정도는 그저 작가가 활기를 잃은 탓입니다. '수필'이라는 단어는 뭔가를 시도해보고 있다는 뜻, 실험해본 글이라는 뜻입니다.◨ 저는 처음 글을 썼을 때부터 (의식하진 않았지만) 바로 그런 전통에 몸담은 채 글을 쓴 것 같습니다.

———애덤 필립스

◨   영어로 수필을 뜻하는 '에세이essay'에는 '시도' 또는 '시도하다'라는 뜻이 있다.

다른 종류의 기록이지요. 저널리즘은 너무 즉각적이고 단조롭고 얄팍해요. 연대기 작가는 방에서 혼자 글을 씁니다. 기자는 혼자 있을 때가 거의 없지요. 그는 다른 사람들에 대한 글을 쓰느라 늘 본질을 놓칩니다. 저는 기자 생활을 오래 했으니 그 사실을 잘 알아요. 기자는 덧없는 순간에 대해서만 글을 씁니다. 가장 극적이고 뚜렷한 요인이지만 근원적인 요인은 아닙니다.

———————————————————— 엘리 위젤

기자들이 다른 직업군의 사람들보다 더 공격적이고 악의적인지는 모르겠어요. 다만 '도움을 주는 직종'이 아닌 건 분명합니다. 우리가 누군가를 돕는다면 그건 우리 자신이에요. 우리가 지금 취재 중이라는 걸 상대가 눈치 채지 못하게 한다는 점에서 말입니다. 기자가 고상하지 않다는 사실을 알아챈 사람은 제가 처음이 아닙니다. 알렉시 드 토크빌은 『미국의 민주주의』Democracy in America에서 기자들의 야비함에 대해 이야기했어요. 헨리 제임스의 풍자 소설인 『반향』The Reverberator에는 조지 M. 플랙이라는 멋지고 야비한 기자가 등장합니다. 저는 이런 평론을 기고한 수많은 사람 중 하나일 뿐이죠. 또 기자 겸 기고가는 저만이 아닙니다. 예를 들어 톰 울프와 조앤 디디온도 그 주제로 글을 썼어요. 물론 자신의 야비함을 안다는 게 핑계가 될 순 없습니다.

———————————————————— 재닛 맬컴

역사가 사실입니까? 우리가 역사라고 부르는 것은 내용 전체를 개작한 게 아닌가요? 역사는 실제로 허구입니다. 꾸며낸 사실로 구성되기 때문이 아닙니다. 사실 자체는 실제니까요. 그런 사실을 구성할 때 허구가 많이 포함되기 때문입니다. 역사에서 확정적인 교훈을 제시해서는 안 됩니다. '이 일이 이런 식으로 일어났다고 내가 말한 이상 그게 맞다'라고 그 누구도 이야기할 수 없습니다.

조제 사라마구

비소설에서 소설로 분야를 바꾸기란 몹시도 어렵더군요. 저를 놀라게 한 몇 가지 이유 때문입니다. 하나는 그 무엇보다 명백한 사실을 직시하지 않은 탓이었습니다. 비소설에서 작가는 플롯을 넘겨받습니다. 등장인물도 넘겨받습니다. 이제는 많은 요소를 빼앗기게 될 거라는 사실을 생각하지 못했어요. 『허영의 불꽃』The Bonfire of the Vanities을 처음 쓰기 시작했을 때 제가 놀란 다른 사실 하나는 비소설에서처럼 기법이나 문체 면에서 자유롭지 않다는 점이었습니다. 저는 그 반대인 줄 알았습니다. 작가가 소설에 대한 자유 재량권, 즉 엄청난 자유를 가진다고 생각했던 것입니다. 실제로는 대학과 대학원에서 배운 그 모든 창작 규칙이 물밀 듯이 되돌아왔습니다. 관점에 대한 헨리 제임스의 신조, 버지니아 울프의 '내면의 심리적 불꽃' 이론 같은 것들이 말입니다. 갑자기 모든 게 법칙이 되었습니다. 생소한 지역에 들어왔으니 복종해야 했지요.

톰 울프

어린 소녀가 제 앞에서 제 마음에 쏙 드는 말을 한 적이 있습니다. 소녀가 버릇없이 굴어서 어머니가 "다른 사람의 입장이 되어 봐!"라고 말하면서 꾸짖고 있었지요. 그 소녀가 대답했습니다. "하지만 제가 다른 사람들의 입장이 되면, 그 사람들은 어디로 가요?" 저는 '비소설' 분야의 책을 쓰기 시작한 뒤로 그 말을 종종 생각했습니다. 저는 비소설의 규칙과 도덕적 원칙을 이제야 접한 참이었지요. 저는 우리가 다른 사람의 자리에 설 수 있다고 생각하지 않습니다. 그래서도 안 되고요. 우리가 할 수 있는 것은 자신의 자리를 최대한 온전하게 차지하는 것, 그리고 다른 사람이라면 어떨지 열심히 생각하는 중이라고 말하는 것, 그러나 그것을 생각하는 당사자는 다름 아닌 나라고 말하는 것, 그 것뿐입니다.

———————————————————————— 에마뉘엘 카레르

대부분의 형편없는 회고록은 동기를 생략합니다. 소설에서는 등장 인물들이 흥미롭거나 플롯이 훌륭하기만 하다면 인물이 평면적 이더라도 괜찮습니다. 찰스 디킨스를 생각해보세요. 회고록에 서는 이야기를 관통하는 존재가 목소리로 대변되는 등장인물뿐 입니다. 따라서 독자가 이야기하고 있는 사람에 대해 몹시 궁금 하게 만드는 것이 좋습니다.

———————————————————————— 메리 카

종종 제 글에는 적절한 도덕적 한계 안에서 허구가 반드시 필요하

다는 생각이 듭니다. 역사를 다룬 회상록에서도 말입니다. 그러면 어떤 사건이나 순간의 모든 차원을 탐색할 수 있습니다. 그러나 역사적으로 사실이 아닌 내용을 창조해낸 적은 없습니다.

― 호르헤 셈프룬

저널리즘은 큰 존경을 받지 못합니다. 기자들, 특히 저와 같은 세대의 기자들은 스스로도 자신의 일을 아주 진지하게 생각하지 않더군요. 저는 이 일을 아주 진지하게 생각합니다. 이것은 기술입니다. 하나의 예술 형태입니다. 저는 소설가들처럼 이야기를 쓰고 있는 중입니다. 실존 인물의 이름을 활용하는 것뿐이죠. 제 책을 챕터별로 쪼갠다면, 각 챕터가 하나의 독립적인 단편소설이 될 수 있을 겁니다. 비소설 작가들은 2등 시민이자 문학계의 엘리스섬◐입니다. 우리는 쉽게 입국하지 못합니다. 네, 맞습니다. 그 사실 때문에 짜증이 납니다.

― 게이 털리즈

◐ 뉴욕 맨해튼 남서쪽에 위치한 섬으로 1892년부터 1954년까지 미국으로 들어오려는 이민자들이 입국 심사를 받던 곳이다.

소설이란
무엇입니까?

What Is Fiction?

모든 형식에는 특유의 어려움들이 있습니다. 제가 다양한 형식으로 글을 쓰는 이유가 바로 그것입니다. 각각의 형식이 완전하지 않기 때문이지요.

제인 스마일리

장편소설novel은 19세기의 구조물이며, 21세기의 경계에서 지금 장편소설이 어떤 위치를 차지하고 있는지는 잘 모르겠습니다. 저는 허구로서의 소설fiction에 대해 이야기하는 편을 더 좋아하는데 왜냐하면 저에게 장편소설은 아주 독특한 것이며, 19세기 특유의 감수성으로 태어난 것이기 때문이죠. 저는 그 책들을 사랑하며 그 책들 없이 살아가고 싶지는 않아요. 누구든 그 책을 읽기를 바랍니다. 가능하면 빨리 제 어린 대녀에게 찰스 디킨스를 읽힐 겁니다. 그러나 이는 가구를 복제해서 파는 것과도 같아요. 과거에 성공을 거두었던 글이나 과거의 인간 조건을 표현했던 책을 계속 생산할 수는 없습니다. 우리는 앞으로 나아가야 합니다. 모든 세대를 위해 새로운 이야기를 만들어야 해요. 그렇게 하지 않으면 책은 더 이상은 살아 있는 존재가 아닐 테니까요.

———————————— 지넷 윈터슨

첫 책을 출간하기 전 해에 제 형이 제 눈에는 신성해 보이는 수많은 창작 법칙을 알려주었습니다. 그 규칙을 전혀 깨뜨리면 안 된다는 뜻에서가 아니라, 기억하면 도움이 된다는 뜻이었지요. 형이 알려준 규칙 하나는 '사실'은 결코 구닥다리나 진부한 것이 되지 않지만 '해설'은 늘 그렇게 된다는 점이었습니다. 작가가 지나치게 많이 설명하려 하거나 심리학적으로 분석하려 한다면, 시작한 순간 이미 글이 진부해진다는 겁니다. 호메로스가 자신의 주인공들이 하는 행동을 옛 그리스 철학이나 그 시대 심리학에 따라 설명한다고 상상해보세요. 아, 누구도 호메로스를 읽지 않을 겁니다! 다행히도 호메로스는 우리에게 이미지와 사실만을 제시했고 덕분에 『일리아스』와 『오디세이』는 우리 시대에도 새롭습니다. 그리고 저는 이 점이 모든 글에 적용된다고 생각합니다. 주인공의 동기가 심리학적 관점에서 어디로부터 비롯되었는지를 작가가 설명하려 하는 순간, 그는 이미 실패한 것입니다. 제가 심리학적 소설에 반대한다는 뜻은 아닙니다. 그런 식으로 아주 좋은 작품을 써낸 대가들도 일부 있습니다. 그러나 작가가, 특히 젊은 작가가 그들을 흉내 내려 하는 건 좋은 현상이 아니라고 생각합니다.

———————————— 아이작 바셰비스 싱어

뉴욕공립도서관에서 열린 행사에 참여한 적이 있는데, 앞으로도 무명으로 남을 어느 시인, 그리고 토니 모리슨과 함께 서 있었지요. 어딜 봐도 부유해 보이는 한 여자가 다가왔습니다. 시인은 도서관을 위해 그 여자에게서 후원금을 좀더 받고 싶어 했고, 그녀는 "소설가 토니 모리슨 씨와 추리소설 작가 월터 모즐리 씨를 소개해드리죠"라고 말했습니다. 제가 "저는 소설가입니다"라고 말했습니다. 그러자 그녀는 "네, 그렇죠. 추리소설 작가요." 제가 "아니, 소설가입니다"라고 말했습니다. 그녀는 "추리소설 작가죠"라고 말했습니다. 결코 저를 소설가로 부르지 않았어요. 저는 사람들의 생각을 바꿀 수 없습니다. 사람들이 어떻게 생각할지 신경 쓰지도 않습니다. 저는 제가 하는 일에만 신경 씁니다. 그러니 제가 할렘에서 단편소설을 쓸 작정이라면, 그건 일종의 서부극이 될 겁니다. 제가 쓰려는 게 바로 그겁니다, 빌어먹을.

— 월터 모즐리

어떤 이야기를 온전히 창조해낼 수 있으며 그 창조물을 '소설'로 분류하고 다른 글, 그러니까 짐작건대 꾸며내지 않은 글을 '비소설'이라고 부른다는 개념은 저에게 아주 독단적인 분류법으로 느껴집니다. 가장 위대한 장편소설과 단편소설은 온전히 꾸며낸 이야기가 아니라 완벽한 지식과 면밀한 관찰에서 비롯된다는 사실을 우리는 알고 있습니다.

— 제임스 설터

저는 모험소설, 스릴러소설, SF소설 등 상대적으로 존중받지 못하는 형식의 글에 늘 관심이 있었습니다. 그리고 본보기로 직접 한두 작품을 창작한 이유가 바로 그것입니다. 최근에 어딘가에서 누군가 한 말을 읽었습니다. "나는 책을 읽고 싶으면 직접 쓴다." 아주 훌륭하다고 생각합니다. 정곡을 찌르는 표현이에요. 제가 좋아하는 종류의 책은 결코 충분하지 않기 때문입니다. 저는 제가 즐길 오락거리를 늘리는 셈입니다.

———————————————— 킹즐리 에이미스

요즘에는 소설가가 다른 매체를 경계하지 않을 수 없습니다. 소설은 모든 것을 이룩한 게 아닙니다. 사실은 헨리 필딩을 제외하면 아직 어떤 것도 이룩하지 않았으며, 필딩 역시 그저 시작일 뿐입니다. 소설가는 전달자이며 따라서 온갖 형태의 소통에 관심을 가져야 합니다. 이제 우리는 교환원에게 전신으로 보낼 내용을 불러주는 게 아니라 녹음장치를 씁니다. 이제는 일을 하다 뻗어버리는 사람도 없습니다. 그냥 전기가 나가버리죠. 제네바에서는 상대의 목을 따서 죽이지 않고, 독화살을 대롱에 넣어 핑 날립니다. 그러면 상대방은 끝이죠. 매체는 변합니다. 우리는 장 콕토처럼 예배당을 그릴 필요는 없지만, 그와 동시에 새로운 방식을 늘 경계해야 합니다.

———————————————— 헨리 그린

한번은 돈을 벌려고 탐정소설을 쓰기 시작했어요. 하지만 살인을 일으킬 수가 없었어요! 세 장을 마쳤는데도 등장인물들과 주변 환경을 묘사하고 있었죠. 그래서 생각했습니다. 이건 잘 안 되겠어. 시체가 없잖아!

메리 매카시

저는 그 인물만이 아니라 그 시대를 이해하고 싶었습니다. 그리고 역사적으로 부정확한 소설을 하나 더 보태고 싶지 않았어요. 그래서 자료 조사에 열중했고 도서관의 마이크로필름 판독기 앞에서 살다시피 하다가 마침내 제가 스스로 학대하고 있다는 사실을 깨달았습니다. 제 상상력은 그 모든 자료를 흡수해 쉽게 통합하지 못할 테니까요. 그 자료를 다른 형태로 바꾸고자 한다면, 그건 소설이 되어야 할 텐데 그게 아니면 저널리즘이나 전기로 남습니다. 그렇게 되면 제 상상력을 조금 쉽게 해줘야 합니다.

윌리엄 케네디

1년 전쯤, 제 책에서 확인하고 싶은 내용이 있었는데 그 책을 집에 두고 온 바람에 서점에 들러야 했어요. '소설' 코너를 뒤지는데 없더군요. 점원에게 묻자 그 점원이 말했습니다. "오, 그 책은 문학 코너에 있어요!" 제가 말했습니다. "왜요? 전 아직 죽지 않았어요!"

메리 리 세틀

SF소설이란 머릿속에 떠오른 아이디어, 아직 존재하지 않지만 곧 존재할 아이디어, 모든 사람을 위해 모든 것을 바꿔버릴 아이디어입니다. 그 뒤에는 무엇도 전과 같지 않을 겁니다. 세상의 작은 부분을 바꿀 발상이 떠오른 순간 우리는 이미 SF소설을 쓰고 있는 것입니다. 언제나 SF소설은 불가능한 일이 아니라 가능한 일을 다루는 예술입니다.

———————————————— 레이 브래드버리

예전에는 소설에서 내러티브가 폭발하는 지점을 찾고 있다고 말하며 영리한 인상을 주려고 애쓰곤 했지요. 하지만 지금은 이렇게 말합니다. "'실험적인 소설'이라는 표현이 지긋지긋하지 않습니까?" 만일 제가 의견을 직설적으로 제시할 수 있는 사람이라면 그렇게 하겠지만, 그럴 능력이 없기 때문에 저는 성격 묘사를 통해 인간의 마음을 이야기하고 플롯을 통해 인간이 처한 상황을 알립니다. 안톤 체호프, 제롬 데이비드 샐린저, 제인 오스틴 같은 많은 대가도 그렇게 하지요. 어떤 작가가 일시정지 버튼을 누르고 저에게 고개를 돌리며 "독자님, 이제부터 당신에게 인생에 대한 이야기를 들려드리겠습니다"라고 말하면, 저는 '엄청 훌륭한 이야기여야 할 거요. 아니면 이 독자님께서는 어떤 핑계든 대고 출구로 향할 거니까'라고 생각합니다.

———————————————— 데이비드 미첼

저는 'SF소설science fiction'이 아주 훌륭한 명칭이라고 생각하지 않지만, 지금 우리는 그렇게 부르고 있지요. 제 생각에 그 소설은 다른 종류의 글과 다르니 고유한 이름을 가질 자격이 있습니다. 하지만 저를 SF소설 작가라고만 부른다면 저는 발끈하며 전투적인 자세를 취할 수도 있습니다. 사실이 아니니까요. 저는 소설가이자 시인입니다. 저를 제 몸에 맞지 않는 그 비둘기 집 구멍에 밀어 넣지 마세요. 저는 사방에 있습니다. 제 촉수가 비둘기 집 구멍을 통해 사방으로 뻗어 나오고 있습니다.

어슐러 K. 르 귄

케네스 코크는 [『전환』의] 원고를 랜덤하우스 출판사에서 일하는 제이슨 엡스타인의 손에 쥐여 주었고, 그의 반응은 "음, 이걸 출간하지 '않을' 수는 없겠군요"라는 말이었습니다. 그러나 그 책이 나왔을 때 소수의 독자를 제외하고는 그 누구도 그 책이 무얼 이야기하는지 알지 못했지요. 독자들은 책을 읽는 게 아니라 내용을 '샅샅이' 읽어내려고 계속 노력했어요. 드와이트 맥도널드가 저를 보자 이렇게 말하더군요. "그런 식으로 쓸 줄은 몰랐소." 그는 격언을 기대했던 모양입니다. 저는 당시 랜덤하우스 사장이었던 베넷 서프를 우연히 만났습니다. 『율리시스』를 펴낸 사람이었지요. 어느 날 그의 사무실로 와달라는 연락을 받았어요. 그가 말했습니다. "매슈스 씨, 당신이 무슨 속셈인지 저는 도대체 모르겠으니, 랜덤하우스 독자들에게 설명해줘야겠소!"

해리 매슈스

제가 되새기는 금언이 있다면, 좋은 역사와 좋은 연극 사이에 반드시 갈등이 있을 필요가 없다는 말일 겁니다. 저는 역사가 짜임새 있는 것이 아님을 알며, 진실이 때로 불편하고 모순된다는 사실도 압니다. 모순과 어색함, 이것이 역사소설을 가치 있게 만듭니다. 억지로 멋진 짜임새를 구성하지 말고 그 짜임새를 찾아내세요. 그리고 독자가 그 모호함을 받아들이게 해주세요.

————— 힐러리 맨틀

우선 '소설fiction'이라는 단어부터 살펴봅시다. 히브리어에는 없는 단어입니다. 그 영어 단어를 옮기려고 학술원에서 '비다욘bidayon'이라는 단어를 만들어냈지만, 서점에 가서 찾아봐도 제 작품이나 다른 소설가들의 작품에 그 명칭이 붙어 있지는 않습니다. 그 책들은 '시포레siporet'라는 명칭 밑에서 찾을 수 있을 텐데 '이야기체 산문'이라는 뜻입니다. 좀더 잘 어울리는 명칭인데, 소설은 진실과는 달리 거짓이 섞여 있기 때문입니다. 제가 보기에는 터무니없는 일입니다. 제임스 조이스는 실제로 술집에서 길모퉁이 우체통까지 몇 걸음이나 되는지 사실상 측정하지 못했고, 톨스토이는 보로디노 전투를 가장 상세한 요소까지 샅샅이 연구했는데, 이들이 왜 소설가로 여겨져야 합니까? 반면 "푹푹 찌는 가마솥 같은 중동" 따위의 상투적인 표현을 쓰는 진부한 기자들을 왜 비소설 작가로 여겨야 합니까? 소설가는 정치적 목적은 없지만 사실이 아니라 진실에 관심을 갖습니다. 제가 어느 수필에서 말했듯이, 때로 진실의 가장 나쁜 적은 사실입니다. 저는 이야기체 산문인 '시포레'를 쓰는 작가지만, 예언자나 인도자가 아니며 '소설'의 발명가도 아닙니다.

―― 아모스 오즈

소설은 곧 실험입니다. 실험이기를 그만두면 소설이기를 그만두는 거죠. 문장을 쓸 때마다 전에는 이런 식으로 써본 적이 없다는 느낌, 어쩌면 문장의 내용마저도 이런 느낌을 자아낸 적이 없을 거라는 생각이 듭니다. 모든 문장은 혁신입니다.

―― 존 치버

로버트 프로스트가 말했듯이, 새로워질 새로운 방법은 없습니다. 상당히 좋은 말이라고 생각해요. 설교자가 말하듯이 태양 아래 새것은 없습니다. 모든 강은 바다로 흐르지만 바다는 가득 차지 않아요. 저는 선형적으로 생각하기보다는 원형적으로 생각합니다. 원은 끝나는 지점에서 다시 시작되니 시작점과 도착점이 없는 셈이죠. 이른바 '인간의 본성'에 새로운 요소를 도입하는 소설을 저는 생각해낼 수 없습니다. 말하자면 『일리아스』와 『오디세이』에는 없는 것이 없습니다. 인물의 특징, 서스펜스 장치, 클라이맥스, 갈등이 고조되는 분위기와 해소되는 분위기 등. 그런 면에서 우리가 본 것 중에 새로운 것은 없습니다. 문명은 변할 수 있지요. 새로운 옷이 나타나면 우리는 갑옷을 벗고 더블릿▪과 몸에 딱 붙는 바지를 입으며, 그다음에는 브룩스브라더스의

▪ 14~17세기에 남자들이 입었던 길이가 짧고 허리가 꼭 맞는 상의.

바지를 입습니다. 그러나 우리는 여전히 똑같은 사람들이며 기본적으로는 똑같은 일을 하고 있습니다. 그 정도를 독창성이라고 생각하는 건 착각입니다.

—— 월리스 스테그너

소설fiction은 사용하기에 묘한 이름입니다. 어떤 뜻도 없어요. 그냥 '만들어졌다'나 '만들다'라는 뜻이죠. '만들다'라는 뜻인 라틴어 '파세레facere'가 어원입니다. 어떤 단어를 괄호로 묶으며 "이걸로 하는 게 좋겠어"라고 말하는 건 말도 안 되는 방법입니다. 끔찍하고 시시하고 형편없는 글을 쓰는 소설가들, 자신의 고귀함으로 세상을 바꿀 글을 쓰는 사람들. 이게 소설이죠. 그 명칭은 그냥 허울이고 '만들다to make'라는 뜻이 있을 뿐입니다. 소설을 한 단어로 설명할 수 없으니, 이처럼 간단한 단어를 쓰면 어떨까요?

—— 존 맥피

'무의식적인 글쓰기'를 시도한 적이 있습니다. 아주 어렵더군요. 사실 '불가능'했습니다. 머리를 텅 비운 채 자신이 쓰고 있는 것에 대해 아무 생각 없이 글을 쓸 수 있는 사람은 없습니다. 신만이 진정 무의식적인 시를 쓸 수 있을 겁니다. 신만이 동시에 말하고 생각하며 행동하니까요. 만일 신이 "말馬이 있을지어다!"라고 한다면 즉시 말이 나타납니다. 그러나 시인은 자신의 말을, 즉 자신의 시를 처음부터 다시 만들어내야 합니다. 그것을 생각해야 하고 만들어야 합니다.

초현실주의자들과 우정을 나누는 동안 제가 쓴 무의식적인 시는 모두 분명 심사숙고해 쓴 것입니다. 정신을 바짝 차린 채 그 시들을 썼지요. 저는 앙드레 브르통을 굉장히 좋아하며 사실은 동경합니다. 그의 우정은 빛과 열기를 발산하기 때문에 그를 태양 같은 인물이라고 말해도 결코 과장이 아닙니다. 제가 그를 만난 지 얼마 지나지 않았을 때 그가 저에게 초현실주의 잡지에 실을 시를 한 편 써달라고 했습니다. 저는 「흑요석 나비」라는 산문시를 써주었지요. 콜럼버스의 아메리카 대륙 발견 이전에 존재했던 여신을 빗댄 시였습니다. 그는 시를 몇 번 반복해서 읽더니 마음에 든다며 잡지에 싣기로 했습니다. 그러나 감동이 없는 행 하나를 지적했지요. 저는 시를 다시 읽었고 그의 말이 옳다는 걸 깨닫고는 그 행을 지웠습니다. 그는 기쁘게 생각했지만 저는 혼란스러웠어요. 그래서 그에게 물었습니다. "무의식적인 글쓰기는 어쩌고요?" 그는 치렁치렁한 머리를 들며 표정 하나 바꾸지 않고 대답했습니다. "그 구절에는 언론인으로서 개입한 거라네."

옥타비오 파스

저는 모든 글이 실험적이라고 생각합니다. 아주 명백하게 실험적인 글이 저처럼 관습적인 작가의 글보다 사실 더 실험적이지는 않습니다. 저는 늘 실험을 하지만 그 실험은 드러나지 않습니다. 추상미술과 비슷합니다. 추상화를 보고 난 다음에 르네상스 시대 그림을 자세히 보면 똑같은 추상성을 발견할 수 있습니다.

윌리엄 트레버

'실험적인' 글은 무엇일까요? 제임스 조이스는 '실험적인 글'을 쓰지 않았습니다. 『율리시스』를 썼습니다. T. S. 엘리엇은 '실험적인 글'을 쓰지 않았습니다. 『황무지』를 썼지요. 시도했다가 실패하면 우리는 그것을 '실험'이라고 부릅니다. '실패작'을 고상하게 부른 것이죠. 행이 고르지 않거나 대문자를 빠뜨렸다고 해서 실험은 아닙니다. 실험적인 글에 몰두하는 문학잡지는 대개 중년이나 그보다 나이 든 사람들의 작품으로 채워집니다. 아니면 젊은 꼰대의 글이죠. 물론 한편으로 장점이 있는 모든 글은 사실 실험적입니다. 다시 말해, 무엇이 가능할지를 알아보는 방법입니다. 시가 무엇이며, 소설이 무엇이 될 수 있는지를 말입니다. 실험은 자연에 대한 질문으로 정의할 수 있으며, 진지하게 시작한 글에 적용되는 표현입니다. 작가는 인간의 본성에 대해, 특히 자기 자신의 본성에 대해 질문하며 그 결과 어떤 답이 나오는지를 봅니다. 예측할 수는 없습니다. 예측할 수 있다면, 그런 의미에서는 실험적이라고 할 수도 없고 가치를 잃고 맙니다.

———로버트 펜 워런

실험이라고요? 천만의 말씀! 제임스 조이스 같은 작가가 실험한 결과가 어떻게 되었는지 보세요. 그는 시작할 때는 글을 아주 잘 썼지만, 그 뒤에는 자만심으로 미쳐가는 모습을 보였습니다. 결국 미치광이가 되고 말았어요.

———에벌린 워

작가는 무엇을 쓰는가

저는 선언은 하지 않았습니다. 불만이 좀 있었죠. 제가 보기에 20세기 중반 미국 SF소설을 차지한 건 대개 승리주의와 군국주의였어요. 미국 예외주의American Exceptionalism를 대중에게 선전하는 듯한 분위기였습니다. 미국의 미래랍시고 그려지는 풍경에 신물이 나더군요. 백인 일색인 사회에다 출신이 중산층 이상 인 어느 남자가 주인공이죠. 저는 이 장르에 자유롭게 움직일 수 있는 공간이 더 많기를 바랐습니다. 반영웅들을 위한 공간을 만들고 싶었죠.

저는 또 SF소설에 자연주의적인 특색이 좀더 두드러지기를 바랐습니다. 자연에 대한 묘사가 상당히 빈약했어요. 소설에 묘사된 과학기술은 아주 번지르르하고 깔끔해서 사실상 눈앞에 그려지지가 않았습니다. 해상도를 높일 수 있다면 현재 사랑받는 SF소설은 어떤 모습이 될까요? 사실 당시 SF소설은 프랙털 더트를 발명하기 전의 비디오 게임과 상당히 비슷했습니다. 저는 구석에서라도 그 더트를 보고 싶었습니다.

———————————————————— 윌리엄 깁슨

단편소설이란
무엇입니까?

What Is a Short Story?

단편소설은 엉큼해요. 투명하고 솔직담백한 척하지요. 단편에서는 평범한 사람들과 평범한 문제, 익숙한 내용을 볼 수 있어요. 그러나 이 모든 건 가면입니다. 좋은 단편이 다루는 것은 그 시대의 공포와 불가해성, 오래 묵은 재앙으로 뒤덮인 어두운 침식지입니다. 제 생각에는 윌리스 스티븐스가 여기 해당됩니다. 형식이라는 면에서, 단편소설은 아주 훌륭한 경우가 거의 없어요. 탁월한 예술은 모두 그 나름의 비밀과 신성한 리듬을 가지고 있기는 하지만 말이죠. 단편소설 작가는 적은 분량으로 많은 일을 해내야 합니다. 최근에, 도주 중인 어느 여자에 대한 단편을 하나 읽었어요. 그녀의 남편이 죽고, 그 여자는 마지막에 결국 트럭에 올라타 달아나는데, 온통 부러지고 다치고 마을에 소동이 일어나고, 5만 달러를 가지려고 사람들이 배반을 거듭하는 내용이었습니다. 아주 지루했어요.

조이 윌리엄스

저는 단편소설이 순간 포착의 예술이라고 생각합니다. 장편소설이 복잡한 르네상스 시대 그림 같다면, 단편소설은 인상파 그림입니다. 단편은 진실을 폭발시켜야 해요. 단편의 강점은 그 안에 담아두는 만큼 또는 그 이상을 밖으로 내놓는다는 점입니다. 단편은 무의미를 결코 용납하지 않습니다. 반면 인생은 대부분의 시간이 무의미하지요. 장편은 단편이 앙상해진 곳, 단편이 돌아다닐 수 없는 지점에서 인생을 모방하려고 합니다. 필수적인 예술이죠.

———————————— 윌리엄 트레버

저는 길이가 걱정됩니다. 마치 의족처럼 불편하고 어색하게 느껴지는 것이 두 가지 있어요. 하나는 약 4000단어로 구성되는 단편소설이고 다른 것은 『타임』에 실을 특집기사입니다. 5000단어나 8000단어였다면 쉽게 기사를 쓸 수 있겠지만, 제가 1000단어 이내로 뭐든 쓸 수 있다면 사람이 아닙니다. 그러니 제가 해야 할 일은 분량이 넘치겠지만 8000단어로 글을 쓰고 필요한 만큼 내용을 줄이라고 잡지사에 맡기는 겁니다. 단편소설의 경우에는, 말했듯이 몇 번 써보았는데, 그 형식에서 만족감을 느낀 적이 없습니다. 그 이야기가 청소년소설이나 얇은 소설로 나올 경우를 대비해 40쪽을 더 써야 한다는 생각이 들거나, 그게 아니면 두 쪽만 써야 한다는 생각이 들더군요. 오 헨리가 아닐 바에야 그만두는 게 낫죠. 이 형식을 동경하지만 쉽게 써지지가 않더군요.

———————————— 로런스 더럴

작가는 무엇을 쓰는가

단편소설은 연달아 읽어서는 안 됩니다. 단편집은 장편소설이 아닙니다. 누군가 저에게 이렇게 말한 적이 있습니다. "캐서린 맨스필드는 장편을 쓸 준비를 하기 전에 죽어버렸어. 아마 절대 준비하지 못했을 거야." 참 어리석은 소리라고 생각했습니다.

———— 메이비스 갤런트

제가 호흡이 짧은 사람이라고 생각했기에 단편소설 작가가 정말 되고 싶었던 것 같습니다. 장편소설을 쓸 호흡은 없었어요. 긴 단편소설을 보면 존경스럽습니다. 그런 소설을 참 좋아합니다. 그런 소설을 쓰는 건 상당히 다른 문제인데, 왜냐하면 중심 주제가 있고 그 주제가 일관성 있게 지속되면서 글을 써나가는 원동력이 되어주기 때문입니다. 그러나 장편소설은 사방으로 뻗는 수많은 가지가 달린 거대한 나무와도 같습니다. 적어도 19세기 장편소설은 그와 같았고, 저는 그런 줄 알고 자랐습니다. 장편소설은 저에게 유용하지 않았지만, 단편소설과 긴 단편소설은 그랬지요. 지금까지 단편을 꽤 많이 썼습니다. 문제는 빠른 속도였습니다. 작가는 특정한 비유와 장치에 푹 빠져버릴 수도 있습니다. 중요한 것은 글이 가벼운 옷차림으로 잘 달리게 해주는 겁니다. '운동선수 같다'는 표현이 어울리겠네요. 단편소설에 대한 제 자세를 묘사하는 좋은 단어라고 생각합니다.

———— 빅터 소든 프리쳇

[단편소설은] 제가 아는 한 서정시와 가장 가까운 형태입니다. 저는

오랫동안 서정시를 썼지만 결국 신에게는 저를 서정시인으로 만들 의도가 없었다는 것을 깨달았습니다. 그리고 서정시에 가장 가까운 것이 단편소설이지요. 사실 장편소설을 쓰려면 훨씬 많은 논리와 주변 상황에 대한 훨씬 방대한 지식이 필요합니다. 반면 단편소설에는 서정시인에게 익숙한, 주변 상황에서 벗어난 초연함을 담을 수 있습니다. 장편소설을 써보려고 했지만 늘 너무 어렵더군요. 적어도 『오만과 편견』Pride and Prejudice 같은 소설을 쓰려면 실패한 문학 전공생이나 실패한 시인이나 실패한 단편소설가나 실패한 다른 무언가가 되는 것으로는 충분하지 않습니다. 장편소설에서는 연속되는 삶의 의미를 담는 것이 핵심입니다. 단편소설에는 그런 문제가 없으며, 그저 삶의 연속성을 암시할 뿐입니다.

———————————————— 프랭크 오코너

소설은 산과 비슷합니다. 레이니어산과 비슷하지요. 레이니어산을 본 적이 있습니까? 신을 바라보는 것과 비슷합니다. 아주 화려하고 역동적이고 강렬하고 의미심장합니다. 그러다 그 산을 향해 걸으면 상황이 달라집니다. 어느 지점에서 이르면 심지어 그 산은 더 이상 산이 아닙니다. 경사면은 있지만 산 전체는 보이지 않습니다. 다양한 오르막과 내리막이 나옵니다. 정상에 오르면 산에서 아래를 굽어볼 수 있는데 이 또한 장엄한 풍경입니다. 이제는 제가 신의 관점에서 바라보고 있기 때문이지요. 따라서 소설은 하나의 산입니다. 반면 단편소설은 섬입니다. 나무와 해변이 있고 작은 동물이 뛰어다니지요. 저는 그 섬에 발을 내딛는데, 다음 순간 그 밑에 산이 있음을 깨닫습니다. 물속에 있을 따름이며 그래서 결코 보이지가 않습니다. 저는 산 전체를 묘사해야 하지만, 그 섬에서 보이는 대로만 묘사할 수 있습니다. 어떤 쓰레기가 밀려오건, 그곳의 날씨가 어떻건, 바닷속에서 무슨 일이 벌어지고 있건, 저는 그 풍경을 은근히 감추면서 어떻게든 독자에게 보여주어야 합니다.

— 월터 모즐리

저는 늘 앉은 자리에서 단편 하나를 써냅니다. 「꽃 피는 유다 나무」 Flowering Judas를 오후 7시에 쓰기 시작했는데 새벽 1시 반에는 눈보라 치는 길모퉁이에 서서 그 원고를 우편함에 넣고 있었습니다. 그리고 또 한번은 원고를 들고 짐을 싸서는 새 주소도 남기지 않고 펜실베이니아 조지타운의 어느 호텔로 출발했답니다! 14일 후에 「오랜 죽음의 운명」Old Mortality과 「정오의 와인」Noon Wine이 완성되었습니다.

— 캐서린 앤 포터

단편소설의 형식은 아주 자유로워서 어떤 이론의 제약에서도 벗어날 수 있습니다. 이론이 버티지 못한다고 해야 할까요. 처음 글을 쓸 때 저에게 이론이 하나 있었는데 그 이론을 끝까지 고수하지 못했습니다. 저는 각각의 문체와 형태를 가능한 한 제가 아니라 소재 자체가 좌우하는 단편을 쓰고 싶었습니다. 다시 말해 창작

자와 등장인물 사이의 탯줄을 잘라보고 싶었던 것입니다. 프로
메테우스와 같은 작가란 「코자크 사람」The Cossacks[1]을 쓰고 있을
때는 러시아 포병 장교 같은 느낌을 풍기고, 「대응」Counterparts[2]
을 쓸 때는 더블린 술주정뱅이 같으며, 「혼란과 때 이른 슬픔」
Disorder and Early Sorrow[3]을 쓰고 있을 때는 독일 교수 같은 인상
을 주는 사람일 겁니다. 불가능하다는 건 알지만, 그런 노력 덕
분에 터무니없이 흥미로운 글이 나올지도 모릅니다.

──────── 어윈 쇼

여러 면에서 단편소설은 좀더 신비한 형태인 것 같습니다. 가끔은
이야기가 어디에서 나타나는지 도무지 알 수 없지 않나요? 어쩌
면 단편소설은 작가의 감정적인 삶에 밀착된 까닭에, 묵묵히 견
디는 과정에서 나타나는 게 아니라 영감에서 나오는 것일지도
모릅니다. 장편소설은 '일'입니다. 그러나 단편소설은 우리와 함
께 흥미진진한 주말을 보낼, 열광적이고 사랑스러운 손님이 될
수 있습니다.

──────── 로리 무어

장편소설보다는 단편소설을 쓰는 게 더 낫겠다는 생각이 듭니다.
단편소설을 완성하면 정말 뿌듯합니다. 뭔가를 완성했다는 그

[1] 톨스토이가 1863년에 발표한 소설.
[2] 제임스 조이스가 1914년에 펴낸 단편집 『더블린 사람들』에 수록된 단편소설.
[3] 독일의 소설가 겸 평론가 토마스 만이 1925년에 발표한 중편소설.

느낌이 좋습니다. 유일한 문제는 저에게 정말 좋은 아이디어가 있다면 그것으로 차라리 장편소설을 쓰고 싶다는 겁니다. 그 아이디어로 제가 단편을 쓴다면 장편은 쓸 수 없을 테니까요.

───── 펠럼 그렌빌 우드하우스

작품이 어디에서 끝날지 미리 생각해두고 글을 쓰지는 않습니다. 식료품점을 돌아다니며 카트를 채운다면 오늘 밤에 요리를 할 거라는 뜻이죠. 식료품점에서는 재료에 다가갈 때 바보짓을 많이 하지 않습니다. 그러나 저는 때로 단편 때문에 바보짓을 합니다. 그날 밤에 쓸 재료를 고르고 있다고 생각했지만 알고 보니 일주일이나 한 달치 재료를 사고 있던 겁니다. 그런 일이 벌어질 때마다 기분이 좋습니다. 롤러코스터를 탄 것처럼 시종일관 재미있지는 않지만, 저를 놀래는 문장을 쓰는 일보다 더 큰 즐거움을 주는 것은 거의 생각나지 않습니다.

───── 앤 비티

단편소설이 저와 특히 잘 맞는 것 같지는 않습니다. 확실히, 모호하고 넌지시 빗대며 덧없는 글을 쓰고 싶은 게 제 미학적 특질이긴 해요. 물론 인정하는 사람은 거의 없지만 단편소설을 깔보는 분위기가 있다는 건 분명한 사실입니다. 특정한 분량에 미치지 못하면 중요한 이야기를 전할 수 없다는 듯한 태도 말입니다. 틀림없이 저도 단편소설이 미숙한 형식이고 여성에게 적합하다는 생각을 주입받았어요. 단편소설은 광산에 가서 진짜 일을 하고 있는 남자들을 위해 양말을 뜨는 것과 똑같이 취급되었죠.

———— 데버러 아이젠버그

맞아요. 장르를 곧바로 소설로 바꿨습니다. 알고 보니 독자를 즉시 사로잡고 붙들어 둬야 하는 저널리즘이 굉장한 훈련이 되었더 군요. 저는 그 방법을 알고 있었고, 어쩌다 보니 소설에서도 제대로 먹혔습니다. 제가 좋은 기자가 아니었던 이유는 대중이 알기 전에 먼저 소식을 파악하는 데 관심이 없었기 때문입니다. 저는 현장에 처음 도착하는 사람, 사고 소식을 가장 먼저 접한 사람이 되는 데는 관심이 없었어요. 한계도 느껴지기 시작했죠. 분명 저널리즘은 일어난 일만을 다뤄야 합니다. 그리고 저에게는 이야기를 미화하고 신화를 만들어내는 성향이 있습니다. 상황을 더 재미있게, 아슬아슬하게 만드는 능력이지요. 그러나 저널리즘은 독자가 계속 읽어나가고 싶어 할 문장을 쓰는 방법을 가르쳐주었어요. 불필요한 내용은 모두 삭제하도록 훈련을 받습니다. 기사를 쓸 때는 허점을 보인 순간 독자가 그만 읽을 거라고 생각하며 쓰기 시작합니다. 따라서 요령은 다음과 같습니다. '허점을 단 하나도 보이지 말라. 중요한 대목을 앞부분에 배치하고 관련 없는 내용은 모두 삭제하라.' 제가 단편소설을 좋아하는 이유가 바로 이것입니다. 독자가 계속 흥미를 갖도록 늘 애쓰기 때문이지요. 소설에서는 중요한 사실을 전면에 배치할 필요는 없지만 독자를 곧바로 사로잡을 요소가 반드시 있어야 합니다. 그것은 작가의 목소리가 될 수도 있습니다. 어떤 작가들은 자신이 해야 할 이야기를 당장이라도 전부 듣고 싶어 하는 사람들이 저기 있다고 생각하며 글을 씁니다. 그러나 저는 그와는 반대로, 그들이 벗어나려 안달할 거라 기대하며 글을 씁니다.

에이미 헴펠

저에게 단편소설은 명백히 전통적인 형식으로, 어니스트 헤밍웨이나 캐서린 맨스필드, 안톤 체호프가 썼던 작품들입니다. 장면 서술과 대화 등으로 더 길어지고 확장됩니다. 제가 쓴 이야기 중 일부는 단편소설이라고 할 수 있습니다. 나머지 이야기는, 길이가 짧은 작품이 많기는 하지만 대부분 단편소설이라고 부르고 싶지 않습니다. 어떤 것은 시라고 불러도 됩니다. 많지는 않아요. 저는 이야기와 이야기하기를 매우 좋아합니다. 대부분 그렇겠지요. 누군가 "어제 나한테 무슨 일이 있었는지 알아?"라고 말할 때, 좀더 주의 깊게 듣지 않는 사람은 거의 없습니다.

리디아 데이비스

글쓰기에 대한 수백, 수천만 개의 금언이 모두 맞는 말인데, 빌 맥스웰이 한 말도 그중 하나입니다. "모든 단편소설은 앉은 자리에서 써내야 한다." 제가 이해하기로 이 말은 초고와 개요, 주석, 단락을 쓰면서 낮 주나 몇 달, 몇 년을 보낼 수는 있지만 언젠가는 그 모든 것을 모아 앉은 자리에서 단숨에 원고를 써내야 한다는 뜻입니다.

해럴드 브로드키

연극이란
무엇입니까?

What Is Theater?

연극을 위한 창작과 다른 장르를 위한 창작에 어떤 차이도 있어서는 안 됩니다. 그저 작가가 연극을 알아야 한다는 점 말고는 말입니다. 잘 알아야 합니다. 소설이나 시를 출간하기 위해 활자의 종류나 출판업계 상황을 알아야 하는 건 아닙니다. 그러나 희곡을 쓰려면 아무리 멀리 떨어져 있고 싶다고 하더라도 연극에 대해 알아야 합니다. 조지 버나드 쇼와 안톤 체호프를 포함한 극작가들은 연극으로부터 떨어져 있으려 했지만 결국에는 관여했습니다. 체호프는 지시 사항과 분노에 찬 메모를 편지로 보내곤 했지요. 희곡은 종이 위에만 있는 게 아닙니다. 배우, 감독, 무대 디자이너, 전기 기술자와 공유하는 것입니다.

_____ 릴리언 헬먼

연극은 아주 다른 게임입니다. 소설, 즉 장편소설을 쓰는 작가들은 무대 위에서 자신의 작품을 볼 수 있고 자신이 쓴 대사를 배우가 말하는 것을 들으면 즐거워합니다. 그러나 희곡은 대사로 구성되며 그래야 합니다. 다시 말해 연극에서 놀라운 점은 사람들이 왜 객석에 앉아 있느냐는 점입니다. 왜 일어서서 나가지 않을까요? 희곡 창작은 결코 쉽지 않습니다. 특별한 마법이 필요합니다. 연극에 대한 제 첫 모험은 아주 유쾌했는데, 제 소설 중 하나인 『잘린 머리』A Severed Head를 희곡으로 각색하면서 J. B. 프리스틀리와 함께 작업했기 때문입니다. 그는 저에게 "애송이, 이건 아주 힘든 게임이야. 성공할 수 있는 사람은 극소수라네"라고 말했습니다. 아주 쉬운 일이라면 모두 그 일을 하겠지요. 소설 속 등장인물들의 모습과 그 거대한 양식을 압축해, 대사와 짧은 담화와 실제 배우들이 핵심이 되는 희곡으로 바꾸기란 아주 어려운 일입니다. 형식이 매우 달라서 비교할 수도 없습니다. 희곡은 시와 훨씬 비슷합니다.

—— 아이리스 머독

연극이 저를 선택했습니다. 말했듯이 처음에는 시를 썼고, 비평과 대사도 썼습니다. 그러나 제가 대사를 썼을 때 가장 반응이 좋다는 것을 깨달았지요. 어쩌면 저는 모순으로 가득 찬 사람이기에 비평을 버렸는지도 모릅니다. 수필을 쓸 때는 자기 자신과 모순되는 말을 해서는 안 됩니다. 그러나 연극에서는 다양한 등장인물을 창조해서 그렇게 할 수 있습니다. 제 등장인물들은 언어만이 아니라 행동에서도 모순을 보입니다.

—— 에우제네 이오네스코

젊은 소설가들은 어디에나 있습니다. 그러나 극작가가 되려면 나이

작가는 무엇을 쓰는가

가 더 많고 경험이 더 풍부해야 하며 자신의 작품을 좀더 완벽하게 통제해야 합니다. 소설의 영역에서는 아무리 심각한 실수를 저지르더라도 그 실수 때문에 작품의 가치가 훼손되지 않습니다. 그러나 연극의 관객은 지나치게 비판적이며, 희곡이라는 형식은 굉장히 까다로워서 실수 한 번이면 끝납니다. 저는 연극 때문에 힘든 시간을 보냈습니다. 희곡을 쓰며 늘 불안에 시달렸지요. 온갖 종류의 희곡을 읽고 연극과 극작법을 다룬 책을 읽었지만, 결국 깨달은 것은 극작은 다른 누가 가르쳐줄 수 있는 게 아니라는 사실입니다.

— 어윈 쇼

연극 관람을 그다지 즐기지 않습니다. 한 막이 너무 오래 진행되는 느낌이고 소리가 잘 들리지 않을 때가 많습니다. 제 기억에, 마지막으로 본 연극은 에드워드 올비의 「미묘한 균형」A Delicate Balance입니다. 제 자리는 벽 옆이었는데, 벽 너머에서 트럭이 기어를 바꾸는 소리가 계속 들려와서 대사의 대부분을 놓쳤습니다. 짙게 화장한 사람들이 무대에 서서 몇 달 동안 서로 주고받은 말을 또 하고 있다는 그 비현실성을, 저는 도저히 참아낼 수가 없습니다. 또 저는 연극이 돈과 사람들을 단숨에 빨아들이는 모래 구덩이라고 생각합니다. 저와 동년배인 훌륭한 작가 해럴드 브로드키는 희곡을 쓴답시고 5년 동안 모습을 드러내지 않았는데 한 편도 발표하지 않았어요. 마크 트웨인과 헨리 제임스에서부터 윌리엄 포크너와 솔 벨로에 이르기까지, 극작가로 활동한 소설가들의 이력을 살펴보면 서글픕니다. 뛰어난 장거리 달리기 선수가 발레 공연을 준비하지 않듯이 소설가는 무대를 위해 글을 쓰는 존재가 아닙니다. 희곡은 언어로 하는 발레이며, 발레를 볼 때 강하게 느껴지는 거리낌을 이 방정식에 대입해보세요. 완성도가 높기는커녕 아주 지루합니다. 희곡의 모방 능력이라는 것은 소설의 파편일 뿐이에요. 셰익스피어, 그리고 정도는 덜하지만 버나드 쇼는 자신이 아는 배우들이 '장기자랑' 겸 연습을 할 수 있도록 희곡을 썼습니다. 배우 윌리엄 캠프가 없었다면 팔스타프[1]도 없었을 겁니다. 이런 친밀감을 제외하면 삶이 희곡에 잠입할 기회는 얼마 없습니다. 무대 안에서건 무대 밖에서건, 현재의 미국 연극은 주로 사교의 장을 만들기 위한 핑계로 여겨집니다.

——————— 존 업다이크

극작가는 사건 자체, 즉 인간과 관련된 활동이 그 활동에 따라붙을 수 있는 비평보다 더 매력적이라고 믿는 사람입니다. 무대에서 시간은 늘 '지금'입니다. 등장인물들은 과거와 미래 사이, 그 확실한 경계선에 서 있습니다. 이는 의식 있는 존재에게 필수적인 특징입니다. 말은 즉흥적으로 자연스럽게 등장인물의 입술로 올라가고 있습니다.

[1] 셰익스피어의 희곡 「헨리 4세」King Henry IV와 「윈저의 즐거운 아낙네들」The Merry Wives of Windsor에 등장하는 희극적 인물.

반면 소설은 '일어난' 일을 다룹니다. 서술자가 표면에 나서지는 않지만, 우리가 듣는 것이 이미 끝난 사건을 이야기하고 회상하는 그의 목소리라는 사실을 숨길 수는 없습니다. 서술자는 모든 것을 관장하는 그의 지적 능력에 힘입어 무수히 많은 사건 중에서 특정 사건을 선택해 우리에게 제시합니다. 가장 객관적인 소설의 경우에도 삶과 정신과 열정에 대한 작가의 감정과 전제가 그 소설을 감싸고 있지요. 이와 달리 연극은 아주 광활하고 매혹적인 영역이어서 그 안에는 설교자들과 도덕주의자들과 소논문 집필자들이 설 공간이 있습니다. 극장의 가장 고귀한 기능에 대해서는, 셰익스피어의 작품을 언급하며 마치겠습니다. 『맥베스』Macbeth도 있고 『십이야』Twelfth Night도 있습니다.

손턴 와일더

베르톨트 브레히트의 말에 따르면, 연극의 핵심은 무엇보다도 그것이 '모습을 감추는 마법'임을 관객이 자각하게 하는 것입니다. 그래서 그는 자신의 작품에서 커튼을 반만 사용했습니다. 관객이 커튼 앞에서 펼쳐지는 장면을 보면서, 커튼 뒤에서 준비 중인 다음 장면을 함께 볼 수 있도록 말입니다. 그는 어느 극시에서 이렇게 말합니다. "이것이 마법이 아니라 노동임을 보여주게, 나의 친구들." 무대 연출과 관련해 가장 유명하지만 가장 오해받기도 하는 그의 생각은 그가 '거리 두기 효과'라고 부른 것입니다. 그는 연극을 통해 관객이 낯선 것을 친숙하게 보고 친숙한 것을 낯설게 보기를 바랐습니다. 그래서 관객이 해석하려는

욕구를 가지고 현실을 맞이하도록 말입니다.

— 토니 쿠슈너

지금까지 희곡을 많이 썼는데(27~28편쯤 될 겁니다) "이건 좋은 작품이 될 거야"라고 말한 순간은 떠오르지 않습니다. 저는 자리에 앉아서 대사를 조금씩 쓰지 않습니다. 누가 희곡에 등장할지, 어떤 등장인물들이 필요한지, 장소는 어디인지, 그리고 대략 어떤 분위기일지 간단히 메모합니다. 개요는 전혀 작성하지 않습니다. 그저 그 속에 뛰어들기를 좋아합니다. 인물들이 어떻게 말하는지 듣고 싶어서 첫 장면부터 씁니다. 대사가 충분히 흥미롭게 들릴까? 등장인물들의 특징을 잘 포착했을까? 벽돌을 쌓듯이 차곡차곡 진행합니다. 30쪽에서 35쪽을 쓸 때까지, 이게 희곡이 될지 알지 못합니다.

— 닐 사이먼

실험적인 연극 같은 건 없다고 생각합니다. 그저 할 말이 있는 연극이 있을 뿐이죠. 좋은 연극과 나쁜 연극이 있다고 말하면 쉽겠지만 그렇게 간단하지 않습니다. 반드시 해야 할 말이 있는 연극이 있습니다. 좋은 연극이 아니더라도 반드시 표현해야 할 통찰력이 있는 연극이지요. 또 완성도가 높을지라도 할 말이 전혀 없는 연극도 있습니다. 이렇게 분류해야 합니다. 좋은 연극과 나쁜 연극으로 분류할 때와 약간 비슷하지만 똑같지는 않습니다.

— 존 사이먼

작가는 무엇을 쓰는가

[베르톨트 브레히트는] 제가 개인적으로 가장 먼저 친해진 위대한 작가였습니다. 이건 중요한 문제입니다. 브레히트는 저에게 예술 창작이 얼마나 진지한 일인지, 또 예술에서 합리주의가 얼마나 큰 부분을 차지하는지를 알려주었습니다. 그는 낭만적인 작가가 아니었습니다. 이렇게 저에게는 스승이 생겼지요. 그러다가 난생처음 진정 위대한 연극을 보았는데, 브레히트가 여기 취리히에서 처음으로 올리고 나중에는 베를린에서 올린 연극이었습니다. 그는 저에게 우리가 전에 이야기했던 것, 즉 내러티브에 대해 가르쳐주었습니다. 무대 위에서 등장인물의 감정을 보여줄 필요는 없다는 이야기였죠. 보는 사람이 그의 느낌을 이해하고 그의 느낌을 판단하는 겁니다. 이런 거리를 그는 '소외'라고 불렀습니다. 연극이나 예술로 평범한 삶을 재현할 필요는 없습니다.

— 막스 프리슈

소설가는 원고를 써서 중개인이나 편집자에게 주고 그 중개인이나 편집자는 그 원고를 보냈다 돌려받았다 하는데 그러다 보면 출판사에서 출간을 승낙합니다. 그러면 어느 날 저자는 서점에서 그 책을 발견하게 되지요. 그러나 희곡은 다릅니다. 극작가는 홀로 희곡을 쓰는 그 멋지고도 잔인한 시간을 보내기도 하지만, 그 뒤에는 자신의 작품을 연극에서 출판사에 해당하는 제작자와 편집자에 해당하는 감독에게 보여줄 준비를 해야 합니다. 자신이 만든 세상을 관객에게 소개해줄 시각적인 입구를 만들기 위

해 무대 디자이너와 상의합니다. 배역 섭외가 시작되면 배우를
선택해야 합니다. 화가가 그림에 꼭 필요한 물감을 고르고 어떤
색을 어떤 농도로 쓸 것인지 결정하는 것과 매우 비슷한 과정이
지요. 아! 새로운 색조와 함께 그렇게 온 세상이 펼쳐집니다.

———————————————————————————— 존 궤어

4부

작가의 삶은 어떠한가
THE WRITER'S LIFE

다른 작가들과
친하게
지내십니까?

Are You Friends with Other Writers?

소설가들은 서로에 대해 많은 이야기를 나누지 않습니다. 어떤 말
똥가리들은 다른 말똥가리들만이 탐지할 수 있는 역겨운 페로
몬을 발산하는데, 소설가 역시 다른 소설가들만이 탐지할 수 있
는 특정한 냄새를 숨기고 있기 때문일 겁니다. 소설가가 얼마나
신경질적이고 의뭉스러우며 야비한지 소설가만이 알 수 있다는
뜻입니다.

— 워커 퍼시

저는 작가들을 좋아하지 않습니다. 작가들과 만나는 것도 싫어합
니다. 그런 만남에 익숙하지 않아요. 기분만 상합니다. 그동안은
악착같이 노력했죠. 저는 경쟁심이 아주 강한데 그 성격이 드러
납니다. 작가들과 있으면 불편해요. 화가들, 조각가들은 참 좋아
합니다.

— 메이 사턴

낭독회에 많이 다녔습니다. 1950년대와 1960년대 초기에 시 낭독

회는 조촐한 모임이어서, 시인인 친구 대여섯 명, 퇴직 교사 두세 명, 그리고 수상쩍은 태도나 적대감을 노골적으로 드러내는 모습으로 보건대 야심 많은 시인 지망생인 듯한 사람 몇 명이 참석했지요. 그 낭독회에서 저는 앨런 테이트, 로버트 로웰, 존 베리먼, 제임스 라이트, 프랭크 오하라, 로버트 크릴리, 데니스 레버토프 등 많은 시인의 시를 들었습니다. 물론 제가 들은 모든 시에 비판적인 견해를 취했어요. 자리에 앉아서 씩씩거렸죠. 그렇게 저는 야심 있는 다른 시인들을 만났습니다. 저는 나가는 길에 누군가에게 뭔가를 불쑥 말하곤 했습니다. 상대방과 저는 제가 한 말 때문에 논쟁하기 시작했고 결국에는 맥주나 한잔 하러 갔지요. 그중 일부는 저보다 나이가 더 많았고 더 많이 알았으며 저를 이해시키기 위해 최선을 다했습니다.

— 찰스 시믹

사람들이 저에게 무엇을 하느냐고 물으면 저는 중세 전공 사학자라고 말해왔습니다. 그러면 대화가 얼어붙고 맙니다. 제가 시인이라고 말하면, 사람들은 '아니, 그럼 무얼 해서 먹고살아?'라고 묻는 듯이 이상한 눈으로 저를 쳐다봅니다. 오래전에 남자들은 "직업: 신사"라고 적힌 여권을 자랑스럽게 가지고 다녔습니다. 앤트림 경의 여권에는 이렇게만 적혀 있었습니다. "직업: 귀족" 맞는 말이라고 생각했지요. 저는 운 좋은 삶을 살았습니다. 행복한 가정에서 자랐고 부모님이 좋은 교육을 시켜주셨습니다. 또 아버지가 의사 겸 학자여서 기술과 과학이 문화와 대립한다는 생각을 해본 적이 없습니다. 우리 집에서는 둘 다 똑같이 즐거움을 주었지요. 불평할 수가 없습니다. 정말 싫어하는 일을 해야 했던 적이 없습니다. 돈이 있었다면 하지 않았을 다양한 일을 해야 했던 건 분명합니다. 그러나 저는 늘 자신을 노동자가 아니라 직업인이라고 생각했습니다. 수많은 사람이 자신이 전혀 좋아하지 않는 직업에 종사합니다. 저는 그런 적이 없습니다. 그래서 감사하게 생각합니다.

———— 위스턴 휴 오든

저는 야도Yaddo[■]에 두 번 갔는데, 한 번은 여름에 가서 2주 동안 머물렀고 한 번은 브라질에 가기 전 몇 달 동안 그곳에서 겨울을 지냈습니다. 그때 야도의 관리자 에임스 부인을 자주 보았습니다. 여름에는 그녀가 쉴 새 없이 왔다 갔다 해서 싫었는데 겨울에는 상황이 달랐습니다. 거기 머무는 사람은 저까지 총 여섯 명뿐이었고, 우연히도 우리는 모두 서로 마음이 잘 맞아서 아주 즐거운 시간을 보냈습니다. 그 기간 동안 저는 시를 한 편 썼던 것 같습니다. 유감스럽게도 그때 처음 경마를 좋아하게 되었어요. 여름에는 (아직도 그럴 것 같은데) 오솔길을 따라 휘트니가의 영지를 산책할 수 있습니다. 한 친구와 저는 이른 아침에 그곳을 거닐다가 그 영지에서 말이 운동하는 동안 오솔길에 앉아 커피와 블루

[■] 1990년에 설립된 뉴욕의 예술인 공동체로 각종 분야의 예술가를 후원하기 위해 작업실과 숙박 시설을 제공한다.

베리 머핀을 먹곤 했습니다. 그 시간이 참 좋았어요. 8월에 우리는 1년생 말들이 나오는 말 경매를 보러 갔는데 아름다웠습니다. 경매가 열리는 곳은 커다란 천막이었습니다. 사육사들이 놋쇠 쓰레받기와 놋쇠 손잡이가 달린 빗자루를 들고 어린 망아지를 졸졸 따라다니며 배설물을 쓸어 담았습니다. 야도에 대한 가장 즐거운 기억입니다.

───────────────────────── 엘리자베스 비숍

공동체에 속하고 싶은 마음이 있다는 걸 자각하지 못했습니다. 저는 친구들을 만나고 싶었어요. 사기로 만든 파이프만 괜히 뻐끔거리고 있다는 기분이 들었지요. 펑! 거트루드 스타인이 쓰러집니다. 장 콕토가 쓰러지고, 앙드레 지드가 쓰러집니다.[■] 저는 아무 이유 없이 누군가를 만나러 가곤 했습니다. 예를 들면 마누엘 데 파야[■■]를 만났어요. 그라나다로 가서 그의 집을 찾아내 문을 두드리고 안에 들어간 다음 그곳에서 오후를 보냈습니다. 그는 제가 누구인지 몰랐습니다. 제가 왜 그랬는지 모르겠습니다. 분명 그런 만남을 중요하게 여겼거나 귀찮은 일이 아니라고 생각했겠지요. 그런 행동에는 많은 노력이 필요하고 때로는 제가 중요하게 생각하는 것을 희생해야 했기 때문입니다. 그러나 제 기분

[■] 폴 볼스는 20세기 문학, 예술 분야에서 활동했던 친한 동성애자 예술인 중 거의 마지막으로 세상을 떠났다.
[■■] 스페인의 작곡가로 오페라 「덧없는 인생」La Vida Breve으로 마드리드 예술원 가극상을 받았다.

이 정확이 어땠는지는 기억할 수 없습니다. 지적인 문제가 아니었으니까요. '생각 없이' 한 행동이었고 그렇게 한 이유를 떠올리기란 어려운 일입니다. 물론 저는 생각하는 사람은 아니었습니다. 저에게는 부지불식간에 많은 일이 벌어지는 것 같습니다.

———— 폴 볼스

글쓰기는 습관에 가깝되 흡연처럼 열정적인 습관으로, 머리와 손을 강박적으로 이어줍니다. 그렇게 우리는 습관에서 출발해 그것을 예술로 만들려고 애씁니다. 그런 습관을 어떻게 들일까요? 당연히, 담배를 가지고 돌아다니는 아이들과 어울리면 됩니다.

———— 로리 무어

가장 친한 친구는 연극인들입니다. 화가들과도 친하게 지낸 적이 있지요. 몇 년 동안 화가들 사이에서 살았습니다. 하지만 상황이 변했어요. 이제는 연기자 아니면 감독입니다. 저는 연극인들을 무척 좋아하는데, 저에게 많은 것을 줍니다. 작가들을 특별히 좋아하지는 않고, 글쓰기에 대한 이야기를 즐겨 하지 않습니다. 제 생각에 작가들은 고독하게 일하기 때문에 사람들과 있을 때는 '연극적인' 행동을 하는 경향이 있습니다. 화가나 배우보다는 더 많은 사람(즉 등장인물들)을 책임져야 하기 때문에, 그리고 마치 신처럼 온 세계를 책임져야 하기 때문에 작가들은 더 많은 적개심을 품고 다니는 듯 보입니다. 아니면 가끔씩은 언어라는 끈끈한 거미줄 같은 것에 걸려들어, 제가 본 벌레들처럼 그 거미줄에서 더듬이를 떼어내지 못하기 때문일지도 모릅니다. 그래서 대중 앞에 있을 때와 다른 사람들과 함께 있을 때도 눈에 보이지 않는 거미줄 속에서 몸부림치고 있는 것입니다. 언어를 다루는 일은 때로 분노를 유발합니다. 작가들이 종종 신경과민에 미친 듯이 화를 내는 것도 놀랄 일이 아닙니다. 그림은 좀더 자애로운 매체, 마음을 달래고 평화를 주는 매체처럼 보입니다.

음악가들은 늘 우리를 위해 연주하고 싶어 하므로 이는 표현할 수 없을 만큼 멋진 일이지요. 화가들은 섹스 이야기만 하고 싶어 하거나 캔버스 속에 숨겨둔 성기의 형태를 알려주고 싶어 하는 것 같더군요! 작가는 진정 생식력을 갖춘 사람이기에(윌리엄 버틀러 예이츠가 말했듯이 작가는 자신의 거미줄을 직접 뱉어내고, 조금 전에 말했듯이 그 그물에 스스로 걸려듭니다), 정말 창의적인 작가는 '새로운' 것을 창조하는 이가 느끼는 두려움과 자부심으로 가득합니다.

── 윌리엄 고이언

대다수 작가가 살면서 겪는 갈등의 핵심은 바로 이것입니다. '우리의 작품이 비옥해지도록 세상과 친밀하게 지내는 동시에, 우리의 창조력을 보호하고자 세상의 접근을 막으려면 어떻게 해야 하는가?' 저는 지금 사는 뉴잉글랜드 남부에서 지내는 것이 좋습니다. 타고난 충동적 사교성을 통제하는 데 도움이 되기 때문입니다. 여기에서는 유혹에 저항하기가 더 쉽고, 한 달에 몇 번씩 두 시간 반 거리에 있는 뉴욕에 가면 그 주에 각광받은 시대

정신이 무엇인지 경험해볼 수도 있습니다. 이와 비슷하게 대학 강의는 저에게 만남의 장이 되어주는데, 대부분의 사교 모임에 비해 굉장히 만족스러우면서도 진을 빼지 않는 만남입니다. 저는 학생들의 고민을 듣고 그들에게 플라톤이나 시도니가브리엘 콜레트▫를 읽도록 부추기고 강의실에서 즐겁고 열띤 토론을 벌입니다. 이것은 제가 아는 가장 풍요롭고 고무적인 활동입니다. 다른 관습적인 사교 모임, 예를 들어 햄턴이나 비니어드에서 번갈아 열리는 문학인들의 파티에 참석해 지루하기만 한 시간을 견뎌야 한다면 저는 주말을 정신병원에서 지내야 할 수도 있습니다. 김 빠진 술 같은 대화에다 칵테일을 마시며 끝없이 기다려야 하는 그 지루한 시간이란! 식전에 칵테일을 마시는 미국인들의 관습이 저는 지금까지도 싫습니다. 저녁 식사 전에 25분 이상 저를 기다리게 하는 사람과 식사를 하는 건 참을 수가 없어요. 저는 사소한 규칙을 고수하는 성격입니다. 제가 생각하는 좋은 시간이란 친한 친구들과 나무 아래 앉아 도시락으로 빵과 치즈, 와인을 먹고 마시며 마르실리오 피치노▫▫가 화가 베첼리오 티치아노의 애정 관념에 미친 영향에 대해 이야기를 나누거나 새로운 통찰력으로 윌리엄 제임스의 작품을 차근차근 살펴보는 것

▫ 여성이 등단하기 어려운 분위기였던 19세기 프랑스에서 소설가로 활동했다. 첫 작품 『파리의 클로딘』Claudine à Paris을 남편의 필명으로 발표해 큰 성공을 거두었고 제1차 세계대전 이후에 본명으로 작품 활동을 하며 인정받았다.
▫▫ 피렌체에서 활발히 활동한 이탈리아의 의사 겸 철학자로 플라톤의 작품을 모두 라틴어로 번역했다.

입니다. 그것이 가장 큰 즐거움입니다. 그러니 교직은 제가 매우 좋아하는 일, 제 천직이며 진을 빼지 않는 가장 고무적이며 풍요로운 교류 형태입니다.

———— 프란신 뒤 플레시 그레이

드디어 뉴욕을 영원히 떠난 2006년까지는 완전한 성공이 아니었다고 생각합니다. 저는 '진지한' 소설가가 되려고 할 때 따라붙기 마련인 온갖 허튼짓에는 관심이 없었어요. 하지만 그래도 뉴욕 출판계에 깊이 몸담고 있었지요. 제 친구들은 대부분 작가나 편집자였습니다. 따라서 그런 의미에서 저는 다른 사람들과 똑같았어요. 그 점은 인정하겠습니다. 그러나 제가 뉴욕 문학계의 일원이라고 느낀 적은 없습니다. 제가 충분히 똑똑하다고 느낀 적도 없었지요. 제가 뉴요커라고 느낀 적도 없습니다. 저는 늘 LA에서, 그 근교에서 온 애송이, 그 기묘한 책들을 쓰는 애송이였습니다. '브랫 팩brat pack'은 신기루◍였습니다. 제이 매키너니와 타마 야노비츠와 브렛 이스턴 엘리스와 그밖에 이런저런 사람들이 그 무리에 속한다고들 생각했지만, 그런 악동은 결코 존재하지 않았습니다. 저는 그들이 아니라 비슷한 또래인 제 친구들과 어울렸습니다. 이따금씩 매키너니와 함께 외출했다가 사진을 찍혀 잡지에 실리곤 했는데, 사람들은 그 사진을 보고 우리

◍ '악동'을 뜻하는 'brat pack'은 원래 1980년대 청춘 영화에 출연한 할리우드의 젊은 영화배우들을 지칭하는 용어였다. 문학계에서는 같은 시기에 엘리스를 포함한 파격적인 젊은 작가들을 뭉뚱그려 이같이 불렀다.

가 형제처럼 친하다고 생각하더군요.

———브렛 이스턴 엘리스

작가들이 서로의 존재를 편안하게 느낀다고는 생각하지 않습니다. 물론 5분 정도 대화를 나눌 수야 있지만 함께 어울리고 싶어 하지는 않는 것 같습니다. 작가들은 늘 입지를 민감하게 의식하면서 대화 상대를 중요하게 대할지 하찮게 대할지를 생각합니다. 제가 보니 작가들은 대화를 나눌 때 "작품 괜찮더군요"라는 말부터 꺼냅니다. 저는 그 말을 들을 때마다 아주 불편합니다. 그 말을 얼마나 많이 들었는지 모릅니다. 잘난 체하는 느낌이 물씬 풍겨요. 아직 작품을 쓰지 않은 사람은 어떻게 될까요? 아무도 그에게 말을 걸지 않을 겁니다. 이런 관계는 작가들 사이에서만 나타납니다. 어쨌거나 작가의 입지는 다른 사람이 이의를 제기할 수 있는 것이 아니기 때문입니다. 어떤 작가가 보석 세공인이라면 어떤 작가는 의류 제조업자입니다. 제 생각에, 굉장한 성공을 맛본 소설가들은 중년이 되어도 계속 글을 쓰는 한 다른 작가와 친하게 지낼 수 없습니다. 인간의 본성이 그런 상황을 받아들이지 못할 겁니다.

———조지프 헬러

작가에게 도움이 될 이상적인 직업이 있다고 생각하지는 않습니다. 작가는 거의 모든 상황에서, 즉 완전히 고립된 상황에서도 글을 쓸 수 있으니까요. 자, 발자크를 보세요. 그는 채권자들로부터 몸을 숨기려고 파리의 비밀스러운 방에 틀어박혀 소설『인간 희극』La Comedie Humaine을 썼습니다. 아니면 코르크로 방음 처리한 방에서 지낸 프루스트를 생각해보세요(물론 손님이 많이 찾아오긴 했지요). 제 생각에 가장 좋은 직업은 그냥 아주 다양한 사람을 만나고 그들의 관심사가 무엇인지 알아보는 것입니다. 나이가 들면서 안 좋아지는 점 중 하나가 바로 그겁니다. 친밀한 관계를 맺는 사람들이 줄어들어요.

———————— 올더스 헉슬리

파리에는 이제 문학 살롱salon▯이 없지만, 그 시절에는 두 군데가 있었습니다. 하나는 문학과 예술을 좋아했던 부유한 귀부인 마담 데제나의 살롱이었습니다. 작곡가 스트라빈스키, 평론가 르네 에티앙블, 젊은 소설가 미셸 뷔토르, 화가 앙리 미쇼 등 다양한 유명 인사가 그곳을 찾았지요. 다른 살롱은 노아이유 자작부인의 살롱이었습니다. 저는 그곳에 한 번 갔다가 배우이자 연출가인 장 루이 바로를 만났습니다. 아라공과 엘사 트리올레▯▯가 소개되었을 때 흥분과 전율이 파도처럼 그 자리를 휩쓸던 광경이 기억납니다. "공산당원들이 오셨소!" 모두 그렇게 말했습니다. 아라공은 턱시도를 입었고 엘사는 보석으로 온몸을 치장했습니

▯ 17세기와 18세기에 상류층 가정의 응접실에서 열리던 예술가들의 사교 모임.
▯▯ 러시아 태생의 프랑스 작가로, 아라공 트리올레와 결혼한 뒤 프랑스에 귀화했다. 제2차 세계대전 때 남편과 함께 반反 나치 저항운동에 참여했으며 그녀가 쓴『아비뇽의 연인들Les Amants d'Avignon』은 저항문학의 걸작으로 꼽힌다.

다. 그러나 '저'는 세속적인 마음 때문이 아니라 친구들을 만나고 위스키를 마시려고 갔었지요.

———— 에우제네 이오네스코

제가 이른바 '현대문학 공동체'와 약간 거리를 두는 이유는 두 가지입니다. 우선 저는 생계를 위해 글을 쓰지 않기 때문에 돈을 벌고자 문학 편집자, 출판사, 방송국 사람들과 연락하고 지낼 필요가 없습니다. 둘째, 저는 런던에 살지 않습니다. 그 점을 고려하면 문학 공동체와의 관계는 오히려 우호적인 편입니다.

———— 필립 라킨

어떤 관점에서 보아도 1920년대는 끔찍한 10년이었습니다. 그 시기는 방종했고 비대했고 부유했고 가장 역겨운 종류의 노골적이고 파렴치한 돈벌이가 난무했습니다. 프랑의 화폐 가치가 하락하자 프랑스인들의 가장 나쁜 면모가 모조리 드러났습니다. 그러나 그 10년 동안 파리는 완벽했습니다. '우리'에게 딱 맞는 시기였다고 생각합니다. 전쟁 때문에 저는 통상 그 일을 하는 연령대보다 더 많은 나이에 미술을 배우고 있었습니다. 다만 스스로 익히려 노력하는 중이었는데 그게 가장 좋은 방법입니다. 그때 저는 혼자 있어도 외롭지 않은 도시에 살고 있었고, 아내 에이더가 함께 있었습니다. 말하지 않아도 아시겠지만 에이더는 가수였습니다. 아름답고 청량하고 가는 목소리를 소유한 사랑스러운 가수였고 훌륭한 음악가였습니다. 그녀는 스트라빈스키와 피아니스트인 프랑시스 풀랑크와 작곡가인 에런 코플런드를 위해 새로운 노래를 척척 불러주었지요. 그렇게 우리는 음악사의 약 한 세기를 통틀어 가장 흥미진진한 시기의 한복판에 살고 있었습니다. 또 미국인 체류자들, 즉 헤밍웨이, 더스패서스, 피츠제럴드, 그리고 무엇보다 제럴드 머피와 새러 머피 부부를 만났는데 다들 몹시 재미있는 사람들이었고 우리의 가까운 친구이거나 나중에 대부분 가까운 친구가 되었습니다. 왜 그 추억이 아직도 제 관심을 끄는지는 알 수 있습니다. 머릿속에서 그 시절로 돌아가는 게 정말 즐겁기 때문입니다. 그러나 저보다 30년, 40년, 50년 뒤에 태어난 사람들이 그 시절에 관심을 가져야 하는 이유는 모르겠습니다. 제가 그러는 이유만 말할 수 있을 뿐입니다. 제가 보고 들은 것이기 때문이지요. 파리에서 창작된 작품이 어떤 기준을 적용해도 훌륭하다는 사실을 아마 모두 알고 있을 것입니다. 모든 예술, 예술 전반에 적용되는 사실이었지요. 프랑스, 스페인, 러시아, 아일랜드, 독일, 그리스, 오스트리아 등 많은 나라의 예술가들이 선보인 예술 말입니다. 우리는 우리가 위대하고 굉장히 창의적인 세대에 속했음을, 우리가 생성의 시대에 살고 있음을 알았습니다. 모든 것이 가능해 보였고, 실제로 가능했지요. 그런 시대에 젊은이로 산다는 것은, 젊은이로서 파리에 산다는 것은 믿기 어려운 행운이었습니다. 그것만큼은 확실합니다. 증인은 수없이 많습니다.

그러나 범위를 미국인으로 좁히면 대답은 그렇게 쉽지 않습니다. 세기가 바뀔 무렵의 미국 문학은 우리 세대가 보기에는 밑바

작가의 삶은 어떠한가

닥에 이르렀습니다. 제1차 세계대전 기간과 그 이후에 T. S. 엘리엇과 에즈라 파운드가 이룩한 성취가 우리의 관심을 불러일으키긴 했으나, 파리에서는 명백한 현상인 모든 예술의 대부흥이 보편적인 현상인지, 과연 위대한 예술이 세계적으로 부흥했는지 우리는 온전히 확신하지 못했습니다. 따라서 우리는 진심으로 흥분했으나 약간 조심스러웠고 확실한 판단을 내릴 수가 없었습니다. 헤밍웨이의 『우리들의 시대에』In Our Time는 센강에 나타난, 미국 문학에 대한 최초의 견고한 증거였습니다. 그는 영어 산문의 거장이 기반을 잡았다는 증거, 그 거장이 틀림없이 미국인이며, 혈통으로만 미국인이 아니라 눈과 귀로도 미국인이라는 증거였지요. 그러나 『우리들의 시대에』는 단편 모음집이었습니다. 장편소설 중에도 위대한 작품이 있을까? 위대한 '미국' 장편소설이? 1920년대 파리에서는 알 수 없었습니다. 우리는 그저 모든 게 가능하다는 사실만 알고 있었습니다.

우리가 파리에 간 지 1년쯤 지나서 저는 헤밍웨이를 만났고 같은 시기에 제럴드 머피도 만났습니다. 더스패서스, 에스틀린 커밍스, 존 필 비숍, 피츠제럴드도. 그러나 지금 같은 의미의 '공동체'는 없었습니다. '파리의 미국인' 같은 공동체는 없었지요. 그 개념은 다른 속셈이 있는 비평가들이 마음대로 날조한 통념입니다. 대성당과 원형 지붕을 찾아가는 문학관광 모임은 있었지만, 거기에서는 아무 작품도 나오지 않았습니다. 물론 진정한 '공동체'는 파리였습니다. 폴 발레리와 레옹 폴 파르그와 발레리 라르보의 파리, 해외에서 피카소를 끌어당기고 후안 그리스와 스트라빈스키와 조이스를 포함해 국제적으로 명성을 날리던 그 위대한 동시대인들을 끌어들인 예술의 세계 중심지 파리 말입니다. 파리는 시의 중심지로서, 노벨 문학상을 받은 시인인 알렉시스 생레제를 생존 페르스라는 필명으로 오르세 부두에 붙잡아 두기도 했습니다. 그 공동체, 그 진정한 공동체는 그 시절 파리에 살던 젊은 미국인들의 마음을 끌어당기고 지지해주었지만, 그들은 파리에 속하지도 않았고 파리와 소통하지도 않은 채 나머지 세상이 그랬듯이 놀라워하며 지켜보기만 했습니다. 저는 아드리엔느 모니에를 통해 파르그와 라르보와 쥘 로맹을 알게 되었습니다. 생레제와는 오랜 세월이 지나 이 모든 것이 사라지고 파리가 나치의 지배하에 있는 빈민가로 전락했을 무렵에야 가까운 친구가 되었습니다. 저는 제임스 조이스와 알고 지냈는데 그를 보며 혀를 내둘렀지요. 그러나 저는 '그런' 파리의 일부분이 아니었고 제가 아는 미국인도 모두 그러했습니다. 엘리엇과 가끔 모습을 드러내던 파운드는 아마 예외일 겁니다. 피츠제럴드는 삶의 말년에 젤다에게 보낸 감동적인 편지에서 파리에서 보낸 시간을 "미국인의 마지막 계절"이라고 표현합니다. 1902년 파리에 "미국인의 계절"이 정말 존재했더라도, 파리는 알지 못했습니다. 제 생각에는, 그 누구도 마찬가지였습니다.

— 아치볼드 매클리시

● 작가 겸 출판인이기도 했던 모니에는 1915년 파리에 서점이자 도서관인 '라 메종 데자미 데 리브르'를 열었고, 당시 영어권 국가에서 출간이 금지되었던 『율리시스』를 출간하는 등 문제적 작가들이 진출할 발판을 제공했다.

폴란드에 살 때 작가들의 모임에 가서 많은 시간을 보내곤 했습니다. 매일 그곳에 있었지요. 그러나 미국에는 그와 비슷한 모임이 없습니다. 저는 사실상 다른 작가들을 모릅니다. 이따금 칵테일 파티에서 작가들을 몇 명 만나는데 그 사람들이 마음에 듭니다. 아주 훌륭한 사람들이에요. 하지만 왜 그런지 피상적인 만남을 넘어서지 못합니다. 안타까운 사실이지요. 저는 더 많은 작가와 친하게 지내고 싶습니다.

─── 아이작 바셰비스 싱어

그런 결혼 생활이 순조롭게 지속될지 모르겠어요. 문학인끼리 결혼했건, 영화배우끼리 결혼했건, 아니면 학교 교장들끼리 결혼했건 말입니다. 남편 맥스는 문학인이 아니에요. 그 사람이 열정적인 문학인이어서 제가 쓴 모든 것을 읽고 싶어 했다면, 저는 아마 참지 못했을 겁니다. 편집자들이 그런 경향을 보일 때도 참을 수가 없어요. 좋은 사례가 있기는 합니다. 버지니아 울프는 문학인과 결혼했고 부부가 호가스 출판사에서 함께 일했죠. 그러나 스콧 피츠제럴드와 젤다처럼 경쟁적인 관계도 있습니다. 그러니 우리 부부의 관계가 저에게는 도움이 됩니다. 맥스는 이따금 소설을 읽지만, 대개는 제가 "여보, 이 책 안 읽으면 손해야"라고 말하는 책들이에요. 그는 학습서와 농업, 투자에 대한 책을 읽습니다. 아마 다른 여자와 결혼했다면 실용서 외에는 어떤 책도 사지 않았을 겁니다.

─── 재서민 웨스트

저는 그 덕분에 작가라는 직업에 종사할 수 있었다고 생각합니다. 불쌍한 노먼 메일러에게 일어난 일을 아실 겁니다. 이혼, 재혼에 위자료까지.[1] 저는 그런 시련은 피할 수 있었습니다. 물론 저는 사람들에게 돈을 지급합니다. 그러나 위자료에다 여러 명의 아내는 감당하지 못했을 겁니다. 아내들의 목을 베서 죽이고 말았을 걸요! 저는 독신으로 산 덕에 일을 할 수 있었습니다.

———————————————————————— 테너시 윌리엄스

초보 작가 시절, 군대에 있었는데 [에즈라 파운드를] 만나러 브루넨베르크에 가고 싶었던 게 기억납니다. 우리는 메라노 밖에서 기동훈련을 하곤 했는데 브루넨베르크는 그곳에서 가까웠습니다. 아니, 비교적 가까웠습니다. 물론 이 모든 것은 대부분 몽상이었지요. 알아두셔야 할 사실은 그때 저는 책을 출간한 경험이 없었고 파운드와 이야기를 나누지도 않았다는 겁니다. 그에게 가장 가까이 다가간 경험은 어느 저녁, 피렌체의 산마르코 대성당 지붕 아래에서 그 성당과 광장을 바라볼 때였습니다. 저는 이름 없는 사람으로 그의 옆에 서 있었지요. 하지만 무슨 할 말이 있었겠습니까? "당신의 시를 좋아합니다. 여기가 데이오세스[2]인가요?"라고 말할까요? 게다가 결국 그건 최고의 순간이 아닙니까? 그를 통해 제 인생을 바꿀 새로운 관점을 배웠던 그 도시에

---

[1] 메일러는 여섯 번의 결혼을 통해 아홉 명의 자녀를 두었다.
[2] 파운드의 『캔토스』에서 이상향으로 그리는 도시.

작가의 삶은 어떠한가

서, 세상에서 가장 아름다운 광장을 바라보며, 그와 나란히 서 있으니 말입니다. 그에게서 배운 방법이란 물과 침묵입니다. 어떤 단어들은 말하지 않고 그대로 두는 게 더 낫습니다. 또는 그렇다고들 합니다.

찰스 라이트

자신이 무엇에 대해 이야기하고 있는지 아는 사람들, 제가 읽은 책의 저자들, 직업상 가까운 사이인 사람들과 나누는 문학적인 대화가 중요하다는 건 확실한 사실입니다. 현실에서도 사람들을 자주 보지만, 책을 읽으면 더 자세히 바라보게 되지요. 따라서 문학적 대화, 즉 비슷한 생각을 가진 사람들과 나누는 교제는 아주 유쾌합니다.

월리스 스테그너

가끔 '제가 편지를 쓰는 이유는 시를 쓰는 것보다 쉽기 때문일까?' 하는 생각이 듭니다. 그렇지는 않은 것 같습니다. 편지는 파티나 점심 식사보다 시간이 덜 듭니다. 뉴욕 사람들은 대체 어떻게 일을 끝마치는 걸까요? 편지는 제게 사교계입니다. 저는 동년배 시인들이나 더 젊은 시인들과 빽빽한 서신을 주고받습니다. 편지는 저의 카페이자 클럽이며 도시입니다. 저는 동네 이웃들을 좋아하지만 그 사람들도 대개 저처럼 바쁩니다. 우리는 교회나 상점에서 만나서 잠깐 잡담을 나눕니다. 앤아버에 있을 때 참석하곤 했던 파티에서처럼 응접실을 돌아다니며 '담소'를 나누지는 않습니다.

대신 저는 편지를 쓰는데 보통은 쓰고 있는 작품에 대한 내용을 담습니다. 일부 시인들과 주기적으로 시를 교환하며 비평을 부탁합니다. 로버트 블라이와 저는 서로의 시에 대해 이야기를 나누지 않았다면 둘 다 결코 시 한 편도 발표하지 못했을 겁니다. 또 저는 편지를 쓰며 아이디어를 구상하는데, 나중에 수필의 한 부분이 될 내용이지요. 저는 시의 내용을 다른 사람에게 불러줍니다. 타이핑을 하는 데 시간이 많이 걸리고 제 필체를 알아볼 수 있는 사람이 없기 때문입니다.

_____도널드 홀

3년. 얼마나 이상한 시간이었는지 말할 수가 없군요. 때로는 한 달 동안 말을 하지 않았습니다. 저는 검소한 수도승이었지만, 저에게 음식을 제공해줄 사람이 없었습니다. 아니, 저는 수도승이 아니었습니다. 꼼짝할 수 없었습니다.

몇 년간 활동한 뒤에 혼자서 지내니 굉장한 휴식이 되었습니다. 그러나 잃은 것도 있습니다. 제가 하버드에서 쓴 시들은 훌륭하지 않았지만, 우리는 비밀리에 언어를 집어넣으며 즐거워했지요. 사람들은 제가 무슨 말을 하고 있는지 알아들을 수 있었습니다. 지난달에, 혼자 지낸 3년 동안 썼던 일기를 조금 읽어보았습니다. 인간으로서 쓰는 공통적인 언어를 제가 잃었다는 사실을 알고서 깜짝 놀랐습니다. 거대한 구덩이 속으로 단어가 하나씩 사라져버렸던 것입니다. 나중에, 소중한 친구이자 한국인 작가인 김용익[1]이 말했습니다. "자네는 이 시에서 '눈물'을 몇 차례 쓰는데, 그 눈물이란 단어가 다른 사람들이 쓰는 것과 같은 의미가 아니라서 효과를 보지 못하는 걸세." 그의 말이 옳았습니다. 저는 사람 사이의 거리를 뛰어넘을 공통 언어를 회복하려 애쓰며 수많은 시간을 쏟았습니다.

이렇게, 혼자 보낸 그 시간에는 어두운 측면이 있었습니다. 그러나 그 시간에 대해 생각해볼 점이 있습니다. 결국 우리가 종종 사소하다고 말하는 그 공통 언어를 잃어서는 안 되는 이유가 뭘까요? 때로 우리는 그 언어로 사람들과 수다만 떱니다. 발자크는 소설 『루이 랑베르』Louis Lambert에서 "사회의 흐름에 대립하는" 몇 가지 생각을 언급합니다. 그 책의 등장인물이 루이 랑베르를 만날 때 그는 "무한으로 뛰어들고 싶은 욕망"을 느낍니다. 그러니 제 3년의 독거 생활은 생계에는 도움이 되지 않았지만, 일상적인 사회생활에서 필요한 수평적 태도와 대조되는 수직적인 태도를 경험할 기회가 되었습니다.

_____ 로버트 블라이

그 대답으로, 제가 쭈뼛거리기만 할 뿐 공동체에 익숙하지 못하다고 말해야겠군요. 마찬가지로 저는 잘 아는 사람과 이야기를 나누다가 재빨리 달아날 수 있도록 출입문 근처에 서 있을 때가 아

[1] 1920년 경남 통영에서 태어나 일본에서 영문학을, 미국에서 문예창작을 공부하고 미국과 한국을 오가며 여러 대학에서 창작 강의를 했다. 단편소설 「꽃신」과 「해녀」 등이 대표작으로 손꼽힌다.

니면, 파티를 좋아하지도 않습니다. 그게 파티에 대한 제 생각입니다. 공동체에 대한 생각이기도 하지요. 저만의 방식으로 공동체에 대처하기 위해서는 반드시 혼자만의 시간이 필요한데(완전히 이기적인 생각이라는 것은 아닙니다), 정확히 말하면 공동체를 아예 멀리한다기보다는 제 주위에 약간의 거리를 유지하는 겁니다.

———— 데릭 머혼

뉴욕에서 거물들이 찾아와 스타라고 생각되는 사람을 지목해 무리에서 뽑아 갈 때가 아주 많았습니다. 저는 한 번도 뽑히지 않았지요. 그러나 뽑히고 싶지 않았다는 것을 깨닫게 되었습니다. 그리고 지금 저는 강습회에 참석한 학생들에게 말합니다. "너희가 기쁘게 해야 할 대상은 너희 스승들이 아니라 또래들이다. 그들이 장차 너희의 독자가 될 것이다. 너희의 스승들은 15년 안에 모두 세상을 뜰 테니 그들은 잊어버려라."

———— 제인 스마일리

젊은 시인보다 더 야심 찬 존재는 없습니다. 젊은 시인은 전능한 존재가 되었다고 느낍니다. 조울증의 상승곡선을 타고 있지요. 그리고 그 덕분에 나이 많은 시인들을 격분하게 만듭니다. 그래 봤자 젊은 시인은 더 장황하게 말을 늘어놓으며 명성에 집착하고 입심을 발휘하고 싶어 합니다. 어디가 한계인지 누구도 말해줄 수 없습니다. 그래야지요. 천국에 들어갈 열쇠를 가진 사람은 아무도 없으니까요.

——— 아일린 마일스

우리는 모두 뉴욕 학파에 속하는 작가로 분류되었지만 학파 같은 건 없었습니다. 존 애슈베리, 케네스 코크, 제임스 스카일러 그리고 저의 글에 공통점은 거의 없었지요. 그러나 저는 스테판 말라르메[•]가 고안한 개념, 즉 단어의 의미보다는 효과에 신중하게 의미를 부여하자는 생각에 우리 모두 동의했다고 확신합니다. 그리고 입으로 선언하지는 않았지만 우리에게는 일종의 신조가 있었습니다. 바로 미학적으로 허튼소리는 쓰지 말자는 것이었지요.

——— 해리 매슈스

[•] 프랑스의 시인 겸 비평가로 19세기 후반 프랑스 시단에 일어난 상징주의 운동의 창시자 겸 지도자.

경제적 안정이
장점이라고
생각하십니까?

Is Economic Security an Advantage?

들어보세요. 벨 에포크Belle Epoque 때 면적에 따라 원고료를 받던 기자들은 신문 기사 한 줄당 1수sou를 받았고, 아폴리네르는 몇 달, 몇 년을 기다려서야 기자로 고용되어 정기적인 봉급을 받는 안정된 일자리를 얻을 수 있었습니다. 그가 외설물을 펴낸 이유가 바로 그겁니다. 밥벌이를 위해서죠. 우리에게 모든 문이 얼마나 굳게 닫혀 있었는지 상상도 못 하실 겁니다. 오늘날에는 훨씬 대접을 잘 받고 있다는 느낌이 들어요. 사방에서, 그러니까 신문에서, 라디오에서, 영화 스튜디오에서 젊은 작가들을 우연히 마주칩니다. 1914년 이전엔 일자리를 원하는 사람은 문 앞이나 결코 열리지 않을 회사 창문에 줄을 서 있었지요. 다른 사람들이 어릿광대와 놀며 즐거워할 때 거리에는 성난 황소들이 서 있었죠. 일자리에 품위 있는 생활이 다 뭐야! 우리는 비웃었습니다.

———블레즈 상드라르

저번에 여덟 살짜리 아들이 말하더군요. "아빠, '재미' 삼아 글을 쓰는 건 어때요?" 아이조차 제가 글을 쓰는 동안 걸핏하면 짜증 내고 좌절한다는 사실을 꿰뚫어본 겁니다. 결혼 생활을 제외하고 저는 교단에 설 때와 아무 생각 없이 보내는 휴가 때 가장 행복한 것 같습니다. 글을 쓰며 느껴지는 불안은 견디기 어렵습니다. 또 (이 점에서 저는 조르주 심농과 다른데) 기력 소모나 각성제와 마약으로 인한 건강 이상, 작품이 충분히 훌륭하지 않다는 두려움은 경제적 이익으로 보상되지 않습니다. 만약 돈이 충분하다면 내일이라도 당장 글쓰기를 그만둘 겁니다.

— 앤서니 버지스

저는 잡지 기사를 쓰는 데 능숙하지 못했습니다. 한번은 『보그』에 풍자적인 기사를 썼고, 그 글은 괜찮았다고 생각합니다. 제가 존경하지 않는 어느 화가에 대한 글이었지요. 잡지사에서는 제가 쓴 어조가 딱 알맞다고 생각했어요. 그 뒤에 벨기에의 시인 에밀 베르하렌이 세상을 떠났고 잡지사에서는 베르하렌에 대한 원고를 써달라고 하더군요. 저는 출판사로 가서 말했습니다.

"유럽에서 가장 우울했던 남자에 대해 밝고 경쾌한 부고 기사를 써달라는 겁니까?"

"아니, 그분이 우울했다고요?"

"맞아요, 농민에 대한 글을 썼죠." 제가 말했습니다.

"농민peasant인가요, 꿩pheasant인가요?"

"농민이에요."

"오, 그 기사는 안 되겠어요."

이렇게 저는 입을 다물고 있을 만큼 영리하지 못해서 돈을 잘 벌지 못했습니다.

———— 에즈라 파운드

선택권이 있는데 글을 쓰지 '않는 것'을 선택하지 않는 사람이 있다면, 바보입니다. 글쓰기가 세상에서 가장 힘든 일이란 걸 모두 알지 않나요? 조지프 콘래드가 말하길, 겨울에 암스테르담에 있는 배에서 종일 45킬로그램짜리 석탄을 메고 다녔는데, 하루 동안 글을 쓸 때 쏟는 힘에 비하면 그건 아무것도 아니라더군요. 일은 힘들고 보너스는 거의 없고 수입은 쥐꼬리지만 작품은, 마침내 완성되면 순수한 기쁨을 줍니다. 돈과 명예를 위해 글을 쓰기 시작한다면, 프로이트가 작가들에 대해 말했듯이 정크본드 junk bond(고위험 채권)를 팔거나 아니면 대신 누군가를 총으로 쏘는 게 나을 겁니다. 그쪽이 더 쉬워요.

———— 메리 리 세틀

제가 작가가 되리란 걸 일찌감치 알았습니다. 태어날 때 받은 저주 같은 것이라고 생각합니다. 저는 작가가 되고 싶다는 것을 알았고 아버지는 굉장히 똑똑한 사람이라 저에게 작가가 되지 말라고 말하지는 않았습니다. 대신 이렇게 말했죠. "물론 넌 작가가 될 거야. 물론 아주 성공적인 작가가 될 거다. 다만 그러려면 글을 써서 큰돈을 벌고 이혼도 몇 번만 하면 돼. 알겠지만 몇 번만. 큰일도 아니야." 아버지는 작가가 늘 차를 끓이며 집에 틀어박혀 있거나 언어에 쩔쩔매기 때문에 작가의 아내는 끔찍한 삶을 산다고 생각했습니다.

또 아버지는 이렇게 말했습니다. "템플 역으로 가서 인근 법원이나 이혼한 사람들을 찾아간다면 네 결혼 생활이 훨씬 행복해질 거다." 그리고 아버지는 변호사가 되는 데 필요한 건 어느 정도의 상식과 비교적 깨끗한 손톱 말고는 아무것도 없다고 했지요. 아시겠지만 저는 사실상 이혼법정이나 다름없는 집안에서 태어났습니다. 아버지는 이혼 담당 법정변호사 중 원로였습니다. 굉장히 박식했고 아주 유명한 이혼 담당 법정변호사였지요. 그래서 저는 아기 방에서 지내던 어린 시절에 「백설 공주와 일곱 난쟁이」 같은 이야기 대신 「공작부인과 일곱 통신원」을 읽곤 했지요. 아버지는 이혼법정에서 승리를 거두고 밝은 얼굴로 집에 돌아와서 저에게 멋진 대사를 들려주곤 했는데, 훗날 저는 아버지에 대해 쓴 희곡에서 그 대사를 이용할 수 있었습니다. 어느 날 밤에는 집에 돌아와 저를 보러 방으로 와서는 말했습니다. "법정에서 멋진 하루를 보냈단다, 존. 성향과 빈틈을 증거로 간통을 겨우 입증했지." 아버지가 말했습니다. "우리에게 있는 유일한 증거는 햄스테드 정원 변두리에 주차된 애스턴 711의 계기판에 발자국 한 쌍이 거꾸로 찍혀 있다는 것뿐이었단다."

———————————————————— 존 모티머

우리는 [브라질의] 산봉우리 꼭대기에 살았습니다. 정말 하늘 높이 솟은 곳이었죠. 저는 요리사 마리아와 단둘이 집에 있었습니다.

한 친구는 시장에 간 뒤였어요. 전화벨이 울렸습니다. 미국 대사관의 출입 기자였는데 저에게 영어로 누구냐고 물었고, 물론 직접 말하는 영어를 듣는 건 아주 드문 일이었어요. 그가 말했습니다. "당신이 퓰리처상 수상자가 되었다는 사실을 아십니까?" 저는 농담이라고 생각했죠. 제가 말했어요. "오, 무슨 말씀이세요." 그가 말했습니다. "제 목소리 안 들리십니까?" 전화 연결 상태가 아주 나빴고 그는 소리를 지르고 있었습니다. 제가 말했습니다. "오, 그럴 리가요." 하지만 그는 농담이 아니라고 말했습니다. 마리아에게 이 느낌을 전할 수는 없었지만 소식을 나눠야 한다는 생각이 들었습니다. 그래서 서둘러 800미터쯤 내려가 다음 집에 도착했지만 집에는 아무도 없었습니다. 저는 축하하기 위해 뭐라도 해야 한다고, 와인 한 잔이라도 들어야 한다고 생각했어요. 하지만 친구 집인 그곳에서 찾을 수 있는 것이라고는 미국에서 온 어떤 쿠키, 맛이 형편없는 초콜릿 쿠키뿐이었고(아마 오레오였을 거예요), 그래서 결국 저는 그 쿠키 두 개를 먹었습니다. 저는 이렇게 퓰리처상 수상을 자축했지요.

이튿날 석간신문에 사진이 실렸습니다. 브라질 사람들은 그런 일을 아주 중요하게 여깁니다. 그리고 그다음 날 제 브라질인 친구는 다시 시장에 갔습니다. 온갖 종류의 식료품을 진열해둔 커다란 천막으로 덮인 시장이 하나 있었는데, 거기에는 우리가 늘 들르는 채소 가게의 주인이 있었어요. 그가 말했습니다. "어제 신문에 실린 사진은 엘리자베치 부인 아니었습니까?" 제 친구가 대답했습니다. "네, 맞아요. 상을 탔어요." 그러자 가게 주인이 말했습니다. "와, 놀라운 일이군요! 지난주에는 어떤 아주머니에게 상으로 자전거를 탈 기회가 있었는데 그 아주머니도 타냈어요! 제 가게 손님들은 정말 운이 좋아요!"

— 엘리자베스 비숍

저는 예술가들이 경쟁할 수 있다고는 생각하지 않습니다. 다만 돈과 상, 그리고 당연한 말이지만 입지에 대해서는 예외죠. 그런 건 일시적인 경쟁이라고 할 수 있습니다. 그러나 종이 위에서는 다릅니다. 캔버스 위에서나 돌 위에서, 악보 위에서도 마찬가지입니다. 우리는 존경하는 훌륭한 동료들을 볼 때에만 자신도 그렇게 되리라는 소망을 품을 수 있습니다.

— 호텐스 캘리셔

저를 가르치는 선생님들에게 촉망받는 만화가도 진지한 목표를 품을 수 있다고 납득시키기란 정말 어려운 일이었습니다. 제가 로이 릭턴스타인▣의 발자취를 따라가기 위해서나 미국인들이 얼마나 어리석은지 이야기하기 위해서 만화를 그리고 있는 게 아니라는 것, 만화를 시각적 언어로 사용해 살아 있는 것이 어떤 느낌인지 알려줄 글을 쓰고 싶다는 사실을 납득시키기도 어려웠습니다. 제가 좋아하는 비평은 제 작품이 '매진'되고 있다는 소식이었습니다. 특히 적당히 성공한 화가가 그림 한 점을 팔아

▣ 미국의 대표적인 팝아티스트로, 만화와 광고 등을 작품의 소재로 삼았다.

서 벌 수 있는 돈이 적당히 성공한 만화가가 1년 내내 책을 팔아
벌 수 있는 돈보다 더 많았기 때문입니다.

크리스 웨어

『떠도는 세상의 예술가』An Artist of the Floating World를 출간했을 때 저
는 여전히 무명 작가로 살고 있었습니다. 여섯 달쯤 지나 부커
상 후보에 올랐을 때 하룻밤 사이에 상황이 완전히 달라졌고 그
책은 휘트브레드상을 받았습니다. 우리가 자동응답전화기를 사
기로 한 게 바로 그때입니다. 갑자기 잘 알지도 못하는 사람들이
저에게 저녁을 먹자고 하더군요. 모든 요청을 승낙할 필요가 없
다는 걸 깨닫기까지 시간이 좀 걸렸습니다. 그렇게 하지 않으면
삶에 대한 통제력을 잃어버립니다. 3년 뒤 부커상을 받았을 때
는 정중하게 거절하는 법을 터득한 뒤였지요.

가즈오 이시구로

작가에게는 경제적 자유가 필요하지 않습니다. 필요한 건 오직 연
필과 종이 약간입니다. 돈을 사은품처럼 받고 난 뒤 내놓은 글에
서는 좋은 점을 발견한 적이 없습니다. 좋은 작가는 재단에 후원
금을 요청하지 않습니다. 뭔가를 쓰기에 너무 바쁘니까요. 일류
작가가 아니라면 시간이 없다거나 경제적 자유가 없다고 말하
면서 스스로를 기만힙니다. 좋은 예술은 도둑이나 밀주 제조자
나 경마장 마부에게서도 나올 수 있습니다. 사람들은 자신이 역
경과 가난을 얼마나 견뎌낼 수 있는지 알게 되는 것을 정말 두려

위합니다. 자신이 얼마나 강인한지 알아내는 것을 두려워하는
셈입니다. 어떤 것도 좋은 작가를 망가뜨리지 못합니다. 좋은 작
가를 바꿀 수 있는 것은 죽음뿐이죠. 좋은 작가는 성공이나 부에
신경 쓸 시간이 없습니다. 성공은 여성적이며 여성과 비슷합니
다. 그 앞에서 굽실거리면 당신을 짓밟을 것입니다. 따라서 성공
을 다루는 방법은 그것을 멸시하는 것입니다. 그러면 아마도 성
공이 당신에게 굽실거릴 것입니다.

—— 윌리엄 포크너

시를 장려하는 문제, 특히 국가 차원에서 기금이니 뭐니 떠드는 문
제를 두고 이탈리아의 시인 에우제니오 몬탈레가 쓴 훌륭한 글
이 떠오릅니다. 그는 물량 공세를 통해 시를 장려하는 것이 유용
한지에 대해 아주 회의적이었습니다. 시인에게 필요한 게 그런
독려일까요? 해결되지 않는 문제입니다. 어쩌면 시인에게는 좌
절이 필요합니다. 사실, 몇몇 시인에게는 더 큰 좌절이, 가능하
다면 극심한 좌절이 필요합니다.

—— 로버트 피츠제럴드

『인식』을 출간했을 때, 노벨상을 받았더라도 저는 아마 크게 놀라
지 않았을 겁니다. 그러니까 그때 저는 젊음에 도취되어 한껏 들
뜬 상태였습니다. 그리고 그 책이 받은 대접으로 정신이 번쩍 들
었고 겸손을 배웠습니다. 마침내 인정을 받아 도움의 손길이 찾
아왔을 때, 즉 록펠러재단의 지원금, 구겐하임재단 기금, 전미예

술기금 등을 받게 되었을 때, 저는 어려운 시기를 보내고 있었는데 후원금 덕분에 두 번째 책을 계속 쓰고 세 번째 책을 시작했으며 용기를 얻었습니다. 그 후원금이 없었다면 저는 이 일 자체를 그만두었을지도 모릅니다. 제가 달리 무슨 일을 했을지, 너무 늦어 과연 제가 하고 싶었던 일 중 뭐라도 할 수 있었을지는 하늘만이 아시겠지만 말입니다. 공용 여물통에 먹이를 주면 무슨 소용이냐면서 재단 기금을 경멸하는 사람들이 늘 있는데 이는 한 번도 기금을 받아보지 못했기 때문에 하는 이야기입니다. 우리 모두는 새뮤얼 버틀러처럼 아주 정직한 태도로 글을 써야 합니다. 버틀러는 단순히 출간하기 위해서 글을 쓰지 않았고 자신이 쓴 모든 글을 발표하지도 않았는데(『만인의 길』The Way of All Flesh은 결국 그가 죽은 뒤에 출간되었지요), 이는 맥아더재단 장학금 덕분에 누린 사치였지요. 그러나 생각해보면 저는 늘 서둘러 책부터 내려는 작가는 결코 아니었습니다.

— 윌리엄 개디스

음, 천 년 동안 나무 밑에 앉아 있을 수 있겠느냐는 의미에서, 저는 붓다가 아닙니다. 누가 그럴 수 있을까요? 어쨌거나 날씨가 허락하지 않을 겁니다. 따라서 우리에게는 돈이 필요합니다. 집과 안락함을 줄 돈이 필요합니다. 느긋이 쉬기 위해서도 필요하지요.

— 데이비드 이그네토

저는 어엿한 직업이 있어야 하고 글은 앤서니 트롤럽처럼 남는 시간에 써야 한다고 배우며 자랐습니다. 그러다가 글로 충분한 돈을 벌기 시작하면 그 직업을 단계적으로 중단하는 거지요. 그러나 사실 저는 50세가 넘어서야 '글로 먹고살 수' 있게 되었습니다. 그건 오로지 제가 방대한 문학 선집을 편집했기 때문입니다. 또 그 무렵이면 이런 생각이 듭니다. '그래, 이왕 이렇게 나이 들었으니 차라리 연금을 받는 게 낫겠군.'

———— 필립 라킨

어떤 글도 돈을 벌기 위해 쓴 적은 없습니다. 이를테면 단편소설이 떠오르면 그 이야기를 씁니다. 생계를 유지하려는 욕구와 글을 쓰려는 욕구는 아주 비슷할 겁니다. 내일 거대한 유산을 받게 된다고 해도 제가 여전히 글을 쓰리란 것을, 그리고 분명 돈을 헤프게 쓰리란 것을 알고 있습니다.

———— 에드나 오브라이언

저에게는 양식이 필요했습니다. 새뮤얼 존슨이 말했지요. "돈 때문이 아니라면 돌대가리가 아닌 이상 글을 쓰지는 않을 것이다." 책을 쓰지 않고 선불을 바라는 건 "아마 저는 올림픽 체조 선수가 될 거예요"라고 말하는 것과 같습니다. 저는 책이 완성되면 작은 출판사에서 몇천 달러는 줄 거라고 상상했습니다. 작은 출판사에서 시를 출간하고 있었는데, 뉴디렉션스 출판사의 제임스 레린이 제 소설 『악마의 여행』The Devil's Tour 으로 750달러를 지급하자 굉장히 기뻤습니다. 그것은 제가 평생 시로 벌어들인 수입을 넘어서는 금액이었지요. 저는 토비아스 울프, 제프리 울프, 리처드 포드, 레이먼드 카버 등 아주 훌륭한 소설가들이 활약하는 모습을 지켜보았습니다. 그러나 레이먼드는 맥아더재단 장학금을 받기 전에는, 낭독회 때문에 소도시에 올 일이 생기면 서머빌에 있는 우리 집 빈방에서 침낭에 들어가 잠들곤 했습니다. 유명한 작가가 되는 것은 유명한 종업원이 되는 것과 비슷합니다. 둘 다 다이아몬드로 만든 옷을 입지는 않지요.

— 메리 카

제가 미국에 대해 이해할 수 없는 점이 바로 그겁니다. 미국은 넓고 관대한 나라인데, 제가 가르치는 수많은 학생은 누구에게서든 후원을 받아서는 안 된다고 생각하는 것 같단 말입니다. 어떤 학생이 아버지에게 경제적인 도움을 받아서는 안 된다고 생각하기에 그 학생과 논쟁을 벌였습니다. 저는 유럽의 작가들은 누구에게서든지 경제적인 도움을 받으며, 필요하다면 매춘부의 도움도 받을 거라고, 그건 중요한 문제가 아니라고 설명했습니다. 가장 중요한 건 작품을 완성하는 거라고 말입니다. 그러나 그 학생은 제 말을 믿지 않았고 그래서 아버지에게 전화를 걸어 『뉴요커』로부터 퇴짜 맞은 단편소설이 하나 있다고 말했지요. 그러자 그의 아버지가 말했습니다. "앞으로 40년 동안 너를 부양해줄 수 있다. 40년 안에는 『뉴요커』에 네 단편을 발표할 수 있지 않겠니?" 이 학생은 저를 찾아와서 이 비극적인 이야기를 전해주었습니다. 저는 그 아버지의 마음을 이해하고 공감했고 정말 품위 있는 남자라고 생각했어요. 그러나 그 학생은 아버지의 후원을 받아서는 안 된다고 생각했고, 그래서 뉴욕으로 가서 사무용 가구를 팔기 시작했습니다.

———————————————————— 프랭크 오코너

키츠 같은 작가가 아닌 다음에야 다락방에서 지내봤자 전혀 도움이 안 됩니다. 1920년대에 살면서 글을 잘 썼던 사람들은 생활이 안락하고 여유로웠어요. 그들은 다락방이 아니라 200만 달러에 이르는 연간 수입 때문에 비롯된 갈등 속에서 단편소설과 장편소설을, 그것도 좋은 작품을 써낼 수 있었습니다. 제 경우를 말하자면, 저는 돈을 벌고 싶습니다. 또 좋은 작가가 되고 싶어요. 이 두 가지를 함께 이룰 수 있고 그러기를 바라지만, 너무 철없는 소리라고 한다면 차라리 돈을 갖겠습니다. 저는 거의 모든 부자들을 싫어하지만 제가 부를 동경한다는 생각도 들어요. 그러나 지금은 모리스 베링의 말을 떠올리고 싶습니다. "하느님께서 돈을 어떻게 생각하시는지 알고 싶다면, 그것을 누구에게 주시는지 보기만 하면 된다." 늑대가 문을 할퀴어댈 때는 큰 도움이 되지 않지만 그래도 위로가 되는 말입니다.

———————————————————— 도로시 파커

성녀 테레사조차 "저는 편안할 때 기도가 더 잘됩니다"라고 말했습니다. 그리고 수녀복 착용이나 금식을 거부했지요. 저는 지하실

작가의 삶은 어떠한가

에서 살며 금식하는 삶이 다른 사람들은 물론이고 작가에게도 좋다고 생각하지 않습니다. 다만 작가는 가끔 그런 방식을 선택해야 합니다. 구원받을 수 있는 방법(케케묵은 표현을 썼지만 용서해주시길)이 그것뿐이기 때문입니다. 그러니 저는 다소 본능적으로 그 방법을 선택했습니다. 세상 경험이 없었고 어떤 일을 할 만큼 교육을 받아본 적이 없었기에, 갖가지 힘든 일을 전전했습니다. 그러나 조금만 더 편안한 생활을 했다면 글을 더 잘 쓸 수 있었을 거라고 생각합니다.

———— 캐서린 앤 포터

제가 저널리즘에 종사하는 건 주로 돈 때문입니다. 제 이름으로 잡지에 실린 글은 대부분 잡지사에서 질을 떨어뜨리고 망가뜨린 것입니다. 저는 가능한 한 가장 훌륭한 글을 쓰지만, 다른 사람이 그 글을 망가뜨리면 웃음을 지으며 참습니다(그리고 수표를 현금으로 바꿉니다). 이것이 제가 경제적으로 살아남는 방법입니다.

———— 윌리엄 T. 볼먼

최근, 루이 라무르는 '국가에 공헌했다'는 이유로 특별한 의회 금메달을 받은 최초의 미국 소설가가 되었습니다. 백악관에서 대통령이 직접 수여했지요. 세계에서 그런 작가에게 정부 최고의 상을 수여하는 또 다른 나라는 소련뿐입니다. 그러나 전체주의 국가에서는 '모든' 문화가 정권의 지시를 받습니다. 다행히 우리가 사는 미국은 플라톤의 공화국이 아니라 레이건의 공화국이며,

저런 어리석은 메달을 제외하면 문화를 거의 전적으로 무시합니다. 지금까지는 그게 더 낫습니다. 꼭대기에 있는 사람들이 루이 라무르에게 그런 상을 계속 주면서 그 밖의 다른 것에는 전혀 관심을 갖지 않는 한 모든 일이 잘 풀릴 것입니다.

——— 필립 로스

저는 시작부터 직설적으로 말할 겁니다. 노벨상은 우연이라고, 그저 우연일 뿐이라고요. 물론 이 말을 영어로 할 수 있다면요. 그건 어떤 직위가 아닙니다. 또 저는 그것 때문에 제가 어떤 역할을 맡았다는 생각은 전혀 하지 않습니다. 그저 한번 시도해본 다음 가능한 한 빨리 잊어야 하는 우연일 뿐입니다. 그렇지 않으면 그런 상에 지나치게 현혹되어 길을 잃고 무너지고 맙니다. 제가 노벨상을 받았을 때, 어떤… 이 말을 영어로 어떻게 표현할 수 있을까요? 어떤 카산드라 같은 평론가가 세페리아데스는 앞으로 아주 조심해야 할 거라고, 그의 작품이 완전히 고갈되어버릴 테고 심지어 온갖 질병으로 죽을 것이기 때문이라고, 그런 성공을 거둔 사람들에게는 그런 일이 자주 일어난다고 하더군요. 그는 노벨상에 반응한 제 태도에 무슨 의미가 있는지 고려하지 않고 상황의 한쪽 면만 과장하고 있었습니다. 일례로 저는 스톡홀름에서 심사위원들(그들을 뭐라고 부르든 상관없지만)에게 말했습니다. "여러분, 감사합니다(제가 그곳에서 강연처럼 발표한 소감의 끝부분이었지요). 호메로스가 율리시스에 대해 말하듯이, 제가 오랜 노력 끝에 드디어 주목받지 않는 보잘것없는 사람이 되게 해주셔서 감사드립니다." 그 말은 진심이었습니다. 누구도 제 목덜미를 잡고 무의미한 책임으로 가득한 바다에 던질 권리는 없습니다. 어쨌거나 터무니없는 생각이죠.

이오르고스 세페리아데스

진지한 작가들의 경우 돈에 대해서 운의 문제라고 생각해요. 어떤 작가에게는 그런 운이 있고 어떤 작가에게는 없습니다. 그 운을 통제하려고 너무 열심히 애쓰는 건 위험합니다. 그냥 운이 사람들에게 내려앉는 겁니다. 피터 유스티노프가 런던에서 게임을 제안한 적이 있어요. 만약 10만 파운드가 생긴다면 무엇을 할지 모두 돌아가면서 말하는 게임이었죠. J. B. 프리스틀리의 차례가 되었을 때 그는 천천히 파이프 담배를 빨아들이며 생각에 잠겼습니다. 그런 다음 특유의 요크셔 지방 억양으로 말했죠. "아, 10만 파운드는 있어요."

메리 리 세틀

제가 일을 시작한 1930년대 초에는 단편소설을 싣는 잡지가 아주 많았습니다. 그리고 소설 창작을 처음 시작할 때는 짧은 형식부터 시도하기 마련이죠. 그 시절에는 단편소설 시장이 아주 거대했고 단편소설에 대한 관심이 훨씬 대단해서, 젊은 작가가 자신의 역량을 펼치고 비평을 받고 편집자들을 만날 기회가 있었습니다. 불행히도 그 시기가 지난 뒤로 단편소설 시장은 거의 없다고 해도 무방할 정도로 축소되었고 단편이라는 형식은 미국의 모든 작가에게 한물간 것처럼 여겨지게 되었습니다. 소규모 잡지에도 기꺼이 글을 싣는 작가나 이미 충분한 명성을 얻어 미국 전역의 잡지사 두세 곳에 일정한 공간을 차지하게 된 작가들을 제외하고는 말입니다. 그러나 경제적인 관점에서 보면 작가로 시작할 가능성이 더 높아졌습니다. 비록 (수많은 초보 작가가 수습 기간을 보낼 수 있는 공간이었던) 신문은 많이 줄어들었지만, 수익성 좋은 다른 형식이 많이 있습니다. 가장 주된 것은 텔레비전인데, 텔레비전은 광고와 제조업이 그러듯이 굉장히 많은 문자 언어를 집어삼킵니다. 『타임』, 『뉴스위크』 등과 같은 잡지에서는 수준 높은 글을 요구하면서 재능 있고 똑똑한 젊은 작가들의 마음을 끌어당깁니다. 또 특화된 관심사를 다루는 잡지가 확산되면서 경제적 안정을 누릴 기회가 아주 많아졌습니다. 그러나 이런 매체는 작가로서 첫발을 내딛기에는 위험한 곳이기도 합니다. 보수가 좋고 글이 금세 타성에 젖기 때문이며 진지한 작가로 출발한 사람들이 어느새 예술적으로나 경제적으로 속박될 확률이 높기 때문이지요. 그런 매체에서는 종일, 일주일 내내 일해야 하니까요. 또 스스로 어떤 글을 써보고 싶다는 생각이 들 무렵이면 예술적으로 이미 고갈되었을지도 모릅니다. 반면 경험으로 알게 된 사실인데 충분히 젊을 경우, 단기간에(아마 최대한 2년 동안) 어떤 종류의 글이라도 써두면 멋진 수습 기간으로 삼을 수 있습니다.

저는 작가가 되고 싶다는 아들에게, 기사를 써본 경험이(아들은 운 좋게도 통신사 UPI와 『워싱턴 포스트』에서 4년 동안 까다로운 편집자들 밑에서 기사를 써보았습니다) 굉장한 도움이 될 거라고 말했습니다. 그러나 사치스러운 아내나 값비싼 집, 원하는 글을 쓸 시간을 주지 않는 생활 방식처럼 물질의 인질이 되는 상황은 피해야 합니다. 그러니 제가 1930년대에 처음 일을 시작했을 때보다는 작가들이 대체로 좀더 쉽게 생계를 유지할 수 있게 되었지만, 전혀 타협하지 않으려는 진지한 작가에게는 훨씬 힘들게 느껴질 겁니다. 그래도 이 정도면 운이 좋은 편입니다. 저번에 부다페스트에 있는 어느 잡지사와 계약을 했습니다. 제가 쓴 어느 단편소설의 재쇄를 찍는 데 그 잡지사는 저에게 50달러를 지급하기로 합의했는데, 그중 30퍼센트는 세금으로 공제될 것이고 10퍼센트는 에이전트에 낼 수수료라고 하면서 그것으로도 모자라 저에게 자비로 헝가리 정부의 어느 관료 조직에 두 권을 보내라고 하더군요. 부다페스트 작가들의 수입이 얼마나 될지 짐작할 수 있을 겁니다.

— 어윈 쇼

네덜란드의 학술원인 '에라스뮈스 예술문학학회'에서 기분 좋게도 저에게 상을 주었습니다. 프랑스에 있는 비슷한 기관과는 달리, 그곳에서는 실제로 수령한 상금의 절반을 자선단체에 기부해야 합니다. 저는 세계야생동물기구에 기부했습니다. 학회 측에서는 처음에 자신들이 사자와 새를 위해서가 아니라 예술과 문학 증진을 위해 설립한 곳이라며 반대하더군요! 하지만 저는 그곳에 기부할 수 없다면 수상을 거부하겠다고 말했고, 학회는 받아

들였습니다. 녹색 단체와 생태 단체가 얼마나 성실한지, 그들의 활동 중 정치적인 허례가 어느 정도나 되는지 저는 알지 못합니다. 그러나 너무 늦기 전에 무슨 일이든 해야 합니다. 산성비가 유럽의 숲을 파괴하고 남미의 열대림에는 고엽제를 쓰고 있으니 이미 너무 늦었다고 할 수도 있습니다.

———————————— 마르게리트 유르스나르

캘리포니아 주립대学에 일자리를 얻었을 때, 어느 낭독회에서 누군가 저에게 다가와서 말했습니다. "돈에 넘어가니 기분이 어때요?" 저는 이런 식으로 대답했지요. "제가 어디에 등록했다고 생각하시는 거예요? 가난한 생활?"

———————————— 아일린 마일스

극작가와 영화 제작자가 겪는 비극을 이야기해보자면, 우선 극작가의 경우에는 매사추세츠 베드포드에서 연극 초연을 마친 다음 피츠버그로 갑니다. 연극이 엉망이면 그대로 묻힙니다. 모스 하트와 조지 코프먼◨의 이력을 살펴보면, 지방에서 크게 실패하고 무대에 네 번 올린 뒤 묻혀버린 연극은 누구도 화제로 삼지 않는다는 걸 알 수 있습니다.

영화에서는 그런 방식이 적용되지 않습니다. 영화가 아무리 형

◨ 1930년대 브로드웨이에서 가장 큰 성공을 거둔 극작가들로, 희곡 아홉 편을 합작했고 그중 「우리 집의 낙원」You Can't Take It with You은 퓰리처상을 받았다.

편없고 엉망이어도 제작사에서는 그 영화로 돈을 벌 수 있다면 마지막 한 푼까지 쥐어짜려 합니다. 어느 날 밤 집에 가서 텔레비전을 켰는데 갑자기, 그 황금 시간대에, 그 텔레비전에서, 그 끔찍한 영화가, 바로 그것이 되돌아와서 저를 노려보는 겁니다! 우리는 우리가 만들어낸 시신을 묻지 않습니다. 악취를 풍기며 데리고 다닙니다.

— 빌리 와일더

[전미도서상을 받고] 진절머리 나는 경험을 했습니다. 그 상을 받은 덕분에 계약금이 전보다 일곱 배나 뛰기는 했어요. '벨루아 5중 창단'에 대한 소설을 쓰면서 초야에 묻힌 듯 꼭 필요한 시간을 보낸 뒤였기 때문에, 사실은 멋진 경험이 될 수도 있었습니다. 하지만 그건 제가 한 어떤 경험보다도 불쾌했습니다. 그 질시와 악랄함에 소름이 끼칠 정도였어요. 관대함이라고는 눈곱만큼도 찾아볼 수 없던 그 시절, 저는 뉴욕에서 결성되는 그 저속한 문학 패거리로부터 자신을 보호하려고 늘 애를 썼습니다. 그 뒤로 제 남편은 뉴욕 문학인들의 칵테일파티에 초대받느니 열차 사고 현장에 들르는 게 더 낫겠다고 말했지요.

— 메리 리 세틀

작가는 경쟁적인 집단입니다. 저는 예상되는 수입을 근거로 제가 다른 작가들만큼 성공했는지 가늠하려는 버릇이 있는 것 같습니다. 그러나 핵심은 늘 판매 부수이며, 그 사람들의 책이 더 많이 팔립니다. 존 그리샴의 책과 제 책의 판매량 비율을 따지자면 4대 1입니다. 판매량은 이제 저에게 중요한 문제가 아닙니다. 가끔 「뉴욕 타임스」 베스트셀러 목록을 보며 이렇게 말하지요. "대니엘 스틸과 데이비드 발다치, 그리고 다시 태어난 것만 같은 저 책들과 함께 이 목록에 들겠답시고 정말 필사적으로 일하고 싶어?"

_____ 스티븐 킹

소설 창작은 직업이 아닙니다. 상사로부터 월급이나 연봉을 받는 직업이 아니지요. 전문가란 일정한 기술을 습득하는 사람이며, 그 기술로 계산할 수 있는 수익을 얻으리라는 사실을 확신할 수 있습니다. 정육점 주인은 고기 자르는 법을 배우고, 의사는 병을 진단하는 법을 배우며, 석공은 벽을 쌓는 법을 배웁니다. 모두 다양한 규칙을 따르지요. 예술에는 규칙이 없습니다. 반대로 규칙을 어기는 게 중요할 때도 있습니다. 예술에는 보증서도 없습니다. 그러니 저는 늘, 놀랍게도 이따금씩 돈을 받는 아마추어입니다.

_____ 클로드 시몽

퓰리처상을 받으면 몇 가지 일이 일어납니다. 부고 기사에서 고인을 소개하는 첫 줄 내용이 언제나 이런 식일 겁니다. '퓰리처상 수상자 제인 스마일리 96세로 타계.' 그러나 또한 퓰리처상을 받으면 이제는 멋진 사람이 아닙니다. 퓰리처상을 받기 전에는 가

작가의 삶은 어떠한가

능성 있는 지망생이지만 받고 나면 퇴물이 되어버립니다.

_____ 제인 스마일리

정치적인 작품은
어떤 역할을
합니까?

What Role Do Politics Play?

제 책『교훈적 소설에 대하여』On Moral Fiction에서 분명히 나타내려 애썼는데, 제 생각에 요즘 좋은 예술과 나쁜 예술의 차이를 말해보자면 좋은 예술가들의 경우 깊고 솔직한 관심에 따라 20세기 삶의 모습을 이런저런 방식으로 창조하고 있으며 이는 추구할 가치가 있는 일입니다. 나쁜 예술가는 아주 많이 있는데, 예술이 유행을 따른다며 어두운 심연에 틀어박혀 투덜대고 보채며 노려보기만 합니다. 삶이 근본적으로 아기의 두개골로 가득한 화산이라고 한다면, 예술가는 두 가지 중요한 선택을 해야 합니다. 하나는 그 화산을 들여다보면서 1000개쯤 되는 그 두개골의 수를 세서 모두에게 "저기 아기들의 두개골이 있어요. 저건 당신 아기예요, 밀러 부인"이라고 알려주는 거지요. 아니면 아기 두개골이 화산에 더 적게 들어가도록 벽을 세우려 애쓸 수도 있습니다. 제가 보기에 예술가는 생존하고 삶을 꾸려갈 긍정적인 방법을 찾아나서야 합니다. 세상은 전혀 시시하지가 않습니다. 적어도 연기가 피어오르는 구멍 주변에 벽을 세울 수 있습니다.

_____ 존 가드너

최근에 비평가 조지 스타이너가 영국의 텔레비전에서 하는 이야기를 들었는데, 그는 현대 서양 문학이 도무지 쓸모가 없으며 우수하지 않다고 비난하고, 인간의 영혼을 다룬 위대한 문헌, 다시 말해 걸작은 체코슬로바키아의 경우처럼 체제의 탄압을 받은 사람들에게서만 나올 수 있다고 주장하더군요. 그러자 그렇다면 제가 아는 체코슬로바키아의 작가들은 왜 모두 그 체제를 증오하고 지구상에서 사라지기를 열렬히 소망할까, 하는 생각이 들었습니다. 스타이너와 달리 그들은 그런 탄압이야말로 자신들이 위대해질 기회임을 모르는 걸까요? 때로 한두 명의 작가가 짐승 같은 괴력으로 기적처럼 살아남아, 박해받은 경험을 활용해 이 체제를 주제로 하는 아주 수준 높은 예술을 창조합니다. 그러나 전체주의 국가에 봉인된 채로 남은 대부분의 사람들은, 작가로서는 그 체제로 인해 파괴되고 맙니다. 그런 체제는 걸작을 만들어내지 못해요. 심장병, 궤양, 천식을 만들고 알코올의존자를 만들고 우울증 환자를 만들고 쓰라림과 절망과 광기를 만들어내지요. 작가들은 지적으로 훼손되고 정신적으로 의기소침해지고 신체적으로 병들고 문화적으로 따분해집니다. 대개는 완전히 침묵하게 되지요.

가장 훌륭한 작가들 중 95퍼센트가 단지 체제 때문에 다시는 최고의 작품을 쓰지 못합니다. 그런 체제의 양분을 흡수한 작가들이 있다면 정당의 일꾼들이죠. 그런 체제가 두 세대나 세 세대 동안 맹위를 떨치며 20년이나 30년, 40년 동안 작가 공동체를 끈질기게 학대한다면, 망상이 확고해지고 언어는 썩은 냄새를 풍기며 독자들은 서서히 굶어죽고 독창성과 다양성과 활력은 사라집니다(강력한 하나의 목소리가 야만적으로 살아남는 경우와는 아주 다릅니다). 너무 오랫동안 지하에 고립된 채 불행을 겪은 문학은 그동안 축적된 어두운 경험이 영감을 불어넣어 준다고 해도 어쩔 수 없이 편협해지고 퇴보하며 심지어는 고지식할 정도로 순진해집니다. 이에 반해, 이 나라에 사는 우리의 작품은 작가들이 전체주의 정부에 짓밟히지 않은 덕분에 진정성을 빼앗기지 않았습니다. 제가 아는 서양 작가들 중에서 조지 스타이너처럼 인간의 고통에 대해, 그리고 '걸작'에 대해 그토록 엄청나고도 감상적인 착각에 빠진 작가는 없습니다. 그는 철의 장막 뒤에서 돌아올 때, 자신은 그런 비참한 지적, 문학적 환경과 싸워야 했던 경험이 없어 가치가 없다고 생각했지요.

———— 필립 로스

예술가는 반동분자여야 합니다. 시대의 풍조에 완강히 저항해야 하며 동요하지 않아야 합니다. 예술가는 반대 의견을 제시해야 합니다. 위대한 빅토리아 시대 예술가들도 동조하라는 압력을 받았으나 모두 빅토리아 풍조에 반대하는 편에 섰습니다.

———— 에벌린 워

에드워드 사이드는 이집트의 주간지 『알 아람』에 그 문제 전체에 대한 글을 써서 해야 할 말을 모두 했습니다. 그는 "외국어에 익숙해지는 것은 작가로서는 늘 승리다"라고 썼는데 정확히 옳은 말입니다. 저는 이스라엘 작가들의 작품을 읽는데, 왜 그들이 제 작품을 읽어서는 안 됩니까? 그런 관계 때문에 저는 평생 취해 온 것이 아닌 다른 정치적 입장을 억지로 취할 수는 없습니다. '정상화'란 국가 간 경제 관계의 문제이지, 개개인이 나누는 문학 교류에는 적용되지 않습니다. 번역은 표준화가 아닙니다.◘

———————————————————— 일리어스 쿠리

1968년, 블랙파워운동Black Power movement 기간에 미국의 흑인들은 어느 사회학자가 말하듯이 "사회와의 관계를 변화시키고 한 공동체로서 공유하고 있던 스스로에 대한 기대치를 변화시킬 방법을 찾고" 있었습니다. 저는 세상을 염려하고 그 속에서 제가 있을 곳을 찾아내려 애쓰던 23세 시인으로서, 그런 탐색에 참여하는 것이 의무이자 영광이라고 생각했습니다. 그리고 훌륭한 친구인 롭 페니와 함께, 극장을 통해 공동체를 정치적으로 다루거나 그 시절 우리가 말했듯이 사람들의 의식을 끌어올리자는 생각에서 피츠버그에 '검은 지평선 극장Black Horizons Theater'을 세웠습니다.

———————————————————— 어거스트 윌슨

◘ 에드워드 사이드는 1993년부터 2003년까지 이집트의 주간지 『알 아람』에 정치 기사를 정기 기고했는데 그중 한 기사에서 아랍문학이 히브리어로 번역되는 것을 반대하는 아랍 작가들을 맹렬히 비판하며 무역과 외교적인 교류를 통해 적대국과의 관계를 비겁하게 '정상화'하는 것보다는 문학을 번역하는 것이 더 유용하고 똑똑하며 효과적인 방법이라고 역설한다.

예술의 위치에 오르기를 갈망하는 문학 작품은 정치와 종교, 그리고 궁극적으로는 도덕을 잊어야 합니다. 그렇지 않으면 정치 평론이나 설교나 도덕극이 되어버립니다. 금세기 가장 위대한 도덕주의자인 조지프 콘래드 역시 무엇보다 예능인이었습니다. 알렉상드르 솔제니친은 실패한 예술가지만 아주 성공한 도덕주의자이기도 합니다. 그의 소설은 허세 가득한 쓰레기지만 그가 쓴 정치적인 글, 예를 들어 『수용소 군도』Архипелаг ГУЛАГ는 수용소의 실상을 고발한 귀중한 걸작입니다.▶ [조지 오웰은] 예술가로서는 실패했으나 정치 선언문을 쓰는 능력은 최고입니다. 그의 정치적 소론은 알베르 카뮈의 글과 더불어 제2차 세계대전 이후 유럽에서 발표된 가장 훌륭한 글입니다. 이들이 영웅인 까닭은 언어로 칼에 맞섰기 때문입니다. 그러나 그 점이 이들을 예술가로 만들어주지는 않습니다.

기예르모 카브레라 인판테

저는 사회적, 정치적 부정을 대할 때 효력을 발휘할 수 있는 것이 두 가지뿐임을 깨닫게 되었습니다. 바로 정치적 행동과 사실에 대한 정직한 취재 활동입니다. 예술은 아무것도 할 수 없습니다. 유럽의 사회적, 정치적 역사는 단테와 셰익스피어, 미켈란젤로,

---

▶ 이 책은 1945년에서 1953년까지 소련의 강제 수용소에 수감되었던 솔제니친이 수용소의 구조와 역사를 서술하며 그 실상을 고발한 책이다. 집필 기간은 1973년부터 1978년까지이며 총 3권, 7부로 구성되었고 솔제니친은 1권을 출간한 뒤 소련에서 추방되어 2, 3권을 외국에서 출간했다.

모차르트와 같은 사람들이 존재하지 않았다면 이전 그대로였을 것입니다. 시인이 시인으로서 맡아야 할 정치적 의무가 하나 있으니 글을 통해, 계속 타락해가는 모국어의 정확한 용례를 알려주어야 한다는 것입니다. 언어가 그 의미를 잃으면 물리력이 그 자리를 차지합니다. 물론 시인이 원한다면 현재 "참여engage시"라고 불리는 시를 쓰게 해주어야 합니다. 그렇게 해서 혜택을 받는 쪽은 주로 자기 자신임을 시인이 깨닫는 한 괜찮습니다. 그렇게 하면 그와 생각이 같은 사람들 사이에서 시인의 문학적 명성이 높아질 것입니다.

——— 위스턴 휴 오든

작가는 자신이 사는 사회, 자신이 사는 세상을 반영하고 해석해야 합니다. 또한 영감과 지침과 해결해야 할 문제를 제시해주어야 합니다. 제가 느끼기에, 오늘날의 많은 글은 비난조에다 파괴적이며 분노로 가득합니다. 분노할 만한 이유는 많으며, 저는 분노에 결코 반대하지 않습니다. 그러나 어떤 작가들은 균형 감각과 유머 감각, 감사하는 마음을 잃어버린 것 같습니다. 저도 자주 화가 나지만 그저 화만 내기는 싫습니다. 또 만약 제가 원칙에 따르느라 포근한 햇살을 받아들이기를 거부하거나 그 햇살이 마음에 와닿을 때마다, 아니 한 번이라도 그 느낌을 전달하는 것을 거부한다면, 보잘것없는 것이더라도 작가로서 제 가치를 잃는다고 생각합니다. 오늘날 작가가 해야 할 역할 하나는 경종을 울리는 것입니다. 환경은 붕괴되고 있으며 때는 늦었는데 대처가 미흡합니다. 우리는 달에서 돌을 실어 나르려 하지 말고 오대호 중 하나인 이리호에서 배설물을 건져내 날라야 합니다.

_____ 엘윈 브룩스 화이트

진지하고 훌륭한 예술은 늘 인간을 도와주고 만족시키기 위해 존재해왔다는 것이 제 입장입니다. 예술은 인간을 비난하기 위해 존재하는 게 아닙니다. 예술의 목적이 인간을 좌절시키는 것이라면 예술을 어찌 예술이라 부를 수 있을까요? 인간을 불편하게 만드는 것은 괜찮습니다. 그러나 본질적으로 인간에게 맞서는 것이 목적이라면, 받아들일 수 없습니다. 제가 인종차별이 있을 수 없는 일이라고 생각하는 것도 바로 이런 이유 때문입니다. 인간에게 맞서기 때문이지요. 어떤 사람들은 '그러니까 이 사람 말은 우리더러 자기 동족*을 칭송하라는 얘기잖아' 하고 생각하더군요. 맙소사! 가서 제가 쓴 책 좀 읽어보세요. 저는 동족을 칭송하지 않습니다. 저는 그들에게 가장 엄격한 비평가입니다.

_____ 치누아 아체베

집단으로서 우리가 지금 세상을 망치고 있는 사람들보다 세상을 더욱 잘 운영할 수 있을 거라고는 생각하지 않습니다. 시를 통해서는 어떤 일도 일어나지 않습니다. 가브리엘 가르시아 마르케스

_____

⬛ 나이지리아의 소설가인 아체베는 미국에 유학해 매사추세츠 대학과 코네티컷 대학 객원교수로 영문학을 가르치기도 했다. '아프리카 현대 문학의 아버지'로 불린다.

처럼 정치에 몰두한 예술가들은 예술 작품의 수준을 크게 떨어뜨리지 않고도 열정적인 정치 활동을 통해 정직한 목소리를 냅니다. 그러나 그들이 정말 세상을 바꿀까요? 그렇다 할지라도 저는 에이브러햄 링컨이 해리엇 비처 스토에게 했던 말을 믿지 않습니다. "그러니까 당신이 이 큰 전쟁을 일으킨 책을 쓴 그 작은 여인이군요!" 아니, 그녀가 한 일이 아니었습니다. 지나치게 퇴폐적인 말처럼 들릴지 모르니 차라리 블라디미르 나보코프가 했던 말을 언급하는 편이 훨씬 낫겠군요. 그는 자신의 소설에 바라는 것을 "미학적인 지복"이라고 표현했습니다.▣ 아니, 이 말이야말로 지나치게 퇴폐적인 느낌을 주는군요. 잠시 다른 대가를 모셔와 말씀드리자면, 저는 작가의 첫 번째 의무가 재미를 주는 것이라고 했던 헨리 제임스의 말을 더 좋아합니다. 아름다운 문장을 계속 이어나가 재미를 주는 것입니다. 세상을 바꾸는 것이 아닙니다.

— 존 바스

헤밍웨이는 결코 정치에 몰두한 적이 없었습니다. 그래서 그는 문학의 불변하는 특징이 시대에 뒤떨어지지 않는다는 점과 정치에 깊이 말려들지 않는 점이라고 생각했지요. 제 생각은 다릅니다. 많은 작가의 경우 제가 그들을 좋아하거나 싫어하게 만드는

▣ 나보코프는 소설 『롤리타』Lolita의 후기에서 "나에게 소설은 직설적으로 말해 '미학적 지복'을 줄 수 있을 때만 존재한다"라는 말로 자신의 예술관을 요약한다.

요소는 그들의 정치적 태도입니다. 이전 세대 작가 중에 작품을 통해 정치 활동에 제대로 전념한 이는 많지 않습니다. 우리는 장장크 루소의 『사회계약론』Du Contrat Social을 그의 『고백록』만큼이나 열심히 읽지만, 『신 엘로이즈』Julie ou la Nouvelle Héloïse❶는 더는 읽지 않습니다.

— 시몬 드 보부아르

시인은 그저 감수성이 탁월할 뿐입니다. 정치에 대한 시인의 견해는 당대 사람들 99퍼센트의 견해보다 더 뛰어나지 않습니다. 그러나 시인들은 늘 인터뷰를 하고 정치적 견해에 대한 질문을 받지요. 군대를 어떻게 해야 하느냐, 경제를 어떻게 해야 하느냐, 정부 지출을 어떻게 해야 하느냐 등등. 시인들은 그런 문제를 전혀 모릅니다. 알았다면 시인이 되지 않았겠지요. 시인이 그런 문제에 대해 전혀 알지 못한다는 말이 아닙니다. 그러나 시인이라는 이유만으로 그들의 견해가 다른 사람의 견해보다 더 큰 관심을 받아야 하는 건 아니라는 말입니다. 시인이라는 사실이 그들에게 미국의 정치적, 경제적, 군사적 미래와 관련된 특권이나 통찰력이나 혜안을 주지는 않습니다.

시가 시사적인 내용을 유창하게 이야기할 수는 있습니다. 일례로 1916년 부활절 봉기를 다룬 윌리엄 버틀러 예이츠의 시를 보

❶ 1761년 출간한 루소의 대표적인 소설. 신분제도의 모순을 비판하는 내용으로 18세기 유럽에서 가장 많이 팔린 소설로 손꼽힌다.

세요.[1] 그러나 시사적인 내용을 다루지 않는 시가 아무 쓸모가 없다는 식으로 편협하게 생각해서는 안 됩니다. 물고기가 뛰어오를 때 수면에 퍼지는 둥그런 물결에 대해 쓰고 싶다면 그 광경에 대해 쓸 수 있어야 하고, 베트남의 독립 항쟁을 다루지 않는다는 이유로 부적절하다는 비난을 받아서는 안 됩니다. 시인은 모든 범위를 다뤄야 합니다. 정치적 행동, 뛰어오르는 물고기, 우주 계획 등 원하는 것이라면 어떤 글이든 쓸 수 있어야 합니다.

———— 제임스 디키

최근에 저는 제 소설들을 동시대의 연대기라고 불러왔는데, 제법 잘 어울리는 명칭인 것 같습니다. 제 소설은 정치적 성향이 강합니다. 왜냐하면 결국 우리 시대 정치는 (정치만 그런 것은 아니지만) 다른 어느 것보다도 사람들을 혹사해왔기 때문입니다. 정치를 다루는 것이 왜 작가에게 해를 끼친다고 하는지 이해가 되지 않습니다. 스탕달은 그의 소설에서 정치란 "음악회에서 울리는 총성"이라고 말했지만[2] 그 또한 동시대의 연대기를 썼습니다.

---

[1] 1916년 4월, 부활절 주간인 24일부터 30일 동안 아일랜드 공화주의자들은 영국으로부터 독립하기 위해 더블린에서 무장 항쟁을 벌였다. 처음에는 그 폭력성 때문에 대중의 비난을 받았으나 영국군의 강경 진압이 대중에게 오히려 공감과 분노를 불러일으켰고 예이츠는 이후 「1916년 부활절」Easter 1916이라는 시를 발표해 아일랜드인들의 각성을 촉구했다.

[2] 스탕달은 『파르마의 수도원』La Chartreuse de Parma에서 문학 작품 속의 정치 이야기를 총성에 비유한다. "문학 작품에서 다루는 정치란 음악회 도중에 울린 총성과도 같다. 아주 저속하지만 무시하려면 목숨을 걸어야 하는 문제다."(『파르마의 수도원』 23장에서)

아니면 투키디데스를 보세요. 저는 그가 정치적 작가라는 사실 때문에 그가 기록한 역사가 조금이라도 훼손되었다고는 생각하지 않습니다. 수많은 훌륭한 작가가 늘 위험한 영역이었던 정치에 어느 정도는 관여해왔습니다. 관찰하는 법을 기꺼이 배울 마음이 없는 이들은 발을 들이지 않는 편이 더 낫습니다. 이것은 특별한 부류의 작가들에게 맡겨진 일입니다. 가공하지 않은 경험이라는 커다란 덩어리들을 이용해, 균형 잡힌 조사를 해야 합니다. 장 폴 사르트르의 솔직하고 명료한 보도는 훌륭했습니다. 지금은 그의 글을 읽을 수가 없습니다. 이 분야의 작가는 깊숙이 관여하기도 하고 그 관계를 끊기도 해야 합니다. 열정과 관심과 분노를 품어야 합니다. 그러나 작품에서는 감정을 어느 정도 배제해야 합니다. 그러지 않으면 그는 그저 선전원일 뿐이며 그가 제시하는 것은 '장황한 설교'에 불과합니다.

존 더스패서스

우리의 문화에서 작가들은 미국 작가들이 그들의 문화에서 하는 것보다 더 많은 일을 해야 합니다. 미국 작가들은 자기 자신을 위해서나 글을 쓰기 위해 더 많은 시간을 낼 수 있는 반면 우리는 사회적 책무를 감당해야 합니다. 파블로 네루다는 라틴 아메리카 작가들이 모두 무거운 몸을 끌고 돌아다닌다고 말하곤 했는데, 그 몸이란 자신의 민족과 자신의 과거와 자기 나라의 역사입니다. 우리는 무엇이 우리에게 생명을 주는지 잊지 않도록 과거라는 엄청나게 무거운 짐을 소화해야 합니다. 과거를 잊는 사람

은 죽습니다. 우리가 공동체를 위해 특정한 소임을 다하는 이유
는 그것이 작가로서가 아니라 시민으로서 갖는 의무이기 때문
입니다. 그럼에도, 우리에게는 탐미적 자유와 탐미적 특권이 있
습니다. 이 때문에 갈등이 발생하지만 저는 갈등이 전혀 없는 상
태보다는 갈등이 있는 편이 더 낫다고 생각하며, 이는 미국에서
도 가끔 벌어지는 상황입니다.

—————————————————— 카를로스 푸엔테스

저는 시를 써서 세계관을 표현하려는 사람을 좋아하지 않습니다.
테살로니카에서 열린 낭독회가 기억 나는데 그때 어느 철학자
가 자리에서 일어나 이렇게 묻더군요. "어쨌든 세페리아데스
씨, 당신의 세계관이 뭡니까?" 저는 대답했지요. "선생님, 이렇
게 말해서 미안하지만 저는 세계관이 없습니다. 이 자리에서 당
신에게 공개적으로 고백하는데 저는 어떤 세계관도 없이 글을
쓰고 있습니다. 글쎄요, 어쩌면 당신은 그게 창피한 일이라고 생
각할지도 모르지만, 괜찮다면 호메로스의 세계관이 무엇인지
저에게 말씀해주시겠습니까?" 대답은 듣지 못했습니다.

—————————————————— 이오르고스 세페리아데스

모든 사람에게는 그 나름의 양심이 있으며, 양심이 어떤 기능을 해
야 하는지를 규칙으로 정해서는 안 됩니다. 정치에 관심 있는 작
가에 대해 우리가 확신할 수 있는 사실은 작가의 작품이 존속하
려면 우리가 그 작품을 읽을 때 정치적인 특징은 건너뛰어야 할

작가의 삶은 어떠한가

거라는 점입니다. 이른바 정치 활동을 하는 작가들 중 많은 이가 정치적 견해를 자주 바꿉니다. 이는 그들에게도 그리고 그들을 정치 문학적으로 비평하는 입장에서도 몹시 흥미로운 현상이지요. 심지어 그들은 가끔 자신의 관점을 고쳐 써야 합니다. 그것도 서둘러서 말입니다. 어쩌면 행복 추구의 한 형태로 존중할 수도 있겠지요.

— 어니스트 헤밍웨이

저는 [젊은 시인들에게] 정치시로 시작하라는 조언은 결코 하지 않을 것입니다. 정치시는 다른 시보다 훨씬 절실하게 (또는 애정시와 똑같이) 감정에 호소하며, 강요할 수도 없는데 강요를 받는다면 저속하고 용인할 수 없는 시가 되어버리기 때문입니다. 정치 시인이 되려면 우선 다른 형태의 시를 모두 거쳐야 합니다. 또 정치 시인은 시를 배반했다거나 문학을 배반했다는 비난을 감수할 대비를 해야 합니다. 그러니 또한 정치시는 다른 모든 것을 비웃을 수 있도록 내용과 본질과 지적, 감정적 풍요로 스스로를 무장해야 합니다. 이는 거의 성취할 수 없는 것이지요.

— 파블로 네루다

전쟁이 시작되면 편집자들은 반드시 시인에게 전쟁시를 써달라고 요구합니다. 이런 현상이 나타나는 이유는 애국심이 필요한 상황에서 시가 그런 감정을 고무시킬지도 모른다고 생각하기 때문입니다. 제1차 세계대전이 시작되었을 때 루퍼트 브룩[*]의 소네트에 영향을 받아 독일과의 전쟁에 동참한 사람들도 일부 있을 것입니다. 그리고 스페인 내란 동안에 쓰인 시는 아마 국제여단Brigadas Internacionales **에 도움이 되었을 것입니다. 그러니 아주 폭넓은 의미에서 시는 정치적인 효과를 낼 수 있습니다. 분명 우리는 이탈리아 통일 운동의 근원을 단테의 『신곡』La Divina Commedia에서 찾을 수 있는데, 그가 라틴어가 아닌 일상 이탈리아어로 그 작품을 쓰기로 결정했기 때문입니다.*** 단테에게는 반드시 해야 할 올바른 일이었을 것입니다. 또 자력으로 독일의 현대 문학을 창조해낸 괴테 역시 이렇게 작품을 통해 독일 통일의 이념에 지대한 공헌을 했습니다. 그는 독일 문화를 창조했고 다른 나라들, 특히 프랑스와의 관계에서 독일인들이 스스로를 존중하도록 가르쳤습니다.

그러나 시가 정치에서 굉장히 큰 힘을 발휘한다고 믿는 것은 잘못이라고 생각합니다. 분명 정치는 시에 아주 나쁜 영향을 미칠 수 있습니다. 데니스 레버토프가 여기 있을 때 그녀와 이 문제에 대해 이야기를 나눴지요. 레버토프는 어느 정치시를 낭독했는데 그것은 그녀가 하노이를 방문해 북베트남인의 안내를 받으

◧ 영국의 시인으로, 소네트 시집인 『1914년』이 유명하며 제1차 세계대전에 참전했다가 그리스에서 병사했다.

◧◧ 1936년 스페인 내란 당시 인민전선정부를 지지할 목적으로 구성된 좌파 국제 의용군.

◧◧◧ 단테가 활동한 14세기 이탈리아에는 정치적 통일체가 없었고 지역마다 각기 다른 지역 방언을 썼다. 작품과 문서는 대개 라틴어로 쓰였는데 단테는 고향인 피렌체에서 쓰이는 일상어로 『신곡』을 써 일반 시민들도 자신의 작품을 읽을 수 있게 했으며 이후 피렌체어는 통일된 이탈리아의 국어가 된다.

며 미군 폭격기들이 현지 병원에 가한 해를 목격한 경험을 기초로 쓴 시였습니다. 물론 레버토프는 그 일로 굉장히 강렬한 감정을 느꼈고 그걸 단순히 북베트남인들을 대신한 선전 활동이라고 부르고 싶지는 않지만, 어쨌든 관광객에 가까운 입장에서 그런 고통을 파고들어 선전하는 것은 시인의 일이 아닙니다. 기자라면 괜찮지만, 시인은 더 깊은 수준에 있는 상상력을 작동하는 데 열중해야 합니다. 다시 말해 만일 고통의 가장 깊은 곳까지 꿰뚫고 들어간다면, 그것이 한쪽에서만 가한 고통이 아님을 알게 됩니다. 인간이 서로에게 하는 행위지요. 또한 이른바 선전시를 쓰는 시인은 스스로 논쟁의 장에 들어서는 셈인데, 정치에서는 괜찮지만 시에서 일어나서는 안 되는 일입니다. 누군가는 북베트남인들에게 비행기가 있었다면 그들도 같은 짓을 했을 거라고 말할 것입니다. 반박할 수 없는 이야기입니다. 저는 시인이 그런 논쟁에 끼어들어야 한다고는 생각하지 않습니다.

물론 어떤 정치 상황은 말할 수 없이 참혹해 문학적으로 상상할 수조차 없습니다. 일례로 1930년대와 1940년대에 나치 강제수용소에서 일어났던 일을 상상하는 것은 주제넘는 일일 것입니다. 그런 고통을 아는 방법은 오직 거기 동참하는 것뿐이지만, 그 고통에 동참했던 사람은 망가졌습니다. 사실상 강제수용소 시대의 마지막에 다양한 시인이, 특히 폴란드의 시인들이 수용소에서 나타났는데 그들은 시를 증오했습니다. 그들은 시를 가장 심각한 배신으로 여겼는데, 시는 어떻게든 반드시 기쁨을 주기 때문입니다. 시가 이 모든 공포에서 위로를 주는 요소를, 즐거운 뭔가를 끄집어낼지도 모른다고 생각했지요. 그래서 그들은 '반시anti-poetry'라고 명명한 글을 쓰기 시작했습니다.

─────────── 스티븐 스펜더

제가 보기에는 위대한 풍자 작가만이 세상의 문제를 다루며 이야기할 수 있습니다. 대부분의 작가는 단순히 강렬한 내적 욕구에서 글을 쓰는데, 제 생각에는 그게 옳습니다. 이런 욕구로 글을 쓰는 위대한 작가라면 세상의 모든 문제를 알지 못하더라도 그 중요성을 부각하고 설명해줄 것이며, 그러다가 그 작가가 죽고 100년이 지나서 결국 어느 학자가 나타나 우연히 어떤 상징을 발견하게 됩니다. 젊은 작가의 목적은 글을 쓰는 것이고, 술을 너무 많이 마셔서는 안 됩니다. 또 책을 한 권 쓴 다음에 전능한 신이 되었다고 생각하며 거만한 인터뷰로 자신의 미숙한 생각을 마구 퍼뜨려서는 안 됩니다.

─────────── 윌리엄 스타이런

시장경제가 독서와 글쓰기를 의심스럽게 보는 이유는 그것이 타락하지 않는다는 사실 때문입니다. 국민총생산과 유전공학에 위협적인 존재이지요. 그것은 눈에 보이지 않고 침착하며 활기가 거의 없는 과정입니다. 독서는 속세에서 할 수 있는 기도로 제격입니다. 책을 읽고 있다면 설사 공항에 있더라도 사실은 자신을 감쌀 자궁을 만들고 있는 것입니다. 한결 같은 사색 상태에 충분히 오래 머물 수 있도록 정보통신의 영향을 차단하고 있는 것입니다. 책은 다 끝난 일이라서 어떤 짓을 해도 그 내용을 바꿀 수 없는데, 이는 현재 우리 사회를 이끌고 가는 생각과는 정반대지요. 이 사회는 미래를 변화시키는 것을 중요하게 여기며 주체가 되어 운명을 관장하고 바꾸려 합니다. 책에 담긴 이야기의 운명은 시간의 영역 바깥에 있습니다. 제가 책을 읽고 있는 한 저 또한 시간의 영역 바깥에 있기 때문입니다.

———— 리처드 파워스

문학은 다른 언어를 쓴다는 의미에서 체제 전복적입니다. 문학은 대항 권력이 아니라 권력에 맞서는 입장입니다. 길거리 연설과 비슷한 힘을 가질 목적으로 정치적인 책을 쓰는 것은 예술의 중요성을 오해하는 행위입니다. 그러나 한편으로 저는 정치의식이 없는 정말 훌륭한 작가를 상상할 수가 없습니다.

———— 막스 프리슈

예술은 비밀스럽게 작동합니다. 사람들이 보고 싶어 하는 충격적이고 피상적인 원인과 결과가 아닙니다. 예술은 꿈속으로 스며들어 몇 달 뒤 기묘하고 예상치 못한 효과를 드러냅니다. 사람들은 예술을 인스턴트커피처럼 대합니다. 당장 결과가 나타나기를 바라지요. 예술은 그런 식으로 작동하지 않습니다.

———— 애솔 푸가드

알렉산드리아 시대부터 오늘날까지 서구 문화의 역사 전체가 보여주는 것은, 사회의 관념 형태가 기대에 어긋나면 싫든 좋든 그 사회는 문학 중심의 문명이 된다는 사실입니다. 좋다거나 나쁘다고 말할 수 없는 그저 자연스러운 현상입니다. 그러나 문학계나 대학 안팎에 있는 문학 중심 문명의 대변인들에게 사회를 구원해달라고 부탁할 수는 없습니다. 문학은 사회 변화나 사회 개혁의 도구가 아닙니다. 문학은 인간의 감각과 느낌을 표현하는 방법이며, 사회 규칙이나 형태에 맞게 축소되지 않습니다.

— 해럴드 블룸

지속성은 정치보다는 문학과 관련된 특징입니다. 작가로서 실패하고 정치가로서도 실패한 작가가 아니라면, 문학과 정치를 대등하게 놓을 수 없습니다. 정치 활동은 덧없는 반면 문학은 오래 지속된다는 사실을 우리는 기억해야 합니다. 작가는 현재를 위해 책을 쓰지 않습니다. 미래에도 영향을 미칠 작품이 탄생하려면 시간이 제 몫을 해줘야 하는데, 이는 정치 활동의 경우에는 거의 없거나 좀처럼 보기 드문 현상입니다. 그러나 저는 이렇게 말하면서도 정치 풍토에 대한 제 의견을 계속 밝히며 제 글과 행동으로 정치에 관여하고 있음을 계속 표현합니다. 작가는 정치적 관여를 피할 수 없습니다. 우리 나라처럼 문제가 까다롭고 경제적, 사회적 상황이 종종 극적인 국면으로 치닫는 나라에서는 더욱 그렇습니다. 중요한 것은 작가가 문제 해결에 기여하기 위해 비평이나 의견을 제시하고 상상력을 활용하며 이런저런 방식으로 행동하는 것입니다. 저는 작가가 개인을 위해서만이 아니라 사회를 위해서도 자유의 중요성을 보여주는 것이 아주 중요하다고 생각합니다. 모든 예술가와 마찬가지로 작가들은 다른 사람들보다 그 사실을 더 강하게 감지하기 때문입니다. 우리 모두 정의가 통치하기를 바라는데 그 정의는 자유와 분리되어서는 안 됩니다. 또한 우리는 극좌 전체주의자들과 극우 반동주의자들이 우리에게 바라듯이 특정 시기에는 자유가 사회 정의나 국가의 안전이라는 명목으로 희생되어야 한다는 견해를 받아들여서도 안 됩니다. 작가들이 이 점을 잘 아는 이유는 창작에 필요한 자유와 삶 그 자체에 필요한 자유가 어느 정도인지를 매일 느끼기 때문입니다. 작가들은 정당한 임금이나 근로권처럼 자유를 필요불가결한 것으로 여기고 옹호해야 합니다.

———— 마리오 바르가스 요사

이질적인 요소는 어디에나 있습니다. 이질적인 요소를 피하려면 이 나라의 가장 깊숙한 곳, 즉 미국의 중심부에 있어야만 가능합니다. 제국의 중심에 있으면 제 경험이 보편적인 것이라고 생각할 수 있습니다. 제국의 밖이나 제국의 가장자리에 있으면 그럴 수 없지요.

———— 마거릿 애트우드

계몽주의 시대 이후로 문학과 철학, 정치는 지속적으로 섞여들었습니다. 영어권 지역에서 존 밀턴은 19세기의 위대한 낭만파 시인이기도 하지만, 그런 섞여듦의 사례이기도 합니다. 20세기에는 예시가 많습니다. 일례로 T. S. 엘리엇은 정치에 적극적으로 참여하지는 않았지만 그가 쓴 글은 전통적인 가치와 정치적 차원에서의 가치를 열렬히 옹호합니다. 제 신념과 완전히 다른 신념을 품은 엘리엇을 언급하는 이유는 단지 엘리엇 또한 정당에 참여하지 않은 독립적인 작가였기 때문입니다. 저는 자신을 개인적인 인간으로 여깁니다. 제 나라와 동시대인들에게 영향을 미치는 문제에 대해 의견을 가지고 글을 쓸 권리가 있기는 하지만 말입니다. 저는 젊은 시절 나치의 전체주의에 맞서 싸웠고 그 뒤에는 소련의 독재정권에 맞서 싸웠습니다. 이 투쟁 중 어느 쪽도 결코 후회하지 않습니다.

옥타비오 파스

정치를 정당에 맡겨야 한다고는 생각하지 않습니다. 그렇게 하면 위험해질 수 있어요. '문학이 세상을 바꿀 수 있다'는 주제로 세미나와 학술발표회가 얼마나 많이 열립니까! 제 생각에 문학은 변화를 일으킬 힘이 있습니다. 예술도 마찬가지예요. 현대 예술의 영향으로 우리는 세상을 보는 습관을 거의 알지 못했던 방식으로 바꿨습니다. 입체파와 같은 새로운 기류는 우리에게 세상을 보는 새로운 힘을 주었습니다. 제임스 조이스가 『율리시스』에서 내적 독백을 도입한 덕분에 우리는 존재를 더 복합적으로 이해하게 되었지요. 문학이 일으킨 변화는 도무지 셀 수가 없습니다. 책과 독자 사이의 교류는 평화롭고 익명성을 보장해줍니다. 책이 사람들을 어느 정도로 바꾸었습니까? 우리는 많이 알지 못합니다. 책이 저에게는 결정적이었다고만 대답할 수 있습니다.

귄터 그라스

외국 문화에 대한 지식은 어떤 문화에서건 필수 요소입니다. 우리는 결코 그 지식이 충분하다고 말할 수 없습니다. 문화가 고유의 창조력을 생생하게 유지하고자 한다면 외국의 영향을 이용할 수 있어야 합니다.

이탈로 칼비노

모든 사회는 그 나름의 전통과 법률, 그리고 종교적인 신념을 갖추고 있으며 그것을 유지하려 합니다. 때로 변화를 요구하는 개인들이 나타납니다. 개인에게 자신이 반대하는 내용을 공격할 권리가 있듯이, 사회에도 스스로 옹호할 권리가 있다고 생각합니다. 자신이 속한 사회의 법이나 신념이 더는 타당하지 않거나 심지어 해롭다고 결론을 내린다면, 목소리를 높이는 것이 작가의 의무입니다. 그러나 그 솔직함에 대가를 치를 준비가 되어 있어야 합니다. 그 대가를 치를 준비가 되지 않았다면 침묵을 선택해도 됩니다. 역사는 자신의 의견을 주장했다가 투옥되거나 화형을 당한 사람들로 가득합니다. 사회는 늘 자신을 옹호해 왔습니다. 요즘에는 공권력과 법정을 통해 그렇게 하지요. 저는 표현의 자유와 그것에 대항하는 사회의 권리를 모두 옹호합니다. 달라지려면 대가를 치러야 합니다. 그것이 자연스러운 방식입니다.

―――― 나기브 마푸즈

오랜 유대인 속담이 하나 있습니다. "악마를 만나거든 회당으로 데려가라." 정치라는 악마를 자신의 머릿속에 집어넣고 상상력을 발휘해 인간의 모습을 입혀보세요. 이것이 정치를 대하는 제 자세입니다. 저는 모든 시가 정치적이라는 말을 자주 해왔습니다. 진정한 시는 현실에 대한 인간의 반응이기 때문이며 정치는 현실의 일부분이고 역사는 만들어지고 있기 때문입니다. 시인이 온실에서 차를 마시는 내용을 쓰더라도, 그 시는 정치를 반영합니다.

―――― 예후다 아미하이

아마도 저는 문학에 고유의 가치가 있다는 제 믿음을 좀더 의심해야 할 것입니다. 이 믿음은 순수하고 이기적이며 바보 같은 낭만주의일 수도 있습니다. 말하자면 음악 감상이나 독서로 정신의 가장 섬세하고 미묘한 영역을 탐색하면 제 속에 인간다움이 발달할 거라는 믿음 말입니다. 보수적이고 어리석으며 맹렬한 편견에 사로잡힌 예술가들과 예술 애호가들의 사례는 아주 많습니다. 따라서 우리는 예술이 머리에 분명히 좋은 영향을 미친다고는 주장하기 어렵습니다. 그러나 저는 예술의 결핍이 머리에 정말 나쁜 영향을 미친다고 생각합니다. 예술 자체는 본질적으로 체제 전복적입니다. 예술은 불안정합니다. 예술은 제가 이미 아는 것과 이미 생각하는 것을 강화하기보다는 약화시킵니다.

예술은 선전 활동의 대척점에 있습니다. 예술은 멀리 있는 모호한 것들을 향해 모험을 떠나고 머릿속에 받아들인 것을 해체하며 제가 경험할 수 있는 것을 확장하고 개선합니다.

데버러 아이젠버그

보세요, 우리는 소시민 이데올로기의 암흑기인 칼리 유가Kali Yuga[1]에 살고 있습니다. 소시민 이데올로기의 자원과 책략은 무한하며 도처에서 세상에 침투합니다. 상류문화, 하위문화, 보수적인 미디어, 고급 문학, 팝 음악, 상업, 스포츠, 학계 등 어디에든지 말입니다. 이런 상황에서 합리적인 대응이란 모든 것에 확고한 반감을 고수하는 것뿐입니다. 모든 사람을 비난하세요. 자기 자신을 상대로 싸움을 벌이세요. 굽실거리는 지식인들을 모두 단두대에서 처형하세요. 그렇긴 하지만 쾌활한 기분을 유지하는 것도 중요하다고 생각합니다. 그러면 낙원의 회복이 앞당겨질 것입니다. 앙드레 브르통이 아토냉 아르토에게 웅장한 경의를 담아 쓴 이 시구를 저는 늘 기억했습니다. "우리가 살아 있는 동안에도 우리를 죽은 존재로 만드는 모든 것을 열정적이고 영웅적으로 부정하는 앙토냉 아르토에게 경의를 표합니다." 주어진 상황 속에서 우리는 늘 그렇게 해야 합니다. 우리가 살아 있는 동안에도 우리를 죽은 존재로 만드는 모든 것을 부정해야 합니다.

마크 레이너

[1] 힌두교에서 말하는 4세계 중 마지막 세계로 말세, 암흑기라는 뜻이다.

초보 작가들에게
해주고 싶은
말이 있습니까?

What Would You Say to Beginning Writers?

저는 제자들에게, 글을 쓸 때는 자기가 아는 가장 똑똑한 친구에게 지금까지 쓴 것 중 가장 훌륭한 편지를 쓰는 셈 치라고 말합니다. 그렇게 하면 바보 같은 이야기를 늘어놓지 않을 것입니다. 설명할 필요가 없는 내용을 설명할 필요도 없을 것입니다. 친근한 태도로 자연스레 쓱쓱 써나가게 되는데, 이는 좋은 현상입니다. 독자는 똑똑하며 상대방이 생색내기를 바라지 않기 때문입니다.

제프리 유제니디스

제자들의 글을 통해 깨달은, 익숙하고 상투적인 표현을 피하려 애씁니다. 저는 작가가 가르쳐야 할 고상한 내용이 있다고 생각하지도 않고, 세상사에 도움이 될 수 있는데 자신의 글에 빠져 시간을 보내는 게 자아도취라고 생각하지도 않습니다. 작가는 글을 써야 하는데, 특히 시인은 가르치는 일 같은 다른 업무에 전체적으로 너무 많은 시간을 보냅니다. 그러나 그런 일을 해야 하는 시인이 많기에 그 문제에 대해 해둘 이야기가 몇 가지 있습니다. 학생들의 작품을 읽을 때 시인은 다른 경우라면 활용하지 않을 비평적 작품에 관심을 쏟게 되는데, 이는 시인이 나중에 자신의 작품을 쓸 때 도움이 될 수 있습니다. 또 자신들이 하고 있는 일을 치열하고 진지하게 여기는, 젊고 증명되지 않은 작가들 사이에 파묻혀 있는 것은 심드렁한 노인인 우리를 질책하는 효과를 내기도 합니다. 게다가 그 학생들은 훌륭한 시를 쓰고 있을지도 모릅니다. 아직 본 사람이 없기에 아무도 모를 뿐이지요. 저는 저와 제 벗들이 아주 젊을 때 서로의 시에서 보았던 '위대함'은 그 시가 알려지지 않았다는 사실에서 상당 부분 비롯되지 않았을까, 하고 생각하곤 합니다. 그 시는 무엇이든 될 수 있었습니다. 가능성은 무한했습니다. 우리가 마침내 발견되고 알려지고 책에 속박된 나중보다 그때의 가능성이 더욱 무한했습니다.

———— 존 애슈베리

'시를 가르쳐야' 한다면, 다행히도 그런 일은 하지 않지만, 저는 운율학과 수사학, 철학, 시 암송에 집중할 겁니다. 제 생각이 틀렸을지도 모르지만 순전히 기술적인 내용 이외에 무엇을 가르칠 수 있다는 건지 모르겠군요. 소네트란 운율학에 대해 알려주는 시입니다. 학술원에서 이미 시를 배웠다면 과목이 상당히 달라져야겠지요. 자연사, 역사, 신학 및 온갖 다른 것을 배워야 합니다. 저는 대학 강단에 있을 때 늘 18세기나 낭만주의를 다루는 정규 강좌를 개설해야 한다고 주장했습니다. 사실 대학은 예술가들의 후원자로서 훌륭한 역할을 했습니다. 그러나 예술가들은 동시대 문학에 관여하지 않기로 합의해야 합니다. 대학에 자리를 얻으면 대학과 관련된 일을 해야 하는데 시인은 자신이 쓰고 있는 글에 직접 영향을 미칠 요소와 멀리 있을수록 좋습니다. 시인들은 18세기에 대해 가르치거나 아니면 자신의 작품을 방해하지 않되 생계를 유지해줄 만한 내용을 가르쳐야 합니다. 창작을 가르치는 것은 위험합니다. 제 생각에 실현 가능한 방법은 르네상스 시대에 있었던 것과 비슷한 도제 제도입니다. 그 시절에 아주 바쁜 시인들은 제자들에게 대신 시를 마무리 짓게 했지요. 이 제도를 도입하면 결과물이 당연히 시인의 이름을 달고 발표될 테니 시인은 책임감을 갖고 제자를 제대로 가르치게 될 것입니다.

_____ 위스턴 휴 오든

시를 쓰고 싶어 하는 사람들에게 던질 수 있는 가장 까다로운 질문은 이것입니다. "자신이 말하려고 하는 내용을 단편소설, 회고록, 편지, 전화, 이메일, 잡지 기사, 장편소설 등 다른 형식으로도 표현할 수 있을지 스스로 물어보십시오." 그럴 수 있다는 대답이 나오면, 시 쓰기를 그만두세요. 그 이야기를 이메일로 쓰고, 회고록에 담고, 할머니에게 편지를 보내는 등 당신이 말하려는 내용에 알맞기만 하다면 어떤 형식이든 이용하세요. 오직 시로만 표현할 수 있는 내용이 아니라면 시 쓰기를 그만두세요. 제말은 창의적인 자유를 사용하라는 뜻입니다. 시에서 우리는 언어로 표현할 수 있는 가장 위대한 창의적 자유를 누릴 수 있기 때문입니다. 플롯, 일관성, 타당성, 인물 설정, 연표에 충실할 의무는 없습니다. 우리는 날 수 있습니다. 활주로 끝에 있는 나무들을 치우고 출발하면 됩니다.

———— 빌리 콜린스

작가가 되려고 하는 사람이 있다면 저는 어떤 말로도 그 사람을 말릴 수 없습니다. 작가가 되지 않겠다는 사람이 있다면, 제가 하는 말이 도움이 될 것입니다. 처음에 정말로 필요한 것은 실제로 노력해야 한다는 사실을 알려줄 사람입니다.

———— 제임스 볼드윈

제 평생의 경험을 돌아볼 때 소리쳐 경고할 수밖에 없습니다. 다른 일을 하세요. 다른 사람의 골든리트리버를 산책시켜주고, 색소폰 연주자와 달아나세요. 어쩌면 작가가 되려 할 때 문제가 있다면 "행운을 빌어"라고 말할 수조차 없다는 점일 것입니다. 소설 창작에서 운은 아무런 역할을 하지 못하니까요. 물감 통이나 끌은 행복한 사고를 일으킬 수 있지만 소설에서는 불가능합니다. 사실 딱히 해줄 말이 있는지도 모르겠습니다. 저는 늘 외바퀴 자전거를 탄 채 저글링을 하고 싶었지만, 아마도 곡예사에게 조언을 구했더라면 이런 대답을 들었을 것입니다. "그냥 자전거에 올라타 일단 페달을 밟기만 하면 됩니다."

———— 제임스 그레이엄 밸러드

이른바 창작 수업을 개설하는 데는 타당한 이유가 있다는 생각이 듭니다. 뮤즈가 학부생과 대학원생을 구별하지 않는다는 사실을, 저는 젊은 작가들과의 행복한 경험 덕분에 알고 있지요. 뮤즈에게는 숙련된 작가와 덜 숙련된 작가가 있을 뿐입니다. 초보자는 문학이 존재한다는 사실을 배워야 합니다(제가 진흙이 잔뜩 묻은 신을 신은 채 존스홉킨스 대학원에 입학했을 때 저 역시 초보자였지요). 예시를 조금 들어볼 텐데, 이것은 위대한 작가들이 쓰는 방법이기도 합니다. 그건 바로 가르침을 받는 것입니다. 머지않아 작가는, 사실 어느 예술가든 마찬가지인데, 미숙한 첫 단계에서는 더는 실수를 저지르지 않고, 좀 더 수준 높은 다음 단계에서 실수하기 시작합니다. 그러다가 마침내 가장 높은 단계(미끄러운 파르나소스산의 상층부 경사라고 하지요)에 이르러 실수를 하는데 이 시점에서 교습coaching이 필요합니다. 요즘에는 교습이라는 말이 스키 상급자에게 잠시 초보자 구역으로 돌아가서 정지 동작부터 다시 배우라고 조언할 때 쓰이더군요. 교습할 때는 친절해야 합니다. 과하게 비유해보자면, 소설이라는 집에는 창문이 많지만 젊은 견습생들을 창밖으로 내던져서는 안 된다는 점을 알아야 합니다. 그러나 때로 학생에게 공상소설 대신 사실주의소설이 더 잘 맞겠다거나 진지함보다는 유머가 맞겠다거나 단편소설보다는 장편소설이 낫겠다고 제안할 수는 있습니다. 때로 그런 난순한 제안을 들으면 모든 것이 선명하게 보입니다. 늘 그런 건 아니지만 말입니다.

— 존 바스

최근에 창작 강의가 참담한 돈벌이이며 질 나쁜 사기 행위라고 말하는 어떤 기사를 읽었는데 아마도 몇몇 장소에서는 그런 일이 일어나는 모양이지만, 그런 현상이 전반적인 사실로 여겨지는 것은 마음에 들지 않습니다. 제가 뉴욕 시립대학 소속 시티컬리지에서 대학원생 세미나를 열었을 때, 글을 쓰는 학생들은 그 진지함과 기량이 다른 대학원생들과 온전히 대등했습니다. 아마 글쓰기는 가르칠 수 없겠지만 편집은 가르칠 수 있을지 모릅니다. 기도와 금식과 자기 절제를 통해서 말입니다. 형편없는 것이 무엇인지, 그 개념은 가르칠 수 있습니다. 이는 윤리학이지요. 이런 창작 강의는 대학에서도 새로 시도하는 것으로 제가 학생이었던 시절에는 존재하지 않았습니다. 그러나 이를 돈벌이로 취급할 수는 없습니다.

_____ 도널드 바셀미

[창작 강의가] 단점보다는 장점이 더 많다고 생각하지만 그래도 당혹스럽기는 합니다. 제가 보기에 글은 그야말로 고독한 예술입니다. 비평은 가르칠 수 있는 예술이지만 모든 예술과 마찬가지로 결국에는 타고난 재능이나 잠재된 재능에 좌우되지요. 제가 어딘가에 실은 글에서 했던 말이 기억나는데, 미국 현대어문학협회에 참석하는 것을 몇 년 전에 그만두었다는 내용이었습니다. 그 이유는 비평가 2만 5000명 또는 3만 명으로 구성된 협회가 있다는 생각은, 어느 모로 봐도, 시인이나 소설가 2만 5000명으로 구성된 협회에 참석한다는 생각만큼이나 우습기 때문입니

다. 2만 5000명의 비평가는 존재하지 않습니다. 어느 시기건 한 번에 활동하는 비평가는 다섯 명 정도가 아닐까, 하는 생각이 자주 듭니다. 소설의 기술이나 시의 기술을 어느 정도까지 가르칠 수 있느냐는 문제는 더 복잡하지요. 우리는 역사를 통해 시인들이 어떻게 시인이 되며 소설가들이 어떻게 소설가가 되는지를 압니다. 바로 독서를 통해서입니다. 그들은 선배들의 글을 읽고 배워야 할 것을 배웁니다. 창작 강의에서 허먼 멜빌을 다루려고 생각하면 언제나 괴롭습니다.

───────── 해럴드 블룸

젊은 작가들에게 조언을 해줘야 한다면, 자신에게 일어난 일로 글을 쓰라고 말하고 싶습니다. 작가가 자신에게 일어난 일로 쓰는지 아니면 읽거나 들은 것으로 쓰는지 구별하는 건 언제나 쉽습니다. 파블로 네루다의 시에 "신이시여 제가 노래할 때는 창작하지 않도록 도와주소서"라는 구절이 있습니다. 제 작품에서 가장 큰 찬사를 받는 부분이 상상력이라는 점이 늘 기쁩니다. 그러나 사실 제 작품에서 현실에 근거하지 않은 구절은 하나도 없습니다. 문제는 카리브해의 현실이 터무니없는 상상력을 닮았다는 점입니다.

───────── 가브리엘 가르시아 마르케스

창작을 가르치면 많은 것을 알게 됩니다. 예를 들어 학생이 쓴 이야기가 정말 훌륭하지만 얄팍할 경우, 왜 얄팍하며 어떻게 강화할 수 있을지 알아내기 위해 분석해야 합니다. 그런 식으로 발견되는 내용은 모두 중요합니다. 고전 문학과 중세 문학만 읽으면 단점이 걸러진 책만 읽는 것입니다. 그리스 문학이나 앵글로색슨 문학에 나쁜 작품은 없습니다. 가벼운 작품들조차 가벼운 것들 중에서는 가장 훌륭한 작품인데, 다른 작품들은 분실되었거나 불타 없어졌거나 버려졌기 때문입니다. 이런 종류의 문학을 읽으면 작품이 어떻게 잘못될 수 있는지를 제대로 배울 수 없습니다. 그러나 창작을 가르치면 작품이 잘못될 수 있는 무수한 방법을 알게 됩니다. 따라서 저에게 유용하지요. 창작을 가르칠 때의 또 다른 이점은 열일곱이나 열여덟 살 밖에 안 됐는데 저만큼이나 글을 잘 쓸 수 있는 사람들이 끔찍이도 많다는 사실을 알게 된다는 점입니다. 섬뜩한 발견이지요. 따라서 저는 스스로 묻습니다. '나는 지금 뭘 하고 있지? 이때까지 나는 평생 문학적인 예술가로 살겠다고 기껏 결심했지. 톨스토이와 멜빌과 모든 작가들과 어깨를 나란히 할 거라고. 그런데 여기, 그만큼 글을 잘 쓰는 열아홉 살짜리 소년이 있어. 등장인물들은 선명하게 부각되고, 이야기의 리듬은 훌륭해. 저 아이에게 없으나 나에게는 있는 것이 무엇일까?' 저는 무엇이 위대한 소설을 만드는지 더더욱 열심히 고민하기 시작합니다. 그러다가 제 소설을 확대 해석하거나 과대평가할 수도 있는데, 이는 제가 가끔 했던 일이기도 합니다. 그러나 그런 고민은 도움이 됩니다.

존 가드너

창작 강의를 하면 당연히 진이 빠집니다. 특히 제가 하는 방식이 그렇습니다. 아시겠지만 저는 모든 사람이 글을 쓸 수 있다고 믿습니다. 이것을 믿고 가르치면 당연히 많은 학생이 엄청난 생산성을 보입니다. 학생들이 글을 너무 많이 써대는 나머지, 제가 쓰라고 독려한 그 많은 글이 거리에서 저를 따라다닙니다! 다시 말해, 학생들이 글을 들고 불시에 저를 습격합니다. 그러면 그만큼 더 많은 일을 해야 하고 더 많은 회의를 열어야 하는데, 이는 소모적이고 기진맥진한 일입니다. 편집만큼이나 진 빠지는 일입니다.

_____ 윌리엄 고이언

학계의 포로가 될 것인가, 아니면 거기 발을 들이는 바보짓을 하지 않을 것인가, 하는 문제로 작가들은 오래전부터 논쟁을 벌였습니다. 저는 늘 작가가 무엇을 하건 중요하지 않다는 생각입니다. 밖으로 나가 가공되지 않은 삶에 부딪히고 화물선의 승무원으로 일해보고 혁명에 참여해야 한다는 등의 주장은 제가 보기에는 타당하지 않습니다. 중요한 것은 작가가 주변 삶에 반응하는 방식입니다. 피어슨 칼리지에 도착한 그 첫 학기에, 저는 대학을 상아탑이라고 생각했고 거기 감금되면 침체될까 봐 두려웠습니다. 그러나 바로 그 첫 학기에 우리는 살인을 제외하고 제가 생각해낼 수 있는 모든 인간 현상에 대해 글을 썼습니다. 가끔은 살인이라는 주제도 다루다시피 했지요. 우리는 비명횡사, 자살, 강간에서부터 트라우마를 남기는 모든 것을 글로 썼습니다. 이렇게 제가 어디에 있건, 무엇을 하건 삶은 제 주변에 있습니다. 문제는 주변에서 일어나는 일에 예리하고 민감하게 반응하는 것입니다.

―― 존 허시

시를 쓰기 위해 준비할 것은 없습니다. 4년 동안 두툼한 시집이나 주머니에 넣어둔 철학책을 진지하게 파고들면 대학을 다닌 것만큼이나 많은 도움이 됩니다.

―― 찰스 시믹

(일종의 도구인 산문과 마찬가지로) 시를 '쓰는' 법과 진정한 시를 '알아보는' 법을 가르칠 수 있습니다. 나머지는 작가가 스스로 익혀야 합니다. 창작 수업이 생기기 전에는 사람들이 스스로 연습했습니다. 예를 들어 존 키츠나 윌리엄 블레이크의 초기 작품을 보세요. 형식, 체계, 신화를 개인적으로 소화할 방법을 알아내기 위해 운문 형식으로 연습을 했지요. 이제는 문화 전체가 자구책을 그만두라고 하지만 저는 작가들에게 독학하는 법을 가르치려 애씁니다. 그러나 세미나에서는 하지 않습니다. 킹즐리 에이미스가 1945년 이후로 세계에서 일어난 가장 끔찍한 일들이 세미나에서 비롯되었다고 말하지 않았나요?

―― 존 홀런더

[아이오와 작가 세미나에서] 분명 용기와 도움을 얻기는 했지만 학생

으로서 반드시 뭔가를 '배운' 것은 아닙니다. 밴스 버제일리[1], 커트 보니것, 호세 도노소[2]의 조언 덕분에 제가 귀중한 시간을 낭비하지 않은 것은 분명합니다. 즉 그들은 제 글에 대해 그리고 글쓰기 전반에 대해 조언해주었는데 아마 저 스스로 알아낼 수도 있었겠지만, 젊은 작가에게는 시간이 몹시 소중합니다. 저는 이것이 제가 젊은 작가에게 '가르칠' 수 있는 것이라고 말합니다. 시간이 조금 더 지나면 스스로 알게 될 내용이지요. 그러나 왜 그런 것을 알려고 기다려야 합니까? 저는 지금 우리가 가르칠 수 있다고 여기는 유일한 내용인 기술적인 문제에 대해 이야기하는 것입니다.

_____ 존 어빙

제가 들었던 두서없는 문학 강의 대부분에는 특유의 지적 허영이 있었습니다. 강사가 특정한 작가들에 대한 과도한 칭찬을 학생에게 주입합니다(어쨌든 그 강사에게도 아마 좌절감을 준 작가겠지요). 그러나 결국 학생이 톨스토이나 헨리 제임스가 이미 했던 멋진 말 외에 달리 해줄 말이 없는지를 강사에게 묻는 지경에 이릅니다. 게다가 수업은 대부분 글을 쓰는 방법보다는 글 자체에 편중됩니다. 어쨌거나 글 쓰는 방법은 가르칠 수가 없습니다.

_____ 제임스 존스

[1] 미국에서 소설가, 극작가, 기자 등으로 활동했으며 '아이오와 작가 세미나'에서 창작을 가르쳤다.
[2] 중남미를 대표하는 칠레의 작가.

[솔 벨로가] 푸에르토리코의 리오피에드라스에 있는 대학에서 가르치고 있을 때였습니다. 저는 새로 창간한 다른 일간지인 「산후안 스타」의 편집장이었지만, 출근 전후로 다른 소설을 쓰고 있기도 했습니다. 저는 그 소설을 벨로에게 보냈고 그는 저를 수업에 받아주었습니다. 그것은 의미 있는 발전이었고 저는 벨로의 비평을 아주 진지하게 받아들였습니다. 그는 제 글에 "지방이 많다"고 설명하곤 했습니다. 모든 상황을 두 번 말하고 형용사를 너무 많이 썼기 때문입니다. 벨로는 제 글이 이따금씩 "응고된다"고도 말했는데, 그 말은 제 글이 애매하다는 뜻으로, 정확하지 않은 단어를 써서 절이나 문장을 망쳐버리는 습관을 가리키는 말이었지요. 벨로가 저에게 그 점을 지적하자 저는 책전체를 다시 훑어보며 내용을 줄였습니다. 덕분에 저는 제 책을 교정하는 진정한 소설 편집자가 되었고, 나중에 가르치는 입장이 되었을 때도 유용했습니다. 제 작품도 냉혹하게 평가하는데 다른 사람들의 작품을 그렇게 평가하지 말란 법이 있습니까? 벨로도 아낌없이 주라고 말했습니다. 그는 작가는 자신의 작품에 인색해서는 안 되며 "자연처럼 아낌없이 주어야 한다"고 말했지요. 그는 자연을 생각해보라고, 생명을 창조하는 데 정자는 단하나만 필요하지만 얼마나 많은 정자가 쓰이는지를 생각해보라고 말했습니다. 그 원리가 언어와 관념이 폭발적으로 쏟아지는 벨로의 소설 『오기 마치의 모험』Augie March의 핵심에 자리 잡고 있는 것 같습니다. 저는 그런 작가가 되어본 적이 없지만, 그 폭발과 그 원리가 중요한 역할을 했다고 생각합니다. 저는 글을

너무 많이 쓸까 봐 걱정한 적이 없고, 제가 쓴 문장이라고 해서 의미가 있다거나 제가 썼으니 좋은 문장이라고 생각한 적도 없습니다.

—— 윌리엄 케네디

대학의 창작 학과를 피하세요. 영어를 피하세요. 외국어를 배우되 죽은 언어이면 더 좋고, 언어를 배우되 제대로 배우세요. 부랑아가 되지 말고 세상을 정처 없이 떠돌지 마세요. 시는 삶에 대한 것입니다. 시의 수준이 제 삶의 수준입니다. 그리고 그것은 손잡이 하나로 조절할 수 없습니다. 책을 읽으세요. 아주 훌륭한 도서관으로 가거나 그 근처로 가세요. 다른 학계 평론가보다 랜들 자렐[1]을 더 주목하세요. 다른 작가들을 공격하는 데 시간을 쓰지 마세요. 자신의 마음 밑바닥까지 파헤치되 출판에는 눈곱만큼도 신경 쓰지 마세요.

글은 호흡과도 같으며, 아니라면 그렇게 되어야 합니다. 우리는 시를 써야 합니다. 교회에 가야 하는 것과 비슷합니다. 사회적 의무나 그렇게 해야 한다는 압박감 때문이 아닙니다. 그렇게 하지 말라고 하는 사람들에게 반항하기 위해서도 아닙니다. 그저 품위 있고 자연스러운 선행이기 때문에 그렇게 하는 것입니다. 계속하는 편이 낫기 때문입니다.

—— 피터 레비

---

[1] 미국의 시인이자 문학평론가, 소설가, 아동문학작가.

[존 베리먼은] 저를 개인적으로 무척 좋아했고 저와 함께 매우 열심히 작업했습니다. 그는 저에게 어떤 진정성이 있는데 글을 쓸 때 제가 그걸 충분히 활용하지 않는다고 생각하는 것 같았습니다. 스스로 작품에 충분히 까다롭지 않다고 생각하는 것 같았어요. 그는 제가 제 수준을 높일 시를 쓰도록 계속 지도해주었습니다. 그는 시를 굉장히 많이 알았고 제가 그런 시를 향해 마음을 열기를 바랐습니다. 그는 확신에 가득 차 있었고 아주 자신만만했으며 제 생각에 저는 그의 자신감과 그가 제 안에 심어준 자신감에 물들었습니다. 아주 멋진 일이 하나 더 있습니다. 그 학기가 끝났을 때, 베리먼은 저에게 "시 서너 편을 나에게 보내보게. 읽고 의견을 달아서 보내줄 테니. 그럼 그걸로 끝이야." 그래서 약 1년 반 뒤에 저는 그에게 시 네 편을 보냈습니다. 그는 의견을 달았고 이게 마지막임을 다시 한번 알려주었지요. 그의 말이 옳았습니다. 완전히 옳았지요. 저는 그렇게 둥지를 떠나 세상으로 날아갔습니다.

―― 필립 러바인

글쓰기는 분명 기교가 아닙니다. 다시 말해, 기술을 배워 뭔가를 생산하는 과정이 아닙니다. 글은 심오한 충동, 심오한 영감에서 나와야 합니다. 이는 배울 수 있는 것이 아니며 수업의 소재로 이용할 수 있는 것도 아닙니다. 교사는 글쓰기를 가르치지 않았다면 그것을 찾으려고 지금보다 더 멀리 나아갔을 것입니다. 사실은 모르겠습니다. 글쓰기를 가르치면 교사는 아마 더 신중해지

작가의 삶은 어떠한가

고 자의식이 강해지며 간결한 글을 쓰겠지요. 정말로 글을 쓰게 되면 더 대담해질 수도 있습니다.

── 로버트 로웰

기회를 잡으세요. "용기 내서 해보세요"라고 유도라 웰티는 말합니다. 그 말이 옳습니다. 우리는 두려움이라는 가방을 여기저기 끌고 다니는데 사실 글을 시작할 생각이라면 때로는 그 가방을 바람 속으로 던져버려야 합니다. 저는 버지니아 울프가 『올란도』 Orlando를 썼다는 사실이 반갑습니다. 그녀의 작품 중 제가 좋아하는 책은 아니고, 본질적으로 울프는 그 책에서 주제를 피해 다니기는 하지만 말입니다. 그러나 작가가 아는 것을 모두 말할 필요는 없습니다. 저는 존 업다이크의 『센토』Centaur, 솔 벨로의 『비의 왕 헨더슨』을 좋아합니다. 천재가 마음을 가다듬으면 『율리시스』나 『잃어버린 시간을 찾아서』를 써낼 수 있습니다. 제임스 조이스나 마르셀 프루스트의 방법을 흉내 낼 필요는 없지만, 천재가 아니라면 그 용기라도 흉내 내십시오. 혹시 당신이 천재라면 예술과 인류 속에 자신의 모습을 드러내십시오.

── 버나드 맬러머드

학생들과의 진짜 접촉을 배제하는 것이 제 강의 방법이었습니다. 학생들은 기껏해야 제 머리에서 나온 사소한 부분을 시험 중에 반복할 따름이었습니다. 제가 전달한 강의 내용은 모두 신중하고 성실하게 손으로 쓰고 타이핑한 것으로, 저는 수업 시간에 그 종이에 적힌 내용을 천천히 읽었으며 때로는 문장을 고쳐 쓰기 위해 멈추거나 때로는 한 문단을 반복하기도 했습니다. 학생들의 기억력을 높이기 위한 행동이었지만, 그 내용을 받아 적는 손목의 리듬에는 거의 변화가 없더군요. 수강생 중에 몇몇 전문 속기사가 있어서 반가웠는데, 그들이 모은 정보를 그들보다 운이 부족한 동료들에게 전해주면 좋겠다고 생각했지요. 또 헛된 시도였지만 직접 강단에 서는 대신 대학에 비치된 라디오로 녹음 테이프를 틀어보려고 한 적도 있습니다. 한편 이따금씩 강의실 여기저기에서 강의에 대한 감상으로 킥킥거리는 웃음소리가 들려오면 몹시 즐거웠습니다. 제 최고의 보상은 옛 제자들이 10년이나 15년 뒤에 보내주는 편지입니다. 그 편지는 제가 에마 보바리의 잘못 번역된 머리 모양이나 그레고르 잠자의 방 구조나 『안나 카레니나』에 등장하는 두 동성애자를 마음에 그려보라고 가르쳤을 때 무엇을 원했는지 이제는 이해한다는 내용이지요. 제가 선생 노릇을 해서 배운 것이 있는지는 모르겠지만, 학생들을 위해 소설 10여 편을 분석하면서 흥미로운 정보를 헤아릴 수 없이 많이 축적했다는 사실은 알고 있습니다. 아시겠지만 봉급은 후하다고 할 수준은 아니었습니다.

————————————————————— 블라디미르 나보코프

그런 수업에서 가르칠 때 저는 늘 '아는 것에 대해 쓸 생각'은 버리라고 말합니다. 모르는 것에 대해 쓰세요. 문제는 우리의 자아가 제한적이라는 사실입니다. 자아, 즉 주체는 편협하고 반복적일

수밖에 없습니다. 결국 우리는 인류입니다. 모르는 것에 대해 쓴 다면, 이는 세상 전반에 대해 생각하기 시작했다는 뜻입니다. 자기 주변에 집중된 사고를 뛰어넘어 생각하기 시작한 것입니다. 꿈과 상상 속으로 들어가는 것입니다.

—— 신시아 오지크

미국의 창작 교사들은 전반적으로 지나치게 친절하고 허위로 쓴 부분도 지나치게 친절하게 봐줍니다. 플래너리 오코너는 옆구리를 세게 걷어차듯이, 완전한 진실을 말했습니다. "어디에 가든지 저는 대학이 작가들을 질식시킨다고 생각하느냐는 질문을 받습니다. 제 의견은, 대학이 작가를 충분히 질식시키지 않는다는 겁니다." 분명 그 말은 제가 "가능하면 대학을 그만두세요"라고 말하는 것과 어느 정도는 같은 뜻입니다. 이 모든 말을 가볍게 여기지 마세요. 누군가가 출간된 자신의 책을 저에게 보내기 시작하거나 계속 보낸다면, 저는 그 작품에 흥미를 느껴 좋아하려 애쓰며 그렇다고 말합니다. 창작은 무시무시하지만 장엄한 소명입니다.

—— 레이놀즈 프라이스

누구에게도 글을 써보라고 독려한 적은 없습니다. 주제넘은 행동일 뿐 아니라 위험하다고 생각합니다. 처음 강단에 섰을 때는 특별한 경우 일부 학생들을 독려하긴 했지요. 학생들의 이력 전체를 바꿔버릴 수도 있는 일입니다. 책임감이 막중해요. 이제는 그렇게 하고 싶지 않습니다. 그러나 재능 있는 학생을 만나면 할 수 있는 한 격려해줄 것입니다. 저는 글을 쓰는 학생들에게 일자리나 직업을 알아봐 주려 노력하곤 했습니다. 캘리포니아 대학 데이비스 캠퍼스에서 가르칠 때 재능이 뛰어난 학생이 있었는데 어느 날 저에게 "해양사관학교에 가서 선장이 되겠습니다"라고 말하더군요. 저는 "이런, 멋진 생각이야! 자네의 시에 큰 도움이 될 걸세"라고 말했습니다. 글쎄요, 그 학생은 뜻대로 했고 여전히 어딘가에서 선장을 하고 있습니다. 그가 쓴 시를 더는 보지 못했습니다. 그래도 평생을 학계에서 어슬렁거리느니 그 편이 더 나을지도 모릅니다.

_____ 칼 셔피로

창작 수업은 적어도 의욕을 북돋아줄 수는 있습니다. 저는 창작을 가르칠 때 사람들의 대화를 들어보라는 뜻으로 학생들을 술집이나 경마장에 데려가기도 합니다. 그러나 그런 노력은 효과가 제한적입니다. 많은 기술을 알려주지 않습니다. 그러나 그렇다고 학생들에게 도움이 되지 않는다는 뜻은 아닙니다. 젊은 작가들이 음식점에서 종업원으로 일하거나 싸움 현장 같은 것을 취재해야 한다는 등의 의견은 허튼소리입니다. 수업은 많은 도움이 될 수 있습니다. 아시겠지만 물에 돌을 던지면 물방울이 튀어오르기 마련입니다.

_____ 로버트 스톤

따분해하는 학생들에게 소설을 구성하는 방법을 알려주기 위해 그 소설을 낱낱이 해체하는데, 그건 미친 짓입니다. 도움이 되는 건 문학 평론뿐이며 모든 시기를 통틀어 미국에서 훌륭한 평론가라고 할 만한 사람은 열 명을 넘지 않습니다. 그러니 교과서 끝에 나오는 몇 가지 지시 사항에 따라 이 지리멸렬한 해체 작업을 하는 이유가 무엇입니까? 그 지시 사항을 본 적이 있습니까? 어떤 상징을 찾으라는 겁니까? 작가가 '흰색'이라는 단어를 쓴 이유가 무엇이냐고요? 문학선집에서 제 작품에 첨부된 그 주석을 볼 때마다 절망감이 느껴집니다.

———— 고어 비달

이 나라 어디에서건 스무 명으로 구성된 창작 강좌를 개설하면 수 강생 중 여섯 명은 놀랄 정도로 재능이 뛰어날 겁니다. 그중 둘은 실제로 가까운 미래에 책을 출간할 수도 있습니다. 그들의 머릿속에는 문학 이외에 다른 것이 있습니다. 그들은 아마 사기꾼이기도 할 겁니다. 제 말은 자신들을 발견해줄 누군가를 수동적으로 기다리지 않을 거라는 뜻입니다. 그들은 자기 글을 읽어달라고 고집을 부릴 겁니다.

———— 커트 보니것

창작 수업을 개설해서 가르쳐본 적은 없습니다. 창의적인 글쓰기는 중요하다고 믿습니다. 그게 제가 가르치려는 것입니다. 창의적인 글쓰기 말입니다. 저는 성경과 미드라시Midrash, 오비디우스, 프란츠 카프카, 토마스 만과 알베르 카뮈, 플라톤과 앙드레 슈발츠바르트를 선정합니다. 작가는 우선 읽는 법을 알아야 합니다. 어떤 사람이 작가인지 아닌지는 그가 글을 읽는 방식, 글을 판독하는 방식으로 알 수 있습니다. 저는 또 젊은 작가들에게 이렇게 말합니다. "글을 쓰지 않기로 선택할 수 있다면 그렇게 하세요." 이토록 고통스러운 일이 없습니다. 사람들은 겉만 보고 멋지다고 생각합니다. 쉽고 낭만적인 일이라고 생각합니다. 전혀 그렇지 않습니다. 글을 쓰는 것보다 쓰지 않는 것이 훨씬 쉽습니다. 이미 작가라면 예외입니다. 그렇다면 선택의 여지가 없으니까요.

———— 엘리 위젤

작가 겸 교사, 교사 겸 작가로서 가르칠 때 가장 좋은 점은 책을 많이 읽게 된다는 것과 읽은 것을 설명해야 한다는 점입니다. 다른 사람들이 평가하고 분석하도록 지도해줄 준비를 해야 하기 때문에 책을 수동적으로 읽을 수가 없지요. 제가 아는 몇몇 작가는 글쓰기를 가르치지 않아서 결국 책도 거의 읽지 않더군요. 그렇다고 그들이 나쁜 작가라는 말은 아니지만, 때로는 그들이 더 많은 책을 읽는다면 더 훌륭한 작가가 되었을지도 모른다는 생각이 듭니다. 강의 경험에 대해 이야기하자면, 저는 그 시간을 즐깁니다. 수업이 순조롭게 진행되지 않을 때는 아주 우울하고 잘

◨ 고대 유대인 율법학자와 랍비들이 쓴 『구약성서』 주해서.

될 때는 아주 신이 납니다. 제가 다른 사람의 기억에 남을 만큼 제 생각을 분명히 표현하는지 알아볼 수 있어서 좋습니다. 물론 불리한 점도 있는데, 그중 하나는 강의에 쓰는 시간을 사실 글쓰기에 쓸 수도 있었다는 점입니다. 제가 늘 해오던 이야기인데, 이렇게 생각을 분명히 표현하면 또 다른 장점이 있습니다. 이 일을 할 때는 대부분 글쓰기와 똑같은 지능을 사용하게 되는데 따라서 글 쓰는 일을 하게 된다면 언어를 새롭게 발견한다는 느낌이 거의 들지 않습니다. 제가 이 나라에서 사는 것을 좋아하고 활발한 신체 활동을 하며 지내는 이유 하나가 바로 이것입니다. 저는 테니스를 자주 치고 채소를 많이 키우며 긴 산책도 자주 합니다. 비언어적인 활동을 하고 나면 설레는 마음으로 다시 언어로 돌아올 수 있고, 단어를 곧바로 술술 떠올릴 필요가 없었던 신체 활동에서 벗어나 언어를 향해 다가갈 수 있습니다. 침묵 상태에서 빠져나와 언어 속으로 들어가는 과정을 가능한 한 많이 경험하는 것이 작가에게 유익합니다.

리처드 윌버

제 생각에는 작가에게 전적으로 불리한 활동입니다. 낮에 관습적인 형태로 영어를 다룬다면, 즉 신문, 광고를 다루거나 언어를 분석하거나 학교나 대학에서 영어를 가르치는 일을 한다면, 밤이나 일요일에 자신만의 영어를 찾아내기란 두 배, 네 배 어려워질 것입니다. 모든 신문 기자의 사무실 서랍에 반만 완성된 소설이 있다는 건 유명한 이야기입니다. 뉴스 보도는 그 자체로 훌륭한 일이지만 개념을 구체화해 사건을 상상해본다는 것 이외에는 창작과는 극과 극이며, 생각과 언어를 완전히 다르게 배열해야 합니다. 저는 오랫동안 생계를 유지하기 위해서 프랑스어를 가르쳤습니다. 수학도 가르쳐야 했습니다. 수학이나 생물학, 물리학을 가르치면 상쾌한 마음으로 글을 쓰게 됩니다.

———————————————————————— 손턴 와일더

책을 읽을 때는 무슨 일이 일어났는지 알아가는 기쁨이 아주 큽니다. 책을 다시 읽을 때는 작가가 어디로 가는지 알고서 어떻게 거기에 이르는지 지켜보는 기쁨이 아주 크지요. 그것이 창작을 배우는 방법입니다. 저는 젊은 작가들에게 그 말을 해주고 싶습니다. 물론 이런 말도 해주고 싶습니다. "글을 쓰고, 쓰고, 또 쓰세요. 책상 앞에 앉아 땀을 흘리세요. 플롯은 없어도 됩니다. 아무것도 없어도 됩니다. 방을 가로지르는 누군가를 묘사하되 사라지지 않을 방식으로 그 모습을 묘사하세요. 그 내용을 종이에 적으세요. 꾸준히 노력하세요. 그러다 마침내 단어를 잘 다루는 방법을 알게 되면 이야기를 들려주려고 노력해보세요. 노력이 물거품이 되면 그 글을 찢어서 던져버리세요. 그다음에는 다시 글을 써보고, 또 써보고, 할 수 있을 때까지 계속 써보세요. 어쩌면 해내지 못할지도 모릅니다. 이것은 도박입니다. 글을 써서 생계를 유지하지 못할 수도 있고 어쩌면 아예 글을 쓰지 못할 수도 있습니다. 그러나 그것이 당신이 걸어야 할 판돈입니다."

———————————————————————— 셸비 푸트

작가의 삶은 어떠한가

사실 창작 강좌는 많이 변하지 않은 것 같습니다. 적어도 저와 조금이라도 연관된 강의들은 그렇습니다. 아마 학생들은 변했겠지만(제 생각에도 많이 변한 것 같습니다), 세미나에서 주고받는 과정은 여전히 똑같습니다. 대개는 주는 것보다 받는 게 많지요. 작가의 시각에서 보면 그렇다는 얘깁니다. 교사의 시각에서 보면 창작 강좌는 시가 원하는 것을 주려고 애씁니다. 대개는 긍정적인 면에서나 부정적인 면에서나 시가 받을 수 있는 것 이상으로 주려는 경향이 있지요. 또는 시가 받을 자격이 없는 것을 주려고도 합니다. 물론 큰 도움이 될 수도 있습니다. 제가 알기로 창작 강좌가 해로운 영향을 끼친 경우는 거의 없지만 실제로는 그저 다른 요인들, 외적인 요인들 덕분입니다. 저는 창작 강좌가 중립적이어서 도움이 될 수도, 해가 될 수도 있다고 생각합니다. 그러나 전체적으로 보면 해야 할 몫을 하더군요. 재능 있는 사람들에게는 용기를 주고 재능이 별로 없는 사람들에게는 좌절감을 주니까요.

찰스 라이트

제가 아는 작가 대부분, 특히 산문 작가들에게는 잘 정돈된 사무실이 있습니다. 오랫동안 시 창작 작업을 할 때는 연구원들이 하는 일과 아주 비슷한 조치를 합니다. 저는 젊은 시인 지망생들에게 조직을 두려워하지 말라고, 조직에 들어가도 활동에 제약이 생기지는 않을 거라고 말해줍니다. 저는 인류학자와 언어학자로부터 배운 체계를 활용합니다. 지금은 컴퓨터도 씁니다. 수리학

전문가인 한 친구가 유익한 경고를 해주더군요. "매일 일을 끝마칠 때는 현장 답사 내용을 글로 남겨야 해! 그런 다음 그 내용을 최대한 빨리 하드디스크에 옮기고 반드시 저장을 하게. 그러나 가장 중요한 건 사고를 최대한 확장해 기억과 상상력 속을 거닐며 현장에 있던 사물의 냄새를 맡고 현장의 소리를 듣는 법을 익히는 거라네."

개리 스나이더

젊은 작가들이 이 인터뷰를 읽고 일종의 마법 공식을 찾을까 봐 걱정이군요. 저로서는 걱정이 됩니다. 낭독회 때문에 어떤 곳에 갔는데 참석자들이 '전문' 작가에게 경외심을 느낀 나머지 제가 하려고 하는 말을 듣지 않더군요. 제가 전화번호부를 읽었더라도 상관없었을 겁니다. 저는 그런 분위기가 싫습니다. 제가 젊은 작가들에게 바라는 건 도도함과 동지 의식이에요. 위계는 원하지 않습니다. 글을 쓰는 사람은 누구나, 투덜대지 않고 진실을 쓰려고 진지하게 노력하고 있다면, 글의 수준에서는 그렇지 못해도 글의 역할 측면에서는 모든 작가의 동료입니다. 우리는 모두 서로 배울 수 있습니다. 작가의 삶은 고립된 삶이 아닙니다. 그러니 저는 젊은 작가들이 준비가 되었더라도 훨씬 긴 시간이 필요하다는 사실을 알기를 바랍니다. 공식 같은 것은 없고, 명성을 얻은 뒤에도 평탄한 삶을 살아가지 못합니다. 작가는 여전히 방에 혼자 있어야 합니다. 여전히 흰 종이를 마주해야 합니다. 달라진 점은 없습니다. 또 자신의 글에 대한 평론을 방에 두지 않

작가의 삶은 어떠한가

는 편이 낫습니다. 명성이나 인정을 좇는다면 그것은 다른 일을 하는 것입니다. 그것은 글쓰기와 상관이 없으며 저는 거기에 신경 쓰지 않습니다. 창작은 창작 행위 그 자체이며 보상이나 숨겨진 위험을 뜻하지 않습니다. 고래가 고래일 뿐 고래의 은유가 아닌 것처럼 말입니다.

———————————— 메리 리 세틀

'창작연구회' 모임에 가면 우리에게 시를 통해 다른 목표를 달성하라고 독려합니다. 직장을 얻을 수도 있고 승진할 수도 있으며 저작 목록이나 돈이나 평판을 얻을 수 있다면서 말입니다. 저는 창작 강좌에서 시를 경시하는 분위기가 싫습니다. 시를 더 쓰라고 격려하지 않아도 우리 주변에는 이미 훌륭한 시가 많습니다. 세미나에 가면 세미나용 시를 쓰게 될 뿐입니다. 세미나의 장점은 젊은 시인들이 모여 토론할 장소를 제공한다는 점이지요. 인위적으로 마련된 카페라고 할 수 있습니다. 미국은 거대한 나라지만 문학적인 수도가 없습니다. 나라 전역의 다양한 외딴 곳에서 온 젊은 시인들이 모이면 자신과 비슷한 다른 시인들을 만날 수 있습니다.

———————————— 도널드 홀

글쓰기를 배우고 있을 때 당신의 글을 직접 검사하는 사람의 말에 큰 가치를 두지 않으면 자살하거나 미칠 위험이 줄어듭니다.

———————————— 해럴드 브로드키

작가들을 교실에서 끌어내 모니터 플러그를 주고 어두운 방에 집어넣은 뒤, 위쪽 문틈으로 피자를 넣어주고 아래쪽 문틈으로 쓰레기를 내보내라고 하세요. 완성된 소설이 나올 때마다 위쪽 문틈으로 작가에게 1000달러 수표를 넣어주세요. 여섯 달 안에 당신은 톨스토이를 만나게 될 겁니다.

———————————————————————— T. 코러게선 보일

강의는 작가의 주의를 빼앗고 부담이 되기도 하지만 엄청난 자극이기도 합니다. 어떻게 보면 집행유예입니다. 어떤 글을 쓰려고 노력 중인데 잘 풀리지 않을 때 학교에 가면 2시간 30분이라는 강의 시간 동안 뭔가를 성취할 수 있습니다.

———————————————————————— 메릴린 로빈슨

보수가 알맞다면 저는 학생들에게 시를 창작하는 법에 대해 가르칩니다. 그런데 그 일에는 여러 가지 문제가 있습니다. 하나, 시는 가르칠 수 있는 게 아닙니다. 둘, 현재의 강의 환경으로는 시의 가장 기본적인 개념조차 학생들에게 전할 수 없습니다. 강사는 학생들의 자부심을 인정해주어야 하고 그렇지 않으면 그만두어야 합니다. 학생들을 가르칠 때 제가 부득이하게 하는 일이 있는데, 학기 중에는 최대한 오랫동안 학생들이 쓴 작품을 외면합니다. 그러는 동안 학생들에게 본이 될 만한 시를 보여주고 다양한 습작을 손으로 써보라고 하지요. 이런 식으로 강의 3주째에 이르면 역시나 심각한 반란이 일어납니다. 그러나 저는 최선을 다

하려고 합니다.

_____ 오거스트 클라인잘러

여성 작가가
된다는 건
어떤 의미입니까?

What Does It Mean to Be a Woman Writer?

'남성 작가'라는 용어는 어떤가요? '여성 작가woman writer'라는 말은 '숙녀 작가lady writer'라는 말과 거의 같습니다. 저는 여성 소설가와는 전혀 다른, 그저 굳세고 심지어는 강인한 (헤밍웨이가 의미하는 '강인함'까지는 아니어도) 소설가가 되고 싶었습니다. 그게 제 첫 반응이었죠. 물론 여성의 갈비뼈와는 아무 상관이 없어요. 그러나 저에게는 올바른 시작이었다고 생각합니다.

엘리자베스 스펜서

여성에게 동성 친구는 늘 남성이 없을 때 필요한 부차적인 관계였습니다. 이 때문에 여성을 좋아하지 않고 남성을 더 좋아하는 여성이 아주 많습니다. 우리는 서로를 좋아하는 법을 배웠어야 합니다. 잡지『미즈』는 우리가 이제는 정말로 서로에 대해 불평하거나 서로 미워하고 싸우거나 여성을 비난하는 남성들에게 동조하지 말자는 전제로 창간되었습니다. 그것은 피지배자가 전형적으로 나타내는 모습입니다.『미즈』는 중요한 교육 수단입니다. 많은 문학작품에서 두 여성이 함께 있는 장면(레즈비언이나 버지니아 울프의 작품에서처럼 오랫동안 은밀히 동성애적 관계를 맺어온 사람들이 아닙니다)을 읽어보면 함께 있는 여성들을 바라보는 시각은 명백히 남성적입니다. 그 인물들은 헨리 제임스의 일부 등장인물들처럼 대개 남성에게 지배당하거나, 제인 오스틴의 작품에 나오는 여자 친구들처럼 남자에 대해 이야기하는 여성들입니다. 누가 결혼했으며, 어떻게 결혼했고, 그 남자를 잃을 것 같다거나 그녀가 그를 원하는 것 같다는 식으로 이야기를 나누지요. 1973년에 소설 『술라』Sula를 출간했을 때, 친구가 있고 친구들과 서로 자기 자신에 대한 이야기만 나누는 이성애자 여성 인물을 그리는 것은 저에게 아주 급진적인 시도처럼 보였습니다. 그러나 지금은 급진적이라고 할 수 없지요.

———————————토니 모리슨

여성의 관점, 또는 여성적인 관점이 있다고 가정하시는군요. 저는 그렇게 생각하지 않습니다. 그 질문을 받으니 여성은 수가 얼마건 늘 소수 집단으로 언급되고 문화적으로도 소수 집단으로 그려진다는 사실이 떠오릅니다. 우리는 소수 집단에게는 단일한 관점이 있다고 생각합니다. 맙소사, 여성이 원하는 게 무엇일까요? 아주 다양하지요.

———————————수전 손택

헨리 제임스는 여자가 될 수도 있었습니다. E. M. 포스터도 마찬가지예요. 조지 엘리엇은 남자가 될 수 있었을 겁니다. 저는 지능에 성별이 없다는 이런 관점을 너무 완강하게 고집하곤 했어요. 지금은 그 정도로 고집하지는 않습니다. 아마 자기 자신을 대하는 여성들의 태도가 전반적으로 바뀌었다는 사실에 영향을 받지 않았을까요? 여성 작가가 모르는 것이 있다고 생각하지는 않습니다. 그러나 삶의 어떤 측면에 대해서는 그 미묘한 차이를 좀 더 잘 다룰 수 있겠지요. 마찬가지로 저는 아무리 위대한 여성 작가라도 과연 톨스토이의 『전쟁과 평화』Война и мир에 나오는 그 경이로운 전쟁 장면을 쓸 수 있었을까, 하고 생각합니다. 일반적으로 저는 작품이 진정한 작가의 작품인 이상 작가의 성별은 조금도 중요하게 여기지 않습니다.

예를 들어 저는 '여성의 글ladies' writing', 즉 여성적인 글feminine writing이라는 것이 정말로 있다고 생각합니다. '여작가authoresses'와 '여시인poetesses'도 분명 있습니다. 또 헤밍웨이 같은 남자들의 글에는 과도한 '남성성'이 필연적으로 따라옵니다. 그러나 제가 존경하는 수많은 남성 작가의 경우 성별은 큰 문제가 안 됩니다. 그들이 모르는 내용이 있는 것 같지도 않습니다. 어쨌거나 몰리 블룸의 독백▣을 보세요. 저에게 그건 남성에게도 여성에게도 다른 사람의 내면 활동을 이해하고 전달할 능력이 있음을 보여주는 최고의 증거입니다. 어떤 여성 인물도 여성 작가가 '썼기' 때문에 더 잘 표현되지는 않았습니다. 제임스 조이스는 어떻

▣ 제임스 조이스가 쓴 『율리시스』의 내용 중 18장은 쉼표나 마침표 하나 없이 수십 장에 달하는 몰리의 긴 독백으로 구성된다.

게 알았을까요? 누가 알겠습니까? 그리고 그건 중요한 문제가 아닙니다.

———————— 네이딘 고디머

언어를 통해 맡겨지는 책임이 다른 것 같습니다. 여성은 언어의 불모지에서 자란다고 여겨지지요. 여성들은 모순되는 감정과 모호함에 대해 많은 것을 압니다. 제 생각에는 아르헨티나에서 여성 소설가들이 쓴 훌륭하고 절묘한 정치적 글이 무시되는 이유가 바로 이것입니다. 여성들은 독자의 마음을 뒤흔드는 것이 아니라 위로해야 한다고들 생각하니까요.

———————— 루이사 발렌수엘라

제가 쓴 모든 글의 핵심에는 결국 정치적인 목적이 있었습니다. 성차별 때문에 사람들이 일상생활에서 서로에게 상처를 준다는 사실을 보여주고 싶었지요. 그것이 저의 행동주의였습니다. 그래서 저는 저녁 파티에 참석한 뒤 집에 와서 글을 썼습니다. 어느 날 저녁 식사 때 데이비드는 이렇게 말했고 리사는 저렇게 말했으며, 이것은 식탁에서 벌어진 영혼의 작은 살해라는 내용으로 글을 쓰곤 했습니다. 버지니아 울프의 소설은 이런 소규모 영혼 살인으로 가득합니다. 그녀는 공감을 불러일으키기 위해 은유로 이런 경험을 이야기합니다. 대부분은 중산층의 일상 속에서 서로를 단순히 같은 인간으로 대하지 못하는 남녀 사이에서 대화가 길어졌다가 중단되는 상황이 끝없이 반복됩니다. 울프는 이런 셈여림을 반복해 파괴되는 삶을 보여주려고 합니다. 울프의 의도대로 우리가 그녀의 글을 읽기까지, 또는 다시 읽기까지 거의 반세기가 걸렸습니다.

— 비비언 고닉

글을 쓰는 방식에 여성적이라거나 남성적이라는 딱지를 붙일 수는 없습니다. 이건 순수하고 단순한 글이며, 존경스러운 글이라고 말하면 됩니다. 그거면 돼요.

— 나탈리 사로트

때로 여성들이 저에게 "여성에 대해 어쩌면 그렇게도 많이 아세요?"라고 묻습니다. 저는 여성에 대해 아무것도 모릅니다. 저는 사람들에 대한 글을 쓸 뿐입니다. 여성만이 여성에 대해 쓰고 남성만이 남성에 대해 쓸 수 있는 건 아닙니다. 『보바리 부인』도, 『안나 카레니나』도 여성이 쓰지는 않았지요. 제가 아는 소설 중에는 온전히 강하고 진실한 여성 작가가 남성에 대해 쓴 이야기들이 있습니다. 저는 성별을 무시하거나 제거하고 싶지 않습니다. 그저 성별 때문에 선택하고 싶지 않을 뿐입니다.

— 윌리스 스테그너

예를 들어 여성은 남성의 관점으로 글을 쓸 수도 없고, 써서도 안 된다는 식의 견해가 제법 존재합니다. 남성은 여성이 그리는 남성의 모습에 콧방귀를 뀌지만, 사실 소설이나 연극에서 정말로 사악하고 불쾌한 남성 등장인물 대부분은 남성이 쓴 것입니다. 인종차별과 관련된 우스운 원리가 여기에도 적용되는 것 같습니다. 작가가 남성이라면 남성 등장인물의 발에서 악취가 난다거나 식탁 예절이 형편없다고 말해도 괜찮지만, 똑같은 내용을 여성 작가가 말한다면, 남성을 증오한다는 뜻입니다. 남성의 자부심에 상처를 입혔으니까요. 또 만일 여성이 멋진 남성 등장인물을 그린다면, 다른 등장인물들은 그를 '허약하다'고 여깁니다. 남성 작가가 부엌에서 일하는 남성을 표현하는 건 리얼리즘이고요. 그런 예는 끝도 없습니다.

———————————————— 마거릿 애트우드

하층 계급 여성에 대한 글을 썼을 때 저는 그저 이 소설의 배경이 된 시대에는 여성에게 권리가 전혀 없었다는 사실을 보여주고 싶었을 뿐입니다. 좋은 남편을 찾지 못하거나 나쁜 남편을 만나 이혼한 여성에게는 희망이 없었습니다. 때로 여성이 유일하게 의지할 수 있는 것은 불행히도 불법 행위였습니다. 아주 최근까지도 여성은 권리가 거의 없는 불우한 집단이었습니다. 결혼이나 이혼, 교육을 선택할 자유처럼 기본적인 권리도 없었지요. 이제는 여성이 교육을 받으면서 상황이 바뀌고 있습니다. 교육받은 여성에게는 무기가 생기기 때문입니다.

———————————————— 나기브 마푸즈

저는 페미니즘을 철저히 내면화해왔다고 생각되는데, 부분적으로는 어머니와 아버지에게서 받은 것이기 때문입니다. 페미니즘은 제 작품의 특정 수준에서 늘 나타납니다. 어머니는 굉장히 신기하고 복합적인 존재였습니다. 그 세대 여인들에게 흔히 볼 수 있는 모습이었지요. 어머니는 페미니스트 원칙을 은연중에 믿었고 재능이 굉장히 뛰어났으며 남동생들을 대학에 보내고 천만다행으로 제 아버지를 만난 덕분에 40세에 처음 결혼을 했지만, 그 뒤로는 평생 다시 일을 하지 못했습니다. 다시는 일자리를 얻은 적이 없었지요.

어머니는 살림을 꾸리려 아주 열심히 일했고, 위험할 정도로 저에게 집중했습니다. 어머니는 엘리너 루즈벨트로부터 어떤 노동위원회에서 일해달라는 제의를 받았는데 아주 좋은 일자리였습니다. 어머니가 저에게 "하지만 그럼 누가 네 아버지 아침 식사를 차린다니?"라고 말했던 모습이 기억합니다. 저는 깜짝 놀라서 기가 막힐 지경이었죠! 저는 급진주의적이었고 그렇게 만든 사람은 어머니였습니다. 그래서 그 질문이 그토록 충격적이었던 겁니다. 1955년에 어머니가 돌아가신 뒤 아버지는 거의 30년 동안 스스로 아침 식사를 차렸습니다. 굉장히 적극적으로 그렇게 하셨지요. 아버지는 어머니가 재능이 뛰어나고 신경과민이어서 직업이 필요하다고 생각했습니다. 저는 제 역할 모델이 모두 저보다 훨씬 젊은 여성들이라는 말을 농담 삼아 한 적이 있는데, 그 말은 사실입니다.

캐럴린 카이저

저는 스스로 여성 시인이라고 생각하지 않습니다. 물론 여성이 쓰는 글은 남성과 다를 것입니다. 처음 존재할 때부터 근본적으로, 생리학적으로 다르기 때문이지요. 그러나 '여성 시인female poet'이라는 말이 그 근본적인 차이를 의식적으로 그리고 배타적으로 탐색한다는 뜻이고 따라서 주로 여성 독자를 위해 글을 쓴다는 뜻이라면, 저는 분명 여성 시인이 아닙니다. 또한 그만큼 분명한 사실은, 많은 독자의 머릿속에 이 작품과 저 작품을 구별하는 선이 그려졌고 앞으로도 그럴 거라는 사실입니다. 만약 그렇게 작품이 구별된다면 문제입니다. 부인할 수는 없습니다.

———— 에이미 클램피트

우리가 삶을 정돈하고 살아가려고 애쓸 때 남자들이 정말 방해가 될 수 있다고 생각합니다. 그저 남자들이 너무 많은 공간을 차지하고 있기 때문이에요. 저는 제가 이성애자였더라도 문학적인 의미에서 지금 이 자리에 있을 수 있었을 거라는 착각은 하지 않습니다. 분명 그러지 못했을 겁니다(사실 이 말 때문에 전에 큰 곤경을 치른 적이 있지만, 아마 다시 곤경을 치르는 편이 낫겠지요). 본보기를 찾을 수 없기 때문입니다. 여성 문학인 중에서 자신이 원하는 대로 작품을 쓰면서 평범한 이성애자의 삶을 꾸리며 자녀를 키워낸 본보기를 찾을 수가 없어요. 그런 사람이 어디에 있나요?

———— 지넷 윈터슨

작가의 삶은 어떠한가

1950년대에 『자기만의 방』A Room of One's Own은 일종의 난항을 겪고
　있었습니다. 글은 남자들이 규칙을 정한 분야였고, 저는 거기에
　의문을 제기한 적이 없었습니다. 그런 규칙에 의문을 제기하는
　여자들은 제가 보기에는 너무 혁명적이어서 그들에 대해 알 수
　도 없었죠. 그래서 저는 저 자신을 글이라는 남자의 세계에 맞추
　고 남자처럼 글을 쓰면서 남성의 관점만 제시했습니다. 제 초기
　작들은 모두 남성의 세계가 배경입니다. 그러다가 문학적인 페
　미니즘이 도래했는데, 저에게는 어마어마한 시련이자 선물이었
　지요. 저는 그걸 감당해야 했습니다. 그 페미니즘은 저에게 "어
　이, 그거 알아? 넌 여자야. 여자처럼 글을 쓸 수 있어"라고 말했
　어요. 저는 여자들은 남자들이 쓰는 내용이나 남자들이 읽고 싶
　다고 생각하는 내용을 쓸 필요가 없다는 것을 알게 되었습니다.
　여성에게는 남성에게 없는 온전한 경험 영역이 있음을 알게 됐
　지요. 쓸 가치가 있고 읽을 가치가 있다는 것도요.

어슐러 K. 르 귄

아니, 정신에 성별이 있다고는 생각하지 않습니다. 요즘 대중의 입
　장은 다르지만 저는 정신에 성별이 있다고 느낀 적이 없는데 아
　마도 늘 시를 읽기 때문일 겁니다. 어린 시절 시를 읽을 때면, 시
　집에 "내 가슴은 저려오고 졸음과도 같은 마비가 내 감각을 괴
　롭히는구나."▯ 또는 "삶에 음식이 필요하듯이 나는 그대를 생각

▯　존 키츠의 시 「나이팅게일에게」Ode to a Nightingale 중 일부.

하노니"[1]와 같은 구절이 있었습니다. 남성 작가가 한 말이니 저에게 도움이 되는 내용이 아니라는 생각은 결코 떠오르지 않았습니다. 그 말을 누가 했는지 신경 쓰지 않았죠.

———— 헬렌 벤들러

페미니즘 명시선집을 펴내는 건 생각만 해도 싫습니다. 어떤 종류건 여성이 만든 예술작품을 그렇게 모아서 발표하는 것도 싫어요. 그렇게 하면 오히려 고립되고 축소될 뿐입니다. 하지만 우리가 수많은 문제에 직면하고 있다는 사실을 모른 척할 수는 없습니다. 초기 미국 문학사를 보면 누가 누구의 이야기를 왜 들려주느냐는 문제로 의견이 분분했어요. 풍자화가 토머스 롤런드슨의 폭력적인 이야기에는 마치 그것을 통제하려는 듯이 익명의 서문이 앞에 달려 있습니다. 인크리스 매더[2]가 쓴 이야기라는 소문이 있었습니다. 그의 아들인 코튼 매더는 노예 소녀 머시 쇼트의 이야기와 포로로 잡혀갔던 한나 더스턴의 이야기를 썼지요. 앤 허친슨[3]의 목소리는 남자들이 쓴 재판 기록에만 존재합니다. 우리에게 이런 이야기가 있다는 것을 고맙게 생각합니

[1] 셰익스피어의 소네트 75번 중에서.
[2] 매사추세츠 베이 식민지의 청교도 목사로 식민지 운영에 관여했으며 청교도 신앙 회복을 주도하는 과정에서 아들 코튼 매더와 함께 이른바 '마녀사냥'에 앞장섰다.
[3] 매사추세츠 식민지 내 청교도들의 율법주의를 비판하고 성직자들의 권위에 저항하다 재판을 거쳐 유죄선고를 받고 베이 식민지에서 추방되었다. 성직자가 없어도 누구나 성경의 진리에 다가설 수 있다는 허친슨의 주장은 당시의 경직된 가부장적 청교도 문화에서 남성이자 성직자로 대변되는 권위에 대한 도전으로 여겨졌다.

다. 다른 한편으로는 궁금합니다. 1980년대에 저는 힐다 둘리틀과 로린 니데커 같은 20세기 시인들의 작품에까지 간섭하는 남성 편집자들에게 화가 치밀었어요. 에밀리 디킨슨의 원고가 편집당한 역사는 특히 저를 괴롭혔고, 지금도 그렇습니다.

———— 수전 하우

페미니즘은 저의 정치적 특징보다는 제 글에 더 큰 영향을 미쳤습니다. 40세가 넘은 여성이 자리에 앉아 3막 구조의 희곡을 쓴다는 건, 제 생각에 정치적인 일입니다.

———— 웬디 와서스틴

제가 하려다 못한 일이 하나 있습니다. 저의 그 경험이 이따금 불쑥 치고 올라옵니다. 저는 그 경험을 예술적으로 활용할 수도 있었는데 그렇게 하지 못했다고 생각합니다. 성전환은 인생을 살 만큼 산 사람에게, 특히 작가에게 아주 이례적인 경험이지요. 제 말을 들으면 짐작하겠지만, 그 파장이 제가 쓴 모든 글을 통해 은연중에 드러나기는 합니다. 그러나 저는 그 경험을 중심으로 예술 작품을 창조하지는 못했습니다.

———— 잔 모리스

피부색이
작가의 활동에
영향을 미칩니까?

What Does It Mean to Be a Writer of Color?

나이를 먹으면서 모험소설을 읽기 시작했는데, 제가 그 이야기 속
선량한 백인 남자가 만나게 되는 야만인 입장에 서야 한다는 사
실을 몰랐습니다. 본능적으로 백인들의 편을 들었지요. 착한 사
람들이었으니까요! 그들은 탁월했습니다. 똑똑했습니다. 다른
인종은 그렇지 않았어요. 어리석고 사악했지요. 이런 식으로 저
는 자기만의 이야기가 없을 때 겪는 위험을 처음으로 경험했습
니다. 유명한 속담이 있지요. "사자에게 그 나름의 역사가 생
길 때까지, 사냥의 역사는 늘 사냥꾼을 미화할 것이다." 그 사실
을 깨닫자, 저는 작가가 되어야만 했습니다. 제가 그 역사가가
되어야 했습니다. 그건 한 남자가 할 수 있는 일이 아닙니다. 한
사람이 할 수 있는 일이 아닙니다. 그러나 우리가 해야만 하는
일입니다. 사냥꾼의 이야기 속에서 사자들의 고통이, 괴로움이,
그리고 용기까지도 드러나도록 말입니다.

치누아 아체베

우선 저는 터키인으로 태어났습니다. 그 점에 만족합니다. 국제적

으로는 제가 자신을 실제로 바라보는 것보다 더 터키적인 색채가 짙은 작가로 여겨집니다. 터키 작가로 알려졌지요. 프루스트가 사랑에 대해 쓴다면, 사람들은 그가 보편적 사랑에 대해 말하리라 여깁니다. 제가 사랑에 대해 글을 썼을 때, 특히 초기에, 사람들은 제가 터키식 사랑에 대해 글을 쓴다고들 했지요. 제 작품이 번역되기 시작했을 때 터키인들은 자부심을 느꼈습니다. 저를 자기들의 작가라고 주장했지요. 저는 그들에게 더더욱 터키인이었습니다. 국제적으로 이름이 나면 터키인이라는 정체성이 국제적으로 강조되는데, 그러면 터키인들은 제가 터키인임을 강조하면서 저를 돌려달라고 요구합니다. 저의 민족적 정체감을 다른 사람들이 조종합니다. 다른 사람들이 강요합니다. 이제 사람들은 제 예술보다는 국제적으로 묘사되는 터키의 모습을 더 많이 걱정합니다. 이 때문에 우리 나라에 점점 더 많은 문제가 발생합니다. 제 책을 모르는 많은 사람은 대중 언론에서 읽은 내용만 가지고 제가 터키에 대해 하는 말을 걱정하기 시작했습니다. 문학은 좋은 것과 나쁜 것, 악마와 천사로 이루어지는데 점점 더 많은 터키인이 제 악마에 대해서만 걱정합니다.

───────── 오르한 파묵

처음에 저는 흑인이건 백인이건 남부의 작가들이 쓴 책을 거의 다 읽었습니다. 제 어머니를 비롯해 제가 아는 거의 모든 사람이 남부에서 나고 자랐기 때문입니다. 어스킨 콜드웰의 책을 많이 읽은 기억이 납니다. 1965년 여름에만 아마 콜드웰의 책을 네

댓 권 읽었을 겁니다. 또 앤 무디가 쓴『미시시피 시대의 도래』 Coming of Age in Mississippi도 읽었습니다. 그러고 나서는 새로운 분 야로 확장해나가기 시작했지요. 제임스 존스의『지상에서 영원 으로』를 읽었던 때가 기억납니다. 음악에 문외한이었지만 책 초 반에 프리윗이라는 등장인물이 작은 언덕에 올라 트럼펫을 부 는 장면에서, 저는 그가 연주하는 음 하나하나를 들을 수 있었습 니다.

10여 년 전에 누군가 저를 강좌에 초청해 단편집『도시에서 길 을 잃다』Lost in the City에 대한 질문에 답해달라고 부탁했습니다. 그 백인 여자는 자신과 비슷하지 않은 사람들의 마음을 느끼거 나 관심을 갖기가 어렵다고 말했습니다. 그런 말을 들으면 누군 가 제 뺨을 후려친 느낌이 듭니다. 덕분에 저는『지상에서 영원 으로』를 떠올렸습니다. 멀고 먼 그곳, 하와이의 언덕에서 음악 을 연주하는 그 남자를 말입니다.

에드워드 P. 존스

미국 사회의 도식을 보면, 맨 위에 백인 남자가 있고 그다음이 백인 여자, 그다음이 흑인 남자, 그리고 마지막이 흑인 여자입니다. 언제나 그랬습니다. 새로운 일도 아닙니다. 그렇다고 제가 충격 을 받지 않는다거나 마음이 흔들리지 않는다는 뜻은 아닙니다. 인종차별이 사방에 만연합니다. 대학 정문이나 발레 무대에서 도 멈추지 않습니다. 제가 아는 아주 뛰어난 흑인 남녀 무용수들 이 있는데, 그들은 시작한 순간부터 신체 조건이 발레에 적합하지 않다는 말을 들었습니다. 오늘날 우리는 흑인 발레 무용수들을 거의 보지 못합니다. 불행히도 연극이나 영화를 보면 인종차별과 성차별이 입구에 서 있습니다. 저는 할리우드의 첫 흑인 여성 감독입니다. 감독이 되기 위해 저는 카메라가 무슨 일을 하는지 알고자 스웨덴에 가서 영화 촬영 기술을 배웠습니다. 저는 시나리오를 썼고 영화 음악도 작곡했지만, 영화감독 일은 맡지 못했습니다. 영화사에서는 젊은 스웨덴 감독을 데려왔는데 그는 흑인과 악수도 나눠본 적이 없는 사람이었지요. 영화는 다이애나 샌즈가 출연하는 「조지아, 조지아」Georgia, Georgia였습니다. 사람들은 그 영화를 싫어하거나 저를 칭찬했습니다. 둘 다 잘못된 반응이었지요. 그건 제가 원했던 게 아니었고, 제가 그 영화를 감독할 수 있었다면 그런 식으로 만들지 않았을 테니까요. 그래서 저는 '좋아, 아무래도 준비를 열 배 이상 해야겠어'라고 생각했습니다. 새로운 일은 아닙니다. 그랬으면 좋았을 겁니다. 매번 저는 제가 백인 상대자보다 열 배 이상 준비해야 한다는 것을 알고 있습니다.

————— 마야 안젤루

굉장히 진부한 원주민의 이미지를 표지에 넣자는 제안이 나오면, 저는 싸워서라도 발언권을 얻어냅니다. 제 소설 『자취』Tracks의 해외 번역판을 보면 가운데에 부적을 매단 거대한 가슴 한 쌍이 표지를 장식합니다. 대개는 남서부 지역 풍경이 표지가 됩니다. 아니면 인도 공주 한두 명이 나타납니다. 한번은 출판사에서 저에게 『정육점 주인들의 노래 클럽』Master Butchers Singing Club의 표지 디자인을 보냈는데 음경 같은 소시지들이 아주 거대한 고리 모양으로 이어져 있었습니다. 저는 딸에게 그 디자인을 보여주었고, 우리는 충격으로 말을 잃고 바라만 보다가 마침내 입을 열었지요. "그래! 이건 훌륭한 표지야!"

루이즈 어드리크

삶이 저에게 다른 주제를 주었습니다. '충돌하는 세계'라는 주제입니다. 어떤 사람의 이야기가 이제는 다른 모든 사람이 겪은 일의 일부분이 되었음을 어떻게 알리면 좋을까요? 이야기를 들려주는 것도 문제지만, 어떻게 하면 독자에게 그 이야기가 자신의 실제 경험이라고 느끼게 할 수 있을까요?

살만 루슈디

흑인 문학이 닳고 닳은 관습으로 가득한 상태에 이르렀다고 생각합니다. 예를 들어 노예에 대한 묘사와 노예 이야기가 그렇습니다. 악하건 온화하건 늘 노예의 주인이 있어야 합니다. 생활에 만족하는 노예도 있고 만족하지 않는 노예도 있어야 합니다. 관습적인 방식과 새로울 게 없는 비유들이 반복적으로 나타납니다. 그게 좋은 현상인지 모르겠습니다. 우리는 흑인의 경험을 오직 피해자라는 측면에서만 해석하는 경향이 있습니다. 흑인 등장인물이 나오는 이야기 어딘가에, 또는 미국 흑인들이 겪은 일을 다루는 소설에 그런 요소가 없으면 어떤 독자들은 실망해서 "억압

받는 장면은 어디 있죠? 차별은요?" 하고 말할 겁니다. 미국 흑인들이 등장하는 이야기에는 그런 기대가 뿌리 박혀 있습니다. 제 생각에는 그런 작품은 인종적인 면에서나 정치적인 면에서나 천박합니다.

억압을 인정하되 또한 흑인들이 경험한 다른 측면도 제시하는 것이 제 작품의 경향입니다. 흑인의 삶이 모든 삶과 마찬가지로 우리의 인식을 뛰어넘는다는 것, 흑인들의 삶 상당 부분이 여전히 투명 인간처럼 보이지 않는 상태로 남아 있다는 것(이 부분에서는 랠프 엘리슨을 불러와야겠군요)을 알기 때문입니다.▣

———— 찰스 존슨

저는 외국에 사는 외국인들에 대한 글을 쓰고 싶지 않습니다. 우리에 대한 이야기를 쓰고 싶어요. 일본에 대해, 여기에서 살아가는 우리의 삶에 대해 쓰고 싶습니다. 저에게는 그것이 중요합니다. 많은 사람이 제 문체가 서양인들이 이해하기 쉽다고 하더군요. 사실일지 모르지만 제가 쓴 이야기들은 저의 이야기이며 서구화된 이야기가 아닙니다.

———— 무라카미 하루키

저는 1920년대에 알레인 로크▣▣ 이후로 로즈 장학금을 받은 첫 흑

▣　20세기 흑인 문학의 고전으로 평가받는 『보이지 않는 인간』Invisible Man은 엘리슨이 생전에 발표한 유일한 소설로, 그는 출간 이듬해인 1953년에 내셔널북어워드를 수상해 흑인 최초의 주요 문학상 수상자가 된다.

인 소년이었고, 웨스트코스트에서 온 다른 학생이 한 명 더 있었습니다. 그때는 1963년, 시민권운동이 막 시작된 시기였기에 제 소식은 대단한 뉴스였지요. 잡지 『룩』에서 제 사연을 실었습니다. 그리고 저는 순식간에 유명해졌습니다. 장차 제 편집자가 된 하이럼 헤이든은 아들과 함께 아침 식사를 하려고 식탁에 앉아 있었는데, 그의 아들이 저에 대한 기사를 읽었습니다. 글쓰기를 좋아하고 언젠가는 소설가가 되고 싶다는 흑인 소년의 이야기였지요. 그래서 그는 아버지에게 도전했습니다. "아빠, 젊은 작가들을 찾는다고 입버릇처럼 말씀하셨잖아요. 우리 주변에는 흑인 작가가 하나도 없지만 이 사람 좀 보세요"라면서 속사포처럼 말을 쏟아부었습니다. 아이의 말은 정말로 아버지를 자극했고 그 아버지는 저에게 간단한 편지를 보냈습니다. 그리고 저는 바보 같은 아들이 아니었죠. 당시에는 회사명이 크노프였던 유명한 뉴욕의 출판사에서 저에게 편지를 보냈고, 그래서 저는 답장을 써서 그와 워싱턴 DC에서 만났습니다. 그가 저에게 말했습니다. "젊은이, 출판할 글이 조금이라도 있으면 나에게 보내게. 글이 있으면 그때가 진짜 시작이라네." 저는 그 사람의 이름을 기억해두었다가 책으로 낼 원고가 반쯤 완성되자 그에게 보냈습니다. 그는 마음에 든다고 했습니다. 이렇게 저는 첫 책을 출간하게 되었지요. 그러자 잡다한 편집자들에게 원고를 보내

●● 미국의 작가 겸 철학자, 교육자로 1907년 미국 흑인으로서 첫 로즈 장학금을 받았으며 1920년대 뉴욕 할렘을 중심으로 일어난 활발한 흑인 예술 활동인 '할렘 르네상스'의 지도자였다.

기가 훨씬 수월해졌습니다. 어쨌거나 당시 미국 흑인이 쓴 글을 실어주는 소규모 잡지는 없었으니까요. 물론 큰 잡지도 마찬가지였습니다.

―――――――――― 존 에드거 와이드먼

아니, 자기 자신을 뿌리째 뽑아 다른 땅에서 정말 자기답게 뿌리 내리기란 어려운 일입니다. 그러나 그것은 기회이며 또 다른 종류의 성장이기도 합니다. 미국은 거대한 나라입니다. 저는 한 개인으로 생존할 수 있었고 비교적 자유인으로 살아가고 있습니다. 제 작품을 쓰고 제 삶을 살아가기만 하면 되었지요. 그러나 작가로서는 변두리에서 살고 있습니다. 두 언어, 두 문화, 두 문학, 두 나라 사이에서 말입니다. 그곳은 위험 지대입니다. 제가 장편소설 『전쟁 쓰레기』War Trash나 단편집 『언어의 대양』Ocean of Words을 처음부터 중국어로 써서 중국어로 출간했다면, 그 책은 아마 중국에서 진정한 문학으로 받아들여졌을 것입니다. 그러나 제가 그 작품들을 영어로 썼기 때문에 금서가 되었습니다. 저와 같은 상황에 처한 작가는 의미 있는 작가가 되려면 책을 한두 권이 아니라 많이 써내야 합니다. 그리고 책을 쓸 때마다 문체를 새로 찾아내야 합니다.

―――――――――― 하진

제가 대답할 수 있는 질문은, 흑인 독자의 한 사람으로서, 백인의 경험을 근거로 만든 연극이 저에게 와닿느냐는 것입니다. 제가 헨리크 요한 입센이나 안톤 체호프, 아서 밀러, 데이비드 매멧의 작품을 감상할 수 있을까요? 물론 대답은 '그렇다'입니다. 왜냐하면 연극은 결국 저에게 친숙한 것, 즉 사랑과 명예, 의무, 배반 등을 다루기 때문입니다. 같은 방식으로, 예를 들어 저는 해당 언어를 모르지만 독일이나 이탈리아 오페라를 감상할 수 있습니다. 윈턴 마살리스❶나 스킵 제임스,❷❷ 부카 화이트❸❸❸를 감상할 때와 똑같이, 오페라의 훌륭한 노래와 극적인 사건을 감상할 수 있습니다. 관객석에 앉은 백인들도 제 연극을 감상할 수 있을 거라고 생각합니다. 등장인물들의 세부 특징과 사회적 태도가 백인과는 다를지는 모르지만, 인간이 행동하고 노력할 때 나타나는 모습임을 분명 인식할 수 있을 테니까요.

───────────────── 어거스트 윌슨

저와 같은 사람, 즉 역사를 알 수 없는 지역에서 태어났고, 역사를 말해주는 사람이 아무도 없으며, 실제로 역사가 존재하지 않거나 문서에만 존재하는 곳에서 태어난 사람이라면, 그런 식으로 태어난 사람이라면, 자신이 어디에서 왔는지 알아내야 합니다. 시간이 오래 걸리지요. 세상이 모두 제자리에 있고 모든 것이 저

---

❶ 미국의 천재 트럼펫 연주자로 재즈 아티스트로는 처음으로 퓰리처상을 받았다.
❷❷ 노래, 기타, 피아노, 작사와 작곡 등에서 다양하게 활동한 재즈 음악가로, 미국 남부 미시시피강 유역에서 발전한 블루스 형식인 델타 블루스의 주요 창시자 중 한 명이다.
❸❸❸ 미국 흑인 블루스 기타리스트 겸 싱어송라이터.

에게 주어진 것처럼 세상에 대해 글을 쓸 수는 없습니다. 프랑스 작가나 영국 작가라면 자신의 태생과 문화를 아주 잘 아는 상태로 태어납니다. 저처럼 아주 먼 농업 식민지에서 태어난다면, 모든 것을 알아내야 합니다. 저에게 글은 조사하고 알아가는 과정이었습니다.

———————————— 비디아다르 수라지프라사드 나이폴

[인종에 대해] 논의하지 않았다면, 논의할 필요를 느끼지 않았다면, 그게 더 이상했을 것입니다. 저는 이 내용을 『나는 피곤하다』Je suis fatigue라는 책에 담았습니다. 단지 그냥 작가로서가 아니라 카리브인 작가로, 퀘벡 작가로, 민족적인 작가로, 추방된 작가로 비치는 저의 삶이 얼마나 피곤한지를 이야기하는 책이지요. 국가주의적인 문화가 지루하다는 것은 모두 아는 사실입니다. 모든 사람은 어딘가에서 태어났고 어린 시절 및 그때 일어난 일들과 연관되어 있으며 그 모든 요소가 글을 쓰는 방식에 영향을 미칩니다. 아이티에서는 우리의 헌법에 따라, 거기 사는 사람들이 모두 '흑인'입니다. 따라서 아무 문제가 없습니다. 제가 금발이거나 일본인이더라도 아이티 사람이라면, 저는 '흑인'입니다. 그것으로 끝입니다. 몇몇 독자는 저를 흑인 작가로 여기며 제 책을 읽을지 모르지만, 저는 인생의 처음 23년 동안은 흑인으로 살지 않았습니다. 독재자 밑에서는 모두가 동등합니다. 몬트리올 사람들은 제 나름대로 살아갑니다. 프랑스 사람들은 다른 식으로 삽니다. 그러나 정체성이라는 문제에서 그들은 깊은 연관이 있

습니다. 미국에서는, 그래요, 작가들이 여전히 그 덫에 걸려 있습니다. 어떤 집단도 미국에서 인종에 대한 논쟁이 끝났다고 말할 수는 없습니다. 그러나 피부색에 근거해 제 책을 읽는다면 그건 오독입니다.

—— 다니 라페리에르

인종 문제에 접근하는 방법은 두 가지입니다. 하나는 불행하게도 소외된 미국 작가들의 경우인데 그들은 '흑인 작가들'이라고 불린 탓에 흑인 취급을 받습니다. '흑인 작가들'이라는 표현은 은연중에 주류인 다른 명칭이 존재한다고 인정하면서 해당 작가의 작품을 즉시 게토화합니다. 유감스러운 부분이지요. 그런 풍조를 용인하는 사람은 '미국 흑인들의 경험' 따위는 없다는 사실을 인정하지 못합니다. 물론 미국의 흑인들은 여러 경험을 하는데, 그 경험은 미국의 백인들이 한 경험 못지않게 폭넓고 다양합니다. 서점에 들어갔는데 '미국 백인 남성 작가' 코너가 있다면 그때는 문제가 되겠지요. 그러나 저 명칭을 입에 올리기만 해도 그것이 얼마나 바보 같은 생각인지 알 수 있습니다. 그건 그렇고 모든 소설에는 거기 묘사된 세계를 경험하는 사람들이 있습니다. 그 등장인물 중 어떤 사람들은 백인일 것이며 어떤 이들은 흑인일 텐데, 그런 사실은 등장인물들이 경험하는 내용뿐 아니라 독자가 그 소설을 경험하는 방식에도 영향을 미칩니다. 그리고 이는 책에 붙은 어떤 딱지와도 상관이 있어서는 안 됩니다.

—— 퍼시벌 에버렛

그게 글쓰기를 도전적이고 흥미롭게 만드는 요소입니다. 독자가 작품을 그 자리에서 물리치지 않고 그 속에 머무를 수 있도록 독자의 마음에 닿는 작품을 쓰려면 어떻게 해야 할까요? 이것이 제가 고민하는 문제입니다. 저는 저와 같은 견해를 고수하지 않는 독자들을 위해서도 글을 쓰고 있으니까요. 그렇다고 백인들을 제 유일한 독자로 여긴다는 말은 아닙니다. 미국을 제 독자로 생각한다는 뜻이며 그 공간에는 유색인종뿐 아니라 백인들도 있습니다. 어떤 백인들은 여전히 백인에게 특권이 있고 백인은 어디든지 마음대로 돌아다닐 수 있다고 믿습니다. 작가가 세상을 다르게 경험한다면, 더는 이해하지 못할 내용이나 일반적인 내용만을 작품에 담겠다고 하지 않을 것입니다. 따라서 저는 작품 속에서 여기저기 돌아다니며 반대편에 있는 모든 목소리를 듣고 있습니다.

———————————————————— 클로디아 랭킨

이젠 끝났어요. [백인 민족주의자들은] 자기들은 정착민이고 우리는 백인들의 마차 행렬만 봐도 야단법석을 떨어대는 영화 속 원주민이라고 생각하는데, 이제는 그 환상을 고수할 만큼 수가 많지는 않습니다.

———————————————————— 이슈마엘 리드

출판 산업의 문제점 하나는 흑인을 한 명 고용하면 누구도 이해하지 못한다는 점입니다. 예를 들어 흑인 여성이 와서 "머리카락에 대한 책을 쓰고 싶어요"라고 말합니다. 그러면 백인들은 "사람들은 머리카락에 관심이 없어요"라고 말하지요. 그러면 그 여자는 "아니, 머리카락에 관심 없는 사람은 당신이에요"라고 말합니다. 흑인 여성들은 5년 내내 머리카락에 대한 책을 읽을 수도 있습니다. 이것은 무의식적인 인종차별이죠. 이해하지 못하는 그들의 무능력이 문제입니다.

_____ 월터 모즐리

제가 쓴 글이 아프리카계 미국인의 작품이라는 사실이 저에게는 아주 중요합니다. 제 작품이 다른 범주나 더 큰 범주에서 받아들여진다면 훨씬 좋겠지요. 그러나 누구도 저에게 그렇게 하라고 '요청'할 수는 없습니다. 제임스 조이스는 그런 요청을 받지 않습니다. 톨스토이도 마찬가지입니다. 그러니까, 그들은 다들 러시아 작가나 프랑스 작가, 아일랜드 작가, 아니면 가톨릭 작가일 수 있습니다. 자신의 출신을 원천으로 글을 쓰며 저도 그렇습니다. 그저 어쩌다 보니 저에게는 그 자리가 아프리카계 미국인인 것뿐입니다. 가톨릭교일 수도 있습니다. 미국 중서부 지역일 수도 있습니다. 저는 둘 모두이며, 이 모든 요소가 중요합니다.

_____ 토니 모리슨

미래에도
당신의 작품이 읽힐 거라고
생각하십니까?

Do You Think Your Work Will Be Read in the Future?

무슨 상관입니까? 전 죽을 텐데요. 저는 현재에 훨씬 더 관심이 많습니다. 제가 원하는 삶을 살아가는지, 제가 쓰고 싶은 글을 쓰면서 그 글이 잘 출간되는 모습을 볼 수 있는지, 야망과 관련해 걸림돌이 느껴지지는 않는지에 신경을 씁니다. 제가 쓴 어느 시에 "인기란 미리 앞당긴 감정"이라는 구절이 있습니다. 그것은 우리가 미리 앞당겨 느끼는 각별한 감정 같은 것입니다. 그 각별한 감정을 뭐라고 부를까요? 그 인기가 앞으로 어떻게 될지 우리는 모릅니다. 마치 자동차나 기차를 타고 가며 표지판이나 작은 마을 같은 풍경의 단편을 보았는데, 웬일인지 평생 그 작은 마을이 기억에 남는 것과도 같습니다. 인기가 반복되는 것도 그와 비슷하다고 생각합니다. 확고하게 자리 잡은 건 아니지만 어느 정도는 제 마음속에 있기에, 인기가 어떤 것인지 더 알고 싶고 인기가 그대로 있기를 바라지요. 후대에 작품을 남기는 문제와는 다릅니다. 풍경을 좀더 보고 싶고 그 풍경에서 이미 본 장면으로 글을 쓰고 싶어서 잠망경을 만드는 것과도 같습니다.

아일린 마일스

제 생각에 언어는 달구지를 타고 세계 일주를 하는 것처럼 불편한 도구이며, 결국에는 아마 우리 생각보다 더 빨리 버려질 것입니다.

——— 윌리엄 버로스

월리스 스티븐스가 「가을의 극광」The Auroras of Autumn이라는 시에서 쓴 그 훌륭한 수사 "거대한 그림자의 마지막 장식"이라는 구절이 떠오르는군요. 우리는 언제나 장식을 더합니다. 끝났다고 생각했지만 알고 보면 아닙니다. 조금만 더, 조금만 더, 하면서 붙잡지요. 우리는 늘 시에 작별인사를 고하며 떠나보내고 시도 그렇게 하지만, 결국 시는 불멸의 존재가 됩니다. 우리는 늘 놀라며 기뻐합니다. 오래전 예일 대학에 있을 때, 어느 시 낭송회에서 존 애슈베리를 소개했는데 그때 그의 시 「젖은 여닫이창」Wet Casements을 처음 들었습니다. 그 시를 들은 순간 마음을 빼앗겨 버렸지요! 그 시를 직접 낭송해보며 처음 그의 낭송을 듣던 때를 떠올리면, 이보다 더 괜찮은 시는 없을 거라는 생각이 듭니다. 「젖은 여닫이창」 같은 시가 여전히 나올 수만 있다면 시의 권위가 약해졌다거나 시가 효력이 끝나버린 예술 형식이라고 말할 수는 없습니다.

——— 해럴드 블룸

저에게는 아주 작고 은밀한 소망이 하나 있습니다. 침묵하며 글을 쓰는 적절한 시기가 지나면, 몹시 견디기 어려운 상황에 이를 테니 그때 분노로, 세상이 전에 들어본 적 없는 분노와 애정으로

작가의 삶은 어떠한가

격렬하게 그 상황에 반응하고 싶다는 소망입니다. 예이츠가 인생 말년에 위대한 시를 쏟아냈듯이 말입니다. 이 소망은 재능이 성공에 기여하는 부분이 아주 적을 거라는 느낌에서 비롯되었습니다. 아마 15퍼센트나 20퍼센트 정도일 것입니다. 그다음으로 중요한 요소는 역사적인 행운과 개인적인 행운과 건강 같은 것이고, 그다음에는 땀 흘리며 열심히 노력해야 합니다. 또 저에게는 야망이 있습니다. A라는 사람이 성취한 것과 B라는 사람이 성취한 것에 엄청난 차이가 있다면 그건 B가 그것을 '원했기에' 온갖 희생을 치렀다는 점입니다. A도 그렇게 할 수 있었지만, 그는 전혀 신경 쓰지 않았습니다. 모든 사람이 미국의 대통령이 되고 싶다거나 백만장자가 되고 싶다고 생각하지는 않습니다. 사람들은 대부분 구멍가게에 들러 맥주나 한잔 마시고 싶어 합니다. 그렇게만 해도 아주 만족스러워하지요. 『비의 왕 핸더슨』에서 주인공은 계속 "나는 원한다. 나는 원한다"라고 말합니다. 저는 그런 부류의 인물입니다. 그런 기질이 제 속에서 고갈될지 어떨지는 모릅니다. 저는 알 수 없습니다.

그러나 제가 하고자 했던 이야기는, 대성공을 거두는 데 필요한 최고의 행운 하나가 분명 시련이라는 겁니다. 티치아노를 비롯한 여러 화가처럼 몇몇 위대한 예술가는 시련 없이도 성공할 수 있지만, 우리에게는 대개 시련이 필요합니다. 제 생각은 이렇습니다. 목숨만 붙어 있을 정도로 가능한 한 가장 가혹한 시련을 경험한 예술가는 굉장히 운이 좋습니다. 그 시점에 예술가는 만반의 준비를 갖춘 셈입니다. 베토벤은 귀가 멀었고 고야도 귀가 멀었으며 밀턴은 눈이 멀었지요. 또 앞으로 제 작품이 어떻게 되느냐는 제가 엉덩이를 차분하게 붙이고 앉아 있다는 사실에는 그다지 좌우되지 않을 거라고 생각합니다. 그보다는 얼굴을 얻어맞고, 내동댕이쳐지고, 암에 걸리고, 노인성 치매를 제외한 온갖 시련을 겪는 것이 중요합니다. 어떤 시련일지는 모릅니다. 십자가에 못 박히는 것과 맞먹는 정도의 시련이면 좋겠습니다. 두렵지만, 기꺼이 감당할 것입니다. 이것이 터무니없는 생각이라는 건 잘 알지만, 부끄럽지는 않습니다.

_____ 존 베리먼

몇 달 전 멕시코에서, 우리 시대 최고의 영화 제작자로 손꼽아도 될 루이스 부뉴엘과 이야기를 나누고 있었지요. 그는 80세였고, 저는 그에게 직업이나 영화라는 운명을 되돌아보면 어떤 느낌이 드는지 물어보았습니다. 부뉴엘이 말했습니다. "나는 영화가 소멸하기 쉽다고 생각하네. 영화가 기술에 지나치게 의존하기 때문인데, 기술은 너무 빠르게 발전하고 영화는 케케묵은 골동품이 되어버리지. 내가 바라는 건 미래의 영화가 우리가 먹는 작은 알약에 좌우될 정도로 기술이 발전하는 거라네. 그러면 어둠 속에 앉아서 보고 싶은 영화를 내 눈을 통해 빈 벽에 쏘아서 보면 될 거야."

_____ 카를로스 푸엔테스

종종 어떤 시들을 잘못된 이유로 썼다는 사실을 깨달으면서 그 시를 없애야 한다는 의무감을 느낍니다. 그런 시를 떠올리면 기분이 나쁩니다. 몇몇 필요한 시만 남겨둬야 해요. 그런 시에는 애매한 부분이 없습니다. 시인이라면, 결국에는 어느 것이 그런 시인지 알게 됩니다. 물론 완벽한 시는 불가능합니다. 일단 시를 종이에 적으면 세상이 끝나버립니다.

로버트 그레이브스

소설을 읽는 것, 어쨌든 진지한 소설을 읽는 것은 이른바 계몽된 대중이라는 극소수에게만 한정된 경험입니다. 앞으로는 점점 특이한 경험을 찾는 사람들이 독서를 추구할 것입니다. 아마 도덕적인 물신 숭배자들이나 상상력이 고조된 사람들, 모호한 자아 때문에 괴로워하는 구도자들이 그럴 것입니다.

오늘날 사람들은 가장 공통적인 분모에 흡수되고 있으니, 바로 '영상'입니다. 텔레비전을 보는 데 교육은 필요 없습니다. 나이 제한도 없습니다. 당신의 아이는 당신과 같은 프로그램을 볼 수 있습니다. 노인들과 불치병 환자들의 집에서 텔레비전이 어떤 역할을 하는지 보십시오. 텔레비전은 어디에나 있습니다. 텔레비전은 즉시성이 있지만 생각을 불러일으키는 언어라는 매체는 그렇지 않습니다. 언어를 쓰려면 내적 기폭 장치가 필요합니다. 텔레비전은 그렇지 않습니다. 이미지는 본질적으로 접근하기 쉬운데, 다시 말해 굉장히 매력적입니다. 또 제 생각에 텔레비전은 본질적으로 위험합니다. 시청자를 구경꾼으로 만들기 때문입니다. 물론 그건 우리가 늘 꿈꿔온 상태입니다. 종교의 궁극적인 희망은 우리를 트라우마에서 해방하는 것이죠. 실제로 텔레비전이 그렇게 해줍니다. 텔레비전은 우리가 언제든지 다른 사람들이 겪는 비극을 관찰할 수 있음을 '증명'해줍니다. 언젠가 생방송을 보다가 죽을 거라는 사실은 아무 상관이 없습니다. 텔레비전의 날씨 프로그램을 볼 때가 아니면 실제 날씨에 대해 생각하지 않듯이 죽음에 대해서도 생각하지 않으니까요. 우리는 창문을 열고 날씨를 살펴보라는 말은 듣지 못합니다. 텔레비전은 결코 그 말을 해주지 않을 것입니다. 대신 "오늘의 날씨는…" 등등의 말을 들려주지요. 기상캐스터는 "제 말이 안 믿기시면 밖에 나가서 확인해보세요"라는 말은 결코 하지 않습니다.

먼 옛날부터, 두려움을 느끼는 종족인 우리는 존재적 불안을 회피하는 방법을 지속적으로 발달시켜왔습니다. 우리는 주로 사고와 즉사, 추악함, 세상과의 마지막 작별을 겪게 될까 봐 두려워했지요. 이 모든 것을 생각해볼 때 텔레비전은 아주 만족스러운 매체입니다. 우리는 늘 관찰자에 머물 수 있으니까요. 불안한 삶은 늘 다른 사람들의 몫이며, 그런 삶조차도 출전 자격을 상실하는데, 어느 프로그램이 이전 프로그램의 자리를 즉시 빼앗기 때문입니다. 문학은 이런 위로 능력이 없습니다. 독자는 감정을 이끌어내야 하고 그렇게 함으로써 스스로 내적 환경을 꾸려야 합니다. 책을 읽다가 어떤 등장인물이 죽으면, 우리의 일부분도 함께 죽습니다. 우리의 머릿속에서 그의 죽음을 재현해야 하기 때문입니다.

— 저지 코진스키

제가 기억하는 한 아주 오래전부터 사람들은 소설이 죽었다고 말
해왔습니다. 소설은 결코 죽지 않을 것이며, 다만 계속 변화하고
발전하고 형태가 다양해질 것입니다. 소설의 토대인 '이야기 들
려주기'는 늘 존재해왔고 앞으로도 그럴 것입니다. 요즘에는 책
이 너무 많지만 좋은 책은 충분하지 않습니다. 새로운 일이 일어
나야 하는데 영국이나 미국이 그 무대는 아닐 겁니다. 교양 수준
이 높은 나라는 이미 너무 먼 길을 와버렸습니다. 격렬한 감정이
나 도덕적 갈등처럼 위대한 소설의 근간이었던 모든 것이 사라
졌습니다. 변화는 예상치 못한 어딘가에서 일어날 것입니다. 그
러나 분명히 일어날 것입니다. 인간에게는 무한한 소생 능력이
있기 때문입니다.

_____ 로자먼드 레만

[소설이] 사라질 거라고 말하는 게 아니라, 그냥 즐겁게 상상해보는
겁니다. 소설이 사라진다고 가정해보세요. 어느 날 재능 있는 작
가가 자기 자신에게 길고 진심 어린 편지를 씁니다. 그러면 그
형식이 다시 나타나는 거지요. 인류에게는 소설이 필요합니다.
우리는 가능한 한 많은 경험을 쌓아야 합니다. 소설이 죽었다고
말하는 사람들은 소설을 쓸 수 없습니다.

_____ 버나드 맬러머드

소설 속에서 살아남은 위대한 등장인물들도 이제는 박물관 유물처
럼 편람이나 역사서 속에서 더 많이 볼 수 있습니다. 살아 있는

존재인 그들은 점점 지쳐가며 허약해집니다. 종종 우리는 등장인물들이 죽는 모습까지도 봅니다. 제가 보기에 보바리 부인은 전보다 건강이 더 안 좋아진 것 같습니다. 그렇습니다. 안나 카레니나도, 카라마조프 형제들도 마찬가지입니다. 무엇보다도, 그들이 살아가려면 독자가 필요한데 세대가 바뀔 때마다 그들이 숨쉬는 데 필요한 공기를 공급하는 능력이 점점 떨어지기 때문입니다.

———————————————————— 프랑수아 모리아크

아시다시피 미래 자체는 위태롭습니다. 하지만 책과 관련해서는 출판의 경제적인 면이 우선입니다. 책은 이미 아주 비쌉니다. 따라서 수준 높은 소설일수록 선택받을 확률이 낮아질 것입니다. 주나 반스의 신작이나, 나탈리 사로트의 책조차 출간되지 않을 것입니다. 버지니아 울프의 『파도』The Waves가 오늘날 처음 출간되었다면 비참한 판매량을 기록했을 거예요. 물론 실용서나 첩보소설, 스릴러소설, SF소설은 모두 수백만 부씩 팔립니다. 멋진 일이 일어나도록 지금 우리에게 필요한 것은 놀라운 동화입니다. 전에 어딘가에서 읽은 내용인데, 석기시대 원시인들은 동굴 속에 자신들이 본 것을 그리지 않고 보았으면 좋았을 거라고 여기는 그림을 그렸다는군요. 이 쓸쓸하고 광기 어린 시대에 우리에게는 바로 그것이 필요합니다.

———————————————————— 에드나 오브라이언

우리는 탁월함을 향해 손을 뻗어야 합니다. 고유한 생명이 있는 언어를 향해, 순간적인 놀라움과 화려함을 넘어서는 진지한 주제를 향해 손을 뻗어야 합니다. 어렵지만 아름다운 것에 도전하려는 의지, 색다르고 추상적인 것을 추구하려는 의지, 고통을 견디고 사막으로 들어가 가만히 앉아서 귀를 기울이며 들리는 내용을 받아 적고 아무에게도 말하지 않으려는 의지를 얻고자 손을 뻗어야 합니다. 지나친 요구일까요? 아마 그럴 것입니다. 지금 이 묘사에 어울리는 누군가가 나타날까요? 아마 그럴 것입니다. 그 사람이 나타나면 우리가 그를 알아볼까요? 아마 그렇지 않을 것입니다.

———— 찰스 라이트

오르한 파묵은 『파리 리뷰』 인터뷰에서 지난 10년 동안 출간된 무수한 소설 중에 앞으로 두 세기가 지나도 읽힐 작품은 아주 적을 거라고, 모든 작가에게는 자신의 소설 중 하나가 거기 속하기를 바라는 마음이 어느 정도 있다고 말했습니다. 저도 마찬가지입니다. 그러나 미래를 위해 글을 쓰는 것이야말로 제가 짐작하기로는 세상에서 잊힌 작가가 되게 해주는 최고의 지름길입니다. 가능한 한 좋은 작품을 쓰세요. 가능한 한 내항성이 있는 작품, 가능한 한 인간적인 작품을 쓰세요. 그러면 먼 길을 갈 수 있을지도 모릅니다. 그러나 역사는 종잡을 수 없는 감별사지요.

———— 데이비드 미첼

미래에는 우리가 약을 먹으면 우리 주위로 스크린이 나타나 감각적인 경험을 선사해줄 것입니다. 틀림없이 멋진 경험이겠지만 사람들은 그래도 햄릿과 레어티스가 싸우는 장면을 보려고 극장에 갈 것입니다. 칼싸움을 벌인 끝에 누군가가 죽는 장면의 멋진 점은 그때 신체적인 힘이 많이 들어간다는 것입니다. 그래서 등장인물들은 죽지만, 그들의 흉곽은 위아래로 들썩입니다. 결함 있는 불완전한 환상은 결코 인간에게 불필요한 요소로 전락하지는 않을 것이며, 그 환상의 고향은 늘 극장이 될 것입니다. 극장에서는 죽음을 포함한 모든 일이 일제히, 철두철미하게 일어나지만 정말 그럴싸해 보이지는 않습니다.

———— 토니 쿠슈너

늙어가는 것에는 단점보다는 장점이 훨씬 많습니다. 심각한 부상으로 고통을 겪어야 하는 경우가 아니라면 말입니다. 그러나 저는 인생을 돌아볼 수 있어서 무척 기쁩니다. 거의 의미가 없는, 사소한 순간들이 기억납니다. 예를 들어 제가 도서관 계단을 내려가고 있을 때 토머스 울프가 계단을 올라오던 순간이나 윌리엄 포크너와 함께 그의 작품을 비롯해 온갖 이야기를 나누던 순간 등이 떠오릅니다. 비행운 하나 없이 맑던 하늘이 기억납니다. 배우 조앤 크로퍼드가 춤추던 모습이 기억납니다. 프랭클린 루즈벨트 대통령의 라디오 담화와 사람들이 화덕 앞에서 손을 녹이듯이 라디오 앞에 모여 앉아 있던 풍경이 기억납니다. 지상에 있는 모든 사람은 충분히 오래 살기만 한다면 누구나 그런 추억거

작가의 삶은 어떠한가

리를 되뇔 수 있습니다. 저는 지금 80세지만 저에게는 그게 거의 있을 수 없는 일처럼 여겨집니다. 아주 잠깐 동안은 그 나이에 이르렀다는 사실을 믿지 않기도 합니다.

_____ 셀비 푸트

저는 그렇게 무심한 성격이 못됩니다. 제가 알기로는 그렇습니다. 저는 매일, 아니 이 나이에 이르러서는 매주 새로운 것이나 새로운 사람을 찾아냅니다. 물론 우리는 그 노력을 즐겨야 합니다. 삶을 향해 강한 욕망을 가지고 계속 선택을 해나가야 합니다.

_____ 호르헤 셈프룬

우리가 필요로 하는 한, 어떤 종류든 미래는 있을 것입니다. 미래에 대한 많은 이야기를 한마디로 표현할 수는 없습니다. 이 질문에 한마디로 답하고 싶지는 않습니다.

_____ 귄터 그라스

ㄱ

가브리엘 가르시아 마르케스 Gabriel Garcia Marquez 28, 94, 131, 165, 201, 275, 308, 376, 431, 545

가즈오 이시구로 石黒一雄 327, 499

개리 스나이더 Gary Snyder 562

게이 털리즈 Gay Talese 435

고어 비달 Gore Vidal 104, 557

귄터 그라스 Gunter Grass 535, 603

그레이엄 그린 Graham Greene 304

기예르모 카브레라 인판테 Guillermo Cabrera Infante 328, 519

ㄴ

나기브 마푸즈 Naguib Mahfouz 151, 536, 572

나탈리 사로트 Nathalie Sarraute 102, 157, 212, 260, 571

네이딘 고디머 Nadine Gordimer 28, 95, 570

넬슨 올그런 Nelson Algren 268, 292, 415

노먼 러시 Norman Rush 39, 117, 262, 319

노먼 메일러 Norman Mailer 32, 140, 204, 296, 311

니컬슨 베이커 Nicholson Baker 250, 298, 358

닐 사이먼 Neil Simon 113, 396, 466

ㄷ

다니 라페리에르 Dany Laferriere 330, 589

데니스 쿠퍼 Dennis Cooper 320, 359

데릭 머혼 Derek Mahon 490

데버러 아이젠버그 Deborah Eisenberg 81, 152, 458, 537

데이비드 그로스먼 David Grossman 82

데이비드 매컬로 David McCullough 405

데이비드 미첼 David Mitchell 80, 155, 283, 345, 442, 601

데이비드 이그네토 David Ignatow 591

도널드 바셀미 Donald Barthelme 544

도널드 홀 Donald Hall 488, 563

도로시 파커 Dorothy Parker 100, 179, 392, 424, 504

돈 드릴로 Don DeLillo 113

ㄹ

러셀 뱅크스 Russell Banks 81, 118, 233

레베카 웨스트 Rebecca West 105, 190, 296, 354

레온 에델 Leon Edel 27, 129, 273, 402

레이 브래드버리 Ray Bradbury 127, 363, 442

레이놀즈 프라이스 Reynolds Price 353, 395, 555

레이먼드 카버 Raymond Carver 239

로런스 더럴 Lawrence Durrell 65, 128, 225, 239, 272, 293, 452

로리 무어 Lorrie Moore 386, 456, 475

로버트 그레이브스 Robert Graves 275, 377, 597

로버트 로웰 Robert Lowell 139, 187, 553

로버트 블라이 Robert Bly 489

로버트 스톤 Robert Stone 50, 75, 313, 380, 556

로버트 지루 Robert Giroux 192

로버트 카로 Robert Caro 119, 402, 404

로버트 크럼 Robert Crumb 55, 261, 284, 383

로버트 크릴리 Robert Creeley 63, 92, 183

로버트 페이글스 Robert Fagles 81

로버트 펜 워런 Robert Penn Warren 37, 412, 448

로버트 프로스트 Robert Frost 94

로버트 피츠제럴드 Robert Fitzgerald 184, 500

로버트 핀스키 Robert Pinsky 117

로버트슨 데이비스 Robertson Davies 25, 390, 430

로자먼드 레만 Rosamond Lehmann 599

루이사 발렌수엘라 Luisa Valenzuela 570

루이스 오친클로스 Louis Auchincloss 96

루이즈 어드리크 Louise Erdrich 152, 583

뤼크 상트 Luc Sante 40, 251, 287, 300, 384

리디아 데이비스 Lydia Davis 330, 340, 459

리처드 윌버 Richard Wilbur 77, 107, 559

리처드 파워스 Richard Powers 531

리처드 포드 Richard Ford 79, 396

리처드 프라이스 Richard Price 55, 114, 192, 382, 414

리처드 홈스 Richard Holmes 403

릭 무디 Rick Moody 94

릴리언 헬먼 Lillian Hellman 202, 308, 420, 461

ㅁ

마거릿 드래블 Margaret Drabble 164, 219, 305, 375

마거릿 애트우드 Margaret Atwood 192, 332, 347, 533, 572

마누엘 푸이그 Manuel Puig 112, 174, 344

마르게리트 유르스나르 Marguerite Yourcenar 510

마리오 바르가스 요사 Mario Vargas Llosa 317, 391, 533

마야 안젤루 Maya Angelou 21, 38, 86, 159, 215, 303, 582

마이클 홀로이드 Michael Holroyd 401

마크 레이너 Mark Leyner 40, 78, 176, 537

마크 스트랜드 Mark Strand 175

마크 헬프린 Mark Helprin 357

마틴 에이미스 Martin Amis 156, 177, 288

막스 프리슈 Max Frisch 153, 229, 282, 467, 531

매슈 와이너 Matthew Weiner 337

맬컴 카울리 Malcolm Cowley 91, 182, 200, 363, 375

메리 리 세틀 Mary Lee Settle 193, 236, 441, 495, 507, 511, 563

메리 매카시 Mary McCarthy 48, 441

메리 카 Mary Karr 33, 369, 434, 503

메리앤 무어 Marianne Moore 49, 245

메릴린 로빈슨 Marilynne Robinson 232, 251, 320, 564

메이 사턴 May Sarton 102, 148, 471

메이비스 갤런트 Mavis Gallant 255, 453

무라카미 하루키 村上春樹 115, 261, 285, 584

미셸 우엘베크 Michel Houellebecq 39, 286, 300, 319, 358

미하엘 하네케 Michael Haneke 422

ㅂ

배리 해나 Barry Hannah 299

버나드 맬러머드 Bernard Malamud 32, 141, 244, 277, 311, 392, 553, 599

보리스 파스테르나크 Boris Pasternak 34

브렛 이스턴 엘리스 Bret Easton Ellis 479

블라디미르 나보코프 Vladimir Nabokov 179, 312, 554

블레즈 상드라르 Blaise Cendrars 91, 493

비디아다르 수라지프라사드 나이폴 Vidiadhar Surajprasad Naipaul 114, 230, 285, 588

비비언 고닉 Vivian Gornick 365, 571

빅터 소든 프리쳇 Victor Sawdon Pritchett 341, 453

빌리 와일더 Billy Wilder 192, 230, 415, 511

빌리 콜린스 Billy Collins 262, 326, 542

ㅅ

살만 루슈디 Salman Rushdie 583

새뮤얼 R. 딜레이니 Samuel R. Delany 231, 250, 356

샘 셰퍼드 Sam Shepard 265

셰이머스 히니 Seamus Heaney 153

셸비 푸트 Shelby Foote 59, 248, 320, 430, 560, 603

손턴 와일더 Thornton Wilder 77, 107, 228, 247, 465, 560

솔 벨로 Saul Bellow 161, 197

수전 손택 Susan Sontag 568

수전 하우 Susan Howe 56, 577

스탠리 엘킨 Stanley Elkin 240, 390

스탠리 쿠니츠 Stanley Kunitz 136

스테이시 시프 Stacy Schiff 404

스티븐 손드하임 Stephen Sondheim 117

스티븐 스펜더 Stephen Spender 103, 150, 245, 530

스티븐 킹 Stephen King 512

시드니 조지프 페럴먼 Sidney Joseph Perelman 101, 169, 393, 425

시몬 드 보부아르 Simone de Beauvoir 196, 324, 523

신시아 오지크 Cynthia Ozick 207, 226, 555

ㅇ

아모스 오즈 Amos Oz 114, 318, 429, 445

아서 밀러 Arthur Miller 33, 49, 167

아이리스 머독 Iris Murdoch 283, 317, 332, 356, 462

아이작 바셰비스 싱어 Isaac Bashevis Singer 438, 485

아일린 마일스 Eileen Myles 152, 210, 285, 334, 383, 491, 510, 593

아치 랜돌프 애먼스 Archie Randolph Ammons 80, 121

아치볼드 매클리시 Archibald MacLeish 203, 243, 484

안드레이 보즈네센스키 Andrei Voznesensky 105, 381

알랭 로브그리예 Alain Robbe-Grillet 147

애덤 필립스 Adam Phillips 67, 431

애솔 푸가드 Athol Fugard 111, 153, 531

앤 비티 Ann Beattie 263, 281, 343, 457

앤 카슨 Anne Carson 267

앤서니 버지스 Anthony Burgess 120, 161, 173, 211, 349, 494

앤서니 파월 Anthony Powell 409

앨런 긴즈버그 Allen Ginsberg 377

앨런 홀링허스트 Alan Hollinghurst 26, 256

앨리스 먼로 Alice Munro 53, 82, 113

앵거스 윌슨 Angus Wilson 315

어거스트 윌슨 August Wilson 48, 518, 587

어니스트 헤밍웨이 Ernest Hemingway 30, 97, 185, 241, 308, 328, 527

어슐러 K. 르 귄 Ursula K. Le Guin 153, 443, 575

어스킨 콜드웰 Erskine Caldwell 23, 89, 180, 304, 362, 415

어윈 쇼 Irwin Shaw 74, 149, 171, 187, 208, 456, 463, 509

얼래스데어 그레이 Alasdair Gray 348

에드거 로런스 닥터로 Edgar Lawrence Doctorow 65, 128

에드나 오브라이언 Edna O'Brien 167, 206, 293, 312, 502, 600

에드먼드 화이트 Edmund White 106

에드워드 P. 존스 Edward P. Jones 42, 58, 119, 264, 321, 581

에드워드 올비 Edward Albee 88, 222, 256, 323

에마뉘엘 카레르 Emmanuel Carrere 53, 116, 286, 434

에벌린 워 Evelyn Waugh 448, 517

에우제네 이오네스코 Eugene Ionesco 68, 98, 202, 390, 462, 481

에이미 클램피트 Amy Clampitt 216, 574

에이미 헴펠 Amy Hempel 41, 118, 176, 252, 287, 397, 459

에즈라 파운드 Ezra Pound 187, 279, 366, 495

엘레나 페란테 Elena Ferrante 163, 202

엘레나 포니아토프스카 Elena Poniatowska 267

엘리 위젤 Elie Wiesel 247, 432, 558

엘리자베스 비숍 Elizabeth Bishop 474, 498

엘리자베스 스펜서 Elizabeth Spencer 112, 281, 567

엘리자베스 하드윅 Elizabeth Hardwick 29, 277, 292, 407

엘윈 브룩스 화이트 Elwyn Brooks White 19, 51, 76, 105, 246, 280, 394, 521

예후다 아미하이 Yehuda Amichai 213, 536

오거스트 클라인잘러 August Kleinzahler 288, 321, 565

오르한 파묵 Orhan Pamuk 362, 580

옥타비오 파스 Octavio Paz 109, 145, 447, 534

올더스 헉슬리 Aldous Huxley 27, 68, 135, 226, 299, 378, 480

움베르토 에코 Umberto Eco 389

워커 퍼시 Walker Percy 169, 471

월리스 숀 Wallace Shawn 78, 230, 344

월리스 스테그너 Wallace Stegner 53, 212, 252, 356, 446, 487, 571

월터 모즐리 Walter Mosley 197, 439, 455, 591

웬디 와서스틴 Wendy Wasserstein 577

위스턴 휴 오든 Wystan Hugh Auden 88, 160, 196, 372, 473, 520, 541

윌리엄 T. 볼먼 William T. Vollmann 505

윌리엄 개디스 William Gaddis 66, 131, 164, 591

윌리엄 개스 William Gass 95, 166

윌리엄 고이언 William Goyen 29, 67, 132, 364, 476, 547

윌리엄 깁슨 William Gibson 115, 250, 449

윌리엄 맥스웰 William Maxwell 100, 141, 361

윌리엄 메러디스 William Meredith 73

윌리엄 버로스 William Burroughs 373, 594

윌리엄 스타이런 William Styron 227, 279, 530

윌리엄 케네디 William Kennedy 59, 71, 310, 351, 441, 551

윌리엄 트레버 William Trevor 314, 447, 452

윌리엄 포크너 William Faulkner 65, 93, 130, 164, 241, 420, 500

유도라 웰티 Eudora Welty 50, 172, 246, 342, 348

이브 본푸아 Yves Bonnefoy 154, 177

이슈마엘 리드 Ishmael Reed 590

이오르고스 세페리아데스 Giorgos Seferis 170, 507, 526

이자크 디네센 Isak Dinesen 93

이탈로 칼비노 Italo Calvino 38, 120, 535

일리어스 쿠리 Elias Khoury 273, 518

ㅈ

잔 모리스 Jan Morris 577

장 콕토 Jean Cocteau 162, 326, 374

재닛 맬컴 Janet Malcolm 368, 432

재서민 웨스트 Jessamyn West 298, 485

잭 케루악 Jack Kerouac 99

저지 코진스키 Jerzy Kosinski 243, 258, 598

제인 스마일리 Jane Smiley 368, 437, 490, 513

제인 스턴 Jane Stern 110

제임스 그레이엄 밸러드 James Graham Ballard 373, 542

제임스 디키 James Dickey 201, 224, 524

제임스 메릴 James Merrill 142, 380

제임스 볼드윈 James Baldwin 61, 88, 238, 257, 542

제임스 서버 James Thurber 189, 353, 368, 393

제임스 설터 James Salter 439

제임스 엘로이 James Ellroy 20, 52

제임스 존스 James Jones 98, 309, 338, 549

제프 다이어 Geoff Dyer 42, 289, 369, 384

제프리 유제니디스 Jeffrey Eugenides 165, 539

조너선 레섬 Jonathan Lethem 41, 56, 252, 301

조르주 심농 Georges Simenon 103, 245

조앤 디디온 Joan Didion 26, 64, 92, 176

조이 윌리엄스 Joy Williams 451

조이스 캐럴 오츠 Joyce Carol Oates 233

조이스 캐리 Joyce Cary 126

조제 사라마구 Jose Saramago 433

조지 스타이너 George Steiner 411

조지프 헬러 Joseph Heller 96, 134, 479

존 가드너 John Gardner 221, 295, 327, 515, 546

존 궤어 John Guare 249, 468

존 그레고리 던 John Gregory Dunne 261, 318, 333, 414

존 더스패서스 John Dos Passos 46, 225, 239, 350, 525

존 르 카레 John Le Carre 57, 156

존 맥피 John McPhee 189, 256, 339, 364, 446

존 모티머 John Mortimer 167, 296, 311, 496

존 바스 John Barth 22, 62, 89, 124, 522, 543

존 밴빌 John Banville 387

존 베리먼 John Berryman 195, 596

존 사이먼 John Simon 232, 466

존 스타인벡 John Steinbeck 103, 171, 258, 366

존 애슈베리 John Ashbery 237, 257, 540

존 어빙 John Irving 69, 136, 219, 259, 379, 408, 421, 549

존 업다이크 John Updike 75, 464

존 에드거 와이드먼 John Edgar Wideman 586

존 치버 John Cheever 24, 162, 181, 291, 304, 416, 445

존 파울스 John Fowles 93, 274, 350

존 허시 John Hersey 135, 186, 548

존 홀 휠록 John Hall Wheelock 173, 191

존 홀런더 John Hollander 548

줄리언 반스 Julian Barnes 43, 52, 217, 249

지넷 윈터슨 Jeanette Winterson 231, 265, 438, 574

짐 해리슨 Jim Harrison 365, 420

ㅊ
—

찰스 라이트 Charles Wright 112, 211, 282, 316, 487, 561, 601

찰스 시믹 Charles Simic 472, 548

찰스 존슨 Charles Johnson 271, 584

체스와프 미워시 Czeslaw Milosz 199
치누아 아체베 Chinua Achebe 521, 579

ㅋ

카를로스 푸엔테스 Carlos Fuentes 526, 596
카밀로 호세 셀라 Camilo Jose Cela 121
칼 셔피로 Karl Shapiro 556
캐럴린 카이저 Carolyn Kizer 38, 249, 573
캐서린 앤 포터 Katherine Anne Porter 36, 50, 147, 255, 279, 455, 505
캘빈 트릴린 Calvin Trillin 388
커트 보니것 Kurt Vonnegut 36, 228, 297, 557
케이 라이언 Kay Ryan 155, 284
콘래드 에이킨 Conrad Aiken 87, 236, 268, 371
크리스 웨어 Chris Ware 375, 499
크리스토퍼 이셔우드 Christopher Isherwood 70, 242
클로드 시몽 Claude Simon 357, 512
클로디아 랭킨 Claudia Rankine 590
킹즐리 에이미스 Kingsley Amis 20, 61, 306, 338, 348, 372, 440

ㅌ

테너시 윌리엄스 Tennessee Williams 37, 108, 150, 298, 329, 426, 486
테리 서던 Terry Southern 427
토니 모리슨 Toni Morrison 111, 193, 305, 316, 355, 568, 591
토니 쿠슈너 Tony Kushner 175, 215, 344, 466, 602
토머스 맥구언 Thomas McGuane 340, 423
톰 스토파드 Tom Stoppard 209, 259
톰 울프 Tom Wolfe 109, 248, 331, 433
트루먼 커포티 Truman Capote 23, 45, 90, 223, 271

ㅍ

파블로 네루다 Pablo Neruda 527

패멀라 린든 트래버스 Pamela Lyndon Travers 210, 354

퍼시벌 에버렛 Percival Everett 589

펠럼 그렌빌 우드하우스 Pelham Grenville Wodehouse 229, 315, 343, 394, 457

폴 볼스 Paul Bowles 89, 475

폴라 폭스 Paula Fox 261, 284, 318

프란신 뒤 플레시 그레이 Francine du Plessix Gray 47, 66, 276, 478

프랑수아 모리아크 Francois Mauriac 72, 204, 278, 311, 328, 600

프랑수아즈 사강 Francoise Sagan 226, 313

프랭크 오코너 Frank O'Connor 49, 73, 144, 206, 341, 454, 504

피터 레비 Peter Levi 551

필립 라킨 Philip Larkin 72, 100, 186, 391, 481, 502

필립 러바인 Philip Levine 138, 552

필립 로스 Philip Roth 74, 101, 169, 506, 517

ㅎ

하비에르 마리아스 Javier Marias 58, 82, 118, 217, 263, 334

하인리히 뵐 Heinrich Boll 123, 161, 292, 325, 362, 388

하진 哈金 586

해럴드 브로드키 Harold Brodkey 154, 213, 459, 563

해럴드 블룸 Harold Bloom 37, 355, 410, 532, 545, 594

해럴드 핀터 Harold Pinter 145, 258

해리 매슈스 Harry Mathews 174, 260, 333, 443, 491

허마이온 리 Hermione Lee 403

헌터 S. 톰슨 Hunter S. Thompson 325, 374

헨리 그린 Henry Green 29, 67, 133, 276, 295, 387, 440

헨리 밀러 Henry Miller 33, 100, 143, 244, 351

헬렌 벤들러 Helen Vendler 410, 576

호르헤 루이스 보르헤스 Jorge Luis Borges 23, 161, 235, 270, 271, 324

호르헤 셈프룬 Jorge Semprun 435, 603

호텐스 캘리셔 Hortense Calisher 270, 498

훌리오 코르타사르 Julio Cortazar 24, 199, 336

힐러리 맨틀 Hilary Mantel 444

A~Z

E. M. 포스터 E. M. Forster 242, 257, 294, 307

J. P. 돈리비 J. P. Donleavy 163, 224

T. 코러게선 보일 T. Coraghessan Boyle 175, 395, 564

T. S. 엘리엇 T. S. Eliot 220

the PARIS 파리 리뷰 인터뷰
REVIEW_interviews

다른 포스트

뉴스레터 구독

쓰기라는 오만한 세계

초판 1쇄   2024년 8월 6일

엮은이   파리 리뷰
옮긴이   김율희

펴낸이   김한청
기획편집   원경은 차언조 양선화 양희우 유자영
마케팅   정원식 이진범
디자인   이성아
운영   설채린

펴낸곳 도서출판 다른
출판등록 2004년 9월 2일 제2013-000194호
주소 서울시 마포구 동교로 27길 3-10 희경빌딩 4층
전화 02-3143-6478   **팩스** 02-3143-6479   **이메일** khc15968@hanmail.net
블로그 blog.naver.com/darun_pub   **인스타그램** @darunpublishers

ISBN 979-11-5633-625-9 93800

다른 다른 생각이
다른 세상을 만듭니다